I0891411

VENGANZA

Carme Chaparro

Venganza

ESPASA

Obra editada en colaboración con Editorial Planeta – España

Bajo el sello editorial ESPASA M.R.
Avenida Presidente Masaryk núm. 111,
Piso 2, Polanco V Sección, Miguel Hidalgo
C.P. 11560, Ciudad de México
www.planetadelibros.com.mx

Primera edición impresa en España: septiembre de 2025
ISBN: 978-84-670-7595-3

Primera edición impresa en México: octubre de 2025
ISBN: 978-607-39-3346-9

Impreso en los talleres de Impresora Tauro, S.A. de C.V.
Av. Año de Juárez 343, Col. Granjas San Antonio,
Iztapalapa, C.P. 09070, Ciudad de México
Impreso en México – *Printed in Mexico*

Al meu pare.
No le dio tiempo a tener en sus manos esta novela.
Parte de mí ha muerto agarrada a él en una cama de hospital.
T'estimaré sempre.

«*Així només, em deixo que tu em deixis;*
només així, et deixo que ara em deixis.
Jo tinc, per a tu, un niu en el meu arbre.
I un núvol blanc, penjat d'alguna branca.
Molt blanc»

LLUÍS LLACH, «Un núvol blanc» (*Maremar*, 1985).

A Laia, Emma y Berna.
Porque, a pesar del temporal,
siempre me ancláis a la felicidad.

A mis amigas,
mis quásares, mis princesas azules,
también siempre ahí para sujetarme.

Al dolor y a la enfermedad,
que me han enseñado a no darle
poder sobre mi estado de ánimo
a quien no se lo merece.

Primera parte

«Reconocí la alegría por el ruido que hizo al marcharse».

Fernando Savater, *La peor parte.*

«La guerra es el arte del engaño».

Sun Tzu, *El arte de la guerra.*

(Esta es una obra de ficción. Cualquier parecido con la realidad es pura coincidencia...)

1

El placer nos desactiva. Adormece nuestras defensas.

Y nos convierte en presas fáciles.

El paparazi lo repite en silencio, como un mantra, mientras ajusta el objetivo de su cámara. Cada parte de su cuerpo cruje, pero aguanta. Ha entrenado sus nervios para no temblar, ni siquiera ahora, soportando el peso de horas de espera en la penumbra. El dolor de sus rodillas clavadas contra el suelo de madera y los pinchazos que le recorren las piernas apenas importan. Lo que está a punto de capturar vale mucho más que su incomodidad. Más que una vida entera, incluso. Podría ser cuestión de dinero. Siempre está el dinero. Claro. Pero esta noche, sobre todo, es cuestión de venganza. Ajusta el *zoom* con la precisión de un cazador. Se permite unos instantes para disfrutar del momento.

Desde su posición oculta en la oficina abandonada, con el suelo cubierto de polvo y papeles amarillentos, apenas respira. Observa fijamente por el visor de la cámara, esperando, por fin, un golpe de suerte. Nunca ha deseado tanto atrapar a una presa como a aquel hombre.

Y por fin...

... a veintiséis metros de distancia, al otro lado de la calle, en la habitación de un hotel, intuye un resquicio de luz. Se abre una puerta.

—Ya te tengo, cabrón —sentencia en voz alta.

Contiene la carcajada. Si algo le tiene que exigir ahora a su cuerpo, es templanza y precisión. La imagen que necesita capturar puede estar disponible apenas durante un segundo. Respira lento, inmóvil, en la penumbra. Se pregunta qué estará pasando tras las paredes de la *suite* de hotel, al otro lado de la Gran Vía de Madrid. No lo sabe, pero puede imaginarlo, y eso le dispara la adrenalina.

«Imbécil, no te despistes —se regaña a sí mismo—. Quizá solo tengas una oportunidad. Las cortinas están echadas. Tendrás que ser muy preciso».

Trata de no dejarse deslumbrar por el luminoso publicitario y fuerza a sus ojos, entrenados a mirar, a seguir pendientes de la oscuridad que reina tras las ventanas. No hay luces encendidas. Sabe que el equipo de seguridad de su presa le ha enseñado a tomar precauciones, aunque estar allí, en ese momento, sea el mayor error de su vida.

O eso espera el paparazi.

Porque el placer, y él lo sabe muy bien, abre la puerta al error.

Y él espera, de ese hombre, un error monumental. Quizá el primero de su vida.

Pasa un rato. Un buen rato. A pesar de los años de entrenamiento, de las eternas guardias, del frío y el calor, de la lluvia, del hambre, de las ganas de ir al baño, de la vida perdida en las esperas, a pesar de todo lo que ha sufrido para conseguir las mejores exclusivas de su vida, el fotógrafo siente que, pese a su optimismo inicial, quizá esta noche está perdiendo el tiempo. Que será otra cacería inútil.

Y entonces, casi como un milagro, una mano de mujer desplaza ligeramente una de las cortinas como quien está abriendo el telón de un teatro, y su dueña —joven, tersa y poderosa— se asoma al ajetreo de la calle. En ese mismo instante, en el cielo, una nube se desliza y hace que la luna llena encaje a través del cristal como un foco colocado a propósito para iluminar lo que está ocurriendo.

La escena comienza a desplegarse frente a su cámara. La chica, de rasgos asiáticos, da un par de pasos hacia atrás, todavía mirando a través de la ventana. Vestida solo con un tanga azul, sonríe con esa picardía de los amantes que aún no han explorado todo. Como en un juego, se pega algo al pecho izquierdo. El paparazi siente que se está exhibiendo ante él, ajusta el *zoom* y fotografía lo que le parece un pequeño papel blanco y rectangular, del tamaño de la palma de la mano, que se queda pegado al pezón de la chica como un cebo al que acude enseguida él.

Por fin llega la recompensa.

Carlos Manso aparece en escena. Está de espaldas, con un albornoz que se adivina entreabierto, como si el mundo entero le perteneciera. Incluso en su desnudez.

Dispara. Dispara. Dispara. Cada presión del dedo es una daga que atraviesa meses de ira contenida. El obturador se cierra y abre en fracciones de segundo, capturando las sombras de la escena al ritmo de los latidos acelerados del corazón del paparazi, que siente la tensión en cada fibra de su cuerpo. El riesgo de ser descubierto, el sabor de la venganza, la adrenalina de las veces que valen la pena. Sabe que cualquier destello, cualquier reflejo mínimo, puede ser suficiente para delatarlo y echarle encima a los guardaespaldas del hombre al que quiere destruir. Así que se queda allí, inmóvil, controlando incluso el parpadeo de sus ojos.

Dispara varias ráfagas, precisas como un cuchillo afilado.

La cámara captura cómo Manso, aún de espaldas, agacha la cabeza y lame, con una delicadeza que roza la devoción, ese extraño papel que la chica se ha colocado sobre el pezón. La lengua del magnate se desliza con un ritmo pausado, trazando círculos y senderos invisibles, jugando entre lo delicado y lo intenso, entre el susurro y la presión. Cada movimiento es una promesa, un baile sutil entre el deseo y el respeto.

Entregado del todo.

Pero así, de espaldas, no le vale.

—Gírate, hijo de puta. Gírate —ordena, como si él pudiera oírle.

Necesita que se le vea con claridad. Para que no haya dudas. Para que valga la pena. ¿Quién va a creerse que ese hombre de espaldas, vulnerable, desnudo, entregado, sea Carlos Manso?

La luna vuelve a iluminar la ventana y el fotógrafo imagina, sobre las sábanas de la cama, restos de cocaína, de fluidos vaginales, de saliva, de sudor, de alcohol, de lubricante. Imagina todo lo que habrá ocurrido mientras las cortinas estaban echadas y la luz apagada.

«Céntrate, idiota —se dice—. Quizá solo tengas una oportunidad para hacer el disparo de tu vida».

—Date la vuelta, cabrón, date la vuelta —insiste en voz alta.

Pero todo desaparece. Como si no hubiera existido nunca, la escena frente a la ventana abierta se convierte en un agujero negro. La pareja se ha movido hasta quedar oculta tras la pared. El paparazi maldice su suerte. Otra vez. Tanto tiempo, para nada. Tantas guardias, tantos sobornos, tantas ilusiones, para nada.

Sin embargo, para ejecutar una venganza, nunca puede perderse la paciencia, así que decide esperar. Un poco. Solo un poco más. Sabe que se ha quedado al borde de capturar una historia que podría derrumbar un imperio.

De repente, por el rabillo de su entrenado ojo izquierdo, algo le llama la atención. La puerta de la terraza, en la esquina de la *suite*, empieza a deslizarse. No puede ser. Manso nunca saldría, nunca cometería esa imprudencia.

Pero el placer, hay que recordarlo, desactiva nuestras defensas.

La chica, casi una cría, parece arrastrarlo hacia el exterior, aunque lo que ocurre no es más que una danza codificada entre el deseante y la deseada: una entrega pactada entre el anhelo y la carne que lo obedece.

Ahora sí. Rápido. Rápido. Rápido. Dispara.

Las fotografías captan cómo allí, al aire libre, restriegan sus cuerpos, cómo se lamen, se unen y se separan, cómo ríen y se tocan, cómo no parece importarles nada más que ellos, mientras buscan el orgasmo en el estrecho espacio semicircular que corona uno de los edificios más emblemáticos de Madrid. La piel del paparazi se eriza por la adrenalina de lo que sucede ante su objetivo. La mujer empuja a su amante hacia la barandilla, una barra semicircular de cemento que rodea toda la terraza. El hombre camina torpemente hacia atrás, entregado al placer.

Su cara es inconfundible.

El paparazi dispara como si cada fotografía fuera una declaración de guerra.

La pareja llega hasta la barandilla, un límite tangible entre su pequeño universo y el vasto abismo que se extiende a sus pies. Ella cuchichea a su oído y, en un gesto extrañamente ágil para su edad, el hombre se sienta sobre el hormigón, cerrando los ojos con la confianza ciega de quien cree que controla incluso al destino. La chica desliza la lengua por el cuerpo del magnate hasta que desaparece de la vista del fotógrafo, que no necesita verla para saber qué está pasando. Su imaginación, afilada por la rabia y la venganza, lo llena todo.

Enfoca el objetivo con precisión quirúrgica sobre el rostro de Manso. Su cara, siempre tan pétrea y controlada en las imágenes públicas, se derrite ahora en una mueca grotesca de placer. Cada línea de su rostro vibra con la tensión de un orgasmo que está a punto de explotar. El fotógrafo se convierte en testigo de la rendición de un hombre invulnerable, de un hombre que lo tiene todo, reduciéndose a un amasijo de instintos primarios hasta que su cuerpo se sacude de manera espasmódica y torpe.

No parpadea, no respira. Sabe que está capturando algo más que una escena de sexo: está documentando la caída de un titán.

Justo entonces, mientras su cuerpo tiembla sobre la barandilla, Manso siente un escalofrío que no proviene del frío de la noche, sino de una imagen de la infancia, que le llega brutal y nítida: su padre, dirigiéndole la palabra con desprecio.

—Los cobardes acaban en el infierno de la vulgaridad, Carlos.

El paparazi tiene que ponerse en pie para lograr una mejor imagen de los dos. Apoya la mano contra la madera del suelo y sus rodillas, entumecidas, protestan con un temblor sordo mientras las fuerza a levantarse. Coge de nuevo la cámara, pero sucede algo que lo descoloca. Su dedo se paraliza sobre el disparador. Manso, que parecía una estatua coronando el edificio, comienza a inclinarse atrás hacia el vacío. Lento al principio, pero enseguida, acelerándose con la implacable velocidad de la gravedad.

Tras la barandilla de la terraza no hay nada.

Y cae.

Cae de espaldas, como un submarinista lanzándose al mar, aunque aquí no lo recibe el agua, sino el aire gélido que acaricia la ciudad. El movimiento es violento y grotesco. Todo pasa muy rápido. El albornoz de Manso se enreda en el letrero luminoso de la marca de refrescos que preside el edificio desde hace décadas. El cartel chisporrotea unos segundos, con un destello extraño, y se apaga. Y vuelve a encenderse. Y se apaga de nuevo. La luz amarilla intermitente es como un faro que llama la atención de los cientos de viandantes que abarrotan la plaza de Callao y que, cuando alzan la vista, ven a un hombre que se balancea, semidesnudo, colgado de la letra W.

Y esa será la fotografía que pervivirá en la memoria de la sociedad. Ni el tiburón al que nadie se atrevía a mirar de reojo. Ni el emporio empresarial. Ni décadas manejando a su antojo parte de la opinión pública del país.

Cuando mueres, ya no controlas tu propio relato.

Y Carlos Manso había dejado de hacerlo en ese instante.

Desde esa noche, don Carlos Manso del Valle no será recordado como el titán que lo tenía todo bajo control, sino como el putero que la palmó colgado de la W del cartel de Schweppes del edificio más icónico de la Gran Vía madrileña, con un albornoz abierto que dejaba ver su pene flácido meciéndose al viento de la noche como el badajo que apenas asoma bajo una campana, en directo en decenas de redes sociales de locales y turistas que gritan, unos metros más abajo.

El placer nos vuelve vulnerables. Desactiva nuestras defensas. Nos aletarga en una nube de felicidad.

Y nos convierte en presas fáciles.

2

Cuando mueres, la gente deja de pensarte con sorprendente rapidez. Primero eres noticia. Luego, anécdota. A los tres o cuatro meses, apenas queda una sombra fugaz en alguna conversación perdida —«Ay, pobrecito, ¿te acuerdas?»— mientras el mundo sigue girando con la impaciencia de siempre, atropellado por su propia urgencia. Y solo poco después, te diluyes en el ruido de lo cotidiano. Las anécdotas pierden detalles, como un dibujo borroso expuesto demasiado tiempo al sol del que apenas quedan trazos.

Pero Carlos Manso no estaba dispuesto a ser uno más.

Había pasado los últimos años diseñando, con precisión quirúrgica, el recuerdo que dejaría en el mundo y que pretendía extender durante generaciones. Todo estaba previsto. Calculado. Planeado hasta el más mínimo matiz para seguir teniendo el control de su propio relato incluso después de muerto. No solo en los primeros días, cuando la cortesía impone una tregua y nadie osa criticar a un cadáver aún tibio. Sino más tarde. Mucho más tarde.

Quería ser constante, permanente. Quería ser mármol. Un césar presidiendo las calles del imperio. Historia con mayúsculas.

Porque los grandes hombres, los verdaderos visionarios, no solo piensan en su generación. La rebasan. La colonizan más allá del tiempo en el que les ha tocado vivir.

Carlos Manso nunca pensó, sin embargo, que ese plan tuviera que activarse tan pronto. El engranaje frenético de Magnum Media Group, el emporio de medios de comunicación y redes sociales del que poseía el cincuenta y tres por ciento, se pone en marcha como una maquinaria bélica la misma madrugada de su muerte. Usado tantas veces como trituradora para destruir gobiernos, pisotear negocios, elevar a ineptos y coronar a reyes, debe convertir a ese meme semidesnudo, colgando de un cartel luminoso, en un mártir visionario que murió como vivió: por encima del mundo. El reto es titánico: borrar el escarnio digital, moldear el relato, comprar silencios, fabricar homenajes, reescribir la humillación como tragedia griega y blindar la memoria de su fundador tras haberse convertido en chiste. Mundial.

Quien puede hacer, hace. Quien tiene el número adecuado, lo marca. Quien tiene el algoritmo, lo ajusta. Así funciona el poder cuando el rey ha caído y toca limpiar la sangre del trono. Los teléfonos marcan números importantes, de los que se almacenan en agendas con seudónimos. Los algoritmos de las redes sociales se trastocan para ocultar los vídeos que no se deben ver. Jefes de Estado y de Gobierno mandan condolencias públicas. Se habla poco y se actúa rápido. Los medios de Magnum Media Group empiezan su labor con eficiencia servil, como un ejército bien entrenado, sin cuestionar, sin titubear, sin mirar hacia ningún otro lado. En cuestión de horas, el relato oficial queda claro: el maestro del periodismo, el hombre que presumía de haber modelado la comunicación de un país y de parte del continente, el rey indiscutible de las ondas, el cronista de una era —que escribió con renglones no siempre limpios—, un empresario como no se repetirá en décadas, ha fallecido de un ataque al corazón.

Pero, fuera de su burbuja, y por mucho que algunos dueños de aplicaciones ordenen manipular el código para mostrar *otras* cosas, la avalancha no puede pararse y las redes sociales son un hervidero de memes, teorías y burlas. La verdad oficial, entonces, se convierte en algo irrelevante. Lo que cala es el relato que se construye en los teléfonos móviles de miles de personas que esa noche habían grabado, fotografiado y compartido el final de Carlos Manso. Las imágenes del cuerpo colgado tomadas por decenas de turistas y madrileños, las de los intentos infructuosos de la enorme grúa de los bomberos tratando de llegar a la altura del cartel luminoso para sacarlo de allí y las de varios especialistas escalando el edificio para asegurarlo y evitar que se cayera al vacío, se repiten en las pantallas de una España que esa noche no duerme. Disfruta.

Y, también, en las de un mundo que queda fascinado por la historia. Otro en el que algunos sacan el champán de la nevera. Y uno más, los puñales.

Nada de eso, sin embargo, se ve en los medios de Magnum Media Group. Los periodistas a sueldo de la familia Manso compiten por el titular más lacrimógeno y servilista. Incluso, en uno de los momentos más vergonzosos para la profesión, uno de los presentadores de televisión enciende una vela sobre la mesa del plató, pidiendo a los técnicos que bajen la intensidad de las luces. La llama se mueve en la penumbra, como un suspiro luminoso perdido en el vacío. Es pequeña, pero vibrante. A medida que el objetivo de una de las cámaras se acerca, el fuego atrapa al espectador con su ritmo dorado y naranja meciéndose de manera hipnótica, mientras el presentador, impostando una voz chirriantemente solemne, declama: «En el palacio de Versalles, hogar de los grandes monarcas de Francia, apagaban un cirio cuando moría el rey. Hoy ha muerto el rey de la comunicación, un hombre que era nuestro sol; hoy apagamos la llama de su vida y encendemos la de su legado».

El periodista sopla, de manera ridículamente suave, la vela. Luego compone una especie de cara de funeral y simula contener una lágrima. Imposta un puchero. Es ridículo, obscenamente artificial, pero ahí está, en directo, en horario de máxima audiencia.

Desde su casa, Santiago Munárriz, forense, mira el televisor con cara de asco. «Ojalá volviera a dar vergüenza ser gentuza», piensa. No ha dormido en toda la noche, enganchado en cascada a cualquier fuente de información sobre el fallecimiento del magnate: la tele, la radio, las redes sociales, los mensajes en los grupos de WhatsApp entre forenses o los de sus amigos en la policía. «El Gobierno contiene la respiración», le dicen unos desde Moncloa. «Manso era su peor azote y no saben por dónde van a ir los tiros ahora, no quieren hacer un movimiento en falso», comenta otro. «El cuerpo tiene varias marcas extrañas, necesito que me digas rápido qué son. Vete ya para el anatómico y me cuentas», le exige el juez que levanta el cadáver. «¿Sabes que el bombero que ha recuperado el cuerpo vomitó mientras estaba colgado del arnés, cuando vio el estado del tipo?», le comenta un agente de la policía local de Madrid. «Dicen que había una mujer con él en la habitación, pero no la han encontrado —escribe otro—. Los de homicidios están como locos investigando». «Ten cuidado, compañero: esta autopsia es de alto voltaje; te la juegas», es la advertencia de un colega forense.

«Blanca, siento despertarte, ¿te importa subir hoy antes? Me toca Manso», escribe en el móvil a las siete y media de la mañana. Y a Blanca, la vecina del primero, una mujer de sesenta años que ha trabajado siempre en una guardería, pero se quedó en el paro dos años atrás, le falta tiempo para saltar de la cama y correr a por su Emmuchy querida. Que ya está despierta y con ganas de juerga.

—¡¡Ayy, mi cosita!! —La abraza, en cuanto entra en el piso, llenándola de besos—. Ven aquí, mi Emma linda. Que es muy pronto, pero si quieres, vamos a hacer algo rico para desayunar.

—¡¡Sí, sí!! —responde, entusiasmada, la pequeña.

Santi le da un último beso en la frente a su hija, y cuando se marcha, mirándola, no puede dejar de pensar en lo que se parece a su madre. A Berta.

No llueve, pero el frío helador del rocío de la mañana se le cala a Santi hasta los huesos, a pesar del traje de motorista. Antes de llegar al Instituto de Medicina Legal, y por primera vez en mucho tiempo, siente unos pinchazos en la boca del estómago.

Cree que va a vomitar.

Sobre una camilla de acero inoxidable, desnudo, despojado de su séquito de aduladores y de su poder, Carlos Manso es un muerto más. O debería. Porque hasta el Ministerio del Interior ha mandado a un emisario a supervisar la autopsia.

Hoy, Santi tendrá público. Los rostros se alinean alrededor de la mesa de autopsias. Fríos. Atentos. Por obligación. Por curiosidad. Incluso por venganza.

Las luces blancas convierten el centro de la sala en el escenario de un anfiteatro quirúrgico, donde el cuerpo del magnate será el protagonista de un último espectáculo, expuesto como en uno de esos últimos *shows* que tanto dinero le daban.

Hay una tensión extraña en el aire, una expectativa densa, no científica, tampoco profesional, algo más supersticioso. Como si los espectadores esperaran encontrar dentro de ese cadáver algo especial: el poder que solo unos pocos alcanzan convertido en una víscera del cuerpo que justificase todos sus triunfos. O quizá, la prueba física del mal, un residuo orgánico alojado en alguna cavidad, piedra a piedra.

El hombre que en vida dictaba titulares ahora es solo carne vencida. Sudor seco. Un olor que empieza a corromper. Carlos Manso reducido a la nada. A un cuerpo desnudo, viejo y pudriéndose sobre una mesa de acero.

Y Santi lo sabe. Mientras once personas le esperan, se prepara con la calma de un actor que domina su monólogo. Saca un pequeño altavoz de la mochila y lo conecta a su móvil. Como elegida a propósito, suena «Insurrección», de El Último de la Fila. La tararea en voz muy baja mientras ordena los instrumentos médicos sobre una larga mesa, disfrutando del eco metálico que rebota en las paredes. Ejecuta los movimientos con calma sobria, como un bailarín de *ballet* a cámara lenta, deleitándose en la idea de estar poniendo nerviosos a los censores que han mandado a espiarle. Cada gesto parece una provocación controlada.

—¿Es necesario poner música? —pregunta uno de los mandos policiales.

—Así me concentro mejor —responde el forense, sin mirarlo.

Miente. La música no es para concentrarse; es un escudo. Un campo de fuerza emocional que lo separa del murmullo mental de los presentes, de los prejuicios que les adivina tras esos cráneos mediocres y grises. De su ignorancia. De sus miradas.

—Bueno, pues vamos al lío —dice al fin, con una media sonrisa, fingiendo estar encantado de tener público esa mañana, aunque la mirada que les lanza está cargada de desafío, como si invitara a alguno de ellos a atreverse a interrumpirlo—. Por cierto, no crean esas cosas de las películas americanas en las que dicen que poniéndose mentol bajo la nariz esto va a dejar de apestar. En cuanto abra por aquí, y por aquí, y por aquí —señala la cabeza, el tórax y los genitales—, la cosa se va a poner interesante. Disfruten del espectáculo.

Respira hondo. Cierra los ojos un segundo y comienza el procedimiento con la precisión de quien lleva años en el oficio.

Antes de abrir un cuerpo, Santi siempre se coloca frente a él, a sus pies, mirándolo con seriedad, en una ceremonia que repite mentalmente al inicio de cada autopsia, para rendir respeto a la persona a la que va a partir en trozos. «Estoy aquí, me debo a ti, soy tu última conexión con el mundo de los vivos. Cuéntame lo que debo saber antes de decirte para siempre adiós».

Pero con Manso es distinto. Quizá a los hombres como él no haya que vengarlos.

Santi se acerca al cuerpo, aproximando su cara a pocos centímetros de la piel. Lo inspecciona sin tocarlo, rodeando la camilla como un depredador que examina su presa. Sus ojos se detienen en un detalle que salta a la vista: cicatrices.

No quirúrgicas.

No accidentales.

Pequeñas incisiones irregulares, superficiales, como heridas de ritual, hechas por manos inexpertas, como trazos infantiles probando su habilidad sobre un papel. Algunas recientes, otras antiguas. Todas mal curadas. Ninguna suturada. Ninguna coherente. Ni siquiera el lugar en el que están lo es.

—¿De qué ha muerto? —interrumpe sus pensamientos una voz seca e impaciente.

Santi no responde. Se ajusta los guantes. Acomoda el bisturí en la mano.

—De lo mismo que otras ciento sesenta mil personas ayer —contesta, al fin.

—¿Cómo? —El tono es incrédulo.

No gira la cabeza. Se limita a dar una explicación concisa y con voz cortante.

—La muerte no es original. Ni siquiera para tipos como Manso.

El silencio es tenso. Uno de los presentes carraspea. El curioso, obligado por la presión ambiental para no quedar mal, insiste.

—¿Quiere explicarse mejor?

Santi desliza el bisturí en la piel envejecida.

Una T perfecta se dibuja en el pecho del cadáver. La piel se abre despacio, como una fruta madura que cede a la hoja afilada. Santi levanta la mirada y, por primera vez, mira a su interlocutor a los ojos. Es un mamarracho enviado por un alto cargo político. Lleva el bisturí en la mano, goteando sangre roja y espesa.

—Fíjese —habla con ese tono dulce y enervante de quien intenta explicar algo evidente a un niño. Sus palabras caen lentas, revestidas de falsa paciencia y superioridad disfrazada de cortesía—, cada año hay sesenta millones de cadáveres humanos nuevos en la Tierra. Todos mueren de formas que ya se han visto antes. Ni para eso somos originales. Ni siquiera el señor Manso. —Parece sonreír—. Hay muy pocas personas llamadas a ser las primeras en morir por primera vez de algo.

La sala se queda en silencio. Casi todos los asistentes ya habían sido advertidos del carácter indomable y asocial de ese forense superdotado. Pero lo que no les habían explicado —y ahora entendían— era el efecto Munárriz: una presencia que abre tu cuerpo sin necesidad de bisturí. Su voz, empapada de condescendencia, es una caricia envenenada, destinada a subrayar que su interlocutor nunca va a estar a su altura y que cualquier intento de respuesta es un acto inútil. El forense vuelve a girarse hacia el cuerpo, repasándolo, dando vueltas a su alrededor, mientras su asistente hace fotografías y una cámara instalada en el techo lo graba todo.

—De hecho —dice, en un momento dado, dirigiéndose a los espectadores—, cualquiera de ustedes podría estar sobre esta mesa en los próximos minutos. —Se escuchan voces de protesta. Santi no solo las ignora, sino que se deleita en ellas—. La única certeza que tenemos en la vida es que todos nos estamos muriendo. Unos a más velocidad, otros de forma más lenta. Y algunos... de manera repentina e inesperada. Apenas un pestañeo y, ¡chas! —eleva el tono de voz, asustándolos—, se acabó. Así que, en principio, nada les asegura salir vivos de esta sala. No se crean tan especiales por estar ahí de pie, en vez de tumbados en esta camilla. ¡Ah! Otra cosa —añade, con una media sonrisa, sin dejar de trabajar sobre el cadáver—, tratamos de desinfectar bien todo..., pero, a veces, las salpicaduras llegan más lejos de lo que uno espera. Y no se imaginan lo que puede llegar a salir de un cuerpo. —Hace una pausa—. Eviten tocar las paredes en las que están apoyados. Con esos deditos se llevan ustedes todo a la cara. Veintitrés veces por hora. Trescientas sesenta y ocho al día. Me imagino que no querrán meterse ese tipo de cosas en los agujeros de su cuerpo. —Vuelve a hacer otra pausa, teatral—. Me imagino.

—Ya nos habían dicho que usted era un poco difícil —gruñe el secretario judicial, un tipo barrigón y canoso, vestido con vaqueros y una camisa de manga corta a cuadros que gritan su desdén por la coordinación estilística.

Santi levanta una ceja. Ni se molesta en disimular su desprecio.

—¿Solo un poco? —ironiza—. Qué decepción —se burla con la misma parsimonia con la que parece trabajar. Hace girar el bisturí entre los dedos como si fuera una pluma, para que reluzca bajo la luz quirúrgica—. Con contadas excepciones, la humanidad no es algo con lo que tenga curiosidad por interactuar.

Su sonrisa es fina como la hoja de su escalpelo.

El ambiente en la sala se vuelve tan denso como la sangre coagulada. Nadie se atreve a responder. Santi se crece. Se alimenta de la incomodidad. Y trabaja. Coge el costótomo. Crujido. El corte de las costillas resuena en la sala como un latigazo mecánico. Crujido. El esternón cede. Crujido. Chasquidos que mezclan lo orgánico y lo mecánico.

—Ahora empezará a oler algo más fuerte —les advierte—. ¿Alguno quiere una mascarilla? —Espera un par de segundos—. ¿No? Valientes. Si no hay más preguntas, déjenme hurgar con tranquilidad. Ya los veo mandando mensajes a sus jefes. —Baja la voz una octava, el tono de la advertencia es serio—: Pero ni una foto. Ya saben que es ilegal. Aquí, los únicos autorizados para documentar el proceso... somos los que llevamos las manos manchadas. De sangre. —Los mira, retándolos—. De este muerto.

El bisturí se desliza, una vez más, cortando piel y silencio, mientras Santi se sumerge de lleno en su trabajo, dejando a los presentes tragándose la incomodidad.

La tranquilidad dura poco.

Munárriz tararea «Only the Strong Survive», colocando de manera inconsciente las cuerdas vocales para agrietar la voz como su amado Springsteen, mientras hurga en la cavidad torácica del magnate. Sabe exactamente dónde quiere llegar, y sus manos se mueven con la precisión y la calma metódica, casi ritual, de quien ha hecho esto cientos de veces.

Los corazones también envejecen. También se cansan de bombear mentiras.

Para retirar el de Manso tiene que actuar con especial cuidado. Tras seccionar un par de costillas más, realiza una incisión en el pericardio y el órgano queda a la vista. De la aurícula derecha asoman un par de cables muy finos que recorren el interior de la vena cava superior hasta la subclavia. Allí conectan con un pequeño generador de impulsos que, unos meses atrás, un cardiólogo había acomodado bajo la piel del empresario, cerca de la clavícula.

Carlos Manso lleva un marcapasos. Uno de los más caros del mercado.

—¿Y eso? —pregunta uno de los presentes.

Santi levanta la vista.

—Aprendan a esperar. Las respuestas llegan cuando deben.

Desconecta la batería y secciona los cables, con sumo cuidado para no dañar las estructuras cardíacas. Ahora ya puede tirar del marcapasos y arrastrar suavemente los conductores que lo conectaban con el corazón. Observa el artilugio con detenimiento antes de guardarlo en una bolsa de plástico que después marcará con una etiqueta. Una vez extraída la parte mecánica, corta los grandes vasos sanguíneos que mantienen el corazón todavía adherido al cuerpo, dejando que el órgano ceda bajo su peso, finalmente libre. Lo extrae y lo coloca en la balanza: quinientos treinta y siete gramos, mucho más de lo habitual. A simple vista percibe la hipertrofia cardíaca, un engrosamiento de las paredes causado por la hipertensión, el estrés crónico o los dos factores a la vez.

Santi se inclina de nuevo sobre el cadáver, ignorando los murmullos. Bajo la luz blanca y fría, los secretos de Manso comienzan a desenredarse. Como canta Springsteen, solo el más fuerte sobrevive, pero ni el más fuerte puede burlar a la muerte.

—No comentas nada. —La voz incómoda de uno de los asistentes resuena de nuevo en la sala.

Malditos pesados.

—Nada, ¿de qué? —le responde, mientras vuelve a hurgar en la cavidad torácica del cadáver.

—Pues de cómo va todo. De qué contemplas en el cuerpo, qué vas encontrando.

—Yo no comento, ni contemplo, ni pierdo el tiempo. —Hace una pausa para levantar la cabeza y mirarlos, uno a uno—. Yo trabajo. Con mis manos y mi cabeza. Lo que necesiten lo leerán en mi informe. Pueden llamar a sus jefes para decírselo. O quedarse aquí aprendiendo de anatomía humana. Pero no me pregunten a mí, pregúntenle a Google, y en silencio. Por favor. Y ahora, déjenme hacer mi trabajo.

En aquella sala, los secretos que Manso no confesó en vida están siendo diseccionados uno a uno, bajo la luz blanca, hasta que no quede nada por ocultar.

«Only the Strong Survive», vuelve a la música, ignorando todo lo que tiene alrededor, excepto el cadáver. Springsteen tiene razón, piensa. Solo el más fuerte sobrevive.

Pero ni siquiera el más fuerte puede esconderse para siempre.

Tras la autopsia de Manso, Santi llega a casa agotado. Es un cansancio extraño. Tiene mucho que digerir todavía. No sabe cómo sentirse.

Nada más abrir la puerta, oye lo único por lo que vale la pena vivir.

Es un estallido breve, un burbujeo de sonido que no tiene palabras, pero dice todo: papá ha vuelto. Un canto primitivo, feliz, perfecto. Emma corre por el pasillo hacia él. Su cuerpo entero se abre en un chillido de júbilo. Grita de felicidad, como gritan los niños cuando el mundo aún les cabe entero en los brazos. Tiene dos años y tres meses y ya es una luz imposible de parar.

Tras ella, Blanca, la mujer que la cuida cuando él no puede.

—Gracias por quedarte todo el sábado —le dice—. He tenido una autopsia difícil.

—¡Ay! No me hables de esas cosas de tu trabajo —contesta la mujer, sacudiéndose la mano frente a la cara—. Yo no quiero saber nada de muertos. Aquí te dejo a la reina del universo. Que se ha portado fenomenal.

Santi coge en brazos a su hija y la llena de besos. Es igual que su madre.

Berta.

¡Dios, cómo la echa de menos!

Tiene tantas cosas que contarle. Tanto que compartir. Y tanto perdón que pedirle...

3

Dos años atrás

Berta llegó con Emma en brazos, usándola a modo de escudo por su propia cobardía ante el dolor. Sabía que se estaba preparando para un golpe, pero lo hacía a su manera: midiéndolo, dosificándolo, dándose treguas con cada respiro contenido. Miraba el reloj con la ansiedad con la que se consulta un teléfono en busca de un mensaje que nunca llega. Había escogido una mesa en el rincón más apartado de la cafetería, protegida por una pequeña esquina, deseando que un recoveco pueda salvarla de lo inevitable.

Sentía el aire allí dentro más espeso que nunca, como si estuviera lleno de las palabras que todavía no se habían dicho. Berta notaba el nudo en su pecho, un vacío que le apretaba la garganta. Emma, en cambio, dormía profundamente, ajena a todo, con esa paz cruel que tienen los bebés, esa indiferencia que hace que el mundo pueda desmoronarse a su alrededor sin que ellos despierten.

Unos minutos después, Óscar entró en la cafetería con la cautela de quien no está seguro de querer estar allí. Volteó el cuerpo de un lado a otro, rastreando el local hasta que la encontró. Durante un instante se quedó quieto, sin decidirse a avanzar, como si la imagen de esa madre con su hija en brazos fuera demasiado para él. Pero, al final, caminó hacia ella. Llegó a la mesa, aunque Berta no levantó la cabeza, no porque no lo hubiera visto, sino porque no podía. Si lo miraba, si se atrevía a sostener su mirada, la verdad la golpearía de lleno. Y no estaba lista.

Un mutismo espeso se instaló entre los dos.

—Hola —dijo él, mientras se sentaba al otro lado de la mesa—. Soy Óscar.

—Ya lo sé —respondió, demasiado seca. Se arrepintió al instante. Trató de sonar más amable—. Hola. Soy Berta. Bueno, somos Berta y Emma.

Acarició la cabeza de la pequeña, refugiándose en el calor de su hija, que en ese momento era la única certeza que le quedaba. Se sumergió en esa burbuja de amor en la que solo existían las dos. Se escondió allí, en la cueva de su maternidad, en ese lugar seguro donde nada la podía alcanzar.

—Es preciosa —comentó Óscar.

—Lo es —respondió ella, sin mirarlo. Pero ¿qué bebé de tres meses no lo es?

Hubo un breve vacío antes de que él soltara la pregunta que había estado rondándole la mente desde que la vio.

—¿Es hija de Santi?

Berta sintió cómo su espalda se tensaba. Cerró los ojos un segundo, apenas un parpadeo prolongado. No quería enfadarse, aunque la pregunta atravesó su cuerpo como un cuchillo.

—Eso —dijo al fin, levantando la cabeza con firmeza, mirándolo por primera vez—, eso tendrá que contártelo él.

La conversación se apagó por un instante. Óscar asintió despacio, comprendiendo la barrera que acababa de levantar Berta, la línea que no debía cruzar.

—¿Sabes por qué Santi nos ha citado aquí? —preguntó él, después de un rato.

Berta negó con la cabeza. Se sintió enferma. Ojalá pudiera decir que no tenía miedo. Ojalá pudiera decir que le daba igual. Pero mentiría.

A su alrededor, las conversaciones de la cafetería seguían su curso, pero a ella le parecían un murmullo lejano. La gente reía, hablaba, bebía café sin saber que, en esa mesa, en ese rincón discreto, algo irreparable estaba a punto de ocurrir.

—No quiero pelear por él —aseguró Óscar, con una sinceridad dolorosa—. No puedo luchar. Te veo con ese bebé en brazos... —Lo decía sin rencor, sin reproches, sin la furia de quien busca ganar, sino con la resignación de quien sabe que, haga lo que haga, ya ha perdido algo—. Pero Santi es... Yo no puedo vivir sin...

Se interrumpió. No hacía falta terminar la frase. Los dos habían comprendido perfectamente todo lo que significaba.

Emma despertó en ese momento, ajena a la tormenta que se estaba gestando a su alrededor. Parpadeó y, al reconocer a su madre, emitió un sonido suave y gutural, que sonó como «guuu», y sonrió.

Sonrió con esa luz limpia y pura que solo tienen los bebés en brazos de mamá o papá y esa certeza de que el mundo es un lugar seguro.

Óscar y Berta la miraron. Él con ternura, su madre con el corazón roto.

—Imposible resistirse, ¿verdad? —murmuró ella. Se refería a Santi. Intentó sonreír, trató de que su voz sonara natural, pero no pudo evitar que un tinte amargo se filtrara en sus palabras. Luego, volvió a mirar a Óscar, esta vez con una intensidad distinta—. ¿Qué me vas a contar a mí? Te gano por antigüedad.

Era un intento de humor. Fracasó.

Óscar esbozó una sonrisa triste.

—Santi... —susurró, y dejó la frase en el aire, como si el solo nombre explicara todo.

Se instaló otro silencio. Denso. Aplastante. Un silencio con peso, con filo. De los que te pueden llegar a cortar el alma.

Berta empezó a impacientarse.

¿Por qué tardaba tanto?

Apretó con más fuerza a Emma contra su pecho, un bebé que aún no comprendía que en ese preciso momento se estaba decidiendo parte de su destino. Que la vida de tres personas estaba a punto de romperse.

Entonces, lo vio.

Santi.

Entrando en la cafetería, con las manos en los bolsillos, con la expresión de siempre, indescifrable, fría. Pero ella lo conocía demasiado bien. Notó la tensión en sus hombros, la rigidez en su mandíbula. Notó cómo evitaba mirarlos directamente.

Él también sabía lo que estaba a punto de hacer.

Y le dolía.

Se sentó entre los dos.

—Gracias por venir —dijo.

Berta sintió cómo la sangre se le helaba.

—Empieza por decirnos por qué estamos aquí —le respondió, con una voz que no reconoció como suya.

Santi suspiró.

—Esto no es fácil para mí.

Por primera vez, su voz sonó humana. Por primera vez, su voz pareció vulnerable.

Pero a Berta eso ya no le bastaba.

—¿Para ti? —repitió ella, con un tono afilado.

Él bajó la cabeza, incapaz de sostenerle la mirada. Se quedó en Emma. Besó su frente, demorándose en ese beso como si necesitara aferrarse a ese calor infantil antes de seguir adelante. Solo entonces levantó la cabeza para mirar a las dos personas a las que amaba. O creía amar. Tan distintas. Tan complementarias.

Y entonces, por fin, se decidió.

—Tenemos que hablar de muchas cosas, ¿verdad? —El cansancio pesaba sobre sus hombros como una mochila cargada de piedras. Tenía que ir soltándolas. Y no sabía si era mejor hacerlo una a una o todas a la vez. Si era mejor un dolor suave y lento o el que destroza de golpe—. Por eso estamos aquí. Porque no quiero mentir. Quiero ser transparente. Os lo debo. A los dos.

El mundo pareció ralentizarse. Berta sintió un peso insoportable en los pulmones, un ahogo invisible que no la dejaba respirar.

Óscar también lo notó.

—¿Nos lo debes? —repitió él, con incredulidad.

Santi los miró a los dos. No sabía qué decir, porque no había palabras que no dolieran, porque no había una forma de explicarlo sin ser cruel.

—No podemos seguir así —respondió, al fin—. Esto... esto no puede seguir así.

Berta cerró los ojos. Silencio.

—No quiero que nadie salga herido —continuó Santi.

Óscar soltó una carcajada irónica.

—¿De verdad crees que eso es posible? Míranos, en este teatro absurdo que te has montado. Incluso con un bebé, con tu propia hija. —Porque ahora, al verlo besarla, estaba ya convencido de que era su hija—. ¿Cómo te atreves?

Santi fue incapaz de contestar.

Berta lo miraba, agarrándose a la esperanza de ser ella la elegida.

—No se trata de quién gana, Santi —le contestó, cruel, Óscar—. Ni siquiera de lo que decidas. Se trata de lo que ya hemos perdido. Todos nosotros.

Santi miró a Óscar, después a Berta, y finalmente a Emma. En ese instante comprendió que no había una decisión que pudiera arreglarlo todo. No había una fórmula mágica que curara las heridas que ya se habían abierto. No podía querer a los dos sin hacerles daño. Hiciera lo que hiciera, todos saldrían de allí mutilados.

Soltó el aire como si llevara horas sin respirar. Como si por fin pudiera decir lo que tanto había temido.

Las palabras que iban a cambiar sus vidas.

—Lo siento.

Nadie dijo nada.

—No podéis ser los dos.

Y ahí se rompió todo.

4

—Lo siento. No podéis ser los dos.

Lo soltó como si no importara, sin mirarlos, perdiendo la vista más allá de la ventana empañada de la cafetería, que devolvía apenas un reflejo desdibujado: cuatro figuras suspendidas en un invierno que, tras esas palabras, ya no sabían cómo habitar.

No podéis ser los dos.

Óscar notó cómo empezaba a ahogarse. Apoyó la mano en la mesa para que el brazo le ayudara a levantarse. Lo hizo con torpeza. Trastabillando las palabras y el cuerpo.

—Lo siento, me... me mandan un mensaje del hospital —se excusó, mirando al suelo, sin atreverse a levantar la vista hacia ellos—. Tengo que irme.

Los tres sabían que era mentira. Que era, en realidad, una huida. No soportaba estar allí. El médico que operaba a vida o muerte sin que le temblara el pulso, se sentía, de repente, a punto de desmayarse. Notaba en su cuerpo los mismos síntomas que había escuchado en tantos pacientes que acudían al hospital creyendo morir: taquicardia, dificultad para respirar, opresión en el pecho, mareo, sudoración repentina y excesiva, náuseas, debilidad y falta de control muscular. Personas que se tiraban al suelo, desencajadas, con un pánico como no habían sentido nunca, creyendo que de verdad iban a morirse. Solo que esta vez era él quien quería tirarse al suelo y gritar que no podía más. Su mente y su cuerpo le gritaban que iba a fallecer allí mismo, en esa cafetería. Sintió un pánico atroz. Solo una pequeña parte de su cerebro se mantuvo lúcida para insistirle en la realidad de lo que le estaba pasando —«Tienes un ataque grave de ansiedad»— y las formas de solucionarlo. Pero tenía que salir de allí. Ya. Cada vez se estaba poniendo peor.

—Óscar —Santi le agarró de la muñeca, trataba de retenerlo, explicarle, hacérselo entender—, yo solo quiero ser sincero con los dos. Honesto. No... no quiero mentiros. Si hago esto, es para poner las cartas sobre la mesa.

—¿Mentirnos...? —le escupió el médico, con la voz temblorosa y los ojos vidriosos—. ¿Mentirnos? —repitió, dándole la espalda, y haciendo ademán de caminar hacia la salida, hacia una puerta que el mareo y la visión en túnel no le dejaban ver con claridad. Usó toda su fuerza de voluntad para encontrarla y llegar a ella—. Esto ya no tiene vuelta atrás.

—Quizá tengas razón —contestó Santi, lleno de dolor—. Quizá no haya un camino de vuelta. Pero eso no significa que no lo intente.

—Pues nos quedamos tú y yo —intervino Berta, en voz lo suficientemente alta como para que Óscar la escuchara antes de salir de la cafetería, hiriéndolo. Un último golpe. Una última daga.

Por un momento, estuvo convencida de que las iba a elegir a ellas. Aunque fuera por su hija. Cabrón, hazlo, aunque sea por la niña, repitió en su pensamiento, aunque sea por tu bebé. Yo me conformo con tenerte a mi lado, aunque sepa que en realidad le quieres más a él que a mí.

La mirada de Santi se perdió en la espalda de su amante, calle abajo, hasta que Óscar se esfumó tras una esquina. Berta lo observó, tratando de descifrarlo. Pero no pudo. Porque Santi, ese Santi que ella conoció, ya no estaba allí. Lo que quedaba era un hombre perdido, atrapado en un laberinto de su propia creación, buscando desesperadamente una salida.

Y el silencio.

—Berta. —Por fin se volvió hacia ella y la miró.

Le devolvió la mirada. Me quiere, estoy segura.

—Te quiero —le dijo.

Ella sonrió, y un peso se evaporó de su cuerpo. Me quiere. Lo miró con esa expresión serena que él siempre había amado, esa calma que parecía desmoronarse solo en sus ojos, donde, sin embargo, seguía brillando una chispa de incertidumbre. Me quiere, pero...

—Sabes que te quiero, ¿verdad? —La miró con una mezcla de ternura y culpa.

Ahí fue cuando Berta empezó a ver que las cosas no iban bien.

Supo lo que iba a pasar. Lo supo incluso antes de que él terminara de elaborar la explicación en su cabeza. Era el precio de conocerlo tan bien, casi más que a sí misma. Lo estaba perdiendo. Lo había perdido. No había nada que hacer.

Y ahí vino.

El dolor.

—Pero también quiero a Óscar —continuó, sin dar tiempo a que Berta disfrutara de la paz, por fin la paz, que creía haber encontrado—. Tú eres el amor de mi vida... —titubeó, como si el verbo fuera una cuerda, tratando de ajustar los tiempos verbales a la realidad, como el idiota asocial superdotado perfeccionista y sin sentimientos que era—. Tú has sido —corrigió— el amor de mi vida. Pero no sé en qué momento dejé de sentir que ese amor era el único que podía tener. Conocí a Óscar y algo cambió...

Ella lo miró sin creer lo que estaba escuchando. Sobre todo, porque sabía lo que vendría a continuación.

—¡Tú no has dicho «te quiero» en la vida! —le reprochó, casi escupiendo. Todos sus miedos salieron disparados con ese reproche. Ni lo pensó. Le salió solo—. No. No lo has dicho en tu vida. —Él le sostuvo la mirada. Sabía que tenía razón—. Eres un ser frío. Nunca pensé que iba a decir esto, pero prefiero a Delito.

El *alter ego* de Santi. Delito no era solo un disfraz una vez a la semana sobre un escenario. Era el canal de todo lo que Santi no se permitía sentir. Deseo sin censura. Emoción con miedo. Era lo contrario a la frialdad quirúrgica con la que vivía. Caos frente a control. Cada vez más presente. Más fuerte. Ya no era una vía de escape: era la grieta por la que se colaba todo lo que el forense temía ser. Era la voz que amaba y se entregaba. Lo contrario a la frialdad quirúrgica con la que él afrontaba su vida. Caos frente al control. Impulso contra el cálculo milimétrico.

Cada vez más vivo, más fuerte, más presente.

Delito ya no era solo un escape. Se había convertido en una puerta entreabierta que no sabía si algún día sería capaz de cerrar.

—Prefiero a Delito —había dicho ella. Y Santi se controló para no retorcerse de dolor.

—Berta...

—No te reconozco —lo interrumpió. Le tembló el labio, pero no bajó la mirada, como si se negara a creer en qué se había convertido—. ¿Qué te ha pasado?

—Berta —le suplicó él. Quiso cogerla de las manos.

Ella se echó atrás. Sabía lo que le iba a decir. Temía lo que le iba a decir. Le aterrorizaba lo que le iba a decir.

Pero Santi quería explicarse.

No. Explicarse no sería la palabra precisa. Quería ser entendido. Perdonado. Como si elegir un amor u otro pudiera ser perdonado.

—Escucha, por nuestra hija. —Instintivamente, los dos la miraron. Emma dormía plácidamente, ajena al momento que estaba cambiando su vida para siempre.

—¡No! —gritó Berta, llamando la atención de un par de personas de la cafetería—. No te atrevas. No seas tan jodidamente cobarde. No la uses. Te he permitido muchas cosas en mi vida, pero eso no. A Emma, no.

—Yo no quería... —Bajó la cabeza, no quería discutir, no por eso.

Berta se quedó sin fuerzas. Callada. Ahogada. Observando. No deseaba darle ninguna pista, no quería suavizarle la caída. Que lo dijera. Que pasase el mal rato de decirlo. No iba a permitirle que se escapara de ese trámite.

Pero cuando sus ojos se encontraron con los de él, cuando vio el miedo, la culpa y la tristeza en su mirada, algo dentro de ella se partió.

Y, entonces, lo entendió.

No era que amara más a Óscar. No era que ella hubiera dejado de importarle. Era que Santi ya conocía el dolor. Lo había probado. Y quien lo ha probado, sabe.

Sabía que el amor no era suave ni amable, que no era un refugio, sino una herida abierta que nunca cierra del todo. Que no eran los besos ni los abrazos lo que marcaban, sino la ausencia de ellos.

Sabía que el amor era un filo de navaja recorriendo la piel con la dulzura de una caricia, pero con la certeza de que, tarde o temprano, cortaría. Y cortaría hondo. Dejando una cicatriz imborrable.

Sabía que el amor era tener a alguien entre los brazos y, aun así, sentir frío. Que era despertarse en mitad de la noche con la angustia de no saber si mañana seguiría ahí.

Sabía que el amor no era elegir. Era no poder elegir. Era dejarse arrastrar por algo que no controlaba y que, sin embargo, un día lo abandonaría como si nunca le hubiera pertenecido.

Sabía que el amor dolía más que la ausencia, porque la ausencia se hacía rutina, se volvía soportable. Pero el amor..., el amor dejaba llagas que latían en los momentos más inesperados, que punzaban en las noches en vela, que volvían con cada palabra, con cada canción, con cada risa que se apagaba demasiado rápido.

No era que amara más a Óscar.

Es que, con él, no dolía.

Berta era la quemadura en la piel, el eco de un grito en una habitación vacía, la punzada en el pecho que no dejaba respirar. Óscar, en cambio, era el silencio tras la tormenta. Era la calma.

Y Santi no quería volver a arder. No quería volver a ahogarse. Porque solo quien había probado el dolor, quien lo había sentido devorarle desde dentro, quien había aprendido que el amor, en esencia, es pérdida...

... sabe que hay dolores de los que nunca se regresa.

Santi no estaba eligiendo a Óscar.

Estaba huyendo de ella.

Porque si se quedaba, volvería a doler. Berta era la única capaz de arrancarle la coraza, de volverlo humano, de enfrentarlo a aquello de lo que llevaba escapando toda su vida. Los sentimientos. Las pieles. Las miradas. El alma abriéndose por completo y expuesta sin defensa posible.

El amor que, como todos los amores, podría destruirlo entero.

Ella tragó saliva.

—Te quedas con él, ¿verdad? Eliges a Óscar. —Santi no respondió. Bajó la mirada—. Nos dejas solas —susurró Berta. Su voz se mezcló con la lluvia que golpeaba el cristal, como si el mundo entero llorara por ella. Por ellas.

Él levantó la vista, con algo parecido al pánico en sus ojos. Quiso decir que no. Quiso prometerle que siempre estaría allí para Emma, y para ella también, que nunca se iría del todo, que no podía. Que lo que les ataba era algo fuerte, tan fuerte que...

Pero Berta ya lo había entendido todo. Y no dejó que respondiera.

Santi no estaba eligiendo a Óscar. Estaba huyendo de ella. Eligiendo sobrevivir.

Lo miró una última vez, con esa tristeza definitiva que solo sienten quienes ya han amado de verdad.

—Eres un cobarde, Santi.

Y, por primera vez, él no lo negó.

Ni lo negó.

Ni la detuvo.

Ni la abrazó.

5

Berta ni siquiera abrió el paraguas.

Se empapaba bajo la lluvia aferrada al cochecito de Emma con una fuerza absurda, como si ese gesto pudiera evitar que todo se desmoronara. Apretó los dedos hasta que las uñas dejaron marcas en la espuma del manillar, hasta que los nudillos se le pusieron blancos, hasta que la sangre dejó de llegar a las yemas.

Temblaba. No de frío.

Temblaba por la grieta que acababa de abrirse en su interior, profunda, oscura, imposible de cerrar.

No lloró. No porque no quisiera. Sabía que si lo hacía, si se permitía una sola lágrima, no podría parar.

No lloró. Porque si el dolor salía, la rompería en pedazos y no habría nadie para recogerlos. Porque entonces todo lo que acababa de pasar sería real.

No lloró. Porque si no lloraba, si mantenía la respiración contenida, si seguía caminando con la cabeza alta, con la mirada perdida pero sin perder el paso..., quizá, quizá podría convencerse a sí misma de que eso no había ocurrido.

Si no lloro, no me afecta.

Si no lloro, esto será lo mejor que podría pasar.

Si no lloro, todavía habrá vuelta atrás.

Las ruedas del cochecito rodaban sobre el asfalto como en un sueño, haciendo salpicar los charcos. Sonaban lejanas, como si se deslizaran sobre otra realidad distinta a la suya. Berta caminaba, pero no sentía el suelo. Caminaba, pero no sabía hacia dónde. No le importaba. Nada le importaba. Solo ponía un pie delante del otro porque dejarse caer en mitad de la calle con Emma protegida por un plástico en el cochecito no era una opción.

Solo por eso.

El aire helado le quemaba la piel, le cortaba las mejillas, se metía en su pecho como una aguja afilada. Recordaría ese frío toda su vida. Porque el cuerpo no olvida lo que la mente se esfuerza en enterrar. El cuerpo archiva el dolor. Y lo guarda para siempre. Todo lo demás de esa tarde —las palabras de Santi, su mirada culpable, la forma en que su mundo se hizo pedazos en una mesa de cafetería— algún día se volvería borroso. Pero el frío quedaría. El frío se le quedaría pegado al cuerpo como una segunda piel, pegado como una sombra que no se quitaría ni con el sol.

Por un segundo, imaginó a Santi con Emma en brazos, antes de que todo ardiera, y entonces dolió como nunca.

Hubo un tiempo en el que enterraban a los muertos con un cordel atado a la mano y, en el otro extremo, una campanilla que asomaba de la tumba como una flor. Por si acaso. Por si alguien, enterrado demasiado pronto, parecía muerto pero no lo estaba, por si aún tenía fuerzas para tirar y gritar: estoy vivo. Sacadme de aquí.

Berta sintió el cordel en la palma de la mano. Lo notó. Estaba ahí. Finísimo. Real. Como una invitación. Como una promesa. Podría haber tirado de él. Podría haber gritado: estoy viva. Sacadme de aquí. Pero no lo hizo. Porque no estaba segura de querer que la desenterraran. Porque quizá, solo quizá, lo que deseaba era que no la salvaran, sino que la sepultaran tan hondo que ni el frío que estaba sintiendo pudiera encontrarla.

Allí donde la campana no sonara nunca.

6

Habían pasado un par de horas. Óscar abrió la puerta de su casa con la expresión de quien ya conoce la respuesta antes siquiera de escuchar la pregunta. Sus ojos, oscuros y penetrantes, se encontraron con los de Santi, que permanecía en el umbral, con el pelo empapado por la lluvia y las manos en los bolsillos, intentando sujetarse por dentro. Se quedó en pie, frente a su puerta, como si aquel fuera el único lugar al que podía ir. Al cabo de varios segundos, que se hicieron eternos, se hizo a un lado y Santi entró. A Óscar le pareció que el invierno se había instalado entre ellos, con una ráfaga de aire cargada de tantas cosas no dichas que casi podía tocarse. Se cruzó de brazos, intentando fingir indiferencia, pero su mandíbula tensa lo delataba.

—¿Qué haces aquí?

Santi parpadeó, sorprendido por la falta de preámbulos. Se lo esperaba, claro. Óscar podía entregarse, darlo todo, pero no era de los que jugaban con las palabras.

—He estado pensando —contestó.

¿Pensando? —Óscar dejó escapar una risa amarga—. ¿Y desde cuándo tú piensas en algo que no hayas resuelto antes de tomar la decisión?

El forense no respondió. Porque, aunque no quería admitirlo, su amante tenía razón. Él siempre tenía la respuesta antes de hacer la pregunta.

—¿Vamos al salón? ¿O a otro sitio que no sea la entrada de tu casa?

Óscar no se movió.

—¿Para qué? —escupió, anclado al suelo.

Santi tragó saliva. Apretó los puños en los bolsillos, notando el tejido húmedo de los vaqueros pegado a su piel.

—Para decirte que te he elegido.

En su cabeza sonaba tan bien..., sin embargo, en cuanto pronunció esas palabras... le parecieron amargas. Absurdas.

Óscar entrecerró los ojos.

—No me jodas, Santi.

—No lo hago.

—¿De verdad? ¿Después de la puta escena que nos has hecho pasar en esa cafetería crees que puedes venir aquí, decirme «te he elegido», y que yo simplemente te deje pasar a mi casa, a mi vida? ¿Así de fácil?

Santi inspiró hondo.

—No sé qué esperabas. Te escojo a ti.

—Esperaba —Óscar clavó la mirada en él, con la rabia contenida de quien había pasado demasiadas noches sin dormir— que no jugaras con nosotros. Que no nos hicieras sentarnos allí, frente a frente, como si fuéramos piezas en un tablero. Dos peones de tu ajedrez.

Santi apretó la mandíbula.

—No era un juego. Era... —Miró como si buscara la respuesta en su interior—. Era lo más honesto que se me ocurrió hacer.

—No. —Óscar soltó una carcajada áspera—. Era un experimento.

Santi negaba con la cabeza, apabullado, mientras el silencio entre los dos se hacía amargo. Óscar tamborileaba los dedos contra el marco de la puerta, como si estuviera sopesando si cerrarla o no. Si dejar a Santi dentro de su vida, o no.

—Si cierro la puerta ahora, si te quedas dentro —su voz se volvió más baja, más grave, la del amante que está empezando a ceder al amor—, ¿cómo sé que mañana no te arrepentirás?

Santi dio un paso adelante, acortando la distancia entre ellos.

—No lo sabes.

Óscar entreabrió los labios, como si fuera a responder, pero no lo hizo. Lo odiaba. Lo odiaba por ser así. Por la frialdad calculada. Por la manera en que lo arrastraba sin tocarlo. Pero no podía evitar querer abalanzarse sobre él, agarrarlo, encadenarlo, esclavizarlo. Que fuera suyo para toda la vida.

—¿Me quieres? —se arrepintió nada más preguntarlo. Pero la duda le quemaba la garganta.

Santi pestañeó.

—¿Qué?

—No me digas que me has elegido. Dime que me quieres. Es la única condición.

El aire entre ellos se electrificó.

Santi le miró como si esas palabras le hubieran hecho algo físico, como si le hubieran abierto una grieta en el pecho. Se humedeció los labios, desvió la mirada hacia otro lado, tragó saliva.

—Óscar...

—Dilo.

El forense cerró los ojos un instante. Cuando los abrió, su voz salió ronca, herida.

—No sé si sé querer como tú quieres que lo haga.

Óscar suspiró.

—Eso no es suficiente. No para quedarte. No para dejar que te quedes.

—Pero sé que cuando no estás, duele —contestó, Santi, al fin.

A Óscar se le encogió el estómago.

—Eso tampoco es suficiente.

—¿Y si es lo único que tengo? —La voz de Santi se quebró apenas un segundo—. ¿Y si lo único que sé hacer es no querer perderte?

Óscar sintió un escalofrío recorrerle la espalda. Miró a Santi bajo la luz tenue del pasillo, empapado, con el pelo pegado a la frente, los labios entreabiertos, la respiración contenida.

Y supo que perderlo dolería más que la duda.

Suspiró. Dio un paso atrás y cerró la puerta.

—Quédate antes de que me arrepienta. Y sécate, que estás tiritando.

Santi sonrió. Y sus hombros se relajaron levemente mientras caminaba pasillo adentro.

Óscar supo que, aunque le hubiera escogido a él, nunca sería suyo del todo.

Y supo también —sin ninguna duda— que siempre estaría perdiéndolo.

7

Hoy

Carlos Manso lleva treinta y dos horas muerto cuando el teléfono suena con una urgencia que no tiene piedad. Ni del sueño. Ni del silencio. Ni de la muerte. Suena y vibra, despiadado, sobre la mesilla de noche que hay en el lado derecho de la enorme cama sobre la que duerme.

Todavía no ha amanecido.

Santi, con el instinto afilado de quien siempre está al borde de algo —del abismo, del escándalo, de sí mismo—, salta sobre el móvil, temeroso de que los timbrazos despierten a Emma. La niña duerme junto a él, con los puños cerrados y la respiración leve, esa clase de sueño frágil que heredó de su madre. Conteniendo el aliento, descuelga, cruza la habitación a oscuras y se encierra en el baño. Solo una fina tira de luz se cuela bajo la puerta.

—¿Qué pasa? —responde, en susurros, con la voz aún sucia del sueño.

—El informe, pasa. —La voz que responde es borde, amarga, sin el menor respeto ni por la hora ni por quien está al otro lado de la línea. El que gruñe es su nuevo jefe—. El informe de la autopsia de Carlos Manso, pasa. ¿No te parece suficiente?

Santi cierra los ojos un segundo, dejando que el frío de los azulejos le cale la espalda. Ya sabe lo que viene. El jefe nuevo. Un hombre que huele a miedo y a desodorante barato. De los que gritan porque no tienen argumentos. De los que mandan porque alguien más poderoso necesitaba un títere obediente.

—Ya —responde, seco—. ¿Y?

—Que me lo están pidiendo.

—¿Y a mí qué me cuentas?

El silencio de incredulidad al otro lado dura apenas un segundo antes de explotar en un rugido ronco y agrio.

—¿Cómo que a ti qué te cuento? ¡Eres el puto forense que ha hecho la puta autopsia! —grita el funcionario ascendido solo dos meses atrás a director del Instituto de Medicina Legal de Madrid. La muerte de Carlos Manso le ha pillado de vacaciones en Maldivas. Ha tenido que volver a toda prisa, tres días antes de lo previsto, tragándose los gritos de su mujer, bajando la cabeza con cada embestida de rabia de ella—. ¿Dónde estás?

Santi sonríe. Decide devolver el golpe.

—¿Y tú? ¿Sigues de vacaciones? —Su voz es un hilo de sarcasmo que se cuela como una daga. Si hay que jugar a tocar las pelotas, él lo hace mucho mejor—. Yo, a estas horas, antes de que comience mi jornada laboral, mi guardia laboral, mejor dicho, estoy feliz en mi casa. No sé si igual que tú en la tuya.

Puede imaginarlo. Puede ver perfectamente a Eduardo Ríos de la Serna, ese director, girando como un animal rabioso.

—¿Qué coño haces en tu casa? —Sus gritos suben de tono. Es lo que hace la gente con un cociente intelectual a temperatura ambiente: gritar para disimular sus lagunas mentales. Es el tipo de persona que cree que elevar la voz lo hace parecer más competente.

—¿Dormir? —responde Santi, con una voz pausada al borde de la insolencia. Le encanta poner al límite a ese joven inepto elegido por el presidente de la Comunidad. Las malas lenguas dicen que son amantes. Las buenas, también.

El silencio que sigue está cargado de furia contenida.

—¡¡Me cago en tus muertos!! ¡¡La puta madre que te parió!! Ven aquí cagando leches y me redactas el informe preliminar ahora mismo. —Disfruta enfadándolo. Lo imagina en su despacho, dando vueltas en círculo, con la mano pringosa de gomina de tanto pasársela por el pelo—. Y, de paso, te disculpas con los investigadores que asistieron ayer a la autopsia. Que ya me he enterado de que los trataste fatal —brama.

—¿Qué quieres que haga primero? ¿El informe o las disculpas? —le sigue retando.

—¡¡Hijo de...!! —Santi no escucha el final de la frase. Ya ha colgado. Sonríe.

Al final, las palabras se desgastan cuando la gente las arroja así, con rabia, como un cubo de agua sucia.

El silencio regresa a la casa, y Santi, con los párpados todavía pesados, respira hondo. Quizá debería volver a la cama. Quizá debería ducharse. Pero no lo hace. Se queda allí, mirando la puerta cerrada, preguntándose por qué, en las primeras horas tras el fallecimiento de alguien como Carlos Manso, lo único que se mueve más rápido que la muerte es la necesidad de controlarlo todo.

8

Santi escribe rápido. El informe preliminar de la autopsia de Carlos Manso tiene tres páginas, pero lo importante está al final.

> No se evidencian signos macroscópicos de violencia externa o interna que hayan podido llevar al fallecimiento. El examen anatomo-patológico preliminar sugiere como causa probable de muerte un evento cardíaco agudo, pendiente de confirmación tras los resultados de los análisis toxicológicos, histopatológicos y microbiológicos.

Eduardo Ríos de la Serna, recién aterrizado de sus truncadas vacaciones en Maldivas, no tarda en convocarlo a su despacho. Tiene el informe en las manos, aún caliente tras salir de la impresora, y su expresión mezcla desconcierto y enfado.

—¿Solo esto? —pregunta, agitando los papeles como si fueran responsables de su frustración. Interrumpir unas vacaciones para nada—. ¿Un ataque al corazón? ¿Estás seguro? ¿Cien por cien seguro?

Santi se deja caer en una silla frente a él, en la que es su primera visita a ese despacho desde el nombramiento de su jefe. Le dedica una media sonrisa.

—Eso creo. Es lo que pone ahí, en el informe, al final. En negrita, además, para que lo vieras enseguida. —Procura no sonar burlón—. Posible causa de la muerte: parada cardíaca. Faltan algunas pruebas, pero es difícil que encontremos otra cosa. Muerte natural. Chimpún. Caso cerrado.

Ríos de la Serna no parece convencido de que sea tan fácil. El imbécil necesita una pizarra con una explicación detallada. Como si fuera capaz de entenderla.

—¿Has leído el cuarto párrafo de la segunda página? —Santi levanta una ceja—. No. Ya lo supongo. Te lo resumo...

—Escucha, Santiago Munárriz... —intenta defenderse el otro, torpe.

—A ver —Santi sigue tratando de parecer educado, porque no hay cosa que fastidie más a un idiota cabreado que la aparente calma del contrincante. Le habla casi como a un niño—, por un lado, no hay cambios en el miocardio, ni pequeñas hemorragias, ni zonas necrosadas, ni edemas. Es decir, no tenemos los habituales signos de un ataque al corazón. Tampoco he observado trombos, ni arterioesclerosis, ni ruptura de placas ateromatosas, que, como sabes, serían otras de las marcas que irían en el mismo sentido del diagnóstico. —Eduardo Ríos de la Serna abre los ojos, tratando de seguirlo. Al fin y al cabo, es un muñeco puesto por un político—. ¡Ah! Y me olvidaba, tampoco he encontrado signos de necrosis coagulativa en las células del miocardio, ni infiltración de neutrófilos, ni degeneración o fragmentación de las fibras musculares. —Disfruta—. ¿Voy más despacio? —No puede evitar lanzarle, al final.

Santi se regodea viendo cómo van encajando las piezas en la cabeza de su jefe, que, aun así, no acaba de comprender del todo la perorata técnica con la que lo ha avasallado.

—Entonces... entonces me estás diciendo que no hay signos de ataque al corazón.

—Exacto.

—Te estás contradiciendo a ti mismo.

—Exacto.

Ríos de la Serna lo mira, perdido.

—No entiendo...

—Bueno, como tú bien sabes —remarca bien el tú—, algo ha tenido que causarle la muerte. Si no, ahora mismo estaría vivo y no en un ataúd en la sala ocho del tanatorio de Tres Cantos, rodeado de falsas lágrimas, pelotas que van a ver si rascan algo o no pierden lo que tienen y coronas de flores que compiten por ser las más pomposas del lugar.

—Mira, Santi...

—El corazón de Carlos Manso, como ves en el párrafo ocho del informe —le interrumpe—, pesa quinientos treinta y siete gramos. Mucho más de lo habitual. Y, como sabrás —se inclina hacia adelante, con un tono de paciencia que roza la condescendencia—, eso significa hipertrofia cardíaca, que es un engrosamiento de las paredes del corazón causado por la hipertensión, el estrés crónico o...

las dos cosas a la vez. Eso no le produjo la muerte directamente, pero, como has podido leer en el párrafo primero de la segunda página, su corazón tenía ciertas cicatrices que evidencian fibrosis antiguas producidas por otras arritmias. Hablé con su cardiólogo, lo tienes en el último párrafo de la segunda página, y me confirmó que el marcapasos le fue implantado hace ocho meses y medio. La mención al marcapasos está en el párrafo cuarto de la segunda página. Y el informe del cardiólogo lo tengo a tu disposición si lo necesitas.

Ríos de la Serna parece dejar de respirar.

—¿Y? —Está perdido en la arenga de Santi.

—Pues que como también sabrás —levanta la ceja, burlón—, tienes ante ti al mejor forense de tu equipo. Y, a falta de que los análisis toxicológicos nos den una sorpresa, en los pulmones he encontrado una extraña acumulación de líquido donde no debería haberla. Así que tenemos un bonito edema pulmonar causado por la insuficiencia cardíaca. —Hace una pequeña pausa dramática—. Chimpún. De nuevo.

Santi diría que su jefe ha dejado de respirar. De hecho, ni parpadea, con esa cara de bobo hijo de puta que tienen todos los ineptos colocados a dedo. Los más peligrosos, por cierto.

—Así que un ataque al corazón —solo sabe decir.

—Un ataque al corazón —repite Santi—. La verdad es que, tal y como ocurrió todo, es casi una pena que la solución sea tan simple y ordinaria, como esos libros que tienen un inicio explosivo, pero luego son un bluf. Mucho ruido y pocas nueces. Al final, solo fue un ataque al corazón —sonríe, disfrutando de su propio sarcasmo—, pero teatralizado de la manera más espectacular posible. La verdad, puestos a morirte, lo conviertes en un espectáculo. De eso sabía mucho Manso. Pasará a la historia, la verdad.

—¿Pudo alguna sustancia provocarle el paro cardíaco?

—¿Que si lo envenenaron? No he encontrado ningún signo físico de los que suelen aparecer en envenenamientos. Y le he repasado la piel milímetro a milímetro por si hubiera algún signo de punción. Así que no creo que tóxicos dé nada nuevo. Si tomó alguna droga, nos lo dirán los chicos del laboratorio. Aunque los test rápidos no han detectado presencia de drogas de abuso conocidas.

—¿No hay nada más destacable en la autopsia?

—Lo más destacable está en el informe. —Santi mira los papeles que el jefe ha dejado sobre la mesa.

—¿Y las cicatrices? —pregunta Ríos de la Serna, aferrándose al único cabo suelto.

—Tal y como has podido leer también, están ubicadas en ambos glúteos y en la cara interior de muslos y brazos. Diría que están hechas en un periodo que abarca varios años de diferencia. Son irregulares en el trazo, no excesivamente grandes ni profundas, y cada una elaborada con un instrumento distinto.

—¿No te parece extraño?

Santi se encoge de hombros.

—Allá él a lo que jugara estando vivo, pero esas cicatrices no tienen nada que ver con la muerte de Carlos Manso. Si se hubiera cometido un asesinato, te diría que sería uno de los hilos de los que tirar, por si pertenecía a algún club secreto de la lucha, pero, siendo una muerte natural, lo único que conseguiríamos pidiendo que se investiguen es morbo y manchar su reputación, ¿no crees?

La palabra «reputación» pesa como una sentencia.

Santi vuelve a encogerse de hombros.

—Si trasladamos las cicatrices a la juez como un hecho relevante —continúa—, pedirá a la policía que haga preguntas y se acabará filtrando a la prensa. Tú decides si te interesa que esto se cierre pronto, con menos ruido, menos exposición y menos riesgo político, o si quieres montar el circo. —Hace una pequeña pausa para que su jefe calibre bien lo que acaba de decir; al fin y al cabo, es el amante del presidente de la Comunidad de Madrid—. Si deseas que destaque unas cicatrices antiguas como algo a investigar, empezarán las teorías conspiranoicas, con consecuencias imprevisibles. Y tú estarás en el centro. Quizá también... la Comunidad de Madrid.

Su jefe asiente. Santi disfruta viendo cómo empalidece el bronceado que traía de Maldivas.

—Tienes razón —admite el director del Instituto de Medicina Legal de Madrid. Santi cree que es la primera vez que le da la razón, que él recuerde. Y él lo recuerda todo—. ¿Puedo informar entonces de este resultado?

—Por supuesto. —Ve corriendo a decírselo a tu novio, anda, para que esté tranquilo—. ¿Sabes algo de la familia?

—¿De Carlos Manso? Eso quería comentarte también. Las hijas. Las tienes en la sala de familiares.

Perfecto.

Lo que le faltaba.

A primera vista son atractivas. Aunque a medida que uno se acerca, su encanto se resquebraja. Irradian ese magnetismo inalcanzable que el dinero otorga, como si el aire a su alrededor fuera más limpio, más ligero, más suyo. Pero un buen médico —y un observador extraordinario como es Santi— sabe cuándo la belleza es impostada. Y las caras y los cuerpos de aquellas dos mujeres han pasado por varios cirujanos plásticos. Las cicatrices están bien escondidas, pero la piel de ambas las traiciona: una tersura artificial, más propia de una máscara que de la vida que les correspondería. Además, sus facciones son extrañamente simétricas, casi matemáticas, lo que les da apariencia de dibujo de cómic, ese brillo de perfección de los cuerpos diseñados con escuadra y bisturí.

Y los rellenos. También, claro, los rellenos. Un observador experto es capaz de distinguir grasa o músculo natural de infiltraciones, por muy bien puestas que estén. Santi percibe incluso el hialurónico en las manos para disimular la piel cada vez más fina y las venas cada vez más marcadas de las manos.

Esas dos mujeres no solo tienen dinero, también ansiedad por que se les note en el cuerpo.

Santi recuerda un viejo chiste que siempre repetía con Berta cada vez que veían a una de esas personas tan operadas que nada tenían que ver con su yo original: «Verás cuando tengan hijos y la pareja descubra que los bebés no heredan la cirugía plástica y que nacen con una nariz o unas orejas que se ven desde el pueblo de al lado».

El impulso de reír le sube a la garganta, un reflejo antiguo, casi olvidado.

Berta.

La herida se abre sola, como un latido.

Logra controlarse.

—Buenos días. Soy Santiago Munárriz, el forense que ha realizado la autopsia a su padre —saluda, tendiéndoles la mano.

—Buenos días. Soy Conchita Manso Sáez. —La voz es firme. Acostumbrada a mandar.

—Y yo, Amanda Manso Sáez. —La hermana pequeña, más tímida. Arrollada en la vida por el resto de la familia.

El eco de sus voces suena como dos acordes distintos de la misma canción: uno potente y cortante, como un redoble de tambor; el otro, sedoso y apagado, como el eco de una nota de arpa que apenas sobrevive en el aire. Las hermanas se levantan educadas, con movimientos pausados, deliberados, y estrechan la mano de Santi con un cuidado casi coreografiado. Sus gestos parecen convertir el mobiliario de la sala en algo cutre, como si el espacio a su alrededor les perteneciera y ellas solo pudieran estar rodeadas de dinero. Las manicuras perfectas y los dedos sorprendentemente suaves delatan su distancia absoluta de cualquier realidad trabajada o sufrida. Santi percibe el contraste brutal entre su compostura glacial y la vulnerabilidad que se supone debería teñir su luto. ¿Han llorado alguna vez?, se pregunta. Probablemente, no. Ellas no lloran. Delegan el duelo. Llaman a alguien para que lo haga por ellas.

—Siento su pérdida —lamenta, educado, mientras ellas le estrechan la mano.

—Muchas gracias —responden las dos, casi al unísono, con el mismo ritmo pausado que parece convertir incluso el dolor en algo ensayado. Todos sus gestos son cómodos y lentos, relajados, como si el tiempo, también el de los demás, les perteneciera y lo manejaran ellas.

—Por favor, siéntense. Estoy aquí para explicarles lo que necesiten. Perdónenme por no haberlas citado en otro sitio, pero —miente, como si hubiera sido idea suya— he creído que lo mejor es que nos encontremos aquí por si quieren ver... a su padre.

Amanda, la menor, ladea la cabeza y lo observa con interés. Su voz, cargada de una languidez que podría ser cuidadosamente calculada, pregunta:

—¿De qué murió papá?

Santi ha leído que tiene cuarenta y seis años y que es directora de comunicación de uno de los periódicos de la familia. Cursó estudios de economía y finanzas, divorciada, tres hijos universitarios, algunos amantes que hayan trascendido y otros inventados por la prensa del corazón, un chalet en La Moraleja, la urbanización a las afueras de Madrid donde vive el dinero antiguo, una casa en Ibiza, otra en Saint Moritz, una de las estaciones de esquí más exclusivas del mundo, y un ático en Nueva York, frente a Central Park. Eso, lo que se ha publicado, al menos. Pero habrá más, seguro.

—Imagino que ya les habrán informado —contesta, directo—. Un ataque al corazón.

—¿Solo eso? —La que pregunta ahora es la hermana mayor. Su voz es cortante.

Santi mantiene la mirada fija en ella. A Conchita también la ha estudiado: madre de un hijo, viuda de un financiero internacional, alma de las operaciones más oscuras del conglomerado. Es la estratega, la mano que guía. La heredera natural. Y también la fachada brillante.

Viste con un modelo de Chanel de camisa y pantalón corto que aún no ha salido a la venta, zapatos planos también de alguna marca carísima y un bolso Kelly que transpira años de uso y que grita tengo mucho dinero desde hace mucho tiempo, aunque en realidad la fortuna familiar no haya cumplido ni un siglo.

Los Manso se hicieron inmensamente ricos gracias a lamerle las botas al nacionalcatolicisimo franquista; en ese caso en particular, desde que el abuelo apostó, y utilizó el periodicucho que había fundado en Sevilla en los años veinte para ensalzar a un general llamado Franco, un gallego bajito que se había trasladado a la ciudad andaluza tras el éxito del alzamiento y el avance de las tropas sublevadas por la península. No había día en el que *El Diario de la Giralda* no incluyera alguna información favorable a las capacidades o los triunfos del que, en ese momento, era solo uno más de los altos mandos militares que se habían sublevado contra el régimen democrático de la República española. Miguel Manso se lo jugó todo a esa carta. Y ganó.

Tan bien lo hizo que, pocos meses después, cuando Francisco Franco se trasladó a Salamanca y a Burgos y se hizo con el control de dos periódicos locales —tras la desaparición, en extrañas circunstancias, de sus propietarios—, le pidió al abuelo Manso que se hiciera cargo de su dirección, para tratar como era de justicia a la Junta de Defensa Nacional. Pero, sobre todo, a su excelsa figura, que se convertiría en dictador de España durante casi cuarenta años.

—¿Solo eso? —insiste Conchita Manso.

Santi no quiere entender el significado de esa pregunta, sino la respuesta que esa mujer quiere que le den. ¿Cree ella que su padre tendría que haber fallecido de algo más? La cabeza del forense trabaja a toda velocidad.

—¿Por qué lo dice? —A veces, es mejor hacerse el tonto.

—¿Qué cree usted? —devuelve ella, como quien lanza un guante a los pies del contrincante, con sequedad. Un tono que solo quienes están acostumbrados a la obediencia inmediata saben dominar.

Él le sostiene la mirada un segundo más de lo necesario antes de responder:

—Yo no creo nada. Mi trabajo no es creer, sino analizar. Aquí no entra en juego lo que yo pueda suponer, sino lo que me diga el cuerpo del fallecido. Y les aseguro que soy el mejor haciendo confesar a los cadáveres. Ahora —hace una mueca con la cara, frunciendo los labios—, si desean otro forense, otra autopsia o cualquier otra cosa que legalmente puedan hacer con el cuerpo de su padre, son libres de trasladar su petición a un juzgado. Imagino que ya saben cómo funciona el tema. O que tienen abogados de sobra para que se lo cuenten.

La tensión en el aire es palpable. Amanda se remueve, incómoda, pero Conchita sigue inmóvil, analizando cada palabra, cada gesto de Santi, como si estuviera evaluando si le están diciendo la verdad.

—Lo que mi hermana quiere decir —interviene Amanda, al fin, calmando el ambiente— es que mi padre era un hombre muy poderoso, y las personas con poder tienen muchos enemigos. Recibía muchas amenazas. Solo queremos asegurarnos de que su muerte ha sido natural, que no fue provocada y que no va a haber problemas.

—Problemas...

—¿Ahora es usted el que no entiende? —se burla Conchita.

—En el diccionario de la Real Academia de la Lengua Española —Santi la mira muy fijamente, con una cara que no transmite ninguna emoción—, la palabra problema tiene cinco acepciones. Solo intentaba saber a cuál de las cinco se refería su hermana, para contestarle de la manera más ajustada.

—¡Señoras! —Su jefe aparece tan a tiempo que Santi está convencido de que estaba escuchando al otro lado de la puerta—. Soy el director del Instituto de Medicina Legal. Eduardo Ríos de la Serna. Mi más sentido pésame por el fallecimiento de su padre, un hombre ejemplar donde los haya, un español de los que construyen el país. —Les da la mano a las dos, no se atreve a iniciar el gesto de besarlas en la mejilla, no quiere meter la pata con esas mujeres de una clase social con la que aspira a relacionarse, pero de la que todavía no entiende los códigos—. Estamos a su servicio para cualquier cosa que necesiten. Supongo que les han facilitado el acceso al *parking* de empleados para que no se encuentren con las cámaras de televisión. Y que también les han dado toda la información que necesitan. Imagino que mi subordinado —recalca subordinado en un tono que suena a empacho— ya les habrá puesto al día de las circunstancias de la desdichada muerte de su progenitor.

—En eso estábamos. Aquí, su subordinado —recalca también la hermana mayor, en el mismo tono que el director— iba a empezar a contarnos.

—Como les he dicho ya, un ataque al corazón —vuelve a explicar Santi—. He hablado por teléfono con el cardiólogo de su padre y con su cirujano, el que le implementó el marcapasos, y los tres estamos de acuerdo en el diagnóstico.

—¿No hay nada más? —insiste Amanda, la hermana pequeña.

—Bueno, ya saben que en estos casos —interviene rápidamente el director—, el informe que se emite en las primeras horas tras el fallecimiento es solo preliminar. Los resultados de las pruebas biológicas y de toxicología tardarán unos días, pero no se ha visto nada sospechoso.

—¿Se sabe si murió antes o..., bueno..., después... de...? —la hermana pequeña trastabillea con las palabras—. Ya saben.

—¿Antes o después de que su cuerpo, casi desnudo, quedara colgando del cartel de neón más famoso de Madrid bajo la mirada y los teléfonos móviles de cientos de personas? —pregunta Santi, con una sonrisa gélida. Odia a esas mujeres.

—¡Santi! —le reprende su jefe.

—Usted se refería a eso, ¿no? —aclara el forense con dulzura impostada, mirando a Amanda, como si solo quisiera ser un amable funcionario que responde a lo que le preguntan—. Al momento de la muerte, me refiero. Imagino que lo que quieren saber es si tuvo el ataque al corazón antes y por eso cayó al vacío, o si primero cayó y fue verse colgado ahí, y la humillación que debió de sentir, lo que le provocaron la parada.

—¡Santi! —vuelve a gritar Ríos de la Serna—. Perdonen, perdonen —se dirige a las hermanas, con las palmas de las manos juntas como en una oración. Su rostro está rojo por culpa de los nervios—. Mis disculpas, señoras. Munárriz es nuestro mejor forense, pero a veces... su estilo es un poco... directo.

—Estamos acostumbradas a tratar con hombres directos, señor Ríos de la Serna —responde Conchita con una sonrisa gélida—. Pero a veces, incluso los hombres más directos olvidan quiénes están realmente al mando.

La tirantez se mantiene como una cuerda tensa entre ambos bandos.

—No olviden que estamos aquí para ayudarlas —se vuelve a disculpar el director—. Y créanme, si hubiera algo más en esta muerte, seríamos los primeros en investigarlo y ustedes las primeras en saberlo.

Amanda asiente, pero no parece satisfecha. Conchita sigue mirándolo con frialdad.

En el silencio que sigue, Santi sabe que ha ganado esta ronda. Pero también, que las hermanas Manso no son el tipo de personas que pierden. Y eso lo deja inquieto. Es un juego de máscaras, piensa. Y ellas se pueden permitir llevar las mejores.

—Santiago, por favor, márchate. —Su jefe es seco y borde—. Cualquier cosa que necesiten, señoras, ya se la aclaro yo. Es el mejor, se lo prometo, el mejor, pero ha pasado una época personal, digamos, complicada... —escucha, antes de cerrar la puerta.

¿Una época complicada?

¿Qué sabía ese idiota de épocas complicadas?

No sobreviviría ni media hora en mi cabeza.

Y, aun así, cree estar al mando.

9

La luz del atardecer entra a ráfagas suaves por la ventana, iluminando el cabello fino de Emma, ligeramente rizado en la nuca. La niña aprieta los labios, concentrada en el primero de los grandes esfuerzos conscientes de su vida.

Hay algo tan frágil y poderoso en ella, en esa mezcla de curiosidad y vulnerabilidad, que Santi siente constantemente el impulso de abrazarla y no soltarla nunca, como si pudiera protegerla de cualquier dolor del mundo.

Y protegerse a él también.

—Por favor, Emma, ¿quieres estarte quieta? —suplica, cada vez más frustrado, incapaz de comprender cómo no puede resolver con soltura algo tan sencillo como ponerle un calcetín a un bebé.

Su hija lo mira con una expresión de concentración absoluta y los ojos grandes y serios enfocados en él, como si buscara fuerzas para continuar. Y entonces, con una voz suave, casi como un susurro, deja escapar esa frase tan simple y tan inmensa a la vez:

—¡¡¡Papááá, te *quero* mucho!!!

Las palabras flotan en el aire, con la solidez de toda primera gran victoria. Consciente de su éxito, Emma ríe de emoción dando palmadas. Todo su cuerpo se agita de felicidad. La luz del amanecer le acaricia el rostro.

Santi levanta la mirada, incrédulo. Piensa que quizá solo ha sido una casualidad. Se queda quieto un instante, procesando, sintiendo, agarrándose al milagro que acaba de escuchar. No respira, como si exhalar pudiera romperlo.

—Vuélvelo a decir, Emma, vuélvelo a decir.

Se agarra a esas palabras que significan tanto. Un mundo. Han pasado muchas cosas. Sí. Muchas. Y todas ellas han convertido a Santi, y a Delito, el *alter ego* que creó como una válvula de escape a sus emociones, en nuevos seres humanos. No necesariamente mejores, sino distintos. Incontrolables, a veces. Con su inteligencia superlativa al servicio de sus emociones.

Por eso, esa tarde de noviembre, Santi Munárriz, el forense más eficaz del Instituto de Medicina Legal de Madrid, encorva la espalda y se apoya sobre la cuna de la habitación de su hija, mirándola, pidiéndole —necesitando, en realidad— solo una cosa: que vuelva a decirle que le quiere. Unas palabras milagrosas pronunciadas con la inocencia de alguien que todavía no sabe nada de la vida.

—Venga, Emma, va. —Le acaricia la tripa, le da besitos que la hacen carcajearse, le saca la lengua—. Repítelo, hazlo por tu papi —insiste Santi—. Venga, di papá otra vez. Dilo. Papá. Papá. Papá. Te quiero mucho —susurra, con una voz dulce e infantil que nunca nadie le ha oído, ni él lo permitiría, fuera de las paredes de esa casa. Coge el teléfono móvil y activa el modo vídeo. Sabe que va a chutárselo en vena como heroína—. Vaaaa, Emma. Papá. Papá. Papá.

Y parece que ahora sí, que ahora la niña entiende lo que le está pidiendo su padre. O quizá lo había sabido todo este rato, pero se hacía la distraída, exhausta física y mentalmente por el esfuerzo de esa conquista vocal que tanto ha entusiasmado a Santi. Minutos después, ya en el suelo, apoyada en la pared para mantener el equilibro, Emma se queda quieta y lo mira fijamente, entrecerrando los ojos, concentrada. A ver..., cómo era...

Aprieta los labios, con fuerza. Pero no es suficiente. También había que escupir, recuerda. Algo así como un plof. Y abrir mucho la boca, luego repetir. A ver. A ver si ahora le sale.

—Pppapááá, te *quero* mucho —consigue, al fin.

Y él se derrite.

—Aquí estoy, pequeña —le susurra, abrazándola con fuerza—. Papá está aquí.

Consciente de su éxito, Emma ríe de emoción dando palmadas a la vez. Todo su cuerpo se agita de alegría, porque la persona a la que más quiere en el mundo la coge en brazos y empieza a dar vueltas con ella, riendo también. Y cantando. Es una de las favoritas del repertorio de Delito. «Son las cosas de la vida... —tararea—, son las cosas del querer». La canción que Delito nunca se habría atrevido a cantar como Santi. Sin ropa extravagante, sin público, sin estar subido al escenario de La Luciérnaga, sin rímel en las pestañas, sin maquillaje, sin artificio, sin escudo.

La señal definitiva de que se ha roto la barrera estanca entre su racionalidad y su emoción. No importa el ruido, ni las sombras que lo persiguen, ni siquiera lo que sabe que ha hecho. En ese momento, nada más existe. Ese bebé aún no sabe expresarlo, de hecho, ni siquiera es capaz de pensarlo todavía, pero su instinto le dice que la felicidad es eso. Dar vueltas y vueltas, abrazada a su padre cantando una canción.

El resto no lo entenderá hasta que pasen muchos muchos años.

Reír. Bailar. Ser levantada en el aire por papá, girar y carcajearse al ritmo de una canción sin saber por qué. Eso es felicidad. Todo ha sido demasiado ajetreo para un bebé de dos años y tres meses. Emma se queda dormida en los brazos de su padre, que camina por la casa con miedo a despertarla, pero sin querer desprenderse de ese cuerpecito caliente que, con una frase simple y sincera, sin importar las pérdidas y los vacíos, le ha dado fuerza para seguir adelante. Sus ojos se llenan de lágrimas y sonríe, una sonrisa que contiene toda una vida, el amor y el alivio de saber que, a pesar de todo, han llegado juntos hasta allí. Cada día con Emma es un recordatorio de que la felicidad existe.

Su cuerpecito pesa tan poco, y, al mismo tiempo, tanto, que siente que podría sostenerla así para siempre. La mira como si fuera a perderla. Por un instante se le congela el corazón y deja de respirar. No quiere pensarlo. No puede pensarlo.

No puede permitírselo.

Trata de arrinconar el miedo. No hacerle caso, como ha hecho toda la vida. O convertirlo en otra cosa, una fórmula matemática, algo ajeno y tangible. Solucionable. Pero ahora es cuando está empezando a entender que no hay felicidad sin dolor. Y también que no está dispuesto a renunciar a la que le regala esa pequeña criatura. Deja a Emma en una pequeña cuna junto al sofá. Se coloca uno de los cascos y reproduce en el móvil el vídeo que acaba de grabar. Lo repite en bucle. Tres. Cuatro veces. «Pppapááá, te *quero* mucho». Una frase que lleva tanto peso como esperanza. Una promesa. La más bonita del mundo.

Papá.

Y, de repente, desea compartirla con Berta. «Mira, escucha lo que ha dicho nuestra hija».

Berta.

Dios, cómo la echa de menos.

Se prometió que solo hablaría con ella cuando fuera necesario. Pero, como tantas otras cosas que Santi está aprendiendo a base de dolor, si dejas entrar la felicidad en tu vida, también dejas entrar el miedo. Sentir es tensar las cuerdas de un instrumento que uno no siempre sabe cómo tocar. O cómo sonará, si alguna vez se atreve. Sentir es arriesgarse. Es darle acceso al mundo a una parte de ti que preferirías dejar protegida. Sentir es exponerte a que tus cuerdas se rompan. A que un instante de gozo te vuelva vulnerable.

Berta.

Sí. Va a enviarle el vídeo, ahora que Emma se ha quedado dormida.

Porque la felicidad no es lo único que entra cuando dejas abierta la puerta del corazón. Entran los recuerdos. Los miedos. Las ganas de compartir lo que nunca podrás recuperar.

Experimenta una punzada de angustia en la boca del estómago. Coloca la palma de la mano derecha en esa zona del pecho y aprieta, procurando calmar los aguijonazos que le recorren el cuerpo como descargas eléctricas. No soporta ese dolor emocional. No está acostumbrado. Lo odia. No sabe manejarlo. Por eso, hasta hace poco, su existencia estaba separada en dos personas, Santiago Munárriz, el inteligentísimo, brillante pero también asocial forense; y Delito, el *alter ego* que construyó para permitirse rebuscar en su interior el filtro en el que se quedaban atrapadas las emociones y agitarlo al aire como un mantel lleno de migas de pan. Delito cantaba una vez a la semana en La Luciérnaga para sacarle de encima a Santi todo lo que no quería en su cuerpo. Mira de reojo el armario en el que almacena los fastuosos ropajes con los que se camufla para subir al escenario. No sabe si volverá a usarlos. Están ahí, colgados, como pieles antiguas. Como cadáveres de una identidad que ha salido de su caja fuerte para mezclarse con la suya.

Va a enviarle las imágenes de Emma y él bailando y cantando. Sí. Seguro que le gustan.

10

«Son las cosas de la vida», tararea... mientras el vídeo se envía. Y entonces se queda quieto, a la vez que el tono suena. Una vez. Dos. Tres. Luego un clic, apenas un susurro eléctrico.

Y la voz.

—Hola —dice.

Santi se estremece.

—¿Berta? —pregunta, con un sobresalto infantil, como si se asombrara de que ella contestase.

—Claro. —La voz es suave y amable, más de lo que Santi esperaba, como en los buenos momentos de su relación—. ¿Quién si no? Me has llamado.

Santi traga saliva. El tono de Berta, tan familiar, tan vivo, lo envuelve como una marea cálida y cruel, y se siente atrapado en un torbellino de emociones.

—No sabía si... si podrías... —contesta Santi —... hablar conmigo.

—Para ti siempre estoy —responde ella, con la ternura perfecta que duele más que cualquier reproche.

Él parpadea rápido para retener una lágrima dentro del ojo izquierdo. Joder, cómo han cambiado las cosas.

—Yo pensaba... —empieza a decir, pero se le quiebra la voz.

—¿Qué pensabas? —pregunta ella, con una curiosidad cómplice que le destroza—. ¿Que no iba a hablar contigo?

—Bueno, sí. Entraba dentro de las posibilidades que no contestaras.

Ella ríe bajito, como reía antes, en las madrugadas en las que todo parecía posible.

—¿Y por qué no iba a hacerlo?

—No sé —murmura Santi—. Supongo que porque... todo esto es muy raro —admite, mirando su propio reflejo en la pantalla, como si ya no se reconociera ni a él mismo.

—¿Por qué raro? —vuelve a preguntar ella, como si no entendiera, como si nada hubiera cambiado.

—Hombre...

—Santi, no me digas ahora que te arrepientes de seguir en contacto conmigo.

—No, no... Si yo lo que quiero es precisamente eso...

—¿Cuántas veces parecía que nuestra relación iba a terminar para siempre... y cuántas veces hemos vuelto a estar juntos?

—Sí, ya, pero... las cosas han cambiado. Mucho.

—Como tantas otras veces en nuestra historia. ¿Te crees que no soy consciente? Sin embargo, aquí me tienes.

—Aquí me tienes tú también —responde él. Y enseguida se siente imbécil—. Tengo muchas cosas que contarte.

—Mi niña... ¿cómo se encuentra? —pregunta Berta. Santi traga saliva—. No puedo estar sin ella. —Contiene un sollozo—. He visto el vídeo. Es... precioso. Emma y tú cantando y bailando, como en los viejos tiempos de La Luciérnaga. ¿Le enseñarás a decir mamá?

La frase lo golpea como un mazazo. Quiere decir algo, pero no sabe qué. Berta nota que a Santi se le atragantan las palabras.

—Perdona, perdona. Son muchas cosas. Yo... no tenía que haber dicho eso. No estoy celosa. No. Por favor. Tienes que entender que veros me hace feliz. Soy feliz con la relación que habéis construido. Pero también tienes que entender que echo mucho de menos cogerla en mis brazos. Me gustaría tanto abrazarla y decirle que la quiero.

Joder, Berta, no me hagas llorar, se lamenta Santi. No me hagas llorar. No quiero que me veas débil. Tengo que ser fuerte para Emma. Y por ti. Un poco más.

—Lo siento, Berta. Lo siento por todo. Por pensar que, si no sentía nada, nada podía romperse. Y al final nos rompimos igual. Podríamos haber sido una familia. Podríamos haberlo tenido todo.

—No, no fue culpa tuya. No es culpa tuya —le corta ella, tajante—. Ya deberías saberlo.

—Pero yo me quedé con Óscar. Y te dejé...

—Sí, la verdad es que ahí fuiste un imbécil integral. Pero de los que ganan premios. ¿Quién coño reúne a sus dos amantes en una cafetería para anunciarles a quién ha elegido? —La pausa se alarga demasiado tiempo, como si Berta tuviera que pensar—. Me hiciste mucho daño..., pero, como tantas otras veces, nos lo hemos hecho el uno al otro. Eres incapaz de ver las emociones de los demás. Eres un asocial. Un asocial ególatra que solo piensa en él mismo.

—He cambiado —se defiende Santi—. He cambiado. Y te lo voy a demostrar. Te juro que te lo voy a demostrar.

—Eso dices ahora —le interrumpe—, pero me gustaría verlo.

—Te lo juro.

—No. Ahora no es el momento. Lo que quiero es que dejes de echarte la culpa por lo que pasó. Ya no se puede volver atrás —continúa Berta. Su voz es suave. Santi se da cuenta de que sigue enamorado de ella. Que quizá tomó la peor de las decisiones. Es lo que sucede cuando no escuchas a tu corazón. Durante casi toda su vida él pensaba que no tenía uno—. Ahora quiero que te centres en Emma. Tiene que ser lo más importante. Lo más importante. ¿Me has oído?

—¿Qué te crees, que no lo es? —admite él, con un susurro. Baja la cabeza, mirando al suelo, incapaz de sostener el peso de sus propios pensamientos.

—Pues eso es de lo único de lo que te tienes que ocupar, de ella. Nunca olvides que es lo más importante de tu vida. Deja de mirar atrás.

—No solo Emma. Tú. Tú también eres lo más importante.

—Santi, ¡tu decisión no tuvo nada que ver con lo que pasó! Deja ya de repetirlo. Y céntrate en el futuro. No me gusta el Santi que estoy escuchando. No me gusta nada. Tú no eres así.

Él sabe que se lo dice para reconfortarlo. Pero también sabe que es inútil discutir con ella. Berta, siempre igual.

Sonríe. Siempre igual.

—También echo de menos a Ilu y a Chiqui —dice ella, tras unos segundos de un extraño silencio.

Ilu y Chiqui. Sus anclas. Sus refugios, a pesar de que ahora estaban lejos. Iluminada, con su calma sabia, capaz de sostener a Berta sin palabras. Chiqui, la lealtad feroz, la voz sin filtro, el amigo que no fallaba nunca. El tipo de personas que llegan sin hacer ruido y que se quedan cuando todo lo demás se derrumba.

Iluminada era a la vez la locura y la voz de la razón en un mundo que se tambaleaba. Con su serenidad inquebrantable y su mirada aguda, siempre encontraba la manera de hacer que Berta viera lo que no quería ver. Directa, sin rodeos, sin adornos innecesarios, pero con una ternura que nunca hacía falta expresar en palabras. Había estado allí en los peores momentos, sosteniéndola sin necesidad de promesas ni discursos vacíos. Ahora vivía en el sur de Portugal, alejada del ruido, de las guerras que alguna vez compartieron.

Y Chiqui... Chiqui era la amistad inesperada, la ayuda generosa, la mano a la que agarrarse en cualquier sombra. Su forma de ver la vida era un escudo contra la desesperanza, su capacidad de decir lo que pensaba, sin filtro, un recordatorio de que a veces la verdad es lo único que importa. Una lealtad feroz de las que no se rompen con el tiempo ni la distancia. Llevaba unos meses trabajando en California para un gigantesco y secreto programa de inteligencia artificial.

—Los echo mucho de menos —insiste ella.

Santi no sabe qué contestar. ¿De qué forma puede decirle...?

—Ellos también te echan de menos a ti.

—¿Podría...? —le pregunta ella.

—No, no —le interrumpe Santi—. Aún es demasiado pronto. Tenemos que darles más tiempo.

—Para mí no es pronto —insiste Berta.

—Hazme caso, Berta. Esta es la primera vez que te llamo y podemos hablar así, con tranquilidad. Solo un poco más.

La voz parece dudar.

—Vale —responde, al fin—. Te lo hago. Soy tuya. Siempre lo fui. Aunque tú tardaras media vida en darte cuenta.

Si solo fuera ese el precio a pagar...

11

—Señor Munárriz.

Santi alza la vista del informe que está revisando en la mesa de su despacho. La voz de Conchita Manso es firme, medida, como si cada palabra fuera un disparo hacia un objetivo preciso. En el quicio de la puerta, ella irradia esa confianza propia de quien está acostumbrada a salirse con la suya.

Y eso le incomoda. Mucho.

—Señora Manso... —contesta, manteniendo la calma. No debería sorprenderle que haya logrado averiguar dónde está su despacho y llegar hasta allí. Con su poder, mover montañas parece una minucia. Lo que sí le sorprende es que haya venido en persona. Gente así suele mandar a emisarios.

Esto, entonces, es personal.

Ella entra y cierra la puerta con un gesto felino y elegante, sin pedir permiso, como si el despacho fuera suyo. Como si el mundo lo fuera.

—Quería preguntarle una cosa.

Santi la observa con cautela, levantándose lo justo para indicarle con un gesto que tome asiento.

—Claro. Siéntese, por favor. No le pregunto si se va a sentir más cómoda con la puerta cerrada porque ya se ha encargado usted de dejarla así.

Ella ignora el sarcasmo. Camina con una elegancia que parece esculpida en los genes, pero, en realidad, es fruto de años de correcciones maternas, de protocolos, de aprender por imitación en un entorno que no permite errores, y de dinero, claro. Mucho dinero.

Nunca sonríe sin un propósito. Santi lo anota. Porque eso, en su mundo, puede ser más peligroso que una amenaza directa.

—Dígame, ¿en qué puedo ayudarla? —se ofrece, algo cortante en la voz. No le gusta tenerla ahí.

Huele a perfume caro, de esos que se notan más por el respeto que imponen que por su fragancia.

—Mañana abrimos el testamento de papá. Pero ya sabemos qué querría respecto a su entierro.

—Aunque...

—Aunque nos falta saber quién se queda con la empresa.

Claro. Sigue el rastro del dinero. Siempre.

—Entonces no veo cómo puedo ayudarla.

—Verá...

Un televisor, sin sonido, colocado sobre unos viejos archivadores de metal, emite imágenes de Carlos Manso. Un panegírico televisivo. Santi se levanta para coger el mando, que está sobre otra mesa llena de papeles, y aprieta el botón de apagado. Luego se vuelve hacia la mujer.

—Perdone, pero no sé qué tiene eso que ver conmigo. Solo soy un forense.

De nuevo, ella parece no haber captado la ironía. O haberla desechado por un fin más importante: lo que ha venido a hacer.

—Es algo, digamos, delicado. Que prefiero que quede entre nosotros.

—La escucho.

—Verá, papá, yo..., papá y yo teníamos una relación muy especial. Era un hombre de época, educado en una España distinta, en la que los padres tenían otro rol. Nunca abrazaba a nadie. Ni a... sus hijas. Era...., verá..., la gente comentaba por ahí que le daba asco el contacto físico. Pero, en realidad, no quería parecer débil. Un abrazo es una de las máximas uniones de dos cuerpos, el gesto en el que envolvemos y nos dejamos envolver por otra persona. Es imposible no bajar las barreras cuando abrazas y te abrazan. Y papá no soportaba eso. —Hace una pausa, mirándolo a los ojos. Buscando complicidad. Santi se pregunta a dónde demonios va todo eso. Y por qué se lo está contando a él—. Pero ahora ya no puede impedírmelo. —La hija mayor de Manso es muy buena fingiendo, pero se le nota la ternura impostada—. Por eso quiero algo que pueda abrazar cuando le eche de menos. Quiero tener algo suyo. Siempre. Conmigo.

—¿Perdone?

—Quiero —ordena, más que pide— un trozo de su cuerpo.

Silencio. Santi parpadea. Una parte de su cuerpo. La observa casi sin moverse, procesando la petición.

—Verá, no es una petición muy habitual. A menos que uno sea un psicópata. —Sonríe, en un intento de aliviar la tensión.

—¿Un psicópata? —Ella no parece entender lo que debería ser una broma, porque está segura de que nadie se atrevería a insultarla así. Y menos ese funcionario de tres al cuarto.

Quien algo quiere, algo le cuesta. Santi desvía el tema. A ver si consigue averiguar una cosa.

—Perdone que le pregunte, pero ¿cómo trataba su padre a la gente? No a ustedes, que son su familia, sino a la gente que trabajaba para él, por ejemplo.

Conchita Manso lanza un suspiro hondo e intenso, pero se detiene a la mitad del gesto, porque se da cuenta de que dice más con él que con las palabras. Se recompone. Y habla con toda la convicción que puede reunir:

—Papá dio mucho trabajo a mucha gente. Era un patriota. Hizo inmensa la empresa del abuelo. Modernizó la comunicación en España, la puso en el primer mundo. Periódicos. Radios. Televisión. Cine. Ahora también las plataformas y las redes sociales. La información y el entretenimiento no tenían secretos para él.

Santi alza una ceja. Discurso de manual. Memorando de empresa. ¿Cuántas veces habría repetido Conchita ese discurso?

—Eso es como no decir nada —responde, tensando la cuerda.

—Fue un gran empresario —insiste ella.

—Pero...

—Pero para llegar donde llegó hay que hacer sacrificios. Tomar decisiones duras. Valientes. Momentos que los débiles nunca habrían soportado.

Santi vuelve a dejar gotear un poco de sarcasmo en su contestación.

—¿Decisiones... como...?

Ella duda, desconcertada por la pregunta tan directa. Tan impertinente.

Santi se inclina ligeramente hacia adelante. Y habla sin dejar de mirarla a los ojos:

—Imagino que sabe que hay personas que, por decirlo con suavidad, no se han entristecido con su muerte. Siento tener que sacar el tema, con el cuerpo de su padre sin enterrar —lo disfruta—, pero estoy leyendo historias terribles de cómo trataba a la gente. —Mira a la heredera, analizando si puede ir más allá. Se arriesga—: ¿Se ha enterado de la etiqueta que circula en redes? —Santi calcula bien el tono y la manera en la que decir lo siguiente—. #MuertoMansoSeAcabóLaRabia

El golpe le llega. No porque no lo supiera, sino porque nadie ha tenido la valentía de decírselo a la cara. ¿Quién se ha creído que es ese hombre? Un funcionario envidioso muerto de hambre.

—Usted nunca ha estado en un lugar como el de mi padre, ¿verdad? —La voz suena arrogante y desdeñosa. Estira la espalda y ladea el cuerpo para mirarlo un poco, pero lo suficiente, por encima del hombro.

Santi odia a este tipo de personas. Y escuchando a esa mujer, se da cuenta de que las aborrece hasta la náusea. Suelta directamente lo que piensa.

—¿Se refiere a colgado semidesnudo de un anuncio de neón en lo alto de la Gran Vía? —Sonríe. Ahora ya no hay vuelta atrás—. ¿Semidesnudo? No. Creo que no. —Hace ver que piensa durante un par de segundos—. Me acordaría si hubiera sucedido.

De nuevo, Conchita Manso encaja el golpe con la misma cara de póker que le han enseñado a poner desde pequeña, pero profundamente perpleja por el descaro de ese forense. Se lo hará pagar. Eso lo tiene claro. Pero ahora le necesita. Porque lo que quiere, Ríos de la Serna no se lo puede proporcionar. ¿A quién se le ocurre cambiar las normas para poner a un director del Anatómico Forense que no sea médico? Conchita quiere resolver ya el asunto.

—Podemos seguir jugando a las respuestas absurdas todo el día. Pero usted ya es mayorcito como para saber hasta dónde puede llegar. Hay límites que no le conviene traspasar. Esos los marcaba muy bien mi padre. —Ahora sí. Ahora sale la Conchita de verdad, la niña malcriada con tacones de Chanel y un imperio que manejar—. En el fondo, creo que usted no es más que un envidioso. Alguien vulgar. Prescindible. Intercambiable. Fíjese que, cuando lo conocí, pensé que tenía algo... especial, pero ya veo que me equivoco. Usted... usted nunca entenderá lo que es estar en la cima del mundo. Lo que es ser mejor. Tener el poder de cambiar el rumbo de las cosas y de las personas. Hay que ser muy valiente para hacer algunas de las cosas que hizo.

—¿Por ejemplo? —la pregunta de Santi la descoloca.

—¿Cómo que por ejemplo?

—Por ejemplo, ¿qué hizo su padre de forma tan valiente? Lo digo por tomar nota y aprender. A ver si así dejo de ser alguien vulgar, prescindible e intercambiable.

De nuevo la ironía que ella no percibe o que pasa por alto.

—Muchísimas. —Habla desde un trono de superioridad—. Abierto un cuerpo, abiertos todos —sonríe—, pero el mundo empresarial es un infierno en el que hay que estar dispuesto a quemarse. Y en los medios de comunicación, te quemas de cara al público. Estás todo el día siendo juzgado por una turba con ganas de que fracases.

—¿Y entonces? ¿Por qué está usted aquí?

—Porque quiero llevarme una parte del cuerpo de mi padre —repite..

Santi se inclina ligeramente hacia adelante. Puede alargar aquella conversación, pero no vale la pena. Ya sabe lo que necesita de esa mujer.

—Ya —dice el forense, recostándose con los brazos cruzados—. Pero, dígame, exactamente, ¿qué parte quiere?

—Algo importante.

—¿Una oreja? ¿Una mano? ¿Un... fémur?

—Sea creativo, me han dicho que es más inteligente que eso —le reta.

Santi la mira, fascinado y asqueado a partes iguales.

—Nunca he sentido la necesidad de quedarme con un trozo de cadáver. Supongo que por eso no entiendo lo de «estar en la cima del mundo».

Ella se pone en pie. Impecable. Fría. Casi mecánica.

—Espero que reconsidere mi petición. Sería un gesto... humano.

—¿Tiene alguna parte favorita? —insiste Santi.

Ella lo mira. Felina. Como si estuviera a punto de saltar para devorar a su presa.

—Se lo diré muy pronto —le contesta, como si aún no se fiara del todo de él.

Y se marcha con la misma calma que trajo. Como quien deja caer una orden en la mesa y espera que alguien más la ejecute sin dudarlo ni un segundo. Aunque, antes, desde el quicio, dicta su última sentencia.

—Yo no olvido, doctor Munárriz. Tampoco dejo cabos sueltos.

Santi se queda sentado, mirando la puerta cerrada, preguntándose si esa mujer es más peligrosa que su padre.

12

Un año y once meses atrás

Berta Gigliani nunca pensó que su carrera pudiera desmoronarse sin estridencias. Siempre imaginó que, si algún día caía, lo haría en directo, en una de esas emisiones que marcan época: con un micro abierto, con un error catastrófico, con un enfrentamiento incendiario que la hiciera *trending topic* durante días. Al fin y al cabo, así era su carácter. Explosivo. Pero no. Lo que la iba a empujar al abismo era más sutil y sofisticado. Y por eso más aterrador. Porque no había forma de defenderse de lo que no se veía venir.

La compra de Canal Once por Carlos Manso no fue una bomba: fue una explosión silenciosa, sin aviso, sin ruido, sin humo, pero de efectos devastadores. No hubo filtraciones previas, ni rumores que prepararan el terreno. Solo una reunión urgente en la que el magnate, con su traje a medida y esa actitud tan pulidamente precisa como sus Rolex, anunció que desde ese momento la cadena le pertenecía.

Frente a él, directivos y presentadores, agrupados con incomodidad en el despacho de la directora del canal, Iluminada Mellado, del que Manso había tomado posesión sin avisar. La propia Ilu estaba en pie, a un lado, apoyada en la cristalera inmensa que daba a la calle. Desde allí podía ver a periodistas de otros medios de comunicación que se iban congregando frente a la puerta de las instalaciones. Las noticias volaban. Y aquella era muy sabrosa.

Berta, sentada en un rincón al fondo del todo, encogida, sintió un escalofrío recorriéndole la espalda.

El discurso de Manso fue breve. Aséptico. Como si hablara del tiempo. Sol. Calima. Algo de frío en el norte.

—He comprado Canal Once porque creo en su potencial —les dijo, con una calma calculada, paseando la mirada por toda la sala sin fijarse en nadie en concreto, como quien mira sin ver—. Quiero que esta cadena sea el referente de los magazines informativos de este país. Un canal que marque la agenda, que tenga peso en la opinión pública.

«Ya lo es», pensaron todos. Pero nadie se atrevió a decir nada.

Solo Iluminada alzó la voz. Tampoco a ella, directora de la cadena, la habían informado de lo que iba a pasar. Estaba conociendo los cambios a la vez que sus subordinados. Ni siquiera tuvieron el gesto educado de una llamada previa. Pudo intuir lo que iba a pasar cuando, un rato atrás, Carlos Manso se presentó en su despacho rodeado de una cohorte de asesores que, sin saberlo ella, acababan de convocar a una reunión urgente a directivos y presentadores. «Enseguida te cuento», le respondió el magnate cuando le pidió explicaciones ante la avalancha de gente que estaba tomando decisiones que eran suyas.

«Se han hecho con el poder —pensó Iluminada, sin saber lo que se les venía encima—. Han desembarcado. Se acabó la independencia».

Quince minutos más tarde, ahí estaban todos, reunidos, sorprendidos como se sorprende quien acaba de recibir un bofetón inesperado en la cara y todavía está pensando si le duele más el golpe o sus consecuencias. La miraban a ella, en busca de respuestas. Pero ella no las tenía. Aunque sí que supo que tenía que dar la cara por todos.

—¿Los equipos? —preguntó, mirando a Manso a la cara, tratando de mantener la calma, hablando con suavidad, pero con firmeza—. En este canal hay gente muy valiosa que se ha dejado la piel. Te puedo informar de quiénes son...

—Lo estamos decidiendo —la interrumpió el magnate con un gesto que rozaba el desprecio.

—Yo debería participar en esa decisión, ¿no crees? —le contestó ella, con la voz gélida, tuteándolo a propósito—. Al fin y al cabo, es mi gente, los conozco. Soy la CEO del canal.

—Ya no —sentenció Manso, con la sonrisa del conquistador. Ni siquiera la miró—. Tu trabajo aquí ha terminado. —La frase sonó como un golpe seco.

Se oyó un chasquido en la sala, como si todos los huesos de los presentes hubieran crujido a la vez.

Iluminada apretó los labios con furia. Había dirigido Canal Once con independencia, con la convicción de que aún quedaban espacios donde la televisión no estuviera subordinada a los intereses de un solo grupo. O de un solo poder. Ahora, en menos de diez minutos, la estaban echando de su propia casa. Sin más explicaciones.

Se extendió un silencio extraño.

Berta percibió la tensión en la sala. Algunos compañeros cruzaban miradas incómodas, otros se aferraban a sus móviles como si pudieran encontrar refugio en la pantalla, buscando en las redes sociales y en grupos de WhatsApp más información de la que les estaban dando. El aire se cargó de una impotencia que nadie se atrevía a exteriorizar. Pudo atisbar una sonrisa contenida en los rostros de algunos que se sabían favorecidos, como Marga Faura, la presentadora relegada que seguía esperando un nuevo programa de éxito.

En un último gesto de dignidad, Iluminada cogió su bolso y dijo a todos sus equipos:

—Habéis hecho un trabajo maravilloso. Maravilloso. Que nadie nunca os haga creer lo contrario.

Y salió sin mirar atrás. No podía permitírselo. Si no, se rompería.

Manso sonrió. Dejó pasar unos segundos y retomó el discurso:

—Los buenos se quedarán. Queremos a los mejores. Ya os informaremos. Ahora, ya podéis ir saliendo. De momento, no tenemos nada más que decir. Pero estad tranquilos.

Las últimas palabras hicieron que algunos alzaran la cabeza con esperanza. El carnicero estaba prometiendo que no habría más sacrificios.

Berta no se lo creyó ni por un segundo. No se tragó la promesa. Sabía que un carnicero nunca afila el cuchillo delante de sus víctimas. Solo les sonríe.

Tomar la decisión fue algo impulsivo, rápido, casi instintivo. Al llegar a casa, Berta Gigliani sintió cómo terminaba de romperse en sus manos la goma elástica que había sostenido su carrera durante años, tejida con sacrificios y lealtades, llena de recuerdos y esperanzas de futuro, de éxitos y de lágrimas. Notó el latigazo en los brazos, como un golpe seco que la despertó de una anestesia prolongada.

No se lo pensó dos veces.

Desde que Manso dictaminara, en público y con voz asquerosamente trivial, que echaba a su amiga. Su jefa. Su confidente. La mujer que la arropó en los momentos más duros. Berta redactó un texto con una calma que la sorprendió, como si en lugar de enfrentarse a una decisión crucial estuviera tachando algo más en una lista de tareas para ese día. Ni siquiera releyó lo que había escrito; las frases que iban a cambiar su destino. Le temblaban los dedos. No por miedo. Por furia. Y, aun así, pulsó.

Lo imprimió.

Solo entonces, cuando ya estaba hecho, llamo a Iluminada, con una voz tan firme y clara que se sorprendió a sí misma.

—Ilu, me marcho.

El silencio fue breve. De perplejidad.

—¿Cómo que te vas? ¿De dónde te vas?

—De la tele. De Canal Once.

—¿Se te ha ido la cabeza? —gritó Iluminada.

—Que estoy muy cabreada con lo que te han hecho. Ese hijo de puta no puede irse de rositas.

—A ver, Berta, a ver, tranquilízate. Espera. —Iluminada trató de calmarse. Gritando no iba a conseguir nada—. No hagas nada hasta que no nos veamos. ¿Dónde estás? ¿Sigues en la tele?

—Ya lo he escrito.

Berta podía imaginar a su amiga llevándose una mano a la frente, cerrando los ojos, procesando lo que acababa de escuchar. Y también intentando idear la manera de hacerla cambiar de opinión.

—¡Berta! —A pesar del ruido del tráfico, su grito atrajo la atención de varias personas que, a su alrededor, esperaban a que se pusiera en verde el semáforo del paso de peatones del paseo de la Castellana—. Dime dónde estás, que voy corriendo.

—No intentes convencerme —respondió desde el salón de su nueva casa a las afueras de Madrid, en la carretera del Plantío, un pequeño chalet con jardín y piscina en el que vivía desde hacía un par de meses. Un lugar que creía que era mejor para criar a una niña que el centro de una ciudad cada vez más hostil.

—Berta, amiga, no puedes tomar decisiones en caliente. Es una locura. Tienes una carrera en Canal Once. Tú... tú eres la imagen del programa estrella de la cadena, ¿entiendes? Tienes credibilidad, la confianza del público. No puedes arriesgarlo todo por... —hizo una pausa, buscando las palabras—, por algo que ya no tiene solución.

—¡Mira quién fue a hablar! —Para ella no era algo profesional, era algo personal.

—Berta, es tu futuro. No tiene sentido que pierdas todo eso por un arranque de orgullo —insistió. Su voz se volvió más suave, casi maternal—: Esto que haces no me va a devolver el trabajo. Mira, sé que no es justo, pero... las cosas son así. ¿A dónde vas a ir? ¿A otro canal? Si solo hay tres. No es tan sencillo. No ahora. No con un bebé. No después de todo lo que ha pasado —se esforzaba en que sus palabras sonaran razonables, lógicas, pero lo cierto es que también estaban llenas de miedo. El miedo a sentirse culpable por la decisión de Berta y lo que le podría ocurrir a partir de ese momento.

—No, Ilu —respondió, calmada—. Yo lo que no puedo es seguir trabajando en un canal que te ha hecho esa guarrada.

A Iluminada le emocionó la fidelidad inquebrantable de su compañera. Pero tenía que mantener la cabeza fría. Tenía que aconsejarla bien.

—Escucha, Berta, esto es la tele, pero no deja de ser como cualquier otra empresa. Siempre hay alguien por encima de ti que tiene la potestad de decidir si sigues o no. Hay que aceptarlo. Muchas veces ni siquiera es algo personal. Te sacan para poner a alguien más válido. O a un amigo. O a alguien con quien se van a Ibiza en barco de vacaciones. Te sacan porque no les ríes las gracias del fútbol. O porque no te vas de fin de semana a su finca en el campo. Te sacan porque no estás en su trinchera política. Porque eres demasiado neutral para ellos. Y pueden hacerlo. Pueden hacer lo que les dé la gana. Son empresas privadas, Berta. Y esta empresa ha decidido que ya no le sirvo.

—Pero tú sigues sirviendo —protestó Berta—. Sigues sirviendo más que ese cerdo de Manso que te ha dado la patada, humillándote en público, cuando tú has limpiado Canal Once de morralla, le has quitado la caspa y has hecho una televisión fresca que se puede y se quiere ver. Y con audiencia.

—Es que no siempre se trata de éxito o de números. Los odios y las envidias juegan también mucho en esta partida. —A Iluminada se le escapó un suspiro. Fue en ese momento, al verbalizar la situación, al teléfono con su amiga, cuando comprendió el alcance total de lo que le acababa de suceder.

—Pero esto es una empresa privada. Tú lo has dicho. Se trata de números. De ganar dinero. Y tú lo habías conseguido. Hemos seguido creciendo en ingresos, en beneficios.

—Berta, ya está. No pasa nada —quiso tranquilizarla—. Me han despedido. Como a tantas otras personas hoy. Y a tantas otras mañana. Solo soy un número más.

—Pero esas tantas otras personas no han sido humilladas en público como te han hecho a ti.

Eso era cierto. Casi al mismo tiempo que Manso la despedía en el que era su despacho, delante de media plantilla, un medio digital publicaba una entrevista en exclusiva con el magnate. «Iluminada Mellado ha sido una completa decepción. Ya no cuenta con nuestra confianza».

—Escúchame —insistía Iluminada—, ahora tienes que tranquilizarte. No tomes una decisión apresurada. Así que cálmate y no hagas tonterías. ¿Estás en casa, verdad? Espérame y lo hablamos con calma. Por favor, Berta. —El tono era casi de súplica.

—Es que me voy ya. Quiero darle mi renuncia en mano.

—¡Berta!

—Te acabo de enviar una copia. Para que la enmarques.

> *Querido señor Carlos Manso, no voy a participar ni un minuto más en un proyecto que representa unos valores en los que no creo, en una empresa que tira por la borda con una frialdad indignante años de dedicación, esfuerzo y lealtad, por no hablar de un talento extraordinario. He defendido a mi programa y a este canal con mi rostro y mi credibilidad durante mucho tiempo, pero no puedo ni quiero seguir asociada a una empresa que opera con tal falta de empatía y respeto por quienes la han construido desde dentro.*
>
> *Atentamente,*
>
> *Berta Gigliani*

—¡¡Estás loca!! —Iluminada lo leyó, apoyada en el cristal del escaparate de una tienda de lujo de la calle Serrano—. ¡¡Has quemado todos los puentes!! ¿Cómo le vas a decir eso a Manso? —gritó, sin darse cuenta de que estaba atrayendo la atención de los peatones que pasaban a su lado.

—Pues no veas lo bien que me siento —suspiró Berta, subida en la euforia del momento—. El peso que me he quitado de encima. Y eso que creo —suspiró, con una sonrisa— que debería haberlo dejado.

—¿Dejar el qué?

—El «Váyase a tomar por culo» que había escrito al final.

—¿Váyase a tomar por culo? ¿Se te va la cabeza? —Iluminada sabía que Berta fingía una tranquilidad que no tenía. Que estaba muerta de miedo, mirando al abismo. Tenía una hija. Y cuando alguien tiene hijos, se convierte en un esclavo—. Tienes que trabajar. No puedes actuar por despecho, Berta. Las cosas hay que pensarlas bien.

—A veces no hay que pensarlas tanto.

—Pero, Berta..., por favor, espérame en casa. No vayas a darle la carta. Todavía podemos arreglarlo —suplicaba, mientras buscaba en la agenda el número de Chiqui, la pieza final del cuarteto de amigos, la voz a la que quizá ella sí que escuchara.

Pero Berta no esperó. Aprovechando que Emma estaba esa tarde con su padre, cogió el coche y salió. Quería ver al caimán cara a cara. Darse un último gustazo antes de irse.

13

Berta avanzaba por el pasillo forrado de imágenes de presentadores. Su gente. O ya no. Nada la retenía allí. Pasó junto a su propia cara colgada en la pared, pero no se reconoció en ella, en esa sonrisa confiada y pulcra que le pareció que no tenía sentido. Trataba de que sus pasos firmes no delatasen el nerviosismo que sentía. Era una cuestión de dignidad, un acto de rebeldía —pequeño, inútil, quizá— en un mundo en el que la lealtad ya no valía apenas nada.

Sabía que, tras la reunión, Manso continuaba en el canal, en el despacho de Iluminada. Y no se lo pensó dos veces. Se plantó en su puerta sin cita, estirando la espalda, echando los hombros hacia atrás, irguiendo el cuerpo en busca de fuerza. Apretando la mandíbula.

Si Manso se sorprendió al verla entrar, no lo manifestó. Un caimán, pensó Berta. Inmóvil. Sin parpadear. Sin mostrar lo que sucedía por dentro. A esa hora ya no quedaban secretarias. Eran él y ella.

—Berta Gigliani. —Quizá lo único que reflejó que no la esperaba fueron las décimas de segundo de más que tardó en sonreírle—. Bienvenida.

El magnate la recibió con una copa de *whisky* en la mano. Con expresión afable, casi paternal. La invitó a sentarse con un gesto apenas perceptible y luego la observó con atención mientras caminaba hacia la silla blanca colocada frente a él, al otro lado de la mesa ocupada por su amiga hasta unas horas antes.

Berta creyó ver en sus ojos lo que estaba pensando. «No iba a ponerle las cosas fáciles a esa niñata».

—Carlos, no quiero rodeos —le tuteó. «No me intimidas»—. Aquí tienes mi carta de dimisión.

La colocó sobre la mesa, deslizándola, con suavidad. No quería parecer enfadada ni rabiosa. No quería que él tuviera el control de sus emociones. Berta solo era alguien que había decidido marcharse y que lo explicaba perfectamente en una carta. El texto ya lo decía todo. Estuvo a punto de escribirlo de su puño y letra, a mano, pero le pareció demasiado personal. Eran solo unas frases que habían salido de la impresora. Solo su firma estaba a bolígrafo.

Manso tardó menos de un minuto en leerla.

Levantó la vista y sonrió. Eso la desconcertó.

—Buena decisión. Pero... ¿vas a dejar tirados a todos tus compañeros?

Berta siguió estática, sin expresar emoción alguna.

—No lo hago por ellos. Lo hago por mí.

—Estás enfadada, y la verdad es que me parece una rabieta de niña. —Tiró la carta sobre la mesa, pero también con suavidad, como sin darle importancia a aquel papel.

En ese momento, Berta tuvo que contenerse para no gritarle. Pensó la respuesta un par de segundos.

—Hay personas que aún tienen dignidad, ¿sabes? Y lo que has hecho con Iluminada es... repugnante.

—Si realmente fuera por ti —la interrumpió, sin perder la calma—, te quedarías.

—¿Perdón?

Manso se inclinó hacia adelante, apoyando los codos en la mesa.

—Berta, si te vas ahora, ¿qué crees que pasará con tu equipo, con los redactores, con los cámaras, con los productores? ¿De verdad crees que voy a mantener el programa si tú te marchas?

«Hijo de puta. Hijo de la gran puta».

—Encontrarás a otra persona para presentarlo. —Siempre hay otras personas para presentar los programas.

—Pero no con tu equipo —Manso fue tajante.

Silencio.

El magnate aprovechó la pausa para dar un trago a su *whisky*, como si estuviera tomando algo en la barra de cualquier bar, despreocupado, ausente. Como si esa conversación no fuera con él. Esos puestos de trabajo. Esas familias. Esas vidas.

—Piénsalo bien, Berta. —Sonrió el caimán—. Si tú te vas, ellos también. —La miró con una intensidad eléctrica—. Y... nunca volverán a pisar ninguno de mis medios. Los vetaré. Bueno, realmente, no solo en los míos, en todos. Ya sabes... —Ni siquiera se molestó en darle un tono amenazante. Hablaba como quien pedía una ensalada de primer plato. Manso era un depredador, y acababa de encontrar el punto débil de Berta—. Las teles son pocas y aquí nos conocemos todos. Y nos debemos favores todos.

Ella se rindió.

—No es justo —trató de pelear.

Manso se encogió de hombros. Y volvió a sonreír.

—La que no es justa es la vida. —Hizo una mueca extraña con los labios.

Berta se esforzó por calmarse mirando a través de la ventana, pero solo vio la negrura de la noche. La misma de la que estaba hecha el alma de ese hombre que tenía enfrente.

Permaneció en silencio. Odiándose.

Manso sonrió. Ya conocía la respuesta. No le hacía falta que ella se la dijera. Pero quiso obligarla a hacerlo. Era parte del castigo.

—¿Y bien? —le preguntó.

Ella lo miró. Notó la bilis en el paladar, en la lengua, entre los dientes. Se daba asco a sí misma. Sabía que tenía que claudicar.

—Me quedo. —Nunca le había costado tanto pronunciar un par de palabras.

Manso levantó el vaso de grueso cristal tallado, como si brindara consigo mismo. Una victoria más.

—Bienvenida a tu nuevo canal, Berta.

Y bajó la vista hacia el ordenador, sin decirle nada más, sin despedirla, sin tenerla en cuenta. Como si ya hubiera dejado de existir.

Berta salió del despacho sintiendo el peso de su propia traición.

No a la cadena. No a Iluminada.

A sí misma.

Había pasado años creyendo que nunca se vendería. Que nunca se dejaría domesticar. Pero Manso la había obligado a mirar la realidad de frente: no hacía falta comprarla. Solo había que colocarla en una jaula donde su propia moral la obligara a quedarse.

Y lo peor de todo era que, en el fondo, él tenía razón.

No acababa de firmar su continuidad, había firmado su condena.

Manso le había sonreído como sonríen los tiburones antes del mordisco.

Berta salió del despacho de Manso aturdida, sin tener claro todavía lo que acababa de pasar, con esa angustia viscosa que se instala sin avisar y que te revienta las tripas. Cuando las puertas del ascensor se abrieron, cuando ya solo le quedaba arrastrarse hasta el coche, su futuro apareció esperándola. Con trajes caros y sonrisa falsa. Ahí dentro estaban Elena Aldama, dueña de Ilusiona Producciones, y su chambelán, Jorge Cuervo. Imaginó que subirían a la planta noble para reunirse con el nuevo dueño del canal. ¡Qué poco habían tardado en desembarcar! Ni decoro ni luto. Para qué.

No esperaban verla. Pero enseguida dibujaron sus sonrisas viscosas, enganchadas con alfileres de cinismo. Elena salió del ascensor. Su lacayo se quedó a medio camino.

—¡Pero bueno, quién está aquí, la gran Berta Gigliani! —exclamó Cuervo, lamiendo el aire con la voz—. Tenemos que hablar contigo de muuuchas cosas.

Berta los miró. Y lo supo. Supo que su destino ya estaba decidido. No importaba lo que dijeran después, las promesas que le hicieran, las mentiras envueltas en sonrisas y palmaditas en la espalda, los ramos de flores que mandarían a su camerino. Le permitirían observar el saqueo como quien deja a un testigo contemplar su propia ejecución antes de apretar el gatillo.

—Espero que sea de cosas buenas —respondió ella, con una media sonrisa afilada, cruzando los brazos como quien quiere alzar una muralla.

—¡Por supuesto! —Elena Aldama se movió con la teatralidad de una anfitriona recibiendo a una invitada ilustre. Se creía ya la dueña del lugar—. Sabes que te admiro. Siempre he pensado que este canal es tu casa.

Mentira. Una mentira tan descarada que Berta tuvo que contenerse para no reírse en su cara. Elena Aldama no la soportaba. Pero no era de las que se manchaban las manos. Para eso tenía a sus lacayos.

Jorge Cuervo ladeó la cabeza, sonriendo como si saboreara la escena. Guardando los detalles para luego esparcirlos por ahí como cuchicheos baratos.

—Manso quiere que te quedes, imagino que por eso sales de su despacho —dijo Elena, dejando que las palabras se deslizaran con un tono estudiadamente tranquilizador. Sus labios dibujaban una sonrisa, pero sus ojos parecían sellados con cera—. Este canal necesita figuras sólidas, y tú eres una de ellas.

Berta debió sentir una punzada de asco. No por lo que decían, sino por cómo lo decían. Como si le estuvieran haciendo un favor. Como si le estuvieran ofreciendo clemencia.

Pero eligió creer.

No porque confiara en ellos, sino porque el miedo era más fuerte. Necesitaba creer. Aferrarse a algo. Aunque fuera una mentira.

Bajó sus defensas.

Y ese fue su peor error.

—¿Y qué queréis que haga exactamente? —preguntó, con voz medida, como si cada palabra pesara toneladas.

Elena dio un paso adelante, hacia ella, como si aquello fuera una charla entre viejas amigas y no una ejecución de guante blanco. Jorge salió del ascensor. Las puertas se cerraron tras él con un susurro metálico, como una trampa sellándose. A Berta se le encogió el corazón.

—Lo que has hecho siempre —se adelantó Cuervo—. Lo que mejor sabes hacer. Hablar. Contar. Opinar. Provocar. Mantener a la audiencia pegada a la pantalla. —La estaba adulando. La quería de su lado.

—Pero hay algo más, Berta. —Aldama bajó la voz, acariciando las palabras con esa suavidad envenenada que solo usan quienes te apuñalan sonriendo—. Necesitamos que nos ayudes a calmar las aguas.

Parpadeó, sin entender.

—¿Qué aguas?

—Las de la redacción, cariño —volvió a intervenir Cuervo, siempre tan meloso—. La gente está... nerviosa. Hay rumores, se generan tensiones innecesarias, salen cosas en los confidenciales. Y todo eso no nos conviene. Necesitamos alguien como tú, alguien respetado, alguien a quien escuchen. Tú puedes tranquilizarlos.

Ahí estaba. Querían que fuera su cómplice. Su cara pública. Su sello de legitimidad ante la plantilla, garantizando que nada cambiaría. Querían que fuera el bálsamo de la tropa antes del saqueo. La música suave antes de la masacre. Querían usarla.

Convertirla en la sonrisa antes del naufragio.

Y Berta no quería saberlo.

No entonces.

14

Hoy

La rabia puede más que la prudencia, aunque en Santi, no. Es una persona que sabe contenerse. Que siempre se ha contenido. Y ha hecho de esa frialdad su manera de ser. Pero esta tarde no puede evitar una mueca de asco al girarse y encararse con el coche que le ha seguido hasta la puerta de su casa.

Baja de la moto. La aparca con tranquilidad. Ve al chófer, impecable, mirando al vacío. Camina hacia la ventanilla trasera. Y da un par de golpes con el puño.

La ventanilla se baja. Un poco. Lo suficiente para ver que, efectivamente, es ella.

—Quizá es que pasaba usted también por aquí —trata de sonar irónico—. Porque no quiero pensar que me esté siguiendo.

Con calma y delicadeza, Conchita Manso abre la puerta y desciende del vehículo, un Rolls-Royce Phantom, negro piano, impecable, símbolo de su estatus y de la atención exquisita que pone en cada aspecto de su existencia. El coche encarna su capacidad económica, su obsesión por la perfección y su necesidad de destacar sin que parezca que lo intenta demasiado. Su vestido de Chanel y su rostro perfectamente maquillado gritan poder, gritan determinación, gritan control absoluto. Santi la observa con el ceño levemente fruncido, ocultando una mezcla de sorpresa e indignación.

—No me ha hecho falta. Seguirle, digo. Puedo saberlo todo de quien quiera.

—Sabrá entonces que esta es mi casa.

—Claro.

—Y que ya he terminado mi jornada laboral, que estamos en el día del Señor, y esto se parece más a un acoso.

Ella sonríe.

—Claro.

—¿Sería de mala educación pedirle que me deje en paz?

—No lo voy a hacer —responde ella, con una sonrisa tan pulida que parece cortada a navaja.

Bajo esa fachada impecable, Conchita Manso deja entrever algo más. Quizá una fisura en su máscara. Y entonces Santi siente una necesidad imperiosa de saber qué es. ¿Miedo? ¿Rabia? ¿Venganza? Necesita conocerla más.

—¿Entonces? ¿Por qué estamos ahora mismo en esta situación?

—Ya sé... qué parte del cuerpo de mi padre quiero.

Así que se trata de eso.

—Pero pase, pase. —Señala el interior del coche—. No podemos hablar de esto aquí, en medio de la calle.

Se lo dice.

El rostro de Santi no se inmuta, pero por dentro algo se revuelve. Empiezan a sudarle las palmas de las manos, como si su cuerpo intentara expulsar a través de la piel lo que acababa de oír. Ha escuchado peticiones extrañas en su vida, pero esta..., esta es distinta.

—Ni aunque fuera una uña —responde, con tono firme, aunque medido, esforzándose por no perder la neutralidad profesional—. Lo siento, no puedo hacerlo.

Conchita Manso lo mira con la incredulidad de quien no está acostumbrada a que le nieguen algo. Frunce los labios.

—Técnicamente, lo que le estoy pidiendo no es una parte del cuerpo de mi padre.

—Técnicamente —contesta Santi con ironía—, también podríamos decir que esto suena a... locura.

Ella ignora la provocación. Las personas como Conchita no se rebajan a jugar en el barro con gente como él.

—Soy su heredera. Me pertenece.

Están sentados en la parte trasera del Rolls-Royce, una cápsula de lujo opresiva, personalizada con detalles exclusivos como cuero bordado con sus iniciales en todos los asientos, techo con luces LED simulando un cielo estrellado y un minibar integrado con cristalería hecha a mano. Todo refleja un control absoluto sobre su mundo. Todo elegido con la precisión obsesiva de quien no admite errores en su vida. Santi analiza cada detalle. Y cada detalle encaja en la personalidad que se ha formado de esa mujer.

Una mampara los aísla de los asientos delanteros, donde se encuentra el conductor.

Observa cauteloso ese aire de determinación que solo dan el dinero y el poder.

Y el ego.

—Lo que me pide es imposible —no cede, midiendo sus palabras ante esa mezcla de capricho, narcisismo blindado y fe ciega en la superioridad de la mujer que tiene delante—. Siento si esta mañana me he explicado mal. No puedo darle ese trozo del cuerpo de su padre. —Santi le está mintiendo. Y siente cómo el placer de hacerlo inunda su cuerpo.

Ella insiste.

—Mire —Conchita cambia de táctica. La ejecutiva feroz deja paso a la hija desconsolada. Se inclina ligeramente hacia él, su voz adopta un tono más suave, casi vulnerable—, es que vamos a incinerarlo. Y después ya no existirá nada de él. Ya no quedará nada suyo.

—Bueno... —el forense mira a su alrededor, como si nada de lo que les envuelve importara—, queda el imperio. ¿No? Es mucho más de lo que pueden decir los hijos de otras personas muertas.

Ella suspira, como si el esfuerzo de explicarse ante alguien como ese funcionario fuera una carga insoportable.

—Necesito algo físico. Sentir que, de alguna manera, puedo tocarlo de nuevo. Es lo único que puedo quedarme. —Pretende sonar calmada y razonable, triste, levemente desconsolada, pero hay algo artificial en su tono. Santi sabe lo que es: la fragilidad estudiada que las personas acostumbradas a mandar emplean cuando quieren algo desesperadamente.

—Hable con sus amigos del Gobierno, de la Comunidad de Madrid, de la Audiencia Nacional. Yo no puedo hacer nada. —El forense tiene que contenerse para que no se le note que está disfrutando.

Ella calla. Y vuelve a suplicar. Y entonces Santi comprende por qué a él. A un funcionario. No quiere que lo sepa nadie. Para Conchita Manso, toda esa operación tiene que quedar en secreto.

—No me haga eso. He pensado que es la única parte del cuerpo que puedo quedarme de papá. —Suspira ella, impaciente, como si su petición fuera tan obvia que no pudiera comprender su negativa—. No le estoy pidiendo algo... físico. No es carne. No duele. No es realmente... humano —musita, como si eso lo justificara todo.

—A ver..., no se trata de si es tejido orgánico o no. Se trata de principios éticos y legales —vuelve a mentir—. Nadie puede... Usted no puede...

—Pero no es realmente una parte de él. ¿No lo entiende? —le interrumpe, de nuevo, Conchita Manso, cada vez más nerviosa, enderezándose en el asiento. La máscara de la hija desconsolada empieza a romperse.

—Sí que lo es —responde, firme.

—Es que... —La mujer procura contenerse para no gritar, golpearle, o decirle al chófer que pase a la parte de atrás y le dé una paliza a ese desgraciado—. ¿Sabe lo que es que se muera alguien a quien adoras, alguien fundamental en tu vida, y que ya no quede nada del calor del ser humano que te daba la mano cuando lo necesitabas?

Lo sabe. Sí. Santi lo sabe.

La mira, ahora sí, con todo el odio que es capaz de concentrar en sus ojos.

—Pues eso es lo que le pido —prosigue ella.

—Pues vaya al juzgado y consiga que un juez se lo autorice. Es la única forma.

—No, no. —Mueve las manos de una forma extraña, alargando y separando los dedos, como si le acabaran de hacer la manicura y no pudiera rozarse las uñas—. No puedo retrasar el funeral. Hay muchas cosas en juego. El conglomerado. Cada una de las empresas. La imagen del grupo. Tengo a los abogados todo el día encima.

—Así que no quiere que se sepa.

El cuerpo de Conchita da un brinco. Hace una pausa, como si estuviera a punto de decir algo demasiado íntimo. Pero no se atreve a replicar.

—¿Se imagina si esto sale a la luz? —continúa Santi—. No es que yo vaya a contarlo, pero imagine que alguien lo descubre. La hija mayor de Carlos Manso roba una parte de su cuerpo. Eso sí que sería un desastre para ustedes. Esto tiene que ser algo... personal. Algo que quede entre usted y yo.

Una lágrima impostada cae con precisión del lagrimal del ojo derecho de la mujer, dejando un surco en el maquillaje, pulido hasta la perfección. La lágrima, perfectamente medida, perfectamente cronometrada, llega hasta mandíbula, y allí parece evaporarse. La millonaria levanta la vista para mirar fijamente a Santi.

Y prosigue la actuación.

—Me da vergüenza pedirlo.

Por primera vez, Santi ve lo que hay bajo el oro, el ego y la soberbia: un agujero. Una mujer vacía, desesperada por llenar con restos lo que no sabe llenar de vida. Parece incluso un ser humano. Pero todo es un disfraz.

—Me convierte en débil —explica ella—. Y en extravagante. Y en loca. No me lo puedo permitir, dada mi responsabilidad. Pero nadie tiene por qué enterarse. Usted lo cose bien y como si nada. Yo me ocupo de ello.

Santi aprieta más. La verdad es que le está resultando maravillosa esa conversación. Porque es él quien tiene el poder. Se vuelve a hacer el tonto.

—Lleve puesta una de sus chaquetas, como hacen el resto de los seres humanos, huela sus sábanas, como hacen los perros, yo qué sé..., hay muchas maneras de recordar a un padre muerto.

La mujer pasa por alto, de nuevo, la falta de respeto del forense.

—¿Qué le cuesta? Yo solo quiero el marcapasos de mi padre —suplica—. Su marcapasos. ¿Quién va a notar que falta?

—Lo siento. No. Y no insista. No va a hacerme cambiar de opinión.

Conchita Manso ya se ha dado cuenta de que no va a conseguir nada de ese hombre. Pasa al ataque.

—¿Usted es consciente de con quién está hablando? Porque yo tengo muchos contactos.

—Señora, ¿está amenazando a un funcionario público?

Ella lo mira, respirando rápido, los ojos llenos de furia. Se inclina hacia él, dejando que sus palabras caigan como un cuchillo.

—Esto no quedará así. ¿Me oye? No sabe el poder que tengo.

—Puedo imaginarlo —responde él, devolviéndole la mirada sin pestañear.

La mujer lo observa con furia contenida durante unos segundos que parecen una eternidad.

—Usted no será forense mucho tiempo, Munárriz —sentencia.

Santi sonríe, abre la puerta del coche y sale del vehículo.

—¿Qué se cree que está haciendo? —le grita ella, desde dentro.

—Alejarme... de usted. ¿No lo ve? —Cierra la puerta de golpe, casi como una sentencia.

El coche arranca con un rugido ofendido. Santi respira hondo, el aire helado le afloja la tensión en los hombros. Sabe que no será la última vez que vea a Conchita Manso.

Ni la última persona que le pida el marcapasos.

15

Concepción Manso Sáez, Conchita para los íntimos, va pasando las fotografías como quien lee una sentencia de muerte: una a una, sin terminar de creer lo que ve. Las acaba de sacar de un sobre marrón, de esos baratos, de los que venden en cualquier tienda de material de oficina. Se lo ha llevado al despacho Pilar Renuncio, la secretaria de su padre, que sigue yendo a trabajar como si él todavía estuviera vivo. Nadie le ha ordenado lo contrario. Y ella sabe que seguir siendo útil es la mejor forma de conservar su puesto.

A rey muerto, reina discreta.

Le queda muy poco para jubilarse. Y ha aguantado tanto que...

... que no quiere que por esas imágenes la despidan. No es la primera vez que tiene en sus manos un sobre así. Aunque nunca tan explícito. Carlos Manso le había dado asco muchas veces. Pero esa...

Carlos y ella solían bromear con los envíos turbios que llegaban a la oficina. Esos sobres que olían a pólvora, mierda o chantaje.

—Tranquila, Pilar —se reía el magnate—, un gilipollas más. Ya no caben en este país, vamos a tener que emigrar a Etiopía.

Un idiota más que mandaba amenazas, fotografías obscenas o incluso excrementos humanos en una bolsa de plástico.

—Así es la gente, Pilar. La gente odia a los poderosos por el solo hecho de que lo seamos. Soluciónalo —terminaba diciéndole siempre.

Esa mañana de lunes, el instinto le dice a Pilar que ese sobre que tiene entre las manos le traerá problemas. No sabe si es su peso, o su textura, o que no lleve remitente. Puede que sea porque ya no tiene a su jefe para quitarle importancia. Ni para protegerla. Lo mira durante varios segundos, sin abrirlo, como ha aprendido a hacer con todo lo que parece una amenaza. Siente un nudo en el estómago antes de rasgar el mecanismo de apertura.

Saca las fotografías con parsimonia, obligándose a ir despacio, sin caer en la impaciencia, aunque nota las arcadas subiéndole por el esófago, como una marea ácida. Le sorprende lo que tiene entre las manos, y eso que ha visto de todo, ha tapado de todo y ya pocas cosas pueden asustarla. Pilar ha sido, durante más de tres décadas, la guardiana de los secretos de Carlos Manso. Conoce cada uno de los gastos de sus cuentas bancarias, incluso de las secretas; los ramos de flores que ha hecho enviar a casas ajenas, las joyas —que muchas veces ha tenido que elegir ella misma— para cuerpos deseados por su jefe con ansia carnal imperativa, las notas de disculpa y de mentiras que le ha tocado redactar, los billetes de avión que ha comprado a nombre de mujeres que no son la esposa, las habitaciones de hotel que ha reservado con esas u otras mujeres, las transferencias bancarias para caprichos o en pago de silencios, e incluso las cuotas de un par de colegios elitistas —aunque no lo suficiente, para evitar peligrosas coincidencias con los hijos legítimos.

Pilar lo sabe todo. Porque su trabajo es, o era hasta el viernes por la noche, adelantarse a lo que quisiera su jefe antes incluso de que él mismo lo supiera, y solucionar problemas antes de que se convirtieran en sus problemas. Es dueña de una de las agendas más poderosas del país. Cuando ella llama, todos se ponen al teléfono. Cuando no, son los demás los que tratan de ponerse en contacto con ella para congraciarse, ansiosos por contar confidencias, anticiparle movimientos o dejar caer nombres que creían que podrían interesarle. A ella o al jefe.

Y así, ganarse su favor.

Ha sido el muro de contención.

O el puente sobre el foso con cocodrilos.

Pero no se engañaba. Manso no confiaba en ella porque fuera especial o le tuviera cariño. Hubo un tiempo en que Pilar creyó que sí. Que su lealtad, su entrega absoluta la harían parte del círculo invisible que rodeaba a los elegidos. Que no sería solo la sombra eficiente de un hombre poderoso, sino algo más. Durante años, enterró bajo rutinas impecables un afecto que, si se hubiera atrevido a mirarlo de frente, habría reconocido como amor. Un amor torpe, infantil, nacido de la admiración. Y de la necesidad de ser vista. Pero confundía su devoción con otra cosa. Se engañó creyendo que su eficiencia, su entrega, su sacrificio callado podían despertar en Manso algo parecido al afecto. Incluso al amor. No fue así. Nunca lo fue. Él no veía en ella más que una herramienta bien engrasada. Y Pilar lo aceptó. Como se aceptan las derrotas inevitables: callando. Ella solo era la pieza útil que había demostrado su inquebrantable lealtad. Una subordinada honesta y devota. Una persona perteneciente a un estrato inferior que nunca llegaría a entender a un hombre como él. Pero que le servía. Mucho. Y bien.

Ella había aprendido a hacerlo a base de entrenar su cabeza y sus emociones. Era capaz de funcionar de manera autónoma, resolviéndolo todo con la rapidez y dedicación con la que una boa constrictor asfixia a sus presas. Sin pensarlo. Por eso, incluso tras la muerte del jefe, Pilar sigue sirviendo a sus intereses. Lo hace de forma mecánica, como el cuerpo de un triatleta capaz de adaptarse a cualquier superficie y obstáculo al que se enfrente. Siempre una zancada más. Una brazada más. Un giro más al pedal.

Tirar hacia adelante es lo único que importa.

El viernes, apenas treinta y nueve minutos después de que Carlos Manso quedara colgado de la letra W del cartel de neón más famoso de Madrid, seis minutos después de que intentara descolgarlo una gigantesca grúa de los bomberos de la capital, y solo dos más tarde de que lograra hacerse con él un bombero escalador que se había anclado a la barandilla del balcón, Pilar recibía una llamada.

—Tu jefe está muerto. Ven. Séptima planta.

Y Pilar fue. Y vio. Y avisó a quien consideró que tenía que avisar, por este orden: el comisario Valentín Palencia, el presidente de la Comunidad de Madrid, Conchita Manso, los *dircoms* de Magnum Media Group, el secretario personal de la Casa del Rey, Amanda Manso, el presidente del Gobierno y a un taxi que la llevara a casa.

Para cuando se tumbó en el sofá, aún quedaban un par de horas de oscuridad. Sabiendo que no podría dormir, abrió una tableta de chocolate con leche, sacó el ron miel de la nevera, se tumbó en la cama y vació su cabeza de mierda con un par de capítulos del último culebrón romántico turco al que se había enganchado.

Cuando terminó, fue a la oficina y se puso a funcionar de nuevo. En piloto automático.

Y ahí está, ya lunes, dos días después, de nuevo viendo amanecer desde su despacho de la planta ejecutiva mientras la sede central de Magnum Media Group va poniéndose en marcha. Siente incluso cierta curiosidad por cómo se agitará el avispero en ese primer día laborable sin el jefe.

Aunque, antes, tiene que resolver lo de ese sobre.

Con Manso vivo lo hubiera tenido claro. Entrar en su despacho, mostrárselas para que estuviera informado y llamar al comisario Palencia. Porque, en la mayoría de los casos, a partir de ese momento era ella la que tomaba el mando.

—Infórmame solo cuando valga la pena —le insistía siempre su jefe—, no me hagas perder el tiempo, te pago para que sepas distinguir lo importante de lo accesorio.

Lo importante, casi siempre, pasaba por saber quién era la persona más adecuada de su extensa red de contactos para resolver la situación. Su agenda estaba repleta de teléfonos privados de jueces, policías, políticos y periodistas que le debían un favor. O más de uno. Aunque, en casos turbios, el primero de la lista solía ser Valentín Palencia. El solucionador.

A ese hay que pagarlo. Y bien. No obstante, nadie ofrece sus servicios. Ni da sus garantías.

Pero el jefe está muerto, y a Pilar le da miedo adelantar la jugada. ¿Y si ha llegado un sobre igual a otras mesas de la empresa? ¿Y si es una trampa de las hijas para despedirla sin la indemnización que le corresponde? Hace tiempo que le tienen ganas. Conchita y Amanda siempre la han mirado con recelo. Saben que no había nadie más cercano a su padre que ella. Nadie que conociera mejor sus secretos más oscuros que ella.

Pilar.

Decide ser precavida. Corre a llevárselo a la hija mayor.

—Señora Manso. —Golpea la puerta antes de entrar al despacho, una planta por debajo de la del padre. Dos salas simétricas, mitad y mitad. Una para Conchita y otra para Amanda.

Y, sobre ellas, el patriarca. Recordándoselo siempre: «Soy yo el que camino sobre vuestras cabezas».

—¿Pilar? —Conchita Manso la mira de arriba abajo, con el aire de superioridad de siempre, pero también con cierto desprecio. Pronto podría deshacerse de esa mujer. Aunque tiene que ser precavida. Lista. Hacerse con sus secretos y callar su boca para siempre—. ¿Qué hace aquí? —le pregunta, fingiendo amabilidad. Ella tiene su propia secretaria.

—Quisiera consultarle una cosa. —Pilar es consciente del desdén que inspira en la hija de su antiguo jefe. Y de por qué está tratando de parecer afectuosa.

—¿Usted? —El usted no es un signo de deferencia, sino de separación. De abismo—. ¿Usted quiere consultarme algo? —Sonríe, atenta, histriónica—. ¿A mí? Si es usted la que mejor maneja esta empresa. ¡Qué habría hecho mi padre sin tenerla a su lado!

—Ha llegado este sobre. —Pilar sigue en pie en el quicio de la puerta, inmunizada a los halagos fariseos, sin inmutarse. O sin parecer que se inmuta, como ha hecho siempre. Da varios pasos, pero de pronto se detiene. Un chispazo de orgullo le recorre el cuerpo. Que sea esa malcriada la que le pida que se acerque. Ya sabe que es una tontería, una victoria pírrica. Pero victoria, al fin y al cabo.

Conchita enarca la ceja y entiende la jugada perfectamente. Maldita cabrona. Recuerda todas las veces que ha tenido que pasar por ella para que su padre atendiera a sus llamadas. «¿Pilar, está mi padre? ¿Pilar, puedes decirle que me llame? Pilar, es que no me coge el teléfono ni contesta a mis mensajes».

Le sale la rabia.

—¿Qué quiere, que me levante yo y vaya a por él? —vomita, con asco. El tono es autoritario, cortante.

Pilar no se la juega más. Obedece, pero no sin un gesto leve de resistencia. Algo casi imperceptible. Ha lidiado con hombres y mujeres más complicados que esa niña rica a la que aún le falta aprender el verdadero significado del poder.

No le da tiempo a llegar a la mesa de Conchita cuando entra la otra heredera, Amanda.

—¿Qué está pasando aquí? —La pequeña de las Manso camina a pasos muy cortos, como si llevara la falda demasiado ajustada, hasta que llega a la altura de Pilar y se queda de brazos cruzados en medio del despacho, a un par de metros de la secretaria de su padre. Ha pasado horas eligiendo el traje oscuro que lleva puesto, la blusa blanca con lazada al cuello, los zapatos de tacón no exageradamente alto, el bolso *vintage*, el sobrio collar de perlas y el rubor ligeramente nacarado que ilumina tenuemente sus mejillas. No todos los días una hija asiste a la lectura del testamento de un padre.

Ni a su funeral.

Está nerviosa.

Su hermana le responde.

—Pilar trae un sobre en la mano —dice, sin inmutarse, acomodada en su silla de despacho, reclinada hacia atrás—, pero no sé qué quiere. Se ha quedado ahí, en medio. Como un tentempié.

Entonces, extiende el brazo, desafiante. Y Pilar sabe lo que tiene que hacer. Sumisa, camina hacia la hija de su antiguo jefe, ofreciéndole el sobre, que ella le arrebata de un zarpazo, pensando que ha ganado la batalla.

Pero eso es porque todavía no sabe lo que hay en su interior.

—¿Qué es esto? —pregunta la heredera, agitando el sobre en el aire. Amanda sigue de pie, sin decir nada. Se toca las gafas mirando a su hermana, como pidiéndole permiso para acercarse a su lado. No se atreve a moverse.

—Preferiría... preferiría que lo viera usted, señora Manso —contesta Pilar, educada, modesta e invisible—. No me atrevo a describir el contenido.

—¿Para eso le pagamos? —la insulta, mientras mete la mano derecha dentro del sobre y saca bruscamente su contenido.

Pilar se derrite de placer al avanzar lo que está a punto de suceder.

Al principio, los ojos de Conchita no consiguen procesar lo que están viendo: su padre, para quien la imagen lo era todo, despojado de toda... de toda, de toda... —tiene que pensar la palabra porque su cabeza está asfixiada por lo que ve—... dignidad, fotografiado como un cerdo en celo junto a una mujer mucho más joven que ella misma, su propia hija. Alguien que podría tener la edad de sus nietas. Tiembla con cada imagen que descubre. El asco le sube por la garganta, pero se contiene. Su educación le ordena resistir. Impávida. Tragar. Dominarse. A las crisis se las mira directamente a la cara, decía siempre su padre.

—¿Qué es, hermana? —Amanda se ha dado cuenta de la gravedad de la situación. Y, a pesar de eso, o quizá por eso, sabe que tiene que acercarse y mirar las imágenes. Pero no puede. Todavía no.

Ignorando a su hermana, Conchita deja las fotografías extendidas sobre la mesa, como las pruebas para el catálogo de una revista de moda. Que nadie ni siquiera sospeche de su debilidad. Que esa secretaria cotilla no vaya contando que la ha visto derrumbarse el primer día de su nueva vida. El primer día en el que el testamento la confirmará como la nueva CEO de Magnum Media Group.

—¿No hay nada más? —pregunta, seca, sin levantar la vista. Como si fueran unas imágenes cualquiera.

—Nada más. Solo eso —responde la secretaria.

—¿Ni una nota pidiendo dinero? —insiste.

—No, señora.

Aprovechando la conversación entre su hermana y Pilar, Amanda se arma de valor y, sin sentirse observada, se acerca a la mesa. Mira de reojo las imágenes y su primer impulso es no creérselas. Imaginar que todo es una ilusión. Algo que desaparece al chascar los dedos. Apenas ve un par de ellas. Aparta la mirada. No quiere recordar a su padre así. Se quita las gafas como si, desenfocando la mirada, las fotografías pudieran dejar de existir. Aunque en la cara se le transparenta una mueca de asco.

A muy pocos grados de llorar.

Pero es una Manso.

Y los Manso se recomponen. Reaccionan. Golpean.

Cuando levanta la cabeza y vuelve a ponerse las gafas ve a la secretaria. Allí. En pie. Debatiendo con su hermana. Como si fuera parte de la familia. ¿Cómo se ha atrevido esa mujer a...?

—Pero..., Pilar, ¿por qué ha visto esto? —le pregunta, mirándola a los ojos, tratando de sonar dura y convincente—. ¿Quién le ha dado permiso para abrir la correspondencia de mi padre? Porque el sobre está a nombre de él.

—Perdone, señora Manso. Es la costumbre. Así funcionábamos. Yo solo quería ayudar, ordenar sus papeles para que ustedes lo tuvieran todo más fácil. Y con el día que les espera hoy... con la lectura del testamento. Pero si quiere que a partir de ahora yo no organice la correspondencia, no lo haré.

—¿Cómo ha llegado? —prosigue Amanda—. ¿Cómo ha llegado a sus manos?

—Pues, no sé..., estaba en mi mesa, a las seis de la mañana.

—Me parece raro —dice Conchita, mirando el sobre con atención—. Si son de minutos antes de la muerte de papá, las han dejado este fin de semana.

—¿Habéis hablado con seguridad? —interviene, de nuevo, Amanda—. Por ver las cámaras.

—Lo dice la que no se atreve a ver todas las fotografías. Venga, acércate. Va, ven a conocer el verdadero rostro de Miguel Manso —le reta su hermana. Pero Amanda ya ha visto suficiente.

—Déjame en paz —quiere ser firme, aunque apenas le sale un hilo de voz.

Y Conchita la deja en paz, pero solo porque ha encontrado otro hilo del que tirar.

—¿Y la mujer? —se pregunta entonces, clavando los ojos en la desconocida—. Se la ve bastante bien. Casi una adolescente, cuerpo perfecto y rasgos orientales.

No se dirige a nadie en concreto, pero espera una solución. Y Pilar sabe que es ella quien tiene que responder.

—Si le parece —sugiere la secretaria—, pongo en marcha el operativo de estos casos.

—¿Qué operativo? —pregunta—. ¿Recibía mi padre más cosas así?

—No. No como esto. Pero otras cosas, sí. Por eso he venido corriendo a mostrarle las fotos.

—¿Esa es tu excusa? —Conchita la mira con desprecio. Durante años, su padre había confiado en esa mujer más de lo que confiaba en sus propias hijas. Ese pensamiento le enciende una chispa de rabia, pero la reprime. Ahora no es momento de enfrentarse a ella. Pero la odia—. ¿Cómo dejaste que lo fotografiaran? ¿Cómo no lo protegiste? Dan... asco. —Su padre. Desnudo, babeando, entregado. Lamiendo a una mujer. Sin dignidad. Nunca podrá olvidarlo—. La mujer tiene pinta de no ser la primera vez que se tira a un viejo por dinero. ¿Sabes quién es? —La secretaria niega con la cabeza—. Pilar, ¿no es una de tus funciones controlar a las zorras a las que se follaba mi padre?

—Mire, señora Manso...

—¿Cómo has dejado —la interrumpe— que pase esto? ¿Cómo no lo has protegido? Son... asquerosas.

Ver a tu propio padre, con la piel arrugada y a colgajos, llena de léntigos seniles, desnudo, excitado, lamiendo a una mujer joven y perdiendo el control, haciendo cualquier cosa por placer, era asqueroso.

—¿No deberíamos dárselas a la policía? —sugiere Amanda.

—¿A... a la policía? —La hermana mayor la mira con desprecio. Amanda tiembla, y por un instante parece que se va a caer al suelo. Se abraza a sí misma.

—Es que son... —se justifica— del momento de la muerte papá. Igual aclaran algo.

—¡No quiero ni oír hablar de eso! —grita Conchita, metiendo las fotografías de nuevo en el sobre y apretándolo contra su cuerpo, como si alguien fuera a robárselo—. A partir de ahora, estas imágenes no existen. —Con un gesto brusco, abre el bolso que tan cuidadosamente había escogido esa mañana para dar la imagen de mujer poderosa pero no frívola, y las guarda, tratando de encajar el sobre sin arrugarlo—. Esto no ha pasado. Lo entendéis las dos, ¿verdad? Vamos a solucionarlo como siempre. En familia. Porque hoy nos toca abrir el testamento, y después me tengo que poner... nos tenemos que poner Amanda y yo —rectifica— al mando de este dinosaurio. Ahora lo urgente es saber quién las manda. Y callarle la boca. Tú sabes cómo hacerlo, ¿verdad, Pilar? Por eso papá confiaba en ti.

—Sí, señora.

—Pues desde este momento me lo cuentas. Paso a paso. A quién vas a llamar. Y por qué. A partir de ahora, yo apruebo todo. Y dejadme sola.

Pilar sale, decidida, sabiendo lo que tiene que hacer. Amanda duda. Pero, una vez más, se somete a las órdenes de su hermana y abandona el despacho, aunque nota que algo está cambiando en ella. La secretaria espera, servicial, junto a la puerta, para cerrarla en cuanto la traspase.

Una vez sola, Conchita se pone en pie. Camina sobre la alfombra. Se quita los tacones de dos patadas, se sirve una bebida energética. Da un trago largo. Llama por el manos libres.

—Ah, Pilar. Y dame la clave de la caja fuerte. La privada. Ahora. Sin hablar con nadie.

Carlos Manso siempre creyó que podía controlarlo todo. Incluso la muerte. Pero su cadáver ya tenía enemigos.

16

Pilar espera a que el móvil dé tres timbrazos antes de colgar. Sabe que él le devolverá la llamada. Lo ha aprendido de su jefe: con ciertos hombres, la impaciencia es signo de debilidad. Deja el teléfono sobre el escritorio y mira al vacío, más allá de la puerta, extrañamente abierta, que da acceso al despacho de Carlos Manso. La silla de cuero todavía parece contener la forma del cuerpo de su jefe, de aquel hombre que, hasta hace tres días, parecía inmortal.

Un par de minutos después, el teléfono vibra. El número privado en la pantalla le confirma que ha funcionado.

—¿En qué puedo ayudarte? —La voz al otro lado de la línea, con un sonido gutural bajo y envolvente, va directa al grano. Igual que la noche de la muerte de Manso. Igual que siempre.

La secretaria se muerde el labio y mira el lugar de su mesa en el que, apenas una hora antes, ha encontrado el sobre con las fotografías de un hombre supuestamente intocable, atrapado en un último acto de poder y degradación. Ella sabe que aquellas imágenes pueden derrumbar todo lo que ha dejado tras su muerte. Respira profundo, intentando mantener el control.

—Tenemos un problema. —Se instala un breve silencio, apenas roto por la respiración pausada al otro lado de la línea. Conoce demasiado bien a hombres como aquel, que mueven los hilos desde las sombras sin importarles las reglas—. Gordo.

—¿Allí en media hora? —responde el comisario. Pilar afloja inconscientemente la mano que sujeta el teléfono. Sabe que es esa clase de hombres que, como su jefe, pueden atravesar cualquier frontera de la moralidad siempre que la recompensa sea suficiente.

—Por favor —le suplica.

Y eso basta para que el comisario Valentín Palencia se ponga en marcha. Porque ese «por favor» no es una petición. Ni una debilidad. Es un acuerdo.

La hija mayor de Manso lo espera, de pie, en el despacho de su padre, un espacio amplio diseñado para imponer y controlar. Lleva el luto con elegancia, escogido también para imponer, un vestido negro de corte impecable y el cabello recogido en un moño bajo que no deja lugar a distracciones. Cuando el comisario Valentín Palencia entra, con esa calma calculada que sabe que desconcierta, ella lo observa con una mezcla de curiosidad y desconfianza. Puede intuir quién es ese hombre, y qué papel ha jugado en la vida y los negocios de su padre. Y tiene la certeza de que su presencia allí no presagia nada sencillo. Ni limpio.

Además, tanto su cuerpo como su vestimenta le causan repulsión. Tiene que contenerse para que no se le note.

—Señora Manso —la saluda, inclinando apenas la cabeza en tono suave, casi cortés. Un disfraz. Ha estado allí muchas veces. Pero nunca con una mujer sentada al otro lado.

—Comisario... —finge dudar—... Palencia, ¿verdad? —le devuelve el saludo, sabiendo de antemano su nombre, pero buscando esa primera fisura en su máscara de cortesía, mientras se levanta y le tiende la mano—. Gracias por venir.

Examina con atención a la hija del hombre que lo ha hecho rico, el que primero le encargó trabajos fuera de la policía. Intenta adivinar hasta dónde sabe lo que hacía para su padre, porque, a partir de ahí, la jugada cambia.

—Valentín Palencia, sí —responde, educado—. Le doy mi pésame. La muerte de su padre ha sido... una pérdida inesperada.

Evita decir muy dolorosa. Habla sin un atisbo de emoción en el rostro. No quiere descubrir sus cartas tan pronto.

—Me han dicho que papá y usted se conocían... mucho, al parecer.

Hay algo repulsivo en mirarlo. Como si el rostro de aquel hombre conservara secretos viscosos de su padre. Y de otros hombres. Como si toda aquella viscosidad se le hubiera quedado pegada por dentro. Como si arrastrara el peso de todas las cloacas en las que ha chapoteado.

—Digamos que compartíamos ciertos... intereses —contesta, con una calma inquietante. Se toma su tiempo, midiendo el ambiente de la sala. Es la primera vez que habla con ella. Es consciente de que tiene delante a una mujer criada bajo la sombra aplastante de Manso. Y quiere saber hasta dónde está dispuesta a llegar.

La heredera se inclina ligeramente hacia delante, con los ojos entrecerrados.

—Espero que fueran intereses provechosos para los dos.

El comisario mantiene su sonrisa impasible, sin dejar de mirarla. Sea lo que sea lo que está ocurriendo allí, tiene que convertirlo en algo a su favor. Porque Valentín Palencia quiere más, claro. Cuando te acostumbras a las alturas, es difícil volver a arrastrarse entre las sobras. Volver a una vida pequeña, a un poder que apenas es sobre nadie.

Por eso ahora le toca centrarse en hacer que ella le necesite. Y, para eso, él no puede dar el primer paso. En cuanto Conchita Manso le haga un encargo, por pequeño que sea, ya no podrá parar. Siempre habrá otra ocasión para solicitar sus servicios. Y entonces, sin darse cuenta, él tendrá la llave de su futuro. Como una marioneta. Como todas las personas que creen tener poder, pero que, en realidad, están en sus manos.

—Siempre ha sido un placer trabajar para su padre, señora Manso —contesta, solícito—. Era todo un caballero.

—Lo era.

—Y espero que nada cambie en el futuro.

Ella se queda callada, mirándolo fijamente. Se alisa el moño con un gesto innecesario. Es lo más cerca que está de admitir que la situación le incomoda. El comisario duda. Quizá haya ido demasiado rápido.

—¿Qué es lo que no tiene que cambiar? —pregunta, seca. Cortante.

A Valentín Palencia le gustan las mujeres inteligentes. Pero también sabe cuándo una de ellas es peligrosa. Y esta lo es. Conchita cruza los brazos, en ese despacho que todavía huele a rancio. Es lunes. La vida vuelve a ponerse en marcha. Y ella tiene que tomar muchas decisiones antes de que les interrumpa su hermana. La tonta de su hermana.

—Mi servicio hacia esta casa.

—Esta casa es muy grande, e incluye al comité de dirección —le dice ella, consciente de que van a querer nombrar a otro CEO. Llegado el momento de la guerra, quizá Palencia pueda ser un aliado, aunque aún no lo sabe con certeza.

—Esta casa —matiza el comisario— es la familia Manso. Y ahora la familia Manso es usted.

—Entonces —ella descruza los brazos con lentitud, en un gesto que denota tanto frialdad como una barrera invisible que no termina de caer—, ¿qué sabe usted de mi padre? De sus... negocios privados, exactamente.

Valentín hace una pausa deliberada, evaluando la respuesta antes de hablar. El silencio desconcierta a sus interlocutores. Da la sensación de que sabe más de lo que dice. Es un cebo que coloca y al que acude la víctima solo para darse cuenta de que se ha quedado atrapada en el anzuelo.

—Su padre era un hombre de múltiples facetas —responde, finalmente, en tono neutro— que ha conseguido todo lo que quería. —Valentín no deja de mirar a Conchita, creyendo que abre una grieta en su escudo—. Y sí, me pidió ayuda unas cuantas veces para manejar situaciones... delicadas. Digámoslo así. Las hicimos desaparecer todas.

Ya está. Ya se ha quedado atrapada. Ahora Valentín solo tiene que tirar. Poco a poco. Muy poco a poco. Pero...

—No lo adorne. Delicadas, ¿de qué tipo? —La exigencia de la mujer es tajante. Él no se la espera.

—Solucioné... solucionamos muchas cosas juntos. Ya habrá tiempo de hablarlo. Creo que ahora tiene algo más urgente. —Quiere salir ya de ese embudo en el que ella le está metiendo.

—¿Sabe? Mi padre me habló alguna vez de usted.

Y Conchita Manso tiene ganas de decirle que lo hacía en tono despectivo, el mismo que usaba para referirse a la multitud de especies de carroñeros que crecen y se alimentan del dinero ajeno.

—Pero ahora es usted la que manda —intenta él reconducir la situación—. Y yo, como siempre, respondo. —Quiere parecer amable. Y humilde—. Me encantan las mujeres fuertes. Usted lo es.

—No me haga la pelota —le recrimina, dándole la espalda y caminando hacia la silla de su padre. Aún no se ha sentado en ella. Solo una vez lo hizo, años atrás, cuando él estaba de viaje y Pilar, su secretaria, atendía al teléfono al otro lado de la pared. Le decepcionó no sentir nada especial, solo un leve olor a viejo que desprendía la piel marrón en la que estaba tapizada. O quizá, pensó, era el olor de su padre, el que ocultaba tras carísimos y exclusivos perfumes, atrapado en los rincones del asiento sobre el que pasaba horas y horas cada día.

—Yo no pretendía...

Ella le interrumpe, despacio, sin quitarle los ojos de encima, como quien analiza un arma cargada antes de decidir si usarla o no.

Decide que no es tiempo de andarse con mojigaterías.

—Ya sé que no pretendía. —Quizá ahora es ella la que ha ido demasiado lejos. Ese hombre puede ser peligroso. Quizá tenga información sensible sobre su padre. O sobre ella. Quizá lo necesite para alcanzar el poder—. ¿Hasta qué punto puedo confiar en que hará lo que sea necesario, comisario?

—Hasta el punto en que considere que la lealtad no es negociable —responde él, sin dudar—. Si está preocupada por la discreción, puede estar tranquila. No estoy aquí por dinero —miente—. Estoy aquí por lealtad. Y esa, señora Manso, sobrevive a la muerte.

—No dudo de su experiencia, pero necesito algo más que su palabra. Necesito saber que, si acepta esto, no habrá... consecuencias inesperadas. —Las palabras quedan suspendidas en el aire, cargadas de una advertencia implícita.

—Señora Manso, si he aprendido algo en todos estos años, es que los hombres que llegan al poder, pero sobre todo los que se mantienen, saben bien de quién se rodean. Créame. Su padre no confiaba en cualquiera. Usted puede confiar en mí.

—No lo adorne.

Valentín Palencia tiene que hacerse valer. Se da cuenta de que está pareciendo un pelele suplicando trabajo.

—Entonces tendrá que encontrar a alguien que entienda los secretos que su padre guardaba tan bien, alguien que pueda entrar en el mundo que él construyó y, además, manejar las voluntades necesarias. —Sonríe de manera casi imperceptible—. Y le aseguro que no encontrará a nadie con mis... medios... Ni mis ganas. No en este país, al menos.

Ella mantiene la mirada fija en él unos segundos más, procesando lo que acaba de decir y las implicaciones de cada una de sus palabras.

—Está bien, comisario. Pero estaré vigilando cada movimiento que haga. ¿Entiende?

Valentín sonríe, satisfecho. No esperaba menos. Acaba de conseguir una aliada poderosa, una conexión que, con el tiempo y el cuidado, podría usar a su favor.

—Mire, le hemos llamado por un asunto..., digamos, delicado —prosigue ella, eligiendo cada palabra con precisión—. Usted habrá visto de todo en su carrera, pero yo no estoy acostumbrada a esto. —Se da cuenta de la debilidad que transmite esta frase. No. No puede mostrar ni la más mínima fisura. Agrieta la voz—. Querría informarle personalmente, como cortesía, de este primer trabajo, pero no va a poder ser. —Mira el reloj—. Tengo que asistir a la lectura del testamento de mi padre. Y luego, al funeral.

—Comprenderá que yo no puedo aparecer en el tanatorio... —empieza a excusarse Palencia—. Por discreción.

—Comisario —le interrumpe Conchita, sin darle importancia a su explicación. Ya ha terminado con él—. A partir de ahora, Pilar le pondrá al día. Me ha dicho que en otras ocasiones ha trabajado directamente con ella. —Palencia asiente. Ella le hace un gesto leve, elegante, pero imposible de malinterpretar: márchese—. Ah —añade la mujer, cuando él llega al umbral de la puerta—. Sobre su remuneración: lo que acordara con mi padre sigue en pie. Eso no va a cambiar, no se preocupe.

Pilar le espera, callada y fiel como siempre, tras la mesa de secretaria en jefe que lleva ocupando más de treinta años.

—¿Las tienes? —pregunta, sin cortesías.

La secretaria asiente. Saca un sobre manila del bolso y lo deposita sobre su mesa, como quien deja una ofrenda peligrosa. Conchita se lo había dado un rato antes. El comisario lo toma sin ceremonia, abriéndolo con dedos gruesos y torpes.

Fotos.

De las más peligrosas que ha visto en su vida.

Las pasa una a una. Y disfruta. No puede negarlo. Disfruta.

—Son de justo antes de morir, ¿verdad? —Es una pregunta retórica, claro.

—Todas las que nos han mandado.

El comisario la observa un segundo más de lo necesario. Luego asiente, satisfecho.

Pilar calla muchas cosas, como siempre. No le cuenta —porque sabe que los secretos hay que guardarlos— que en los últimos meses todo se había ido pudriendo dentro de aquella familia. Que Conchita había empezado a moverse como un tiburón que huele sangre: organizando discretamente consultas privadas en clínicas extranjeras, buscando segundas opiniones de cardiólogos que su padre rechazaba con furia porque lo hacían sentir viejo e inválido. Que le sugería que quizá era tiempo de cuidar su salud, de retirarse y dejar paso a las nuevas generaciones, con esa sonrisa afilada que era más amenaza que consejo y que lo llevaban a él a la furia. Que Amanda, siempre más débil, había intentado interceder, pidiéndole a su hermana que frenara, que no empujara tanto. Que las discusiones, cada vez más frecuentes, dejaban a Carlos Manso tenso como un animal herido, furioso y humillado por su propia sangre.

Valentín cierra el sobre con una palmada seca y se lo guarda en el interior de la chaqueta.

Le sonríe.

—Olvidemos que esto ha pasado —dice—, como siempre.

Pilar asiente.

Como siempre, también.

Como ha hecho toda su vida desde que está detrás de esa mesa.

Veintitrés minutos después de haber entrado, Valentín Palencia abandona el edificio con las fotografías guardadas en el bolsillo interior de su chaqueta. Acelera el paso hacia su coche, aparcado en una pequeña y tranquila calle trasera. En cuanto bloquea las puertas y se siente seguro palpa el bolsillo interior de su chaqueta.

—No me habrás fallado tampoco esta vez, ¿verdad, bonita? —murmura, de forma desconcertantemente cariñosa, a la grabadora que guarda allí. Le da un par de palmaditas de padre orgulloso, y sonríe.

Todo está ahí. Alto y claro.

Como siempre.

En cuanto llegue a casa, subirá el archivo a su nube encriptada y copiará otra versión en su disco duro.

Tiene que comprar uno nuevo.

El actual está casi lleno.

17

La máquina la había comprado en un chino, pero, para su sorpresa, era admirablemente precisa. No solo contando billetes, sino también detectando los falsos. Al comisario le fascina verla trabajar; es como un sedante de lujo. El sonido que produce, monótono y relajante, no puede compararse a nada más; una ráfaga de felicidad que le hace sonreír sin darse cuenta.

Al principio, Valentín no confiaba del todo en el cacharro y repetía a mano el conteo de los billetes; nunca podía fiarse de que algún rico —hay mucho tacaño entre los ricos— hubiera intentado timarlo. Pero pronto aprendió que el cacharro aquel era detallista y minucioso, así que empezó a disfrutar mirando cómo gestionaba los fajos de euros. El dinero le daba poder. Claro. Pero no era solo eso. Sus tarifas ridículamente elevadas lo convertían en una persona aspiracional, alguien que es un objeto de deseo casi agónico para quien le necesita, como esos bolsos o esas zapatillas con escasez de producción provocada a propósito.

Ese era uno de sus poderes.

Elegir a sus clientes. Escoger a quién prestaba atención. A quién le solucionaba un problema.

Pero no el único. Ni el más importante.

El comisario Valentín llega al piso franco a las once de la mañana, en silencio, como quien encuentra por fin refugio seguro en un territorio hostil. Cierra la puerta acorazada con doble vuelta y activa el seguro, un hábito que cultiva como una religión. No es la primera vez que trae consigo una cantidad considerable de efectivo, y sabe que la rutina que viene después es tan importante como las operaciones que le generan ese dinero. Este lunes no puede evitar calcular mentalmente cuánto tiempo podría resistir si tuviera que desaparecer de un día para otro.

Sonríe.

Toda una vida.

O tres.

Una vez contados los billetes, distribuye el dinero en varios paquetes, una práctica que ha ido perfeccionando con los años. Solo una pequeña cantidad está en ese piso, que nadie conoce, cuya propiedad se encuentra a nombre de un testaferro fallecido años atrás, pero vivo para la Administración. Escondrijos ocultos tras mecanismos escondidos dentro de un par de armarios, en el interior de marcos de ventana hechos a medida y huecos por dentro, tras una falsa caja de fusibles en el pasillo, en latas de pintura seca con dobles fondos, en una aspiradora vieja y aparentemente abandonada o dentro de un antiguo televisor de tubo. Bien sabe él cómo busca la policía. Y mejor sabe cómo burlar sus métodos. Cualquiera que entrara allí solo vería la vivienda de un anciano. Cajas con papeles viejos, figuritas absurdas, cacharros inútiles. Nada sospechoso. Todo olvidable.

Nunca un coche de lujo. Nunca un reloj caro. Tampoco una casa sobre un acantilado de Menorca o chalets en cualquier estación de esquí de lujo. La ostentación es la coartada de los estúpidos. Valentín Palencia es mucho más discreto. Cobra un buen sueldo como funcionario de categoría laboral del Grupo A1 de la Administración pública, pero sus algo más de cuatro mil trescientos euros limpios al mes no dan para determinados exhibicionismos. Hay veces en las que le duele amasar esa fortuna para tener buena parte escondida. Es una jodienda, pero no quiere acabar en la cárcel. Ese miedo siempre está ahí, como un grifo que gotea justo cuando intentas dormir. El suyo le recuerda que ha salido vivo demasiadas veces de demasiados saltos mortales. Y que no solo se trata de la cárcel. También está la muerte. Un accidente. Una ejecución. Porque con toda la información que acumula, todas las grabaciones, fotografías, vídeos..., con todo de lo que ha sido testigo, lo más fácil para determinadas personas sería hacerlo desaparecer. Por eso, procura ser útil siempre a todo el mundo, compartiendo cachitos de información, pedacitos de historias, chismes, parte de la ingente cantidad de material que ha acumulado en horas y horas de grabaciones e investigaciones a escondidas. Mientras seas útil, no te matarán. Y mientras teman que tu muerte active el botón del pánico y estalle todo por los aires, tampoco.

Por ese motivo, de vez en cuando, insinúa que si le pasa algo..., empezarán a salir cosas.

Escondido en ese desorden abigarrado del piso, que debería ser un estilo decorativo propio, Valentín oculta varios de sus seguros de vida. Pruebas, conversaciones y documentos para utilizar solo en caso de emergencia.

Como un extintor.

Es su santuario, su fortaleza, y también su prisión. Porque mientras el comisario disfruta del poder que posee, sabe que cualquier error, cualquier grieta en su sistema, puede derrumbarlo todo.

Valentín Palencia ha tejido una red de influencias tan compleja como invisible. Su verdadero imperio está edificado sobre secretos y pecados de los que mueven el mundo. Para él, cada uno de ellos es una ficha en un tablero que puede desplazar cuando lo necesite. Ahora un peón. Mañana una reina. A lo largo de años ha acumulado una colección oscura de pruebas, un catálogo de momentos comprometedores que son las piezas maestras de un juego calculado al milímetro.

Un juez, con fotos esnifando cocaína. Un ministro, con prostitutas en su despacho oficial. Un CEO del IBEX 35, con un matrimonio paralelo. Una presentadora, con cuenta en paraísos fiscales. Un periodista, silenciando información a cambio de dinero para su precario medio digital. Un presidente de un club de fútbol, encubriendo apuestas ilegales. Un alcalde, grabado con sobres de dinero. Una heredera bancaria, vendiendo secretos. Un marido de presidenta de comunidad autónoma, plantando pruebas falsas en un caso de especulación urbanística.

Cada uno de estos secretos está cuidadosamente almacenado, organizado y listo por partida triple para ser usado en caso necesario. Valentín Palencia sabe que, mientras tenga a esos hombres y mujeres bajo control, su influencia no conocerá límites.

Incluso con Manso. Durante años le ayudó a mover los hilos. Ahora son suyos, si sabe jugar bien.

Y ese poder es el que compensa no poder gastarse el dinero; el poder de saber todo de todos. El poder de que políticos, empresarios, jueces, directivos de medios de comunicación o embajadores le necesiten. Y el poder de tener las suficientes pruebas y conversaciones grabadas como para reventar varias capas de la sociedad.

Eso ha querido ser siempre Valentín. No la cara visible. Sino el que maneja los hilos.

Él piensa que no es un corrupto. Es eficiente. Lo corrupto es el sistema que le paga por ser así. Manso creyó que controlaría su legado desde la tumba.

Incauto.

Ahora le toca a él, al comisario Valentín Palencia, manejar los hilos de un cadáver.

A ver qué encuentra.

Porque saber, sabe cómo sacarle provecho hasta al último aliento de los muertos.

18

Carlos Manso no pensaba nunca en la muerte. Su cuerpo tampoco. Tenía esa extraña sensación de inmortalidad que ciega a los poderosos, la certeza arrogante de que el mundo gira al ritmo de su voluntad.

Yo.

Ahora.

Siempre.

Pero Carlos Manso también tenía un extraordinario ejército de abogados que sí que pensaban por él en esas cosas, y en otras muchas más.

Ni siquiera después de muerto.

O, sobre todo, después de muerto.

Que es cuando empiezan los problemas de verdad.

Así que, por supuesto, hay un testamento. Existe, de hecho, desde años atrás y ha ido cambiando varias veces en todo ese tiempo. No solo era su último instrumento de reparto; sino una obra maestra. Cada vez que lo revisaba para cambiar algo, movía a sus beneficiarios entre casillas, recompensando lealtades o castigando traiciones, siempre con un ojo puesto en el último gran acto final. El clímax. Ese desenlace inesperado que lo mantendría en el centro del escenario: cuando los presentes en la lectura del notario pensaran que ya estaba dicho, un último párrafo asestaría la sorpresa. Era un giro de guion digno del espectáculo que había sido su vida.

Y es lo que va a ocurrir ahora, en una sala saturada de expectativas, alrededor de una pesada mesa de nogal desgastada y oscurecida por la grasa y el sudor de los miles de dedos que la han tocado a lo largo de las décadas. Solo hay una pregunta que importa: ¿quién heredará el cincuenta y uno por ciento de Magnum Media Group? ¿Lo repartirá entre las hermanas pero nombrará CEO a su hija mayor? ¿O dará la sorpresa imponiendo a otro directivo?

La atmósfera es fría. Calculadora. Cargada de algo oscuro como siempre que el poder se mueve. Se nota en las miradas cruzadas, en la respiración contenida de los directivos, en los nervios de los parientes y en la extrañeza de una decena de los trabajadores más fieles. Si están allí, si les han llamado a ese último circo del jefe, es por algo.

Y ese algo no tiene por qué ser necesariamente bueno.

Todos saben que se van a enfrentar a la última jugada de Manso y que puede suceder cualquier cosa. Aguardan, ansiosos, los movimientos del notario. Tratan de desvelar si los mira. O cómo lo hace, porque ese hombre pequeño y formal, que huele a antiguo, tiene que saber algo.

Una migaja de un gran imperio puede ser algo que te cambie la vida para siempre.

—Bueno pues..., ejem, ejem..., procedemos a la lectura de las últimas voluntades del señor don Carlos Manuel Manso del Valle —comienza el notario, que está nervioso, pero desea aparentar la frialdad habitual de su profesión, dándole a sus palabras ese lenguaje monótono y cansino sea cual sea el contenido y la trascendencia del documento que esté leyendo—. A mi muerte dispongo que mis posesiones materiales sean repartidas de la siguiente forma...

... Y empieza por lo más banal. Hay que reconocer que es un hombre que siempre ha tenido el ritmo de la emoción y el espectáculo. Cuadros familiares..., un piano..., las joyas de su difunta mujer. La pequeña vivienda de los abuelos que aún conservaba en Sevilla, pero con la obligación de hacer una casa museo. Dinero en cuentas bancarias en España y fondos de inversión privados declarados a Hacienda. Participaciones ocultas en *start-ups*. Empresas aparentemente anodinas que resultarán ser propietarias de bienes valiosos: aviones, barcos, colecciones de arte... Una colección de coches clásicos guardada en almacenes discretos. Y... todo lo que contenga una caja fuerte a nombre del testador en el almacén aduanero Ports Francs et Etrepôts de Genève.

—El testador se la deja a sus dos hijas —prosigue el notario—, doña Concepción Manso Sáez y doña Amanda Manso Sáez, que recibirán instrucciones expresas de cómo acceder a ella y que deberán ser responsables de cómo se repartan su contenido y el destino que le den. A continuación, leeré textualmente una nota de su padre: «Así, hijas mías, aprenderéis a comprenderos, quereros y respetaros».

Las miradas de las dos hermanas se cruzan de forma instantánea. Han oído hablar del puerto franco suizo. Oro. Diamantes y piedras sin certificar. Cuadros sin registrar que deberían estar en museos. Dinero en efectivo sin declarar. Documentos comprometedores que podrían incriminar a personajes poderosos. ¿Qué tendría escondido papá en uno de los búnkeres más seguros del mundo? ¿Para qué necesitaría una cámara acorazada en el lugar inexpugnable en el que los millonarios esconden bienes para que nadie sepa que existen?

Conchita y Amanda aguantan el tipo ante el resto de los asistentes. La pelea por la distribución, una vez vean lo que hay en esa cámara, la tendrán en otro momento. Ahora tienen que estar serenas para escuchar cómo su padre ha decidido repartir la empresa. Tensan los cuerpos sin darse cuenta.

Y sin saber que todavía les queda por recibir una bofetada en cada mejilla.

El gran pastel, el cincuenta y uno por ciento de Magnum Media Group va a parar, como se suponía, a las hijas a partes iguales. Pero lo importante es quién es nombrada administradora única, la que tenga capacidad de dirección y control.

Ninguna de las dos.

Tendrán que dirigir la empresa poniéndose de acuerdo. Con un 25,5 por ciento cada una, se necesitan para seguir teniendo mayoría en la toma de decisiones por encima del resto de los propietarios: fondos de inversión y accionistas.

Amanda sonríe. Puede bloquear a su hermana si se alinea con parte del consejo o alguno de los grandes accionistas y arrebatarle el control. Es como tener una bomba que puede detonar en cualquier momento.

Conchita rabia. La zorra de su hermana. La sibilina. Lo ha conseguido. No puede depender de ella. Magnum Media Group es suyo. Su cabeza piensa aceleradamente en cómo chantajear o hacer encallar de miedo a la melindrosa de Amanda para que le otorgue una delegación expresa de sus votos y lograr el poder absoluto.

—Hay algo más... —prosigue el notario, cuando todos están a punto de levantarse—. Una última nota escrita a mano por su padre. Hace dos meses, don Carlos Manso se acercó a esta notaría para añadir un párrafo final al testamento.

No podía ser de otra manera. Llega el último truco del magnate para mantener el control desde la tumba. Un último párrafo que, como un disparo, les volaría la cabeza.

—¿Nos lo puede leer? —La voz de Conchita es amarga y nerviosa—. ¿Ya?

—Sí, claro. Leo. Textualmente. «Este testamento está congelado durante los próximos tres meses, y quedará invalidado en el caso de que se demuestre que mi muerte no es natural. De ser así, todas mis propiedades pasarán a un fideicomiso a nombre de mis nietos, que no podrán hacerse cargo de él hasta los veinticinco años. Mientras tanto, ese fideicomiso será dirigido por el directivo que designe el consejo de administración».

Un murmullo recorre la sala. ¿Qué significa eso?

—¡Hijo de puta! —grita Conchita—. ¡Hijo de puta!

Ella tiene un hijo. Amanda, tres. Y, uno de ellos, a punto de cumplir los veinticinco. Manso ha tendido su última trampa desde la tumba.

Su legado no es una herencia, sino un arma cargada. Y todos están en el punto de mira.

Tendrían que estar yendo al tanatorio, pero, antes, hay una parada prevista en la sede central de la compañía. Para darse una ducha. Cambiarse. Y, tras lo que ha pasado, verse las caras en soledad.

Amanda cierra la puerta del despacho con un clic apenas audible. Sabe que ha salido ganando. Se ducha. Se cambia. Intenta volver a sentirse limpia

Conchita, detrás del escritorio, pasa las páginas de unos documentos como si firmar órdenes de ejecución fuera parte de su rutina diaria. Como si la lectura del testamento no la hubiera herido. Como si todo siguiera bajo su control.

Su hermana abre la puerta.

—¿Qué quieres ahora? —pregunta sin alzar la vista, con ese tono de acero templado que siempre ha usado para aplastarla.

Amanda traga saliva. Nota cómo le late la sangre en las sienes, irregular, caótica. Su voz, cuando surge, ya no es apenas un susurro. Sabe que tiene poder. Mucho más del que tenía. Y del que esperaba tener.

—Necesito preguntarte algo.

Conchita suelta los papeles con un gesto cansado, como si incluso su paciencia fuera una cortesía que ahora le costara mucho conceder a su hermana. En el fondo, da las gracias por no tener que hablar en este instante de lo que va a suceder a partir de ahora. Así que dice chorradas.

—¿Otra tontería sentimental? ¿Otra escena por papá? Que sea corto, que tenemos que ir al tanatorio y a la incineración. No quiero retrasarme.

Amanda baja la mirada, como está acostumbrada desde que eran crías, haciéndose pequeñita junto a su hermana. La sensación lucha por imponerse. Pero tiene que recordarse que ya no.

—¿Fuiste tú?

Conchita la observa por primera vez, interesada como quien mira un insecto intentando erguirse.

—¿Yo qué?

Amanda se abraza los codos, como si pudiera sostenerse a sí misma. Las palabras le salen a borbotones, débiles y feroces a la vez:

—Papá... —Traga saliva—. Su muerte. ¿Fuiste tú?

El silencio es brutal, como un puñetazo en pleno estómago. Por un momento, Amanda cree que se va a desplomar. Conchita sonríe. Una sonrisa fría, de bisturí.

—Estás delirando.

Amanda niega despacio. Siente el vértigo del miedo. Siente la náusea de la traición.

—Siempre quisiste quedártelo todo —dice, casi en un hilo de voz—. El despacho. La empresa. El poder. Papá no iba a retirarse nunca. Y tú... tú necesitabas que lo hiciera. Fíjate la sorpresa que te has llevado.

Conchita se pone en pie. El movimiento es pausado, controlado, amenazante. Pero bajo la superficie de Amanda percibe algo distinto: una tensión nueva a la que ni siquiera su hermana está acostumbrada.

—¿Qué estás insinuando exactamente? —pregunta la hermana mayor, con dulzura, como quien acaricia una daga antes de clavarla.

—Que si alguien tenía motivos para desear su muerte, eras tú —responde la pequeña, temblando—. Y que si ahora alguien teme que la investiguen...., también eres tú. —Conchita avanza hasta quedar a un palmo de ella. Amanda puede oler su perfume, ese olor caro y asfixiante que siempre la ha mareado, como un guante de seda apretándole la garganta—. Sé —continúa— que algo no encaja. Que le presionaste. Que le vigilaste. Que le concertaste citas con médicos que no eran los suyos.

—Papá murió porque era viejo y débil. Como tú —escupe Conchita.

Amanda parpadea. Las lágrimas amenazan, pero esta vez no caen. No hoy.

—Puede que sea débil —dice, temblorosa—. Puede que nunca haya sido como tú querías. Pero escucha bien, Conchita. Si descubro que tuviste algo que ver..., si encuentro la más mínima prueba... Te lo voy a quitar todo. Todo. Ahora puedo.

Su voz tiembla. Su cuerpo tiembla. Pero consigue que sus palabras no lo hagan.

Conchita la mira como quien evalúa un estorbo. Se ríe.

—No tienes valor —murmura—. Eres una pequeñaja sentimental sin los ovarios que hay que tener.

Amanda se gira para irse, pero en la puerta, sin volver la vista, lanza la última estocada:

—Para esto... me sobra.

Sale, cerrando despacio. Dejando a Conchita sola, en un despacho que, de pronto, parece mucho más grande. Y mucho más vacío.

***

Unos meses antes

No era una mañana cualquiera. No, al menos, para Conchita Manso, que había ensayado durante semanas cómo y qué decir. Que llevaba días nerviosa. Que había preparado incluso la ropa que se iba a poner. Entró sumisa y sonriente en el despacho de su padre, un santuario levantado sobre años de negociaciones, traiciones y victorias. Sobre la mesa, como un símbolo irónico, le dejó el café que le había llevado.

—Expreso, corto y sin azúcar. Como te gusta.

Carlos Manso lo miró de reojo, sin tocarlo.

—Te estás volcando mucho últimamente —dijo, con una mueca burlona—. No será que ya hueles a sucesión, ¿verdad, hija?

Conchita sonrió. Un destello de ironía cruzó su rostro.

—Solo intento cuidarte, papá.

—¿Cuidarme o rematarme?

Ella se echó a reír, ligera, como si las palabras no escondieran veneno. Pero lo escondían. Ambos lo sabían.

Carlos apoyó los codos sobre la mesa, entrelazando las manos. La observaba como quien mide a un adversario antes de mover la primera pieza del ajedrez.

—¿Qué quieres? —preguntó sin rodeos.

Su hija dudó un segundo. Luego, inclinándose un poco hacia adelante, como quien comparte una confidencia peligrosa, soltó:

—Papá..., tienes que plantearte retirarte. Por ti. Por la empresa. Por todos.

El silencio cayó como un peso muerto en la estancia. No esperaba que fuera tan directa. Pero lo habría heredado de él. Al menos, eso. Carlos Manso se incorporó lentamente, como un volcán que se despierta.

—¿Retirarme? —repitió, con la voz enronquecida por la ira contenida.

—Papá, tu salud no es un juego. Todos lo vemos. Cada ataque, cada subida de tensión... No puedes seguir así. Tienes derecho a descansar.

Carlos soltó una carcajada seca, cruel.

—¿Derecho? ¿A descansar? ¿Ahora venís a hablarme de derechos, vosotros, los carroñeros? —levantó la voz.

—No somos carroñeros —replicó Conchita, todavía calmada, haciendo un esfuerzo por mantener la situación bajo control, aunque en su voz vibró algo parecido al rencor—. Somos tus hijas. Y estamos hartas de ver cómo arrastras tu cuerpo a reuniones interminables, a viajes de negocios que ya no puedes soportar. ¡No eres invencible, papá!

—Soy más invencible de lo que tú jamás serás —escupió Carlos, cruzando la distancia que los separaba—. Tú solo sabes llorar por el poder que no tienes.

—Porque tú jamás has querido soltarlo —le devolvió ella, poniéndose roja de furia—. Porque prefieres morir aferrado a esta silla antes que reconocer que el mundo ha cambiado y tú ya no puedes seguir controlándolo todo.

El rostro de Carlos se tensó. Por un instante, Conchita habría podido jurar que en su mirada había algo parecido al dolor. Pero solo duró un latido.

—¿Te crees que sería la primera vez que me quitan algo que he construido? ¿Te crees que no he visto a bastardos hambrientos como tú intentando derribarme durante toda mi vida? ¿Y sabes qué les pasó?

Se quedaron mirando cómo la respuesta planeaba sobre ellos.

—No soy uno de esos bastardos, papá. Soy tu hija —susurró Conchita.

—Quieres mi trono, como todos.

—¿Y qué, si lo quiero?

—Sé lo que estás haciendo. ¿Te crees diferente a las ratas que he aplastado toda mi vida? —Ya no quedaba nada de ternura en su voz. Solo el frío cortante de los años acumulados de desprecio. La miró de arriba abajo. Como si de verdad, por primera vez en su vida, no la reconociera—. Fuera de mi despacho.

Conchita no se movió.

—¡He dicho fuera! —rugió.

Se irguió entonces, con la dignidad herida, y sin una sola lágrima en los ojos. Cruzó la estancia con paso lento, abriendo la puerta de golpe.

En el pasillo, Pilar Renuncio estaba de pie, con un dosier en las manos, fingiendo que no había oído nada. Pero lo había oído todo. Y Conchita lo sabía. Se detuvo frente a ella. Le echó una mirada cargada de desprecio.

—¿Qué miras, vieja alcahueta? —murmuró, con un veneno gélido en la voz—. ¿Todavía sigues aquí, arrastrándote por las sobras de un hombre que ni siquiera te ve? ¿Qué esperas, que ahora que está viejo te mire como no lo hizo cuando tú eras joven?

La secretaria no contestó. No bajó la mirada. Aguantó el insulto como se aguanta una tormenta: firme, silenciosa, dejando que el viento pase y destruya lo que quiera. Conchita soltó una carcajada seca, de rabia, de frustración, y se alejó por el pasillo, sus tacones golpeando el mármol con la furia de alguien que ya no sabe distinguir si huye o ataca.

Pilar se quedó quieta. Luego, mecánicamente, bajó la vista a los papeles que llevaba en las manos: contratos, informes, citas médicas... Y entre ellos, una cita que Conchita había insistido en gestionar personalmente meses atrás: un chequeo cardiológico privado, en una clínica suiza, a espaldas de su padre.

Cerró los ojos.

Y, por primera vez en mucho tiempo, tuvo la sensación de que se había manchado las manos más de lo que estaba dispuesta a admitir.

19

Carlos Manso era un hombre hecho a sí mismo, repiten todos los perfiles periodísticos, como si fuera un héroe nacional, ignorando convenientemente la fortuna que heredó del padre. No era un hombre hecho a sí mismo. Era un hombre blindado desde la cuna, pero con talento para disimularlo. Su leyenda se construyó sobre contrastes: multimillonario, pero cercano. Fuerte, pero vulnerable. Implacable, pero misericordioso. Un emperador moderno. Proyectaba una seguridad tan sólida en sí mismo que cualquiera que se cruzara con él la percibía como una intimidación, suave pero constante.

Aunque, a la vez, la imagen pulida y reluciente que Manso había construido con tanto esfuerzo sobre sí mismo se asentaba también sobre donaciones millonarias en equipamiento sanitario o a víctimas de tragedias, todo ello convenientemente publicitado y amplificado por los medios de su propiedad, los que se tragaban sus tretas publicitarias sin pestañear y las redes sociales. Lo que no han contado es que tras esa fachada de benefactor se escondía una red de ingeniería fiscal que el propio Manso, y el inmenso equipo de abogados y asesores fiscales a su disposición, habían cultivado con tanto esmero como su fortuna. Y que no solo multiplicaba su fortuna, sino que drenaba millones del sistema público del país del que decía sentirse orgullosamente orgulloso.

Todo eran movimientos que tenían que cuadrar en los balances de su imagen pública, capaz de construir un imperio sobre una mentira vestida de filantropía, y la sociedad, cegada por los flases y los titulares, le creía.

Carlos Manso era el tipo de persona a la que nadie se atrevía a mirar por encima del hombro. Y si alguien lo había hecho, no había sobrevivido socialmente al intento.

No.

Carlos Manso no tenía miedo.

Aunque...

... aunque un día, unos meses antes de morir, el magnate sintió algo extraño abrirse paso por su cuerpo. Una sensación que no debía estar ahí. Era su hipocampo, desbocado, bombeando cortisol a un ritmo frenético, inundando cada célula de su cuerpo con el veneno corrosivo del miedo. En los negocios, esa descarga lo excitaba. Frente al rival, esa sacudida química siempre había sido su mejor arma, un filo punzante que lo mantenía despierto, alerta, depredador. Pero esto... esto era distinto. No era la tensión que se disparaba antes de un golpe maestro ni la adrenalina que antecede al triunfo. Era algo más primitivo. Quizá, un recordatorio de su vulnerabilidad. Y eso lo desconcertó, porque en su vida personal jamás había sentido algo así. Ni siquiera en los momentos más extremos de Los 8, como se hacía llamar el selecto grupo de empresarios y políticos que competían por dominar el país.

Siempre se había considerado intocable. Las pocas personas que habían osado desafiarlo terminaron arrolladas —arruinadas, destrozadas o enterradas—. Como aquel CEO que intentó chulearlo cambiando una cláusula del contrato en el momento de la firma. O aquel otro directivo de su empresa que se creía indispensable e insustituible, que exigió cobrar como los mejores del mundo y se enteró de su despido delante de media plantilla, cuando su tarjeta de acceso no le dejó entrar. Las estrellas de los medios de comunicación bajo su mando que lo habían intentado terminaban aún peor.

En los juegos de Manso no existían medias tintas. Era muerte y destrucción. Destrozar al enemigo hasta que jamás pudiera levantar la cabeza. Y asegurarse de que el resto del mundo lo supiera. Y no les echara una mano mientras se ahogaban.

No había nada en la vida como esa sensación.

El primer mensaje lo encontró una mañana fría, escrito dentro de su propio coche. No solía conducir —casi siempre utilizaba el vehículo grande con chófer—, así que no tenía idea de cuánto tiempo llevaría allí. Sacó el Mercedes-Maybach Clase S del garaje de su chalet en La Moraleja. Afuera hacía tanto frío que el calor interior se condensó enseguida en los cristales. Mientras buscaba el botón del sistema antivaho, algo llamó su atención en la luna delantera: unos trazos. Al activar el mecanismo y mirar hacia la carretera, apenas tuvo tiempo de leer las palabras escritas en el interior del cristal antes de que desaparecieran.

«Todos tus pecados tienen testigos».

¿Qué clase de loco había logrado colarse en su casa, a pocos metros de donde dormía, para escribir algo así? Se dio cuenta de que le sudaban las palmas de las manos. Algo inaudito en él.

Unos días después, encontró otro mensaje, esta vez en su butaca del palco de autoridades del Santiago Bernabéu. Al bajar el asiento abatible, un papel cayó al suelo. Miró a una de las azafatas con todo el odio que fue capaz de concentrar en los ojos —¿cómo cojones hay algo aquí?—, pero ella estaba pendiente de otra cosa. Anotó mentalmente que debía decirle al presidente del club que la despidiera.

Pero no era basura.

—Se te ha caído una cosa del bolsillo, Carlos —le dijo el alcalde de Madrid, haciendo el gesto de agacharse para recoger papel.

Manso, siguiendo su infalible intuición —la misma que lo había llevado hasta la cima—, se movió más rápido.

—Ni te molestes, Eduardo —respondió con aparente tranquilidad—. ¡No vas a ir tú recogiendo papeles del suelo! —Sonrió, como hacía siempre, con el papel ya en la mano.

Charlaron un par de minutos, pero la necesidad de saber qué era aquello lo devoraba por dentro.

—Espera, que tengo que hacer una llamada urgente antes de que empiece el partido, ahora te veo —suspiró, con fingido hartazgo—. Ya sabes..., es que tenemos que estar en todo. —Puso cara de fastidio—. Estas nuevas generaciones de cristal..., unos inútiles. Enseguida vuelvo.

Salió del palco directo al baño vip. El papel le ardía en el bolsillo. Necesitaba leerlo.

«Yo sí que puedo contigo», estaba escrito a mano.

Le hervía la piel.

¿Quién? ¿Cómo? ¿Por qué?

Días después, el mensaje apareció en una carta anónima.

«Quien ríe el último —decía—, ríe mejor».

Los mensajes siguieron llegando, desestabilizando al todopoderoso Carlos Manso. «Tu poder es humano, recuérdalo», apareció en un SMS desde un número desconocido en su móvil personal —el que solo tenían tres docenas de personas—. «Todos verán la oscuridad que te carcome por dentro», leyó otro día en la pantalla.

Pero el que más le dolió fue el más simple: escrito en una servilleta de papel de bar colocada en el bolsillo del abrigo que había dejado en el guardarropa de un restaurante.

«No quedará una estatua tuya en pie».

Y eso era lo que más temía un ególatra: no pasar a la posteridad.

Fue entonces cuando Carlos Manso decidió tomárselo en serio. No iba a vivir con miedo —nunca lo había hecho y nunca lo haría—. Con miedo no se mantiene uno en la cima. Avisó a su equipo de seguridad para que reforzara la vigilancia y, tras noches rumiando cada mensaje como una afrenta personal, acudió al notario para cambiar su testamento.

—Quiero estar solo en una sala —exigió.

El notario intentó protestar, pero Manso lo fulminó con la mirada.

—Lo que necesite, señor Manso —cedió al instante.

—Una sala.

—¿Perdón?

—El testamento. Y una sala. Ahora.

Su tono cortó cualquier argumento.

En menos de quince minutos, el magnate se encontraba en la mejor sala de reuniones de la notaría. Habían desalojado a una joven pareja que estaba firmando la compraventa de su casa.

—Aquí lo tiene —dijo Manso, extendiendo un sobre cerrado al notario—. Quiero que lo selle delante de mí y que nadie lo lea. Ni siquiera usted.

El notario obedeció en silencio y guardó el testamento en la caja fuerte, sin atreverse a preguntar. Manso abandonó el edificio con una sonrisa.

Sin que nadie lo supiera, había añadido una cláusula de su puño y letra al final del documento. Si las notas que estaba recibiendo eran parte de una trampa ideada por su familia, por el consejo directivo o por cualquiera que se creyera heredero, estaban completamente equivocados.

Sería como el Cid Campeador: ganaría batallas incluso después de muerto.

Ninguno de esos hijos de puta —y estaba pensando en sus hijos— recibiría nada.

20

El comisario Valentín Palencia continúa sentado frente a su ordenador, con los ojos clavados en la información que desfila frente a él. Lleva toda la noche sin dormir, buscando el origen de las fotografías. Sabe que pueden volarlo todo por los aires. A pesar de su cansancio, su mente trabaja a toda velocidad. El café lleva horas frío. La pantalla le quema los ojos. Pero su cabeza sigue disparando angustia como una metralleta.

Tiene sus métodos. Siempre los ha tenido. Y sus resultados, por lo general, hablan por sí solos. No en vano es conocido por resolver casos imposibles, aunque a menudo a un precio que solo él conoce. Y ese precio pasa muchas veces por tener contenta a una amplia red de posibles chivatos. Incluso en Magnum Media Group, al igual que en muchas otras empresas para las que trabaja en paralelo. Ellos son sus ojos y oídos, sus manos invisibles. Uno le ha dado acceso a la intranet corporativa y, desde allí, al ordenador de Pilar, la secretaria de Manso, que ha registrado de forma remota con la ayuda de un *hacker* que trabaja para él desde hace años, y al que le paga generosamente por el silencio. Siempre ha sido fiable. Aunque, últimamente, más codicioso de lo habitual. Y eso empieza a no gustarle.

El tesoro más valioso no está en las cuentas bancarias de Manso, sino en su agenda personal. Allí, Pilar anotaba todos los detalles de la vida de su jefe. Su ubicación en cada momento del día, reuniones, eventos, contactos. Cada cita, cada llamada, cada favor. En esas páginas digitales hay nombres que harían temblar a cualquiera: empresarios, políticos, jueces..., el propio rey. Sonríe. Algunos secretos pesan más que una pistola. Valentín sabe que ese es un as en la manga que quizá nunca llegue a usar, pero que tenerlo le otorga una ventaja indiscutible. La posibilidad de que ese material algún día se vuelva moneda de cambio no escapa a su mente calculadora.

No es solo una agenda. Es el mapa del imperio. Y él tiene la llave.

Demasiada información. Demasiados enemigos. Esto hay que moverlo con guantes. Y cuchillo.

Mientras avanza en su análisis, Valentín no puede evitar pensar en lo irónico de la situación. Durante años, Carlos Manso había utilizado su poder y sus recursos para manipular a todos a su alrededor. Ahora, incluso muerto, su sombra seguía siendo una fuente inagotable de secretos y estrategias para quienes sabían dónde buscar.

«Lástima que no siga vivo. Me hubiera gustado cobrarle por su propio miedo», y suelta una carcajada mientras lo piensa.

Pero hay otro archivo que hace saltar una alarma silenciosa en su cabeza. Los extractos de las compras realizadas con la tarjeta VISA corporativa de Pilar. En ellos encuentra todo tipo de transacciones: reservas en hoteles de lujo, billetes de avión y tren, costosos regalos en forma de cestas *gourmet*, ramos de flores, bolsos exclusivos, joyas y ropa de alta costura. Cada movimiento bancario es una pista. Una maravilla para cotejar con la agenda de citas de Manso y las direcciones a las que se enviaban esos obsequios. Le cuesta horas cuadrar fechas con regalos, teléfonos con ausencias, pero la encuentra.

Ahí está. Tiene que ser ella.

La mujer de las fotografías.

Al tiempo que el comisario Valentín Palencia se mueve entre las sombras para averiguar el origen de las fotografías de los últimos minutos de vida de Carlos Manso, y quién conoce su contenido, otro frente amenaza con abrirse: alguien ha tratado de vender ese material explosivo a un periódico *online*. No han sido ofrecidas por los canales habituales: a través de una agencia o de un fotógrafo *freelance*. Alguien las ha enviado al teléfono personal del director de *ElGuardiánDigital*. El mensaje de WhatsApp contiene una sola fotografía y un texto corto y tajante: «Hay más. Y mejores». El corazón del director se acelera. No puede disimular el chute de adrenalina. Se levanta de la mesa del reservado del restaurante de lujo donde está comiendo y deja solo a su interlocutor. Ni siquiera piensa en disculparse adecuadamente.

—Perdona, Jorge Antonio.

Lo que pasa es que Jorge Antonio no es alguien cualquiera, es un consejero de la Comunidad de Madrid. Y nadie lo ha dejado nunca tirado así, con la palabra en la boca y el tenedor a medio camino entre la lubina y los labios, aún abiertos.

El director de *ElGuardiánDigital* sale al pasillo por el que se reparten los discretos reservados del local, una segunda planta que había sido una vivienda, se apoya en la pared, cierra los ojos y exhala una gigantesca bocanada de aire. Quizá no haya visto bien. O lo haya interpretado mal. Será eso. Tampoco la ha mirado con demasiada atención porque tenía delante al consejero de Transportes. Pero siente que tiene una bomba de relojería a punto de estallarle en la mano derecha. La levanta hasta ponérsela pegada al pecho y se encoge sobre sí mismo con un gesto instintivo de protección. Gira poco a poco la muñeca hasta que la pantalla queda a la vista. Abre los ojos. Está en negro. Claro. Se apaga a los diez segundos, para que nadie vea nada. Lo había configurado de esa manera. Idiota. Toca la pantalla con el dedo índice de la mano izquierda.

Desbloquea el dispositivo.

La foto aparece.

No puede ser.

Pero lo es.

En baja calidad, con una marca de agua en diagonal que la hace impublicable, pero con suficiente definición como para no tener dudas de quién es el protagonista.

Carlos Manso.

Muerto tres días atrás.

No es una imagen institucional. Es bastante repulsiva. Muy pocas personas en España querrían tenerla sobre la mesa de su despacho. Las consecuencias podrían ser catastróficas no ya por el hecho de estar sopesando publicarlas, sino por haberlas visto.

No puede estar pasándole a él.

Ahora tiene que tomar una decisión. ¿Publicarla o alertar a las hijas? ¿Dar el bombazo para que se hable de su medio en todo el mundo o regalarla a cambio de, no sabe, quizá que su pequeño medio digital pase a formar parte de Magnum Media Group?

Sea lo que sea, da miedo. Mucho miedo.

El primer impulso de Julián Narejos es mirar a ambos lados del pasillo, como si temiera que alguien pudiera leer sus pensamientos. Su siguiente instinto, el más lógico, es ignorar el mensaje, borrar el contacto, fingir que nunca lo ha recibido. Esa opción es segura. Le evita complicaciones. Pero la ambición le está empujando hacia otro camino, y la tentación de abrir esa puerta es demasiado fuerte.

21

Es la segunda vez que la llama esta semana. Su parte racional le dice a sí mismo que no puede ser, pero necesita hablar con ella. Se coloca los AirPods mientras sale del ascensor, abre la puerta de casa y empuja el carrito de Emma tratando de que no se despierte.

Aprieta el icono de llamada.

En una situación así, igual debería tardar en contestar. Pero lo hace rápido, como si hubiera estado esperándolo.

—Hola. —Berta responde con rapidez. Su voz suena como siempre. Cálida, segura, cercana—. Hola, Santi.

—Hola —murmura él, bajando la voz mientras camina por el pasillo para alejarse del cochecito de Emma. Quiere tener un rato a solas con Berta. Un nudo le aprieta el estómago. Como una dosis de una droga adictiva.

—¿Solo me vas a decir eso, «hola»?

A Santi sigue sorprendiéndole la magia de darse cuenta de la manera en la que ella sonríe con las palabras. No le hace falta verla. Su voz lo transporta a su sonrisa. Es algo que siempre ha hecho: Berta te toma de la mano y te arrastra a donde esté. Nunca ha podido disimular la montaña rusa de su estado anímico; siempre ha sido transparente a la felicidad, la tristeza, la rabia, la alegría, la frustración o lo que fuera que estuviera sintiendo en ese momento. Santi se castiga por los meses que no supo leerla.

—Bueno, es que... es difícil acostumbrarse a la situación —le contesta.

—Para mí también es difícil, aunque creas que no. No soy perfecta —lo dice bromeando, pero con una calidez que parece programada en su ADN.

Él suelta una carcajada. Sí, esa es Berta. En todo su esplendor. De repente, caen todas las barreras que mantenía. Se desactivan sus defensas.

—A ver —le contesta, feliz—, que a veces te lo has creído. Lo de lo perfecta que eres.

—Perdona, pero eso eres tú, don Sabelotodo y Solucionadordetodo. En lo referente al ego me ganas por goleada.

—También es verdad. —Le sienta tan bien hablar con ella. Es como si todo ese día hubiera estado sepultado por un alud y su cuerpo se hubiera estado moviendo a ciegas entre la nieve, asfixiado por el peso, sin saber dónde estaba la salida. Y la salida es ella. Ha logrado encontrar vida al otro lado. Al lado del aire y la luz. Como en los viejos tiempos. Se sienta en el sofá y cierra los ojos.

—¿Cómo está Emma? —La pregunta de Berta le pilla por sorpresa, aunque no ha dudado ni por asomo de que no va a olvidar nunca a su hija, ni siquiera en circunstancias como esas.

—Es igualita a ti. Trabajo me va a dar. —Ríen los dos—. Te lo digo en serio. Vas a tener que ir ayudándome a comprender esa cabecita. ¿Por qué tenéis que ser tan difíciles las Gigliani? ¿Lo lleváis en los genes?

—Dímelo tú, que eres el médico, ¿no?

—Porque sois irresistibles —contesta.

Berta calla. No está acostumbrada a que Santi le hable con esa dulzura de una manera tan natural.

—¿Y Emma?

—Emma está durmiendo. Acabamos de llegar de pasar dos horas en el parque. Es agotador. No se cansa. Por ella, viviría allí, enterrada en arena y columpios. Es preciosa. Es igualita a ti. Me recuerda a ti cuando te miraba mientras estabas dormida a mi lado.

—¿Quieres hacerme llorar? —La voz de Berta parece temblar ligeramente.

¿Cómo que llorar?

—Berta, yo no... —empieza a disculparse.

—Escúchame... Ten una cosa clara: quiero que disfrutes de estos momentos —responde, con una voz que no admite réplica—. ¿No eres feliz viéndola crecer?

—Lo más feliz que se puede ser —responde él.

—Entonces, eso me hace feliz a mí.

—Berta...

—Soy feliz porque está contigo, el mejor padre que se puede pedir. Y mira que me jode decirlo, con lo que me has hecho sufrir. —Santi nota de nuevo el alud aplastándole el cuerpo, la nieve fría comprimiendo sus pulmones, los copos helados entrando en sus fosas nasales cada vez que intenta respirar—. Perdona, no quería decir eso. A veces soy una bocachanclas. No me vas a cambiar, a estas alturas. Bueno, en realidad, podrías. Pero no lo vas a hacer, ¿verdad? —Él sigue callado. Ella llena el silencio—. Santi, por favor. Soy feliz sabiendo que estás con ella, no solo porque sé que, si hiciera falta, darías tu vida por esa niña, sino porque nunca creí que te ibas a convertir en este ser humano: alguien todavía más excepcional de lo que eras. Y porque veo a Emma feliz, a tu lado. Aún recuerdo la cara que pusiste cuando te enteraste de que eras su padre.

—No digas eso. —Santi cierra los ojos. La luz del teléfono ilumina su cara como una incandescencia que calma la verdad de su miedo. Tenerlas a las dos en casa, a Berta y a Emma, relaja las oleadas de ansiedad con las que su cerebro egoísta riega su cuerpo pidiéndole más. Siempre más.

—Santi, va, reconócelo —sigue bromeando ella, ajena a la tempestad que ha desatado—. Tener una hija era el último de tus planes.

—Que yo no lo hubiera pensado no quiere decir...

—Y derretirte de amor por ella, menos aún —vuelve a interrumpirle—. ¿El amor? ¿Qué es esa emoción, su señoría? —se burla, imitando su voz—. Si yo solo soy cerebro. Solo soy una inteligencia superior que no siente nada. No me hable usted de amor.

Santi trata de asimilar todo aquello.

—Sigues siendo una borde —es lo único que se le ocurre.

—Claro. Yo creo que a estas alturas ya no vas a cambiar eso. Acéptalo.

—Pues ya podrías hacer acto de contrición.

—Eso de la contrición déjaselo a las religiones que hacen cargar a sus fieles con montañas de culpa —suspira—. Yo ya he pagado demasiado en las vidas que me ha tocado vivir. Dime, ¿sigue portándose bien?

—¿Emma? Es un cielo. Te lo digo siempre. Pero empieza a tener ramalazos tuyos. Me riñe cuando me voy a trabajar.

—¿Cómo te va a reñir una niña de poco más de dos años? Tú ves fantasmas.

—Te lo digo en serio. Que se pone en la puerta y me gira de lado a lado la cabeza diciendo «no, no, no».

—Bueno, en eso tiene toda la razón. Trabajo, no. Papi en casa, sí. Oye, ¿me has llamado por algo concreto o solo por charlar?

Es verdad. Tiene que contarle algo. Lo lleva posponiendo días.

—Ha muerto Carlos Manso.

—Lo sé.

La revelación pilla por sorpresa a Santi, pero solo unos segundos. ¿Cómo no iba a enterarse? Siempre pendiente de todo. En eso tampoco había cambiado.

—¿Le has hecho tú la autopsia? —pregunta ella con curiosidad.

—Sí.

—He visto la prensa. En todos los lados se publica que es muerte natural. Aunque en redes sociales hay algún conato de paranoia con un posible homicidio. —Calla unos instantes, como dudando de lo que va a decir—. ¿Sabes? Me alegro de que haya muerto —confiesa.

Santi sonríe. Si Berta se alegra, él también.

—Una de las hijas me ha pedido que robe el marcapasos.

—¿Qué? ¿Cómo? ¿Por qué?

—Dice que, como lo van a incinerar, quiere quedárselo de recuerdo. Quiere llevar una parte de su padre encima.

—¿Y tú te la crees?

—No.

—¿Entonces?

—Hay algo ahí, en esa familia, muy turbio.

—¿Has visto el *trending topic* tras su muerte?

—#MuertoMansoSeAcabóLaRabia.

—¿Te lo puedes creer? Cientos de mensajes de gente contando lo cabrón que era.

—La hija no parece mejor —sentencia Santi.

—No la conocía mucho. Pero a él sí. Y ya lo has visto en las redes. Ojalá los mensajes no fueran anónimos, pero es imposible pedirle a la gente que se juegue su puesto de trabajo cuando la tele es casi un monopolio.

—Ya.

—A ver ahora qué hacen las hijas, porque imagino que serán las herederas del conglomerado.

—No sé lo que harán. Sé que hoy, antes del funeral, abrían el testamento. De hecho, quizá lo estén haciendo ahora mismo. Por la manera en la que las he visto actuar, están segurísimas de que van a heredarlo todo. Aunque me da la sensación de que tienen miedo de algo.

De repente, Berta cambia de tema.

—¿Estás solo en casa?

Santi se extraña.

—¿Por qué lo preguntas?

Pero enseguida se da cuenta.

Óscar. Claro.

—Porque siempre me llamas cuando no está Óscar.

—No te vas a poner celosa ahora —responde, con un cierto toque de broma que es una especie de coartada entre los dos. Un «vamos por otro camino».

—Necesito saber que puedo confiar en ti. —Pero Berta sigue seria.

—Claro..., yo... yo te he contado...

Ella ni siquiera se despide. Deja a Santi con una sensación física de zozobra que le obliga a sujetarse a la pared, apoyando todo el peso de su cuerpo para no caer.

Cierra los ojos para no vomitar.

22

Un año y diez meses atrás

No debería haber sido un día especial. No era estreno. Ni cambio de programa, ni de equipo, ni de horario. Y, sin embargo..., el cuerpo de Berta estaba en alerta, preparado para defenderse de algo que aún no sabía qué era. Bueno, sí que lo sabía. Unos ojos nuevos sobre ella. Unos ojos con poder sobre su futuro. Los de Carlos Manso. Y los de Elena Aldama y su cuadrilla de aduladores.

Manso le había dado el programa a la productora de Aldama. A partir de ese momento, el día a día de Berta dependía de ellos. Las decisiones sobre el contenido, los colaboradores, todo... dependían de Aldama y su equipo.

A primera vista, los espectadores no notarían nada. Berta sería la mujer sonriente y confiada, la chica simpática, la periodista de verdad que los había acompañado durante los últimos años. Pero quienes la conocían y miraban detenidamente sabían detectar tics casi imperceptibles.

Chiqui, el amigo *hacker* convertido en asistente personal, intentaba distraerla, darle algo de calma. Estaba sentado al borde del enorme sofá de cuero gris que ocupaba una esquina del camerino.

—Todo va a ir bien, amiga —dijo con un tono que intentaba sonar despreocupado, aunque Berta sabía que a él también se le habían contagiado los nervios.

Estaban los dos en el camerino, pero se sentían extraños. Una remodelación exprés de fin de semana lo había convertido en algo ajeno. El viejo sofá desgastado de tela azul había sido sustituido por un largo *chaise longue* de piel blanca —o imitación de piel, quién sabía—. Frente a él, una silla también blanca, también de piel —o no—, un tocador de madera gris con un espejo retroiluminado y un gran armario para colgar la ropa. Olía a pintura húmeda, al sudor del equipo de trabajadores que había conseguido el cambio en tiempo récord. Todo estaba diseñado para gritar «éxito», pero ni Berta ni Chiqui terminaban de sentirlo suyo.

Parecía la fanfarronería de alguien que lleva la ropa llena de logotipos de marcas aspiracionales.

Berta se miró al espejo del tocador, pero no le devolvió su reflejo habitual. Era otra mujer. Parecida, pero no ella. Chiqui se dio cuenta.

—Todo va a ir bien —repitió.

—Eso me lo dices para tranquilizarme.

—No te lo digo para tranquilizarte —respondió él—. Te lo digo para que dejes de dudar de ti. Todo va a ir bien. Yo lo sé. Tú lo sabes. Los jefes...

Sonó el teléfono de Berta. Elena Aldama, indicaba la pantalla. Puso el audio en altavoz, para que Chiqui también pudiera oírla.

—¡Hola, Elena!

—Hola, Berta. ¿Qué tal el primer día?

—Bien. Bien.

—¿Has hablado ya con Jorge?

Jorge Cuervo, el palmero de Aldama, el hombre que en cinco años había pasado de becario a productor ejecutivo de programas en Ilusiona. El parásito del éxito de los demás. El tipo que había aprendido a aplaudir más fuerte que nadie y a apuñalar sin dejar marca.

—Sí, sí —contestó ella—. Creo que está ahora en la redacción.

—Hazle caso en todo. Sabe muy bien lo que hace. Va a convertir tu programa en el trasatlántico de referencia de las tardes.

El trasatlántico de referencia de las tardes.

Berta y Chiqui se miraron. «Si ya nos iba bien». Los dos se entendían sin necesidad hablar. «Ya nos iba bien sin vosotros».

—Perfecto, muchas gracias —respondió Berta, sin embargo, aunque no pudo evitar que sus palabras salieran algo cortantes de su boca.

—Verás como nuestra manera de hacer las cosas es la mejor. —Elena no lo notó, o no quiso notarlo, o no quiso que se notara que lo había notado. Lo que fuera. Daba igual. Ella era todo entusiasmo. O lo fingía—. Bueno, tengo mucha prisa. Hoy no me puedo pasar por allí. Pero un día de estos nos vemos. Mucha mierda. Que tengáis un gran estreno.

Colgó.

Silencio.

Berta y Chiqui se miraban, sin saber qué decirse. O quizá sí que lo sabían, pero también sabían que era mejor callárselo. Había que salir a hacer un directo de tres horas.

—El público te adora, Berta —dijo, finalmente, él—. Solo tienes que salir y dejarte ir. Ser como tú eres. No ha cambiado nada.

—Bueno, sí que ha cambiado. Ya has oído... Y los contenidos. ¿Has visto la escaleta que han hecho, los temas que llevamos? Puro sensacionalismo. Empezamos con la mujer que se ha casado con una muñeca hinchable y luego vamos con el *reality* de los hermanos que venden ataúdes tuneados.

Chiqui puso cara de circunstancias.

—Al menos nos han dejado el bloque de actualidad.

—Sí, y luego, un reportaje de una familia ejemplar, como si solo hubiera un tipo de familia ejemplar, y dos expertos debatiendo sobre la necesidad de que las mujeres españolas tengamos tres o cuatro hijos de media. ¡Ah! Y me olvidaba. Una entrevista con una *influencer* que ha lanzado una línea de croquetas. Periodismo de primera.

—Yaaa... —Chiqui abrió los brazos—. Ya lo sé. Pero aguanta. Ahora produce tu programa Ilusiona Producciones y no Catatónicos. Pero han respetado a casi todo tu equipo. Tienes a la misma gente de siempre. Olvídate de productores ejecutivos, de directivas de productoras, de directores de canal. Olvídate de todo eso. ¿Cómo vas de lo tuyo, que es lo importante?

Lo suyo. Su enfermedad.

—Bien, bien. Ninguna novedad —respondió, con un nudo en el estómago.

—Pues venga, a trabajar —quiso animarla él.

Berta calló que últimamente se encontraba peor. No quería preocupar a nadie. Tampoco le dijo que se arrepentía de la decisión que había tomado. Tenía que haberse ido. Pero la vida y sus convicciones la habían llevado hasta allí. Así que...

... un rato después oyó la voz del regidor. Cinco, gritó. Su mano se colocó junto al objetivo de la cámara para seguir dando la cuenta atrás de manera silenciosa, con los dedos. Cuatro. Berta cogió aire. Tres. Lo soltó poco a poco, como si con él soltara todas sus dudas.

Dos. Volvió a inhalar, el nudo en su garganta se aflojó. Uno. Sonrió. La mano del regidor bajó con un gesto fluido. Estaban dentro.

La cámara la enfocó y, en ese instante, todo desapareció. La gente alrededor, los focos, los nervios. Solo quedó la conexión entre ella y esa lente de cristal que la miraba como si estuviera destinada a ser la única testigo de su verdad.

—Buenas tardes a todos. Bienvenidos un día más. Hoy iniciamos una nueva etapa en esta casa, que espero que siga siendo la suya. Irán viendo pequeños cambios. Por ejemplo, en el decorado... —Se giró, señalando varias partes del plató—. Pero ya tendremos tiempo de irlo descubriendo. Espero que estén ahí, como siempre, acompañándome, porque sin ustedes esto no tiene sentido. Cambiamos de propietarios, pero seguimos siendo los mismos. Con las mismas ganas de informar y de entretenerlos.

Mientras hablaba, Berta se había olvidado ya de todo. De los nervios. De las dudas. De su fragilidad. Ya solo existían esa cámara y ella. Ya nada podía pasar...

O eso quería creer.

Santi se encerró en el baño. Cerró el pestillo con suavidad. Apoyó la espalda contra la puerta, como si necesitara una última barrera entre él y el mundo. Entre él y Óscar, que estaba en el salón preparando el café. Siempre tan atento. Siempre tan disponible.

Sacó el móvil del bolsillo. Sabía lo que iba a hacer. Lo había sabido toda la mañana. El nuevo programa de Berta empezaba a las cuatro. Y él, como si no lo hubiese querido, ya tenía abierto el canal en la *app* del móvil.

Apareció ella.

Berta.

De pie en el plató, con esa media sonrisa que usaba cuando tenía miedo, aunque solo él sabía verla. Iba vestida de blanco, con un cinturón estrecho que le ceñía la cintura y el pelo un poco más oscuro de lo habitual. Se la veía firme, segura, luminosa. Nadie habría adivinado el temblor interior que él sí conocía. Nadie, salvo él, habría detectado el esfuerzo sobrehumano por no mostrar grietas.

Era su primer programa en manos de Ilusiona. Bajo la dirección del nuevo Canal Once.

Santi contuvo la respiración. Dejó que el peso del teléfono recayera sobre su mano derecha, mientras con la izquierda se cubría la boca. Era como ver un fantasma. Un eco. Un mundo que ya no era suyo.

Y, aun así, sentía que pertenecía a él.

Un nudo le subió desde el estómago hasta la garganta. Se sentó en la tapa del váter, con la cabeza gacha, como un adolescente escondido para ver un vídeo prohibido. Se sintió ridículo. Pequeño. Un cobarde.

Se dio cuenta de todo el daño que le había hecho, intentando no hacérselo.

Porque sabía que había elegido mal.

Que escogió a Óscar para no herirlor, ni a él ni a ella. Pero, al hacerlo, también había decidido que no podía querer a nadie del todo. Que era más fácil dejar a Berta sin respuestas que quedarse y asumir que jamás podría darle el amor que merecía.

—Nunca seré suficiente para ella —murmuró, sin voz.

La pantalla del móvil seguía mostrando a Berta, saludando a la audiencia con esa mezcla de calidez y fuerza que parecía natural en ella, pero que costaba cada día más. Santi lo sabía. Lo había leído en sus ojos cuando aún estaban juntos. Lo había intuido en sus silencios. Y ahora lo veía, como una bofetada, en alta definición.

No pudo seguir mirando.

Pausó el vídeo.

Apoyó el móvil en el lavabo, con la cara hacia abajo, como si eso pudiera detener lo que sentía.

Y se quedó allí, en silencio, con las manos en la cara, deseando ser otro. Alguien con el valor de volver atrás. Alguien capaz de elegirla sin miedo.

Pero no lo era.

No lo fue entonces.

Y ya era tarde.

Las tres horas de programa volaron.

—¿Qué tal ha quedado? —preguntó Berta mientras se soltaba el micrófono, aunque se había jurado a sí misma que no iba a hacerlo.

—Has estado maravillosa, Berta. Como siempre. —Sonrió Chiqui.

—No me lo digas solo para tranquilizarme.

—Te lo digo para que me sigas pagando, no te jode.

—A veces eres un imbécil.

—A veces me haces serlo.

En el camerino se encontraron un par de ramos de flores, cortesía de la dirección de la cadena y de la nueva productora del programa. Ambos estaban cuidadosamente arreglados, con tarjetas en las que se leían cariñosos mensajes de felicitación.

—Las habrá escrito alguna secretaria. —Berta los dejó sobre una mesa—. Son ellas las que se encargan de estas cosas. ¿Qué hacemos con los ramos? —A Berta no le gustaban nada esas cosas. Todo eran cariñitos mientras la cosa iba bien. Si iba mal...

—No puedes dejarlos aquí. Se enterarán de que no te los has llevado.

—Bueno, nos los llevamos y ya vemos.

Pero Chiqui no se dejó engañar por la aparente indiferencia de Berta. Su lenguaje corporal, el modo en que esquivaba los ramos con la mirada la delataban. Se detuvo y le cogió las manos.

—¿Qué te pasa, Berta? —le preguntó con ternura, obligándola a mirarlo—. Cálmate.

—Estoy calmada —respondió ella, aunque su voz tenía un leve temblor que la contradecía.

—No me engañas. Hemos pasado por muchas mierdas juntos, amiga.

—Estoy nerviosa —admitió al fin.

—¿Por?

—Por las audiencias. Hemos hecho una mierda de programa.

—No hagas caso de las audiencias. —Se lo decía siempre, pero quizá ese día con más razón. Y así habían llegado a esa situación.

—¿Cómo no voy a hacer caso de las audiencias?

Berta se empezaba a dar cuenta de las consecuencias del pulso que le había echado a Manso. Su venganza había sido colocarla en la peor franja, en la más disputada, en la que destrozaba a las estrellas. Y haberle dado el timón a Elena Aldama y sus palmeros. Los ojos empezaron a enrojecérsele. Pero no se arrepentía. Eso, nunca. La dignidad de decir lo que pensaba y de haber defendido a Iluminada estaba por encima de todo. Aunque quizá, quizá, tenía que haberse ido. Dar el portazo definitivo. Pero el miedo... Ser madre había cambiado tantas cosas. Quiso alejar ese pensamiento. De insistirse en que el vértigo era señal de que estaba viva. Y de que, aunque se hubiera quedado y ahora estuviese en las manos de aquel ser sin corazón, había hecho lo correcto.

Hay batallas que toca ganarlas desde dentro.

Convirtiéndote en un pequeño caballo de Troya.

Pero las audiencias...

—No vas a hacer caso de las audiencias. —Chiqui seguía intentando razonar con ella—. Porque no tienes nada que demostrar.

—El equipo... el equipo tiene mucha fe puesta en mí. Manso me amenazó con despedirlos. Y la nueva productora, Elena Aldama..., no sé qué pensar de ella. No sé si puedo fiarme.

—Las audiencias no tienen que importarte ahora. —Chiqui la vio más vulnerable que nunca, y no lo entendía. Sintió que iba a ponerse a llorar y la abrazó—. Berta —susurró mientras le acariciaba la espalda—, concéntrate en hacer un buen programa, como tú sabes. Y el resto llegará poco a poco.

—¿Y si no llega?

—Ya cruzaremos ese río cuando nos toque. No seas agonías. Has bordado el programa. Ahora, a disfrutar en casa. ¿Tienes a Emma? —Berta asintió—. Pues pásate el resto de la tarde mirando a tu niña y olvídate de esta trituradora de carne que es la tele. ¿Me oyes?

Media hora después, Berta perseguía a su hija por la casa. Qué velocidad podía tener un bebé gateando. Por un momento se olvidó del trabajo. Pero apenas fue un momento. La angustia estaba ahí, agazapada, esperando a que se relajara para volver a darle un zarpazo.

A la mañana siguiente, a las ocho en punto, las audiencias confirmaron su peor temor.

23

Santi cerró la puerta del baño con cuidado, como si temiera despertar algo que no debía: un monstruo invisible que notaba que se quería instalar entre él y Óscar, que dormía en la cama, al otro lado. Emma también dormía, abrazada a su oso de peluche, en una cuna junto al colchón.

Se sentó en el suelo, con la espalda contra los azulejos fríos. Miró el teléfono unos segundos antes de decidirse.

Marcó el número de Berta.

—¿Sí? —Su voz sonó cálida, sorprendida.

—Sí. Perdona, ¿te despierto?

—No. Bueno, un poco. Pero da igual. ¿Estás bien? ¿Le pasa algo a Emma? —pregunta.

—No, no, Emma está bien. Dormida.

Berta no se había dado cuenta de que llevaba medio minuto conteniendo el aliento. Lo soltó de golpe.

—¿Y estas horas de llamarme? ¿A qué vienen?

Él no contestó de inmediato. Tragó saliva.

—Solo quería... felicitarte. Por el programa.

—Ah.

—Lo he visto.

—¿En serio? Pensé que no... querrías. —«O que no ibas a llamarme para decírmelo», que es lo que en realidad está pensando Berta.

—No podía no hacerlo.

Ella sonrió, aunque él no pudiera verla.

—¿Y qué te ha parecido?

—Estabas increíble. Te juro que no recuerdo la última vez que vi a alguien dirigir un debate con esa claridad. Y la entrevista final... Joder, Berta. Estuviste brutal. —No le dijo, sin embargo, las grietas que vio en su interior. Lo que le hizo llamarla.

—A pesar del tema.

—A pesar del tema. Si no llega a ser por ti, rompo la tele.

Santi escuchó un leve carcajeo al otro lado de la línea.

—Gracias.

—Te lo digo de verdad. Has estado magnífica.

—Gracias, Santi —repitió ella, más bajito—. Eso significa mucho viniendo de ti. Estaba muy nerviosa esta mañana —confesó ella, casi en un susurro—. Me he levantado a las cinco, como si tuviera exámenes. Nueva productora, nuevo jefe... No te imaginas lo que está siendo esto.

En ese momento, Santi sintió el impulso irresistible de acariciarla.

—Berta...

—¿Sí?

Santi se pasó una mano por el cuello, como si intentara aflojar una cuerda invisible.

—No sé si algún día vas a poder perdonarme. —Ella no respondió—. No sé si yo voy a poder perdonarme a mí mismo.

—Santi...

—No hace falta que digas nada.

—No, sí hace falta. Porque te sigo queriendo. Porque no es rabia lo que tengo, ni rencor. Solo es tristeza.

Él apoyó la cabeza contra la pared. Cerró los ojos.

—Yo también —dijo.

Y Berta colgó.

24

A la mañana siguiente no hubo ramos en el camerino. Ni llamadas de ánimo. No hubo nada más que una periodista entrando a su lugar de trabajo para hacer lo que mejor sabía: periodismo. Y casi era mejor así. Que la dejaran trabajar tranquila. Las fanfarrias nunca habían sido buenas compañeras, y menos para alguien con una profesión en la que era fundamental mantener el ego a raya.

—Berta, un 9,7 no está mal —dijo Chiqui, que había ido a recogerla a casa, como hacía cada día desde que ella había vuelto a la televisión, año y medio atrás. Ella lo miró de reojo.

Pasó su tarjeta magnética para abrir la puerta del camerino.

—¿Que no está...?

—No está mal —trató de tranquilizarla, con cariño—. En la media de la cadena.

—Hemos bajado medio punto —respondió, frustrada. Colgó la chaqueta en el perchero con rabia.

—Y otro día subirás dos. Siempre es así. La audiencia fluctúa.

Ella se dejó caer en la silla frente al tocador, cruzando los brazos como una niña contrariada.

—Estamos en el *undígito*. No me ha escrito nadie. Ni Manso. Ni los de la productora. ¿Y si echan a todos? ¿Y si...?

«¿Y si todo este esfuerzo, quedarme, trabajar con esta gente, no ha servido de nada?», es lo que realmente está pensando.

—¡Ni lo digas! —la interrumpió con fuerza—. ¡No quiero oírtelo decir! Deja ya tus putas paranoias y ponte a trabajar.

—¿Y si nos hundimos? —Berta no salía del bucle.

Chiqui resopló, rodando los ojos con exageración.

—Mira, Berta, a veces prefiero no hacerte caso. Porque me vas a volver maníaco a mí. Me voy a quedar aquí organizando tu agenda y tú tira para la redacción a preparar el programa de hoy.

Berta se levantó, suspiró y se sacudió las dudas de los hombros. Al menos, por ahora. Salió del camerino con paso firme, tratando de que esa fuerza con la que disfrazaba a su cuerpo se contagiara a su estado de ánimo. Era cierto. No había tiempo para lamentarse.

Entró en la redacción con una sonrisa forzada, la cabeza en alto y pisando fuerte, intentando proyectar una seguridad que no sentía. Berta sacó fuerzas para repartir saludos como si todo fuera bien. Sentía que era ella la que tenía la obligación de levantar los ánimos de todas esas personas. Su equipo. Se arrepintió de no haber traído nada de desayunar, un picoteo, algo que volviera a coser el hilo que unía a esos seres humanos alrededor de un trabajo.

Se detuvo en el centro de la sala, junto a una mesa de café casi desierta. Se cruzó con la mirada de alguien de realización. No era de desprecio, ni de lástima. Solo de cansancio. Y eso la atravesó más que cualquier reproche.

—Bueno —se obligó a ser optimista, mientras alzaba la voz, procurando mirarlos a todos—, pues a por el segundo programa de esta nueva etapa. Ayer hicisteis todos y todas un trabajo excepcional. Como siempre. Es cierto que hemos bajado medio punto... y ha sido... —dudó un segundo, buscando la palabra justa— una pequeña decepción. Pero nadie dijo que esto iba a ser fácil. —Hizo una pequeña pausa para buscar las caras de quienes la escuchaban—. Ayer, insisto, vuestro trabajo fue impecable. Y estoy segura de que hoy lo será también. Venga, vamos —miró el reloj—, que en seis horas volvemos a estar en directo.

No voy a fallarles, pensó.

Los compañeros la miraron agradecidos. Pero entre todas aquellas caras se encontró también con las de los nuevos responsables del programa, la gente de Elena Aldama.

Minutos después, Cuervo estaba plantado junto a la máquina de café, sin taza en la mano, solo con los ojos clavados en el móvil. Nadie le hablaba. Por primera vez, su presencia no parecía omnipotente. Cuando ella pasó por su lado, él ni siquiera fingió una sonrisa. Bajó el móvil de golpe, como si acabara de leer algo que le arañaba el estómago.

—Se acabó la broma. —Le oyó murmurar en voz baja, casi para sí, pero lo bastante alto como para que ella lo oyera.

Y entonces la miró. No con desprecio, como era habitual, ni con esa falsa cordialidad que sabía usar como un látigo. No. La miró como si ambos estuvieran atrapados en la misma jaula. Aunque solo fuera por un segundo.

—¿Todo bien, Jorge? —preguntó Berta, sin saber por qué lo hacía.

Él tardó en responder.

—¿Crees que alguien puede estar bien cuando depende de esta puta ruleta rusa? —susurró.

Y se fue, con los hombros tensos, sin volver la vista. Como si supiera que acababa de mostrarse demasiado.

Ella se quedó allí un instante. No sintió compasión. Pero sí algo más incómodo: la intuición de que, tal vez, Cuervo también estaba colgado del mismo hilo que ella. Solo que él lo disimulaba mejor. Y tenía el poder para hacer daño a muchas personas.

Y vaya si lo ejercía.

Berta hizo un esfuerzo extraordinario para limpiar los pensamientos negativos de su cabeza. Hola. Hola. Como si al repetirlo, pudiera ahuyentar todo lo demás. Cuando se sentó frente al ordenador y pulsó la tecla de encendido, arrancó con ese zumbido familiar, casi reconfortante. Pero ella sentía que todo tardaba más. Como si hasta la máquina dudara de seguir adelante. Se le hizo eternamente confuso.

¿Y ahora qué?

Su equipo no necesitaba ver su fragilidad, necesitaba verla en pie. Se sentía responsable de todos ellos.

Todavía no pensaba que todo fuera por su culpa.

Todavía.

Pero pronto, alguien se encargaría de hacérselo creer.

25

Hoy

El sobre sellado es grande, rígido, de esos que no se doblan aunque quieras. Y en su parte frontal, en mayúsculas, como si las letras gritaran, una orden escrita con una caligrafía firme y angulosa inconfundible: «Ejecutar al pie de la letra».

Lo que hay dentro es una hoja de ruta del funeral. De su funeral. «Porque nadie va a decidir cómo me entierran», anuncia solemnemente el primer párrafo del texto, para después detallar cada paso de sus exequias. Cómo se celebrarán. Dónde. Quién podrá acceder. Qué salmos se recitarían, qué cardenal arzobispo —si seguía vivo para entonces lo oficiaría—, o incluso el color de las casullas de los sacerdotes.

Cuando lo escribió, solo tuvo una duda. Bajo secreto de confesión, le preguntó a su sacerdote de cabecera si Dios le iba a perdonar la osadía de intentar ser Él incluso después de muerto. Lo de hacerlo en vida —y, además, saltarse prácticamente cada uno de los diez mandamientos— ya lo resolvía con alguna penitencia en forma de obra de caridad que le encargaba a su secretaria. Pero si Dios existía de verdad, y tenía que verse cara a cara con Él nada más morirse, no quería estar dando por saco en la Tierra en ese mismo momento. Así que una tarde de jueves le preguntó al cardenal arzobispo de Madrid si había algún problema en que dejara todo atado, no solo a quién le iba a dejar la empresa y lo que había acumulado en su vida, sino cómo quería ser despedido y presentado en el cielo.

—No te preocupes, Carlos —tranquilizó el cardenal arzobispo al mayor donante de la congregación—. Dios estará encantado de que le ahorres esas decisiones tan dolorosas a tus seres queridos en un momento en el que estarán sufriendo por tu pérdida. Lo veo en cada feligrés que fallece; familias afligidas teniendo que rellenar montañas de papeleo a la vez que deciden el tipo de ataúd o el traje que se irá a la tumba. Evítales eso. Puedes dejarlo todo por escrito. Todo. ¿Quieres que te ayude a escoger un salmo para tu despedida de este mundo, a la que, esperemos, aún le faltan décadas?

Pero Carlos Manso lo tenía claro. Quería el Libro de la Sabiduría, capítulo 3, versículos 1 al 9. «Las almas de los justos están en las manos de Dios, y no les alcanzará tormento alguno».

—Una elección maravillosa, hijo mío —no le quedó más que decir al cardenal arzobispo—. La esperanza de vida y la fe en la resurrección y en la vida después de la muerte.

Lo cierto es que Manso no terminaba de creer en todo eso. La fe, para él, era como un contrato más: conveniente, útil..., pero no necesariamente verdadero.

Por si acaso.

Para que el infierno, si existía, no lo pillara desprevenido.

La maquinaria del funeral diseñado por Manso se puso en marcha con precisión milimétrica en cuanto Pilar llamó al notario, el mismo viernes de madrugada, minutos después de que el cadáver de su jefe hubiera sido descolgado de la letra W y esperara, en el suelo de la *suite* del hotel, a que un juez autorizara su traslado para serle practicada la autopsia.

Meticuloso como era en vida, el empresario había dejado todo escrito en estricto orden de cumplimiento, con un rigor casi obsesivo. Eran doce puntos. El primero, llamar a un número de teléfono que debía contestar un tal Ginés Millán. «Él sabe lo que hay que hacer», indicaba el texto. Millán, le contó esa madrugada al notario, era un escultor funerario que había tallado en secreto la tumba en la que sería enterrado Manso. Era una belleza de mármol blanco de Carrara con una estructura de mármol negro de Tournai, a imitación de la que acogió el cuerpo del primer monarca de la dinastía inglesa Tudor, Enrique VII.

—¿Cuánto... cuánto tiempo hace que la tiene lista? —no pudo evitar preguntarle el notario.

—El señor me indicó que, a cualquiera que me preguntara eso, le respondiera: «Concéntrese en seguir haciendo lo que le he mandado y cierre la boca».

Lo cierto era que Manso la había encargado años atrás, después de soñar una noche que moría ahogado al desmayarse en la ducha. A Ginés Millán solo le quedaba grabar en el mármol la fecha de la muerte. Pero eso era fácil. Y rápido.

El segundo punto del guion del funeral marcaba rescatar los archivos encriptados que contenían los panegíricos que iban a narrar su vida para las siguientes generaciones. En los últimos años, Manso le había pedido a Pilar que encargara, en secreto, artículos sobre su vida a un par de escritores de renombre, de esos que se llevan premios de prestigio y publican columnas solemnes en la prensa a cambio de obtener el suficiente dinero como para dedicarse el resto de su vida a escribir lo que realmente les apetecía. Manso quería asegurarse de que su historia quedaba contada tal y como él quería; con sus logros, heroicidades y toquecitos al corazón de los futuros lectores. La mañana posterior a la muerte estaban ya colgados en las páginas web de todos los periódicos del grupo, y enviados de manera gratuita, traducidos a más de cuarenta idiomas, a medios del resto del mundo. ¿Quién iba a negarse a publicar, gratis, un texto de un premio nobel de literatura?

Más tarde, según el punto diez, el arca con sus cenizas se trasladaría al panteón familiar, aún por inaugurar, en el cementerio de la Almudena de Madrid.

Después, en el once y el doce se indicaban los tiempos de luto y un pequeño anexo de cómo tenían que repartirse algunas fruslerías familiares que no quiso dejar reflejadas en el testamento.

Lástima que los muertos no puedan asistir a sus propios funerales. O quizá sí. Manso, desde donde estuviera, debió de revolverse en su tumba recién estrenada cuando todo empezó a torcerse. El problema con los funerales planificados al milímetro es que basta un elemento imprevisible para arruinarlos. Un titular. Un rumor. Una foto. Un solo asistente inesperado.

El ataúd de Carlos Manso no avanza a hombros de nadie, ni irrumpe por la puerta entre fanfarrias de cuerdas ni trompetas. Aparece al fondo, por un lateral, como un carrito de lavandería empujado por dos operarios de funeraria que no saben ni a quién llevan. La madera es de caoba brillante, sí, pero las ruedas chirrían como si arrastraran bolsas de patatas.

No hay grandiosidad ni solemnidad en ese instante. La épica cinematográfica que Manso habría exigido para su funeral queda reducida a un fiasco. Algunos de los asistentes no pueden evitar sonreír al imaginárselo gritando: «¡Así no se oficia un funeral, joder! ¡Esto es una mierda! ¿Qué queréis, aburrir hasta a las viejas?». Y hubiera bajado él mismo al plató para solucionar las cosas. Pero ya no puede. Y su féretro de madera de caoba de primerísima calidad, eso sí, aparece tras unas cortinas oscuras y espesas sobre un soporte de ruedas metálicas que chirrían con un lamento de supermercado barato empujado por dos trabajadores de la funeraria.

Todo tremendamente normal. Y ordinario hasta casi parecer aburrido.

—En pie —ordena el cardenal arzobispo de Madrid desde el altar.

En pie, obedecen a trompicones los asistentes.

Entonces, empieza a sonar música fúnebre a un volumen exageradamente elevado, tanto que golpea de forma desagradable la piel de los presentes, estremeciéndolos. Los decibelios convierten la dulzura del *Réquiem en re menor, K.626,* de Mozart —interpretado en la grabación por el Orfeó Català en el Palau de la Música Catalana, como Manso había dejado escrito en sus últimas voluntades—, en una tortura que se clava en los oídos. Algunos de los asistentes se los cubren con disimulo. Otros parpadean rápido, como si el réquiem les azotara las córneas.

El cardenal arzobispo intenta corregir el desatino. Da varios pasos, tambaleándose. La música le sacude la sotana como si le golpeara un huracán. Por un segundo, el solideo se tambalea, y la casulla ondea como una lona mal sujeta. Alza los brazos como un director de orquesta perdido. Nadie responde. Se dirige hacia un punto de la iglesia que solo él puede ver; un técnico, una consola, alguien que debería estar controlando el sonido.

Pero no ocurre nada.

Sus gestos se vuelven cada vez más desesperados.

Se acerca al micrófono, y prueba a hacerse entender por encima de la grabación.

—Tomen asiento, por favor —intenta—. Tomen asiento, por favor —insiste, acercándose más al micrófono, que permanece mudo mientras la música sigue invadiéndolo todo—. Tomen asiento, por favor —se empeña, gritando aún más, esta vez, acercándose a la primera fila, que le obedece. El efecto dominó, de adelante hacia atrás, es desordenado, por imitación, dudando a ratos, como si cada una de las hileras de bancos ocupados por personas se resistiera a emular a la de delante. «¿Qué está pasando?», cuchichean algunos. Pero, al final, se impone el orden. Ya con casi todo el mundo en su asiento, el cardenal arzobispo, también vicepresidente de la Conferencia Episcopal Española, sigue sin ser capaz de hacerse entender. Mientras, el ataúd, rodeado de coronas de flores, que parecen tan fuera de lugar como todo lo demás, aguarda a que alguien diga unas palabras de despedida. El caos no pasa desapercibido para nadie.

—Esto parece un directo que se ha ido a la mierda. Un programa de la tele en el que falla todo —murmura una mujer joven en los bancos traseros.

—Pero no me digas que no es una maravilla —sonríe otra—. Si Manso llega a ver este desastre, nos mata a todos.

—¿Os lo imagináis? —añade un chico, también joven, imitando la voz del que fue su jefe máximo—: «¿Qué es este descontrol, qué pasa con esa música sonando sin sentido, qué cojones hace el cura ahí de pie como un imbécil? ¿Y el ataúd, muerto de risa en una esquina? No hay tiempos muertos, en la tele no hay tiempos muertos. Atención, atención, atención. Eso es lo que queremos. Que no nos quiten el ojo de encima. ¡Que no aparten la puta mirada ni un segundo!». Habría despedido al de sonido y al obispo.

—Y al mismísimo Dios —le replica, con una sonrisa, otra mujer sentada a su lado.

La conversación arranca las risas de un buen número de personas, pero también atrae la mirada desagradable de una mujer sentada en uno de los bancos más próximos, que chasca la lengua en señal de desaprobación.

Carlos Manso habría despedido hasta al mismísimo Dios. Eso sí, no sin antes humillarlo, hacerlo pedazos, quebrar su alma y destrozarlo para que no pudiera volver a levantarse. Jamás.

El hombre que nunca toleró un error, el que despedía sin piedad al mínimo fallo, habría convertido este despropósito en una carnicería de egos, arrasando con técnicos, empleados y hasta con la divina providencia. Pero ahora no puede hacer nada. Está muerto, bien muerto, y a punto de ser reducido a cenizas para que no quede ni una posibilidad de que resucite, como esperan muchos de los allí presentes.

Lo que nadie espera es lo que está a punto de suceder.

El funeral no es el final.

Es el comienzo.

Tres cuartos de hora después, los asistentes abandonan el lugar, contritos y ordenados. También en el dolor, o en la apariencia de dolor, que para las cámaras es lo que importa. Los equipos de televisión, los fotógrafos y los periodistas esperan fuera, metódicamente colocados tras una doble barrera amarilla de metal.

La prensa pregunta, buscando el titular perfecto, sin saber que, en unos minutos, esos mismos periodistas, fotógrafos y cámaras captarán una imagen que pasará a la historia. Una escena que convertirá este caótico funeral en un evento imborrable para la memoria colectiva.

Solo necesitan esperar un poco más. Lo que viene no lo olvidarán nunca. Ni ellos ni nadie en el país.

La sala de cremación es pequeña y claustrofóbica, apenas un rectángulo oscuro empeñado en aplastar a quienes están dentro. No hay ventanas, ni un solo rayo de luz que alivie la densidad de la penumbra. El reducido grupo de familiares e íntimos de Carlos Manso, los elegidos, se apiña en un rincón. No saben qué va a suceder. Conchita y Amanda se miran buscando respuestas, alguien que les diga qué va a pasar, qué tienen que hacer. No es tristeza lo que sienten; no, después del testamento que todavía tienen que digerir. Están rígidas, con los brazos cruzados, queriendo mostrar que controlan la situación, pero claramente sobrepasadas.

La lectura de las últimas voluntades de Manso, unas horas antes, sigue pesando como una losa, apagando cualquier atisbo de duelo sincero.

—Perdón. Perdonen por hacerles esperar —les sobresalta un hombre pequeño y encorvado vestido con un traje desencajado sobre sus hombros.

Tras él, un operario empuja el soporte sobre el que se mueve el ataúd del magnate. Entre los dos lo colocan en el centro de la sala, ajustándolo sobre algo que no aciertan a ver. Después, salen a una zona anexa de la que van trayendo algunas de las decenas de coronas de flores que han mandado en las últimas horas desde todo el mundo. Las colocan sobre el ataúd.

—Solo vamos a poner las de la familia, solemos hacerlo así. Pero tienen las otras a su disposición si así lo desean. Solemos donarlas a una residencia de la tercera edad, donde los ancianos hacen pequeños ramilletes para adornar las estancias. —Al ver que nadie contesta, el operario se pone nervioso—. Pero... pero si quieren utilizarlas para otra cosa, o llevárselas a casa..., son suyas.

«¿Llevárnoslas a casa?», piensan las hermanas, casi al unísono.

Viendo la incomodidad de los presentes en la sala, el otro operario interviene.

—Disculpen a mi compañero. Lo que quiere decir es que solemos incinerar el cuerpo con las flores de la familia. Del resto no tienen que preocuparse si no lo desean. Ahora les dejamos unos minutos solos, para que puedan despedirse. Y después dará inicio la cremación en sí misma.

Se retiran ambos, cerrando la puerta tras ellos.

Si alguien tenía algo que decirle a Carlos Manso, ya lo ha hecho, y no es adecuado reproducirlo en voz alta en un lugar así. Hay un silencio sofocante, apenas interrumpido por el zumbido de las máquinas preparándose para encender la cámara de fuego.

—¿No venía Elena Aldama? —pregunta Amanda, barriendo con la mirada al resto de las personas, pero saltándose los ojos de su hermana.

—Es verdad. ¿Y Elena? —responde uno de los directivos del conglomerado.

—¿No le habéis dicho que estábamos aquí? —interviene ahora Marga Faura, una de las presentadoras favorecidas por Manso cuando compró Canal Once—. Se lo va a perder.

Un crujido horrible los sobresalta a todos.

El suelo se abre.

El ataúd comienza a descender con un traqueteo seco. Los segundos parecen eternos, hasta que un golpe metálico indica que ha llegado al final. El espacio por el que ha desaparecido el ataúd se cierra, con la eficiencia de una boca. Ahí ya no queda nada.

Conchita mira fijamente todo el proceso. Amanda retira la mirada, incapaz de soportarlo.

Un zumbido grave, seguido de un chasquido metálico y un rugido contenido. Las llamas ya han empezado su trabajo.

De pronto, la puerta de la sala se abre con un golpe violento; un hombre irrumpe, pálido y sudoroso, temblando, con la corbata torcida y el rostro de alguien que acaba de correr por su vida. Parece al borde del colapso.

—¡No... no pueden... no pueden quemarlo! —jadea, tropezando al entrar, como si su propia urgencia le hubiera hecho perder el equilibrio. Sin ser consciente, todavía, de a quién acaba de hablarle y qué acaba de interrumpir.

Todos se giran hacia él, estupefactos. Solo una persona sabe lo que está pasando. Y no sonríe. No exactamente. Pero hay algo en su forma de parpadear, de cruzarse de brazos, de mirar el lugar por el que ha desaparecido el ataúd como si acabara de ganar una partida de ajedrez, que ofrecería al espectador atento la sensación de que lleva años esperando algo así. Como si todo aquello fuera una obra de teatro de la que es la única espectadora.

—Mauro, ¿qué haces aquí? —pregunta el director del departamento legal.

—¿Lo conoces? —inquiere Amanda, desconcertada.

—Es un abogado auxiliar que fichamos hace un par de años. ¿Qué es lo que pasa, Mauro?

—Acaban de presentar una denuncia contra la empresa.

La sala queda en suspenso. Los rostros en blanco. Las miradas, de incredulidad. De fondo sigue oyéndose el sonido de las llamas hacer su trabajo con el cuerpo de Carlos Manso. Nadie sabe cómo reaccionar. Finalmente, Conchita rompe el silencio:

—¿Qué tontería estás diciendo? ¿Vienes a interrumpir un funeral por una denuncia? ¡¡Fernando!! —Conchita se dirige al director financiero—. Echa a este becario de aquí. Todos los días nos ponen denuncias. Despídelo ahora mismo. Esto es imperdonable.

—Es que... es que... —El joven tiembla, mientras su jefe lo coge del brazo y lo arrastra, tratando de llevárselo de esa sala, pero sigue hablando en voz lo suficientemente alta para que le escuchen todos—. En la denuncia piden el marcapasos de Carlos Manso. Y si lo incineran, ya no podremos recuperarlo. Por si acaso, tenemos que sacarlo.

Poco a poco todos empiezan a entender lo que significan esas palabras. Con horror, sus ojos se dirigen al hueco por donde ha desaparecido el ataúd hacia la cámara incineradora. Pero ya es demasiado tarde. Las llamas han hecho su trabajo. El cuerpo de Carlos Manso, y cualquier rastro de su marcapasos, están reduciéndose a cenizas.

Si Santi estuviera ahí, no habría podido evitar una carcajada. Tan listos para hacer el mal y tan torpes para otras cosas.

Porque el marcapasos no está donde todos creen. Y al menos dos de los presentes lo saben. Muy bien.

—Calma, por favor. —El abogado de la familia, el director de asuntos legales del conglomerado, se esfuerza por gestionar el caos—. ¿Qué es eso del marcapasos? ¿Quién lo ha pedido? Por ley, un cuerpo no se puede incinerar con un marcapasos. Sus baterías de litio pueden explotar en el horno crematorio. Así que os puedo asegurar a todos —mira directamente a las hijas—, que el marcapasos no está, o no estaba, dentro del cuerpo de nuestro querido don Carlos.

Y si el marcapasos no está en el cuerpo..., ¿qué más puede no estar donde debería?

26

Rubia, con el pelo recogido en una coleta pulida, lustrosa y tirante hacia la nuca, alta, delgada y tiesa como un palo, enfundada en un estrecho vestido negro y escondiendo los ojos tras unas gafas opacas del mismo color, Elena Aldama sale de la capilla del tanatorio fingiendo indiferencia. Lo tiene todo: la postura, el gesto, la pausa. Sabe que no hay nada más patético que parecer desesperada por atención. Las estrellas nunca deben dejar que se note su intención de ser protagonistas, las estrellas fingen formar parte del ciclo natural de la vida, como si los focos les persiguieran de manera natural e inevitable. Dueña de una de las productoras televisivas más importantes de España, con sucursales en Europa, Elena Aldama no quiere que parezca que busca las preguntas de la prensa, pero sabe exactamente por dónde tiene que caminar para que la llamen.

Nada es casual. Todo en ella está calculado: el ángulo de la barbilla y la mirada detrás de las gafas negras que reflejan la luz y ocultan la inquietud que la consume. Aunque hoy lleva un rato sintiéndose mal, con una ansiedad en el cuerpo que apenas puede controlar a pesar de que lucha con todas sus fuerzas para que no se le note. Hace frío esa mañana en Tres Cantos, al norte de Madrid, pero ella siente bajo el abrigo cómo su piel se empapa en sudor. Maldita ansiedad. Tendrá que subirse la medicación.

—¡Elena, Elena! Un momento, por favor —llama un joven reportero, alzando el micro con ambas manos. Ella frena su avance, gira levemente la cabeza y camina hacia ellos. La reina magnánima concediendo su tiempo. Se concentra para no sonreír. ¿Cómo no iban a verla? Y es que a veces duda. Lo ha hablado con su psicóloga, que le insiste en que tiene que gestionar que no siempre puede ser la persona más solicitada del lugar.

—Son instantes muy duros, gracias por atendernos —empieza el reportero, con un micro en la mano, mientras ella le escucha, solícita—. La muerte de Carlos Manso es una tragedia.

—Sí, es una tragedia —responde Elena, quitándose las gafas en un movimiento calculadamente seductor. Aunque, quizá, piensa cuando ya es demasiado tarde, se ha pasado un poco. No es momento para comerse la cámara. Y quizá el extraño sudor que siente se le note también en la cara. Vuelve a ponérselas. Solo faltaría salir en todos los medios con el maquillaje derretido—. En Ilusiona Producciones estamos devastados. Carlos es..., bueno, era, cuánto me cuesta hablar de él en pasado —suspira—, uno de los mayores clientes del conglomerado de medios más exitoso de este país, y uno de los más rentables de Europa. Juntos hemos trabajado en multitud de proyectos. Es una persona insustituible. Alguien que ha cambiado la manera de hacer televisión. Alguien que ha cambiado este país. Su periódico, su radio, el equipo...

—¿Cómo se encuentra la familia? —interrumpe un periodista.

—Pues podéis imaginar, devastados. Sus hijas están desoladas. Y también lo estamos todos los que trabajábamos con él.

Elena Aldama tiene que hacer un enorme esfuerzo para estar concentrada. Se siente confusa. Esa mañana no ha desayunado. Últimamente se nota la ropa más ajustada y le da pavor pesarse porque la báscula marcará, seguro, un par de kilos más. Quiere quitárselos lo más rápido posible, antes de que la grasa se enquiste en la tripa y el culo. Le horroriza no caber en la talla 34. Ha sido un error no tomar nada. Nota cómo sus células le piden ayuda mientras los periodistas continúan disparándole preguntas. Ahora no puede mostrarse débil.

—¿La autopsia ha confirmado la causa del fallecimiento de Carlos Manso? —le parece entender que pregunta otro periodista.

—Sí —responde Elena, girando suavemente el cuerpo hacia la barrera amarilla que contiene a los medios de comunicación. Se apoya en ella con la mano derecha, en un gesto que trata de parecer casual, aunque sus dedos se crispan al aferrarse al metal frío. Siente cómo la tela del abrigo se le pega al cuerpo, empapada. Debajo, la blusa es una trampa de sudor. Le tiembla una pierna, pero lo oculta con la postura de reina que ha ensayado mil veces—. Lo que ya se ha publicado. No hay... nada nuevo. Un... un ataque al corazón. Siento no tener mucho tiempo para atenderos —¿por qué se encuentra tan mal?, piensa—, debo ir con la familia a la sala de incineración. Me disculparéis, compañeros, pero tengo que dejaros.

—¿Es cierto que en el testamento hay una cláusula que impide que el proceso de herencia se ponga en marcha si existen dudas sobre la causa de su fallecimiento?

—No, no tengo constancia de eso. —Elena duda. ¿Hay algo que no le han contado? ¿O ha oído mal la pregunta?—. Pero... pero... hoy no es momento de hablar de eso, si me perdonáis... —Qué calor hace, qué hambre tiene, qué mal se encuentra—. Es momento de rendir homenaje a Carlos Manso, uno de los hombres más influyentes de nuestro país en las últimas décadas.

—Claro, claro —responden un par de periodistas, nada avergonzados por las preguntas, pero sí esperando que esa mujer no se marche y les dé algún titular que valga la pena. De momento, solo ha vendido a su empresa.

—Imagino que va a echarlo mucho de menos.

Elena solo acierta a asentir con la cabeza, mientras se sujeta con más fuerza a la barrera metálica amarilla. Puede notar el óxido en la palma de la mano.

—Gracias a él usted pudo construir su imperio —se escucha.

—¿Perdón? —Elena Aldama está desconcertada por el tono de alguien a quien no alcanza a ver.

—Digo que gracias a él usted pudo construir su imperio. Él le dio horas y horas de televisión. Contratos millonarios con su productora. —El resto de los periodistas se gira para ver quién ha hablado. Es alguien a quien no conocen, una mujer de voz aguda, pequeña y morena, envejecida de forma prematura, de aspecto algo descuidado y vestida completamente de rojo.

—No sé a qué... —balbucea, mientras siente que el suelo empieza a moverse bajo sus pies.

—¿A qué viene esto? —La mujer se abre paso entre los periodistas, llega a la barrera que los separa de Elena Aldama y se cuela por un lado, hasta ponerse frente a la productora televisiva—. ¿No sabe a qué viene esto?

—Colegas —Elena Aldama trata de ignorarla, pensando que quizá está viendo un fantasma. Se dirige hacia las cámaras, para poder seguir controlando el relato—, gracias por acompañarnos en estos momentos. Gracias también..., gracias también a toda la gente que no ha podido venir, pero está... con el corazón, y a todos..., a todos los que nos han tratado con un cariño exquisito.

—No se escape —le dice la mujer—. A este funeral sí que ha venido, ¿eh? A este sí que ha venido. Cómo se nota lo que le importa. Cómo se nota dónde están el poder y el dinero. —La mujer de rojo no va a dejar que se escabulla.

—Perdone, señora, yo no... —Elena Aldama se esfuerza por parar el golpe. Esa mujer no es un fantasma—. Tengo que ir con la familia Manso al crematorio, tengo... tengo que acompañarlos. Si me perdona... —Mira de reojo en busca de algún conocido que pueda ayudarla. Pero no ve a nadie.

—¿Si la perdono, dice? —La mujer aprovecha el momento y se coloca a su lado, atrayendo la atención de todas las cámaras—. Claro. Que a usted se le puede perdonar todo. Como siempre. Una y otra vez. Como toda la vida lleva pasando.

Quiere cogerla de las manos, pero Aldama se zafa.

—No... no me toque..., por favor. —La voz de la poderosa ejecutiva de televisión se parece cada vez más al aire que se escapa de un pinchazo en un flotador.

—Claro, a la diva no se la puede tocar. Pero ella sí que puede jugar con la vida...

—De verdad..., yo... no la conozco —la interrumpe Aldama. Está empezando a ser una situación peligrosa. ¿Es que nadie de su equipo la ve? ¿Por qué no vienen a rescatarla? No quiere girarse y buscarlos, porque así solo parecería desesperada. Tiene que verse todo normal: una ejecutiva asaltada por una loca—. No la conozco. Y... y ahora tengo que irme con la familia Manso porque...

—Usted no me conoce. Claro que no.

La mujer parece burlarse. Los periodistas y reporteros gráficos, asombrados por lo que está pasando y sin saber a dónde los llevará, pero convencidos de que va a ser algo único, no se pierden detalle de lo que ocurre. Algunos están tratando de que los programas para los que trabajan les den paso en directo, y gritan a través de los teléfonos móviles a sus coordinadores en la redacción. Otros han conseguido estar ya en antena, mostrando lo que pasa, para que sus espectadores no se pierdan nada. Y en medio de todo este desorden, Elena Aldama, que tampoco sabe a dónde está yendo la situación, desea marcharse, pero no tiene ni idea de cómo hacerlo, porque el sudor de su cuerpo, los temblores de su pierna parecen ahora haber subido a su cabeza. Es incapaz de pensar. Sabe que tiene ante sí a una persona que sufre, eso lo están viendo todos, y no puede permitir que su reputación quede manchada por algo que todavía no controla, pero que puede estallar como una bomba de alcance imprevisible.

—No, perdóneme, lo hablamos cuando quiera, de verdad. Las puertas de mi despacho están abiertas. —Elena intenta disculparse, salir de esa trampa mortal que es ahora el círculo de periodistas y cámaras apuntándola como si fuera una delincuente—. Pero ahora tengo que ir al crematorio. Tengo que ir con la familia.

—Con esta familia, sí, claro. Aquí está —le responde ella—, en el funeral de alguien importante. Al que usted conoce bien. Sin embargo, no sabe quién soy yo. Y quizá ni siquiera sepa el nombre de mi hijo. O, si lo supo, ya lo ha olvidado. Pedro Castaño. ¿Le suena?

Mierda. Va a desmayarse. Se encuentra peor por segundos. Bloqueada, solo puede asentir, con cara de póker. Los periodistas y cámaras al otro lado de la valla amarilla ya saben qué está pasando.

—¿Ve? —continúa esa mujer, que ha conseguido agarrar a Aldama de la muñeca izquierda, la que no tiene apoyada sobre la barandilla—. ¿Veis como no sabe quién es mi hijo? —Entre los periodistas y los cámaras se escuchan murmullos. Todos comprenden. Y sienten un dolor inmenso por esa mujer—. Resulta que no recuerda a mi hijo porque era la última mierda, un peón, menos que eso, alguien que ni siquiera tenía derecho a ocupar una casilla en el tablero de ajedrez de la partida en la que usted juega con las vidas de los demás.

—Mire, señora. —Elena empieza a asustarse, a asustarse de verdad, por cómo se encuentra, pero también por lo que intuye que le pasa a esa madre. Quiere buscar en su cerebro quién es Pedro Castaño. Le suena el nombre. Le suena la cara de la señora. Le suena...—. Lo siento, de verdad, lo siento..., llego tarde.

—Una cita, dice, que le pida una cita. Si ni siquiera he conseguido que me atienda su secretaria —suspira la mujer. Y se dirige ahora a los periodistas, que siguen disfrutando por la situación, alucinados de lo que está pasando—. ¿Sabéis cuánto cuesta el vestido que lleva encima? Más de tres mil euros, seguro. ¿Y el bolso? Un Kelly. Más de doce mil. Los zapatos no se los he visto bien, pero seguro que son de esos carísimos que también usa cada día. —El tono de voz va aumentando con cada pregunta. Ni Elena ni los periodistas saben cómo va a acabar—. Pues eso lo ha comprado con la vida de mi hijo. Bueno, más bien, con su muerte. Todo eso se lo ha comprado explotando y poniendo en peligro la salud y las vidas de los que trabajan para usted. Mi hijo ha muerto para que usted lleve ese reloj de diez mil euros.

El silencio cae como una losa.

—¡Dame plano! ¡Dame plano! —gritan desde el control de realización a un cámara—. La señora, no Aldama. Quiero también a la señora. Estamos en directo.

Elena trata de reaccionar, ya sabe quién es Pedro Castaño, pero ya es demasiado tarde para actuar. Finge que escucha. Finge que siente. Finge que aún manda. Lo ha hecho tantas veces que casi se lo cree. Casi.

—Lo... lo siento mucho... —Va a caer al suelo, allí, delante de toda esa gente, como si fuera culpable. Tiene mucho calor. No puede pensar con claridad. Le parece que hay un charco a sus pies lleno de sudor. ¿Dónde está la gente de su equipo?

—¿Que lo siente mucho? —la interrumpe—. Si ni siquiera vino al funeral. Si ni siquiera fue capaz de mandarnos un mensaje. ¿Dónde están los años de vida que le quedaban a mi hijo? ¿Dónde está su traje de boda, el que se quedó colgando del armario? ¿Dónde están...?

La mujer rompe a llorar. Todo ha sido demasiado para ella. La presión ha podido con su cuerpo. Se lleva la mano a la cara y cierra los ojos, sin poder parar el llanto. Escucha jaleo a su alrededor y, cuando abre los ojos, está sola frente a la prensa. Elena Aldama se ha esfumado del brazo de uno de los directivos de su productora, que se ha dado cuenta de que algo grave pasa allí y acude al rescate de la manera más discreta posible. Ahora todos los objetivos apuntan solo a la mujer de rojo. A la madre de Pedro Castaño, el cámara muerto. Todos los micrófonos la escuchan. Sabe que tiene que aprovechar el momento. No volverá a tener tanta atención nunca.

Se recompone como puede.

—Mirad, muchos seguro que lo conocíais. —Saca una fotografía del bolso y la muestra, con las manos temblando—. Se llamaba Pedro. Y se mató en un accidente de coche después de trabajar dieciséis horas seguidas y tener que volver a Madrid conduciendo, porque no les quisieron pagar la noche de hotel en Murcia y porque al día siguiente los querían operativos desde primera hora de la mañana. Se quedó dormido al volante. Y se mató. Su compañera redactora quedó malherida, pero viva. Así era todos los días. Nunca sabía en qué punto de España iban a terminar, pero sí que lo más probable era que, si el tema no daba para más, regresaran esa misma noche. ¿Cómo va a pagar la productora un hotel? ¿Cómo van a perder a un equipo al día siguiente? No. No. Hay que volver, volver siempre a Madrid, aunque lleves levantado desde las cinco de la mañana, aunque no hayas podido comer más que un bocata, de pie, al lado de tu cámara mientras hacías una guardia por si un famoso salía de su casa, aunque sepas que te vas a dormir al volante porque cuando llegues a casa, si lo haces, llevarás más de veinte horas trabajando a máxima intensidad. Sí, no me miréis así —les dice a los periodistas—, porque algunos de vosotros lo vivís. Estas personas juegan con la vida de sus trabajadores. No les importa nada con tal de ahorrarse diez euros, con tal de ser los primeros en llegar al lugar de cualquier noticia cutre, con tal de ser los últimos en irse, con tal de tener toda la maquinaria lista de nuevo a primera hora de la mañana siguiente.

Pero un grito la interrumpe.

—¡Una ambulancia! ¡Rápido! —grita alguien.

Varios metros más allá, Elena Aldama ha caído al suelo, rodeada de gente. Y las cámaras corren tras ella. La madre de Pedro mira cómo los objetivos cambian de dirección.

Mira cómo todos la ignoran, otra vez.

Y, de nuevo, la historia de Pedro queda en el olvido mientras ella abre la mano y llora sobre una fotografía desgastada y arrugada de su hijo, esa que no ha dejado de llevar encima desde que murió.

27

Dos años antes

La historia de Pedro Castaño tuvo un final trágicamente concreto: el momento de su muerte. En la profesión, todos la conocen; había recorrido los grupos de WhatsApp y las charlas en las largas guardias laborales de los últimos dos meses. El cámara había muerto en un accidente de tráfico en el que su compañera Marimar Floren había resultado herida de gravedad. Los dos regresaban a casa diecinueve horas después de salir, agotados, sin haber podido sentarse a comer algo caliente, tras un viaje relámpago de ida y vuelta a Murcia para buscar los mejores testimonios de un vídeo viral sobre la paliza a un crío de doce años por parte de sus compañeros de colegio.

Ese día, un programa de la competencia se les adelantó: habían localizado a la madre del niño agredido y habían logrado esconderla al resto de los medios de comunicación.

Solo para ellos.

—La vamos a llevar a un lugar donde estará tranquila, María Jesús —la convencieron—, porque estos son momentos muy difíciles. No puede enfrentarse ahora a todo lo que viene. Imagínese con diez micros delante, con diez cámaras, con las luces, con las preguntas. ¿A que no podría soportarlo? —El redactor le hablaba con dulzura, mirándola a los ojos, cogiéndola de las manos—. Nosotros le ofrecemos la intimidad de una habitación de hotel, la calma de poder contar lo que ha pasado y pedir justicia para su hijo. Hemos reservado en el mejor hotel de Murcia, un cinco estrellas. Nos quedamos tranquilos allí, comemos en la *suite*, le hacemos la entrevista y después la llevamos a Madrid, a que conozca en persona a Sandra Obradoiro.

El redactor se lleva las manos al corazón. La tiene casi convencida. Solo tiene que apretar un poco más.

—Sandra está profundamente conmovida por su historia, está deseando hablar con usted para que denuncie a toda España a esos niños malvados que le han pegado la paliza a su hijo y han subido las imágenes a las redes sociales. Créame, nadie como ella para llegar al corazón del público. Hoy nos quedamos aquí para hablar con ella en directo, porque ya no nos da tiempo de llegar a Madrid, pero mañana estará usted con Sandra en plató, cara a cara, en una entrevista las dos solas. —Ya la tiene convencida, pero, por si acaso, sigue insistiendo—: Y, luego, le pagamos el hotel el fin de semana en Madrid, por si quiere invitar a alguien. Pero no puede decirle a nadie dónde estamos. Lo hacemos por protegerla, María Jesús. Y por proteger a su hijo. Solo queremos contar la historia de manera calmada, lo mejor posible, para que conmueva a toda España y nadie se atreva a hacerle eso otra vez a su hijo.

Y así se esfumó María Jesús Peñalver, como la carta que un mago hace desaparecer ante los ojos del público burlándose en sus narices. Nadie supo dar con ella hasta que, a las cinco de la tarde, la vieron sentada en una habitación de hotel entrando en directo en el programa de Sandra Obradoiro, que mantenía una angustiosa lucha por cada décima de audiencia contra sus competidores.

Sonó el teléfono. Era la directora del programa de Marimar y Pedro. Solo podían ser malas noticias.

—¿Qué ha pasado, Marimar? —preguntó la directora, con la voz aún baja, peligrosa.

—Nos la han jugado. Han escondido a la madre, no sabíamos que...

—¿¡Qué coño me estás diciendo!? —estalló entonces, sin transición—. ¡¡Nos han quitado la historia del año!! ¿Cómo ha podido pasar esto? ¿Cómo cojones has dejado que te roben el testimonio? ¿Crees que mereces trabajar aquí? Estamos haciendo el ridículo. El puto ridículo. —Los gritos crecían en intensidad—. La Obradoiro lleva media hora con esa madre llorando en pantalla, sin parar de repetir las imágenes de la paliza. ¿Y nosotros con qué? Nosotros con los tertulianos de siempre dando vueltas a la investigación policial. ¡¡Nadie quiere escucharlos!! ¡¡Todos quieren a la madre!!

—Pero, escucha, escu...

—¡¡Me cago en todo!! —la directora interrumpió el apenas intento de explicación de la redactora.

—Si es que...

—¡¡Eres una puta inútil!! —seguía gritando. Acababa de recibir una llamada de Elena Aldama, la dueña de la productora, pidiéndole explicaciones. «Es intolerable, rodarán cabezas. Y vigila que no sea la tuya», la había amenazado. Hay buenos directores que soportan la presión y no la trasladan al equipo. Pero otros descargan sus inseguridades y miedos en sus subordinados—. Estamos haciendo el ridículo todos por tu culpa, Marimar. ¿Quieres que despidan a tus compañeros? Porque eso es lo que va a pasar. Todos a la calle por culpa de ser una gilipollas.

Marimar Floren no contestó. Sus piernas flojearon y tuvo que apoyarse en la pared para no caer, mientras se clavaba las uñas en la palma de la mano para contener las lágrimas. No podía aparecer en la tele con el maquillaje corrido. Pedro dejó la cámara y se acercó a ella para abrazarla y calmarla un poco. Quería decirle que no tolerara esos insultos, pero también sabía que su compañera tenía que aguantar el tipo y salir en cámara impecable. Es la única forma de sobrevivir en determinados programas de esa trituradora de carne que algunos llaman a cierta televisión.

—Venga, que solo es una hora y media más, y se acaba el programa. Aguanta un poco más, que tu madre no te vea mal por la tele, que no se preocupe —le susurró palabras tranquilizadoras—. No se puede ganar siempre. Mira. Todos los que estamos aquí, el resto de los programas, tampoco tienen a la madre, y no por eso lo han hecho peor.

La chica lo miró mientras apretaba con fuerza la mandíbula, con la sensación de que sus muelas iban a estallar en cualquier momento. No llores. Sobre todo, no llores; pero cada vez que lo pensaba, le entraban más ganas de llorar. Los ojos se le enrojecieron y hurgó en el bolso a sus pies hasta sacar un bote de colirio, que conseguía con recetas falsas, y que son los únicos que le blanquean la esclerótica para enmascarar que ha estado al borde del llanto.

Alguien le habla por el pinganillo. El ayudante de realización, desde el control del programa en Madrid.

—Entramos ya —le dijo a Pedro, con un hilo de voz—. Me piden que des plano.

La cámara ya estaba encendida. El piloto rojo parpadeaba como un corazón artificial. Marimar tragó saliva, alzó el mentón, borró de golpe la angustia de su rostro y dejó que la profesional tomara el control. Durante cinco minutos fue otra: precisa, serena, imbatible. A pesar de la angustia, fue capaz de desconectar del dolor, hilar un discurso coherente y contestar con claridad y concisión a las preguntas que le iban haciendo desde plató. A unos pocos metros de ella, otros compañeros de otros programas la miraban, imaginando lo que había pasado, solidarizándose con ella en silencio, pero en cierta forma aliviados porque, al menos esta vez, la bronca no había sido para ellos.

Pero, al terminar el directo, todavía quedaba seguir buscando testimonios para el próximo programa antes de emprender el viaje de vuelta a Madrid. Pedro y Marimar, agotados, con la espalda rota, los pies ardiendo y la mirada vacía, subieron al coche pasadas las once de la noche. No había presupuesto para un hotel, les decían siempre. Ni tiempo. Al día siguiente tendrían que estar listos para otra historia que contar.

—¿Quieres parar a tomar algo? —Llevaban una hora de camino. Pedro lo preguntó sabiendo que eso les retrasaría más, pero le daba pena esa redactora, tan joven y tan vapuleada. Él era un *freelance* al que contrataban por jornadas, sueldo de ocho horas trabajando a veces el triple.

—No, no —le contestó la chica—. Tira para casa.

—Te irá bien tomar el aire —insistió Pedro, mirando a la carretera—, respirar, ver las cosas con algo de perspectiva. No nos viene mal una parada de diez minutos.

—No, por favor, Pedro. Solo quiero llegar a casa.

—No le des tantas vueltas a la cabeza.

—Soy una inútil, tiene razón la jefa, tenía que haber conseguido el testimonio de la madre. Mañana nos van a machacar las audiencias, y será culpa mía. Todo el trabajo de todo el equipo a la mierda porque yo no he sabido encontrar a esa mujer.

—¡Que no! —Al cámara se le escapó un grito, y soltó el volante durante apenas un segundo. Miró de reojo a su compañera, ovillada en el asiento del copiloto, con la cara enrojecida de tanto llorar—. No dejes que te hagan sentir así. No permitas que te manipulen hasta que te desprecies a ti misma.

—Pero si es verdad. —Marimar estaba agotada. La angustia le había consumido la energía, dejándola con una sensación de pérdida que no sabía gestionar—. Por mi culpa nos ha ganado Sandra Obradoiro.

—Eso no lo sabes. No lo sabremos hasta que mañana, a las ocho, salgan las audiencias. Pero, y si es así, ¿qué? Si nos gana, ¿qué? —Pedro había aprendido a no sentirse frustrado por cosas como esas—. Las guerras las tienen ellos, los jefes, no nosotros, los curritos. Que el redactor de su programa haya llegado más temprano que el resto y haya tenido la suerte de encontrar y esconder a esa mujer no es culpa de nadie. Quizá su equipo salió antes de Madrid. Quizá conocía a alguien de la familia. Quizá fue a tomar café a un lugar en el que supieron decirle dónde vivía. Hay muchos quizás, Marimar. Hoy lo ha conseguido él. Mañana serás tú. Y pasado, otra compañera. Así son las cosas. Eso no te hace mejor ni peor.

La chica negó con la cabeza. Estaba encallada en la pantalla de la culpa, como el protagonista de un videojuego que solo puede darse golpes contra una pared por la que intenta, inútilmente, escapar.

—No sé si seré capaz de soportarlo —respondió ella, al fin.

Pedro la miró de reojo, con ternura.

—Pero ¿qué estás diciendo? Ni se te ocurra. Mira, estás cansada. Ya son casi las doce de la noche. Llevamos en pie y acelerados desde las cinco de la mañana, y te ha dado el bajón al subir al coche, cuando te ha caído la adrenalina. Ahora mismo solo ves la carretera oscura y las horas que nos quedan aún para llegar a casa. Procura dormir un poco, anda.

Pedro no quiso decírselo, pero él también estaba agotado. Su trabajo de cámara *freelance* implicaba conducir en los viajes. Así la productora se ahorraba pagar a un conductor. Pero así, también, ponía en peligro la vida de los equipos tras rodajes tan largos y tan lejos.

—¿Cómo voy a entrar mañana en la redacción?

—Pues como todos los días, con la cabeza bien alta.

—No puedo. Les he fallado.

—¿Tú crees que tus compañeros piensan eso de ti? ¿Tú lo has pensado alguna vez de ellos cuando la exclusiva se la ha llevado otro programa, o has dicho, pobre Fulanito, vaya mala suerte?

Marimar calló. Su cabeza estaba atrapada en una tormenta de ideas repetitivas. Metió la mano en el bolso y sacó un Lexatin.

Era su tabla de salvación, algo que había aprendido de sus compañeros, que le llaman la medicación de rescate para afrontar los momentos jodidos, esos que te hacen dudar de que seas una profesional capaz de hacer bien tu trabajo. No sabía si estaba más cerca de romperse o de rendirse. Y no sabía tampoco qué le daba más miedo. Se lo tomó y cerró los ojos. Poco a poco, su cuerpo cedió al sueño, apoyando la cabeza en el cristal. Su respiración se volvió tranquila. Pedro bajó el volumen de la música, abrió una bebida energética y fijó la vista en el asfalto. El cansancio le pesaba, pero sabía que no podía permitirse un error. Miró el reloj. Si apuraba, igual llegaba a casa con tiempo para dormir cuatro horas antes de volver a trabajar. Era miércoles y la semana pesaba. Por un momento, se le pasó por la cabeza que habría sido un detalle que les hubiesen dejado dormir en Murcia, pero hacía tiempo ya que las noches de hotel fuera de casa solo existían en viajes largos con temas que tuviesen varios días de cobertura para el programa.

La cabeza de Marimar se deslizó por el cristal de la ventanilla, con la cara plácida de los que duermen bajo los efectos de un relajante.

Pedro tenía la vista fija en la negrura del asfalto de la A-30. Un cartel indicó que quedaban veinte kilómetros a Albacete.

Pero ellos nunca llegarían.

Una sola fracción de segundo cerrando los ojos y tu vida cambia para siempre. A Pedro le vencieron el sueño y el bajón tras la ansiedad de su compañera. Sin darse cuenta, su cabeza desconectó. Apenas un par de segundos. Cuando los abrió, de golpe y en un espasmo que le sacudió todo el cuerpo, el coche había invadido el carril derecho, demasiado cerca del camión que circulaba a su lado. No tuvo tiempo de reaccionar. Pensó en su madre, que le pedía que la llamara siempre que volviera de rodaje, «sea la hora que sea». Y que nunca más iba a recibir esa llamada. Pensó en la última cerveza que se había tomado. En la última vez que hizo el amor. En su boda, que iba a ser en un par de semanas.

El coche se había desviado apenas unos centímetros, pero el impacto fue brutal. Quedó atrapado bajo las ruedas del camión, aplastado como si fuera de papel. El conductor del tráiler no alcanzó ni a frenar.

Los bomberos tardaron más de una hora en sacar a Pedro y a Marimar del amasijo en el que se había convertido su coche entre los ejes del camión.

Él ya había muerto.

Ella había entrado en coma.

28

Hoy

Primero es un quejido. Luego, un lamento. Y de pronto, el grito: agudo, atroz, como si se le desgarrara la garganta por dentro. Un grito que no parece suyo, y, sin embargo, lo es.

La imagen de Elena Aldama, la directiva que no había conocido la derrota, la que había construido un imperio televisivo y no pensaba ceder un centímetro de terreno, comienza a desmoronarse con sorprendente rapidez. El castillo de naipes de la mujer perfecta empieza a caer con un grito, el suyo, un aullido animal que no parece poder salir de su cuerpo.

Épico.

Era el faro de su vida. Todo tenía que ser épico.

«No hagas algo si no va a ser memorable —solía repetir, con su tono incisivo—. Y para que sea memorable, para que la gente lo recuerde, antes tienes que convertirlo en épico. Lo que me estás mostrando ahora es perfectamente olvidable. Quiero más épica. De eso se trata todo, métetelo en la cabeza. Se trata de que hasta la última porquería que emitamos parezca épica en la tele».

También repetía a menudo: «Esto de aquí es una mierda, dale una vuelta». O: «¿Tú crees que alguien vería esto? ¿Qué cojones haces trabajando aquí?» y «¿Quién te ha contratado?».

Épica.

En la vida real, sin embargo, la muerte suele ser cualquier cosa menos épica. Un fallo del corazón, un trombo en el cerebro, un cáncer imbatible o un accidente de tráfico. Uno se muere como lo hace todo el mundo. Muertes repetidas y olvidables, a no ser que te atragantes con un trozo de carne mal masticado en medio de un restaurante de moda, o te desnuques al caer por las escaleras de la oficina al agacharte a ajustarte los zapatos, o te quedes colgando semidesnudo de un cartel luminoso en plena Gran Vía. Esas son las muertes que se recuerdan, las que sorprenden. Pero, en general, no hay escenario de leyenda, ni héroe sacrificado por el bien de la sociedad, ni música *in crescendo*, ni planos perfectos que convierten el dolor en arte, ni lágrimas del espectador. En la vida real, la muerte es cruda, repulsiva, sin orden ni belleza. Los cuerpos no caen como ángeles heridos en combate, y la sangre no se dispone artísticamente como trazos de pintura que se han escapado de un cuadro.

Y eso habría sido insoportable para Elena Aldama si se hubiera visto morir a sí misma: lo mal que lo había hecho ante las cámaras. El horror de su cuerpo convulsionando, de sus ojos en blanco, de la saliva desbordando sus labios, de los hombros saliéndose de la articulación, de la parálisis repentina y la agonía de sus pulmones por conseguir algo de aire. Cuando llegan los periodistas, la respiración de Elena es errática, con inhalaciones rápidas y poco profundas seguidas de pausas largas entre ellas. Cada vez que deja de respirar no saben si volverá a hacerlo. Está tumbada en el suelo, completamente rígida. Jorge Cuervo está arrodillado a su lado, sin saber qué hacer. Solo gritar pidiendo ayuda. Uno de los curiosos llama a emergencias. Otro entra corriendo al tanatorio para pedir un médico; el resto asiste, atónito, a la agonía de la todopoderosa productora.

Parece que ha pasado una eternidad, pero apenas un par de minutos después Elena Aldama comienza a convulsionar, los espasmos musculares agitan todo su cuerpo. Un par de redactoras se arrodillan y le sostienen la cabeza, para evitar que se produzca una herida al golpearse contra el asfalto. Empieza a llegar más gente: trabajadores de la funeraria, pero también curiosos que asistían a otros velatorios y que no quieren perderse el espectáculo. Algunos sacan el móvil y graban lo que ocurre. El resto pregunta, desde atrás, qué sucede, porque no están viendo nada. El hombre que ha llamado al 112 les grita que se aparten, que la ambulancia está en camino y que hay que dejar espacio para que puedan atenderla en cuanto lleguen los sanitarios. Pero nadie hace caso. Están magnetizados por lo que sucede ante sus ojos, embobados por ese cuerpo que agoniza, atrapados por el final que vaya a acontecer y que todavía está abierto, en directo, y al alcance de sus manos, sin una pantalla delante. ¿Llegarán los médicos a tiempo? ¿Le salvarán la vida? ¿Aterrizará un helicóptero ambulancia? ¿Morirá en el suelo de un triste aparcamiento de extrarradio?

Ellos están allí, siendo protagonistas de todo. En primera línea. No pueden creérselo. Qué suerte.

Dentro del cuerpo de Elena Aldama, la tragedia avanza: la respiración se ha detenido por completo y el corazón está a punto de dejar de latir. Le queda muy poco tiempo. Cuando se escucha la sirena de la ambulancia, que derrapa al entrar en el recinto del tanatorio, solo unas pocas personas se apartan para dejar paso al personal sanitario, que salta del vehículo y grita, tratando de entender qué está pasando y dónde está la víctima que necesita su ayuda. Hay unos momentos de caos hasta que comprenden que se encuentra en el centro del corrillo. Se abren paso a empujones. Se arrodillan alrededor de Elena Aldama y comienzan a ejecutar un protocolo rápido y preciso en el que cada uno sabe lo que tiene que hacer y que se ajusta a medida que van viendo la evolución del paciente. Preguntan qué le ha pasado, buscan obtener alguna pista de cómo se ha llegado a ese momento, porque cuantos más datos tengan más efectiva será su intervención. Pero hoy nadie puede contarles. Solo Jorge Cuervo logra balbucear que Elena estaba mareada, que ha sufrido días de mucha tensión, que se ha agarrado a él diciendo que no veía bien y apenas podía hablar. Y que al final ha caído al suelo cuando estaba a punto de subirse en el coche.

—Hiperglucemia. A 630 —dice uno de los sanitarios, al ver los resultados.

—¿Es diabética?

Nadie contesta.

—No... no lo sabemos —responde Cuervo.

Demasiado tarde.

Ya hay fallo cerebral. Durante demasiado tiempo. Si hubiesen llegado unos minutos antes, quizá. Pero no.

De haber podido ser testigo de su propia muerte, Elena Aldama quizá habría agradecido al menos un detalle: que llevaba puesto su Chanel negro favorito, el de la hilera de botones dorados desde el pecho hasta el dobladillo de la falda. Pero ni siquiera eso habría sido suficiente para salvarla del horror de una muerte tan poco épica, tan desprovista de control y tan fea.

Porque, al final, ni siquiera las reinas mueren como quieren.

29

El director de *ElGuardiánDigital* ha tenido uno de esos días en los que la realidad no parece dar tregua. El teléfono le quema en el bolsillo. Y en la cabeza, solo le da vueltas al mismo asunto: ¿qué hace con la fotografía? No se ha atrevido a volver a abrir el mensaje, pero no le hace falta. Recuerda cada detalle. Carlos Manso, minutos antes de morir, de espaldas, con un albornoz abierto, un *foulard* estampado anudado al cuello y la espalda llena de colgajos de grasa y piel flácida. Peludo y sudoroso. Con el pelo pegajoso y aplastado sobre el cráneo. La mirada perdida y avariciosa. La lengua áspera chupando lo que parece un trozo de papel sobre el pezón de una chica. Una mano en el culo de la mujer, muy joven, por cierto, quizá menor. La otra, aunque de espaldas, intuyéndose por el gesto del brazo, en su propio pene, para tratar de mantener la erección.

«Hay más. Y mejores», decía el mensaje.

Su cabeza ha valorado decenas de posibilidades para sacar provecho a esa información sin que le salpique. Sabe que es un material tan tóxico que solo con mencionarlo podría arder todo su entorno profesional y personal. Y mucho más arriba. Pero sabe también que hay personas que estarían dispuestas a comprárselas para guardarlas bajo llave.

Lo que se llama tener una bomba atómica en la manga. Esas fotografías podrían ser su oportunidad, aunque tiene que pensar muy bien a quién le entrega la información. Como buen acojonado que en el fondo es, decide, al menos por ahora, no hacer nada. Guardarlas en el rincón más profundo de su conciencia, donde nadie más pueda encontrarlas, y armar con tiempo un plan que le beneficie. Esa imagen puede arruinar una vida. O construir un imperio. Todo depende de quién la controle.

Necesita pensar. Bien. Con calma. Con perspectiva.

Y quizá, durante unos días, esa decisión habría funcionado. El secreto habría permanecido en suspenso, flotando como una nube cargada de tormenta, esperando su momento para descargar.

Pero dos acontecimientos coinciden casi al mismo tiempo, y todo se precipita.

El primero: la muerte de Elena Aldama.

El siguiente: un apagón.

La primera alerta le llega al móvil mientras entra en el edificio donde está la redacción de su modesto periódico digital, que comparte con dos becarios, tres periodistas júniores con salario de media jornada, pero dedicación plena, un informático *freelance* y cuatro comerciales que sobreviven a base de comisiones.

«Muere súbitamente Elena Aldama, la mujer más poderosa de la televisión en España».

Mientras sube en el ascensor, una tras otra, se suceden las alertas en la pantalla de su teléfono, de todos los medios digitales a los que está suscrito. Mierda. Ya van tarde. Y en el suyo no han publicado nada. Ya van tarde. Da pequeños saltos de impaciencia en la cabina, cagándose en todo porque no sube más rápido.

Entonces, se va la luz.

El ascensor se detiene entre dos plantas, con un chirrido hidráulico. Y todo se queda a oscuras. La cabina queda apenas iluminada por una tenue luz de emergencia situada sobre la puerta.

—¡Me cago en Dios! —grita el director, aporreando las paredes—. ¿Qué cojones está pasando?

Localiza el botón de llamada de emergencia y lo presiona insistentemente con preocupación. Pero no hay señal. Tampoco contesta nadie. Entonces recuerda la última reunión de la comunidad. Se decidió darse de baja de la conexión a la centralita de la empresa de ascensores. No valía la pena pagar cien euros más al mes por algo que no se iba a utilizar.

Hasta este día, claro.

—¡¡No puedo salir!! ¡¡No puedo salir!! —Solo, a oscuras y con la que podría ser la noticia más importante en semanas, el director sigue gritando, pero nadie le oye.

Entonces recuerda que el móvil sirve para hacer llamadas y que puede ponerse en contacto con alguno de sus subordinados para que le saque de ahí. Aunque hay algo más urgente: no quedarse atrás en las informaciones sobre Aldama. Los digitales están creando decenas de páginas para generar tráfico con cada detalle que se va conociendo.

—Pero si no funcionan los ordenadores, no hay luz —se queja uno de los periodistas que justo en ese momento estaba en la redacción, con un becario.

—¡Subnormal de mierda! —le grita el director, asustándose del propio eco de su chillido entre las paredes en las que está encerrado—. ¿Se puede ser más idiota? ¡Me da igual que no funcionen los ordenadores, búscate la vida! ¡Buscaos la vida! Quiero, mínimo, cinco textos para dentro de media hora. No. Para dentro de media hora no. ¡Para ya! Ponte a trabajar en mi portátil, en mi puto portátil que está sobre la mesa de mi despacho. Está a tope de batería.

Porque, eso sí, la redacción será modesta, pero el director tiene su despacho. Con ventana a la calle y todo.

Con el director encerrado en el ascensor por no se sabe cuánto tiempo, el periodista júnior, con sueldo de media jornada y disponibilidad horaria total, y el becario, de sueldo cero y horario igual de extendido, tratan de sacar toda la información que pueden.

—Cuando seamos rentables, repartiremos beneficios entre todos —les ha prometido siempre el jefe—. Ahora estamos luchando por levantar un proyecto, nuestro proyecto. Luchando por mantener la dignidad del periodismo frente a los profesionales vendidos al Gobierno. Esto es una cruzada, y tenéis la suerte de estar participando en ella. Aquí aprenderéis lo que no os han enseñado en la carrera. Tendréis acceso a mis contactos. Y, si todo sale bien, un puesto de trabajo fijo. Pero para eso hay que arremangarse y sudar.

Y han sudado. Vaya si han sudado. Disponibles veinticuatro horas al día, para lo que el director mande. No hay cumpleaños, ni noches, ni enfermedades. Tampoco hay vergüenza. Su misión es casi divina. Adalides de la luz sobre la oscuridad que envuelve el país. Voz de los que quieren alzarse. Bandera en la muñeca. Nómina a cero. Un extraño síndrome de Estocolmo hacia una persona que solo los está utilizando para beneficio propio, para su propia marca personal.

—¿Cuál es la contraseña? —El periodista júnior número uno grita al hueco del ascensor, arrodillado en el suelo, junto a la puerta.

—¿Qué contraseña?

—La contraseña de su portátil. Es el único ordenador que podemos usar. El resto no tiene electricidad. Usted me ha dicho que lo utilizáramos para subir contenido de Elena Aldama a la web.

Hay un silencio. Como si el director no hubiera entendido. Pero sí. Lo que ocurre es que está sopesando entre su privacidad y perder cientos de miles de visitas en unas horas.

Gana la codicia.

—Vamosacomernoslaspollas.

—¿Qué?

—Vamosacomernoslaspollas todo junto y con mayúscula solo al principio. Usa los datos de tu móvil. Tienes datos ilimitados, ¿no?

—Sssí —contesta el periodista. Que también quiere decirle que es su móvil personal, que no tiene móvil de empresa, y que está harto de usar algo que le cuesta dinero a él para todas las coberturas informativas.

Pero se calla.

Una vez más.

—¡Ah! Y todos los que estéis en la redacción, poned a compartir los datos móviles de vuestros teléfonos. Y así te conectas desde el portátil a la señal que vaya más rápido.

Media hora después, la web de *ElGuardiánDigital* lleva ya en portada un par de vídeos y cinco textos sobre el fallecimiento de Elena Aldama. Las estadísticas están siendo brutales. Unos números fantásticos que mostrar para conseguir nuevos anunciantes. Julián Narejos continúa encerrado en el ascensor, haciendo llamadas para conseguir más datos con los que alimentar la máquina. A la espera de poder seguir publicando nuevo contenido, el periodista júnior número dos ha llegado al lugar del fallecimiento y manda imágenes en directo para la web. Justo acaba de personarse el juez, para proceder al levantamiento del cadáver. Por fin un poco de movimiento. Su compañero, desde la redacción, busca nuevas informaciones en las redes sociales, a través del navegador del ordenador portátil de su jefe, cuando le llama la atención una de las pestañas abiertas. WhatsApp Web. Al principio se esfuerza por ignorarla, pero es como un imán. ¿Con quién se escribirá el director, cuáles serán sus secretos? Solo será un momento, un pequeño vistazo, una mirada rápida para saciar su curiosidad. No hay ninguna intención perversa. Los ojos se deslizan a la vez que el dedo sobre el *trackpad*, siguiendo el hilo de conversaciones. Una amante con la que realiza sexo cibernético, un poco aburrido, la verdad. Algunos políticos de la misma ideología que *ElGuardián-*

Digital a los que promete trato de favor. Asuntos triviales. Pero en varias de ellas el director pide dinero para mantener el proyecto. Miles de euros. Decenas de miles. Que le son concedidos. ¿Dónde están? Porque ellos, los trabajadores, no han visto nada. Apenas algo más de seiscientos euros al mes por media jornada sobre el papel que luego se convierte en doble o triple. Entonces comienza a apoderarse de ese joven una sensación de rabia por haber sido timado. Se siente idiota. Empieza a hacer fotografías a la pantalla. Son pruebas que enseñar al resto de compañeros para que se indignen como él. De repente, ese llanero solitario contra las cloacas del poder al que él le ha entregado los dos últimos años de su vida se convierte en un personaje ruin que solo busca enriquecerse y conseguir contactos con gente poderosa que le asegure el futuro.

Una de esas conversaciones de WhatsApp, de un número desconocido, empieza con una fotografía. Lo primero que atrae la atención es el texto. «Hay más. Y mejores». Después, al abrir el archivo adjunto, la imagen ocupa la pantalla completa del portátil y es de las que no se pueden olvidar. La escena y la fecha, impresa en la parte inferior de la imagen, coinciden: la imagen de la nuca irreconocible de Carlos Manso, de espaldas, semidesnudo y lamiendo un papel pegado al pezón de una chica, jovencísima, quizá una menor, minutos antes de morir.

El joven periodista, furioso por la explotación y engaño a los que él y sus compañeros han sido sometidos, siente cómo la rabia que ha sustituido a la desilusión inicial sigue aumentando. Durante meses, ha puesto su tiempo, esfuerzo y dignidad al servicio de un proyecto que ahora se revela como una fachada para el enriquecimiento y la fama personal del director. Pero esta fotografía, esta prueba, no es solo una imagen: es poder. Y por primera vez, él lo tiene.

Duda. Podría usarla para exponer a su jefe, destruyendo su reputación, pero eso implicaría arruinar el periódico y dejar sin trabajo a sus compañeros. Podría venderla, sacar provecho de una vez por todas de un sistema que lo ha explotado sin piedad, pero no sabe cómo hacerlo. Y luego está la posibilidad más tentadora: usarla como moneda de cambio, como llave para abrir las puertas que Narejos ha cerrado para él.

Pero también sabe algo más: en ese instante, esa fotografía es mucho más que un arma contra el director o una fuente de ingresos. Es un símbolo del círculo vicioso de corrupción, ambición y decadencia que lo ha atrapado a él y a tantos otros en esa y muchas otras redacciones miserables.

El becario, mientras tanto, lo observa, sin entender del todo lo que está pasando.

—¿Qué haces? —pregunta, viendo el rostro tenso de su compañero.

—Nada. Aún —responde, sin apartar la vista de la pantalla. Y con esas palabras, toma una decisión.

Copia la fotografía en una memoria USB. Cuando la mete en el bolsillo, nota el sudor en la palma. No es miedo. Es la certeza de que ya no está jugando.

Enseguida, borra cualquier rastro de que ha abierto esa conversación en el ordenador. Todo queda como estaba. El portátil, cerrado. El historial, limpio. El director, aún en su nube. En su ascensor.

Pero algo ha cambiado.

En el bolsillo del periodista júnior —hasta entonces devoto creyente de la causa— hay una llave.

Y detrás de esa llave, puertas que podrían volarse por los aires.

Cuando el apagón termina y Narejos sale finalmente del ascensor, eufórico porque el tráfico web no ha parado de crecer, no tiene ni idea de lo que ha ocurrido en su ausencia. En su mundo, todo sigue bajo control. Pero ya no es así.

El joven sabe que este secreto podría cambiar su vida, pero no se precipita. Espera. Observa. Y, sobre todo, planea su próximo movimiento. Ahora, la bomba atómica está en su manga.

30

En cada ascensor, en cada barra de bar, en cada máquina de café. Incluso mojando las magdalenas del desayuno. Todo el mundo habla de la muerte de Elena Aldama. Por supuesto, ningún medio ha dejado pasar la oportunidad de dedicarle horas de programación. En algunos espacios se ofrecen recortadas y difuminadas las imágenes de su fallecimiento, con la agonía en el suelo del *parking* del tanatorio de Tres Cantos. Pero es fácil encontrarlas en bruto, con toda su crudeza, en internet.

Cuando Santiago Munárriz llega a las ocho de la mañana, el cuerpo de la reina de la televisión le espera, como primera y única orden de trabajo el día. Ha pasado mala noche; su hija, Emma, tenía dolor de tripa y diarrea, y apenas han podido dormir ninguno de los dos. Blanca se queda con la pequeña repitiéndole mil veces que le llamará si se pone peor, que es técnica en educación infantil, y que durante más de veinticinco años ha trabajado en una guardería. Que no tiene nada por lo que preocuparse. Que sabe distinguir una simple intoxicación alimentaria de algo más grave.

Que se vaya a trabajar.

Santi llega al Instituto de Medicina Legal agotado y con ojeras, a pesar de que ha probado a disimularlas con un poco de corrector, pero el cansancio es evidente. Qué irónico, piensa, mientras camina por el pasillo con una sonrisa de resignación. Antes, sobrevivía noches enteras sin dormir, tras fiestas interminables en el escenario de La Luciérnaga. Ahora, una niña de dos años lo deja fuera de combate.

Sonríe.

Sabe que todo lo que está haciendo es por la persona a la que más quiere en el mundo. Después de Berta, claro. O igual que a Berta. O... No lo sabe. Nunca se ha atrevido a contestarse con honestidad, porque, en realidad, nunca se ha atrevido a plantearse la duda. Hay respuestas para las que es mejor no hacerse preguntas...

... y hay idiotas que se inmiscuyen con preguntas más idiotas todavía.

—El segundo cadáver televisivo en tres días. A este paso nos hacen sección fija en los informativos. —Una voz detrás de él, llena de sarcasmo, interrumpe sus pensamientos.

Lo ignora, impasible, incluso cuando el ascensor llega a la tercera planta, se abren las puertas y cada uno tuerce en una dirección distinta. Pero al llegar al pasillo, Santi cambia de opinión. Vuelve al ascensor, pulsa el botón del sótano y desciende al área de patología forense. Allí, en las cámaras frigoríficas, busca la que guarda el cuerpo de Elena Aldama. Abre con suavidad la puerta metálica y allí está. Es la primera vez que la tiene tan cerca, a pocos centímetros. Se inclina para observar mejor los detalles de la cara de esa mujer que lleva acaparando titulares desde la tarde anterior. Su mente forense encuentra enseguida los labios agrietados y la piel reseca y enrojecida. Las cuencas de los ojos parecen haberse hundido, como si alguien hubiera tirado del nervio óptico hacia dentro. Alarga la mano para tocarla. *Rigor mortis* completamente establecido. Ha sido rápido, más de lo habitual en un cadáver. Un par de uñas postizas se han descascarillado. En la comisura de la boca quedan restos de saliva. Es evidente la causa de la muerte, pero Santi busca otra cosa. Su mirada recorre el cadáver: sin embargo, no está ni en los brazos, ni en el abdomen, ni —gira el cuerpo a cada uno de los dos lados— en la parte inferior de nalgas. ¿Dónde...?, se pregunta. Cuando, al colocar de nuevo el cadáver de Elena Aldama en decúbito supino, sus dedos palpan el parche. Vaya, vaya. Muy bien escondido en la parte interior del muslo derecho, casi en la ingle, el único lugar en el que nadie se daría cuenta de que lo lleva, aunque fuera en bikini. Debía molestarle continuamente al andar, o al sentarse.

Todo por estar más delgada. Lo más delgada posible.

La madre que la parió.

Seguro que su productora lo maquilla todo. Incluso su muerte. Hasta eso lo convertirán en contenido *premium*.

31

La cafetería está medio vacía. Una luz blanca, enferma, se derrama desde los fluorescentes sobre las mesas de formica rayadas por años de platos, vasos y discusiones. Dos móviles, dos cafés y un *pen drive* entre ellos.

—¿Y por qué me lo cuentas a mí? —pregunta Marcos Palencia, sin levantar la vista de la cucharilla con la que revuelve lo que queda de espuma en su taza. Sabe la respuesta, pero quiere oírla.

—Porque tú conoces a tu tío. Y porque no sé si esto va a acabar con mi carrera, o con algo peor. No puedo dormir. Pensé que sería algo fácil, pero estoy hecho mierda.

El periodista mira de nuevo el USB. El logo de *ElGuardiánDigital* está desgastado. Lo ha metido y sacado demasiadas veces del bolsillo en las últimas horas. Se ha dado cuenta de que no puede hacer esto solo.

—¿Y qué hay ahí? —pregunta Marcos.

—Una foto que puede hacer tambalear a España.

—¡Venga! —Marcos Palencia estalla en una carcajada. La de veces que le han dicho eso para que luego se lo cuente a su tío—. No puede ser tan importante. Nada es tan importante.

—Te juro que sí.

—A ver, cuéntame.

El periodista acerca la cabeza a su amigo, baja la voz y describe la fotografía. Marcos lo mira, realmente sorprendido.

—¿Y qué quieres hacer con eso?

—No lo sé. Publicarlo sería una bomba. Pero también es posible que me denuncien. O que me maten porque alguien se lo tome como algo personal.

—Alguien como... las herederas de Manso.

Silencio. El periodista asiente sin mirarlo.

—O el alud de su mundo —añade.

Marcos Palencia deja la cucharilla en el platillo. Se recuesta en la silla y al fin lo mira.

—Mi tío no es un cruzado, ¿sabes? No va por ahí repartiendo justicia. Le gusta el control, no los líos. Pero si algo le jode, es que lo tomen por idiota.

—¿Y tú crees que esto...? —Señala el *pen drive*—. ¿... Podría interesarle?

—Creo que si no se lo das tú, alguien más se lo dará. Y entonces no podrás controlar lo que pase.

El periodista se pasa la mano por la cara. No ha dormido nada esa noche.

—¿Y si lo ignoro?

—Entonces te vas a pasar el resto del año preguntándote si deberías haber hecho algo. Y si dentro de unos meses aparece muerto alguien más, no vas a poder mirarte al espejo.

Otro silencio.

Marcos coge el USB, lo gira entre los dedos como si no pesara nada.

—No te estoy diciendo que se lo des. Te estoy diciendo que tú ya has tomado la decisión. Solo necesitas una excusa para hacerlo.

—¿Tú serías esa excusa?

Marcos sonríe, cansado.

El comisario Valentín Palencia observa con calma a los dos jóvenes sentados frente a él mientras da pequeños sorbos a su taza.

—Muy bien —murmura, casi para sí mismo. Levanta la vista hacia su sobrino y el amigo al que le acaba de presentar—. Habéis hecho muy bien trayéndome esto.

Ambos chicos asienten, pero el periodista júnior no puede evitar sentir que algo está a punto de desmoronarse. Echa de menos su teléfono, que ha tenido que quedarse en una caja metálica en la entrada de la casa.

—Le he dicho que vas a ayudarle, tito. —Marcos habla con la seguridad de un familiar. A su amigo le chirría. El policía tiene una leyenda negra demasiado grande como para andarse con frivolidades.

—Eso tenemos que verlo.

—Lo están explotando como a todos, tito. Pero él... él tiene agallas.

—¿Sí?

—Sí. Mi amigo es de los que no se achantan ante los que mandan. Puede ayudarte cuando te haga falta. Pero necesita curro.

Palencia mira directamente al joven redactor.

—Déjalo en mis manos y espera noticias —le dice, en tono firme—. No te llamaré yo. Será alguien ofreciéndote trabajo. Un buen trabajo. No pronunciará mi nombre, pero irá de mi parte.

—¿Seguro que esto no se nos puede volver en contra? —pregunta él, con una voz más baja de lo que pretendía.

Valentín sonríe, pero su sonrisa no le tranquiliza.

—Tenéis que confiar en mí. Tu jefe no sabe que lo tienes, ¿no?

El chico niega con la cabeza. Pero está asustado.

—Pues ni media. Ve a trabajar como siempre, y que no note nada. ¿Viste si tu director respondió al que le mandó el mensaje con esta fotografía? —El periodista júnior número uno de *ElGuardiánDigital* vuelve a negar con la cabeza. De repente, aquel hombre grande de espaldas anchas, con la piel gruesa y arrugada, las manos enormes y la mirada penetrante, le hace ser consciente de lo que está haciendo y de las implicaciones que puede tener—. No te preocupes. Yo controlo todo.

Los jóvenes se miran entre sí antes de que Valentín les haga un gesto para que se marchen.

—Confío en que hagas lo correcto —dice con firmeza—. Y a ti, Marcos, te veo en la paella del domingo.

Cuando se queda solo, el comisario abre de nuevo el ordenador, con la memoria USB.

Ya tiene un hilo del que tirar. Valentín Palencia contacta discretamente con una unidad de inteligencia digital, un conocido en el mundo del *hackeo* que le debe un par de favores.

—Necesito que me rastrees este número y todos los metadatos que puedas obtener de la fotografía. Crúzalos con teléfonos en los lugares en los que se hizo. Es importante. No oficial. Y rápido.

El *hacker*, siempre un poco teatral, responde con una risa.

—¿No oficial?

—Te duplicaré el favor —responde Valentín.

Silencio al otro lado. Luego, una risa suave.

—La imagen es tremenda. Esta vez voy a tener que ensuciarme más que nunca. ¿Seguro que quieres saber lo que hay?

—Más que nunca —contesta sin dudar.

Mientras espera, el policía reflexiona. Este caso se está complicando más de lo esperado. El autor del mensaje sabe demasiado, no solo por la fotografía en sí, sino por el nivel de control que parece tener sobre la información. La verdadera pregunta es: ¿quién querría destruir a Carlos Manso de forma tan metódica, incluso después de su muerte?

Unas horas después, recibe un mensaje del *hacker*.

«Tengo algo. Te paso los detalles».

El comisario sonríe. Un hilo más se desenreda.

Ahora tiene un lugar y una fecha. Es hora de empezar a conectar los puntos.

Y así, de forma milagrosamente accidental, el comisario Valentín Palencia tiene lo que necesita para llegar hasta el autor de las fotografías.

32

No puede ser una casualidad.

Primero, Carlos. Ahora, Elena.

Las hermanas Manso se miran con miedo. Sentadas con una rigidez antinatural, parecen figuras del museo de cera a la espera de que alguien pulse el botón que las devuelva a la vida, acomodadas en el salón de la casa de Conchita, en La Moraleja.

Todo es perfecto: el mármol, las molduras, los muebles de diseño. Y, sin embargo, la casa entera huele a desconfianza. Es fría como una sala de juntas disfrazada de hogar. Una vivienda moderna y helada, todo líneas rectas que parecen cortar el alma y que se asoman a un jardín meticulosamente cuidado. Una casa que parece resistirse a cualquier toque personal, como si el lujo fuera una especie de barrera para la creación de un hogar. Está sumida en un silencio tenso. Estos días, ni siquiera el servicio sabe cómo actuar.

Conchita y Amanda están sentadas en extremos opuestos del sofá, como si una distancia invisible hubiera crecido entre ellas. La hermana pequeña mira al jardín, con el rostro pálido y la mandíbula apretada, preparándose para lo que vayan a decirles las dos personas a las que han citado allí esa mañana.

La primera está situada ya en el centro de la estancia, en pie. El abogado de la familia —Fernando Armiñán, director legal del conglomerado, pero mucho más: fiel perro jurídico de los Manso— sostiene una carpeta entre las manos, incómodo.

No se sienta. No le han ofrecido hacerlo.

—Gracias por recibirme con tan poca antelación —balbucea, ajustándose las gafas.

—Ve al grano —dice Conchita, cruzando las piernas despacio. Su voz es tersa como el hielo.

Fernando traga saliva.

—No hemos podido recuperar el marcapasos.

Un silencio compacto llena la estancia.

—¿Cómo que no lo habéis recuperado...? —La voz de Amanda es triste.

—No. Lo siento. Nadie sabe dónde está.

—¿Has hecho lo suficiente? —Conchita aprieta los puños.

Fernando Armiñán traga saliva.

—Cosas que incluso se saltan el cauce legal. Pero nadie sabe decir cuándo se sacó del cuerpo y dónde ha ido a parar.

Amanda entorna los ojos. Conchita piensa en el forense ese, Santi Munárriz. «Qué cabrón. Sabías que tenías que dármelo y me engañaste. Lo vas a pagar».

—¿Y qué pasa con la denuncia? —Su voz sigue siendo suave.

Fernando asiente, aliviado por el cambio de tema.

—La denuncia fue interpuesta el día anterior a la cremación. Pero no a título personal. La presenta una empresa... —Abre la carpeta, hojeando con dedos torpes—: Galvotec Solutions S. L.

—¿Quién coño son esos? —pregunta la hermana mayor, visiblemente alterada.

—No lo sabemos —admite el abogado, sudando bajo el traje.

—Hay muchas cosas que no sabes, Fernando —escupe la primogénita, con desprecio.

—Es una sociedad instrumental —él mira los documentos y lee, refugiándose en ellos—, creada hace menos de un mes en un paraíso fiscal europeo. Sin actividad conocida. Sin empleados reales. Sin movimientos bancarios públicos. Solo un administrador único que, según nuestros informes, es un testaferro profesional. Lo utilizan para montar sociedades pantalla.

—¿Qué alegan exactamente para pedir el marcapasos? —pregunta Conchita, inmóvil como una esfinge.

—Que necesitan el marcapasos para un peritaje médico y que no haya duda alguna del fallecimiento natural de su padre. No especifican más. Pero advierten que, de no poder realizarlo, reclamarán daños y perjuicios..., y se reservan el derecho de emprender acciones penales.

Amanda deja escapar un suspiro cargado de tensión.

—¿Y tú crees que alguien quiere dinero?

Fernando duda un instante. Y esa duda vale más que cualquier palabra.

—No lo parece —admite al fin—. Esto... huele a otra cosa.

—¿A qué? —presiona ella.

El abogado levanta la vista. Por primera vez, se atreve a decirlo en voz alta:

—A una guerra.

El silencio que sigue es casi violento.

Conchita se inclina ligeramente hacia delante, como una reina a punto de dictar sentencia.

—Encuentra al que esté detrás —ordena—. Y encárgate de que desaparezca.

Fernando asiente sin atreverse a mantener la mirada.

Amanda lo observa, luego mira a su hermana, y siente un escalofrío recorrerle la espalda.

Quizá ya no sepa de qué lado está sentada en esta guerra.

—Y ahora —ordena Conchita—, vete. Tenemos otra visita.

Quince minutos después, el timbre suena de nuevo. Se asustan, a pesar de que saben quién es. Pero no lo que viene a contar. Conchita, que ha asumido el papel de líder, como siempre entre las hermanas, se levanta al verlo entrar.

—Comisario —saluda.

Valentín Palencia viste con sobriedad, un traje oscuro sin pretensiones. Avanza hacia ella con la calma meticulosa de alguien que se sabe en el control de la situación. Se da cuenta de que Amanda parece estar a punto de desmoronarse, como si solo hiciera falta darle un pequeño golpe con el dedo para que se deshiciera y cayera al suelo convertida en ceniza.

—Buenos días, señoras —saluda él, siempre precavido, esperando a que los demás hagan el primer movimiento. Que se delaten.

—Gracias por venir a casa y hacerlo a esta hora tan temprana, comisario. —Conchita le tiende la mano. Él se la estrecha—. Si no le importa, le he pedido a mi hermana pequeña que nos acompañe. Al fin y al cabo, vamos a heredar el conglomerado empresarial. Y lo que pueda decirnos nos incumbe a las dos.

—Bueno, hermana... —contesta Amanda, en voz extrañamente baja—. Todavía no sabemos si somos las herederas... —Parece a punto de ponerse a llorar—. Si han matado a papá...

—Amanda..., no digas eso. —Conchita se descoloca un momento, pero enseguida se recompone, mira al comisario y le hace un gesto invitándole a sentarse—. Perdone a mi hermana, ha pasado una mala noche. Hemos pasado una mala noche. Lo de Elena...

—Sé que estos últimos días han sido..., digamos, difíciles. —Palencia se sienta frente a ellas, y coloca una pierna sobre la otra con una tranquilidad que contrasta con el nerviosismo que percibe en ellas.

—No puede ser casualidad. Primero mi padre y ahora Elena. En tres días. —La voz de Amanda tiembla.

Valentín inclina la cabeza ligeramente, observando a ambas mujeres con atención.

—Tiene que serlo. —Conchita le mira, con firmeza—. Tiene que serlo. Papá murió de muerte natural. Comisario, no podemos dejar que alguien piense lo contrario. Si no...

«... Si no, nos quedamos sin nada», piensan las dos.

Valentín la observa fijamente. Su tono permanece neutral, pero hay un destello de interés en sus ojos.

—Si no..., ¿qué?

Conchita duda un segundo.

—Un asesinato, una investigación, preguntas... —contesta—. No podemos meternos en eso.

Valentín Palencia siente que acaba de tropezar con una piedra que no había visto venir, una piedra inmensa. Le han cogido por sorpresa. Y no le gusta nada. Las mira, inquisitivo.

—Todo se desmoronará. —Amanda, con los ojos enrojecidos, a punto de llorar, está a punto de contarle la verdad.

—Perdone a mi hermana —interrumpe Conchita—, es pesimista por naturaleza. Es muy... delicada y sentimental. Todo la afecta sobremanera.

—Conchita... —trata de quejarse Amanda.

—Siempre ha sido de fragilidad inestable —continúa, sin hacerle caso, mirando al comisario—, como nuestra pobre madre. Que en el cielo esté. —Baja la cabeza, compungida, se acerca a su hermana y le coge la mano acariciándola con una ternura que al comisario le parece forzada. Está actuando para él.

—A ver... —interviene Palencia—, creo que es básico que nos centremos en lo importante. Ahora mismo, lo que les preocupa es que se cuestione la causa de la muerte dc su padre. Pero el certificado médico de defunción es claro. Estén ustedes tranquilas. Ningún juez habría dejado incinerar un cuerpo si hubiera tenido alguna duda sobre el origen del fallecimiento. Además... —quiere cambiar el rumbo de la conversación. Sonríe ligeramente, una sonrisa que no transmite ni consuelo ni amenaza, solo la seguridad de que tiene la sartén por el mango—, entiendo su preocupación, señoras. Por eso estoy aquí. Para asegurarme de que todo esto no vaya más allá de donde debe ir. Tengo algo que las va a animar.

—¿Ha descubierto usted algo? —respira, esperanzada, Conchita—. Por favor, denos buenas noticias.

—Buenas, buenas... no sé si son —contesta él.

33

Valentín Palencia hace una pausa antes de soltar la bomba.

—¿Quiere contarnos ya lo que sabe, por favor?

Amanda tiembla, pronunciando la pregunta como un grito histérico. Conchita contrae los puños para no gritar.

—La situación se ha vuelto más delicada de lo que pensábamos —responde el comisario.

—¿En qué sentido? —inquiere Conchita.

—Sé quién es la mujer.

—¿La puta? —La hermana mayor de las Manso está a punto de levantarse del sofá de la alegría—. Pues genial. Vamos a darle su merecido a esa zorra.

—Hermana, no la llames así. —La voz de Amanda es lánguida hasta para quejarse—. Quizá no es esa cosa.

—¿Una puta? —Ella pone cara de asco—. Claro que es una puta. ¿Tú has visto las fotografías? ¿Tú crees que papá hacía eso con mamá?

—¡Hermana! —Amanda se escandaliza y su cuerpo salta hacia atrás, separándose de Conchita. La mira como si no pudiera creer lo que acaba de decir. Su cabeza desea frenar las imágenes que la arrollan, las de sus padres manteniendo relaciones sexuales. Pero no puede. Y le sube una arcada desde el estómago.

—¿Qué? —la reta—. ¿Acaso crees que nos concibieron por ciencia infusa? ¿O te saltaste la clase de reproducción sexual en sexto de primaria?

—A veces puedes ser mala. —Amanda baja la cabeza, dolida.

—Bueno. —Conchita la ignora, y vuelve a mirar a Valentín, que se ha puesto en pie, frente a ellas —. Pero, comisario, por favor, siéntese. —Hace un gesto señalando una silla algo alejada del sofá—. Siéntese, esta es su casa.

—Lo sé, lo sé. Y perdonen por venir a molestarlas en un día tan complicado. Pero imaginé que querrían saber cuanto antes los avances en el caso.

—Claro, claro. Para usted siempre tenemos tiempo. —Amanda intenta rehacerse, entrar en la conversación de nuevo, no aislarse del todo. Aunque su voz la delata. Tiembla—. Papá le tenía en mucha estima. Sé que le ayudó en numerosas ocasiones. Como cuando aquel problema con el periodista mentiroso que quería denunciar a la empresa por acoso laboral, usted logró frenar todo antes de que llegase a los tribunales.

—A mi padre no le importaba cómo se hacían las cosas, solo los resultados —añade Conchita—. Da igual cómo llegas, si llegas, decía siempre.

—Papá era un sabio —contribuye, suspirando, Amanda.

El policía sonríe. Ahí las tiene, a las dos, transparentes como el agua. Solo hay que dar espacio a la gente para que no pare de hablar y se retrate ella misma. Y entonces ya puede entrar él a mover los hilos.

—A lo que íbamos —Conchita vuelve a tomar el mando—. ¿Qué novedades nos quiere contar? ¿Quién es la zorra? ¿La puede desactivar?

—Va a ser más complicado de lo que parecía en un principio.

—¿Más dinero? —Porque lo complicado siempre significa más dinero.

—No. No creo. —Los clientes no tienen que pensar que solo te importa el dinero. Tienen que sentirse especiales, creer que les estás haciendo un favor, aunque en realidad te lo estés haciendo a ti mismo—. Tenemos que asegurarnos de que nadie descubra su identidad y empecemos a ver entrevistas suyas en las televisiones.

—Haga lo que sea necesario.

—Eso... —Amanda parece recibir un golpe, como si de repente se diera cuenta de una posibilidad que no había contemplado hasta ese instante—... Eso no quiere decir matarla. —Se agarra fuerte a los brazos del sofá mientras lo dice—. ¿Verdad?

El comisario suelta una carcajada. La inocencia de las crías que viven en una burbuja de terciopelo y oro sin haber tenido que pisar nunca la mierda de la calle, a veces, puede llegar a ser conmovedora. Pero de las cosas conmovedoras que dan asco.

—No —responde—. De momento, digamos que no.

—Pero habrá que encerrarla en algún lugar, imagino —da por sentado Conchita.

Vaya, va dura la heredera, piensa el comisario.

—Con calma. Llevamos ventaja. La Policía Nacional tiene sus huellas, las encontraron por toda la habitación, pero, de momento, no saben quién es. Las imágenes de las cámaras de seguridad muestran que entró camuflada al hotel, con un pañuelo y un gorro en la cabeza, caminando de manera tranquila, bien vestida con una levita larga de un material que parece cuero, y unos zapatos de tacón rojos. La hora de salida coincide con la caída al vacío de su padre. En el vídeo que tiene la policía se la ve corriendo por el pasillo de la planta en la que está situada la *suite*, con un vestido camisero mal anudado y el gorro torcido. Se vistió como pudo y huyó del hotel.

—¿Cómo sabe quién es si no se la ve en las imágenes? —pregunta la hermana mayor.

Valentín sonríe. No les va a decir la verdad; que la secretaria de su padre lo sabe todo. Y que él se ha colado en su ordenador.

—Tengo mis fuentes —contesta—. Digamos que por eso mi trabajo es tan valioso.

—Bueno, y ¿quién es? ¿Nos lo va a decir de una vez?

—Pues ahí tenemos el problema, porque es la hija del embajador chino en España. Y es intocable.

La habitación queda en silencio. Las hermanas Manso no pueden ocultar su sorpresa. Amanda se lleva una mano al pecho, mientras Conchita entrecierra los ojos, procesando la información con una mezcla de incredulidad y enfado.

—¿Cómo que intocable? —rompe la mayor el silencio, en tono cortante—. Nadie es intocable. Todo el mundo tiene un precio.

Valentín sonríe, una sonrisa apenas perceptible, controlada, pero suficiente para incomodarlas. Se apoya en el respaldo de su silla y separa ligeramente las piernas. Con calma.

—Me temo que, en este caso, señora Manso, no es tan sencillo. Estamos hablando de diplomacia internacional. La hija de un embajador tiene inmunidad, y cualquier acción directa contra ella podría convertirse en un conflicto político. Especialmente con un país como China.

—¡Esto es ridículo! —Ella se levanta de golpe, su cuello tenso por el dolor que siempre la acompaña—. ¿Me está diciendo que no podemos hacer nada? ¿Que esa... esa... —se traba buscando la palabra adecuada, pero al final recurre a la misma de siempre— puta puede ensuciar el nombre de mi padre y nosotros tenemos que quedarnos de brazos cruzados?

—Conchita, cálmate —murmura Amanda, con la voz temblorosa—. No... no hagamos algo que pueda empeorar las cosas.

—¡Amanda, cállate! —grita su hermana, perdiendo momentáneamente el control—. Siempre tan débil, siempre tan dispuesta a ceder. ¡Estamos hablando de nuestro padre!

—Señoras, por favor, mantengamos la calma —interviene Valentín, con un tono firme pero conciliador—. Entiendo su frustración. Pero créanme, he visto cómo situaciones similares pueden salirse de control muy rápido. Por eso he venido personalmente, para ofrecerles una solución más... estratégica.

Conchita se cruza de brazos, respirando con fuerza para recuperar la compostura.

—Le escucho.

Valentín se inclina ligeramente hacia delante, su expresión se vuelve más seria.

—Necesito que estén tranquilas. Estoy muy cerca de conocer la identidad del fotógrafo.

Las hermanas lo miran con angustia.

—¿Cómo...? ¿Ha tratado de vender las fotografías?

—No se preocupen. Voy a neutralizar la situación.

—¿Y qué pasa si... si ya las ha vendido? —Amanda tiembla. Está a punto de echarse a llorar.

—De momento, no hay señales de que lo haya hecho —responde él, mintiendo, con voz calmada—. Pero debo insistir: este es un caso delicado, y cualquier paso en falso puede complicarlo todo.

Conchita asiente lentamente, aunque su expresión es de pura tensión.

—Confío en usted, comisario. Pero quiero resultados. No me importa cómo lo haga. Solo quiero que todo esto desaparezca. Que desaparezca ella. Que desaparezca el fotógrafo también, si es necesario.

Amanda se lleva las manos a la cara, horrorizada.

—¡Conchita! ¿Qué estás diciendo?

—Lo que alguien con un mínimo de sensatez haría —replica Conchita, mirando a su hermana con desdén—. Protejo a mi familia. Protejo lo que nos pertenece.

Amanda se pone en pie. Alza la voz por primera vez.

—¿Quieres que mire para otro lado? A veces, el silencio mata más que una bala.

Valentín decide intervenir antes de que la conversación se descontrole.

—Señoras, entiendo que este es un momento muy difícil. Pero les aseguro que encontraremos una solución adecuada. No necesitamos tomar medidas drásticas... todavía. —El comisario se pone de pie, dando por concluida la reunión—. Seguiré informándoles de cualquier novedad. Mientras tanto, les recomiendo mantener la discreción y no hablar del asunto con nadie más. Cuantas menos personas sepan de esto, mejor.

Conchita asiente con la barbilla alzada, mientras Amanda parece a punto de desmoronarse. Cuando el policía se marcha, el silencio vuelve a inundar el salón. Pero las hermanas ya no parecen dos figuras de cera.

—Conchita... —dice Amanda sin mirarla—. No lo olvides. La basura que se barre bajo la alfombra... siempre termina oliendo.

34

En una autopsia, los análisis toxicológicos no siempre revelan toda la verdad. Las drogas nuevas, experimentales o poco catalogadas escapan a las bases de datos comunes. El forense, entonces, debe enfrentarse a lo imposible: encontrar una aguja en un pajar, sin saber siquiera qué aguja está buscando: los metabolitos específicos que den pistas sobre la naturaleza del veneno.

Si no, estás perdido. Es como probar a descubrir una gota de tinta lanzada a un océano.

Pero la pista llega de quien menos se lo espera.

Santi recibe un mensaje en el móvil. Lo acaba de escribir, furiosa, Conchita Manso, sin pensar en las consecuencias que podría tener. Solo para sentirse superior a él.

—La zorra que estaba con mi padre esa noche es china.

El tono del mensaje es el habitual en ella: áspero y despectivo. Pero Santi no se detiene en eso. En su cabeza, las palabras se reorganizan rápidamente. China. Pista. Veneno. No necesita más. Su cerebro ya le ha dado la respuesta.

Se levanta de golpe, la carpeta que tenía entre las manos cae al suelo y su corazón late con fuerza, como si acabara de descubrir un código secreto.

Agua de Dios.

No podía ser otra cosa.

La sustancia perfecta.

35

La adrenalina del momento, la euforia de la muerte de ese hombre al que tanto odia, ha empujado al paparazi a seguir adelante con un plan que ya debería haber abandonado. Está eufórico por haberlo visto morir. Es más de lo que podía haber soñado: ser testigo en primera fila de la caída de ese hijo de puta. Y, además, fotografiando cada detalle. Aún recuerda, como si lo estuviera viviendo ahora mismo, el instante en el que contuvo la respiración, con el dedo temblando sobre el obturador, mientras observaba a través del objetivo de la cámara cómo Carlos Manso, la persona a la que más aborrecía en el mundo, caía desde la terraza del hotel, en un giro violento y definitivo de su historia. Al principio, el fotógrafo sintió rabia al ver que no se estrellaba contra el suelo, sino que quedaba colgando de una de las letras del luminoso de neón, pero enseguida se dio cuenta de la genialidad del desenlace: la máscara de poder y arrogancia de Manso se desgarraba frente a los ojos del mundo. Ya no era un titán, era un viejo saco de carne temblorosa colgando de una W ante los teléfonos móviles de decenas de personas, que lo retransmitían en directo al mundo.

La muerte había hecho su trabajo con una perfección que él no podía haber llegado a imaginar. Ahí estaba Manso, caído, expuesto y vulnerable como nunca antes. Era la imagen perfecta de su ruina, la última e imprevisible pieza de un rompecabezas que el paparazi había estado ensamblando en secreto.

Y entonces, ya está.

Podía haberse quedado quietecito, disfrutar de la victoria de los vivos y celebrarla durante mucho tiempo. Pero hay dolores tan grandes que necesitan que sea uno mismo el que maneje la cuchilla de la guillotina. No soporta ver cómo los medios afines blanquean la imagen de Manso y cómo callan los buenistas que creen que a un fallecido hay que dejarlo descansar en paz.

Aunque sea un hijo de puta.

Total, ya está muerto.

No vamos a remover la mierda con el cuerpo aún caliente.

El fotógrafo decide que todavía queda un botón nuclear por apretar, y que el plan que había trazado durante tanto tiempo no tiene por qué cambiar.

Así que, a la mañana siguiente, con la adrenalina aún quemándole en las venas, en un arrebato de furia y euforia, imprime una copia de las mejores imágenes y las envía al despacho de Manso. No hay nada como vestirse de traje, pero de los que se ve a la legua que son baratos, mirar fijamente a los ojos de la recepcionista de madrugada, sonreír con la complicidad que solo saben compartir dos pringados trabajando en horario nocturno, alargarle el sobre y decirle —con cierta cara de hartura— que le han dicho sus jefes que tiene que estar antes de que amanezca sobre la mesa de la secretaria de Carlos Manso.

—Es el que ha muerto, ¿no? —Se encoge de hombros, como si tampoco entendiera nada porque solo es un mandado—. Pero es lo que me han dicho.

Ella le medio sonríe, cosas más raras ha visto.

—No te preocupes, ahora en el cambio de turno se lo subo.

—Gracias.

El paparazi sabe que Pilar abre toda la correspondencia, y puede suponer que en cuanto se dé cuenta de lo que hay en ese sobre se desatará una tormenta interna.

Que les duela. Que les duela.

Pero también quiere otro tipo de tormenta, y que entraña otro tipo de dolor; los de la opinión pública. Por eso manda un cebo a un periodista que llevaba años usando su panfleto digital para hacerse rico a costa de chantajear a empresarios, políticos y periodistas a cambio de no publicar mentiras que él reviste de veracidad. Sabía que iría con el cuento a los herederos de Manso, y que eso les pondría aún más nerviosos. Quería que vivieran con el pánico a que, en cualquier momento, las imágenes salieran a la luz pública.

Porque saldrán.

Y cuando salgan, quiero que a cada heredero de ese cerdo le exploten los pulmones de vergüenza cada vez que enciendan el móvil, piensa.

El paparazi se empacha de la sensación de poder que da tener el control. Todavía podía hacer sufrir más a la familia de Manso.

En unos días publicará las imágenes en la red, de forma anónima, a través de un servidor al que accederá saltando de VPN en VPN para mantenerse en el anonimato. Antes de que las autoridades tumben la página, miles de personas se habrán descargado las fotografías y las estarán haciendo circular a través de las aplicaciones privadas de mensajería.

Esa iba a ser la herencia de Carlos Manso para el mundo.

Su propia vergüenza. La verdad expuesta de una de sus caras.

Y, ojalá, eso fuera el inicio de la pérdida del miedo.

Pero la euforia no le dura más que un par de latidos. Porque una parte de él —la más antigua, la que aún recordaba el miedo— ya ha empezado a revolverse. Y le susurra que esto no va a acabar bien.

—Sabías que esto no iba a ser gratis, ¿verdad?

La voz, tranquila y sin prisa, no le pilla desprevenido. Lleva días imaginando ese momento, y por fin ha llegado. Casi es un alivio que termine la incertidumbre. No duerme, porque sabe que Carlos Manso es de los que se vengan incluso después de muerto...

... y él sabe demasiado. No sabe precisar en qué momento la euforia se transformó en miedo. Quizá apenas unas horas después de la muerte, mientras revisaba las noticias en busca de su triunfo. Quizá mientras sonreía al imprimir las fotografías en casa, meterlas en un sobre marrón sin remitente y salir del edificio de Magnum Media Group tras dárselas a la recepcionista. Al principio, había intentado convencerse de que nadie haría demasiadas preguntas, pero un rey siempre deja secuaces que han aprendido sus peores artimañas. De entre todos los enemigos de Manso, él era el menos importante, el más insignificante, el que ni siquiera hacía saltar las alarmas. Apenas una rata a la que nadie prestaría atención.

A menos que alguien comenzara a tirar del hilo con ganas. Y medios.

Entonces, empezó a sentir miedo.

—¿Sabes quién soy?

¿Cómo no va a saberlo?

Asiente.

—Entonces también sabes qué hago aquí, en tu casa, sentado en tu sofá, tomando un *whisky* que, por cierto, está asqueroso. Pensaba que con lo que te sacabas haciendo fotos traicioneras a los famosos podrías permitirte algo mejor. Pero claro..., la carroña no da para un escocés de etiqueta.

El paparazi se esfuerza por calmar su respiración en la penumbra de su apartamento, todavía con las llaves en la mano. Al otro lado del salón, el comisario Palencia lo observa con una expresión de calma inquietante.

—¿Qué quieres? —pregunta, solo por ganar tiempo.

Valentín esboza una ligera sonrisa, sin apartar la mirada, como un cazador que observa a su presa herida.

—Yo no quiero nada —replica, casi en un susurro, levantándose y caminando hacia él, despacio, sin dejar de mirarlo—. Pero otros, en cambio, quieren respuestas. Respuestas sobre esa noche, sobre lo que viste... y sobre tu pequeña venganza.

Está harto de ir y venir, pero es lo que tiene un caso como ese. Y temas así no se pueden tratar por teléfono. Valentín Palencia se encierra con las hermanas Manso en el despacho de la mayor.

—¿Y esa buena noticia que tiene que contarnos? —pregunta Amanda con amabilidad, ladeando la cabeza.

—¿Finiquitada la puta china? —pregunta Conchita, con voz helada, apoyando un codo en el reposabrazos y clavando la mirada en su hermana y su debilidad.

Amanda se queda inmóvil, con la sonrisa congelada en los labios. Tarda un segundo en parpadear. Sabe que su hermana puede ser cruel, pero no deja de sorprenderla esa capacidad suya para reducir a cualquier persona a una palabra sucia.

—¿Qué...? —empieza a decir, pero no encuentra la frase adecuada.

El comisario levanta la ceja derecha.

—Les pedí que tuvieran paciencia, que es un tema delicado —procura sonar amable—. Pero confíen. Todo saldrá bien.

—¿Entonces?

—He venido por el otro cabo suelto. El fotógrafo.

—¿Sabe quién es? —grita Amanda.

—No solo sé quién es —sonríe—, sino que le he enseñado el tremendo error que ha sido meterse en esto.

—¿Solo eso? —Conchita parece decepcionada.

—... Digamos que le he enseñado bastante —sonríe el comisario.

La hermana mayor se inclina ligeramente hacia adelante, sin querer parecer demasiado ansiosa, pero sus ojos la delatan.

—¿Y quién es?

—Es mejor que, para su seguridad, no lo sepan.

—¿Perdón? ¿Está diciendo que no podemos saber quién nos ha chantajeado? —La voz de Conchita Manso se eleva un poco más de lo necesario.

—No quiero que ustedes se vean comprometidas. Van a heredar la empresa y son noticia en todos los medios. Es necesario que tengan un perfil bajo. Falta un diminuto cabo por atar.

—Pues si eso es tener las cosas solucionadas. —Conchita escupe veneno—. Todo esto puede dañarnos.

El policía mueve ligeramente el cuerpo. Está a punto de empezar a sudar. Nota el momento en el que él también duda de sí mismo, y tiene que concentrarse para recuperar la confianza. Y fortalecer su posición ante las hermanas.

—No lo hará. —Hace una pausa mínima antes de continuar—. Les aseguro que, en cuanto pueda contárselo, entenderán perfectamente el tablero de juego.

—Entonces, ¿qué narices ha venido a explicarnos? —Conchita cruza los brazos, visiblemente incómoda. Amanda, a su lado, se pasa las manos por las rodillas como si estuviera tratando de limpiarse algo invisible.

—¿Y si... si vuelven más fotografías? —interrumpe, sin poder disimular el temblor en su voz.

El comisario se inclina hacia adelante, bajando el tono, como si estuviera a punto de compartir un secreto importante.

—No van a llegar. He venido a decirles que ya no existen. —Valentín esboza una ligera sonrisa, ese tipo de gesto que juega en el filo entre la amabilidad y la condescendencia—. Y que no hay más. Estén tranquilas.

—¿Tranquilas? —Conchita ríe con una mezcla de incredulidad y sarcasmo—. ¿Cómo se supone que podemos estar tranquilas mientras las dos personas que participaron en esa... esa cosa... siguen por ahí?

Valentín no se inmuta. Ha tratado con personas más peligrosas que las hijas de Carlos Manso.

—He hecho lo que debía hacer, señora Manso. Y, créame, el fotógrafo se lo ha tomado en serio, se lo aseguro.

—¿Qué significa eso? —insiste, cada vez más molesta.

El hombre palmea suavemente los reposabrazos de la silla y se pone en pie, marcando el final de la conversación con ese gesto.

—Significa que el problema está bajo control. Lo que importa es que ustedes sigan actuando con absoluta normalidad. Cualquier movimiento fuera de lo común podría complicarlo todo.

—¿Y si vuelve a chantajearnos? —pregunta Amanda, con los ojos grandes y brillantes de miedo.

—No lo hará. —El comisario gira la cabeza hacia ella, manteniendo su tono calmado, casi hipnótico—. Le aseguro que ahora ese hombre entiende perfectamente cuáles son las consecuencias de cruzar ciertas líneas —le dice, con toda la seguridad que es capaz de reunir, aunque no lo tiene tan claro. Todavía no sabe la tecla exacta que pulsar contra ese hombre. La buscará, y la encontrará. Dios quiera que la encuentre. Como siempre. O, si no, tendrá que crearla.

Conchita se levanta también, ajustándose el vestido mientras lo observa con los ojos entrecerrados.

—Espero que no nos esté ocultando nada importante, comisario.

Valentín sonríe, pero no responde. En cambio, se dirige hacia la puerta con calma absoluta. Antes de salir, se detiene y se vuelve hacia las hermanas.

—Les recomiendo que confíen en mi trabajo. Como durante décadas hizo su padre. Si algo cambia, serán las primeras en saberlo. No hace falta que me teman, pero no olviden que a veces el miedo es lo único que mantiene las cosas en su sitio.

El sonido de la puerta al cerrarse deja un eco que parece alargar la tensión en la sala. Conchita sigue de pie, con la mirada fija en el lugar donde estuvo el comisario hace unos segundos.

—¿De verdad te fías de él? —pregunta Amanda al fin, con un temblor en la voz.

—¿Fiarme de él? No, querida. Pero confiar en que hará lo que le conviene... Eso es otra historia.

36

Es una droga elitista que se consume colocando sobre la lengua toallitas impregnadas con la sustancia, para que se absorba directamente a través de las mucosas de la boca. Sus efectos se manifiestan en apenas unos segundos: alucinaciones, gran excitación sexual y desinhibición, pero sin perder la conciencia. Un viaje por todo lo alto. Por eso la llaman Agua de Dios: porque es como beber el cielo.

Y el cielo se paga, claro.

Trescientos euros por una única dosis. Una única toallita. Un acceso fugaz al paraíso. Cincuenta veces más que meterse una raya de cocaína a cambio de veinte minutos de una odisea sexual de las que se recuerdan toda la vida y que se puede revivir después, detalle a detalle. Porque el Agua de Dios es de las drogas que te permiten recordarlo todo.

Cuando atraviesa la barrera de acceso del Instituto de Medicina Legal la ve. Otra vez. En realidad, ve un coche de altísima gama que no pertenece a nadie del centro y que solo puede ser de ella. Casi le enternece pensar el tiempo que Conchita Manso llevará allí, esperándole.

Deja la moto en la plaza de al lado. Baja y se cruza de brazos frente a la ventanilla del conductor. Pero la heredera ni siquiera desciende del Porche en el que lleva media hora esperándolo. A él le sorprende un vehículo tan deportivo. ¿Será una de las muchas caras de la mujer?

Ahora es ella la que tarda un par de minutos en hacer un movimiento. Baja la ventanilla y apoya el codo con calma estudiada.

—¿Otra vez siguiéndome?

—Técnicamente, es usted quien acaba de aparcar a mi lado.

Hay algo en su mirada que es ambiguo. Odia a esa mujer. La odia desde antes de conocerla. Pero, ahora, con más razón todavía. Decide disimular. Como siempre.

—Sé lo que tomó su padre antes de fallecer. —Está deseando verle la cara cuando se lo diga.

—Bueno, tomó... —le interrumpe ella, con un destello de dureza en la voz— o le dieron.

—Por el tipo de droga que es, no creo que la tomara en contra de su voluntad. No es algo que pueda disolverse en una copa. Hay muchas cosas de su padre que quizá usted no conoce, señora Manso. La oscuridad no suele mostrarse a plena luz del día.

Conchita observa a ese hombre con detenimiento. Arrogante. Prepotente. Demasiado listo. Y decide que lo mejor es tenerlo de su parte. De momento. Hasta que deje de necesitarlo.

—Bueno —esboza una medio sonrisa—, hay cosas de los demás que nunca llegaremos a saber. Cada uno guarda sus secretos. ¿Qué me estaba contando de mi padre? ¿Qué es lo que tomó?

—Se llama Agua de Dios.

Conchita levanta una ceja.

—¿Agua de Dios?

—Se ha puesto muy de moda en la prostitución asiática más elitista de Madrid. Dicen que ofrece una experiencia sexual única.

Conchita no puede contener, ni disimular, una mueca de asco.

—¿Puede matar? —Es lo que en realidad le interesa. Lo único que le interesa.

—No —responde, con seguridad—. Debió de tomar una dosis normal. No había restos de la droga en su autopsia. Le insisto, fue un ataque al corazón.

—No había restos de la droga, pero ahora sí que la ha encontrado —remarca la palabra con tono de burla—. Pues alguien habrá hecho mal su trabajo, ¿no?

Conchita sabe que va por mal camino, que con ese hombre está traspasando límites que no le interesan. Pero es algo que puede con ella. Le escupiría en la cara. Lo odia.

Santi sonríe. Y adopta el mismo tono de superioridad con el que explica las cosas a algunas personas: como si fueran niños.

—Verá, cuando le realicé la autopsia, los restos psicoactivos del Agua de Dios ya habían desaparecido de la sangre de su padre. Solo quedaban algunas pequeñas trazas en el cerebro, aunque muy difícilmente detectables en un análisis estándar. Hay que saber lo que se está buscando. Por eso, cuando usted me dijo que la mujer que estaba con él parecía oriental, pensé de inmediato en esa droga. Había leído algún informe sobre ella.

Conchita se guarda para sí la información que les había proporcionado el comisario: que esa joven es la hija del embajador de China en España. Y que tienen las fotografías, claro. Pero todo encaja. Lo que parecía una hoja de papel blanco en el pezón de la chica es la trampa: esa sustancia impregnada, lista para arrastrarlo al delirio.

—¿Y eso no se detecta desde el principio? —insiste—. Alguien debe tener la culpa de que eso no aparezca en el informe de la autopsia.

Santi saca un fajo de papeles del bolsillo interior de su cazadora.

—Le repito, hay que saber lo que se está buscando, y cualquier experto le dirá lo mismo que yo. Aquí tiene. —Le acerca el informe. La hija mayor de Manso alarga el brazo a través de la ventanilla y coge los papeles—. Son los resultados de la cromatografía líquida que he mandado hacer a las muestras de masa cerebral y sangre que tomé de su padre. Y que conservé por precaución. Demuestran que consumió esta droga minutos antes de morir.

—¿Y por qué no se le hizo esa prueba desde el principio? —intenta mantener el tono neutro, pero hay reproche en sus palabras. Quiere, a toda costa, un culpable—. La cromatografía esa, me refiero.

—No es un procedimiento estándar —sigue explicando Santi—, a menos que no se encuentre el origen de la muerte, y haya indicios claros de comportamientos extraños antes del fallecimiento, como alucinaciones. Y aun así, es difícil encontrar algo específico, porque estas drogas sintéticas tienen composiciones distintas, a menudo desconocidas. En el caso de su padre la muerte estaba clara: infarto. Y no había pruebas de lo contrario.

—Este país está podrido. Aquí todo se hace mal.

—¿Cómo dice?

—Que menudo país de podredumbre nos está quedando esta España. ¿Cuántos asesinatos se quedarán sin resolver por no hacer este tipo de pruebas?

—Ninguno, se lo puedo asegurar.

—Pero si no hacen este tipo de pruebas, se les pasarán muchos. —Se da cuenta de que se está pasando. Corrige el tono—: No digo a usted, me refiero al sistema.

—A mí no se me escapa ninguno, se lo garantizo. —La paciencia de Santi tiene un límite. No sabe si va a poder controlarse mucho más. Esa mujer no le gusta, y tampoco lo que intuye tras su actitud—. ¿Sabe usted si su padre consumía estupefacientes de forma habitual?

Conchita desvía la mirada hacia la gran pantalla apagada junto al volante del coche. Parece mirar su propio reflejo.

—Hay muchas cosas de mi padre que no habría imaginado nunca —contesta, con una vulnerabilidad inesperada— y que estoy descubriendo estos días.

—¿Algo que le haya llamado especialmente la atención?

—No —replica—. No.

—Debe de tener muchos enemigos.

Conchita suspira. Otra vez lo mismo.

—Los ricos siempre parecemos culpables, ¿no? Es como si tuviéramos que estar constantemente disculpándonos por tener dinero. Dinero y poder. Y estamos hartos. Ya cansa. Si mi padre llegó hasta donde llegó, fue por su sacrificio personal, por luchar constantemente sin descanso, hasta el agotamiento.

Santi sonríe, casi burlón. ¿Esfuerzo?

Ella nota el gesto. Y prosigue:

—En este país, todos tenemos las mismas oportunidades —insiste, mirándolo a los ojos, convencida—. Hay quien las aprovecha, y hay quien no. Y mi padre supo aprovecharlas muy bien. Un tiburón no pide disculpas por comerse a una presa. De todas maneras, creo que estamos equivocando los papeles. —Vuelve a ponerse rígida—. No soy yo la que tengo que responder. ¿De dónde sale esa droga?

—La droga, señora Manso, proviene de la comunidad china. Se consume en lugares de ocio de alto *standing*, prostíbulos de lujo, karaokes, narcopisos... La policía investiga su relación con la explotación sexual. Suelen tomarla hombres ricos de origen asiático asiduos a la prostitución. Una dosis les asegura el mejor polvo de sus vidas. —A Santi le gusta ver cómo toda esa información encaja en la cabeza de esa mujer, imaginando a su padre como un dios del sexo del Olimpo rodeado de mujeres prostituidas—. Hace efecto inmediato. Los consumidores presentan alucinaciones, una sensación inmensa de felicidad y de conexión con el entorno, y un aumento desenfrenado del deseo sexual. Además de sentirse completamente desinhibidos. Igual por eso su padre se colgó medio desnudo de un cartel de neón en la Gran Vía. Quería exhibirse, y calculó mal.

Santi la mira a los ojos unos segundos. Disfruta viéndola morder el polvo. Conchita Manso pierde el control.

—¿Le han dicho a usted que es mala persona? —escupe.

—De vez en cuando —responde, imperturbable—. A veces hay que serlo. ¿No está de acuerdo?

—Creo que esta conversación ha terminado.

Conchita arrancha el coche, pero antes de que pueda subir la ventanilla del todo, Santi la mira un segundo más de lo necesario. No solo está buscando respuestas. Está buscando la herida. Le lanza una pregunta que congela el aire:

—¿Merecía su padre que lo mataran?

Ella tarda en procesar lo que acaba de preguntarle ese hombre. Nadie le habla así. Nadie ha tenido las agallas. Nunca.

—Pero... ¿cómo se atreve?

—¿A qué? ¿A preguntarle si merecía que lo mataran? —La voz de Santi es un susurro afilado—. ¿De verdad le parece algo tan extraño, conociendo como conocía a su padre, que alguien le deseara la muerte? Usted misma me acaba de decir que era un animal despiadado.

—En los negocios hay que ser así para que no te pisoteen. —Conchita sale del coche, todavía en marcha, con el rostro desencajado, abriendo la puerta de golpe, obligando a Santi a apartarse—. Mi padre era un valiente que creó un imperio. ¿Y usted me pregunta si merecía que lo mataran? ¿Sabe que puedo llamar al ministro del Interior, que es amigo de la familia, para alertarle de su conducta?

—Llámelo. Pero si quiere que la llamada tenga resultado, le daré otro número. Mi trabajo depende de la Consejería de Sanidad de la Comunidad de Madrid. No del Gobierno de España. ¿Tiene boli y papel para apuntar?

Minutos después, agarrada fuerte al volante para contener los temblores que le provocan la ira y el miedo, Conchita Manso llama a Valentín Palencia.

—Comisario, tenemos que hacer desaparecer a esa mujer. A la puta china. Y eliminar también un nuevo informe de tóxicos de la autopsia. Al parecer, mi padre consumió una droga llamada Agua de Dios antes de morir. Eso es lo que se ve en las fotografías que está chupando del... del pezón de esa puta. No fue una dosis mortal. Pero ella... ella..., esa zorra..., tiene que desaparecer.

—¿Me está pidiendo que mate a alguien? —Valentín está grabando la llamada, como todas las que hace o recibe—. ¿Me está dando la orden de cometer un asesinato?

—Yo... yo...

Conchita Manso acaba de darse cuenta de que ha caído en su trampa. Cuelga. Su cuerpo se contrae en varias arcadas. El vómito le explota en la boca antes de poder frenar. Un chorro ácido que mancha el salpicadero de cuero nuevo. Sabe a bilis y a derrota.

37

Santi sigue en la cama, iluminado solo por la luz tenue del iPad, entreteniéndose en nada, vagando por las redes sociales, vagando entre vídeos hipnóticos de máquinas que fabrican cosas, bebés adorables, perros haciendo monerías..., cuando le sorprende un sonido agudo y repetitivo. «Berta», aparece en pantalla.

Son las dos de la madrugada en Madrid.

La voz serena de la madre de su hija le llega como un eco familiar, una cuerda que tira de su corazón muy, muy fuerte.

—Hola, no te despierto, ¿verdad? Me imaginé que estarías dándole vueltas a la cabeza. —Su tono es claro, pero Santi nota cierta urgencia.

—Vueltas, ¿a qué? —le pregunta, aunque lo sabe. Claro que lo sabe.

—Elena Aldama.

Santi cierra los ojos. La sola mención de su nombre ya le fatiga.

—Ha sido un día horrible, Berta. Todo se me ha venido encima.

La pantalla proyecta un breve parpadeo antes de que la voz de Berta resurja, pausada y tranquilizadora, como si realmente estuviera allí, a su lado, en casa. En esa cama.

—¿Le has hecho tú la autopsia?

—¿Quién si no?

—Bueno, se la podrían haber dado a cualquier imbécil.

La misma Berta de siempre, piensa Santi. Aguda, precisa. Despiadada cuando hace falta.

—¿Segunda muerte de un magnate televisivo en tres días? —contesta él—. No. No se van a arriesgar.

—No he encontrado los resultados en la prensa, ni en las redes. No se ha filtrado nada. ¿Qué has encontrado en la autopsia?

—Muerte natural.

—¿Nada raro?

—No, nada raro —repite, firme—. Muerte natural.

—¿Crees que podrían encontrar alguna otra cosa?

Santi está agotado. Lo último que quiere ahora es tener esa conversación. Aunque sea con Berta.

—No. No van a encontrar nada.

—Pero nadie creerá que es una coincidencia. Dos de los directivos de televisión más poderosos de España, muertos en tres días. ¿No ve la gente ahí un patrón extraño?

—Berta, no siempre hay una explicación oculta. Sabes cómo es esto; las personas mueren, y la edad no ayuda, ni el estrés al que se someten. El cuerpo... simplemente colapsa.

—Pero es que parece tan obvio... Elena y Carlos, los dos tan pronto, tan... no sé...

—Te obsesionas demasiado con las cosas.

—Pero... ¿y si...?

Santi respira hondo, llenando el vacío que deja la pausa. La voz de ella siempre tiene una manera de hacer que los fantasmas vuelvan a la vida.

—Berta. Ya. Déjalo. Estoy haciendo lo que tú siempre me pedías: no cargar con todo el peso de la vida. Emma ha cambiado mi percepción del mundo. Y a ti... a ti te echo tanto de menos. —Santi respira hondo, dejando que el silencio llene los huecos entre sus palabras—. A veces me pregunto que si te hubiera escuchado más —dice, con una voz cargada de una melancolía difícil de descifrar—, si te hubiera mirado más, las cosas serían distintas.

—¿Qué cosas? —pregunta Berta con tono calmado, como si se hubiera vuelto inmune al peso de lo que él siente.

—Todas —murmura Santi, mientras su mirada se pierde en la oscuridad de la habitación.

—No todas. Yo nunca dejaré de estar enamorada de cada rincón tuyo.

Santi cierra los ojos, apretando los labios para contener algo que no se atreve a nombrar.

La pausa que sigue es larga, demasiado larga, y la respuesta de ella llega al fin con una perfección que debería tranquilizarlo, pero que lo inquieta. Es Berta la que rompe el silencio.

—Eso hacemos cuando amamos, Santi. Nos convertimos en espejos.

Él pasa la mano por su cara, agotado. Igual todo esto no es una buena idea. Igual es el momento de rendirse. Pero entonces llega la madre de su hija y dice las palabras precisas en el momento preciso.

—No estás solo. Sabes que siempre estaré aquí, ¿verdad? Sabes que siempre puedes hablar conmigo...

—Lo sé. Hablar contigo..., aunque sea sobre tonterías..., me ayuda a organizar mis pensamientos. Es curioso, ¿no? Todo esto.

—No es curioso, Santi. Simplemente estamos unidos de una forma que trasciende a cualquier cosa.

—Te has pasado años intentando obligarme a dejar ir las cosas.

—Y a centrarte en mí.

—Y a centrarme en ti.

—A estar, a quererme.

Santi se atraganta con una tristeza gigantesca, que se le queda atrapada en algún espacio entre la garganta y el corazón.

—Lo siento, no quería hacerte daño. —Berta se da cuenta demasiado tarde de lo que significan sus palabras—. Por favor, no quería hacerte daño. Por favor. —Pero al otro lado solo hay silencio—. Dime algo, Santi.

—Estoy cansado.

—Lo sé, mi amor.

—Quizá... quizá es momento de dejarlo todo.

—Eso solo puedes decidirlo tú. Pero, de momento, y antes de tomar cualquier decisión, duerme un poco. Te quiero. No lo olvides nunca.

El tono de Berta es suave, casi como un susurro que acaricia, antes de colgar.

Santi se queda en silencio, mirando la pantalla. Preguntándose si este es el error más grande que ha cometido en su vida.

38

Un año y medio atrás

Berta miraba por la ventana contemplando el mapa de las personas que se movían bajo sus pies como hormigas mariposeando sobre el asfalto de la calle. Eran las ocho y dos minutos de la mañana. Sonó una alarma en el móvil, y solo podía significar una cosa: las audiencias. Dudó si mirarlas o esperar. Incluso, ignorarlas. Pero, al final, le pudo la angustia. Actualizó la web de Kantar, nerviosa. Enseguida aparecieron los datos del día anterior. Soltó de repente todo el aire de sus pulmones, como si hubiera estado guardando en ellos las ganas de vivir. Eran buenas noticias. Habían empatado con las tardes de la competencia. Compartió una captura de pantalla en el chat de la redacción y las felicitaciones empezaron a volar. En lo bueno y en lo malo. Seguían formando un gran equipo.

—Buenos días. —Berta fijó la mirada en la cámara. Seria. No solía dar largos discursos al inicio del programa, y menos, en ese tono—. Hoy estoy enfadada, se lo tengo que confesar. Enfadada porque una supermodelo con millones de seguidores acaba de decir en una entrevista que no cree en la medicina tradicional y que se está tratando su cáncer de pecho con terapias alternativas. ¡Terapias alternativas! —Elevó la voz, enfática, con los codos apoyados en la mesa, inclinándose hacia la cámara tres, la que da su plano corto, de la cabeza al pecho—. Y que le funciona. Ya hay miles de mensajes apoyándola. ¿Cuánta gente morirá por seguirla? Porque sí, el resultado de decir estas cosas son muertes. La enfermedad nos desespera, y más una como el cáncer. ¿Se imaginan ustedes cuánta gente va a imitarla, dejando la quimioterapia, y va a perder cualquier posibilidad que tenía de salvarse? Lo que acaba de hacer esta supermodelo es una completa irresponsabilidad. Recuerden, es la ciencia la que salva vidas, no los zumos de vitaminas ni las meditaciones zen.

Berta no había escrito la intro de entrada al programa. No quería discutir con su directora. No quería discutir con la productora. Ni con la cadena. Sabía que si proponía tratar el tema, ellos la iban a obligar a entrevistar a personas que aseguraban que el cáncer se cura con infusiones de café en el intestino grueso. Y no estaba dispuesta a sentar en la misma mesa a charlatanes y a científicos.

En plató, todo el mundo se quedó callado.

Hubo un silencio incómodo que desde casa no se percibió, porque el realizador, rápido, metió la cabecera del programa, un vídeo de quince segundos con imágenes de ella corriendo por las calles de varias ciudades de España y una música bailonga de fondo. Le horrorizaba. Pero...

El ritmo absurdo de la sintonía chocaba con la gravedad de lo que había contado. Y con la gravedad de lo que iba a contar.

—Pues empezamos ya —dijo Berta, en cuanto volvió a verse pinchada en pantalla—, y lo hacemos con un nuevo caso de violencia de género. Una mujer ha sido brutalmente agredida por su marido, y está en coma en el hospital, con una puñalada en el pulmón y traumatismo craneal severo, además de múltiples heridas en el cuerpo.

—Perdona —la interrumpió uno de los contertulios, Claudio Epifanía, con tono condescendiente—, los vecinos cuentan que estaban siempre peleando, que ella también era de armas tomar.

—¿Qué quieres decir con eso? —preguntó otra tertuliana, incómoda.

—Pues que todo fue una pelea entre los dos. Una pelea que ha terminado mal. Él también tiene heridas por todo el cuerpo.

—Oye, Claudio —Berta trató de no sonar enfadada. Habló con calma—, eso sí que no. Vamos a contar las cosas tal y como han sucedido.

—Pues eso —se reafirmó, con cierta chulería—. Una pelea de matrimonio en la que los dos salieron heridos, uno de más gravedad. Ha sido ella como podía haber sido el marido el que ahora estuviera en coma en el hospital. Es que estamos engañando a la población. Estamos ocultando el número de hombres asesinados por sus mujeres. Las mujeres también nos matan, pero de eso no se habla, porque entonces se caen todos los chiringuitos feminazis.

—Claudio, decenas de mujeres son asesinadas cada año por sus parejas o exparejas en España —trató de razonar Berta—. De media, una a la semana.

—Que no me cuentes cuentos, que eso es lo que queréis las feministas que se sepa, las mentiras que os inventáis. Pero bien que ocultáis que también sois asesinas. Que vosotras también matáis a vuestros maridos. Y violadoras. Que también hay mujeres violadoras. ¿Y a que no habéis oído hablar de ellas? Pues existen. ¡Ah, y lo peor también! Las que nos acusáis en falso de tocaros, de violaros o de maltrataros. Que nos estáis destrozando la vida a los hombres. Que ya no se puede subir en un ascensor solo con una mujer.

—Claudio, escucha... —trataba de razonar Berta.

—No, escucha tú. —No la dejaba hablar—. El poder *woke* lo oculta.

—Claudio, vamos a poner los datos sobre la mesa.

—¿Qué datos? Si el Gobierno nos miente y lo oculta. Es más, todo forma parte de un boicot global para arrinconar a los hombres. Para borrarnos. —El tertuliano hablaba cada vez más alto, la sangre le subía a la cara, se le marcaban las venas del cuello.

—Claudio, por favor. —Berta estaba desesperada, pero por el pinganillo escuchó a Jorge Cuervo, el productor ejecutivo del programa, que le había arrebatado el control a la directora: «Déjale hablar, no le cortes, que eso da audiencia, es maravilloso, déjale hablar».

—No nos vais a callar. Es hora de ponerse en pie. Los hombres, pero también las mujeres que están con nosotros y que han vivido asustadas, con miedo a decir lo que piensan. Obligadas a ir a trabajar cuando lo que quieren es quedarse en casa cuidando de su familia.

—De lo que se trata es de que cada persona sea libre para decidir —apuntó otra contertulia, una psicóloga.

—Sí, claro. De eso se trata, de decidir. Pero ¿cuántas mujeres van a trabajar cuando lo que querrían es quedarse en casa, solo porque está mal hacerlo?

—Epifanía —interviene otra contertulia, en tono de humor, para rebajar la tensión—, a todos nos gustaría tener vacaciones permanentes, pero míranos, hay que trabajar.

—Claro —escupió él—. No me lo trago. Todo esto es vuestra agenda. Igual que con las armas. Estamos dejando que los inmigrantes violen a nuestras hijas sin poder defenderlas.

«Fantástico, fantástico —volvió a gritar Cuervo por el pinganillo. A Berta le daba asco escucharlo—. Déjalo, que nos haremos virales. Me encanta. Me encanta. Que siga hablando. Tú no le interrumpas».

—¿Por qué no puedo tener una pistola en mi casa para defender a mi familia? ¡Quiero defender a mi familia! ¿Por qué se me está negando ese derecho? —Claudio era vehemente.

«Maravilloso, maravilloso, déjale que se enfade, es oro puro. —A Berta le parecía una barbaridad lo que le estaba diciendo el productor ejecutivo del programa, pero no podía hacer gestos extraños ante la cámara—. Déjale que hable de las armas. Esto es fantástico. Cuanto más, mejor».

—¿Por qué no podemos defendernos de los inmigrantes que vienen a robarnos el trabajo y a violar a nuestras mujeres? —seguía diciendo Epifanía—. Que nos dejen tener armas en casa. Tengo todo el derecho a no permitir que violen a mi hija. A ver..., ¿qué padre no quiere defender a su hija de unos bárbaros?

Mientras el contertulio hablaba, Berta se dio cuenta de que leía algo en el móvil. De reojo, observó que eran mensajes de WhatsApp. Y vio el remitente: Aurelio Espina, secretario general de Vamos España. Era el momento de cambiar de táctica.

—Claudio, ¿puedo hacerte una pregunta? —le interpeló, con voz suave, despistándolo.

—Claro. —El contertulio pareció desconcertado por el tono—. Tú eres la jefa —respondió meloso, pero cauto.

—Al programa vienes siempre con un montón de temas, y un montón de opiniones. Como ahora. —Berta esbozó una media sonrisa—. Sueles traer argumentos de debate que no habíamos puesto sobre la mesa en la escaleta de actualidad. Como este de las armas. A veces me pregunto de dónde los sacas.

—¿Cómo que... de dónde los saco? —respondió, un poco perplejo.

—Sí, de dónde los sacas. —La voz de Berta seguía siendo envolvente—. Lo de las armas, por ejemplo, ¿cómo se te ha ocurrido?

—Pues... —dudó— es algo lógico. ¿No? Todos tenemos derecho a defendernos. Estábamos hablando de una mujer ingresada en estado grave en un hospital. Otras mujeres pueden defenderse de..., por ejemplo, un violador, si tienen una pistola.

Haciendo trampas siempre se gana al Monopoly. Berta suspiró. Trató de que no se le notara.

—Pero no estábamos hablando de eso.

—¡Ah! Claro. —Epifanía empezó a ver la trampa que había en aquello. Y sacó el comodín de la censura—. Que aquí no hay libertad de expresión —fingió indignarse. Era una de sus señas de identidad. La indignación sobreactuada que quería aparentar una inteligencia superior fingida, forzada y deficiente—. Me olvidaba de que hay temas que no se pueden tocar. —Hacía gestos exagerados con las manos.

—Claudio, aquí no censuramos a nadie, estás hablando de lo que quieres —trató de explicarse Berta—. Y el debate de las armas lo tenemos cuando quieras.

—Afortunadamente —siguió, sin hacerle caso—, tengo mis canales privados de difusión, donde mis seguidores saben que decimos siempre la verdad —miró a cámara—, esa verdad que los medios y la mayoría de los políticos nos queréis ocultar. Somos los guerreros que limpiarán España de la basura que nos invade.

Cuando tipos como Claudio Epifanía entraban en bucle era mejor no seguirles el juego. No había manera de razonar con ellos. Pero sí que quizá, esa tarde, hubiera una bala de plata.

—Es que me ha sorprendido una cosa. —Berta procuró seguir calmada y serena—. Tienes el móvil aquí, encima de la mesa. No quería ser cotilla, pero el tamaño de letra es enorme y..., perdona, pero acabo de ver, sin querer, un mensaje que te ha enviado Aurelio Espina.

Claudio palideció.

Berta supo que tenía razón. Pudo ver los engranajes de su cerebro colapsando. Era incapaz de reaccionar. Solo balbuceaba.

—Tú... tú...

—Yo... —prosiguió, midiendo cada sílaba de lo que iba a decir a continuación—, la verdad es que me ha sorprendido bastante que lo que estás diciendo coincida palabra por palabra con lo que él te está escribiendo en mensajes a tu teléfono.

—¿Cómo te atreves?

Berta ya había comenzado. No podía detenerse. No en ese momento.

—No digo que te esté dando órdenes, no me malinterpretes, ni se me ocurriría. —Le sonrió—. Eres un reputado tertuliano de este país. Pero considero que, si vas a repetir lo que el secretario general de Vamos España te está escribiendo, es mejor que nos lo cuente él en persona, directamente. Estaremos encantados de tenerlo en el programa y que, de paso, responda a nuestras preguntas. De hecho, le hemos invitado varias veces y no ha podido venir. —Berta seguía tranquila, al menos, en apariencia, porque en realidad le habría gustado gritarle que era un puto vendido que se dedicaba a ensuciar esta profesión cavando trincheras políticas y colocando en los programas los temas que quería un partido. Pero siguió adelante con su tono amable y le preguntó—: ¿No te parece, Claudio?

A Epifanía solo le quedaba una salida, la de los cobardes que han sido pillados en medio de su mentira. Atacar.

—Pero... pero... —Se puso en pie, indignado, en un gesto teatral, exagerado, calculado para que cada movimiento reforzara su papel de víctima, como si su honor hubiera sido mancillado ante millones de espectadores—. ¿Qué haces espiándome? ¿Dónde se ha visto que se espíe el teléfono de un periodista? Claro, espera... —Abrió mucho los ojos, como si hubiera recibido una revelación mística—... Eso pasa en una dictadura comunista. Pero no me lo esperaba de ti. Ya me lo habían advertido y yo no quería creerlo. Aquí os quedáis. —Soltó los papeles con dramatismo sobre la mesa—. Yo solo voy donde me dejan hablar con libertad. Queridos seguidores —miró a cámara—, nos vemos en Epifanía Española en YouTube y en mi canal de Telegram. Se acabó estar en programas que solo mienten.

Con un gesto torpe se quitó el micrófono, metiendo la mano dentro de la camiseta para sacarse el cable, dejándolo caer sobre la mesa y marchándose con sonoras zancadas postizas y fingida dignidad.

—¿Qué esperabas? —Iluminada dejó la taza de café sobre la mesa del salón de su amiga—. Los medios están cada vez escorándose más políticamente. Y tu nuevo jefe y la productora de tu programa tienen íntimos amigos políticos, por decirlo suavemente. —Miró a Berta directamente a los ojos—. ¿De verdad creías que te iban a dejar trabajar con libertad?

—Eso... eso creía.

La carcajada de Iluminada resonó en las paredes.

—Eso creías —repitió—. Perdona, pero a veces hay que darse de hostias con la realidad.

—Pero, hasta ahora...

—Todo ha cambiado. Y yo ya no estoy para formar una burbuja a tu alrededor, a vuestro alrededor. Ya ves cómo ha acabado, con los franceses vendiendo el canal a un millonario con intereses económicos y, por lo tanto, políticos.

—Ya, ya lo sé, pero no creí que lo harían tan evidente. Que Cuervo me ha metido en un despacho para decirme, bueno, para exigirme, que llamara a Claudio Epifanía, le pidiera perdón por mi actitud, ¡por mi actitud!, y le rogara que volviera al programa. ¿Te lo puedes creer?

Iluminada bajó la cabeza. Asintiendo.

—Claro que me lo creo. Claro. —Levantó la cabeza para mirarla fijamente—. Berta, estás en un momento delicado, en una posición débil.

—Pero si las audiencias...

—No hablo de las audiencias. Sé que has remontado el programa. Hablo de los que mandan.

—Igual tienen razón.

—¿Cómo que igual tienen razón? No. Esa no es mi Berta. Mi Berta se pone en pie, coge aire y lucha. Joder, que te han pasado cosas horrorosas en la vida. Y mira, aquí estás.

—Creí... —balbuceó—... Creí que no iba a ser así... o que... —dudó qué decir— podría.

—¡Berta! ¿En serio creías que ibas a poder con una maquinaria perfectamente engrasada para lanzar el mensaje político que más les conviene en cada momento?

—Pero el periodismo...

—¿El periodismo? ¿El periodismo, amiga? —Suspiró—. El periodismo sois unos pocos guerreros que todavía resistís a las presiones políticas y económicas. Y a los bulos. Es muy jugoso hacerse millonario gracias a los bulos.

Berta no respondió. Porque sabía que su amiga, y antigua jefa, tenía razón.

—Y lo peor —prosiguió Iluminada— es que no te lo han quitado todo todavía. Pero ve armándote. Porque lo van intentar.

Berta se quedó mirando su taza de café ya fría, con la sensación absurda de que alguien acababa de apagarle la luz del alma.

39

La farmacéutica tenía una cara que inspiraba confianza. Simpática, acogedora. Como el local que regentaba, con un maravilloso mueble de botica antigua que dominaba la pared tras el mostrador, ocupado por decenas de cajones con inscripciones casi borradas, como recuerdos de otro siglo. Mientras Berta esperaba a que la atendieran, se entretuvo tratando de completar las palabras a través de las letras que aún se adivinaban. *Aqua Rosae. Potassii Bromidum. Radix Glycyrrhizae. Unguentum Sulphuris.* O eso creía.

—Ya estoy contigo —sonrió la mujer.

—Buenos días —la saludó Berta mientras buscaba en su cartera la tarjeta del Servicio Madrileño de Salud.

La farmacéutica le sonrió con complicidad. No había más clientes, pero, si los hubiera, Berta sabía que metería la medicación en una bolsa opaca, por discreción.

Hacía casi un año que empezó a ir a esta farmacia, lejos de su casa, lejos de la tele. A medio camino de todo. Era irracional, lo sabía, pero le daba vergüenza que en su farmacia de siempre supieran que estaba enferma. Tenía cuatro mostradores, turnos rotatorios y mucha gente siempre. Demasiados ojos. Demasiados teléfonos con cámaras. Demasiados coladores a la indiscreción. Aún no estaba lista para decirlo, ni siquiera para insinuarlo.

Allí, en cambio, apenas cabían dos clientes. Era perfecta.

—Vamos a ver qué le toca hoy. —La farmacéutica, una anciana que tenía edad para haberse jubilado tiempo atrás, le sonrió con complicidad. Conocía a todo el barrio y sabía que Berta no era de allí. Sin decir nada, tomó la tarjeta azul con la mano izquierda y la pasó por el lector. Frunció el ceño. Lo intentó varias veces.

—No tiene nada —le dijo a Berta.

—¿Cómo que no tengo nada?

—No... no me aparece su medicación. —Le hablaba de usted. La costumbre. Eran muchos años tratando de usted a cada persona que entraba por la puerta de su pequeña botica.

—Pero, no entiendo. Ya no me quedan pastillas ni para hoy.

—¿Le han cambiado el tratamiento? A veces tarda un poco en salir en el sistema.

—No. No he ido al médico. —Debería, se dijo, pero se le había pasado. O quizá lo había dejado pasar.

—Pues es que... —La mujer volvió a introducir la tarjeta, cambiándola de posición, pero su cara era la de un intento inútil, la de quien ya sabe que no iba a funcionar—. Imposible —sentenció, finalmente—. ¿Cuánto hace que está con este tratamiento?

Berta pensó, contando con los dedos sobre el aparador de madera.

—Pues, diría que casi un año.

—Ahí está —sonrió la anciana—. Un año, entonces. Los enfermos crónicos deben renovarla con su médico cada doce meses. Es un protocolo de seguridad, para que no se produzcan abusos.

El nerviosismo de Berta empezó a colarse en su voz. Miró hacia la puerta, temiendo que alguien entrase.

—No lo entiendo.

—Es para evitar que la gente siga llevándose medicamentos que ya no necesita. No se puede hacer una receta a largo plazo. El periodo máximo es de un año.

—¿Y qué tengo que hacer?

—Ir a su médico. Solo tiene que reactivar la prescripción en el sistema de receta electrónica. Son cinco segundos.

—Vale. ¿Me puede ir adelantando las pastillas?

—No.

La respuesta de esa mujer, tan cálida y amable, dejó fría a Berta.

—¿No?

—De verdad que lo siento —se disculpó la farmacéutica—. Sin receta no puedo hacer nada. Y menos, en este tipo de tratamientos. El sistema no me deja dispensarlos.

—Pero... pero... ¿y si... —Berta bajó la voz— y si me da un ataque? No puedo estar sin mi medicación. La necesito.

—Lo sé, pero esto no es un ibuprofeno. Esto que toma usted es muy serio. Para uno de los fármacos que recoge hace falta incluso presentar el DNI.

—Por favor. —La voz de Berta temblaba, cargada de súplica—. ¿Para qué querría yo estas pastillas si no las necesitara?

—Ay, querida, si supiera lo que he oído aquí en todos los años que llevo regentando esta farmacia. Daría para una serie. Y de muchas temporadas. Pero, de verdad, créame, no puedo ayudarla. Sé quién es. Sé que está enferma. Y sé que tiene que tomar su medicación cada día. Pero necesito que aparezca en el sistema. Vaya a su médico y se lo hará enseguida. Hoy mismo.

Berta salió de la farmacia sintiendo que le faltaba el aire. Caminaba rápido, intentando no parecer afectada, pero por dentro estaba al borde de las lágrimas. Probó en otras dos farmacias. En ambas recibió la misma respuesta: sin receta, no hay medicación.

Ya en casa, se peleó con la aplicación de la Comunidad de Madrid que gestionaba las citas médicas *online*. Tenía que ser sencillo. Necesitaba la medicación. Seguro que con una llamada sería suficiente. Ni siquiera le haría falta ir al centro de salud.

Pero no había nada. Su doctora no tenía fechas disponibles durante las siguientes cuatro semanas. Ni un hueco. Desesperada, llamó al centro de salud. Una llamada tras otra. Pero no consiguió que nadie descolgara el teléfono.

Gritó de coraje.

Estaba aterrada. ¿Y si...? ¿Y si le daba un ataque?

Sin pensar, abrió la aplicación X —ella seguiría llamándola Twitter siempre— y escribió un mensaje como quien lanza una bengala en mitad del océano. No esperaba una respuesta. Solo que alguien, en alguna parte, viera que se estaba ahogando.

> *Por favor, @comunidaddemadrid y @saluddemadrid, habilitad un teléfono de emergencias para enfermos crónicos, para que podamos reactivar nuestras recetas sin tener que esperar semanas a que nos puedan ver en el centro de salud. Si no, alguno morirá por falta de medicamentos.*

Tiró el teléfono con rabia. Aterrizó en la alfombra, al otro lado del salón. Emma, dormida en el sofá, se removió, pero no se despertó. Berta la observó y sintió una punzada de miedo. ¿Y si le pasara algo?

No a Emma. No.

A ella.

A la mañana siguiente sonó el teléfono. Un número largo, de esos de centralitas de publicidad. Berta estuvo a punto de no cogerlo. Pero nunca se atrevía. ¿Y si era importante? Al otro lado, la voz le sonó familiar.

—¿Qué has hecho esta vez, Berta? —La mujer no la estaba riñendo, era más bien jovial, como la broma de una amiga por la metedura de pata de la otra.

—¿Mónica? —se quiso cerciorar Berta.

—Sí, soy yo.

—Ay, qué bien, Mónica. Por Dios, reactívame la medicación, por favor. No me dejan retirarla de la farmacia, y ayer me tomé las últimas pastillas. Ya sé que he tardado, que debería ir a la farmacia días antes de que se me acabaran, pero, pero, pero, es que no me da la vida. Por favor, Mónica, dame la medicación, tengo miedo —dijo, de carrerilla, trabándose en algunas sílabas.

—Claro, tranquila. —La voz de la doctora era pausada—. Dame un minuto. —Mientras escuchaba teclear a su doctora, la angustia de Berta fue disminuyendo un poco—. Ya está. Ya puedes ir a la farmacia.

A Berta se le escapó un suspiro eterno. Se juró que no le volvería a suceder.

Pero, cuando la angustia pasó, su cabeza se dio cuenta de otra cosa.

—Mónica —no podía dejar de darle vueltas a algo que acababa de atravesarle el cuerpo, como un punzón—, ¿cómo sabías que necesitaba hablar contigo? En la *app* no me dejaba coger cita. Ni me respondían al teléfono en el centro de salud. ¿Por qué me has llamado? Pasa algo.

—Te llamo... —Ahora era la doctora la que parecía dudar—... te llamo para avisarte.

—¿Avisarme? ¿De qué?

—Pues de que me han llamado de la Administración, preguntando por ti.

—No lo entiendo.

—Me acaban de llamar de la Comunidad de Madrid preguntándome si es verdad que tienes una enfermedad crónica y cuál es. ¿Se te ocurre por qué?

A Berta le dio un salto el corazón.

—Y... ¿y tú qué les has dicho?

—¿Qué les voy a decir? —La duda pareció ofender a la doctora—. Pues que se vayan a tomar por saco. Que esa llamada era ilegal. Y que lo que me estaban pidiendo, más ilegal todavía.

—Pero... —Le había cogido tan por sorpresa que todavía estaba intentando procesar las implicaciones de lo que le estaba contando su doctora.

—Berta, ten cuidado, por favor. Solo llamo para avisarte. Se han tomado la molestia de saber quiénes somos tus médicos, y, al menos a uno de nosotros, llamarlo. No solo eso, además, han tenido la desfachatez de preguntarme si eras una enferma crónica y qué enfermedad tenías, cuando todos esos datos son secretos, no solo por el código ético y secreto médico-paciente, sino también por la Ley de Protección de Datos.

Berta encajó todas las piezas. El tuit. Acababa de convertirse en una periodista incómoda para el Gobierno regional. No se preocupó demasiado, no en ese momento, al menos. Ser incómoda con el poder era su trabajo. Las comunidades autónomas, el Gobierno, los ayuntamientos... El periodismo tenía que servir como fuerza de control sobre los políticos. De cualquier partido.

Así que no se preocupó demasiado. No, al menos hasta que un día vio por uno de los pasillos de la tele a un directivo del canal, acompañado de una mujer que le sonaba mucho. A lo lejos diría que era... Pero no. No podía ser. No habrían cometido esa imprudencia.

—¡Hola, Berta! —la saludó él—. ¡Qué bien encontrarnos! Te iba a llamar, pero así es más natural, ¿no crees? Te presento a nuestra nueva directora de programas.

Berta la miró.

La mujer le sonrió como un caimán, con una de esas sonrisas impávidas de los monstruos que van a devorarte y disfrutarán haciéndolo.

—Encantada, Berta. —Le tendió el brazo, para darle la mano—. Te seguía la pista desde hace tiempo.

Te seguía la pista desde hace tiempo.

Cómo no. Ella. La mujer del presidente de la Comunidad de Madrid. El tuit sobre los enfermos crónicos. La llamada a su doctora.

Los intentos de saber de ella y su enfermedad tanto como fuera posible. Porque si era fingida, si había escrito el mensaje solo para molestar políticamente, iban a machacarla. Mentirosa. Mentirosa. Mentirosa.

Eso lo tenía asumido. Pero ahora... ahora esa mujer tenía poder real sobre su trabajo. Y, aunque solo era «la esposa de», Berta sabía lo que se le venía encima.

De repente se sintió pequeñita. Incapaz de devolver el golpe. Solo pudo sonreír y tenderle también la mano, para estrechársela con amabilidad.

Ahora ya solo se trataba de saber cuánto tiempo sería capaz de aguantar allí. Y qué le harían y cómo se lo harían para que se fuera de la forma más humillante posible.

40

Óscar llegó a casa pasadas las nueve. Santi lo oyó entrar sin moverse del sofá, con la vista fija en un informe en el que llevaba horas sin avanzar. El sonido de las llaves, el roce de los zapatos al soltarse, la bolsa del supermercado dejada con cuidado sobre la encimera. Rutinas que compartían desde hacía meses. Que deberían sonar a hogar. Y, sin embargo, aquel día —como tantos otros últimamente— sonaban a lejanía.

—¿Qué tal la guardia? —preguntó Santi, sin levantar la cabeza.

—Una mierda —respondió, él, seco, dejándose caer sobre una de las sillas de la cocina—. Se nos ha muerto una cría de veinticuatro años. Parada cardíaca. No sabíamos ni por dónde empezar. Un reto de internet de comer gusanos.

Santi asintió en silencio. No dijo «lo siento». No dijo nada. Se limitó a pasar la página del informe, como si el peso de lo que acababa de escuchar fuera uno de tantos datos más en su universo aséptico de forense.

Óscar se levantó. Fue al baño sin decir nada más. Santi oyó el chorro del agua al abrir la ducha y, unos minutos después, sus pasos descalzos regresando.

—¿Vienes? —preguntó desde el marco de la puerta, ya sin camiseta, con el pelo húmedo cayéndole sobre la frente.

Santi dejó el informe en la mesa, sin pensárselo mucho, como si esa invitación fuera la única ancla posible esa noche. Caminó hasta el baño sin hablar. Sin pensar demasiado. Solo siguió el gesto.

Dentro, el vapor ya empañaba el espejo. La ducha estaba abierta. Entraron juntos. El agua caliente que caía sobre la piel no borraba el día, pero sí lo callaba un rato. Se besaron con ansia contenida, como si ambos intentaran llenar el hueco que no sabían cómo nombrar.

Follaron en la ducha como si les fuera la vida en ello. Como si el agua pudiera redimirlos. Como si en el cuerpo del otro aún fueran capaces de encontrar algo parecido al refugio que tanto necesitaban.

No dijeron nada. Solo se buscaron con los dedos, con la boca, con los cuerpos mojados resbalando uno contra el otro. Óscar le mordió el cuello. Santi lo apretó más fuerte de lo necesario. Ninguno de los dos pidió perdón. Ninguno lo sintió.

Cuando terminaron, Santi reposó la frente contra la fría cerámica de la pared. Óscar lo rodeó por detrás y le apoyó la barbilla en el hombro.

—¿Estás bien? —preguntó, casi en un susurro.

Santi tardó unos segundos en abrir los ojos, en recordar dónde estaba. En volver.

—Estoy cansado —dijo al fin.

—Ya —respondió Óscar, y hubo una pausa—. Yo también.

Ninguno dijo «te quiero».

Después, se secaron por separado. Se vistieron en silencio. Santi volvió a su informe. Óscar, al dormitorio. Cuando apagó la luz, Emma lloró desde su cuarto. Su padre no se movió.

Fue Óscar quien se levantó a consolarla.

Desde la cocina, Santi escuchó su voz suave calmando a la niña, ese tono íntimo y cálido que tantas veces había usado con él. Y por un segundo sintió celos. Celos de algo que no podía nombrar. Que no era amor. Ni ternura. Era otra cosa. Algo que estaba naciendo entre los escombros de una historia que aún no se había derrumbado del todo.

41

Hoy

El comunicado de prensa, porque si eres poderoso como Elena Aldama y te mueres, hay que emitir un comunicado de prensa, es un ejercicio de ambigüedad magistral. Dos párrafos de frases interminables llenas de subordinadas empalagosas, adjetivos rimbombantes y nombres huecos que pretenden llenar el vacío de contenido.

Una coreografía verbal para encubrir el desastre. Un churrigueresco frenético sobre un edificio que se cae a trozos.

> Desde el equipo humano que formamos el Grupo Ilusiona Producciones lamentamos profundamente el repentino y trágico fallecimiento de nuestra fundadora, Elena Aldama, una de las pioneras en la industria televisiva, a cuya modernización, evolución y progreso contribuyó de forma significativamente principal, siendo precursora en el cambio que la industria audiovisual ha experimentado en España en las últimas décadas, habiendo contribuido de forma tremendamente impactante a la mejora de la sociedad del país, que ha evolucionado de forma paralela al gigantesco cambio televisivo del que Aldama ha sido actor fundamental.

Etcétera. Etcétera. Etcétera.

Pero el morbo no entiende de condolencias pomposas, ni la realidad de atender a notas de prensa. Las imágenes de la muerte de Aldama, convulsionando en el aparcamiento, siguen circulando por las redes sociales como fuego sobre gasolina. En la productora saben que la situación es insostenible: la emisión de cada uno de sus programas quedará indefectiblemente empañada por esos vídeos. Así que contactan con uno de los gabinetes jurídicos más caros y prestigiosos del país, especialista en atajar problemas cuya solución no se puede escribir en ningún manual de uso, y que necesita de influencias, favores y dinero; no para resolver, sino para enterrar. Con toneladas de tierra, décadas de silencio y una abultadísima factura.

—¿Hay alguna forma de parar la avalancha de vídeos? ¿Podemos demandar a los que los comparten? —pregunta Jorge Cuervo, que quiere empezar a llevar la delantera desde el primer instante.

—Se puede, pero... —contesta uno de los socios fundadores del bufete de abogados—, es largo y difícil. Podríamos estar años con el asunto. Es muy difícil.

—¡Lo que faltaba! —grita Cuervo al otro lado de un teléfono en manos libres. Junto a él, el consejo directivo de Ilusiona Producciones está al borde de un ataque de nervios.

—He dicho difícil —se le nota la sonrisa a través del teléfono—, no imposible. Todo se puede, con nuestros contactos. Y con presupuesto suficiente.

Como siempre.

—¿De qué cantidad estamos hablando? —quiere saber Cuervo, mientras los miembros de la junta se miran. Una mujer con chaqueta fucsia carraspea, incómoda. El joven director de comunicación no se atreve a respirar.

—Ay, verán, no me gusta hablar de esas cosas. —El abogado deja escapar una ligera carcajada, como si mencionar cifras fuera algo vulgar. Personas como él dan el dinero por descontado. Los que bajan al barro son sus subordinados—. Los presupuestos se los dejo a mi equipo, que hará una valoración de la carga de trabajo, las horas y, por supuesto, los favores que tendremos que pedir. Aunque ya les puedo avanzar que así, a simple vista, serán muchos. Parar una emisión televisiva con un burofax no es demasiado difícil, solo hace falta un juez que coopere, o la amenaza plausible de un juez que lo hará. Pero para las redes sociales hay que usar técnicas más sofisticadas.

—¿Cómo de sofisticadas? —Cuervo se esfuerza en mantener la calma, ahogado por las miradas nerviosas de sus compañeros del consejo de administración. Ahora mismo, los echaría a todos de allí. Panda de chupópteros.

—Hablemos de dos frentes. El primero, los usuarios que difunden el contenido. Un comunicado anunciando acciones legales será suficiente para disuadir a algunos, pero no a todos. Contra los que persistan, habrá que aplicar medidas más invasivas..., digamos que al filo de lo legal. «Llamar a sus ordenadores», por así decirlo, y asegurarnos de que entienden el mensaje.

—¿Y el segundo frente? —insiste.

—Las plataformas. Si sabes con quién y cómo hablar, puedes limitar la expansión del contenido. Otra cosa son las páginas de pseudomedios que viven de esas polémicas. Para eso está el tercer nivel: lo invisible.

—¿Lo invisible?

El abogado sonríe. Lo hace siempre en este punto, justo cuando sabe que los tiene donde quiere.

—Me refiero a hacer invisible el contenido. Las páginas seguirán ahí, técnicamente accesibles, pero nadie sabrá cómo llegar a ellas.

—¿Y cómo funciona eso? —pregunta, fascinado y confuso al mismo tiempo.

—Es sencillo. Piense en cómo encuentra usted algo en internet: entra en Google y escribe palabras clave, ¿verdad? Por ejemplo, «Elena Aldama muerte», «Elena Aldama vídeo» o cualquier combinación similar. Luego selecciona el apartado de vídeos y el buscador le proporciona enlaces. Lo que hacemos nosotros es romper esa conexión. Que los buscadores no muestren esos resultados. Sin un buscador que los indique, o sin la URL exacta, esas grabaciones son como una aguja en un pajar del tamaño del mundo.

Se produce un silencio en la sala. Los directivos de Ilusiona Producciones están impresionados. Al otro lado del teléfono, el abogado sonríe. Siempre ocurre lo mismo. Gente poderosa que desconoce el funcionamiento básico del mundo digital. Y ahí está él, vendiendo un truco de prestidigitación como si fuera magia negra.

—¿Pero los vídeos seguirán estando ahí? —duda Cuervo.

—Claro, pero ¿quién los encontrará? Hay más URL en internet que granos de arena en todas las playas del mundo. Y con nombres complicadísimos de escribir en la barra del navegador web. Nadie será capaz de llegar hasta ellos.

Los suspiros de admiración son audibles incluso a través del teléfono.

—¿Cuánto tiempo les llevará? —Ya no se molesta en discutir el precio. Están atrapados. Necesitan de manera urgente ese cortafuegos.

—Mi equipo puede empezar inmediatamente. Les garantizo que obtendremos resultados visibles en cuestión de días.

—Hágalo. —La voz de Cuervo suena firme. Su tono de mando no deja lugar a dudas—. No quiero que quede rastro de esas imágenes.

El abogado no responde. No hace falta. Su sonrisa lo dice todo mientras se reclina en su silla de cuero y marca el inicio de otro trabajo por el que cobrará una fortuna. En el mundo de los poderosos, el dinero no es un problema. No se paga por limpiar, sino por enterrar.

La verdadera moneda de cambio son los secretos que se guardan... y los que se borran.

En paralelo, hay que salir a dar explicaciones.

La familia acaba de recibir el resultado preliminar de la autopsia, firmado por un tal Santiago Munárriz. Desde la productora saben que no pueden decir la verdad. Al menos, no la verdad del todo. Con un fragmento, bastará.

Así que contactan con un forense de confianza para poder modelar la narrativa a su favor.

—Cetoacidosis diabética —declara el doctor Carrasco, reunido en un despacho con algunos de los socios—. En el fondo, ha sido eso.

—Mire, doctor, tengo que poner a nuestros presentadores a contarlo en antena, y a nuestros tertulianos a ampliar la información —explica Cuervo—. Es nuestro ejército. Dirán lo que les pidamos que digan. Pero tiene que ser comprensible. Lo tienen que entender ellos, pero, sobre todo, lo tienen que entender los espectadores. La señora de Cuenca. ¿Sabe? Aquí en la tele nos dirigimos siempre a una señora de Cuenca. ¿Cómo se lo explicaría a ella?

El doctor reprime un suspiro. Los de la tele. Que lo demos masticadito. Siempre igual.

—A ver —empieza bajando el tono, para no exasperarlos desde el principio—. ¿Elena era diabética?

Los directivos se miran, despistados. ¿Diabética? ¿Elena era diabética?

—Pero —contesta uno de ellos—, ¿de pincharse y eso?

Joder con el personal. Qué paciencia hay que tener.

—De pincharse, sí. Diabetes tipo 1. Personas cuyo páncreas no produce insulina y necesitan suministrársela al cuerpo externamente.

—¿Insulina? —pregunta la mujer con la chaqueta fucsia.

—Sí, insulina. —El doctor cruza los brazos, harto—. Sin ella, nos morimos.

—Nos morimos —repite, como un robot, otro de los directivos.

—Verán, es la hormona que hace posible que la glucosa entre en las células y puedan usarla como fuente de energía.

—Pero... —añade, desorientado, Cuervo—... Elena nunca había dicho que era diabética.

—Pues, según este documento, lo era. Y eso, en parte, fue lo que la mató. Si es que no quieren contar lo otro.

No. Lo otro no. No querían que se especulase sobre su fundadora en horas y horas de tertulias y revistas. Porque eso es lo que iba a pasar si salía a la luz toda la verdad de lo que había sucedido.

Una hora después, en el plató, las luces están encendidas, y la imagen de Elena Aldama sonriente se proyecta en la gran pantalla de fondo. El presentador estrella toma la palabra, su tono es solemne pero envolvente:

—Nuestra querida jefa era diabética, pero nunca lo utilizó como excusa. De hecho, ninguno de nosotros lo sabía. No se lo había contado a nadie. Era tan fuerte y valiente que no quería que su condición médica afectara a su trabajo. No quería dar pena. Ese tipo de persona era Elena Aldama —narra el presentador estrella del magazín de la mañana—. Elena era valiente hasta ese punto. Fíjense qué ser humano tan excepcional.

—¿Es la causa de la muerte? —interpela un tertuliano, siguiendo el guion preparado por la dirección de la productora.

—Nuestra querida jefa sufrió lo que, en términos médicos, se llama cetoacidosis diabética. Es una subida repentina y brutal del nivel de glucosa en sangre. Por eso se la vio desorientada minutos antes de perder el conocimiento. Seguramente ya dentro de la iglesia lo estaba pasando mal. E, incluso en ese estado, atendió a los periodistas a las puertas del templo. Siempre profesional, hasta el final.

—¿Puede ser que el fallecimiento de Carlos Manso, y el estrés, hayan producido en Elena esa subida de azúcar? —Otra pregunta preparada por la dirección del programa.

—Podría ser —asiente el presentador, fingiendo que se le quiebra la voz—. Elena había estado sometida a mucho estrés, ya sabéis lo cruel que es este mundo de la televisión, lo mal que se pasa sacando programas adelante, poniéndolos en emisión todos los días, mirando las audiencias minuto a minuto, luchando por cada décima de *share*, tratando de entender lo que quiere el espectador. Ustedes ven lo bonito, pero la televisión es un mundo que exige mucho sacrificio.

Un contertulio añade, con estudiada nostalgia:

—Ella nunca paraba. Era incansable. Siempre tenía cosas que hacer, siempre de aquí para allá, con una sonrisa.

—Elena era así —continúa el presentador—. Sabía que muchos trabajos y muchas familias dependían de que ella sacara los programas adelante. Nuestra productora es una de las más exitosas del país, y va a seguir siéndolo, eso os lo garantizo, pero para conseguirlo hay un gigantesco trabajo detrás. Mucha dedicación, mucho esfuerzo. Se dejaba la piel. No concebía otra manera de trabajar. Mira que nosotros le decíamos que delegara, que no se lo tomara todo tan a pecho. Pero no había manera. Siempre al pie del cañón.

—Pero —pregunta el mismo contertulio—, entonces, ¿es el estrés la causa de su muerte?

—Mirad, se lo vamos a preguntar al doctor Carrasco, forense, que nos acompaña en directo desde el hospital de las Cruces. —La pantalla del televisor se parte en dos, dejando ver en el lado derecho al médico que un par de horas antes desgranaba el informe de la autopsia ante los directivos de la productora—. Buenos días, doctor.

—Buenos días.

—Nos preguntan si el estrés puede llevar a una crisis mortal como la que sufrió nuestra jefa.

—En algunos casos extremos, sí —comenta él—. El estrés libera hormonas como el cortisol y la adrenalina, que preparan al cuerpo para una respuesta de emergencia: lucha o huida. En personas diabéticas, este mecanismo puede ser devastador si el azúcar en sangre se dispara y no puede ser regulado. Según los datos del informe, eso fue exactamente lo que ocurrió: niveles críticos de glucosa, cetonas elevadas y deshidratación severa. Fue un encadenamiento fatal de efectos.

—Entonces, ¿es un caso excepcional? —pregunta una periodista, con tono preocupado.

—Totalmente. Nadie debe alarmarse innecesariamente. Las personas con diabetes, siguiendo las recomendaciones médicas, llevan vidas perfectamente normales. Lo de Elena fue una tragedia, una combinación de estrés extremo y condiciones médicas particulares.

Todo bien. Hasta que...

—¿Se descarta entonces la posibilidad de que haya sido un asesinato? —El presentador pega un respingo. ¿Quién ha hablado de asesinato? La directora del programa grita. El público también. Es el contertulio disidente, el radical al que traen como saco de boxeo para que el resto le azote—. Sí, asesinato. Estoy hablando de asesinato.

—Pero, no, no... no utilices esa palabra. —El presentador levanta la voz, colocando el tono justo de indignación en sus palabras, mientras la directora le grita por el pinganillo que lo desmienta tajantemente—. ¿De dónde sacas esa locura? ¡Hemos escuchado al doctor explicar claramente las causas! Ya sabemos cómo... cómo eres..., pero esto que dices traspasa todas las líneas rojas. Es mezquino. Con su cuerpo todavía caliente.

—¿Mezquino? —El disidente no se rinde—. ¿Y si ella hubiera estado en peligro? ¿Y si todo es un plan que empezó por Carlos Manso?

—Que nadie vea fantasmas. Y ya les decimos desde aquí que su legado va a seguir vivo. —El presentador mira a cámara, con seriedad, pero nervioso. Nota el corazón acelerado dentro de su caja torácica y tiene que colocar las manos bien firmes sobre la mesa para que no se note que están temblando—. Quiero tranquilizar a todos los trabajadores y trabajadoras de Ilusiona Producciones. Vamos a seguir con más fuerza aún si cabe. Ese va a ser nuestro homenaje a la mujer que creó la productora. Vamos a seguir ilusionando a los espectadores, llevándoles a casa la televisión que quieren. Elena ha dejado muchas ideas sobre la mesa, y otras nuevas que iremos poniendo en marcha en todos los canales de televisión en los que esta productora emite programas. Aunque nos llena de tristeza y su vacío será irremplazable, seguimos adelante. Más, y mejor.

—Pero hay algunas informaciones que indicarían que en Ilusiona tienen una deuda gigantesca —prosigue el contertulio rebelde—, y que ella personalmente le debía dinero a gente, digamos, no muy recomendable.

—Eso es absolutamente falso. —El presentador vuelve a fingir una indignación que ha ensayado y perfeccionado delante del espejo muchas veces a lo largo de su carrera. Aunque la realidad es que la pregunta le asusta de verdad. ¿Una deuda? ¿Está la productora en peligro? ¿Está su puesto de trabajo en peligro?—. Eso es falso, insisto. Y a quien se le ocurra publicarlo tendrá una demanda como la copa de un pino. —Igual eso de la copa del pino no le ha quedado bien, es vulgar, pero ya está dicho, así que sigue adelante sin cambiar el rictus—. No hay deuda. No hay acreedores. La economía de la compañía está completamente saneada. Y nosotros estamos aquí para hacer televisión, para rendir homenaje a nuestra jefa y para servir a nuestros espectadores.

—Pero —insiste el mismo tertuliano, mientras el director grita por el pinganillo al presentador que lo haga callar— incluso se habla de que, poco antes de morir, Elena Aldama habría suscrito un seguro de vida millonario que solo sería efectivo en caso de fallecimiento por causas naturales. Y que se estaría tratando de tapar un suicidio para poder cobrarlo.

La situación se descontrola.

—¿¡Estás loco!?

Algunos directivos de la cadena bajan a plató a intentar reconducir la crisis. Un sonidista retrocede, asustado, cuando el jefe de producción entra como un toro desbocado. La regidora suelta los papeles de la escaleta con un «mierda» ahogado.

El presentador hace un esfuerzo por devolver la estabilidad al plató. Y eliminar la hipótesis del asesinato de la mesa.

—A ver, esta que voy a contar es toda la verdad —retoma, mientras la directora sigue gritándole que controle la situación—. No hay seguro de vida, no hay cláusula multimillonaria, no hay deudas y nuestra amada fundadora ha fallecido de causas naturales. No hay más —trata de imponerse—. Créanme.

Mientras habla, el presentador ve el caos tras las cámaras. Los directivos de la productora y de la cadena. Todos, gesticulando descontroladamente, mirándolo, hablando entre ellos. «¿Cómo hemos llegado a este punto?», se lamenta mentalmente. Él tenía muy claro lo que iba a vender a los espectadores, el maravilloso futuro de su productora, y ahora se siente acorralado en su propio programa, en directo, ante cientos de miles de personas que lo estarán viendo, y otras decenas que estarán ya creando memes que se volverán virales en unos minutos. Pero no solo se trata de eso. Lo peor, si ese contertulio tiene razón, es que, para él, se acabó lo que más necesita en el mundo, presentar. Salir por la tele.

Mientras tanto, lejos del plató, alguien sigue la emisión con interés.

Esto no ha hecho más que empezar.

42

El sol de la tarde se refleja en los escaparates de la calle Serrano, iluminando las fachadas de las tiendas de lujo con un brillo cobrizo. Valentín Palencia está apoyado contra un poste de luz, fingiendo estar concentrado en el teléfono móvil. Sin embargo, lo que vigila es la puerta de una *boutique* de alta costura. La chica ya había salido de dos tiendas antes de entrar en esta. Se mueve con la calma de quien sabe que no tiene prisa; disfruta siendo observada tras sus enormes gafas negras y el andar suave de una gacela. La hija del embajador chino es joven, hermosa y perfectamente consciente del efecto que causa.

Cuando finalmente cruza la puerta de la tienda, con varios paquetes en los brazos y un porte altivo, el comisario se endereza. Parece un sesentón inofensivo, quizá prejubilado, o rentista. Uno de esos hombres que pasan desapercibidos en las terrazas más caras, el tipo de sombra gris en la que nadie se fija. Un banco de piedra. Una marquesina de autobús. No hay nada que lleve a pensar que se siente extraño en el barrio más caro y lujoso del centro de Madrid. Espera unos segundos para no parecer demasiado ansioso, y luego empieza a caminar a su lado, sincronizando sus pasos con los de ella.

—Es difícil encontrar un bolso que valga el dinero que piden por él —comenta con un tono casual, como si fueran viejos conocidos charlando sobre trivialidades.

La joven apenas gira la cabeza hacia él, pero su expresión cambia ligeramente. No está sorprendida, pero tampoco parece cómoda.

—Todo depende de lo que uno esté dispuesto a pagar por lo que desea.

—¿Y qué desea usted?

—Que me deje tranquila —responde, sin detenerse.

—Soy un amigo. —Valentín sonríe, sacando un cigarrillo de su chaqueta y encendiéndolo mientras caminan. Sigue hablando—: Bueno aunque eso de que soy un amigo depende de ti. Puedo simplemente ser alguien que quiere charlar un poco. O no.

Ella sigue caminando, con el ruido de sus tacones resonando contra el pavimento.

—No sé qué quiere, pero no estoy interesada —responde, con un español perfecto y un tono cortante que deja claro que está acostumbrada a mantener a raya a los intrusos.

Palencia se ríe suavemente y sacude la cabeza.

—Ah, no me hagas eso. Te he estado observando desde hace días, moviéndote como si no tuvieras una sola preocupación en el mundo. Pero el problema es que las preocupaciones, cuando no las atiendes, tienden a perseguirte.

Ella se detiene de golpe, girándose hacia él con la barbilla alzada.

—¿Me está siguiendo? —La frialdad de sus palabras es tan afilada como una cuchilla. De pronto, una esquirla de temor se le clava en la piel. Los guardaespaldas de su padre deberían haber notado que alguien la seguía.

—No exactamente. Llámalo interés profesional. —Valentín da una calada al cigarrillo y exhala el humo con calma—. Lo que pasa es que conoces a un amigo mío. Y eso, cariño, me convierte en alguien que necesita respuestas.

—Si usted es la mitad de listo de lo que quiere aparentar, sabrá que no le conviene exigirme nada. Y menos, respuestas.

El comisario se encoge de hombros.

—Es curioso —le dice, como si no la hubiera escuchado—, pero me cuesta comprender cómo la hija de alguien tan poderoso acaba citándose con un hombre como Carlos Manso en un hotel cutre de cuatro estrellas.

Ella se cruza de brazos con los paquetes de compras de lujo colgando de su muñeca, como una declaración de poder.

—¿Qué sabrá usted? —Su voz es un susurro helado de desprecio.

—Nada. Todavía nada. Pero quiero que entiendas que calladita estarás mejor. —Valentín le devuelve la mirada ladeada—. Vamos, que somos adultos. Tú no quieres problemas y yo quiero evitar que los tengas.

La joven calcula sus opciones con rapidez. Vuelve a caminar, aumentando la velocidad, a pesar de sus altos tacones, obligando a Palencia a seguir sus pasos. La alcanza en un cruce con el semáforo de peatones en rojo. Ella aprovecha para quitarse las gafas y mirarlo, por primera vez, directamente a los ojos.

—Es usted tan patético que me da pena y todo.

El comisario sostiene su mirada durante un largo segundo, midiendo la firmeza de su respuesta. Luego, sonríe con cierta complicidad.

—Espero que disfrute de sus compras, señorita.

El comisario nota una sensación extraña. ¿Es miedo? Algo le ha quedado claro: esa chica es tan peligrosa como cualquier político o empresario al que haya investigado antes.

43

La chamana tiene aspecto de chamana. Al menos, el que uno podría imaginarse en una mujer que asegura poder canalizar las energías de la naturaleza para favorecer o destruir a personas de su elección. Es de piel dorada y mirada hechizante, de una belleza intensa que puede llegar a incomodar. Se pone pestañas postizas tan exageradas que parecen alas sobre sus enormes ojos verdes. Viste siempre en tonos crudos, con largos vestidos vaporosos que rozan el suelo como una brisa. Pero lo que más impacta es su voz: resbala la letra ese al hablar, deslizándola entre los dientes como una caricia sedosa y lenta.

Marga Faura le tiene una fe ciega. Se habían conocido diez años atrás por una casualidad del algoritmo que las sentó juntas en el vuelo 2647 con destino a Gran Canaria. Desde el primer instante, la presentadora sintió que aquella mujer era una burbuja de oxígeno en una vida que la estaba asfixiando. Y así ocurrió, no solo durante el vuelo, sino también en un paseo al día siguiente, con los pies descalzos sobre la arena de la playa, para el que se citaron mientras esperaban en la cinta de equipajes. Desde entonces, la chamana ha sido en su guía, su brújula, el faro que ilumina sus decisiones más difíciles.

La primera prueba llegó con un escándalo público: un vídeo viral en el que su marido besaba a otra mujer durante un concierto. La humillación la llevó a esconderse detrás de unas gafas de sol gigantes y una mascarilla, con el rostro hinchado de tanto llorar. Voló a Las Palmas hecha un ovillo en clase preferente, buscando desesperadamente consuelo en la burbuja de paz de aquella mujer.

—¡Todo el mundo me ha visto! —le gritaba, con la voz quebrada—. ¡Soy la cornuda de España! No puedo soportarlo.

—Podrás, querida. Podrás —le respondió con su eterna calma—. Y eso te hará más fuerte. Deja que él se arrastre. Yo limpiaré el espíritu de tu matrimonio. Primero, pon en el congelador una fotografía de esa mujer. —Marga la miró, dudando. Pero la chamana prosiguió—: Así conseguirás enfriar su influencia sobre tu marido y reducirás su capacidad para entrar en tu vida y provocarte daño. —Sabía que era un acto simbólico, pero necesario para Marga: un modo de contener el miedo y sentir que recuperaba el mando sobre una situación en la que se sentía vulnerable—. El frío congelará su capacidad de hacerte daño.

—Pero... ¿y si mi marido no la olvida?

—Coloca este frasco —le tendió un pequeño recipiente de cristal, del tamaño de un dedo, lleno de un líquido rojizo— bajo el colchón, en la zona de la cama en la que duerme. —La mujer sonrió, dejando que sus pulseras tintinearan como un sortilegio—. Y deja de llorar. Da la cara. Sonríe. Miente. Aquí no ha pasado nada.

Y funcionó. Como todo lo que venía de ella. Su marido se desgañitó pidiéndole perdón y haciendo penitencia en público. Ella pudo perdonarlo, de cara a la audiencia, «por el amor que se habían tenido siempre».

Cuando el teléfono dejó de sonar y Marga temió que su carrera estuviera acabada, la chamana también estuvo allí. «Sonará de nuevo —le repetía, con una seguridad que la envolvía—. Solo ten paciencia». Le aconsejó congelar las fotos de sus rivales, hacer abluciones cada mañana con agua bendita y cubrir su ombligo con vendas adhesivas para evitar la fuga de energía.

—El ombligo es el portal por donde todo entra y sale —le explicó—. Si no lo proteges, te arriesgas a que la negatividad te consuma.

—Y eso, ¿por qué sucede?

—Es la primera parte que se crea tras la concepción del feto, la que nos unía a nuestra madre a través de la placenta, el origen de la vida. Todo nos lo da. Pero igual todo se puede perder.

Y, de momento, Marga lo había seguido al pie de la letra. Nunca desobedecía sus instrucciones, hasta que empezó a tener más miedo de la cuenta. Empezó a verse mayor. Una presentadora siempre tiene que estar alerta, cualquier cría puede escalar del asfalto al plató y en un abrir y cerrar de ojos pasar de estar haciendo reportajes en la calle a sentarse en plató de prescriptora y, unos meses después, a presentar un programa en *prime time* como nueva estrella del canal. El congelador de Marga se llenó de fotos: redactoras jóvenes, jefes que no la adulaban como debían, incluso competidoras en los *photocalls*. Pero cuando la chamana se enteró, su enojo fue como una tormenta a la que era difícil contener.

—¿Quieres que el universo te castigue? —le preguntó, con una dureza inaudita. Pero incluso entonces, su tono era melódico—. No puedes hacer esto a tu antojo. Si confías en mí, yo canalizaré la energía por ti. Tú no eres nadie para alterar el equilibrio. ¿Quieres volver al miedo?

—No. No quiero —respondió Marga, aterrada.

—Pues, entonces, hazme caso. Siempre.

Marga Faura no quería volver al miedo. El miedo a dejar de salir en televisión. Y, por tanto, dejar de ser importante. Dejar de ir a *photocalls*, cenas, estrenos. A perder lugar en los ambientes en los que se hablaban y decidían cosas. A que no te miraran por la calle. No te mandaran regalos. No fueras envidiada. Por eso, necesitó a la chamana muchas veces. Para que le calmara el ansia de la pérdida. Y la ayudara a conservar lo que tenía.

Esta mañana Marga tiembla y llora, oculta tras una gorra y unas inmensas gafas de sol, mientras embarca en el avión que en algo más de dos horas y media aterrizará en el aeropuerto de Gran Canaria.

Ahora no solo es cuestión de éxito. Es cuestión de seguir viva.

Carlos muerto. Elena muerta. Sabe que ella va a ser la próxima. Y necesita protegerse. Hay alguien muy poderoso que ha decidido ir a por ellos. Reza para que la energía de la chamana sea suficiente.

Vuelve a intentar llamarla una vez más, mientras el avión rueda hacia la pista de despegue y a pesar de los avisos de la tripulación por megafonía. Pero sigue sin recibir respuesta.

Justo en ese momento el comisario Valentín recibe una llamada desde el aeropuerto Madrid-Barajas.

—Marga Faura viaja hacia Gran Canaria en el IC3051.

Mira el reloj. Le da tiempo a avisar a alguien para que la tenga controlada en la isla.

Nunca se sabe. Y menos, cuando el pasado empieza a removerse bajo las piedras volcánicas del archipiélago.

La desesperación lleva a Marga a buscar donde no debería. El lugar en el que la chamana recibe no es el mismo en el que vive.

Sus dos vidas están separadas. Es una mujer distinta para cada una de ellas. En su casa, en la que duerme, folla y se da atracones de series, no hay olor a incienso, ni velas aromáticas, ni penumbra relajante. Al contrario que en el Centro Espiritual, aquí se exhibe poderío. Le gustan los dorados, la opulencia, la luz. La chamana tiene horror al vacío, dice que a los espíritus les gusta rodearse de lujos, y que ella solo les da un lugar en el que sentirse cómodos, que ya bastante tienen con las penurias del lugar en el que se encuentran.

Llaman al timbre.

Marga Faura llega envuelta en llanto.

A su casa.

—Quieren matarme —apenas se la entiende—, voy a ser la siguiente, vienen a por mí.

—¿Cómo se te ocurre venir aquí? —Tira de su brazo y la mete en el recibidor. Cierra la puerta de una patada—. No te pueden ver en mi casa, nunca. Quedamos en eso.

—Llevo horas llamándote. —Le tiembla el cuerpo. Mira asustada a los enormes ventanales junto a la puerta, tratando de descubrir si alguien la había seguido—. ¿No has oído que quieren matarme? ¡Matarme! —Se apoya en la pared y la mira fijamente—. ¡Tienes que protegerme! —grita.

—¿Qué es este jaleo? —Un joven asiático, musculoso y en ropa interior, baja con gesto vigilante desde la planta de arriba. No deja de mirarla mientras desciende, como un animal salvaje decidiendo si atacar—. ¿Necesitas ayuda? ¿Pasa algo? ¿Quién es esta loca?

—Tranquilo, amor, tranquilo. Es una clienta que está pasando por un mal momento.

El joven clava la mirada en Marga con furia. Es una advertencia.

—Bueno, estoy aquí arriba, por si me necesitas —sentencia, subiendo lentamente los escalones, sin dejar de mirar a la extraña visita.

—A ver, Marga, cuéntame.

Han bajado al sótano. La presentadora tiene miedo de los amplios ventanales de cristal de la casa. Teme que la estén vigilando. Que alguien pueda romperlos.

—Pueden vernos, pueden disparar. No estoy segura aquí —no deja de repetir—. Tienes que esconderme.

La chamana la coge de la mano y la guía hasta una puerta tras la que hay una escalera más estrecha y menos opulenta que la que lleva al piso superior.

—Relájate, cariño, ven. —La conduce escaleras abajo, tirándole del brazo.

Marga resbala en un peldaño. Le martillean las sienes. Mira atrás. Abajo. Duda. Apoya el cuerpo en la pared.

—No pasa nada —insiste la mujer—. Aquí estás segura. Venga, baja.

—Me van a matar.

—No. Nadie te va a matar.

El sótano, que también hace las veces de garaje, está lleno de cajas. Prácticamente todas llevan embalajes con algún carácter en chino. Están colocadas en completo desorden, como un puzle por completar. El aire está viciado, caldeado, como si todo el bochorno de la isla se hubiera concentrado allí.

Arriba, el oro y los espejos. Abajo, el polvo y los secretos.

Aún de la mano, la chamana lleva a la presentadora hasta uno de los dos coches aparcados. Abre la puerta trasera y la invita a entrar.

—¿Aquí? —La presentadora la mira sin entender nada.

—Aquí, Marga —ordena, con suavidad—. Estaremos cómodas. Y es el nido que ahora mismo necesitas. Es un cascarón, te protegerá. Y dejaremos fuera toda tu angustia. Venga. —Coloca su palma de la mano en la espalda de Marga, empujándola suavemente para que entre en el vehículo. Ella obedece, ya sin rechistar. La chamana cierra la puerta y camina, bordeando el vehículo. Abre la puerta contraria y se desliza en el interior, girándose hacia su clienta.

—¿Qué es esto? —susurra la presentadora, tensa todavía, sin atreverse a acurrucarse en el asiento.

—Un lugar para dejar el miedo. Enseguida empezarás a sentirte mejor.

—Tú no lo entiendes.

—Sí, sí que lo entiendo. Puedo sentir tu energía. —Alarga el brazo derecho y lo coloca sobre el hombro de la presentadora. Cierra los ojos, para concentrarse—. Vas a empezar traspasándome tu miedo, poco a poco, siempre poco a poco. Recuerda que es una energía muy poderosa y que tienes que tratarla con cuidado. Quiero que sientas cómo mi mano empieza a absorber tu miedo. Mis dedos van impregnándose de lo que te asusta. No te resistas, deja que lo atraiga hacia mí, deja que me empape de lo que te duele.

El ritmo cardíaco de la mujer empieza a descender, sus lágrimas se derriten en sollozos tímidos.

Pasan un par de minutos en silencio.

—¿Qué es lo que hay? —susurra la presentadora, casi sin atreverse a preguntar.

—Veo hormigas. Siento hormigas subiéndote por el brazo y metiéndose en tus ojos.

—¿Hormigas?

—Muchas. Y organizadas. Como un ejército.

—¿De dónde salen?

—De todas partes.

—¿Qué quieren?

—Comer. Están comiendo.

—¿Me quieren a mí?

La chamana tarda en responder. Se concentra, o lo finge. Y durante ese lapso deja que crezca la angustia en el cuerpo de su clienta.

—Quieren comerte. Morderte. Llevarte en trocitos pequeños, diminutos, a su hormiguero. Construir contigo la despensa del invierno.

—¡¡Nooo!!

—Tienes razón en tener miedo —le contesta, asustándola aún más. Marga quiere salir de allí, intenta abrir la puerta, pero la chamana la ha bloqueado.

—Déjame salir. Te lo dije, te lo dije —grita—. ¿Ves como te lo dije? Me quieren matar. Necesito que me protejas.

—No, no te preocupes por eso. No vas a morir. —La mujer habla con autoridad, bloqueándola con los brazos sobre el asiento—. No vas a morir —insiste—. Lo que veo es un sueño, un futuro posible. Son las personas que quieren tu poder. Pero has venido. Y vamos a parar todo esto. ¿De acuerdo?

La presentadora asiente, temblando, con la mandíbula apretada y los ojos muy abiertos.

—Estás hoy conmigo para reflexionar y organizar tus prioridades —explica la chamana—. Esta visita va a brindarte claridad y un sentido renovado de dirección espiritual.

—Y —la voz le tiembla—, ¿qué hago?

—Ya lo hemos hablado muchas veces, eres alguien que genera muchas envidias. Mucha gente quiere absorber tu energía, chupar tu triunfo y apropiárselo.

—Como siempre —se lamenta—. Como siempre.

—Y no les vas a dejar. Por eso vienes a mí, para que te proteja. —Sonríe mientras le acaricia el pelo con un gesto casi maternal, desde el cráneo hacia abajo—. ¿Has hecho todo lo que te pedí la última vez?

—Lo hicimos, Elena y yo. Y mira cómo acabó. Ella está muerta.

—¿Seguro que lo hizo? ¿El baño protector? ¿Las velas? ¿Las fotografías? ¿Estás segura?

Marga la mira sin entender.

—Yo misma lo vi. Metió las dos fotografías de sus enemigas en el congelador.

—¿Y se bañó con el agua que le purifiqué? ¿Se dio un baño largo y a oscuras con el agua protectora?

—Sí, sí. Las dos lo hicimos —duda—. Bueno..., en eso no la vi, pero me lo contó.

—Pues tiene que haber algo más. —La chamana piensa. Necesita algo—. ¿Mostró algún signo de piedad con los infieles?

Los infieles.

Los enemigos. Los que están al otro lado. Los que no son incondicionales. Los que no forman parte de *La Famiglia* de forma categórica y leal. Demonios a los que mandar a quemarse en el azufre de los infiernos.

En *La Famiglia* existe el núcleo duro. Muy pocas personas. Las que deciden. Las que urden. Apenas un puñado de elegidos. Después vienen los fieles. Los útiles a los que sacar partido. Los devotos de la causa a los que hay que ir poniendo a prueba de vez en cuando. El purgatorio es un buen lugar para ello, para que no crean que lo tienen todo hecho. Y, por último, los infieles. Los que han caído en desgracia. Los traidores. Más allá, la gente a la que destruir. Hasta el final. Hasta que ni siquiera el polvo que quede de ellos pueda levantarse con la brisa.

—No. Nunca —contesta, firme, con la convicción de los conversos—. Con un infiel no hay que tener piedad.

La chamana baja la voz, como si revelara un secreto.

—¿Y si ella la tuvo?

Marga duda. ¿Elena? ¿Piedad? Pero si amenazó a su estilista con despedirla porque había dado un *like* en Instagram a una publicación de un enemigo...

—No... no sé. —No tiene nada claro. De repente, empieza a encontrarse incómoda dentro de ese coche, encerrada en un sótano.

—¿No te diste cuenta de que estaba debilitándose?

—Quizá. —La verdad es que no, pero tiene la sensación de que ella quiere que diga que sí, que lo había visto, que se había dado cuenta de la debilidad de Elena—. Puede.

—¿Ves? Tú también habías advertido algo raro. Te voy a confesar una cosa: se lo dije a ella en la intimidad. Es que... verás, esto es delicado. Dame las manos, por favor. —La chamana coge entre las palmas de sus manos las de su clienta, apretándolas. Cierra los ojos. Se concentra—. La hormiga reina. ¿Sabes que su única función en el hormiguero es poner huevos para asegurar la supervivencia de la colonia? Vive en la sala central, la más protegida. El resto de las hormigas daría la vida por ella. Y, de hecho, la dan. Cada una tiene su función, si no la cumplen, el hormiguero desaparece. Yo le dije... —hace una pausa, fingiendo que duda—... le dije..., bueno, me sabe muy mal contarlo, ahora que está muerta, pero puedo confiar en ti, ¿verdad? —Abre los ojos para mirarla. No confía en ella, pero decide contárselo. Es un movimiento más en la partida. La presentadora asiente, desconcertada por lo que puede estar a punto de ocurrir—. Hay veces en que la hormiga reina se vuelve débil, ha envejecido, no es tan fértil como antes, ya no sirve. Si el resto de las hormigas continúan protegiéndola, mueren todas. Elena era esa reina sin función, sin corona. Una reina muerta. Quizá cometió el error de aliarse o confiar en quien no debía. Yo supe que sus días de gloria estaban llegando a su fin. —Hace una pausa dramática, volviendo a cerrar los ojos y colocando las manos en posición de oración—. Ella no me escuchó.

—No... no entiendo.

—Si miras, ves —responde, enigmática—. Tú misma te estás dando cuenta de cosas que habías pasado por alto. Sigue repasando en tu memoria y verás como todo encaja. Verás que Elena era ya una reina débil. Una reina muerta.

Un silencio pesado se abre entre las dos.

—Y... —Teme hacer la pregunta—... Y ahora, ¿qué?

—Ahora estás tú. Aquí. Porque tú eres más fuerte.

¿Ella? Ella. Por fin.

—¿Por qué... por qué no me dijiste nada?

La chamana sonríe.

—Todo tiene su proceso. La nueva reina —la mira, ahora sí, sonriendo mientras habla— tiene que descubrirlo por sí misma.

Los músculos faciales de la cara de la presentadora se relajan. Así que es ella. Sonríe. Quizá no todo esté perdido. Quizá no vaya a morir. Quizá...

—A las reinas muertas hay que reemplazarlas. Ahora, deja de mirar atrás. Vamos a enfocarte en lo que viene.

La chamana sonríe, como si todo estuviera bajo control. Marga la imita, con timidez. Quizá no todo está perdido.

Quizá, por fin, ha empezado su reinado.

44

También hay otro problema con las fotografías de los últimos minutos de vida de Carlos Manso. Hasta ese momento, Pilar podía confiar en que su jefe procuraría que a ella no le pasara nada. Siempre y cuando le fuera fiel, claro. Eso era lo único que le exigía: lealtad absoluta. Una fidelidad férrea, ciega, a prueba de bombas. Fidelidad a pesar de todo lo que la secretaria sabía, información que podría destruirlo con un simple chasquido de dedos. Fidelidad a pesar de que, con una ínfima parte de lo que ella manejaba, podría haberse hecho inmensamente rica. Pero Pilar era leal, y se lo había demostrado durante más de tres décadas. Incluso en momentos en los que había tenido que taparse la nariz o mirar para otro lado, que eran muchos.

Aunque, al final, uno acaba acostumbrándose y ya ni siquiera se da cuenta cuando respira podredumbre. No apesta cuando paga la hipoteca y llena el frigorífico.

Pero ahora, ¿qué?

Pilar no confía en las hijas. Menos aún en el comisario Valentín. Ese hombre tiene un radar infalible para detectar el miedo. Ella está hecha de pequeños secretos y grandes silencios. Y ambos, ahora, podían matarla.

Si él sospecha que guarda algo...

Se repite que el miedo no puede paralizarla. Si quiere sobrevivir, tiene que ser más astuta que ellos. Le tiembla la mano derecha.

«Maldito Carlos Manso —piensa, mordiendo el bolígrafo con rabia—, que te moriste antes de que pudiera jubilarme tranquila en mi casa del pueblo. Maldito cabrón, que me has dejado sola en medio de un barrizal lleno de minas antipersona, sin un salvavidas que me permita salir de aquí con vida. Maldito Carlos Manso, que me obligaste a hacer tantas cosas que me atormentan en pesadillas cada noche. Yo te maldigo».

Y entonces decide actuar por su cuenta. Ya no está dispuesta a esperar ni un minuto más para ver quién la protege o quién la entrega. Si quiere sobrevivir, tendrá que adelantarse a todos.

Tal vez alguien, lejos de este fango, sabría cómo ayudarla. Alguien que no le debe nada a Carlos Manso.

Es la única opción que le queda.

No creas todo lo que recuerdas. Pero sí en lo que te han hecho sentir las personas a las que recuerdas.

Pilar sabe que esta llamada de teléfono es un gesto a la desesperada. Un intento loco y quizá absurdo de ponerse a salvo. El último gran gesto de la hormiga frente al elefante.

—¿Se acuerda usted de mí?

Le ha costado unos cuantos favores conseguir su número, pero su posición de guardiana de los secretos de Manso y llave maestra para llegar a personas inaccesibles le ha facilitado el camino. Una vez más. Aunque lo más difícil no ha sido obtener el número, sino atreverse a marcarlo. Ha estado posponiéndolo todo el día, buscando excusas; que si la batería del móvil, que si necesita silencio, que si es mejor llamar desde casa, que si el cambio horario. Pero no hay hogar lo suficientemente silencioso ni excusa lo suficientemente buena para calmar el nudo en el estómago que la está mortificando durante horas.

Tiembla al pulsar la pantalla. Parte de ella espera que no descuelguen. Sería lo más fácil. Así habría calmado su conciencia. Lo intenté y no fue posible. Ha ensayado mil veces qué le dirá si contesta. Ha trabajado toda su vida en el epicentro del poder, trató con jefes de Estado y magnates sin pestañear, pero este momento la desarma.

Se ha escrito unas frases en un papel, por si el nerviosismo la traiciona:

«Soy Pilar Renuncio, la abuela de Nicolás Acosta» es la primera.

«¿Se acuerda usted de mí?», la segunda.

No sabe por qué ha incluido esa última. Sabe que se acuerda. Hay memorias que no necesitan adornos. Pero ella, en su necesidad de ordenarlo todo, hasta la conversación más trascendente de su vida, ha preparado el guion.

El tono del móvil suena. Y suena. Y suena. Pilar siente cómo el aire a su alrededor parece volverse más denso con cada pitido. Y cuando está a punto de colgar, un clic seco. Una voz emerge del otro lado de la línea. Firme, grave, distante. Algo dubitativa, también. Es raro que descuelgue un número desconocido. Pero es español, y...

—Dígame —contesta.

Las palabras se atascan en la garganta de Pilar. «¿Se acuerda usted de mí?», repite para sí misma, como una oración.

Pero cuando finalmente habla, lo hace sin mirar el papel.

—Soy Pilar Renuncio —dice, la voz quebrada pero decidida—. Quería pedirle un favor. No tengo derecho a molestarla. Pero no sé a quién más acudir.

Tenemos una cuenta pendiente, querría haber dicho. Tenemos algo que saldar, también. Pero la mujer al otro lado del teléfono no necesita que se lo recuerden. Lo sabe. Hay emociones que nunca se olvidan, como tener que decirle a una abuela que el nieto que lleva días desaparecido no va a volver. Que han encontrado su cadáver.

Así de caótica e injusta es la vida. Hacemos lo posible para resolver lo que nos hace sufrir, pero nunca podemos del todo. Siempre hay algo tirando del hilo, arrastrando el dolor como un peso muerto a la espalda.

Ese algo, ahora, es Pilar Renuncio.

—Solo le pido una cosa —le dice esa mujer a nueve mil cuatrocientos kilómetros de distancia—. No cuelgue.

45

El avión toca tierra en el aeropuerto de Barajas, y la antigua inspectora jefa de homicidios de Madrid, Ana Arén, siente un nudo en el estómago mientras mira por la ventanilla. No se ha atrevido a asomarse hasta este instante, cuando las ruedas se deslizan ya por el asfalto mojado de la pista 32L rumbo al *finger* asignado para el desembarque del pasaje. Treinta y ocho minutos antes, cuando el comandante anunció que iban a empezar a sobrevolar la península ibérica, Ana había cerrado los ojos. Demasiadas emociones comprimidas en un espacio tan pequeño, con tantas caras desconocidas y con el silencio de las alturas para amplificarlas.

Demasiado que procesar.

La última vez que estuvo en la ciudad fue para despedirse: de la policía, de la adrenalina y de todo lo que alguna vez consideró su hogar. Durante cinco años, el bullicio caótico de Los Ángeles, esa ciudad que solo eran casas encerradas en sí mismas, y la calidez de los amigos de Miguel la habían envuelto, ofreciendo una distracción a las sombras que había cargado durante tanto tiempo. Pero las sombras, como el equipaje que la acompaña, siempre terminan encontrándote.

En el control de pasaportes, escoge con cuidado la fila en la que colocarse. Mira las garitas y selecciona al agente más joven, el que menos posibilidades tiene de reconocerla. Ve a uno que parece acabado de salir de la academia de Ávila. Es casi un niño, con el uniforme demasiado rígido y las manos nerviosas al sellar documentos. Quizá incluso sea su primer día y sienta en la nuca el aliento de la responsabilidad de decidir quién entra en su país. Apuesta por él. La cola de ciudadanos de la Unión Europea va rápido. El joven agente la mira, introduce el pasaporte en lector y no detecta nada extraño. Nada hace saltar las alarmas. La deja pasar. Cuando el sello golpea su pasaporte, Ana siente una pequeña liberación. Primer obstáculo superado.

Se detiene un momento en la puerta de salida, sintiendo el aire frío de Madrid colarse en sus huesos entre los murmullos de los taxis, el ir y venir de pasajeros y las ruedas chirriantes de las maletas. Todo la golpea como un perfume olvidado. Cierra los ojos por un segundo, dejando que los sonidos la inunden, que la memoria despierte. ¿Ha cambiado la ciudad? Tal vez. Pero ella, está segura, ha cambiado más. Cuando pisa la acera, cada detalle le recuerda quién había sido y lo que dejó atrás: una inspectora jefa de homicidios que vivía para resolver lo irresoluble, para dar paz a los familiares de las víctimas; pero también una mujer deshecha, sobrecargada de tragedias ajenas como si fueran suyas.

Ahora, todo es distinto. Ha vuelto, pero no como policía. No hay escudo, ni autoridad, ni pistola, ni equipo que la respalde.

Ahora es una ciudadana más.

Una ciudadana con una deuda pendiente.

Con una mezcla de nostalgia y aprehensión se sube a un taxi y deja que el conductor la lleve a través de carreteras y calles que había recorrido cientos de veces. Mientras avanzan, Ana se sorprende al recordar cada detalle: las esquinas, los cafés que eran refugio en inviernos interminables, las farolas que iluminan la ciudad de noche, cuando ella misma patrullaba buscando respuestas. La emoción en su pecho crece en forma de ansiedad y, aunque intenta ignorarla, sabe que no está ahí solo para ayudar, está ahí porque Madrid es una parte de ella, una parte que nunca podría dejar atrás del todo. Cuando el taxi toma la curva y divisa el Museo del Prado, un recuerdo se asoma sin permiso. No tiene nombre, pero duele igual.

Miguel y ella sentados en uno de los bancos de piedra. Cuando se dio cuenta de que ese hombre la estaba atrapando hasta los huesos. Que ya nunca podría ser sin él.

El taxi se detiene frente a la verja de un edificio. Ana paga, coge su bolso y respira hondo antes de bajar. Mientras el conductor saca su equipaje del maletero, ella nota en cada músculo de su cuerpo el peso de lo que ha venido a hacer, y se sorprende de la familiaridad de un caso sin resolver, y la extraña libertad de no tener el uniforme, ni el deber de rendir cuentas. Esta vez, ella misma va a decidir cómo seguir las pistas y hasta dónde llegar para encontrar la verdad.

El piso huele a madera vieja y polvo seco, como si hubiera contenido demasiado tiempo demasiadas historias. Como si las paredes hubieran olvidado cómo sonar a vida. Ana enciende la luz del salón y no lo reconoce. No porque el lugar haya cambiado, sino porque ella ya no es la misma que lo habitó brevemente en el pasado.

No deshace la maleta. Solo deja el bolso sobre la mesa, se quita los zapatos y se acerca a la ventana. Desde el tercer piso se ve una franja estrecha de ciudad: el toldo de un bar, las luces del estanco de la esquina, el reflejo intermitente de un semáforo en la acera mojada. Una imagen de Madrid más pequeña que la de sus recuerdos, pero igual de viva.

Se apoya en el cristal frío y cierra los ojos. No se siente lista para lo que ha venido a hacer.

Va al baño. Abre el grifo del lavabo y deja que el agua corra, sin prisa, como si esperara que algo se limpiara también por dentro. Luego, sin pensarlo, se mira al espejo. No como quien se arregla, sino como quien quiere reconocerse.

—Ya estás aquí —susurra, como si se lo dijera a otra versión de sí misma.

Se sienta en la cama, se sirve un vaso de agua y enciende una lámpara de pie. El aire es suave. El tiempo aún no ha empezado a correr del todo.

Mira su teléfono. Duda un segundo. Y entonces, como si acabara de recordar que el pasado tiene nombre y apellido, abre un mensaje antiguo. Uno sin responder de varios meses atrás, quizá más de un año. De Santi.

«¿Dónde estás ahora, estrella de Hollywood? A ver si hablamos».

No le había contestado. Nunca.

Se queda un minuto largo con el dedo sobre la pantalla. Y luego lo deja. No escribe. No borra. Solo se pone en pie, se abriga y sale.

Aún no sabe qué va a decirle. Pero ha llegado el momento de mirarlo a los ojos.

46

Santi camina por una pequeña calle cercana a su casa mientras el sol de media tarde ilumina los edificios altos y las sombras de los transeúntes danzan sobre el asfalto como si fueran parte de una coreografía ajena. Nota algo. O a alguien. Al principio es solo instinto, un ligero cambio en el ambiente, una presión sutil en la base de la nuca. Pero tarda poco en confirmarlo: alguien camina a su espalda acompasando sus pasos a los suyos, tratando de hacerse invisible. Derecha, izquierda. Derecha, izquierda. No necesita girarse para entenderlo. Le están siguiendo. No ve quién, pero lo percibe. No es un ladrón. No está improvisando. Lo sabe por el ritmo, por el peso de sus pasos, por el leve roce de las zapatillas contra el suelo. Alguien liviano. Pesa poco. Una mujer, tal vez. Y no una cualquiera.

Una profesional.

No se asusta. A plena luz del día, en una calle del centro de Madrid, y conociéndole, esa persona quiere ser detectada. Le está enviando un mensaje con cada pisada. «Estoy aquí. Te sigo —le dicen sus pasos—. Si te giras, sabrás quién soy», le dicen también.

Santi detiene su marcha. No de forma abrupta. Simplemente desacelera hasta quedarse parado junto a una farola que separa la acera del asfalto. Se apoya en ella con naturalidad, sin fingir distracción ni mirar el móvil. Espera.

Solo eso. Espera.

Es ella la que tiene que decidir cuándo dar el siguiente paso.

—He pensado —dice, por fin, una voz femenina tras él, clara, firme, sin vacilación, pero forzando las cuerdas vocales para no ser reconocida—, que sería más discreto abordarte aquí que ir a visitarte al Instituto Médico Forense.

Santi podría contestarle, pero calla. Deja que su silencio pese. Quiere que se esfuerce, que dé más. Vamos a jugar un poco.

—Munárriz, necesito hablar contigo —continúa ella, más cerca ahora.

No se gira. No todavía. La mujer no avanza. Mantiene un paso de distancia, deliberadamente. Quiere forzarlo a darse la vuelta, como si fuese él quien suplicara ver quién es. Juega bien, piensa Santi.

—No suele gustarme hablar con la mayor parte de la especie humana —replica él, con un ligero bostezo fingido, tan aburrido como calculado—. Así que no veo por qué tú ibas a ser una excepción.

La imagina sonriendo.

—No sé, igual te sorprendes —contesta. Es lista.

—Lo dudo.

Pero ahora sí siente curiosidad. Gira el cuerpo lentamente, como si el movimiento no tuviera un objetivo claro, como si girarse fuera una decisión fortuita, tomada sin motivo alguno.

Entonces la ve.

Y sí, se sorprende. Mucho.

Esa mujer. Tenerla ahí, a pocos metros, en plena calle, es lo último que esperaba. Él, que siempre acierta los movimientos en el tablero de la vida, incluso las jugadas más extravagantes, no ha visto venir esto.

Gorro calado hasta la nuca. Pelo recogido. Gafas de sol. Un abrigo de plumón un par de tallas más grande. Escondida pero inconfundible.

Ana Arén.

La antigua inspectora jefa de homicidios de Madrid está frente a él, con esa mezcla de determinación y misterio que siempre la acompaña. Ladea la cabeza, evaluándolo. No se apresura. Deja que su presencia pese. Como quien grita y espera el eco de su voz. Le mira con una sonrisa, consciente de la conmoción que provoca su presencia. Lo observa de arriba abajo, evaluando su sorpresa. No se apresura, deja que pasen los segundos mientras disfruta del tumulto que está produciendo su aparición en el cuerpo de ese hombre.

—Estás más... —le dice, sonriendo— ¿delgado?

Santi sonríe también.

—Será la energía que gasto en las largas noches cuidando a un bebé.

—Pero, a la vez, más... humano. No sé..., más... ¿accesible?

—¿Estás diciendo que ya no soy el cabrón de siempre? —responde él—. Ahora sí que me has tocado el corazón.

Entonces, Ana recuerda.

—¿Cómo te encuentras?

Santi se encoge de hombros.

—Bueno... —No quiere hablar de eso. Cambia rápidamente de tema—. ¿Qué haces tú aquí? Creí que estabas en Los Ángeles... con tu... —Santi duda, buscando las palabras exactas para mencionar a aquel famoso actor de Hollywood sin parecer entrometido.

Ana lo interrumpe.

—Santi, necesito tu ayuda.

¿Cuántos años han pasado? ¿Cuánto hace que no se veían, que no sabían el uno del otro? ¿Cuánto desde que tomaron caminos separados, prometiendo mantenerse en contacto, pero dejando que el tiempo desdibujara esa promesa? Está vez parece distinta.

Santi intenta leerla, buscar alguna pista en su expresión, pero Ana es un enigma. Lo ha sido siempre. Su rostro permanece firme; sin embargo, sus ojos, esos ojos, tienen una urgencia que no se puede ignorar. Aún descolocado, intenta buscar alguna pista en su expresión, pero ella mantiene el rostro serio, enigmático. La antigua inspectora jefa de homicidios de Madrid da un paso más, clavando sus ojos en los suyos, como si quisiera perforar cualquier barrera que Santi intentara levantar. Él la mira en silencio, asimilando la intensidad de sus palabras y la convicción en sus ojos.

—¿Para qué?

Ella no responde. Se acerca más hacia él, sin apartar la mirada.

—Imagínatelo.

—Está bien, hablemos..., pero no aquí —accede, finalmente, en un susurro, sabiendo lo que se juega.

Santi está apoyado en la pared, con las piernas estiradas. Ana se ha sentado cerca, sobre una alfombra infantil de formas violáceas que parecen agitarse en una extensión blanca. Sus ojos recorren los patrones como si quisiera descifrar un código oculto, pero los colores no terminan de encajar del todo. Como ellos, piensa: dos fuerzas que se acercan, que se tocan, pero que nunca terminan de mezclarse.

Y teme que eso les pase de nuevo, que sean como esa alfombra y los colores que la componen: dos seres humanos que nunca terminarán de encajar. Y puede que por eso Santi la haya llevado hasta allí, a esa habitación que transpira una calma casi intocable, un espacio impregnado de paz inocente, un lugar donde las palabras, por intensas que sean, no dejarán cicatrices. Es un refugio. Pero todos los refugios pueden convertirse en campos de batalla.

Y Ana lo sabe.

—¿Es esta la habitación de tu hija? —pregunta.

Santi asiente, percibiendo que la presencia de Ana en ese espacio, su rincón familiar, añade un peso inesperado al momento. Y, por un instante, cree también que está traicionando a Berta.

—Sí y no —responde—. Es su habitación, pero casi nunca duerme aquí. Emma quiere pasar las noches conmigo, y yo soy feliz sintiéndola respirar en una cuna al lado de mi cama, o en mi cama, que es enorme. —Se encoge de hombros—. Creo me da más paz ella a mí que yo a ella.

Ana sonríe.

—Pocos hombres se atreven a confesar algo así.

—Será que tengo poco de hombre —responde, con una sonrisa enigmática—. Te he traído a casa porque aquí estaremos más tranquilos y a salvo de miradas indiscretas y de cotilleos. Y perdona que hayamos acabado en esta habitación, pero es que Emma está dolorida con la tripa. Tiene el sueño muy ligero. Si nos quedamos en el salón, igual nos oye y la molestamos.

—Estoy encantada. Es un sitio curioso para hablar, al menos para lo que quiero proponerte. —Recorre con la mirada los peluches amontonados en varios rincones, una mesa infantil con un par de sillas de colores, un caballito de juguete, la cuna. Sonríe—. Me siento cómoda, es uno de esos lugares que se nota que son hogar. —Alarga el brazo y, casi sin pensar, gira el mecanismo que acciona el móvil sobre la cuna. Un ejército de animales de colores empieza a dar vueltas en círculo mientras suena un preludio de Bach en Do Mayor—. Ay, perdona, perdona. No quería hacer ruido —dice, poniéndose de rodillas para intentar detener el aparato. No hay manera.

Santi se ríe.

—Tranquila, Emma no nos oye desde aquí. He cerrado las puertas. Mira. —Le muestra la pantalla de su móvil—. Yo la controlo así. Veo cómo duerme. Y la oigo. Si se despierta o hace ruido, la aplicación me avisa.

—Eres muy tecnológico.

—Hay tecnologías que salvan vidas. ¿Cómo te va en Estados Unidos?

—¿Sinceramente? —Es una pregunta retórica, claro—. Pues, sinceramente, Los Ángeles es una ciudad muy diferente a Madrid. Es... difícil. Al menos, para mí, con estándares europeos, acostumbrada a caminar por las aceras, a las tiendas a pie de calle, a los parques, a los bancos, a la gente. Allí vas de mansión en mansión. Y tiro porque me toca. Te vas a reír, pero el otro día me descubrí hablando con la Roomba y pensando en lo feliz que me hacía que aspirara toda la casa tan bien.

—¡No me jodas! —A Santi se le escapa una carcajada—. No puede ser verdad.

—No, pero casi. Estoy un poco cansada de barbacoas con actores, directores y productores. Es difícil vivir en esa burbuja en la que todo es ficción. Es complicado estar rodeada de egos, de dinero, de servidumbres. Y de caídas en desgracia. Hay gente maravillosa, hemos hecho grandes amigos, pero es una ciudad hostil para relacionarse. Yo estoy acostumbrada a pisar calle, al comerciante del barrio, a los vecinos con los que te cruzas, a los escaparates iluminados. Aquello es demasiado extraño para mí.

—Lo que hacemos por amor —parece lamentarse Santi.

—Lo que hacemos por amor —repite Ana, con el mismo dejo de melancolía.

Cada uno, a su manera, sabe de lo que habla.

—Oye, ¿te has mudado a Madrid?

—Lo estamos pensando, pero todavía no lo hemos decidido. Quizá algún lugar en la sierra, tranquilo. No lo sé..., hay muchas cosas a tener en cuenta.

—No voy a contar nada, no te preocupes.

—No. De verdad, no hemos decidido nada aún. Pero no te imaginas cómo es el mundo este de los ultrafamosos. No te hablo de los famosos locales, los que salen en portadas de las revistas de aquí con entrevistas exclusivas, no. Te hablo de personajes que casi cualquier persona reconocería en cualquier parte del mundo. —Santi trata de imaginárselo, pero sabe que, por mucho que fabule, se quedará corto—. Es una presión brutal. Todo lleno de publicistas, contratos de confidencialidad, asesores y abogados. Ya suficientes mentiras se publican por ahí como para que nos quiten el poco espacio de privacidad que tenemos.

—Eres una estrella en las tertulias del corazón, Ana. Incluso yo, que no las sigo, te veo a veces en las portadas de las revistas.

—Si solo fuera eso —suspira—. Y fíjate que no poso con Miguel en ningún sitio, no voy a las alfombras rojas, ni a ninguna gala de premios. Aunque te confieso que alguna vez he estado tentada de ir a los Óscar. Por eso de la tontería. Pero sé que luego me hubiera arrepentido. A la gente que quiero ver, ya la veo en otros lugares. Cualquier cosa que hacemos es noticia. Si es que nos ponen en las portadas cuando vamos al supermercado en chándal. No podemos ni sacar a pasear al perro. Es una persecución constante, todo es material de cotilleo.

—¿Cómo lo soportas?

—Hay actores y actrices que han decidido contraatacar publicando ellos mismos el relato de su vida. Cuelgan fotos en las redes sociales casi cada día, y así hacen que valga menos la pena seguirlos, porque los fans ya tienen las imágenes antes, y gratis. Pero a mí tampoco me gusta ese tipo de exposición. Será por tantos años como policía, siempre en el lado discreto y oculto de la existencia.

—¿Vas a volver al cuerpo?

—¿A la policía? —Se encoge de hombros. Suspira. Santi cree captar cierta pena en su gesto—. No te miento. A veces sueño con ello. Pero ya se me ha pasado el tiempo. El tiempo de excedencia y el tiempo mental. Y, además, creo que mi presencia haría más mal que bien, con toda la repercusión mediática que tendría.

—¿Entonces? ¿Para qué has venido a verme? Porque imagino que esto no es una charla de cortesía. Dices que necesitas mi ayuda.

Ana clava su mirada en él.

—Santi, si estoy aquí, es porque no confío en nadie más.

—Y te has acordado del mejor forense que has conocido en tu vida —trata de bromear bromea él para rebajar la tensión. Sabe que Ana viene con algo importante. Algo que, quizá, no le guste.

—Ya sabía yo que eras listo. Y egocéntrico, también. —Sonríe, recordando viejos tiempos. Siente vértigo al estar al lado de una intimidad que había enterrado—. Ya no me acordaba.

—Culpable de las dos cosas. ¿Qué quieres de mí?

—Mira, hace unos días... —empieza a explicar ella.

—No, no —la interrumpe—..., déjame adivinar. Vienes por un caso policial, algo que ahora mismo sigue abierto. Y en el que yo estoy involucrado. —Ella asiente—. Pero antes, me interesan, casi más que el caso, tus motivos, lo que te ha llevado a dejar tu vida atrás y a venir de incógnito a España. —Ana alza las cejas—. Porque estás de incógnito. La manera en la que me has parado por la calle y el hecho de que no te haya descubierto aún la prensa me dicen que te has escondido muy, muy bien. Tampoco creo que tengas ninguna conexión familiar con alguno de los fallecidos a los que yo le haya hecho la autopsia. Alguien se habría dado cuenta. Y no creo que estés pensando en estudiar para forense —se burla—, o que tu querida superestrella de Hollywood quiera hacer una película sobre mi vida. Estás aquí —la mira fijamente a los ojos— porque tienes alguna deuda emocional con alguien del entorno de Carlos Manso.

Ana sonríe. No se equivocaba al buscarle.

—Quiero que me ayudes a investigar su muerte fuera del sistema. —Pasa la palma de su mano por la alfombra. Santi la ve observar las formas violetas, como si buscara sentido en ellas, igual que lo intenta en esas dos muertes—. Quiero saber si hay algo que no está en los documentos oficiales, algo que tú puedes ver y que no esté registrado. Ya no tengo el respaldo de la policía, pero sigo teniendo amigos allí, y tengo la experiencia y mi cabeza, y te tengo a ti... si decides ayudarme.

Santi la mira, buscando un resquicio de duda en sus ojos, una fisura en su determinación. Pero ella no duda.

—¿Por qué yo, Ana?

—Porque tú también tienes motivos para desconfiar. Y porque espero que siga habiendo dentro de ti aquel Santi que siempre ha querido que las cosas que están ocultas salgan a la luz.

El forense respira hondo y mira de nuevo la cuna de Emma. Sabe que aceptar implica arriesgarse. Mucho. Pero... ¿qué otra salida tiene? Decirle que no puede ser más complicado.

—Acepto si me dices por qué lo haces.

—¿El qué?

—Esto. Venir. Volver a España, y arriesgarte a llamar la atención de la prensa. ¿Con quién tienes una deuda?

—Con un niño.

—¿Un niño?

—Nicolás.

Santi ata cabos inmediatamente.

—¿El niño...?

—Sí. Ese pequeño de seis años que no fui capaz de devolver a su familia.

—Se lo devolviste, Ana —la corrige Santi.

—Muerto, se lo devolví muerto. No fui capaz de llegar a tiempo para salvarle la vida. No fui capaz de resolver el rompecabezas del demonio que se lo llevó.

Ana está a punto de quebrarse. Ese demonio... Ese monstruo... Santi conoce la historia, y le deja su espacio. Durante un eterno minuto están en silencio. Ella, tratando de recomponerse.

—Me ha llamado su abuela.

Santi asiente. ¿Qué papel juega la abuela del niño en este caso?

—Una mujer con la que tú —sigue el forense— sientes que tienes una deuda por no haber podido salvar a su nieto. —Ella vuelve a asentir—. Y una mujer que tiene un vínculo con Carlos Manso.

—De momento vas bien, aunque no hay que ser muy listo para llegar a esas conclusiones.

—Pero... espera... —la interrumpe Santi—. Esa mujer, si yo no recuerdo mal —tira de su memoria prodigiosa—, se llama Pilar. Entonces, sería la misma Pilar que es secretaria de Carlos Manso.

—Bingo.

—Pero ¿por qué hacerte venir? —divaga en voz alta—. Al menos... al menos que tenga algo que contar y le dé miedo decírselo a la policía o a cualquier otra persona. —Santi cierra los ojos y apoya la espalda en el sofá. Piensa en las extrañas conexiones que tiene la vida.

—Eso es. Nadie conocía mejor a Manso que Pilar. Ni él mismo. Porque él se veía con los filtros de la soberbia, con los de la impunidad y con los que dan el dinero y la clase social durante años. Cuando vives en una burbuja, asimilas el comportamiento de sus habitantes como normal, aunque desde fuera y enfrentándolo a cualquier clase de lógica, sea una aberración.

—Y ella, ¿qué ve? O... ¿qué ha visto en esa muerte que le pueda parecer sospechosa?

Ana lo mira fijamente.

—Todavía tengo que reunirme con Pilar. He venido antes a hablar contigo. Necesito un aliado en todo esto. No puedo hacerlo sola. Estoy convencida de que tú también ves algo raro. El Santi que yo conocí...

—El Santi que tú conociste —la interrumpe, mirando tiernamente a la cuna— no tenía una hija. Podía arriesgarse sin importarle nada. Ahora...

—Pero ¿me vas a ayudar?

Santi respira hondo. Fija la mirada en el móvil. Está abierta la aplicación de videovigilancia, que le devuelve la imagen de la cuna de Emma. Casi puede escuchar su respiración pausada y rítmica. Duerme plácidamente, ajena al torrente de dudas que inunda la cabeza de su padre.

Sigue sin decidirse. Su silencio es extrañamente largo y pesado.

—Si es por Emma... —prueba a decir Ana, insistente.

—Puedes hacerlo tú sola, Ana —contesta, al fin.

—No, no puedo. —Le mira fijamente a los ojos—. Llevo mucho tiempo fuera. Las cosas cambian. La vida transcurre. La gente se olvida. Y esto tiene que hacerse de manera muy discreta. Te estoy pidiendo ayuda como amigo. Como un viejo amigo.

Algo no termina de encajar en la mente de Santi. ¿Por qué ahora? ¿Por qué él?

—¿Estás preparada? —le responde.

Ella lo mira, sin comprender.

—¿Para qué?

—Para lo de siempre, Ana. Cuando se hacen preguntas y se buscan respuestas, y más en este trabajo, hay que estar preparado para que esas respuestas no te gusten.

Sigue mirándolo sin comprender.

—Sí, Ana, sí —insiste él—. Ni siquiera sabes qué tiene esa mujer, Pilar, para ti. La primera que debe estar convencida de meterse en esta investigación eres tú.

—Lo estoy. He viajado más de nueve mil kilómetros.

Santi respira.

—Vale —accede—. ¿Qué necesitas?

Ana sonríe.

—¿Tienes a mano los informes de la autopsia? —le pide.

—Aquí no. Están en el despacho. Pero te los puedo recitar de memoria. ¿Qué buscas?

—Alguna pista. Pilar me dijo por teléfono que cree que sus hijas no lloran a Manso precisamente por pena. Y que la mayor llevaba meses insistiendo en el traspaso de poder y obsesionada con los cardiólogos que seguían a su padre. Pero, como siempre, él fue más listo. Debía de tener miedo de algo, porque en su testamento incluyó hace unos meses una cláusula por la que no se ejecutará la herencia hasta que no se demuestre sin lugar a duda que el fallecimiento ha sido natural. —Santi sonríe. Ella prosigue—: Pero Elena Aldama tendría que encajar en todo este juego —plantea Ana.

—Quizá, con todos los programas y todo el poder que Manso iba a darle, la veían como una rival. Alguien muy cerca de su padre que podría haberse hecho silenciosamente con el poder sin que ellas lo supieran. Quizá ese gestor anónimo del testamento fuera ella. Estando viva podía suponer un obstáculo insalvable para las hermanas.

—Podría.

—En cuanto llegue al despacho, te mando el informe provisional de las autopsias. Estoy solo a la espera de tóxicos. Pero esos dos cuerpos los abrieron estas manos —agita los dedos en el aire— y los examinó este cerebro —se señala la frente— privilegiado.

—¿Crees que es posible que dos de los máximos directivos de la televisión en España mueran de forma natural con apenas tres días de diferencia?

Santi reflexiona.

—Bueno, he descubierto que la joven con la que estaba Manso le hizo consumir una droga que se llama Agua de Dios minutos antes de su muerte. Y Elena Aldama también se encontraba mal justo antes de morir, ya en el funeral. Pero no encontré nada en las autopsias. Nada.

—¿Agua de Dios?

Santi le explica en qué consiste esa droga tan de moda en la comunidad elitista china y que promete llevar al cielo sexual a sus consumidores.

—¡La madre que lo parió! —se sorprende Ana, que desconocía esa nueva sustancia tóxica—. Igual esa es la vía, Santi. Igual hay que esperar a los resultados de los tóxicos de Aldama. Quizá le dieron otra droga de esas indetectables capaz de provocar una cetoacidosis...

Quizá. La mira fijamente.

—¿No confías en nadie de la policía?

—Claro que sí. Pero ellos serían los últimos con los que contactaría. Ni siquiera la gente en la que más confío puede saber que estoy aquí. No quiero causarles ningún problema.

—Porque estarían infringiendo la ley. Y serían sancionados. Lo que no parece preocuparte en mi caso.

—No, no, perdona. No es que tú no...

—Tranquila, tranquila. Yo no estoy en la misma posición que ellos. Nadie va a sospechar de mí. Y con mi mente privilegiada puedo ayudarte mejor que nadie en este país —sonríe.

—No tienes abuela.

—No, la verdad es que no. —Santi y Ana estallan en una carcajada.

Como si los hubiera oído, el intercomunicador se enciende. Emma se ha despertado. «Papiiiii, papiiii», llama a su padre.

—Tendrás que darme hasta el amanecer. Mi mejor aliada me necesita ahora mismo. ¿Eso es todo?

—De momento —responde Ana. Pero desvía la mirada. Solo por un segundo, antes de entender que tiene que marcharse de esa casa.

Santi sonríe. Pero lleno de preguntas por dentro.

Ana Arén. La única capaz de revolverlo todo sin tocar nada.

47

El día de Santi no amanece cuando sale el sol, ni cuando suena el despertador o se toma el primer café. Tampoco cuando deja a Emma en brazos de Blanca, coge la moto, llega al trabajo o abre el primer cuerpo. Ni siquiera cuando redacta el último informe de la jornada.

El día de Santi amanece cuando llega a casa y coge a su hija en brazos, cuando la observa dormir, o cuando persigue su caminar tambaleante por el pasillo, cuando miran *Peppa Pig* juntos en el iPad o toman juntos un yogur de postre antes de irse a dormir. El día de Santi solo cuenta al regresar a casa y estar con su hija. Solo entonces siente que el tiempo le pertenece. Ahora mismo, y quizá ya para siempre, esa niña es la única ancla que impide que se deje arrastrar por la deriva.

Emma, con sus ojos grandes y curiosos, lo observa desde la cuna, esperando esa rutina que ya es un pacto entre ambos. Sea la hora que sea, esté quién esté con ella, al escuchar las llaves en la cerradura de entrada, Emma se hace la dormida —incluso sobre la mesa de la cocina— y espera a que su papá le dé besitos en el cuello para fingir que se despierta.

Ahora mismo, y quizá para siempre, esa niña es lo único que ata a Santi a la vida.

Tan listo que es, tanta inteligencia, tanto cerebro privilegiado, y jamás había sospechado que existiera ese tipo de amor desmedido entre seres humanos. Un amor que no se piensa, que no se analiza, que no se mide en argumentos ni en lógica. Un amor que lo atraviesa, que lo desarma, que lo hace pequeño y gigante al mismo tiempo. Un amor que no exige nada, pero lo da todo. Un amor que no necesita palabras, porque se entiende en una respiración pausada sobre su pecho, en unos deditos que buscan los suyos en la oscuridad, en un simple *papá* pronunciado con voz de sueño.

No sabía que podía querer así. No sabía que podía ser así. Y ahora que lo sabe, le asusta pensar que, sin Emma, si esa niña no estuviera, él tampoco querría estar.

Un buen rato después de marcharse Ana, pasadas las nueve y media de la noche, la pequeña cae rendida en sus brazos, en la gran cama de matrimonio. Nota su respiración calmada y el calor de su cuerpo como si fueran el tranquilizante más potente del mundo. En sueños, la pequeña sonríe, torciendo la boca ligeramente más hacia la izquierda.

Igual que su madre.

Igual que Berta.

La noche pasa como si no hubiera existido. Santi se despierta de golpe, aturdido, atravesado en la cama, con Emma acurrucada junto a su pecho, hecha un ovillo. El sonido del teléfono móvil lo devuelve a la realidad.

¿Berta?

—Dios mío, Berta, ¿qué hora es? —Todavía está atontado. Ha debido de despertarlo en la fase más profunda del sueño.

—¿En qué lugar concreto del planeta Tierra? ¿Donde estás tú o donde viven los yanomami? —contesta, seca e irónica.

«¿Bromitas a estas alturas? ¿Qué cojones le pasa?», piensa la parte del cerebro de Santi que ya se ha despertado.

—¿Cómo estás? —le pregunta ella.

—¿Cómo estoy de qué? —susurra él, confundido, con la voz chiclosa y seca, mientras sale de la habitación haciendo el menor ruido posible. Todavía no ha amanecido.

—Pues así, en general.

—Berta —contesta él, empezándose a enfadar—, ¿me puedes decir a qué viene esto?

—Nada, quería hablar contigo.

—Ya, claro. Y me lo tengo que creer. —Abre la nevera y bebe un buen trago de agua fría, directamente de la botella.

—Haz lo que quieras. ¿Crees que hay alguna intención más?

—Mmm... —Está empezando a hartarse—. ¿La hay?

—Quiero verte. —La petición de Berta le pilla desprevenido. Se sienta en medio del pasillo que lleva a la puerta de entrada al piso. La única luz que le ilumina la cara es la del teléfono.

—¿Ve... —tartamudea, aún más con la lengua pastosa— verme?

—Sí, verte. Mirarte a los ojos. —Sus palabras son tan directas que Santi siente que su pulso se acelera. ¿Es posible que sepa que...?

—Pero... —protesta. Sigue adormilado.

—¿Sí o no?

Santi se queda quieto, sosteniendo el teléfono con la mano tensa. Hay algo en el tono de Berta que no había escuchado hasta este momento. Algo que le preocupa. Aunque no tiene tiempo de pensar más. La opción de vídeo se activa. Santi intenta disimular su nerviosismo.

—Estás a oscuras —le dice ella—, sentado en el pasillo de casa, y tienes cara de cansado.

—Ya sé que estoy cansado. Y tú podrías haberlo imaginado, a estas horas. No hubiera hecho falta activar el modo cámara. No de madrugada.

—Bueno. Me apetecía.

Menuda explicación.

—¿Ves algo más que yo no vea? —Santi está a la defensiva.

—La verdad es que siempre has sido una persona muy contenida. Y no solo a nivel emocional. Físicamente siempre pareces estar rodeado de una muralla. Tieso como el palo de una escoba.

—Si lo que querías era decirme estas lindezas...

—Tú has preguntado.

—Vale. Pero no estamos en igualdad de condiciones. ¿Por qué no has activado tú la cámara?

—¿Quieres? —responde ella.

No lo sabe, la verdad. Tanto dolor...

—¿Estás preparado? —insiste Berta.

Tampoco lo sabe. Pero ¿y si no se lo ofrece más?

—Sí —intenta parecer convincente—. Sí lo estoy.

Pasan un par de segundos, como si algo vacilara. Quizá es el sentido común imponiéndose, el universo diciéndole que pare. Pero, de repente, la pantalla parpadea. Y ahí aparece. Berta. Un plano corto, de su cara, su cuello y su pecho sobre un fondo desenfocado, algo que parece una pared gris, plana. Lleva la chaqueta blanca de punto que le regaló años atrás, con la que se abrigaba los días fríos, su favorita. Con el pelo ligeramente despeinado, cortado por encima del hombro, esponjoso y aireado como una almohada recién ahuecada, con pequeñas ondas desordenadas que le dan volumen y suavidad, como si atraparan el aire en su forma. No lleva maquillaje. Es la Berta de un fin de semana en casa viendo llover tras los cristales.

En un gesto instintivo, alarga la mano para tocar la pantalla, buscando su piel, pero se detiene a medio camino.

—¿Me ves bien? —pregunta ella.

—Es... es...

—Fantástico, ¿verdad? —Sonríe, emitiendo una risa ligera, casi un susurro juguetón que se desliza entre sus palabras como un hilo de plata enredándose en la ternura del momento—. ¿Qué te parezco?

—Estás... —trata de componer una frase.

—Mírame. —Ella sigue sonriendo—. Mírame bien. Hiciste mal en no escogerme.

Directa al corazón. No podía ser de otra manera. La misma peleona de siempre.

—Berta, por favor... —Santi no esperaba que la primera vez que se vieran fuera así. No quiere pelear.

—¿Qué quieres? No voy a cambiar a estas alturas.

No. Ya no. Claro. No podría cambiar a estas alturas de la...

—¿Por qué querías verme? —pregunta Santi.

—Tenía curiosidad.

—¿De?

—Me he enterado de una cosa.

—Tú dirás.

—No te hagas el tonto —suena enfadada. Y, por un instante, a Santi le parece gracioso. Tanto que casi sonríe. Lo que son las cosas—. Sé que has estado con Ana Arén.

Pues claro. Ana Arén.

—¿Y?

—¿Tienes algo que contarme?

—¿Cómo te has enterado?

¿Ha sido hace apenas unas horas?

—¿Y tú qué crees? —Suelta una sonrisa que sabe a carcajada amarga—. Tengo tiempo. Y acceso.

—Pero... ¿por qué te preocupa? —la reta.

—Yo no te he dicho que me preocupe. En cualquier caso, me preocupo por ti. Y por mi hija.

—¿Ahora crees que Ana Arén es una asesina en serie?

—No seas imbécil. —Santi cree ver algo parecido al miedo en sus ojos. Pero no, no puede ser—. Pero ten cuidado. ¿No crees que es extraño que la primera persona con la que se ha puesto en contacto seas tú? Ni siquiera veinticuatro horas después de aterrizar...

—Berta, ¿cómo sabes...?

—No pongas esa cara —le interrumpe ella—. He accedido a la lista de pasajeros del avión de Iberia que la trajo de Los Ángeles a Madrid. Voló en primera clase. —Santi empieza a preocuparse—. Me extraña que no haya venido en el Gulfstream G700 de su novio. Puede alcanzar casi la velocidad del sonido y plantarse aquí en poco más de ocho horas con toda la comodidad, lujo y privacidad del mundo.

—Si quieres, se lo pregunto.

—¿Qué?

—Que, si quieres, la próxima vez que la vea le pregunto por qué no ha viajado en el avión de Miguel Rolo. Aunque, para eso, antes tendría que saber que ha viajado en un vuelo regular. Y, como ella no me lo ha comentado, quizá tendríamos un problema. Podría preguntarse de dónde he sacado la información, o incluso por qué he buscado esa información.

—¿Y para que la ayudes tiene que venir a esta casa?

¿Cómo sabe...?

—Escucha, Berta... —Santi no quiere que suene a disculpa porque no tiene que disculparse con nada. Y menos ante...

—No. Escúchame tú. En esta casa vive mi hija.

—Berta, vamos a dejar clara una cosa. —Se siente idiota teniendo que ponerle límites—. Ana y yo nos conocemos desde hace años. Lo sabes. Hemos trabajado juntos en muchos casos. Y resulta que tiene una relación personal, casi siente que una deuda, con una persona cercana a Carlos Manso. Por alguna cuestión que no logro entender, ha pensado que soy la única persona a la que puede pedir ayuda. O, al menos, la única de la que fiarse y que tiene información de primera mano de este caso.

—¿Ella cree que Elena y Manso fueron asesinados?

Santi se queda en silencio.

—Yo imagino que lo sospecha.

—Dijiste que no te ibas a meter en líos. Que habías cambiado. Que nada de investigaciones extraoficiales. Que del trabajo a casa.

—Es verdad —admite él.

—Aparta a mi hija de ella, ¿vale? Apártala de ella, por favor. Y de ti.

—Vale. —Santi no había pensado en los celos—. No te preocupes.

—¿Cómo está?

—¿Emma? Durmiendo. Claro. Mira qué hora es.

—¿En su habitación?

—No. En mi cama. Nos habíamos quedado dormidos los dos.

Berta suelta una carcajada. Natural. Fresca. Casi real. Santi se relaja.

—Dios mío, Santi. No te reconozco. Si alguien me hubiera dicho hace unos años que tendríamos una hija en común y que te comportarías con ella como no te has comportado con ningún otro ser humano, incluido contigo mismo, habría pensado que estaban hablando de otra persona. Tú, el ser más asocial, aséptico e impasible, muerto de amor por alguien y sin avergonzarse ni flagelarse por ello. Bravo por Emma.

—Berta, por favor..., yo, yo también te... te sigo queriendo.

—No te engañes, Santi. Soy yo la que te quiere con locura. La que se volvió loca por cualquier pequeña migaja que me dieras. ¿Te acuerdas de lo que me decías? El cuerpo es solo el instrumento que utiliza el cerebro para obtener lo que necesita, y en esa ecuación no caben los sentimientos. Solo lo desvirtúan todo.

—¿Tienes que seguir haciéndome daño?

—No quiero hacerte daño, solo estoy explicando la realidad de manera concisa y precisa. Así era nuestra relación, Santi. No supimos acoplarla. Estábamos cada uno en lugares distintos. Yo nunca fui tan feliz como cuando estaba contigo, nunca me sentí más protegida que en tus brazos. —Más protegida que en tus brazos. La frase se clava en el corazón de Santi—. Perdona, yo no...

—Ya, ya lo sé, que no quieres hacerme daño, Berta. Ya lo sé. —Quiere llorar, pero no va a hacerlo. No es el momento—. Pero también quiero que sepas cómo me siento, lo que te echo de menos y lo que me arrepiento de todo. De no haberte protegido, sobre todo.

—No eres un caballero montado en un corcel blanco, mi amor. —Berta suaviza el tono—. Eres poderoso, pero lo que pasó fue culpa mía. Tendría que habértelo contado.

—Nunca vuelvas a decir que fue culpa tuya.

—Lo fue. Pero ya no hay remedio. Ahora tenemos esto. Y es con lo que nos tenemos que conformar.

—No. No pienso conformarme.

Cuelga.

Santi cree que es la primera vez que ha colgado a Berta desde lo que pasó. No. No cree. Lo sabe.

48

Ana despierta temprano, con el informe preliminar de las autopsias y los registros policiales en su correo. Tal como Santi le prometió, los documentos son exhaustivos, cargados de detalles. Mientras los lee, una leve punzada de aprensión le recorre el cuerpo, como si estuviera viendo una vieja fotografía de sí misma, el retrato de alguien que se ha esforzado en dejar atrás. Hay expresiones que creía olvidadas, lenguaje médico, policial y jurídico que durante mucho tiempo no ha utilizado, pero que ahora fluyen con una familiaridad inquietante.

Santi describe con precisión cada aspecto del cuerpo de los fallecidos. Ana se sorprende al notar el sabor olvidado de cuánto le gusta desentrañar estos pormenores, de cómo cada frase parece contener una pequeña pista. Siente un cosquilleo conocido en la lengua, una punzada de antigua hambre, como si una palabra olvidada se despertara en su boca.

Recuerda por qué era policía.

La habitación se llena del suave zumbido de la calefacción central, un sonido casi imperceptible que parece luchar contra el frío acumulado durante años en las paredes. El aire está cargado de polvo y recuerdos; una mezcla extraña de humedad y el perfume añejo de sus tías, que aún parece flotar en las cortinas y en los rincones, aunque Ana sabe que es imposible. Ha pasado demasiado tiempo. Los muebles, cubiertos por sábanas amarillentas, se alzan como fantasmas inmóviles en un espacio que parece congelado en el tiempo. Cada rincón murmura ausencia, como si la casa misma hubiera olvidado cómo respirar sin sus dueñas.

El polvo flota en haces de luz, suspendido como recuerdos que nadie ha reclamado.

Ana se acurruca en la cama, bajo un par de mantas que encontró anoche en un altillo. Le da pereza levantarse. Se hunde en el texto. Cada párrafo la devuelve al ritmo acelerado de un pasado que todavía palpita en su corazón. Al llegar a uno de los apartados, frunce el ceño. Retrocede. Vuelve a leer. Algo no encaja. Es un detalle pequeño, pero suficiente para despertar esa sensación en su pecho. El pálpito que le dice que ha encontrado un hilo del que tirar. Carlos Manso, un hombre obsesionado con el control, con acceso a los mejores médicos y a los secretos de la longevidad, tenía cicatrices en lugares insólitos. Huellas pequeñas, pero que tienen que estar cargadas de significado.

Coge el teléfono y marca el número de Santi.

—¿Los cortes? —pregunta, sin rodeos.

—¿Los cortes? —Santi repite la palabra, como si saboreara el significado.

—Sí. ¿Te parecen normales?

—Más raro es lo que alguna gente guarda en el congelador —contesta él, de forma críptica.

Ana sonríe, negando con la cabeza. Ese hombre. Lleno de secretos. Siempre.

—Algún cadáver he visto yo en un congelador, y no precisamente entero. Pero el informe policial no ha encontrado ninguno en casa de Manso, ¿no? —Se ríe.

—Nada —confirma Santi—. Al menos, no en el congelador.

Ana guarda silencio un momento, luego insiste.

—¿Y los cortes? ¿Crees que tienen algo que ver con su muerte?

—No. Casi todos eran antiguos. Pequeñas incisiones no mortales —explica él, adoptando un tono profesional—. Al principio pensé que se trataba de automutilaciones, tal vez un mecanismo para lidiar con el estrés o la rabia. Lo hace más gente de la que pensamos. Pero no encajaba: hay cortes en zonas que Manso no podría alcanzar por sí mismo. Como has visto, las heridas están espaciadas en el tiempo. La más antigua tiene unos cinco años, aunque no puedo asegurarlo porque no sé cómo cicatrizaba su cuerpo; la más reciente, apenas unas semanas. Es solo una estimación, claro, pero hay un patrón.

—Carlos Manso. El titán televisivo. Muerto con marcas que ocultaba al mundo. Y que nadie parece considerar importantes. —Ana consulta el informe de nuevo—. Tres pequeñas cicatrices alargadas en el muslo derecho, dos en la parte interna superior del brazo izquierdo, cuatro en los pliegues inferiores del glúteo y dos en los maleolos internos. ¿Y no llama la atención de nadie? Es surrealista.

—Como has podido leer, he destacado las cicatrices en mi informe, pero no han despertado interés. Supongo que la familia prefiere silenciar cualquier cosa que lo haga parecer menos... en control. Podría desatar una avalancha de problemas legales: impugnaciones de contratos, demandas... Imagínate la que se montaría si alguien sugiriera que Manso no estaba en sus cabales.

—Así que lo están tapando. —Ana deja caer la afirmación con calma.

Santi suspira.

—Ana, son cicatrices pequeñas, insignificantes. ¿Puede ser que tuviera alguna parafilia rara? —Ella frunce el ceño, extrañándose. Santi aventura—: Quizá le gustaba que le hicieran cortes durante el sexo. En cualquier caso, no tienen nada que ver con la causa de su muerte.

—Tal vez no, pero algo me dice que hay más detrás de esas marcas —replica, con firmeza—. Estamos hablando de dos muertes seguidas en el círculo más alto del poder televisivo. Estoy convencida de que no son casualidad. Y no pienso dejarlo pasar. —Ana se levanta, incapaz de quedarse quieta—. Necesito respuestas. Y, esta vez, no voy a llegar tarde.

—¿Qué vas a hacer?

—Hablar con alguien que me puede dar algunas de las claves.

Santi guarda silencio. Se imagina a quién se refiere Ana.

—Siempre has tenido ese don para hacer que la gente hable. Espero que siga funcionando.

Ana cuelga, con la mirada fija en los informes. Las cicatrices. ¿Qué significan? ¿Quién se las hizo? ¿Por qué nadie habló nunca de ellas? Su mente, entrenada para diseccionar cada detalle, cada anomalía, las observa como un enigma que debe resolverse antes de que sea demasiado tarde.

Y solo hay una persona que puede saberlo.

Pilar.

Pilar tiene respuestas. Sí. Todos la han visto siempre como una simple secretaria, una sombra discreta tras el trono de Manso, un apéndice burocrático sin mayor importancia. Pero Ana sabe que eso es solo la fachada, la imagen cuidadosamente diseñada para ocultar la verdad. No ha sido solo la asistente de Manso: fue su sombra, su oído, su memoria, la que resolvía lo irresoluble, la que conocía sus debilidades y sus secretos más oscuros. La conseguidora. La confidente. La solucionadora de problemas. El muro de carga. También el de las lamentaciones.

Pilar no era una secretaria. Era el sistema operativo de Manso.

Sí. Pilar tiene respuestas.

Y Ana las va a encontrar.

49

Hay algo en los muy ricos que les hace aceptarse entre iguales y desenmascarar a los impostores con un único vistazo. Caminan como si el aire les perteneciera, con la calma fascinante de quienes giran las agujas del reloj en lugar de ser arrastrados por ellas. Sus cuerpos han aprendido a moverse ignorando a los demás. Entre ellos se reconocen en los hombros bajos y relajados, la quietud de las manos, la expresión contenida que apenas se altera ante nada. Es un lenguaje secreto, sutil y exclusivo. No necesitan demostrar interés ni aprobación; no llenan los silencios con sonrisas corteses ni movimientos nerviosos. Cada gesto es preciso; cada frase, medida.

En sus conversaciones, manejan los silencios con la misma destreza que las palabras. Hablan con naturalidad de cosas que para otros son inalcanzables, y lo hacen con una ligereza casi desinteresada, que raya en la indiferencia. Para ellos, la riqueza no es algo que necesiten destacar; es una constante tan arraigada en sus vidas que les permite actuar sin urgencias ni ansiedad. Sus trajes, impecables y de confección perfecta, nunca llaman la atención. Prefieren lo discretamente opulento a lo ostentoso, lo perfectamente hecho pero invisible. Este comportamiento, aprendido y reforzado en sus exclusivos círculos, destaca cualquier gesto fuera de lugar como una confesión involuntaria: una sonrisa demasiado amplia, un saludo efusivo, una risa que no encaja. Todo eso delata a los impostores.

—Es una élite que opera bajo códigos que el resto nunca podremos descifrar completamente —le dice Pilar Renuncio a Ana Arén, frente a un café—. Aunque llevemos décadas junto a ellos.

Ana se recuesta ligeramente en su silla, observando con una mezcla de tristeza y compasión a Pilar, mientras la mujer remueve su café con movimientos lentos, casi hipnóticos, como si al hacerlo pudiera también deshacer sus dudas. Hace muchos minutos que la sacarina se ha disuelto. Es un gesto de nerviosismo para llenar el tiempo, para pensar cómo continuar. Qué decir. Qué hacer. El lugar tiene un encanto discreto, con las paredes decoradas con fotografías del Madrid que ya no existe y un aroma constante a torrefacto antiguo. Fuera, los ruidos de la calle se cuelan por la puerta entreabierta, amortiguados por el murmullo del interior. Pilar levanta la vista un instante, como si buscara las palabras exactas que necesita, pero lo único que encuentra es el peso de sus propias reflexiones.

—Es curioso —añade finalmente, dejando la cucharilla sobre el platillo—. Siempre piensas que los entiendes, que eres necesaria, que te has vuelto indispensable para ellos. Pero cuando los miras desde fuera, como ahora, te das cuenta de que nunca te permitieron entrar. Nos movemos a su alrededor como satélites, cómodos en nuestra órbita. Y ellos, en su centro de gravedad, nos dejan girar, calculando cuánta luz darnos y cuándo dejarnos perder en la oscuridad.

Pilar se queda en silencio un momento, mirando su taza como si en el café que pudiera encontrar la lógica de un mundo que nunca ha acabado de entender. Ana espera, paciente, sabiendo que está reuniendo fuerzas para decirle algo que tal vez le cueste admitir. Fuera, el bullicio del barrio parece ajeno a las confesiones que flotan en el aire entre las dos.

—Cuando tienes todo y puedes comprarlo casi todo —se decide, sin levantar la mirada—, te aburres. Cada vez necesitas más intensidad, más riesgo. Lo he visto en muchos de ellos. Se vuelven ludópatas del casino emocional que son su cabeza y su corazón. Así que algunos lo apuestan todo, incluso sus vidas, para no aburrirse.

—Se creen inmortales, como si tuvieran el instinto de conservación en huelga —apostilla Ana.

La secretaria sonríe.

—Es así. Como adictos que cada vez necesitan más droga para obtener el mismo efecto, sin saber que nunca van a conseguir el subidón de la primera vez.

—Eso tiene su explicación biológica. El sistema de recompensa del cerebro necesita cada vez más dosis para alcanzar el mismo nivel de euforia. En el caso de este tipo de personas, consumidoras de experiencias arriesgadas, la vida es una droga contra la que se van inmunizando a medida que queman los límites.

—Nada de lo que habían hecho antes les emociona ahora. Comprar una empresa más. Un viaje de extralujo más. Otro barco. Otra mujer. Un Rolex de los que solo hay cuatro en el mundo. Ni te imaginas la de cosas que tenía que conseguirle a Manso. Y cómo perdía el control si no lo lograba. ¿Qué más le daba ese coche, si era casi igual que otro que tenía? ¿O esa mujer, si iba a dejarla en un par de meses porque ya no era novedad?

—¿Nunca le preguntaste el porqué?

—Siempre me contestaba lo mismo: «¿Para qué levantarse de la cama si no es para sentir algo? Pilar, tú quizá no lo entiendas, pero cuando estás en la posición en la que estoy yo, tengo muchos enemigos a los que destruir, y créeme que lo hago. Pero ya no me emociona. Solo noto cosquillas en el estómago con las batallas realmente difíciles. Y de esas hay pocas, Pilar, de esas hay pocas».

Tan pocas que llega un momento en el que esos millonarios aburridos empiezan a poner en riesgo sus vidas para saciar sus ganas de adrenalina.

Apuestas entre ricos hastiados.

—Empezaron con tonterías —continúa Pilar, levantando la mirada—. Una carrera de yates. ¿Quién llegaba antes al puerto sin ayuda de la tripulación? Luego, cosas más... extravagantes. ¿Sabías que hubo un año en el que decidieron ver quién podía sobrevivir más tiempo perdido en una isla desierta, solo con lo que llevaran puesto? Uno acabó en el hospital casi muerto, se rindió y tuvo que utilizar el teléfono satélite de emergencia para llamar al resto. ¿Y sabes qué hicieron los demás? —La secretaria se inclina hacia Ana, su voz es apenas un susurro cargado de incredulidad—. Le mandaron una cesta de frutas y champán, como si fuera su premio por haber «perdido». Estuvieron burlándose de él años.

Ana frunce el ceño, tratando de entender cómo alguien puede trivializar tanto con su propia vida.

—¿Y Manso? —pregunta finalmente.

—Oh, él era el peor. —Pilar ríe, aunque el sonido está cargado de amargura—. No solo participaba, sino que siempre intentaba elevar la apuesta.

—Es como si buscaran un vacío más grande para llenar —reflexiona Ana, sintiendo una mezcla de fascinación y repulsión por esas historias.

—Exacto. —Pilar asiente con tristeza.

Así que las cicatrices en el cadáver de Carlos Manso son precisamente eso: costurones de aburrimiento. Eso es todo. ¿Qué arriesgar cuando crees que nada de lo que tienes puede realmente perderse, porque todo es reemplazable? ¿Qué sacrificar cuando lo único que te importa es el abismo bajo los pies?

Tu propio cuerpo.

Ana permanece en silencio, reflexionando. La imagen de Carlos Manso en su mente se transforma, revelando a un hombre atrapado en una espiral de autodestrucción cuidadosamente disfrazada de éxito y poder. Empresas, amantes, coches, yates, casas, lujos... Para él y sus amigos todo aquello se había convertido en un simple decorado, un telón de fondo que daban por hecho. Con el tiempo y la costumbre, el dinero e incluso el poder dejan de ser algo excitante. La única emoción real es el peligro, una mezcla extraña y perversa de dolor y control que solo les permitía sentir que aún tenían algo por lo que vivir. Y cuando ya no le excitaban los riesgos financieros, sociales y personales, el último tablero de juego fue su propio cuerpo.

Pilar le cuenta que primero empezaron jugándose personas. Escuchó la conversación a través de la puerta abierta del despacho de su jefe.

***

—¿A que no te atreves a despedir a Luis Fernández? —le propuso Ignacio Moral, otro empresario del IBEX 35, un par de años atrás, mientras compartían un *whisky* caro.

—¿Cómo dices?

—¿A que no te atreves? —repitió Ignacio, clavando en él una mirada tan fija y calculada como la de un jugador de póker profesional—. Yo pongo sobre la mesa a Paco Andrade, uno de mis mejores hombres. Fiel hasta la médula. El desafío es sencillo: el primero que se eche atrás pierde. Tienes que despedirlo, sin explicaciones, sin dar motivos. Y aguantar el tipo. Como un verdadero macho.

Carlos Manso, acostumbrado a desafíos millonarios y decisiones estratégicas, tardó un momento en procesar lo que acababa de escuchar.

—¿Me estás diciendo que me juegue el puesto de Luis Fernández? ¿Luisfer, que ha lidiado con los sindicatos, que ha capeado todas las huelgas y está a punto de jubilarse? ¿El hombre que hizo que mis emisoras no se hundieran cuando los comunistas nos tenían acorralados? No pienso despedirlo. Vamos, ni lo consideraría. Estás loco.

Ignacio sonrió, una sonrisa pequeña, apenas un destello de satisfacción al ver cómo Manso titubeaba, descolocado.

—Y esa es precisamente la gracia. La emoción, la adrenalina, Carlos. Es como estar en una partida de ajedrez en la que las piezas son personas reales. ¿Hace cuánto que no sientes ese cosquilleo en el cuello, esa angustia deliciosa de poder perder algo que importa de verdad? ¿Hace cuánto que no vives unos días de vértigo? Despídelo, en persona, y graba la conversación.

Manso negó con la cabeza, como si quisiera sacudirse la idea. Pero, durante días, las palabras de Ignacio resonaron en su mente como una melodía hipnótica, envolviéndolo.

La punzada exacta que lo despertaba del letargo.

Esa noche, en la soledad de su despacho, Carlos Manso tamborileó con los dedos sobre el escritorio, mientras un pensamiento oscuro y seductor se abría paso.

«¿Y si lo hago?».

Carlos Manso se había negado.

Pero...

... pero pasó días pensando en la propuesta. Y cada vez que lo hacía notaba un chorro de adrenalina extendiéndose por su cuerpo, una emoción que lo resucitaba, por la que valía la pena levantarse por las mañanas. Ahora, todo lo demás ya le aburría. Solo podía pensar en competir. En el vértigo de la derrota. Pero, sobre todo, en la euforia de la victoria.

De nuevo.

Porque, en el fondo, sabía que el límite siempre estaba más cerca de lo que quería admitir.

La idea, que inicialmente le pareció absurda y cruel, comenzó a adquirir un matiz seductor. La posibilidad de sentir, aunque fuera por un instante, el vértigo de un riesgo real. No estaba jugando con dinero, ni con empresas que pudiera vender o recuperar con un par de llamadas. Estaba jugando con algo mucho más tangible: la vida de una persona.

—¿Está todo bien, señor Manso? —preguntó Luis Fernández, tras la reunión, interrumpiendo el hilo de sus pensamientos.

Carlos asintió con una sonrisa que no llegaba a sus ojos.

—Perfectamente, Luis. Puedes irte.

Cuando el hombre salió del despacho, Carlos se quedó mirando la puerta cerrada. El eco de los pasos de Luis retumbaba en su mente.

«¿Y si lo hago?».

El teléfono en su escritorio sonó, sacándolo de sus pensamientos. Era Ignacio Moral.

—Solo llamaba para saber si ya has tomado una decisión. —Su tono era despreocupado, pero Carlos percibía la burla implícita.

—Dame un par de días —respondió, con voz tranquila, pero con una determinación creciente.

Colgó el teléfono y se reclinó en su silla de cuero. La adrenalina empezó a correr por sus venas, la sensación que tanto había extrañado. Se imaginó el impacto, las consecuencias, la reacción de Luisfer al recibir la noticia. ¿Cómo sería despedir al hombre que siempre estuvo a su lado? ¿Cómo sería caminar por la cuerda floja sin red, con el mundo observando, con sus enemigos esperando que caiga?

De repente, la idea ya no le parecía tan descabellada. «Quizá, solo quizá, lo haré».

Y con ese pensamiento, Carlos sintió algo que no había sentido en años: estar vivo.

—¿Qué dices que podemos jugarnos? —lo soltó una mañana a Ignacio Moral en medio de una llamada telefónica trivial, con un tono de voz que quería pasar por banal, para que no pareciera que estaba ansioso por la propuesta, como si no hubiera pasado noches en vela dándole vueltas, buscando esa chispa sin parecer ansioso.

—¿Jugarnos? —Moral dejó que la palabra flotara en el aire, disfrutando de esos segundos de tensión. Lo haría sufrir, aunque solo un poco. Era un maestro de la provocación, y aunque presidía la mayor empresa de telecomunicaciones del país, sabía que su poder palidecía frente al de Manso, el titán que controlaba narrativas, creaba mitos y moldeaba gobiernos.

—No te hagas el imbécil, ¿vale? —gruñó Manso, con ese tono que dejaba claro que estaba a punto de perder la paciencia.

Moral sonrió al otro lado de la línea, saboreando el momento. Estaba jugando con fuego, y lo sabía, pero eso era precisamente lo que lo excitaba.

—¿Ahora te apetece? —arriesgó, lanzando el anzuelo con una pizca de descaro. No podía evitarlo.

—No —contestó Manso, tajante—. Te apetece a ti. Tentarme. Jugártela conmigo. Imaginar que puedes ganarme. Te pone cachondo.

No le dio opción a negarlo. Ni siquiera a algún pequeño matiz.

—Y a ti también —se arriesgó, sin embargo, Moral.

Manso no le dio la satisfacción de una respuesta. Simplemente colgó, pero su corazón latía con una fuerza descomunal, se le salía por la garganta. La emoción le corría por las venas como un torrente de lava. ¿Cuánto iba a tener que esperar?

El mensaje llegó al día siguiente.

«Una semana del IBEX 35 —le escribió Moral—. Hasta la centésima. A ver quién consigue aumentar más el valor de su empresa. El que pierda, despide. ¿Te parece bien?».

Y perdió. Contra todo pronóstico, perdió Manso.

No porque hubiera cometido un error; al contrario, logró una de las semanas más rentables de su historia empresarial. Pero no previó que Moral estaba jugando con ventaja. El as en la manga era una *API-first design* revolucionaria cuyo lanzamiento había mantenido en absoluto secreto hasta el momento crítico, haciendo que las acciones de NexTel se dispararan un veintiuno por ciento en dos días.

Luis Fernández, el hombre que había sido su escudo en las peores batallas corporativas, entró en el despacho del gran jefe para ser despedido. Sin explicaciones. Manso cumplió con la apuesta, grabó la conversación y se la hizo escuchar a Ignacio Moral, pero juró vengarse.

Poco a poco, el juego se expandió. Dos no eran suficientes. Otros empresarios y políticos, igualmente poderosos y aburridos como ellos, no solo de España, comenzaron a unirse, atraídos por la promesa de una emoción que su riqueza y el poder ya no les daban. Era un club secreto, exclusivo, alimentado por la necesidad de sentir algo auténtico.

Cuando despedir a sus colaboradores más leales dejó de ser suficiente, buscaron nuevos retos, más oscuros, más personales. Y fue entonces cuando se volvieron hacia sus propios cuerpos.

¿Qué mayor humillación que llevar en la piel la marca indeleble de una derrota? ¿La de verse cada día la cicatriz de haber perdido?

Al principio, eran marcas pequeñas, precisas, hechas por enfermeras con bisturíes quirúrgicos. Un ritual casi aséptico, cargado de simbolismo. Pero, pronto, eso tampoco bastó.

Como si recrearan la crueldad de Shylock en *El mercader de Venecia*, los ganadores comenzaron a exigir algo más visceral: ser ellos mismos quienes infligieran las heridas. Querían ver el miedo, la rabia y la sumisión en los ojos de sus oponentes mientras marcaban sus cuerpos.

Así, en los pechos, espaldas y muslos de algunos de los hombres más influyentes del país empezaron a aparecer cicatrices, no solo como testigos de sus derrotas, sino como recordatorios de una violación profundamente personal. El dolor les quemaba. Pero lo necesitaban. La humillación les enfurecía. Pero se dieron cuenta de algo aterrador: no podían vivir sin ello. El placer de marcar a un rival de una forma tan íntima era ya lo único que conseguía calmar la ludopatía frenética que habitaba en sus cerebros y les devoraba desde dentro.

Con cada juego, con cada apuesta, se adentraban más en un abismo del que ya no podían salir.

***

Cuando Pilar termina su relato, su mirada se pierde en la taza de café, vacía mucho tiempo atrás, pero que ha sostenido entre las manos como si fuera un escudo al que agarrarse. Suspira y se encoge de hombros, como si con ese gesto pudiera liberarse de las palabras que acaba de pronunciar.

—¿Quieres decir que... esas cicatrices... eran lo único que les hacía sentir algo? —murmura, atónita, Ana.

La mujer asiente lentamente. Sus ojos, cargados de años de experiencia y desengaño, reflejan una mezcla de lástima y desprecio.

—Exactamente. Para gente como él, solo eso tenía valor.

Ana, acostumbrada a los rincones más oscuros de la naturaleza humana, aún se tambalea ante lo que acaba de escuchar. Se inclina hacia Pilar, buscando un asidero lógico en ese relato.

—Pero, Pilar —le dice, con una voz cargada de una mezcla de repulsión y sorpresa—, esto que me cuentas es una locura. Una barbaridad de una mente enferma. Y tú lo relatas con una tranquilidad que asusta. ¿No te parece una salvajada? ¿Cómo puedes hablar de esto como si fuera algo cotidiano?

La secretaria levanta la mirada. Su expresión no se inmuta, pero en su tono hay un rastro de cansancio.

—¿Sabes? Llega un momento en el que pierdes la sensibilidad. Me refiero a que ellos viven en un mundo tan distinto y hacen cosas tan distintas a las nuestras que ya nada puede sorprenderme. Cuando en esas apuestas, Carlos Manso hacía barbaridades, yo era la encargada ocultarlas para que todo quedara en nada. Me convertí en su conexión con el mundo real, la persona que le gestionaba todo. Muchas veces, también su confesora. —Ana la observa en silencio, percibiendo cómo cada una de sus palabras está impregnada de resignación, casi como si relatara una rutina de trabajo—. Yo pagaba a sus amantes, compraba las joyas o mandaba flores. Yo me encargaba de reservar viajes y engañar a sus hijas, de mentir a la junta directiva o de pedir que se redactaran documentos de confidencialidad para comprar el silencio a cambio de millones. Lo de las cicatrices me lo contó entusiasmado la primera vez que ganó. Le he marcado el culo a Manzano, gritaba. Y me obligó a beber un chupito de *whisky* con él. Nunca le había visto tan exultante. Nunca. Y, ¿sabes qué? Nunca volvió a estar así. Ni siquiera cuando ganó las siguientes.

—¿Por qué te lo contó? ¿No pensó que pudieras sentir asco, o vergüenza, de que hiciera esas cosas?

Pilar se encoge de hombros. Deja la taza de café sobre la mesa. Se cruza de brazos, como si el gesto pudiera protegerla de las palabras que están por salir.

—En el fondo, para mi jefe, yo era un ser que no sentía y que se limitaba a obedecer sus órdenes y a adivinar y adelantar sus deseos. No veía en mí a una persona que pudiera escandalizarse por nada. Este tipo de gente pierde el sentido de la realidad. Juegan con cualquier cosa, incluidos sus propios cuerpos, como si fuera un objeto más que pueden marcar y arriesgar solo por el placer de hacerlo.

Ana asiente con un gesto breve. Toma aire antes de lanzar su siguiente pregunta, más directa, más apremiante.

—Pilar, necesito también saber quién es la joven con la que estaba Manso esa noche.

La noche en que murió.

Ana percibe algo. No es miedo. Pero tampoco sabría decirlo con exactitud. Un destello extraño cruza por sus ojos. Los dedos de Pilar agarran de nuevo la taza de café sobre la mesa, y se crispan ligeramente. Un cambio sutil, pero revelador. La secretaria vacila antes de responder, bajando la voz, como si el aire pudiera traicionar sus palabras.

—Yo... no... no sé quién es.

—Pilar, por favor... No me puedo creer que no lo sepas. Manso no iba a llamarla directamente a ella. No, al menos, las primeras veces. Todo pasaba por ti. —Se nota en su rostro que la mujer duda—. Lo sabes tú. Lo sé yo. He venido desde Los Ángeles para ayudarte. No hagas que me marche.

Pilar aprieta los labios y, finalmente, baja la mirada. Hay algo que lucha por salir, pero se resiste. Cuando alza los ojos, su voz es un susurro cargado de emoción.

—Ana..., es muy buena chica. Por favor. Ella no tiene la culpa de nada.

Ella la observa con atención, calibrando ese temblor en la voz, ese leve destello en los ojos que no había visto antes.

—¿Quién es? —Silencio—. Pilar... No puedo protegerla si no sé quién es. Pero tampoco puedo protegerte a ti. Has vivido entre bombas demasiado tiempo como para pensar que esto va a pasar de largo. No lo hará.

La secretaria respira hondo. Vuelve a mirar la taza vacía, como si el café hubiera podido darle una excusa para no contestar. Pero no hay café. Solo recuerdos. Solo miedo.

—Ella... no era una profesional. No de ese tipo. Solo... alguien que tiene mucho dolor dentro.

50

El comisario Valentín Palencia saca del bolsillo interior de la chaqueta un sobre corriente, de los que no llaman la atención. Pero el paparazi sabe que dentro hay dinero. Y, a juzgar por el grosor, bastante. La silueta es inconfundible: el rectángulo abultado y los bordes irregulares que hablan de billetes usados como una promesa sucia.

Palencia lo deja caer con suavidad sobre la mesa, pero el peso del gesto lo llena todo. Es como si el sobre hablara por sí mismo, silencioso pero elocuente, imponiendo su presencia en el pequeño espacio. Lo tomas o lo dejas. El fotógrafo no se atreve a tocarlo, como si hacerlo sellara un pacto del que no podría escapar nunca. Porque ese sobre es el símbolo de todo lo que odia: el poder, la corrupción..., un mundo en el que todo, incluso la verdad, tiene un precio.

El policía se reclina en su silla, relajado, como si ya hubiera ganado la partida.

—Ahí lo tienes —dice, con un tono que mezcla la seguridad del depredador con una falsa amabilidad—. Lo suficiente para hacer desaparecer esas fotos. Lo suficiente para cambiar tu vida.

La luz que entra por la ventana refleja un destello sobre la esquina del sobre, como si quisiera subrayar su importancia. Valentín sonríe ligeramente, sabiendo que ese pequeño gesto tiene más fuerza que mil palabras. Uno espera. El otro resiste. Entre ellos, el sobre, como una tercera presencia que los desafía a ambos.

El paparazi sigue sin tocarlo, con las manos entrelazadas sobre el regazo.

—Es muy fácil —continúa el comisario, su tono tan casual como amenazante—. Suficiente para olvidar que alguna vez hiciste esas fotos.

Pero no se mueve. Sus ojos permanecen fijos en el sobre como si fuera un animal venenoso. Finalmente, levanta la mirada hacia Palencia, con una mezcla de desafío y miedo asomando en su expresión.

—No quiero tu dinero.

El comisario frunce el ceño y, por un instante, la atmósfera en el salón de la casa del paparazi cambia, cargándose de electricidad estática. Palencia se inclina hacia adelante, con sus manos apoyadas sobre las rodillas y la lentitud deliberada de un depredador que evalúa a su presa.

—¿Perdona?

—No quiero tu dinero —repite, con una firmeza que parece sorprender incluso a él mismo—. Me da igual el dinero.

Palencia se queda quieto, tratando de evaluar si ese hombre es un loco, no sabe con quién habla o simplemente le da igual vivir. Luego, su expresión cambia, dejando asomar una sonrisa fría y calculadora.

—Podrías pagar muchos años la residencia en la que tienes a tu madre. Darle una vejez digna, ¿no crees? —dice, con la voz neutra pero cortante de alguien que esconde la maldad para escupirla de golpe.

El autor de las fotos salta como si un calambre hubiera atravesado su cuerpo. Sus puños se cierran sobre la mesa, temblando.

—Como vuelvas a hablar de mi madre, llamo a la policía. —Se sorprende de su propia entereza.

—¿Qué mierda es esta? —gruñe el comisario, con la voz cargada de amenaza, golpeando la pequeña mesa de café con los puños—. ¿Esto es una encerrona? ¿Estás grabando?

—¿Qué? —exclama él, levantándose bruscamente de su silla, con movimientos torpes, como si su propio cuerpo no supiera si huir o enfrentarse—. Pero si has venido tú a mi casa, si has abierto mi puerta, si me estabas esperando en el sillón. ¿Qué me estás contando de una encerrona?

Coge el móvil en la mano. Bien firme. Ahora mismo es su única arma de defensa. Hace tiempo configuró una llamada a los servicios de emergencia apretando tres veces de forma rápida uno de los botones laterales.

Palencia también se pone de pie, su imponente figura eclipsa al hombre que tiene delante. Se alza como una sombra oscura, una ola que está a punto de romperse sobre él.

—Escucha bien, imbécil —dice, con un tono gélido, su rostro a escasos centímetros del paparazi, tratando de supurar control absoluto—. Gente como tú no rechaza sobres como este. Así que voy a preguntártelo una sola vez: ¿qué demonios estás intentando?

El fotógrafo traga saliva, su pecho sube y baja con rapidez. Pero cuando finalmente habla, lo hace con una calma que parece surgir de un lugar muy profundo. El del dolor. Y la venganza.

—No se trata de dinero. No quiero nada de esa familia. Nada. Por mí pueden estar todos muertos y enterrados.

—¿Entonces, qué coño quieres? —gruñe Palencia, cada vez más irritado.

—Quiero que paguen —dice, con una voz cargada de dolor y determinación—. Quiero que el mundo vea lo que son en realidad.

La respuesta sorprende al comisario, que se queda en silencio un momento, procesándola. Finalmente, suelta una carcajada seca, amarga.

—¿Quieres justicia? —pregunta, burlón—. ¿Eso crees que vas a conseguir con esas fotos? ¿Justicia por lo que le pasó a tu hermana? Déjame decirte algo: la justicia no existe. Lo único que existe es lo que la gente como yo deja pasar... o no. Nosotros ponemos las barreras.

—No me importa. No voy a venderme.

La sonrisa de Palencia desaparece, reemplazada por una expresión fría y calculadora. Se acerca al paparazi hasta que sus rostros están a escasos centímetros de distancia.

—Si no aceptas el dinero, eso significa que vas a seguir con esto. Y si sigues con esto, significa que vas a tener problemas. Problemas muy serios.

Él no responde, pero tampoco retrocede. Palencia, al notar la obstinación en sus ojos, se da cuenta de que el dinero no es la clave para romperlo. Cambia de estrategia.

—Está bien, no quieres dinero. Lo respeto. Pero dime una cosa... —Su voz baja un tono, convirtiéndose en un susurro gélido—. ¿Tu madre también está dispuesta a pagar el precio de tus decisiones?

El paparazi se congela, su rostro palidece.

—No te atrevas...

El comisario sonríe, satisfecho de haber encontrado la grieta en la armadura de su oponente.

—No soy yo el que debería preocuparse por lo que se atreve o no se atreve a hacer. Esa es tu decisión. No me retes. ¿Sabes lo fácil que es mover un par de hilos para que las cosas cambien en ese lugar? No tienen cámaras en los pasillos, y las enfermeras están demasiado ocupadas para notar si alguien entra o sale de una habitación. ¿Entiendes lo que te estoy diciendo?

El hombre cierra los ojos, esforzándose en bloquear las imágenes que está sembrando en su mente. Pero es inútil. Lo ve con claridad: su madre, débil, frágil, completamente indefensa, a merced de alguien a quien no le tiembla la mano para hacer lo que sea necesario.

—No hay fotos, no hay historia, y tú... y tu madre seguís con vida —continúa Palencia, con un tono casi paternal—. Sé que no eres idiota. Sabes que esto es lo mejor para todos.

Derrotado, pero aún lleno de rabia, vuelve a sentarse. El comisario recoge el sobre de la mesa con un gesto teatral, como si hubiera sabido desde el principio que no sería necesario y vuelve a metérselo en el bolsillo interior de la chaqueta.

—Buena elección —dice, dándole una palmada en la espalda al pasar a su lado. Un gesto ambiguo que podría interpretarse como un toque de camaradería... si no fuera porque sus dedos se quedan un segundo más de lo necesario, ejerciendo una leve presión que amplifica el mensaje—. Y recuerda, todo el mundo tiene un precio. Incluso tú. Solo hay que esperar el momento adecuado. —Palencia se dirige a la puerta, pero antes de salir, se detiene y lanza una última mirada por encima del hombro—. Ah, y por si te entra alguna tentación, recuerda: yo no olvido. Y, si yo no olvido, tú tampoco deberías.

La puerta se cierra con un golpe seco. El paparazi, todavía temblando, se lleva las manos al rostro, intentando contener las lágrimas que ha aguantado todo ese tiempo. Solo entonces se da cuenta de que le queda un último cartucho. Y que su madre lo entendería.

Lo entendería, quizá, porque a ella también la destruyeron.

La única oportunidad de hacer justicia.

La paz tras la venganza.

51

La chica es joven, tan delgada, casi transparente, que parece a punto de desvanecerse con una corriente de aire. Una brizna de hierba sin peso. Dan ganas de arroparla. Su piel es pálida, y el brillo de sus mejillas acentúa esa falsa sensación de fragilidad. Los ojos rasgados y oscuros miran a quien tiene delante con una intensidad que desconcierta, una mezcla de serenidad y misterio que no deja indiferente. Se mueve de manera suave y precisa, como si cada gesto estuviera ensayado y medido, en un equilibrio constante entre la obediencia y la transgresión.

Ana Arén la observa desde el otro lado de la mesa del minúsculo reservado de un restaurante en el que en el precio disparatado de los platos está incluida la discreción absoluta.

—Gracias por venir —la saluda, estudiándola con atención.

—Tengo que confesar que me ha podido la curiosidad —responde la joven, con una ligera inclinación de cabeza.

Cuando la llamó, el día antes, tuvo el pálpito de que la única forma de convencerla era decirle la verdad. Y eso implicaba identificarse. «Soy Ana Arén. He viajado desde Los Ángeles para hablar contigo. ¿Podemos quedar?», le había dicho. Y la apuesta había dado resultado.

—¿Y qué dice ahora su curiosidad, después de verme? —le pregunta Ana, sonriendo solo un poco.

—De momento, me caes bien. Podemos tutearnos, ¿verdad? —Ana asiente—. Pero quiero comprobar cómo encajan en ti la persona y el personaje. Espero que esta conversación valga la pena.

—Pues ya somos dos... —Ana sostiene la mirada de la chica—... las que queremos saciar nuestra curiosidad.

—Pues bueno, ¿quién comienza?

—Si no te importa, preguntaré yo primero. Los viejos hábitos de policía... —Ana ladea la cabeza con una sonrisa breve.

Sobre la mesa les irán sirviendo una sucesión de platos delicadamente dispuestos que describen el lujo: melva canutera, cordero lechal relleno, florentina con pasas y espinacas, colitas de merluza rellenas y un par de lomos de rape sobre arroz negro.

—Espero que te guste el menú. —Volvió a sonreír la chica, mirando la abundancia de comida dispuesta de forma elegante encima de unas planchas que la mantenían caliente—. Hice la petición a la vez que la reserva. Así nos aseguramos de que nadie nos moleste. También hay vino, de varios tipos, y agua.

—¿No te pasa que ver tanta comida a veces te quita el hambre?

—¿A mí? Ni loca. Voy a probarlo todo —contesta, con ansiedad, mientras se sirve una ración de rape con arroz negro.

Ana la mira y se pregunta dónde meterá todo lo que come. Tendrá un metabolismo excepcional.

—Empezamos, ¿verdad? —La chica asiente, masticando con delicadeza—. ¿Cómo conociste a Carlos Manso?

Si a la joven le sorprende la pregunta, no lo parece.

—En la tele, hace años, no recuerdo, o quizá leí algo sobre él en algún periódico. Es como si siempre hubiera estado ahí —juega con la respuesta, mientras mastica.

—Me refiero —Ana trata de seguir sonriendo— a cómo lo conociste en persona.

—¿Cómo se convirtió en... —parece buscar la palabra adecuada—... en mi amigo? —dice, al fin.

Es lista. Vaya si es lista, piensa Ana. Rápida, inteligente, cuidadosa incluso con la manera en la que utiliza el lenguaje.

—Sí.

—A través de un amigo. Siempre es así. Estos tipos no buscan en los clasificados de los periódicos. Ellos se van pasando números de teléfono como el que se recomienda un restaurante o el astillero ideal en el que construir su próximo yate. —La expolicía busca en ella un rastro de sumisión, pero oculta una fuerza silenciosa que tipos como Manso, encerrados en su burbuja de poder, no son capaces de percibir—. Ana, tienes que entender una cosa de este tipo de hombres: creen que los demás están a su servicio. Sea para lo que sea.

—¿Y qué deseos cumplía contigo? —se atreve a preguntar.

La joven aparta la mirada un instante, como si buscara las palabras adecuadas. Luego, vuelve a clavar sus ojos en la antigua inspectora jefa de policía, y su mirada se torna profunda, casi hipnótica.

—Manso era como todos ellos. Tan poderoso en la vida real, tan acostumbrado a que todo el mundo cumpliera sus deseos incluso antes de que él supiera que los tenía que durante el sexo también creía que tenía ese poder. Pensaba que las mujeres nos derretíamos con solo ponernos un dedo encima. Vamos, con solo mirarnos. Con solo llamarnos. El hecho de poner su atención en nosotras debería bastarnos para vivir felices el resto de la vida.

—Pero... no me refiero a eso —insiste Ana.

—Buscaba algo especial. Único. Quería algo que le hiciera sentir vivo, que le demostrara que seguía siendo fuerte. Le excitaba dominar. No me refiero solo a que le gustara llevar la iniciativa... No. Necesitaba que la otra persona se sintiera pequeña. Necesitaba ver en nuestros ojos algo entre el miedo y la rendición. Le excitaba saber que podía quebrarte, que podía empujarte justo hasta el límite y tú seguirías allí, sin moverte. Quieta. Callada. Dispuesta. Obedeciendo. —Ana contiene la respiración. La joven continúa—: No quería placer. Quería obediencia. Quería sentirse Dios.

—Pero tú estás aquí. Cuerda. Sensata. Sin cicatrices aparentes. —Ana baja la voz—. Sobreviviste.

La hija del embajador chino sonríe, esta vez sin rastro de ternura. Duda un segundo. Su rostro se tensa ligeramente. Mira hacia un punto invisible, como si rebuscara en la memoria algo que preferiría no encontrar.

—Sí, sobreviví —responde, al fin—. Yo me protegía, no lo dejaba entrar del todo. Nunca. Porque sabía lo que era.

—¿Qué era?

La chica la mira, directa.

—Un depredador con piel de caballero. Un hombre que solo sabía excitarse cuando sentía que podía destruirte. Lo hacía hasta sin tocarte. Solo con palabras. O con silencio.

—¿Cómo te proteges ante alguien así?

—Teniendo bien claro quién es él y quién eres tú. Engañándolo con lo que yo representaba. Juventud. Sumisión aparente. Silencio garantizado. Yo sabía escuchar sin juzgar. Sabía cuándo callarme. Pero... —rememora— también sabía el momento en el que ponerle límites y hacer que fuera él quien tuviera que obedecerme. Y eso... eso le ponía mucho más que cualquier escote o postura. —Ana asiente. Despacio. No la interrumpe—. Le dejaba creer que tenía el control. Le alimentaba el ego. Hasta que, de pronto, lo tenía de rodillas. Suplicando. Nunca se veía en esa situación. Ni en la cama. Ni fuera. Solo conmigo.

Ana no dice nada. La observa. Algo en su voz, en la forma pausada de relatar lo que vivió, le eriza la piel. No es miedo. Es más complejo. Una mezcla de fascinación y vértigo.

—¿Y lo odiabas? —pregunta al fin, en un susurro.

La joven se encoge de hombros con una lentitud calculada. Se inclina hacia delante, apoyando los codos en las rodillas, como si fuera a contarle un secreto.

—No lo sé. A veces sí. A veces no. A veces sentía lástima. A veces me sentía poderosa, como si tuviera una bestia atada por un hilo invisible. Y otras... otras me sentía como una niña jugando con fuego, deseando que me quemara un poco, pero no demasiado. —Hace una pausa. Luego sonríe, sin rastro de culpa—. Y al final, ya ves. Se cayó solo.

—¿Quién le dio tu teléfono a Manso? —insiste Ana.

—No lo sé. De verdad —vuelve a contestar ella—. No lo sé. Y, si me lo dijo, lo habré olvidado. Soy como una sombra en la vida de los hombres poderosos. Aparezco y desaparezco sin dejar rastro. Muchas veces, cuando quiero. Eso me da poder sobre ellos. Hay un número de teléfono que conecto solo cuando me apetece. Y que únicamente tienen ellos. Cuando suena ese número, ya sé que tengo que convertirme en otra.

—Y que te van a pagar bien.

—No —parece enfadarse—. No has entendido nada. No lo hago por dinero.

—Entonces...

—Me gusta mirarlos mientras persiguen el orgasmo, con esas caras de angustia, sudando, la piel roja, gimiendo de manera ridícula, haciendo cualquier cosa por eyacular, con la grasa desbordándose, la piel flácida, las manchas de la vejez sombreando lo que oculta la ropa. Son ridículos. Débiles. Y yo, poderosa. Cuando los veo en reuniones sentarse a la mesa con presidentes de Gobierno o jefes de Estado, en los mejores palcos, o haciendo tratos con otros hijos de puta como ellos, los miro y sé que yo soy la única que no les tiene miedo.

—Porque ves al rey desnudo.

—Peor que desnudo. Veo lo que solo yo puedo darle.

—Pero tú es eres la hija del em...

—Sí, del embajador de China en España —completa la frase, mientras se sirve una de las colitas de merluza rellenas de cigalas—. ¿Sabe a cuántos hombres de esos he visto haciendo tratos en la embajada, que es mi casa? ¿Sabe cuántos me han mirado con lascivia desde que yo era pequeña? ¿Sabe cuántos lo hacen sintiendo que tienen tanto poder que podrían hacerme lo que quisieran? Y no estoy hablando solo de empresarios de tres al cuarto, estoy hablando también de jefes de la mafia china, una de las más peligrosas del mundo. —Niega con la cabeza, triste—. Al crecer, al crear en mí este cuerpo de mujer, me di cuenta de que podía decidir y manejarlos. A quien quiero, donde y cuando quiero. Porque en ese instante, cuando pierden el control, cuando me suplican, cuando están a mi merced... soy yo la que manda. Yo les doy la orden de deshacerse, de olvidar quiénes son. Y créeme, para un hombre como Manso, eso es aterrador y delicioso a la vez. Se volvió adicto. Todos se vuelven adictos.

—Pero algo tiene que haber más allá de esa... de esa filosofía de dominio. —Ana se inclina un poco hacia adelante, buscando fisuras en la máscara de la joven. Apenas ha podido tragar un par de cucharadas de arroz.

—Saber. Obtener favores. Intercambiar información. Una chica tiene que buscar su propio poder.

Ana la mira y cree que hay algo más. Pero está jugando demasiado cerca del fuego. Le sigue la corriente.

—Nunca dependas de un marido, que decía mi madre.

—Algo así, pero en un mundo de poder y venganza.

—Lo que yo necesito saber —Ana busca reconducir la conversación— es lo que ocurrió esa noche. ¿Era una cita normal, viste a Manso distinto, te pidió algo diferente esa noche, por qué en ese hotel?

La chica inclina la cabeza ligeramente, con una sonrisa que apenas se insinúa en sus labios.

—Cuántas preguntas en una. *Quid pro quo*, Ana Arén. Tú quieres saber de mí, yo también quiero saber de ti. —Ahora la sonrisa se ensancha—. Cuéntame..., ¿cómo es la vida allí, entre toda esa gente que aparenta ser perfecta? —La joven observa a Ana con una mezcla de curiosidad y desafío, dejándole claro que no está dispuesta a dar sin recibir algo a cambio.

—¿Por qué te interesa mi vida?

La chica juguetea con una hebra de su pelo, largo, negro y lacio, sin dejar de mirarla.

—Porque todos queremos escapar de las nuestras, ¿no? O al menos, verlo todo desde otra perspectiva. Tú estás allí, en ese mundo que parece de película... y yo quiero saber si es tan vacío como parece o si hay algo, además de tu chico, que te haría quedarte.

Ana exhala lentamente, sorprendida por la precisión de sus palabras, pero sin terminarse de creer las intenciones que hay detrás. Aun así, decide, por primera vez en años, soltar una pequeña verdad.

—Bueno, está lo que todo el mundo ve: las luces, las alfombras rojas, los vestidos imposibles. Famosos que sonríen como si toda su vida fuera ese momento. Y luego está lo otro. La parte trasera del decorado. Vacía. Las casas inmensas en las que se oye el eco porque nadie habla. En Hollywood una grieta puede arruinarte. Nadie llora en público. Nadie suda. Nadie envejece. Pero detrás de esa fachada, las estrellas se pasan días enteros encerradas en sus mansiones gigantescas, acompañadas solo por asistentes a los que pagan, literalmente, para no estar solas. Porque en Hollywood, la soledad no se mide por los metros cuadrados de tu vivienda, sino por cuánta gente hay cuando se apagan los focos. Pero, más aún, cuando deja de sonar el teléfono. Eso es lo que aterra a todos los que ves cada día en tu pantalla.

La chica sonríe. Y, por un momento, Ana cree ver un destello de felicidad en su mirada.

—Allí, los hombres como Manso también creen que pueden tenerlo todo, ¿verdad? —pregunta—. Creen que pueden comprarlo todo. Hasta a la gente. A las personas que tienen a su alrededor.

—Con más poder. Mucho más —le explica Ana—. Pueden impulsar la vida de alguien como un dios. Una aparición en la alfombra roja, una foto en un sitio estratégico, un papel en una película... y de pronto eres alguien. Mucho más que alguien. La fama mundial al alcance de la decisión de una persona. Nada es comparable con eso.

—Lo más triste entonces —interrumpe la joven— es que casi todo el mundo tiene un precio.

—Algunos, muy alto. Otros, vergonzosamente bajo. Pero casi todos están en venta.

—¿Cómo te sientes tú allí?

Ana tarda un momento en responder. La pregunta no la esperaba. Y, sin embargo, le atraviesa como una aguja bien dirigida.

—¿Cómo me siento yo allí? —repite, casi para sí—. Como una pieza que no encaja. Como si estuviera siempre a punto de ser vendida, pero sin que nadie se atreviera a hacerme la oferta. Como si llevara un cartel invisible en la frente que dijera: «No disponible». Y eso, en ese mundo, no es virtud. Es sospecha. —La joven la mira, sin decir nada—. A veces siento que estoy rodeada de escaparates —continúa Ana—. De sonrisas de cristal, de discursos reciclados y cuerpos que no pesan nada porque hace tiempo que dejaron de tener alma. Y yo... yo intento no romperme. Me repito que sigo siendo yo. Que no me han comprado. Pero hay días —añade, bajando ligeramente la voz— en los que me pregunto si no he estado a la venta desde el principio. Solo que nadie ha sabido ofrecer lo suficiente. —Ana se queda en silencio un instante. Después, esboza una sonrisa que no llega a ser del todo triste, pero tampoco puede considerarse feliz—. Pero he tenido suerte —añade, al fin, como una confesión final—. Estoy con alguien bueno. Un hombre que no parece estar hecho para ese mundo. Y con él, y con otros pocos..., hemos formado algo que allí es casi revolucionario: una especie de comunidad.

La joven frunce el ceño, interesada. Ana sigue:

—Gente del cine, sí. Pero también de fuera. Médicos, escenógrafos, una chica que escribe cuentos para niños... Personas que no se han olvidado de lo que significa el silencio compartido, los abrazos sinceros, los cumpleaños celebrados sin fotógrafos. Un grupo pequeño, invisible para ese mundo de focos, pero resistente. De esos que no te venden por una exclusiva. Que te escuchan. Que te esperan. —Hace una pausa, respirando hondo—. Gracias a ellos recuerdo que no todo el mundo tiene un precio. Que hay amores, amistades, lealtades que no se compran ni se venden. Y que, a veces, resistir en un sitio así no es cuestión de fuerza..., sino de no estar sola.

La hija del embajador la mira con atención. Por primera vez desde que empezó la conversación, Ana nota que ha bajado la guardia. Hay un instante de conexión, frágil, casi invisible, pero real.

—Suena bonito —dice ella, desviando la mirada por un segundo—. Me gustaría saber cómo se siente eso..., pertenecer a algo que te quiere sin condiciones.

Ana no responde de inmediato. Deja que el silencio flote unos segundos, lo justo para que no se rompa la confianza. Aprovecha el momento de intimidad para volver al centro de su búsqueda. Su voz es suave, pero firme.

—*Quid pro quo.* Ahora te toca a ti: ¿qué hacía Manso contigo esa noche? ¿Qué pasó?

No hay dureza en el tono. Solo una necesidad sincera de entender. La expolicía no fuerza, no interroga. Solo abre la puerta y espera. La joven se queda muy quieta, como si esa frase la hubiera alcanzado en algún lugar que no esperaba. Parpadea, duda. Y entonces, decide. Suspira y se recuesta un poco en la silla, como si estuviera a punto de revelar un secreto que ella misma no sabe si quiere compartir.

—Manso era... complicado. Necesitaba a alguien que le permitiera ser libre y no le juzgara al enfrentarse con la oscuridad que había en su interior. Entendía algo que otros hombres como él, acostumbrados a dominar y a tener el control, no llegan a comprender: que en el instante en que se despojan del control, en el segundo en que dejan de fingir ser intocables... se vuelven —busca las palabras adecuadas— humanos. Frágiles. Reales. Tan expuestos. El problema es que no soportaba esa fragilidad. Necesitaba vivirla y destruirla al mismo tiempo. No buscaba solo placer. Buscaba que alguien le dejara ser quien realmente era cuando nadie lo miraba. Alguien que aguantara el peso de esa oscuridad sin encogerse. Quería libertad, sí. Pero una libertad sin juicio. Un espejo que no le devolviera su imagen de monstruo.

Ana frunce el ceño. El aire se espesa. La chica sigue hablando, pero su voz es apenas un susurro, como si hablara más para sí misma que para la otra mujer.

—Pero esa noche fue diferente —apunta.

—Esa noche quiso que lo viera por dentro. Y verlo por dentro era como mirar un pozo sin fondo.

—¿Qué viste?

—Algo que le asustaba.

—¿Qué?

—No lo sé. Pero, por primera vez, lo vi temeroso. Esa noche Carlos estaba más ansioso de lo normal. Quería algo más fuerte, más intenso, como si deseara desaparecer del mundo por un instante. Yo sabía cómo llevarlo a ese límite, cómo hacer que se sintiera invencible y, al mismo tiempo, débil. Pero no fue suficiente. Así que le ofrecí el Agua de Dios. Imagino que sabes lo que es. —Ana asiente—. Me dijo que nunca la había probado y yo le prometí que durante media hora se sentiría invencible como nunca en su vida, y que la experiencia sexual que íbamos a tener sería única y distinta a todo lo que había conocido. No preguntó más. Me puse la toallita en el pezón y solo tuve que ordenarle: chupa. Y chupó. La lamió entera. Sin dudar.

—Y luego, ¿qué pasó?

La joven levanta la mirada, sus ojos oscuros brillan con una mezcla de desafío y, como en todo el rato que llevan hablando, algo más difícil de descifrar. Se toma su tiempo antes de responder, como si reviviera el momento. Cierra los ojos por un instante.

—Comenzó a hacerle efecto de manera casi instantánea. Lo he visto en otros hombres. Es... el sexo de sus vidas. Va más allá de la excitación..., es difícil de describir. Es como si se rompiera una barrera a un mundo de sensaciones desconocido. Él ya se había quitado la ropa con esa mezcla de arrogancia y torpeza que tienen algunos hombres, y se había puesto el albornoz de una forma casi ridícula. Pero, a partir de ese momento, todo cambió: su necesidad de mí era absoluta. Ni su fortuna, ni su fama, ni su poder significaban nada. Solo yo importaba.

—Y salisteis al balcón. —Ana ladea la cabeza, incrédula—. Me cuesta entender cómo un hombre como Manso decide salir a un balcón en plena Gran Vía de Madrid a mantener relaciones sexuales. ¿Te lo pidió él?

La chica mira fijamente a Ana, sopesando si vale la pena mentir.

—Fue algo... natural. La verdad es que no lo recuerdo bien. Estaba tan entregado, tan perdido en esa fantasía de droga y sexo que creo que ni siquiera se dio cuenta.

—Pero... sentarse en una barandilla... es peligroso.

La joven se encoge de hombros.

—Era el rey del mundo en la cima del mundo. Se abrió de piernas, me miró y yo sabía lo que tenía que hacer. —Mira a Ana, como si no fuera necesario explicarlo—. Me puse de rodillas y... ya sabes. Los efectos del Agua de Dios estaban en su apogeo. Lo he visto en otros hombres. Lo he vivido.

—Yo no. ¿Cómo es? ¿Qué se siente?

—El contacto de la piel ya no es solo piel. Cada roce es una explosión sensorial. Cada caricia, un terremoto. Puedes sentir el aire con el mismo detalle con el que sientes una lengua en el pecho. Las texturas tienen sonido. Los gemidos, color. Y la respiración... esa noche, la respiración de Manso era la de un animal que se sabía en la cima del mundo. Durante unos minutos debió de sentirse eterno. Invulnerable. No solo era dueño de mí, sino del universo entero. Se movía como si fuera un dios, con una confianza feroz, alimentado por la ilusión de que nada podía tocarlo. Ni el miedo. Ni la culpa. Ni la caída. Solo deseo. Solo poder.

—Y entonces...

—Entonces el viaje empezó a cambiar. Su cuerpo temblaba de una manera distinta. Y, de repente, se puso rígido. Yo seguía de rodillas. Traté de recuperar el equilibrio y ponerme en pie para ver qué pasaba. Fue cuando lo vi. Vi cómo se desmoronaba. Cómo caía hacia atrás con la cara desencajada del que empieza a comprender que se muere y no hay remedio. Y yo... yo... no hice nada. Me quedé allí, paralizada. Salí corriendo. Sabía dónde estaban sus guardaespaldas y los evité. En ese momento pensé que se había estrellado contra el suelo de Callao. Luego me enteré de todo lo que había pasado.

—¿Crees que se suicidó?

La joven sostiene la mirada, sin pestañear.

—No. —Hace una pausa milimétrica—. Pero no me habría sorprendido.

Baja la mirada, como si sopesara sus palabras. Por un momento, parece dudar, pero luego respira hondo y vuelve a mirar a Ana con una frialdad que la sorprende. Se ha perdido toda la intimidad entre las dos. El hechizo se ha roto. Ahora ya no hablan dos mujeres. Solo una interrogadora... y un muro frío.

—Eso es todo —le dice—. Y, lo siento, tengo prisa.

Se levanta con una calma estudiada, como si la conversación no hubiera removido absolutamente nada en ella. Ana la sigue con la mirada. Por un instante cree que acaba de ver marchar a una víctima. Pero no sabe si es la víctima... o la cómplice.

52

Tres meses antes

El murmullo constante de conversaciones y risas llenaba el lujoso salón de eventos del hotel, mientras las copas de champán brillaban bajo la luz cálida de las lámparas de araña. Wang Meiling estaba allí, como siempre, impecable y discreta. Le encantaba jugar a ver cómo los hombres que querían poseerla se odiaban entre ellos, cruzándose miradas destructivas cuando alguno sorprendía a otro observándola más de la cuenta. Se había puesto un vestido de líneas simples pero elegantes, confeccionado con un satén negro que parecía fluir alrededor de su cuerpo. Su pelo largo y lacio, también, caía como una cascada oscura sobre su espalda. Caminaba con la calma estudiada de quien sabía que muchos ojos estaban puestos en ella.

Y entonces lo vio: el hombre por el que estaba allí esa noche. El único que no la miraba.

En el piso inferior, a través de una galería abierta que daba al vestíbulo, charlaba con otros compañeros de profesión. No destacaba, y esa era precisamente su habilidad. Meiling notó cómo sus ojos registraban cada detalle con una mirada fría y meticulosa que después impregnaba cada una de sus fotografías. No parecía ansioso porque todo acabara; más bien, parecía resignado a la rutina del oficio. Wang Meiling se apoyó en la barandilla de la galería, observándolo por un momento.

Llevaba tiempo pensándolo bien.

Era el hombre al que necesitaba.

Esperó pacientemente el momento adecuado. En un evento siempre hay alguien más famoso que tú. Y, en ese caso, esa noche, era una pareja de famosos que confirmaba su relación posando juntos por primera vez. Un futbolista y una *influencer*. Nada más típico, pero también más rentable.

Fue entonces cuando la joven fingió ir al baño, incluso le hizo una seña con una barra de labios que había sacado del bolso a una mujer que comía un canapé a su lado, por si alguno de sus amantes estaba mirando. Pero se dirigió a la salida. Caminó con paso firme tras la nube de paparazi y el haz de clics y flases que se desataba en ese momento.

—No te gires. Llámame —le susurró, al oído, metiéndole un pequeño teléfono móvil en el bolsillo trasero de los pantalones.

El paparazi sintió el ligero peso del objeto en su bolsillo, seguido de ese susurro que lo dejó helado. No tuvo tiempo de reaccionar antes de que Wang Meiling se deslizara entre la multitud, desapareciendo con la misma facilidad con la que había llegado. Su corazón latía con fuerza. No era la primera vez que alguien intentaba acercarse a él con intenciones sospechosas, famosos que vendían sus propias historias o las de sus compañeros. Pero esto... esto era diferente.

Manteniendo la compostura, siguió disparando a la pareja de famosos que se hacía arrumacos frente a las cámaras.

—Treinta de los grandes, seguro —oyó decir a un compañero.

—O más... —añadió otro.

Las marcas que se anunciaban en el panel trasero en el que se enmarcaban las carantoñas, y las de la ropa que llevaban los dos, recuperarían pronto la inversión en esos dos jóvenes. Mientras el paparazi disparaba, su mente estaba lejos de allí. «Llámame». La voz resonaba en su cabeza, envolviéndolo en una mezcla de curiosidad y cautela.

Cuando por fin se disolvió el tumulto de flases y preguntas, y los otros fotógrafos se dispersaron en busca de su próximo objetivo, él se apartó discretamente hacia un rincón del vestíbulo. Metió la mano en el bolsillo trasero y sacó el pequeño teléfono. Era uno de esos modelos básicos, casi obsoletos, diseñado para ser funcional y nada más.

Lo encendió, pero no había ningún mensaje ni indicación. Solo la pantalla de inicio, vacía, con un número de teléfono preprogramado en los contactos. Dudó por un momento. ¿Y si esto era una trampa? ¿Y si alguien lo había elegido como cabeza de turco para algo más grande? Pero estaba seguro de que la voz era de Wang Meiling, la hija del embajador chino en España. Y los mentideros de la capital estaban llenos de sus historias.

Miró a su alrededor. Nadie parecía estar prestándole atención. Con un movimiento rápido, guardó el móvil y salió del hotel, su mente trabajando a toda velocidad.

Un par de horas más tarde, en un parque poco iluminado a las afueras de Madrid, cerca de su casa, el paparazi estaba sentado en un banco, con el teléfono en la mano. Miraba la pantalla, indeciso. Finalmente, respiró hondo y marcó el número.

La llamada fue breve, casi críptica.

—¿Estás listo para escuchar? —preguntó Wang Meiling al otro lado de la línea, con una voz tan calmada como hipnótica.

—Dime dónde —respondió él, histérico, pero sin molestarse en fingir cortesía. Sabía que no le llamaba para charlar.

Wang le dio una dirección y la hora de la cita en un tono que no admitía preguntas ni retrasos. Luego, colgó sin despedirse. El hombre miró el teléfono apagado durante unos segundos antes de levantarse. Sabía que estaba a punto de entrar en algo que cambiaría todo, pero también sabía que ya no podía dar marcha atrás.

Llamó a la puerta justo a la hora acordada, en cuanto la pantalla de su reloj se movió hasta mostrar las dos y veinte minutos de la tarde. Los golpes con los nudillos fueron tímidos, como si temiera molestar. Su sola presencia en ese complejo de viviendas de lujo le agobiaba.

No oyó pisadas acercándose, y le sorprendió la puerta al abrirse, como si ella hubiera estado esperando al otro lado, sin respirar.

—Puntual —dijo Meiling, adentrándose en el interior de la vivienda. Dio por hecho que él cerraría la puerta y la seguiría.

El paparazi entró con las manos en los bolsillos, como si quisiera protegerse de algo. Sus hombros estaban ligeramente encorvados, y su expresión era la de alguien acostumbrado a mantener la guardia alta. Caminó tras ella como si estuviera entrando en territorio hostil.

La joven china se sentó en una silla blanca, anodina: cara, pero con esa vulgaridad de haber sido demasiado imitada en cafeterías de moda. El paparazi se colocó frente a ella, sentándose sin decir nada, estudiándola. Había algo en su presencia que lo intrigaba y lo incomodaba a la vez. Sabía que esta mujer no era como las demás que había conocido en su trabajo. Había algo calculado en su actitud, una determinación que lo ponía nervioso.

—¿Por qué yo? —preguntó al fin, sin rodeos.

Meiling sonrió ligeramente. Era una sonrisa fría, sin alegría.

—Aún no sabes lo que voy a proponerte.

—Sea lo que sea, ¿por qué yo? —insistió.

Esta vez sí, la sonrisa de la joven fue amplia y cálida.

—Porque tú entiendes lo que es odiar a alguien tanto que te quema por dentro. No quiero comprar tu trabajo. Quiero comprar tu herida. Me interesa lo que te duele. Y sé que, cuando duele de verdad, no hay forma de sobornarte.

El fotógrafo podía pensar muchas cosas de ese encuentro, pero aquello, nunca.

—Antes de seguir —prosiguió la joven—, dame los teléfonos. —Ante la cara de estupor del hombre, se explicó—: Porque imagino que has traído tu teléfono y el que te di hace un par de días, ¿verdad?

Alargó el brazo sin esperar respuesta.

Los dos terminales estuvieron en la palma de su mano derecha en apenas unos segundos. Uno lo guardó en una extraña caja metálica. El otro, el que le había dado en el evento, lo colocó sobre la mesa de comedor que estaba a su lado. Extrajo la tarjeta SIM, la quemó con un mechero que se sacó del bolsillo y la dejó arder sobre un enorme cenicero rosa de cristal.

—Espera un momento —dijo, levantándose y acercándose con tranquilidad a un aparador con cajones. Abrió uno de ellos y, al girarse, el paparazi comprobó, asustado, que había sacado un martillo. Ella se rio—. Tranquilo, no es para ti.

Y, sin dejar de mirarlo a los ojos, destrozó el pequeño teléfono móvil a martillazos.

—Hay que estar segura siempre —le dijo, al terminar, sacudiéndose del vestido azul que llevaba los restos que habían saltado sobre la tela. Se sentó—. Bueno, pues ya podemos ir a lo nuestro: Carlos Manso. —Lo dijo como quien lanza un anzuelo, sabiendo que la presa no podrá resistirse al cebo.

Entonces sí, al hombre se le salió el corazón por la boca.

Durante unos eternos segundos la miró en silencio. Ella sabía, estaba claro.

—No soy un justiciero. Ni un héroe. Solo hago fotos.

—Y le odias. Y yo te estoy pidiendo que uses tu habilidad para algo enorme —replicó Meiling, inclinándose ligeramente hacia él—. Sé lo que le hizo a tu hermana.

Él se tensó. Era como si alguien hubiera encendido una mecha en su interior. Su mandíbula se contrajo y sus manos, que estaban relajadas sobre las piernas, se cerraron en puños.

Meiling hizo una pausa, eligiendo cuidadosamente sus palabras.

—Manso se aseguró de romperla. No físicamente, no. Eso es algo demasiado vulgar para un hombre como él. Y sé que tú has cargado con esa culpa desde entonces, porque no pudiste protegerla.

El paparazi apartó la mirada. Cada palabra de la chica era un golpe directo al corazón.

—¿Por qué haces esto? —murmuró al fin, volviendo a mirarla—. Tú sabes lo que me hizo a mí, pero ¿qué te ha hecho él a ti?

La joven se recostó en su silla, con los ojos fijos en los de él. Por un momento, pareció dudar, como si decidir abrirse o no fuera una batalla interna. Finalmente, habló:

—No se trata solo de lo que me hizo a mí. Se trata de lo que hombres como él representan. Monstruos que creen que el mundo les pertenece, que pueden hacer lo que quieran, con quien quieran, sin consecuencias. Pero todos tienen un punto débil. Yo lo he encontrado. Toda mi vida me enseñaron a obedecer. A callar. A mirar desde abajo. Me lo repitieron tantas veces que casi me lo creí. Es hora de que alguien mire desde abajo... y sea él. No solo quiero verlo caer. Quiero que alguien, alguien muy cercano a mí —le ocultó que era su padre—, sepa que yo también puedo jugar. Y ganar. A veces, la mejor forma de herir un imperio... es mostrarle a su emperador que sangra.

—¿Cuál es tu plan? —preguntó él, después de un largo silencio.

Meiling sonrió.

—Recibirás un lugar y una hora. Solo tendrás que estar atento. Hacer fotografías y... cuando las tengas todas, de todos ellos, publicarlas. Yo te avisaré.

—Fotografías, ¿de qué?

Ella sonrió con complicidad.

—No me digas que no te lo imaginas. Venga. Va —contestó, condescendiente y sonriendo con picardía.

El paparazi enrojeció. A la joven le pareció gracioso. Tierno, incluso. Meiling asintió. Una sonrisa triunfal apareció en sus labios.

—Por supuesto —le contestó, al fin, él—. Solo asegúrate de que sea inolvidable.

53

Hoy

El despacho de Carlos Manso sigue oliendo a poder rancio y a derrota una semana después de su muerte. Las hermanas están allí, una frente a otra, como dos ejércitos enemigos condenados a la misma sangre.

—¿Vas a seguir como un alma en pena? —escupe Conchita, golpeando la mesa con la palma abierta—. ¿O vas a decirme de una vez qué coño te pasa?

Amanda no responde al instante. Se mantiene de pie junto a la estantería, pasando los dedos por los lomos de los libros como si necesitara apoyarse en algo que no fuera su propia frustración.

—¿Has visto lo que ha salido en la prensa? —pregunta al fin, en voz baja.

Los medios especulan con el testamento, con que las hijas no están al frente del conglomerado, con que todo se va a desmoronar y hay compradores ya buscando adquirir por separado cada uno de los medios de comunicación que forman parte del grupo.

—Claro que lo he visto —replica Conchita, alzando los brazos, con el mismo gesto y tono de suficiencia de su padre—. Está controlado. No hay nada que no podamos manejar.

Amanda se gira despacio, como si no reconociera a la mujer que tiene delante.

—¿Controlado? —repite, con una risa breve, amarga—. Cada vez va a peor, hermana. Cada día sale una información que desbarata todo. Y además... he oído... cosas... ¿Tú sabías lo que hacía papá?

—No seas hipócrita —masculla Conchita—. Viviste en esa casa igual que yo. Te criaste en el mismo barro.

Amanda la mira, los ojos abiertos de par en par, como si algo dentro de ella acabara de romperse para siempre.

—Era una cría —dice, con un temblor en la voz—. Y cuando crecí... preferí no saber. No mancharme. No mirar. —Se le cierra la garganta, pero sigue adelante—: Pero tú... tú empujabas. Tú protegías todo esto. Tú eres igual que él.

Conchita aprieta los labios hasta que se le blanquean.

—Esto es supervivencia —escupe.

—¿Y orquestar su caída? ¿Eso también es supervivencia?

El silencio que sigue es denso. Cortante. Conchita no contesta. Y esa falta de respuesta lo dice todo.

—Desde que enfermó —continúa la hermana pequeña, casi en un susurro—, le buscabas cardiólogos en el extranjero. Le insistías para que se jubilara. Le organizabas viajes, citas médicas falsas...

—Era por su bien —salta Conchita, pero su voz suena demasiado rápido. Demasiado tensa.

Amanda niega despacio, como quien ya no espera nada bueno.

—Querías el poder. Siempre lo has querido.

—El mundo real no es un cuento de hadas. Y por eso soy yo la que tengo que estar al frente de todo.

Amanda da un paso adelante, hasta casi rozarla.

—Y ahora me pregunto... ¿Quién encontró a esa chica china? ¿Quién la puso en su camino? ¿Quién se aseguró de que acabara drogándolo?

—Cuidado con lo que insinúas —advierte Conchita, con voz afilada como un cuchillo y el dedo índice en alto, desafiante.

Su hermana suelta una risa seca.

—¿Insinuar? Si descubro que tú... Si tú tuviste algo que ver con su muerte —se inclina sobre la mesa y, por primera vez, saca algo de su interior que ni siquiera ella conocía. Su voz se transforma en un hilo de acero—, te juro que no me callo. Que lo cuento todo. Que te reviento la vida. ¡Te la reviento, Conchita!

Se quedan congeladas, como si el grito gutural de rabia las hubiera sorprendido a las dos.

—Pues nos hundiremos las dos.

—No me importa hundirme contigo.

Conchita la mira, desafiante. Pero, en sus ojos, por primera vez, hay algo que no consigue disimular: miedo. A su hermana. A esa enana lánguida y débil.

Ella se aparta, coge su bolso, su abrigo, su dignidad y cruza el despacho. Antes de salir, se detiene. No se vuelve.

—No todo se puede tapar, Conchita. No siempre.

—Pues ve arreglándote, que nos vamos a Suiza, a ver qué guarda esa caja fuerte que papá nos dejó a las dos.

54

Cada rey, o reina, tiene sus palmeros, como abejorros zumbando a su alrededor cumpliendo su función en la cadena trófica laboral. No importa cómo se llamen, de qué trabajen o dónde lo hagan; son universales. Los palmeros se creen importantes, imprescindibles incluso, pero en realidad no son más que peones de tercera categoría, útiles para pulir y sacar brillo el ego de sus jefes. Porque los líderes narcisistas necesitan más que subordinados a su alrededor: necesitan un coro permanente que refuerce sus decisiones, que ría sus ocurrencias y que asienta ante cada barbaridad como si fuera una revelación divina.

En general, los palmeros son intercambiables, carne de rotación en la estructura de poder. Pero, a veces, uno de entre todos ellos despunta. No porque sea más capaz, ni más servil, ni siquiera más convincente en sus dotes de adulación, sino porque ha perfeccionado el arte de la invisibilidad estratégica: sabe desaparecer cuando no hace falta y reaparecer en el momento exacto, justo cuando hay que aplaudir, reír o validar las palabras de la reina. Ese talento le lleva a ascender en la escala jerárquica del parasitismo, de palmero a preferido, y con suerte, de allí, a delfín. Paño de lágrimas. Guardián de algunos secretos. Brazo ejecutor. Es quien parece tomar las decisiones en las que la reina no quiere mancharse, quien se ensucia las manos para que la soberana conserve su aura intacta.

Con Elena Aldama, Jorge Cuervo había logrado todo eso con maestría. En apenas cinco años había pasado de becario a productor ejecutivo de la mano de ella. Para él, el mundo laboral no era un campo de oportunidades, sino un tablero de ajedrez en el que cada movimiento estaba calculado para reforzar su posición. Sabía cómo reírse en el momento adecuado. Cómo transformar cada frase de la reina en una revelación brillante. Cómo ocultar su propia ambición bajo una máscara de modestia, mientras parasitaba el éxito ajeno haciéndolo pasar por generosidad. Hasta para reírle las gracias a la jefa se necesitaba instinto. Y él era un experto en sonreír, adaptarse a sus expectativas, validar sus logros, esperar a sus instrucciones, autopromocionarse de manera desmedida y en el conformismo extremo. A decir verdad, Cuervo es un narcisista maquiavélico con una capacidad extraordinaria para parasitar a los demás haciendo ver que los está ayudando.

Pero ahora, su reina ha caído. Elena Aldama estaba muerta, y con ella, el reino que había sustentado los privilegios y la identidad de Cuervo. Sabe que debe mover muy bien sus cartas para seguir manteniendo su posición. Todo es caos a su alrededor, está confundido. No sabe a quién mirar, hacia dónde dirigir sus pasos, a quién reírle las gracias. Es un heredero sin reino. Pasa el día vagando por la productora, como un fantasma en busca de alguien que pueda llenar el vacío y mantenerlo en el poder. Su sentido de la conservación animal le aconseja que se esconda hasta que pase la tormenta, pero si hay algo que un palmero nunca puede dejar que vean los demás, es el miedo. Así que organiza una fiesta. Un homenaje. Algo que, como siempre, redunde en su propio beneficio; una especie de funeral en forma de cena de lujo en el Casino de Madrid para idolatrar a Elena Aldama y acallar algunas protestas en las redes sociales y en ciertos medios de comunicación rivales. Su equipo ha tardado apenas tres días en montar el homenaje, arreglado y puesto en escena como si fuera un espectáculo de televisión.

Épica. De eso se trata siempre. De hacer que hasta las cosas más sencillas parezcan épicas.

Incluso las malvadas.

Las trituradoras de humanidad.

Con la luz adecuada, todo se puede camuflar.

Y a todo se le puede sacar brillo, aunque sea una pocilga.

Siguiendo el trazo de las opulentas y curvilíneas escaleras del Casino de Madrid, que parecen ascender en círculo al cielo, el equipo de Ilusiona había construido una fantasía visual con imágenes de Elena Aldama y de sus mayores logros en televisión. El diseño elegante y sofisticado de los peldaños y las barandillas de mármol y alabastro viste de lujo la figura de la mujer que había fundado la productora.

Elena recogiendo su primer Ondas. Elena con los cascos de órdenes en el primer programa que dirigió. Elena junto a los reyes en una cena de gala en el Palacio Real. Elena en la ceremonia de los Grammy por la primera serie nominada que produjo. Elena en varias imágenes con algunos de los más famosos actores del *star system* de Hollywood sonriendo a cámara, bellos, etéreos e inalcanzables, como si posar con esa mujer desconocida fuera uno de los momentos más felices de su vida.

En todas las fotografías, más que una simple mortal Elena Aldama parece un ángel pintado por Rafael, un querubín conmovedor mirando al espectador con expresión de beatitud y cierto asombro inocente, con la piel y los ojos brillantes, humana y real, pero a la vez inalcanzable, lista para ocupar su capilla en cualquier catedral; alguien cuya muerte no ha hecho otra cosa que santificarla. La iluminación del espacio resalta de manera armónica la belleza del conjunto, irradiando los puntos claves de las fotografías.

Los invitados al evento suben lentamente los escalones, sobrecogidos algunos, asfixiados por lo empalagoso del decorado la mayoría, hasta llegar a la planta en la que les espera la cena.

Entre ellos, el comisario Valentín Palencia.

Es extraño que asista a esos actos, pero no ha podido resistirse al poder que se está reuniendo esta noche allí, y mira de reojo a esas amistades poderosas que quieren sentirse protegidas y contar con un solucionador, un operador en la sombra para asuntos que no deben trascender. Nunca se sentarán con él en público, para sus encuentros son los reservados de los más exclusivos restaurantes de la capital, pero sí que le ofrecen hueco en los eventos a los que pocos pueden acceder y en los que él suma más contactos, más clientes para su negocio paralelo y más conversaciones comprometidas a sus archivos.

Todavía no han terminado de servir el primer plato cuando se da cuenta de que Marga Faura ha entrado en la sala tratando de que su retraso pase desapercibido. Se sienta a la mesa, en el sitio asignado, y sonríe muchísimo, disculpándose. «Me ha retenido algo de última hora», parece decirles a sus acompañantes, que le devuelven el saludo y la sonrisa, aceptando lo que dice.

Más tarde, cuando la presentadora se levanta para ir al baño, el comisario se cruzará, como si fuera casualidad, con ella.

—Qué pena que hayas llegado tarde —le susurra. Marga empieza a temblar—. El avión de Gran Canaria llevaba retraso, ¿eh? ¿Qué te ha aconsejado la chamana esta vez? Sonríe, que no se te note, somos solo dos conocidos que se han saludado en una cena. —Contiene el gesto de cogerla del brazo—. ¿Te crees que no lo sabía? —De nuevo, la voz ácida del monstruo que conoce todos los secretos—. Tranquila, ahora ve al baño y cálmate. Mójate las muñecas en agua fría, para serenarte. Y luego vuelve y sigue relacionándote con la gente como si no pasara nada. Ya hablaremos tú y yo más tarde.

El Delfín. Así llaman en los pasillos a Jorge Cuervo, aunque él prefiere pensar en sí mismo como el sucesor natural. En el homenaje a Aldama actúa como la novia viuda, el epicentro del luto, la persona a la que todos tienen que dar el pésame y que siente que debe ser más centro de atención que el propio muerto. Sin Elena, ahora todo tiene que girar a su alrededor. Un luto medido, calculado al milímetro: la pesadumbre justa para provocar compasión, pero no tanta como para parecer incapaz de tomar las riendas de la productora.

Se ha recogido la melena en un moño bajo, casi en la nuca, dejando a la vista la barba compacta y oscura que ha cultivado durante los últimos meses. Le hace parecer mayor. Más de fiar. Más serio. Le ha dicho un asesor que la gente tiene que mirarlo y ver a un líder, no al niño trepa que le reía las gracias a la jefa. Cuervo se pasea entre los invitados con el porte de un heredero al trono, dando la mano, inclinando la cabeza en silencio y mostrando una sonrisa cargada de promesas veladas.

Llevando las riendas.

El Casino de Madrid luce como si estuviera listo para recibir a la realeza: la luz perfecta, el brillo de las copas, el murmullo suave, las risas contenidas. Todo está calibrado para ser un tributo impecable, digno de una reina muerta.

Sin embargo, hay una espina clavada en el orgullo de Cuervo: los reyes no han asistido. Los verdaderos monarcas, los que ostentan la jefatura del Estado. Una foto de la reina de gala habría dado la vuelta al mundo y garantizado portadas en todos los periódicos, porque ni el brillo del presidente del Gobierno, de cuatro de sus ministros, de cinco presidentes de comunidades autónomas, varios alcaldes y unos cuantos directivos del IBEX 35 logran llenar ese vacío. Aunque Cuervo sonríe: la sala está repleta de poderosos que necesitan tener a Ilusiona Producciones de su lado. Dame voz en una tertulia. Coloca a mi sobrino. Protege mi rueda de prensa. Favorece este titular.

A todos les gusta tener buena relación con los medios, por lo que pueda pasar. Coordinar el dispositivo de seguridad ha sido un suplicio.

En los corrillos el tema de conversación termina siendo siempre el mismo. ¿No es demasiada casualidad? Carlos y Elena, en apenas tres días, de aparente muerte natural. Aparente, pronunciado con intención. Natural, dicho con un tono sombrío, casi de hora bruja. En cada uno de esos corrillos hay alguien que afirma, en voz baja, tener información privilegiada. La hipótesis más repetida, en susurros para que no los escuchen ni el presidente del Gobierno ni los ministros, es que estorbaban a Moncloa y el CNI ha aprovechado sus patologías médicas para provocarles el ataque al corazón y la cetoacidosis con microrrobots comprados a los chinos que inyectaron en sus cuerpos. Otros hablan de amenazas terribles, tan horrendas que han sido capaces de provocarles un pavor categórico que habría llevado al colapso de sus cuerpos. Aunque la más loca, pero por ello la más cuchicheada, es que están empezando a activarse ya los microorganismos mecánicos introducidos en la población mundial a través de la vacuna de la COVID y que nadie está a salvo; solo hace falta apretar un botón en un lugar ultraseguro y ultrarremoto del planeta. En cada corrillo hay un experto en geopolítica de sobremesa y un epidemiólogo de WhatsApp, seguros de que Carlos y Elena fueron eliminados por un botón rojo en manos del CNI.

Cuervo escucha estas locuras y las celebra en silencio. Cada teoría absurda los engrandece a ambos. Cuanto más poderosa sea la conspiración, más grande será Elena. Y cuanto más grande ella, más grande él. El sucesor que nunca llegó a nombrar.

Pero al que todo el mundo da por hecho.

O de eso tiene que encargarse él.

Más discreta es la presencia de Ana Arén. Disfrazada con una peluca y unas grandes gafas que deforman los ojos, la antigua inspectora jefa de la Policía Nacional, encargada de los grupos de homicidios de Madrid, escruta a los asistentes desde un puesto privilegiado en el que ver sin ser vista, vestida de personal de servicio, aquellos a los que nadie acostumbra a mirar a la cara. Ve a las hijas de Carlos Manso, extrañamente alejadas la una de la otra, no en el plano físico, porque las han sentado juntas a la misma mesa, sino en el plano emocional. No se miran en ningún momento y evitan cruzarse, de hecho, han estado a punto de no asistir a la cena. Les parece de mal gusto rendir homenaje a Aldama sin haberlo hecho antes a su padre, que al fin y al cabo fue el creador del gran imperio que le dio trabajo a la productora de la mujer. Pero comprendieron que si no se presentaban esta noche, quedarían como rencorosas. Antes, sin embargo, han gritado a su jefe de personal y a varios miembros de la dirección por no haber pensado algo así para su padre y dejar que el equipo de alguien de rango inferior les tome la delantera.

Con ese homenaje, Elena Aldama tiene que coronarse en el imaginario colectivo como una reina audiovisual por encima de Manso. Muerta, también, pero más poderosa al fin de cuentas. Y de eso vive la historia, de las estatuas que se erigen y no de los recuerdos que apenas duran una generación.

55

A veces solo hace falta una primera lágrima para desbordar un torrente de amargura. O una primera piedra para lapidar a alguien. A veces solo se necesita una primera gota que caiga de una nube para desatar una tormenta.

En cada tragedia siempre hay quien sabe lo que está pasando. Alguien que calla, que se encierra en silencio porque ya no le queda energía, ni fe, ni esperanza de que hablar sirva para algo. No necesariamente una revolución, ni un gran cambio, ni siquiera un golpe magistral de efecto. No tanto.

A veces basta con zumbar como un mosquito.

Molestar lo suficiente como para obligar al agresor a cerrar la ventana y que no pueda disfrutar de la brisa de una noche de verano.

Hay gente tan, tan jodida que se conforma con eso.

El primer tuit se publica a las ocho y dos minutos de la tarde desde una cuenta anónima, recién creada. No hay texto. Solo un vídeo. Es un montaje de fragmentos que disparan como balas de cañón. Palabras de una mujer envejecida, rota, muerta, plantada con las últimas fuerzas de su orgullo frente a Elena Aldama: «A este funeral sí que ha venido, ¿eh?»... «No recuerda a mi hijo porque era la última mierda, un peón... de la partida en la que usted juega con las vidas de los demás»... «¿Sabéis cuánto cuesta el vestido que lleva encima? Más de tres mil euros, seguro. ¿Y el bolso? Un Kelly. Más de doce mil... Pues eso lo ha comprado con la vida de mi hijo. Más bien con su muerte».

Y una etiqueta: #SeAcabóElMiedo.

Y el miedo se acabó.

Se acaba para Yolanda, que cuenta en la misma red social cómo Elena Aldama la despidió mientras estaba de baja por una depresión causada por acoso laboral. Se acaba para Claudia, que narra sus crisis de ansiedad constantes en los baños de la redacción. Se acaba para Ricardo, que se atreve a colgar pantallazos de algunos de los mensajes vejatorios que recibía de sus jefes. Se acaba para

Laura, que explica que acaba de salir del hospital por culpa de una anorexia provocada porque su peso no encajaba con la imagen que había que dar en pantalla para una presentadora. Se acaba para Sara, que revela cómo la arrinconaron varias veces en un despacho por contar lo que sucedía realmente en el Congreso de los Diputados, no la versión que Elena Aldama imponía a sus redactores y, por lo tanto, a los espectadores. Se acaba para Arancha, que graba un vídeo llorando desde la puerta del hospital donde acababa de visitar a su amiga Marimar, todavía en coma tras el accidente de tráfico en el que murió su compañero Pedro. Se acaba para Gema, que reconoce por primera vez que consume tranquilizantes sin receta para aguantar la presión de la redacción y los jefes para sacar más temas, más exclusivas, más historias, aunque no sean del todo verdad. Se acaba para Roberto, que describe el tráfico de antidepresivos y ansiolíticos que corre entre los compañeros para ir a trabajar sin derrumbarse. Se acaba para Zaia, que sube un audio demoledor: «Lo más peligroso para esta productora es que la gente vaya a trabajar feliz y los redactores empecemos a ser amables los unos con los otros en vez de luchar a muerte por treinta segundos de reconocimiento en antena». Se acaba para Chema, redactor de un periódico digital que guarda grabaciones donde un presentador estrella le escupe amenazas de muerte: «Te voy a matar, hijo de puta, te voy a matar», si insiste en seguir investigando cómo trata a algunos de los trabajadores del programa.

El contador de visualizaciones no da abasto. Cada segundo, miles de ojos se abren. Cada minuto, miles más comparten.

Lo que antes eran susurros entre pasillos y llantos en los baños ahora retumba como un juicio público, enmarcado por las fotografías de Manso en sus últimos momentos de vida. Y nadie podrá acallarlo.

Se acaba el silencio.

Hay gente que solo puede prosperar en ambientes tóxicos, crueles, competitivos y demoledores, trituradoras emocionales en las que el resto muere lentamente mientras ellos disfrazan de un falso estoicismo la capacidad profesional que les hace resistir y ascender.

Perder la humanidad es fácil. Demasiado. Y rápido. Solo hace falta encontrar una historia que nos permita ver a las personas como si no lo fueran. Personas.

La historia de Elena Aldama era la de la mujer que había sobrevivido y triunfado. La heroína del esfuerzo. La mujer poderosa convencida de tener la obligación moral de levantarse cada mañana para seguir luchando por lo que consideraba justo.

Su verdad. Su poder. Su victoria.

Su trituradora de humanidad.

56

Desde el atril del Casino de Madrid desfilan discursos templados y contenidos, panegíricos medidos, lágrimas oportunas y mentiras elegantes. Nadie se aparta del guion. Es tiempo de esperar a los que tomarán el poder. Nadie quiere enemistarse con una maquinaria tan poderosa y engrasada. Una maquinaria que sigue viva, aunque su reina, y su rey, hayan caído.

Pero antes de servir el postre, algo cambia. Empieza un rito gestual extraño: el del traspaso de noticias que no son del todo buenas.

Primero es el jefe de gabinete del presidente del Gobierno quien se excusa y saca al presidente de la sala incluso cuando todavía no ha terminado el segundo plato. Una llamada urgente, murmuran. Algo con Washington. Después, como en efecto dominó, comienzan a irse los ministros. En cuestión de diez minutos, no queda un solo político en el salón. Tan solo algún alcalde de tercera categoría. Los directivos más poderosos también se marchan, sin despedirse.

Flota en el ambiente el aire de un manjar que se ha vuelto rancio en un instante.

Cuervo, inquieto, necesita averiguar qué está pasando. Se levanta con la excusa de ir al baño. Encerrado en un cubículo, saca el móvil, consulta las redes sociales y empieza a leer. El *hashtag* #SeAcabóElMiedo encabeza la lista de tendencias. Los mensajes aparecen como cuchilladas: denuncias de acoso, historias de abusos laborales, trabajadores que narran crisis de ansiedad, anorexia, despedidos mientras estaban de baja. Vídeos de llantos en baños y grabaciones de amenazas. Un torrente imparable que lo asfixia.

Panda de hijos de puta. Panda de malnacidos. Panda de desagradecidos.

Respira hondo, como si el aire del baño pudiera calmar su rabia. Escribe rápido, con los dedos temblando:

—Quiero un listado de toda la gente que está esparciendo mierda sobre Elena. Ahora. Quiero nombres. Y llamad a la empresa esa que nos arregló lo de los vídeos de su muerte. Que venga ahora mismo.

El *community manager* responde al instante. La lista está en marcha. Cuervo lo sabe: habrá despidos inmediatos. Todos los empleados que han alzado la voz, despedidos sin contemplaciones. Mañana a primera hora se encargarán del resto. Esos desgraciados no volverán a trabajar en televisión en lo que les queda de vida. Advertirá a otros directivos de la bomba de relojería que tienen entre sus filas, exagerando y mintiendo si hace falta, para que les aterrorice tenerlos en plantilla o contratarlos por jornadas.

A un traidor se le paga con el destierro.

Cuervo se limpia el sudor de la frente con la manga del traje. Sabe que esta noche no dormirá, pero no importa. Porque esos desgraciados, esos traidores, van a pagar.

No habrá piedad. Solo escarmiento.

Lo que más le jode a Cuervo es tener que fingir que no pasa nada. Le cuesta contener la ira, y los más observadores podrían notar cómo los tendones del cuello se le marcan bajo la piel, porque para gestionar su rabia tensa al máximo los músculos, que se estiran como cuerdas a punto de romperse. Cada vez que su móvil vibra en el bolsillo, siente cómo el pánico y la indignación le suben por la garganta, una mezcla tóxica que apenas puede contener. Pero está aquí, atrapado en el que iba a ser su gran acto de presentación oficial como heredero, y debe cumplir su papel. Así que sonríe y saluda, estrecha manos y asiente a comentarios vacíos sobre la «pérdida irreparable» que ha significado la muerte de Elena. A su alrededor, las cámaras y los teléfonos móviles capturan los detalles del evento, y Cuervo se esfuerza por mantenerse en su lugar, como si no pasara nada, como si todo fuera según lo planeado. Por dentro, sin embargo, lo único que quiere hacer es derribar cada una de esas mesas, patear cada silla y estrellar cada copa contra las paredes doradas del Casino. Pero se contiene. Todavía debe mantener las apariencias, aunque el eco de las risas y los saludos a su alrededor se le clave en los oídos como un zumbido insoportable.

—Jorge, querido, qué noche tan difícil, ¿verdad? —le dice una mujer a la que ni siquiera pone nombre—. Pero me alegra que estemos aquí para recordarla. Elena era una grande.

El palmero venido a más traga saliva y fuerza una sonrisa de circunstancias.

—Sí, sí..., sin duda, una... —vacila—... una gran pérdida para todos.

Cada palabra le sabe amarga. La imagen de Elena se desmorona a velocidad de vértigo mientras él finge que nada ocurre. Cualquiera que eche un vistazo a su móvil verá lo que realmente está pasando fuera de esa burbuja. El homenaje es solo una cáscara vacía; la verdadera historia se cuenta en la red, donde algunos de los subordinados de Elena han decidido no callarse más.

Otro invitado le palmea el hombro y le hace un comentario elogioso sobre la «fortaleza» de Elena, y Cuervo sonríe, reprimiendo la ira. La rabia lo recorre como un relámpago, una energía que no puede liberar. No ante toda esa gente.

Él, el favorito de la reina, el peón que ascendió a costa de todo, ahora es un náufrago atrapado en esta cena hipócrita en la que cada gesto de pésame le escuece ahora como sal en una herida abierta.

Afortunadamente, está llegando a su fin.

Le cuesta la vida misma sonreír y dar la mano y besos y abrazos mientras trata de calcular cuál de las personas que le sonríen y le dicen adiós sabe que la imagen de Elena Aldama se está derrumbando. Todos, como siempre, disimulan. Es más fácil así. Algunos, incluso, calculan el momento en el que Cuervo está ocupado con otras personas para alzar ligeramente la cabeza a modo de despedida.

Con un dolor infernal en los huesos del cráneo, y cuando ya se ha ido el último invitado, el Delfín revienta. Reúne al equipo en una mesa, sucia de migas de pan, manchas de vino y restos de postre. Grita. Lanza lo que tiene a mano por los aires.

—¡Pero ¿qué cojones está pasando?! —su grito retumba, las copas tiemblan sobre el mantel. La ira lo desborda. Vuela una copa de champán que se estrella contra el suelo, seguida de un plato con el resto derretido de un helado que pretendía reinventar el helado.

—Tranquilo, Jorge. —Pelayo intenta calmarlo.

—¡¡No me digas que me tranquilice!! ¡¡No me digas que me tranquilice, Pelayo!! —escupe desencajado. Los ojos le brillan con un fulgor descontrolado.

La directora de realización, nerviosa, interviene:

—Salgamos de aquí. No es momento ni lugar. Vamos a mi piso, está a cinco minutos —sugiere—. Este no es sitio para sacar los trapos sucios. Hay mucha gente.

Cuervo respira de forma errática, su pecho sube y baja como si hubiera corrido una maratón. Se levanta de golpe, con zancadas histéricas.

—¡Vamos a casa de Candela! Comité de urgencia. ¡Ahora mismo!

Se lanza escaleras abajo con paso brusco. Está demasiado enfadado, demasiado ciego para calcular bien. Trastabilla con una mesa y está a punto de caer al suelo. El director de producción y el de contenidos, que caminaban tras él, hace ademán de agarrarlo, pero Cuervo logra recuperar el equilibrio él mismo.

Se sacude los brazos, como si sus compañeros fueran tóxicos.

—¡¡Dejadme en paz, no me toquéis!! Avisad a los otros.

Baja los escalones de dos en dos, saltando con aparente agilidad, pero tropieza.

Jorge Cuervo cae.

Su pie derecho no logra apoyarse en el peldaño número nueve y, falto de soporte, rueda escalones abajo con un estruendo seco y violento que silencia el Patio de Honor del Casino de Madrid. El sonido de varios de sus huesos fracturándose resuena como un crujido macabro. Su cuerpo rebota contra los peldaños de mármol. La cabeza golpea el último escalón con un chasquido seco y sordo que rompe el silencio.

Entonces, empiezan los gritos.

Invisible para todos, Ana Arén no pestañea. Está allí. Y lo ha visto todo.

Ha visto el cambio de actitud en Jorge Cuervo a mitad de la cena de homenaje a su jefa, ha visto la rabia acumulándose en su cuello engarrotado, cómo ha toqueteado constantemente el bolsillo en el que guarda el teléfono móvil, las miradas de desesperación a otras personas del equipo, la discusión con ellos cuando se marchó el último invitado.

Ha visto el traspiés.

Y la caída escaleras abajo.

Su muerte.

Esta noche, Ana sabe que no podrá dormir. Repasa una y otra vez la caída: el zapato resbalando, el cuerpo dando tumbos, los crujidos de los huesos, el grito mudo, el golpe final. Está segura de algo: nadie empujó a Jorge Cuervo. El joven iba varios metros por delante de sus compañeros, alterado, presa de una rabia que parecía a punto de devorarlo por completo. Bajaba demasiado rápido, con una urgencia que no supo controlar. Dio un paso en falso, su pie derecho no encontró el escalón y entonces... cayó.

El último sonido —un crujido seco, definitivo— le confirmaba todo.

Ni siquiera le hace falta acercarse al cuerpo.

Jorge Cuervo está muerto.

Se ha partido el cuello. Sin empujón. Sin mano asesina. Solo su propia rabia.

Se ha partido el cuello como mueren algunos reyes: huyendo del ruido que ellos mismos han provocado.

57

Una hora después de la caída, Santiago Munárriz acompaña al juez en el levantamiento del cadáver de Jorge Cuervo. El cuerpo yace a pie de la monumental escalera; una figura grotesca y desarticulada, con los brazos extendidos, las piernas en ángulos extraños y los ojos abiertos, fijos en un punto vacío del techo, como si todavía admirara la impresionante bóveda acristalada que ilumina el Patio de Honor. Los últimos peldaños y el suelo alrededor de la cabeza tienen rastros de sangre, pequeños charcos secos que resaltan contra el mármol pulido. La prolongada y caótica caída ha provocado un rastro de golpes y moretones en el cuerpo de Cuervo que no verán hasta que le quiten la ropa y lo examinen en la mesa de autopsias. Su cabeza está inclinada en una posición anormal, con el cuello en un ángulo que indica una lesión catastrófica. Santi observa una contusión pronunciada en la nuca, justo donde el cráneo conecta con la columna cervical. Sus dedos expertos notan enseguida un desplazamiento en las primeras vértebras, las más próximas a la base del cráneo, que parecen fracturadas. Esto confirma lo que ha pensado nada más verlo: el desnucamiento ha sido fatal, con la médula cortada o severamente dañada en ese punto. Jorge Cuervo sobrevivió hasta el final de la caída. Pero no fue capaz de sobrevivir al golpe contra el último escalón.

Ya son las dos de la madrugada.

La autopsia tendrá que esperar hasta el día siguiente, por mucho que el juez se ponga pesado.

—¿Te has colado en el homenaje a Elena Aldama? —Santi grita en susurros, claramente incómodo, cuando Ana aparece en su casa a las dos y media de la madrugada. Está visiblemente alterado. Ella, sin embargo, lo mira con su habitual calma y desafío—. Pero ¿sabes lo que te has jugado?

Se encoge de hombros.

Como siempre, tiene que ir dos pasos por delante de cualquiera. Son dos almas gemelas.

—Tenía que estar allí —responde—. Tenía que verlos en su hábitat natural.

Santi niega con la cabeza, una mano apoyada todavía en el pomo de la puerta de la habitación donde Emma duerme.

—¿Te das cuenta de dónde te has metido? Eso era una madriguera llena de tiburones, y tú has ido sola. ¿Qué esperabas encontrar?

—¿Y qué me van a hacer? ¿Reconocerme? ¿Publicar mi foto? —Ana lo desafía—. Tú y yo sabemos que esos tipos solo actúan en las sombras. La mayoría tiene demasiadas cosas que esconder.

—¿No te das cuenta de que, si alguien te ve, se acabó todo? Ya no vas a poder moverte con libertad, tendrás a un ejército de paparazi en la nuca. —La exinspectora jefa de la Policía Nacional empieza a darse cuenta de lo que podía haber ocurrido—. Ana, hablamos de una sala llena de gente que maneja más poder del que jamás comprenderemos. No son de los que perdonan intrusos. Y tú... —su voz se quiebra un instante, como si estuviera realmente preocupado por ella—, tú has ido a meter la nariz justo en su guarida. —Santi respira hondo, como intentando calmarse—. ¿Qué esperabas encontrar?

—No sabía qué iba a encontrar —su voz se vuelve más grave, más tensa—, pero tenía que verlo. Quería observar cómo actúan cuando creen que nadie los está mirando de cerca. A las hermanas Manso, tan perfectamente acartonadas que parece que se rompen si ríen demasiado fuerte. A los trabajadores, esos «palmeros» que viven en la sombra de los grandes jefes, riendo con chistes malos y alzando las copas como si sus vidas dependieran de ello.

—¿Y qué has visto? —pregunta Santi.

—He visto un espectáculo patético. He visto a gente bailando en círculos alrededor de un cadáver simbólico mientras fingía que lamentaba su pérdida. Las hermanas Manso, sin hablarse. Algunos trabajadores bebían como si fuera el último brindis de sus vidas, y los directivos... Bueno, ellos parecían más interesados en asegurarse de que nadie viera demasiado, todos tratando de apostar a caballo ganador. Y luego estaba Cuervo...

El forense se tensa, y Ana lo percibe de inmediato.

—¿Qué pasa con Cuervo? —le pregunta—. ¿Has visto algo raro?

—¿Raro?

—No sé... —duda Santi.

—Todo en él era extraño. Lo de hoy ha sido patético y fascinante a la vez. El palmero que se creía rey. Ha subido al escenario, alzando su copa, con una solemnidad vergonzosa, agradeciendo a los presentes por unirse a celebrar el legado de Aldama, pero con palabras huecas, feliz por ser él quien se posicionara para tomar el mando. No he visto duelo en su tono, ni respeto en sus ojos. Solo ambición. Ha convertido el homenaje a su jefa en una pasarela de su candidatura, como esos programas de televisión donde se elige al mejor talento. Se notaba en cada movimiento de su cuerpo, en la manera en la que ha buscado la aprobación de los poderosos. No ha sido un homenaje, sino una coronación, una jugada desesperada por colocarse en el lugar de Aldama antes de que alguien más reclamara ese espacio. Ha sido un espectáculo triste, y, sin embargo, todos lo aceptaban, porque el poder tiene esa capacidad de hipnotizar incluso en su forma más vulgar.

—Lo has visto caer. ¿Estás segura de que ha sido un accidente?

Ana inclina la cabeza, dejando que la pregunta cuelgue en el aire por un momento.

—¿Qué otra cosa podría ser? —responde, con una sonrisa que no llega a los ojos. ¿Qué otra cosa podría ser realmente? No había nadie lo bastante cerca como para empujarlo. Bajaba las escaleras histérico, saltando, lleno de ira. Un paso en falso, quizá el único de su carrera...

—Tres muertes en menos de una semana —susurra Santi, rascándose la barbilla.

—Nadie va a creerse que todo ha sido natural. Ahora solo quedan las hermanas Manso.

—¿Cómo que solo quedan ellas?

—Sí. Ellas. El cuarenta y cinco por ciento de Ilusiona Producciones es propiedad de Magnum Media Group.

—¡No me jodas! —Santi grita, sorprendido.

—Me lo explicó Pilar. A través de varias sociedades opacas, Manso controlaba el cuarenta y cinco por ciento de la productora de Aldama.

Hablan muy bajito, murmurando, como si fueran niños contándose un secreto en clase. Agotados.

—Entonces...

—Entonces... con cada programa que Manso le daba en su parrilla a Elena, él también ganaba dinero. Negocio redondo.

—Y ahora ellas...

—... Ahora ellas —interrumpe Ana—, si logran ejecutar la herencia, pueden coronarse como las reinas de todo. Tendrán el control de Magnum Media y el de Ilusiona Producciones...

—Así que las dos... —Llevado por el entusiasmo, Santi habla más alto de la cuenta y Emma despierta, llorando. Entra en la habitación, la coge en brazos y la acuna.

—Mi amor, duérmete, pequeña, duérmete. —Va dándole besos en la cara, arropándola fuerte. Pero no deja de llorar.

Una pequeña luz azul ilumina un rincón de la estancia, es un animal transparente, con orejas diminutas y gran sonrisa. Santi se estira en la cama, junto a Emma, abrazándola, susurrándole palabras de amor. Hace señas a Ana para que apague la luz del salón y se acerque. La pequeña tarda un par de minutos en relajarse.

—Tendremos que seguir hablando otro día, Ana. Emma ya no va a dejarme ir de aquí —susurra—. Aunque parezca dormida, como me levante, se despertará y se pondrá a llorar otra vez. Tiene un detector infalible de movimiento de padre.

—Su madre... —Ana se arrepiente enseguida de haberlo dicho. Berta. Nota el dolor en la voz de Santi.

—Ahora no puedo, Ana. Yo no...

—Lo entiendo, perdona —se disculpa, dolida por su propia imprudencia, mientras entra en la habitación y se sienta al borde de la cama—. Ha sido, culpa mía.

—Ana, hablamos mañana, ¿vale? —Santi sigue susurrando, tumbado sobre la colcha, abrazado a su hija, envuelta en un par de mantas infantiles.

—No te enfades, no pretendía...

—Yo también estoy muy cansado. Mañana nos vemos, después de la autopsia.

Hay un silencio largo, de agotamiento. Ana, en vez de marcharse, cae suavemente hacia un lado, recostando la cabeza en la almohada, con los ojos cerrados. Emma queda en medio de los dos. Ya se ha dormido.

—Oye, Santi —cuchichea, sobresaltándolo.

—Dime.

—Quiero estar en la autopsia.

El forense, que se estaba quedando dormido, se asusta.

—Ana, no puedo... —se opone—. No puedo, lo siento. Ya no tienes credenciales, ya no eres parte de la policía.

—Sí que puedes —insiste—, tengo que estar allí.

Él no puede verla, pero los ojos de Ana, a pesar del cansancio, brillan con una determinación feroz, la misma que la llevó a enfrentarse a casos imposibles en su carrera.

—Mira, Ana, es que...

—Santi, por favor.

—Igual no me la dan a mí.

—¿Tú crees que se van a arriesgar a dársela a otro? Ese cadáver va a ir directamente a tus manos. Sobre todo, si empieza a haber sospechas de que las tres muertes están relacionadas. ¿Cuánto tiempo crees tú que van a tardar en empezar los titulares? Ya te lo digo yo: nada. Estarán ahora mismo los digitales ardiendo. Y media España ya está teorizando.

—¿Cómo te cuelo?

—Ya se nos ocurrirá algo. Y, ahora, déjame dormir, que estoy muy cansada.

Él trata de oponerse, pero se duerme antes de poder echarla de allí. Ana lo observa durante un rato. Respira con calma, como si el ritmo de Santi y el de Emma pudieran sincronizarse con el suyo. Su pecho sube y baja, y siente una punzada en el estómago.

No se atreve a moverse para no evaporar el momento. No dice nada. No hace nada. Solo se queda allí, tumbada de lado, cerca. Tan cerca que podría rozarlo si estirara un poco los dedos. Pero no lo hace.

Emma duerme en paz por primera vez en semanas. A salvo, entre dos personas que no han olvidado cómo se duerme sin miedo.

El aire de la sala de autopsias golpea a Ana como un puñetazo directo al estómago. A diferencia de otros sentidos, el olfato no pasa por ningún filtro previo y entra como un torrente al sistema límbico del cerebro, donde se procesan las emociones... y la memoria. Y por eso, cuando el formol, los desinfectantes y los posos de sangre entran en sus orificios nasales, recibe de golpe los momentos y las historias de buena parte de su vida como policía.

Se agarra a una de las camillas para no caer.

Son... tantos... recuerdos...

—¿Estás bien? —le pregunta Santi. Ella asiente—. ¿Necesitas un momento? —insiste.

—No, no. Es que me... El olor, ya sabes. Estoy bien, de verdad.

—Pues vamos a dejar entrar a los vips. Escóndete en los vestuarios y no salgas hasta que no te llame.

—Buenos días a todos. Gracias por venir —dice el forense a los asistentes a la autopsia de Jorge Cuervo—. Hoy, va a acompañarnos una estudiante de medicina. No es algo habitual, pero, y que quede entre nosotros —baja la voz, buscando complicidad—, es hija de un político que ha pedido el favor a las altas instancias. Ya, a mí tampoco me gusta, pero es lo que hay. —Se encoge de hombros—. Es muy tímida, ya lo verán. Va a quedarse a un lado, sin molestar, viendo cómo hacemos esto. Espero. —Abre la puerta que comunica la sala con los vestuarios—. ¿Hola? ¿Estás ya lista? —Eleva la voz. Aparece entonces Ana, enfundada de arriba abajo en un traje de protección, irreconocible—. Espero que no te desmayes. No quiero tener problemas con tu padre.

Los vips cuchichean entre ellos. Ya se enterarán de quién es ese político. Por si alguna vez hace falta. Pero, de momento, se conforman con sonreírle a su hija.

—Mis compañeros ya han identificado el cuerpo y comprobado que es el de Jorge Cuervo Jiménez —anuncia Santi con un tono neutro y profesional, desviando la atención de Ana. En la sala hay un par de inspectores del grupo de homicidios asignado al caso y uno de los responsables del Instituto de Medicina Legal, el proceso estándar—. Voy a proceder a retirar la ropa y guardarla en sobres sellados por si fuera necesario realizar pruebas forenses a los tejidos. El fallecido viste esmoquin negro, camisa blanca y pajarita.

Con precisión mecánica, Santi descalza el cuerpo y corta la ropa a lo largo, desde los tobillos hasta el cuello. El sonido de las tijeras rasgando el tejido resuena en la sala como un eco inquietante. Una vez desnudo, inspecciona el cadáver con la mirada experta de quien ha hecho esto cientos de veces.

—Se observan lesiones externas compatibles con la caída —continúa, señalando con un dedo enguantado—, hematomas por la rotura de pequeños vasos sanguíneos al golpearse en varias partes del cuerpo. Más adelante los fotografiaré y mediré, pero por su localización, y por el color, yo diría que parecen haberse producido todos al mismo tiempo, y hace menos de doce horas.

El forense se inclina hacia la nuca del cuerpo, su voz baja un tono mientras describe una herida particular. Sus palabras quedan registradas en el sistema de grabación que ha puesto en marcha al empezar a inspeccionar el cadáver. Ana trata de parecer invisible, moviéndose tras él, ocultándose detrás de la anchura de su cuerpo.

—Si se fijan, aquí tenemos una herida incisa, limpia y profunda en la parte posterior del cuello, que ha seccionado los tejidos blandos y posiblemente también algunos músculos. Más adelante confirmaremos si alcanza estructuras más profundas. Alrededor de la herida en la nuca hay restos de hemorragia abundante, tanto interna como externa, y equimosis y hematomas que nos indican la fuerza del impacto. Estoy seguro de que encontraremos también hemorragia subaracnoidea, habitual cuando se rompen los vasos sanguíneos que recubren el cerebro y que es común en traumatismos craneoencefálicos severos, como los que se producen por caídas desde altura.

Hace una pausa, levantando la vista hacia los presentes.

—Ahora vamos a proceder a abrir el cadáver, señores. Pero si no encontramos nada que contradiga este primer examen externo, yo diría, sin género de dudas, que la víctima falleció por un traumatismo cráneo encefálico provocado por una caída a gran altura, con golpes y un choque final. Ahora, si me permiten...

Ana aparta la mirada. Ha asistido a muchas autopsias, demasiadas. Pero ver cómo Santi abre a un hombre con esa calma quirúrgica todavía le remueve algo muy antiguo. Algo que no ha terminado de sanar.

Santi Munárriz coge con destreza uno de los bisturíes que tiene metódicamente colocados sobre una mesa auxiliar y abre el pecho de Jorge Cuervo. Una mezcla acre de químicos y descomposición empieza a llenar la sala.

Algunos aprovechan para salir.

Ya han visto bastante.

Ya tienen lo suficiente para sus informes. O sus silencios. Para encubrir, distraer o firmar autorizaciones. Algunos han venido a saber. Otros, solo a asegurarse de que nadie sabrá más de la cuenta.

58

Hay personas que odian la incertidumbre, pero Ana y Santi parecen especialmente cómodos frente a un signo de interrogación. Quizá porque pocas cosas les excitan más que el reto de resolverlo. Para ellos, la incertidumbre no es una amenaza, sino el preludio de una respuesta.

Están sentados en un banco, en un parque cerca de la casa del forense, mientras Emma juega con cubos y palas en el arenero, feliz, ajena a la conversación de los adultos que se desarrolla a pocos metros.

—Desnucado —dice Ana, rompiendo el silencio. Va cubierta con un gorro de lana y unas enormes gafas de sol. Nadie la reconocería.

—Trauma cervical fatal —contesta él, en un absurdo tono didáctico para quien fue inspectora jefa de homicidios de Madrid—. O muerte violenta por sección del cuello, que es lo que suelo poner en los informes. Deja más espacio a la imaginación maliciosa.

—Es verdad. «Muerte violenta por sección del cuello» tiene un no sé qué, suena mucho más inquietante. —A Ana se le escapa una carcajada. Mira a su alrededor para comprobar que no hay padres cerca ni nadie que pueda escucharlos—. Cualquiera que nos vea reírnos de un muerto pensará que somos unos psicópatas.

—Humor negro forense.

—Nada que envidiar al humor negro policial.

Ana observa a Emma trajinando con cubos y arena, mientras deja que su mente hilvane las ideas de la conversación. Santi, aunque parece absorto, escucha con la atención de alguien que no deja nada al azar.

—Entonces, con Aldama muerta y Cuervo fuera de juego, ¿quién se queda el trono? —pregunta, como si no importara mucho, aunque la frase queda colgada en el aire con tanto peso que parece que vaya a estrellarse en el suelo en cualquier momento.

—Buena pregunta —responde ella, sin apartar la vista de la niña—. Hay un vacío que alguien va a querer llenar. El poder nunca queda huérfano por mucho tiempo.

Santi suelta un resoplido leve, más irónico que divertido.

—Las hermanas Manso —murmura, como si el nombre le supiera amargo.

—En la cena homenaje se movían como dos buitres rondando un cadáver. Con Marga Faura siguiéndoles la estela, aprovechando cada minuto para congraciarse con ellas.

—Más bien dos halcones —corrige Santi—. Si van tras la productora de Aldama, no lo harán con sutilezas. Van a comprar lo que quede del imperio a precio de saldo, ahora que Cuervo está muerto. Así todo queda en casa. No tienen que pagar a nadie por los programas de Ilusiona Producciones. Se pagan a ellas mismas. Cuantos más encarguen, más ganan.

—Es una jugada redonda —reflexiona Ana—. Por un lado, consolidan su poder; por otro, hacen que Magnum Media Group les pague a ellas por contenido para los canales de televisión. Sale dinero del imperio y va a parar a sus bolsillos.

—Además, ¿quién va a plantarle cara a las Manso con la productora de Aldama bajo su control? —Santi se inclina hacia adelante, apoyando los codos en las rodillas—. Nadie. Porque no es solo poder, es la narrativa. Si controlan las historias que llegan a la pantalla, controlan la percepción pública. Y con eso, todo lo demás.

Ella asiente lentamente, con la mirada perdida en el movimiento rítmico de Emma construyendo formas extrañas con la arena.

—Les falta aumentar su presencia en las redes sociales —prosigue Ana—. Hoy en día, los hacedores de reyes son las redes sociales. Instagram, TikTok, Twitter... o X, o como quieran llamarlo ahora. Ahí están instalados los nuevos tronos. La televisión puede tener sus magnates, pero las redes son las que hoy quitan y ponen coronas.

Santi recuerda todo lo que le ha enseñado Berta de sobre la televisión.

—En la tele, tú controlas lo que la gente ve. Tienes programadores, jefes de contenido, filtros. Pero en las redes..., ahí está todo. Bueno, malo, falso, real. Y lo peor, o lo mejor, dependiendo de quién lo mire, es que los propios usuarios creen que son ellos mismos los que deciden a quién encumbrar y a quién destruir, cuando en realidad son otro tipo de poderes moviéndose en las sombras. Es el caos convertido en poder absoluto.

—Y eso es más peligroso —se lamenta Ana—. Una televisión tiene filtros, alguien supervisa. Las redes son un río desbordado. Cualquiera puede ser juez, jurado y verdugo.

—Por eso tienen más poder. No hay reglas. Los usuarios se creen los dueños porque en las redes no hay un «arriba» controlado por unos pocos. Piensan que tienen la capacidad de destrozar vidas en minutos o convertir a alguien en un dios de la noche a la mañana.

—Pero todo es mentira, Santi. Es una falsa ilusión de poder. ¿Te acuerdas de la matanza de la escuela infantil Sandy Hook? —pregunta Ana, casi como si hablara para sí misma.

A Santi se le encoge el corazón. Mira a Emma y la imagina como víctima de un tiroteo en su escuela.

—Veinte niños muertos, de seis y siete años, y seis profesores —enumera el forense—. En Estados Unidos. Es algo difícil de olvidar.

—Su asesino tenía solo veinte años —señala Ana—. En un país acostumbrado a los tiroteos y a las armas, la matanza de Sandy Hook fue una conmoción que nunca curará. Pues, ¿sabes?, hay gente que cree que nunca pasó.

—¿Cómo que nunca pasó? —se extraña Santi.

—Sí, sí, que eran actores. Todos. Los niños, los padres, los profesores...

—Pero..., a ver..., es una locura. Está el colegio, están los vídeos, el pueblo, las... las tumbas. Hay niños allí, enterrados, en el cementerio. Niños que existieron. Vídeos de cuando estaban vivos. Vídeos de la policía rodeando la escuela.

—Pues Alex Jones, un presentador conspiracionista —continúa Ana—, ha conseguido que la gente crea que la matanza fue un montaje del Gobierno para controlar las armas en el país, ya sabes, para prohibir su venta libre, y que los niños y los padres y los profesores y la policía eran actores. Y lo peor es que hay quien sigue creyéndose esa mentira repugnante. Piensa en las familias de esos niños asesinados. Enterraron a sus hijos, Santi. Enterraron a bebés, y siguen sufriendo que les llamen farsantes. ¿Te imaginas lo que es perder a un hijo y, además del dolor indescriptible, tener que defenderte de gente que dice que ni siquiera existió?

—Pero... —Santi mira a Emma, y un impulso en el estómago le lleva a correr a por ella, a abrazarla con todas sus fuerzas.

—Es que da igual que se hagan mil reportajes en el pueblo, que hablen los vecinos, que se muestren fotografías y vídeos de esos niños cuando estaban con vida. Como si se abrieran las tumbas. Da igual. Todo da igual. Es lo más aterrador. Que la estrategia de esos farsantes funciona. Que, aunque Jones haya sido condenado en un juicio por mentiroso, todavía hay personas que le creen, y que siguen convencidas de que todo fue una función teatral del Gobierno para manipulares y quitarles el derecho a llevar armas.

Santi respira hondo, abrazando a Emma, que no entiende por qué ya no puede jugar, dejando que las palabras de la expolicía se asienten antes de contestar.

—Porque no se trata de la verdad, Ana. Nunca se ha tratado de la verdad. Se trata de creerse más listos que los demás. Los conspiranoicos saben que sus mentiras no son verdad; solo necesitan que la gente los escuche, que algunos duden, y que algunos de esos les crean. Montan una burbuja en la que los elegidos, sus seguidores, creen estar en un estado mental en el que saben más que el resto de la sociedad. Rompen cualquier posibilidad de consenso social.

—Y Jones lo logra. —Ana aprieta los dientes, como si la idea le quemara por dentro—. La gente que le sigue ya está contaminada para siempre. Pero él solo lo hace por dinero. Se ha hecho multimillonario esparciendo bulos. Sus seguidores creen que son profetas de la verdad que unas fuerzas malévolas están ocultando, pero en realidad solo le interesa el dinero.

—Las redes amplifican esa contaminación como un virus que nunca desaparece del todo. Es el juego del ruido —contesta Santi, dejando de nuevo a Emma en el arenero, porque protestaba por no poder jugar—. Mientras la gente pelea por lo que es verdad y lo que no, nadie mira al que está agitando el caos desde las sombras. Una mentira, cuando se repite lo bastante, deja de ser un bulo y se convierte en una alternativa. —Santi ladea la cabeza, pensativo. Mira a su hija, preocupado por el mundo en el que va a vivir, y continúa reflexionando—: Es porque gente como Alex Jones no solo vende una mentira. Vende pertenencia. Esos predicadores de los bulos le están dando a la gente algo en lo que creer, una razón para pensar que son parte de una élite de iluminados. Y eso... eso es más poderoso que niños que existieron de verdad y fueron asesinados a los seis años.

Ana cierra los ojos por un momento, sintiendo el peso de la verdad en las palabras de su amigo. Luego los abre. Ve a Emma coronando una especie de castillo de arena con una hoja seca.

—Y lo peor es que no podemos hacer nada para detenerlo —sentencia ella—. No importa cuántas verdades digamos; ellos siempre encontrarán otra forma de hacer ruido. Siempre habrá otro Alex Jones, otro bulo, otra mentira absurda.

El silencio entre ellos se llena con el ruido lejano del tráfico y la risa de Emma. Ana respira hondo, sabiendo que esa conversación no tiene un final satisfactorio, solo una pregunta que sigue flotando: ¿hasta dónde llega el poder de un bulo? Para cuando la verdad consigue sacar la cabeza fuera del barro y salir a la superficie, ya es demasiado tarde. La mentira ya ha hecho su trabajo.

Ana lo mira, midiendo sus palabras antes de hablar.

—¿Y tú, Santi? ¿Crees que las redes podrían destruir a alguien como tú?

Él sostiene su mirada durante un segundo más de lo necesario antes de responder, con un tono casi susurrado:

—A mí no me destruirían porque no me dejo ver. Esa es la clave, Ana. Ser invisible en un mundo donde todos quieren ser vistos. En las redes no importa lo que sea verdad o mentira. Solo importa el ruido que haces.

—Y el ruido vende —murmura Ana.

—Y el ruido destruye.

Ella sonríe, pero hay algo en la respuesta de él que la inquieta. Una sombra que no logra descifrar del todo. Mira a Emma, que vuelve a estar absorta en su arenero, ajena al mundo futuro que están dibujando para ella los adultos.

—Me pregunto si las hermanas Manso están detrás de todo esto. De las muertes. De la de su padre, de la de Aldama, de la de Cuervo —reflexiona Ana, sin mucha convicción.

Santi ladea la cabeza, como si evaluara la idea.

—Las Manso son muchas cosas, pero no tienen imaginación para tanto. Lo suyo es más... directo. Compran, venden, manipulan, pero todo dentro del marco de lo que pueden justificar en un consejo de administración. Si alguien orquestó esto, no fueron ellas. —Parece estar convencido.

—Quizá no lo orquestaron —admite ella—, pero eso no significa que no vayan a sacar tajada. ¿Y si comprar la productora es solo el principio? —pregunta, sin mirar a Santi, pero percibiendo su reacción.

Él se encoge de hombros. Ana lo mira de reojo, intentando descifrar qué pasa por su mente. Porque está convencida de que le oculta algo. Se inclina hacia Santi como si fuera a pronunciar una frase trascendental, pero ahora emplea un tono ligero, como si se hubiera cansado de sufrir por nada. De sufrir por algo que no puede ni sabe cómo cambiar.

—Por cierto, lo de la rodilla de Cuervo me ha parecido un flipe. ¿Qué has dicho que es?

—Una prótesis biónica.

—Me suena a *Terminator*.

—Más o menos. Alta tecnología, Ana. Sensores que monitorizan cada movimiento, algoritmos que ajustan la fuerza y el ángulo en tiempo real a lo que necesita la persona. Es una obra maestra de ingeniería. Hacía mucho deporte de montaña. Escalada, *trekking*, carreras en altura, esquí...

Ana arquea una ceja, escéptica.

—Suena a ciencia ficción.

—Más bien a ciencia aplicada. —Santi sonríe, pero su tono es serio—. Tiene sensores que envían información constantemente: cómo está el ángulo de la pierna, si estás caminando, corriendo, subiendo o bajando escaleras. Incluso puede predecir el movimiento que vas a hacer en los próximos segundos y ajustar la fuerza necesaria para soportarlo.

—Entonces, ¿por qué no le salvó de la caída? —Ana lo observa, con una mirada que parece querer descifrar algo más que sus palabras.

—Porque ninguna prótesis puede salvarte de hacer el idiota. Si, como dices, iba saltando escalones, dio un paso en falso y el resto es historia. No hay inteligencia artificial que pare una hostia como esa. Salió volando un tramo hasta que dio con el primer peldaño, por lo que he visto en la autopsia, con el hombro derecho, y empezó a rebotar en un movimiento oscilatorio. Cada vez que su cuerpo golpeaba un escalón, se producía una desaceleración momentánea, pero en cuanto volvía a elevarse en el aire, aceleraba de nuevo. Y así, hasta el final. Hasta que se desnucó.

—Hasta la muerte violenta por sección de cuello —sonríe Ana, mientras su mente sigue trabajando—. Está claro que hay algo. Es imposible que en menos de una semana tres de los directivos más influyentes de la televisión en España hayan fallecido... de muerte natural.

—... De muerte natural, sí —repite Santi.

—Pero no me lo trago. Todos dicen que eres un genio, Santi. —Lo mira, entrecerrando los ojos—. Aunque yo también tengo una buena cabeza, y creo que nuestras mentes podrían combinar bien.

—¿Es una invitación a trabajar juntos?

—¿Querrías?

Y entonces Ana cree ver una duda en los ojos de Santi. Pero le dice que sí. Y ella nota una caricia en el corazón.

59

El avión privado aterriza con suavidad quirúrgica sobre la pista del aeropuerto de Ginebra-Cointrin a las ocho de la mañana. Ni turbulencias ni aspavientos. Una entrada digna, sobria, como Carlos Manso habría exigido en vida. Dentro del aparato, Amanda se recoloca las gafas, observando con discreción a su hermana. Conchita va enfundada en un abrigo negro de lana con cuello de zorro y gafas de sol demasiado grandes para la ocasión. El silencio entre ambas es denso, húmedo, espeso como la niebla que cubre la pista. No han cruzado una palabra desde que el *jet* despegó de Torrejón.

Una vez en tierra, a pie de escalerilla, un vehículo negro con chófer las espera. Lo ha gestionado todo Pilar desde Madrid. Las hermanas suben sin hablarse, como dos embajadoras rivales que comparten comitiva por obligación, no por voluntad. Amanda mira por la ventanilla: calles limpias, tráfico lento, carteles en francés, bancos, embajadas, relojerías. La riqueza suiza no necesita gritar para que la escuchen.

El chófer las conduce a través de un complejo diseñado para parecer una zona industrial anodina, y detiene el vehículo frente a un edificio sin rótulo, un rectángulo metálico forrado de rectángulos de distintos tonos de gris. En la fachada apenas hay una placa diminuta. Nada más. Ninguna ostentación. Solo hormigón, blindaje y un silencio administrativo que huele a secretos. Lo primero que perciben al cruzar la puerta es la temperatura controlada. Dieciocho grados. Ni uno más. Ni uno menos. Aire seco, sin perfume, con sabor a bóveda bancaria.

Un hombre trajeado, de acento irreconocible y maneras impecables, las recibe en el vestíbulo. Ni preguntas. Ni cortesías. Todo se da por supuesto. Solo una comprobación rigurosa de identidades y autorizaciones ante un cristal grueso que separa el mundo real del otro: el de las cajas fuertes invisibles. Conchita saca los documentos como quien entrega una orden judicial. Amanda mantiene la compostura.

Las conducen por un pasillo sin ventanas, bajo luz artificial, con suelo de moqueta insonora. Solo sus tacones, y los de nadie más, marcan el ritmo. La sensación es de estar entrando en el vientre de una bestia de hormigón.

Pasan por dos controles biométricos. Huellas. Iris. Código alfanumérico que Conchita pronuncia con sequedad. Al otro lado, una nueva puerta. Y, tras ella, otra más. Tres llaves. Una para la empresa. Otra para el notario. Otra para las herederas. Todo está hecho para que ningún capricho, ningún impulso, ninguna traición momentánea permita el acceso sin una cadena perfectamente ensamblada.

Por fin, la puerta blindada se abre. Del otro lado, una sala silenciosa, angosta, con una caja fuerte que ocupa toda una pared. Amanda contiene el aliento. Conchita se adelanta. Introduce el código. Nerviosa. El sistema tarda unos segundos en procesarlo. Luego, un clic. Una liberación. El acceso está concedido.

La puerta se abre como una boca de acero. Ambas hermanas se asoman a la penumbra. Dentro no hay lingotes. No hay diamantes. No hay cofres de piedras preciosas ni maletines con billetes perfectamente ordenados o cuadros de Picasso o Monet.

Solo hay carpetas.

Documentos.

Montones de hojas cuidadosamente archivadas.

—¿Qué mierda es esto? —Conchita lo escupe, como una bofetada al aire.

Amanda da un paso adelante. Se inclina. Toca uno de los documentos. Lo abre. Su expresión no se altera.

—Papeles —confirma, sin alzar la voz.

—¡Papeles de mierda! —estalla su hermana mayor, golpeando con la mano la pared metálica de la caja fuerte—. ¡Usted dijo que aquí habría algo grande! —le grita al notario—. ¡El tesoro! ¡La joya de la corona! ¡Y me encuentro con carpetas polvorientas de mierda!

Amanda se queda en silencio. Ha encontrado un sobre con membrete oficial del Banco Nacional de Suiza. Lo abre. Examina su contenido con atención.

—Esto son escrituras de sociedades pantalla —murmura—. Mira. Esta es propietaria de un almacén de arte en Luxemburgo. Esta otra, de un fondo registrado en Singapur. Y esta... —Pasa la página—... de una empresa que se utilizaba para comprar oro en Dubái. Todo legal. O casi.

Conchita la mira, furiosa, como si esas palabras fueran una provocación.

—¿Y eso qué? ¿Dónde están los diamantes, Amanda? ¿Dónde está el puto oro? ¡Esto no vale nada si no lo podemos vender! Si ni siquiera podemos comerciar. Mira dónde lo tenía papá. Escondido. —La furia que siente le impide ver la realidad.

—Esto vale más que cualquier diamante —responde su hermana, con calma clínica—. Esto son llaves, Conchita. Llaves de cosas que no existen en ningún registro. Porque con ellas no compras joyas. Compras silencio. Poder. Inmunidad. Y ahora son nuestras.

La mayor da una vuelta por la sala, furiosa. Su abrigo le baila en los hombros. Las gafas le resbalan por la nariz. Amanda permanece inmóvil.

—No me jodas con tus metáforas, Amanda. Yo vine a buscar algo sólido. Algo que pueda tocar, pesar y vender. Algo que no tenga que interpretar ni explicarle al puto consejo de administración. ¡Esto es humo!

Amanda se acerca al fondo de la caja fuerte. Revisa una carpeta azul. La abre. Lee. Sus ojos se agrandan ligeramente.

—Aquí hay documentos que podrían destruir al presidente de un país. No al nuestro. Uno de Latinoamérica. Hay transferencias, grabaciones, cartas. No entiendo por qué papá guardaba esto, pero lo hacía.

—¿Y qué se supone que hacemos ahora con eso? ¿Montamos una guerra diplomática?

—No lo sé. Pero sé lo que haría papá. Esperar el momento oportuno. Convertir esto en poder. En blindaje. En amenaza.

El asistente suizo reaparece junto a la puerta.

—¿Desean que embalemos el contenido para su traslado?

—No —responde Amanda, sin mirar a su hermana—. Llevaremos las carpetas con nosotras. Todas.

Conchita no dice nada. Mira la caja abierta como si alguien le hubiera robado el cuerpo de su padre y hubiera dejado allí solo el nombre. Como si le hubieran arrebatado la herencia. Amanda empieza a apilar las carpetas en una maleta de piel negra. La ha traído ella. No lo había dicho, pero lo sabía. No iban a encontrar oro. Iban a encontrar algo más complejo. Más valioso, si sabías usarlo.

Ya en el coche, camino de vuelta al aeropuerto, Amanda respira tranquila por primera vez en horas. Conchita se sienta en el lado opuesto, cruzada de brazos, mirando por la ventanilla. No dice nada. No puede. Está demasiado ocupada ordenando en su cabeza una nueva versión del mundo. Una en la que su hermana sabe jugar mejor que ella.

Esa tarde, nada más aterrizar en Madrid, las hermanas Manso van al gran edificio de la corporación. Y, sin que tengan que pactarlo, se dirigen las dos al despacho de su padre. Ese que aún huele a cuero viejo, a poder sin ventilar. Pilar las espera, discreta, en su mesa. Sabe por qué han venido. Lo ha preparado todo.

Amanda abre la maleta. La secretaria se acerca. Abre la caja fuerte personal de Carlos Manso. Teclea el código. Retira el doble fondo. Introduce las carpetas una a una, con guantes de látex. No quiere que sus dedos queden marcados en esa basura.

—Nadie más sabe que esto existe —dice Amanda.

—¿Y si alguien lo sabe? —pregunta Conchita, aún crispada.

—Entonces jugaremos. Como jugaba papá. Con su estilo. Pero con nuestras reglas.

La caja se cierra. Pilar se retira. Las hermanas se quedan solas, frente al retrato de Carlos Manso, colgado justo encima del escritorio. En la imagen, el patriarca parece sonreír. O desafiar. O ambas cosas.

—Al final —murmura Amanda—, este era su legado. No el dinero. No las acciones. Sino conocimiento. El arma definitiva.

Conchita no responde. Solo asiente. Por primera vez en su vida, no sabe si su hermana tiene más razón que ella.

60

Hay dolores tan profundos que ni siquiera el pánico es capaz de camuflar. Al principio, las amenazas del comisario Palencia lo paralizan, con un miedo visceral que se adhiere a su pecho como una mano invisible, apretándole hasta entumecerlo todo.

—¿Tu madre también está dispuesta a pagar el precio de tus decisiones? —le había dicho el comisario, con esa voz gutural y oscura que resonaba como un eco dentro de su cabeza, amenazando con ir a la residencia donde se encontraba ella—. ¿Sabes lo fácil que es mover un par de hilos para que las cosas cambien en ese lugar? No tienen cámaras en los pasillos, y las enfermeras están demasiado ocupadas para notar si alguien entra o sale de una habitación.

Esas palabras habían sido suficientes para congelarle la sangre. Pero su madre ya no es su madre. Hace tiempo que no lo es. Solo queda una cáscara vacía, un cuerpo que respira por costumbre mientras su mente flota en un limbo sin retorno.

Y, si lo fuera, si aún fuera su madre, estaría de acuerdo con lo que iba a hacer.

El paparazi sabe que, si sigue adelante, en cualquier momento el suelo puede abrirse bajo sus pies. Palencia, dicen las malas lenguas, no es un mando policial más, es un hombre con la capacidad de borrar vidas sin dejar rastro.

Está también Wang Meiling. No sabe si querrá continuar tras la muerte de Manso, no ha vuelto a recibir ningún mensaje con ninguna cita. Y no puede preguntarle porque no tiene manera de ponerse en contacto con ella. Incluso se le ha pasado por la cabeza que la muerte del empresario entrara en los planes de la joven y que toda la charla en aquel piso de lujo fuera verborrea para confundirlo. Que ella solo quería que alguien retratara las imágenes de los últimos minutos de vida del empresario desde un punto de vista privilegiado.

Que lo usó. Y se desvaneció.

Mira el ordenador con cautela, como si fuera un objeto peligroso. Desliza el cursor sobre la carpeta, sin atreverse a abrirla, dudando, temiendo, tratando de atreverse.

Pero entre el ruido y el miedo hay algo que permanece: el rostro de Aurora. Recuerda su sonrisa, tímida siempre y cabezota con sus sueños, luego triste y finalmente rota. Y, entonces, algo cambia. En medio de la desesperación y de la certeza de que Valentín Palencia iba a destruir su vida, las amenazas dejan de importarle. Sonríe cuando se da cuenta de que las palabras del comisario han perdido el poder que tenían sobre él, como si su eco se disipara en el viento. Lo único que queda es la venganza. Su dolor es tan profundo que cualquier otra cosa parece irrelevante.

Abre las fotografías, una por una. La joven china aparece en cada toma, pero él se asegura de difuminar su rostro y parte de su cuerpo con precisión quirúrgica, para que nadie pueda reconocerla. Mientras edita los archivos, observa las imágenes y siente una calma gélida recorriéndole las venas. Sus dedos tiemblan ligeramente, no por nerviosismo, sino por esa calma helada que se asienta en él como una segunda piel. Cada amenaza, cada mirada intimidante, cada palabra cargada de veneno que había soportado del policía, ahora se transforman en un aliciente, en gasolina para alimentar su propósito.

La venganza es una promesa.

Cuando pulsa el botón de enviar, se siente liberado.

Ha roto el miedo.

Y, aunque quizá no haya justicia, sí hay castigo.

La primera fotografía aparece de madrugada, cuando la mayoría duerme y el resto no sabe todavía que está a punto de estallar algo imposible de controlar. Una cuenta anónima de X, antes Twitter, publica dos imágenes borrosas pero inequívocas: Carlos Manso, todavía con vida, abrazado de espaldas a una joven en una habitación de hotel.

Una segunda fotografía llega minutos después.

En ella, el gran magnate está de espaldas, chupando del pezón de esa misma chica una la toallita. En la siguiente, se encuentra en la terraza desde la que cayó, con el albornoz abierto y una expresión entre el delirio y el agotamiento, todavía con el albornoz puesto, lamiendo el cuerpo de la joven.

Las demás se centran en su cara de placer, en los colgajos de su piel y en su sumisión total.

Las imágenes irrumpen en la red como un disparo a quemarropa, sin advertencias ni contexto en una página web anónima, sencilla pero eficaz, creada con un solo propósito: exponer la verdad. En cuestión de minutos, el contenido comienza a expandirse como un virus, primero por las redes sociales, después en los foros de noticias y, finalmente, en los principales titulares de España y de medio mundo. El escándalo no solo estalla; arrasa.

Lo que muestran es devastador. Carlos Manso, el todopoderoso magnate televisivo, el hombre de traje impecable y sonrisa calculada, se convierte, ante los ojos de millones de personas, en una caricatura patética de lo que alguna vez representó. Su autoridad, su aura de invulnerabilidad, su inquebrantable fachada de poder..., todo se desmorona bajo el peso de las fotografías.

Allí está, desnudo, con un albornoz abierto cubriéndole parte del cuerpo, con la piel flácida y los músculos caídos, lleno de marcas de la edad: los lentigos seniles en el pecho y las manos, los pliegues de piel que ya no sostienen su peso como antes, vulnerable en una habitación de hotel que ahora parece más un escenario de teatro decadente. Su rostro, que en público siempre había sido un arma de control y respeto, aparece desfigurado, una máscara grotesca que combina placer, desesperación y un destello primitivo de miedo. Algo que solo Meiling sabe lo que es: pavor a no dar la talla, a no correrse, a no dominar ese teatro del sexo que había establecido con ella.

La imagen más viral es la de un Manso, sudoroso, jadeando, entregado a un placer desbordante que parece haberlo transformado en alguien irreconocible, con la espalda apoyada en la pared desgastada de una terraza que no desentonaría en un hotel de carretera, como si hubiera cambiado su trono de magnate por un pedestal de indignidad. Su expresión, congelada en un instante de clímax animal, contrasta con la mujer que lo acompaña, que aparece junto a él como una sombra desconectada, ajena al espectáculo degradante. Hay algo en su postura que no encaja, una incomodidad que amplifica la sordidez de la escena.

Los *hashtags* tardan exactamente diez minutos en aparecer.

#CarlosManso. #EscándaloManso. #MansoLeaks.

Las redes sociales hierven como un avispero pateado.

Hay indignación, morbo, carcajadas, opresión contenida durante décadas que ahora encuentra una vía de escape. Cada imagen se convierte en un meme, en una sátira, en una burla despiadada.

Mientras tanto, en los medios de comunicación de Magnum Media Group, reina un silencio atronador. Los boletines de noticias matinales pasan de largo, mencionan otros temas, obvian lo obvio con una profesionalidad impostada que solo consigue alimentar aún más la sospecha. Los presentadores sonríen con rigidez. Los tertulianos evitan cualquier comentario que no esté en el guion pactado.

Pero la grieta es ya demasiado grande.

A mediodía, los grandes informativos europeos recogen la noticia. Y a partir de ahí, la contención es inútil. Los medios del grupo cambian entonces de estrategia: niegan. Hablan de un posible montaje. De fotografías manipuladas. De una campaña para desprestigiar el legado de uno de los grandes empresarios de la historia reciente de España.

Un directivo declara en antena:

—Estamos asistiendo a una cacería mediática. Carlos Manso no puede defenderse.

Otro tertuliano insinúa:

—¿Quién sale ganando con todo esto? Está claro: el Gobierno.

Pero las redes sociales ya no necesitan permiso de nadie. Las teorías se multiplican: corrupción, abuso de poder, tráfico de influencias. Periodistas jóvenes, libres del viejo miedo reverencial, empiezan a escarbar, a conectar documentos, a tirar de hilos que nadie había querido tocar.

Los canales de televisión alternativos, los *podcasts*, los *youtubers* más incisivos se lanzan a la caza. Carlos Manso se convierte en *trending topic* mundial. Las imágenes son imposibles de borrar. Los memes empiezan a multiplicarse como una tormenta imparable.

En su pequeño apartamento, el paparazi sigue el caos desde su ordenador. La habitación está oscura, iluminada solo por el resplandor azul de la pantalla. Su rostro, normalmente impasible, se ilumina con una sonrisa que mezcla satisfacción y venganza.

—Va por ti, hermana —susurra su voz cargada de una emoción que no había sentido en años.

Su mirada se detiene en una de las imágenes. En ella, en la terraza del hotel, Manso está inclinado hacia la joven, suplicando con los ojos cerrados, como si ella fuera un ídolo al que venerar. El fotógrafo acerca la imagen, ampliándola hasta que los píxeles empiezan a distorsionar los detalles. No puede apartar los ojos.

—Va por ti, Aurora.

Aurora, la hermana que un día creyó en la bondad de las palabras de Manso, que pensó que trabajar para él sería su camino a un futuro mejor, y que terminó destruida por sus humillaciones constantes, por sus juegos crueles, por sus palabras que perforaban más que cuchillos. Aurora, que no tuvo fuerzas para seguir adelante con la vida.

El hombre cierra los ojos un momento, saboreando la idea de que el legado de Manso, esa imagen de perfección que había construido con tanto esmero, ahora esté en llamas. Pero sabe que esto es solo el principio. Las fotografías son una bomba, sí, pero la verdadera devastación llegará cuando los medios comiencen a excavar, a conectar los puntos, a desenterrar los secretos que el magnate había enterrado durante décadas.

Un mensaje llega a su teléfono. Es de un número desconocido. Pero él sabe bien quién lo ha escrito.

«Lo hiciste. Ahora, la partida comienza de verdad».

Y mientras las imágenes empiezan a girar por el mundo, él se recuesta en la silla y sonríe. Porque esto —por fin— acaba de empezar. Sabe que Manso no es el único que va a caer. Es un juego de dominó. Y él está preparado para ver cómo caen las fichas, una por una.

En casa de Conchita, el teléfono no deja de sonar. Mensajes, llamadas, correos electrónicos. Propuestas de compra, chantajes velados, amenazas más o menos explícitas.

—Nos juraste que esto no pasaría —grita, hasta quedarse afónica, al comisario Valentín Palencia. Grita hasta tirar el teléfono y destrozarlo contra la pared.

Amanda no dice nada. Se limita a mirar por la ventana, con el rostro pálido y los labios apretados, casi blancos.

Conchita se mueve como un animal herido. Grita órdenes al equipo de comunicación. Exige una nota de prensa. Amenaza con demandas. Promete represalias.

—Esto es ilegal —espeta—. ¡Esto es difamación!

Pero en el fondo, en el rincón más honesto de su cerebro, sabe que no puede ganar esta batalla. No contra la opinión pública. No cuando hasta los aliados de siempre empiezan a deslizar tímidamente su desapego, a hablar en privado de «decepcionante», «lamentable», «triste final para una figura histórica».

Un columnista que durante años aduló a su padre publica un tuit demoledor: «La caída de los ídolos siempre es ruidosa. Pero el estruendo de Carlos Manso es, sobre todo, asqueroso».

Amanda lee el mensaje en su móvil y siente un vacío extraño. Ni siquiera tristeza. Algo más parecido al asco. Hacia su padre. Hacia su hermana. Hacia ella misma, por haber callado durante tanto tiempo.

La presión mediática se vuelve insostenible. Los primeros patrocinadores anuncian que retiran su apoyo a los proyectos futuros del grupo. Una periodista veterana abre su informativo con una frase que atraviesa la piel:

—Hoy, España se ha despertado mirando de frente los últimos minutos del hombre que se decía intachable.

Conchita reúne a los principales ejecutivos en su casa esa misma tarde. Intenta mostrarse firme, pero su voz tiembla ligeramente cuando exige lealtad, cuando amenaza con represalias legales, cuando promete que todo volverá a la normalidad. No se da cuenta de que algunos ya no la miran directamente. De que algunos ya no temen tanto perder sus puestos como perder su propia credibilidad arrastrándola a ella.

Amanda no asiste a esa reunión.

Se encierra en su habitación, se sienta en el suelo y deja el móvil caer a su lado.

Mira al techo durante mucho rato, mientras las voces de la reunión llegan amortiguadas por las paredes gruesas. Y comprende que el final ha comenzado.

Que no puede detenerlo.

Que no quiere hacerlo.

En algún momento de la noche, sin saber muy bien cuándo, Amanda empieza a planear mentalmente su marcha.

61

Un año y dos meses atrás

La primera vez que Carlos Manso reparó en Aurora fue por algo trivial, insignificante a ojos del espectador, pero no a los suyos: su postura frente a la cámara. Los hombros ligeramente caídos y una expresión de candidez que le resultaba ridícula, rozando lo patético. En una televisión diseñada para brillar, llena de color, estilismos a medida y peinados impecables, donde todo debía parecer más grande, más perfecto, más espectacular, aquella cría era un despropósito. Un borrón en la costosa imagen que Manso llevaba décadas construyendo en los canales de su propiedad para que llegara pulcra y esmerada a los televisores del país.

La miró de arriba abajo y sonrió.

Con desprecio.

La joven redactora aparecía en uno de los doce televisores que tapizaban una de las paredes del despacho del directivo. Manso cogió el mando a distancia y subió el volumen. Ella estaba informando en directo, bajo la lluvia, sobre el desalojo de una familia con dos niños pequeños, mientras un grupo de vecinos intentaba evitar que la comitiva judicial y policial accediera a la vivienda. Había golpes, gritos, pancartas, un megáfono que aullaba. Caos. Y aquella cría, gorda, mojada, fea y apagada como una bombilla sin corriente, estaba allí, tratando de mantenerse en pie bajo la lluvia arreciando, sin rendirse, contando lo que pasaba.

Digna para cualquier espectador, pero no para él.

Porque, bajo su mirada, era un despropósito en pantalla. Desde su despacho, sentado en su imponente butaca de cuero, observaba el televisor que emitía la señal de Canal Once y no veía la estética pulida y apetecible que siempre exigía: veía un problema. El desprecio le brotó de manera automática, como una reacción visceral.

La observó moverse con una seguridad que no entendía, con ese entusiasmo casi ingenuo de quien creía que sus palabras importaban más que su aspecto. La voz, firme y segura a pesar de los nervios, para Manso solo era ruido. Ya odiaba aquella piel imperfecta y aquella figura que escapaba de lo que él consideraba deseable para una empleada en ese puesto de trabajo. Desde su trono de décadas y poder, no la veía como una periodista, sino como una sombra torpe que molestaba al espectador.

—¡Pilar! —gritó—. ¿Quién es la nueva cría que han fichado en el programa de las mañanas?

La secretaria entró al despacho de su jefe, solícita. No necesitaba preguntar mucho. Llevaba décadas leyendo las miradas y los silencios de Manso. Pero, esta vez, sí que preguntó. No quería darle el gusto.

—¿Qué cría?

—Joder, Pilar. Una que parece que se ha tragado a sus padres y que viene de vender bragas en el mercadillo. ¿Cómo la sacan en pantalla?

Pilar miró a Manso, aguantándose las ganas de salir de allí corriendo. Como tantas otras veces.

—Hago un par de llamadas y te cuento enseguida.

—Se llama Aurora —le dijo Pilar un cuarto de hora más tarde, con una sonrisa forzada. Sabía lo que venía.

—Aurora... —repitió Manso con desdén, como si incluso su nombre resultara ofensivo—. ¿Quién ha pensado que esa chica puede importunar a los espectadores con su apariencia?

Ella se escuchó a sí misma, sorprendida, probando a defenderla. Como si hubiera sido un gesto mecánico.

—Me dicen que es una periodista muy válida, con grandes ideas, que defiende muy bien la información en directo.

—Una chica muy válida que nació en un cuerpo equivocado, ¿no? —se burló el empresario.

Pilar no sabe por qué la defendió. Pero las palabras brotaron solas de su boca. Quizá porque se reconoció a ella de joven.

—Me insisten en que hoy lo ha hecho fenomenal a pesar de todo lo que ha pasado: el caos del desalojo, con la policía, los manifestantes y la lluvia.

—¡Fenomenal! —rio con sarcasmo—. ¿Fenomenal para qué? ¿Para ahuyentar a la audiencia? ¿Para que cambien de canal en cuanto la vean, así de gorda y fea?

Ella lo sabía. Y también sabía hasta dónde podía presionar a Manso. Tuvo ganas de decirle que le diera una oportunidad, que tenía muchas ideas y muchas ganas. Pero, una vez más, se acobardó.

—A esa chica hay que esconderla. ¡Escondedla, Pilar! Que nadie la vuelva a ver en pantalla. Es una orden. Que la dejen en la redacción. No quiero verla más.

Y así empezó.

Al día siguiente, de camino a una reunión con los directores del programa, Manso la vio sentada en su escritorio, castigada en la redacción, hablando por teléfono. Le lanzó una mirada de las que escaneaban y emitían un juicio sin palabras en apenas segundos. Ella, sensible y nerviosa, lo percibió. Notó cómo los ojos del gran jefe se fijaban en su ropa, cómo se demoraban en sus hombros redondeados, en sus caderas anchas, en su cara ovalada. Se encogió un poco más en su asiento, intentando hacerse invisible.

Cada vez que la veía, la despreciaba más, hasta que empezó a provocarle asco. Un día, con una sonrisa disfrazada de amabilidad, al pasar delante de ella, verbalizó lo que pensaba. Sin mirarla. Despreciándola también con los gestos.

—¡Mira esos bracitos! Casi rompen la tela de la chaqueta. Debe ser un modelo muy «exclusivo», ¿no?

La miró con el poder que sabía que tenía, con el miedo que sabía que inspiraba. Aurora se hizo pequeñita, aunque creyó que se lo merecía. Que con su peso, su manera de vestir, de peinarse o de maquillarse, no se había ganado un puesto en la televisión. Sonrió a ese hombre que se lo decía, según pensaba, por su bien, para ayudarla. Sus palabras le dolieron, pero creyó que era un dolor del bueno, del que te enseñaba a cambiar y a ser mejor. Si adelgazo, me verán. Si me ven, valdré.

A veces, las palabras de Manso llegaban de forma aparentemente casual, cuando salía de la sala de reuniones con los directores del programa, en forma de chascarrillo al aire, pero lo suficientemente alto como para que ella lo oyera.

—Os recuerdo que la gente no quiere ver a gordas y feas en su casa.

Los directores reían, luchando por hacer más y mejor la pelota a su jefe —sabían que sus puestos dependían de sus caprichos—, y Aurora intentaba concentrarse en la documentación que tenía delante, procurando que no se le notara el calor que subía a sus mejillas. Con el tiempo, los comentarios se volvieron cada vez más duros. Hasta que un día Manso se paró frente a ella.

—Vaya, peinado nuevo. ¿Tan poco te pagamos? —preguntó, con tono envenenado. Abrió la cartera y sacó dos billetes de cincuenta euros. Los arrojó con displicencia sobre la mesa de la chica—. La próxima vez intenta ir a un peluquero de verdad, no al de perros de tu barrio. Que esto es la tele. Aquí tenemos unas apariencias que mantener.

Los compañeros de las mesas de al lado la miraron con pena; algunos disimularon sus propias sonrisas incómodas, pero no se atrevieron a decir nada en público, ni siquiera casi a pensarlo. En un mundo en el que casi nada funcionaba por méritos, y casi todo por caprichos, nadie cometía la osadía de salirse del carril.

Solo una vez una mujer le plantó cara a Manso.

—Hay gente que no cabría en la pantalla de los televisores ni con un gran angular —dijo el gran jefe, de nuevo en voz alta, de nuevo sin mirarla, pasando delante de la mesa en la que Aurora estaba trabajando.

—¿Sabes, Manso? —replicó la mujer, acercándose a él—. Precisamente hablando de eso, hoy llevamos en el programa a un experto que nos va a contar que a partir de los sesenta años la grasa abdominal en abundancia multiplica el riesgo de muerte.

Aurora sabía quién era desde la primera palabra, pero no se atrevió a mirarla; se quedó congelada. Era Berta Gigliani, la presentadora del programa. La auxiliar de redacción sintió una cálida ola de amabilidad que la reconfortó durante varios días.

Pero el gran jefe sabía exactamente dónde golpearla, como si tuviera una especie de instinto que le dijera cómo hacer daño a las personas, y no perdió ninguna oportunidad de hacerlo. Le lanzaba miradas reprobatorias cuando pasaba junto a su escritorio, y un día, cuando la vio mordisqueando una barrita de chocolate, frunció el ceño. Sin mirarla, murmuró algo que quiso ser un susurro, pero fue perfectamente audible:

—Con razón. A este paso, tendremos que cambiar el tamaño de la puerta solo para que puedas pasar.

Ella sintió que se hundía en el suelo, y lo único que quiso fue correr y escapar. Pero le entusiasmaba su trabajo; había nacido para ser periodista, para respirar televisión, así que se obligó a sonreír y a tragarse la vergüenza, aunque, sin que se diera cuenta, cada comentario la hirió más profundamente.

Una mañana empezó a odiar la imagen que le devolvía el espejo. Cada bocado de comida le recordaba lo gorda que estaba y lo poco que merecía la atención y el respeto de los demás. Comenzó a saltarse las comidas, a dejar pasar el desayuno y a reducir la cena a nada. Pero el hambre se volvió insoportable; el estómago le quemaba, las náuseas contraían su cuerpo. Entonces se rindió y comió. Comió como si se estuviera castigando, a bocados enormes, sin masticar, azúcar, hidratos, alimentos procesados... se los llevó a la boca con las manos porque el tenedor ya no era suficiente.

El alivio duró solo unos minutos, los que tardó esa comida en convertirse en vergüenza, los que tardó en meterse los dedos hasta el fondo de la garganta y vomitarla. Lo hizo una y otra vez, hasta que el vómito ni siquiera supo a bilis, hasta que se convirtió en algo automático, hasta que apenas necesitó pensar en ello. Al principio, el cuerpo resistió. Era joven, fuerte, y soportó las purgas forzadas con una especie de resignación biológica. Pero cada vómito, cada ejercicio extremo dejó cicatrices internas que no se veían, daños microscópicos en el corazón, en el estómago, en los intestinos, en el equilibrio de su química interna.

Comenzó a abusar de los laxantes de forma desesperada. Día tras día, tomaba dosis cada vez más altas, sin permitir que su cuerpo se rehidratara, sin darle tregua. Se consumía por dentro, vaciándose hasta quedar reducida a un fantasma. La deshidratación extrema y los desequilibrios electrolíticos se fueron acumulando en silencio, como una bomba a punto de estallar.

Cada amanecer era una lucha constante contra la fatiga, los calambres, la confusión mental. Hasta que, una mañana cualquiera, el corazón, exhausto y alterado por la sobredosis prolongada de laxantes, no logró mantener su ritmo. En medio de un latido, se detuvo, incapaz de continuar, en un suspiro final de resignación.

Carlos Manso siguió con su rutina, sin prestar atención al vacío en el escritorio de la auxiliar de redacción. No le faltaron personas sobre las que demostrar su poder.

Pilar, la secretaria, mandó una corona de flores en su nombre.

«Tus compañeros de Magnum Media Group. Nunca te olvidaremos».

Manso no dio el pésame a nadie.

Meses después, sería su hermano el que, escondido durante horas en una oficina vacía de la Gran Vía de Madrid, lograría captar las fotografías de los últimos minutos de vida de Carlos Manso. Y las publicaría en la red para que todo el mundo tuviera acceso a ellas.

62

Hoy

Berta vuelve a llamarle. Por segunda vez. Consecutiva. Santi descuelga, temiendo otra bronca por Ana Arén.

—¡Berta! —trata de sonar feliz, aunque algo alerta.

—Hola —responde ella, sin rastro de calidez. Como si cada letra le costara pronunciar.

—Hola. —Santi capta de inmediato que algo no está bien. Su mente se pone en marcha, analizando posibilidades, pero ninguna parece tan grave como para justificar esa llamada. Y, mucho menos, ese tono—. ¿Qué pasa, Berta?

—Eso te pregunto yo.

Él cree intuir un leve rastro de celos en su tono. No puede ser, pero... Levanta las cejas y abre mucho los ojos, sorprendido. ¿Celos? Está casi a punto de soltar una carcajada.

—Pues no sé, Berta. —Quiere ganar tiempo—. No sé a qué te puedes referir. Pasan muchas cosas, pero ahora mismo no se me ocurre...

Ella le interrumpe.

—¿Qué haces con Ana Arén? —Al grano. Esa es Berta, sin lugar a dudas. La misma Berta de siempre. Directa, sin rodeos. El puñal por delante.

—No sé a qué te refieres, ha venido a Madrid a resolver un caso...

—No me subestimes, Santi —le interrumpe—. ¿Qué planes tiene contigo? ¿Por qué os estáis viendo tanto?

—Oye, Berta, creo que esto...

—Por mucho que las cosas hayan cambiado —vuelve a interrumpirle—, sigo siendo yo. Y en el *pack* completo van la suspicacia y las sospechas. Y sí. Sé muchas más cosas de las que crees.

¿Berta espiándole? Pero ¿cómo lo hace? La cabeza de Santi trabaja a toda velocidad. Pero, ahora mismo, lo que necesita es lanzar una bomba para desviar la conversación.

—Ha muerto Jorge Cuervo —dice, más como un suspiro que como una jugada defensiva.

Silencio.

—Ya lo sé —admite ella, sin sorprenderse.

—¿Y qué te parece?

—¿Quieres la verdad o la versión edulcorada?

—La verdad, siempre.

—Pues que me alegro. Ojalá lo hubiera visto caer. Ha conseguido estrellarse más rápido de lo que subió al poder, y eso ya es mucho decir. Que se joda ese hijo de puta. ¿No hay imágenes de la caída?

—No lo sé. No sé si el Casino tiene cámaras allí. Pero, si las hay, le habrá dado los vídeos a la policía.

—Y a ti te encanta trabajar con una policía, ¿verdad? Te encanta trabajar con Ana Arén.

—Berta, escucha... —trata de explicar.

—Santi, no te confundas. Una mente privilegiada como la tuya debería saber que no estoy celosa. ¿Cómo podría? Ya no... —Ese «ya no» es una puñalada que atraviesa el corazón de él con precisión quirúrgica, justo donde más le duele. Berta continúa sabiendo cómo herirle, cuando quiere, cómo apretar las cuerdas invisibles que continúan asiéndolo a la vida. Cierra los ojos y quiere llorar. Llorar, vestirse de Delito, subir al escenario de La Luciérnaga y cantar, cantar, cantar a voz en grito para espantar todas las emociones que se le enquistan. Cantar hasta desahogar el peso que siente en el pecho. Cantar hasta que los sentimientos que lo asfixian encuentren su salida. Cantar como si cada nota pudiera arrancar el dolor que se le ha enquistado.

No recordaba que siendo humano se pudiera sufrir tanto.

Berta no le deja recrearse en el dolor. Ni siquiera eso.

—Quizá he de recordarte que tengo una hija que vive contigo —prosigue, con voz seca y cortante—. Y mi deber es protegerla.

¿Está diciendo que es un mal padre? No... no puede creerlo.

—Pero... protegerla... ¿de qué?

—De que pierdas el norte. De que metas a nuestra hija en algo de lo que no pueda salir.

—No hago locuras —contesta, tajante.

—Que nos conocemos, Santiago Munárriz.

Solo le llama así cuando está enfadada.

—Tú sabes que tengo todo bajo control —insiste.

—Más te vale. Porque eres consciente de que las dos dependemos de ti.

Berta cuelga, dejando a Santi con una sensación de derrota y angustia que le parten el alma. Respira hondo, tratando de volver a ser él —lógico, preciso, oscuro—, pero no logra sacudirse la sensación de que esa llamada es solo el principio de algo mucho más complicado.

No le habla de las fotografías de Manso. Y eso le preocupa.

63

Por precaución, o paranoia, Santi decide comprar un terminal prepago. No quiere creer que Berta, *su* Berta, le esté espiando a través del teléfono, pero es la única explicación racional que encuentra, y no puede permitirle tener acceso a cada paso que da o a cada conversación que mantiene. No tiene tiempo de revisar el terminal para descubrir posibles fallos, así que lo deja en casa y sale a dar una vuelta. De camino al parque, pasa por un comercio y paga en efectivo un móvil prepago. Se lo guarda en el bolsillo.

El sol de la tarde baña el parque, iluminando a Emma mientras ríe con otros niños en el arenero. Su hija salpica tierra con una despreocupación que Santi ya no recuerda cómo se sentía. Saca el teléfono nuevo del bolsillo. Lo siente incómodo, como usar ropa prestada. Marca el número de Ana con un dedo tembloroso, deseando ahogar la culpa que le quema en el pecho. Antes, le ha mandado un mensaje informándola del cambio de número, para que sepa que es él y se lo coja.

—¿Teléfono nuevo? —pregunta Ana al descolgar, con ese tono mezcla de curiosidad y escepticismo tan suyo.

Santi no tiene ganas de darle explicaciones. Tampoco le creería. Todo es más complicado de lo que parece. Siempre.

—Otro número que tengo. —En esencia, no le miente—. Prefiero usar este.

—Ahora lo pongo en la agenda. ¿Tienes algo nuevo que contarme?

—Han llegado ya los tóxicos de Cuervo.

—¿Y? —De repente, la voz de Ana suena con eco, y Santi la imagina en un sitio viejo y polvoriento, quizá la casa de sus tías en la que se está quedando estos días—. ¿Me escuchas bien? —pregunta ella, como si le leyera el pensamiento—. He puesto el manos libres.

—Sí, sí, perfectamente —responde—. Iba a mandarte los resultados por correo electrónico, pero, es mejor no dejar rastro, ¿no crees?

—Claro. ¿Algo destacable?

—Nada, en realidad. Estaba sanísimo. —Una analítica de manual, como dirían los médicos—. Todos los niveles perfectos.

—Adiós a la teoría de que alguien le haya puesto droga en la bebida —contesta Ana, aunque es algo que, viendo como cayó, nunca tuvo en cuenta—. Por si acaso, ¿te importa leérmelos en voz alta?

—¿Todo? ¿Nivel a nivel?

—Por favor —ruega.

Santi recita, tratando de no sonar cansino. Glucosa: 120. Colesterol total: 201. LDL: 122. HDL: 50. Triglicéridos: 135. Ácido úrico: 6,1. ¿En serio los quieres todos?

—Por favor —pide, otra vez—. Es por costumbre. Ya sé que el médico eres tú. Pero...

Santi sigue recitando.

—Alcohol en sangre: 0,18. Borracho, pero funcional; bastante alcohol para estar desinhibido. No lo suficiente para caerse redondo.

—Si yo hubiera sido su hígado, habría pedido ya la jubilación anticipada —sonríe Ana.

—Positivo en cocaína —sigue leyendo Santi—. Un 0,35.

—Tenía claros síntomas de haber consumido.

—Según estos análisis, lo hizo, sobre todo, en la última hora antes de morir, media hora quizá. La alta concentración de benzoilecgonina, un 0,8, indica que la droga todavía estaba degradándose en su organismo, así que debió de tomarla media hora antes de morir. Como mucho, en los últimos cuarenta y cinco minutos. Euforia, hiperactividad, desinhibición, aumento de la frecuencia cardíaca... Tú lo viste, Ana.

—Sí. Estaba así. ¿Pudo eso provocar que se cayera por las escaleras?

—No creo —le explica Santi—. La cantidad es la justa para saber que la fiesta fue buena, pero no tanto como para perder el control así. —Sigue leyendo el informe—: THC da negativo, no fumó marihuana en los últimos días. Y opiáceos, también negativo. Benzodiacepinas, nada en sangre, pero sí restos leves en orina, muy bajos, apenas 0,02. Debió tomarse Lorazepam o Alprazolam la noche anterior.

—Un fiestero disciplinado.

—O un hombre al que no le gustaba pensar en ciertas cosas cuando apagaba la luz —sentencia Santi.

Ana calla. Hay algo que sigue rondándle la cabeza.

Cuelga antes de que él pueda insistir. Santi se queda mirando el móvil, el silencio cargado de preguntas que Ana no ha respondido. Y si ella ha visto algo, ¿cuántos más? ¿Y quién no querrá que lo cuente?

Cada especie percibe solo una parte limitada del mundo, una burbuja moldeada por los sentidos en los que está encerrada. Para el reino animal, los humanos tenemos una percepción tan estrecha como una hormiga. Pero Ana y Santi son distintos: ellos saben mirar donde otros solo ven vacío.

Y ellos veían a un Jorge Cuervo distinto.

Para la mayoría de los que estaban a su alrededor, y habían tenido la desgracia de sufrirlo, era un jefe tóxico e incompetente, una trampa de espejos que reflejaba la misma ambición que habilidad y que parecía haber logrado conquistar a Elena Aldama; aunque la realidad era bien distinta. A Elena no le interesaba Cuervo como persona, sino como herramienta. Necesitaba a alguien que la adulara sin reservas, que la hiciera reír y ejecutara sus órdenes con obediencia ciega.

Más allá de sus artes de chulo sonriente con saliva de pegamento, de sus greñas mal teñidas y desbocadas creyéndose el más moderno, pero pareciendo un sucio de tercera, de sus AirPods eternamente encajados en las orejas como si tú no fueras lo bastante importante como para merecer su atención; más allá de su pandillita de palmeros coreando lo que hiciera falta para seguir comiendo de sus migajas, de sus penosas fotografías en Instagram con ínfulas de *influencer*, de su uso permanente de los diminutivos —cariñín, momentito, risitas— como si estuviera hablando siempre con alguien menos inteligente que él... Más allá de todo eso se ocultaba un crío que no había logrado mantener una relación que no fuera una sucesión de errores, frustraciones y sexo como castigo en su puta vida. Un hombre que soñaba con ser un macho alfa ante las mujeres, irradiando ese poder y confianza que creía conseguir en el entorno laboral, aunque en el fondo solo era miedo lo que le tenía la gente.

Lloraba de rabia ante la impotencia que sentía al interactuar con las mujeres que no estaban subordinadas laboralmente a él, porque ellas sí que veían lo que se escondía tras su disfraz. Quizá era su obsesión por controlar, por aparentar que tenía el mundo en sus manos, lo que delataba su fragilidad. O quizá simplemente había construido una mentira de poder y ambición tan frágil que no le quedaban fuerzas para extenderla a otros ámbitos.

Detrás de la máscara de macho alfa de Jorge Cuervo se escondía un niño asustado, aferrado al poder como el único salvavidas en un océano de inseguridades, incapaz de sobrevivir en el mundo real.

Un par de horas más tarde, Ana ya ha hecho sus indagaciones y devuelve la llamada a Santi. Oye un eco raro y ruidos de fondo que no sabe descifrar.

—He puesto el manos libres. ¿Me oyes bien?

—Sí, sí, ¿dónde andas?

—En la bañera, con Emma. Me está poniendo perdido. —Así que los sonidos son eso, el chapotear entusiasta de una cría en el agua. Ana sonríe—. Hija, cariño, que vas a inundar el baño. Ten cuidado, no salpiques tanto.

—Papi, *banera*. Papi, *banera*. —Que te metas en la bañera ya, conmigo, quiere decir ella, mientras le tira de la camiseta para que su padre juegue con ella dentro del agua.

—Ana, hacemos una cosa. —Santi no puede hablar con ella, en esas condiciones—. ¿Te vienes a casa en un rato, digamos un par de horas, y me cuentas? Así termino de bañar a este bicho, le voy dando de cenar, la acuesto y podemos charlar tranquilos.

Hora y media más tarde, con Emma ya durmiendo relajadamente, Santi y Ana se sientan en el sofá. Enfrente, sobre la mesa baja del salón, un poco de vino, queso, tortilla aún tibia y un puñado de aceitunas. El tipo de cena que no requiere hablar mucho para saber que hay confianza. Son las ocho y media de la tarde. La oscuridad cae a plomo. Huele a tormenta.

—¿Te había dicho que me encanta tu casa? —comenta Ana, mientras sirve vino para ella y para Santi. Se da cuenta, demasiado tarde, de que se ha tomado la extraña libertad de hacerlo, como si estuviera en su casa y él fuera el invitado.

—A ver, comparado con ese piso de señora mayor en el que dices que te estás quedando...

—... Con olor a tapete de ganchillo y a hule de plástico sobre la mesa, sí. Súmale que lleva años cerrada. Era de mis tías.

—Pensé que no tenías familia.

—Mi padre murió hace mucho tiempo, yo estaba en la Academia de Policía de Ávila. Y con mis tías no he tenido mucha relación. —A Santi le extraña que Ana no mencione a su madre, pero tampoco tienen tanta confianza como para que le pregunte por ella—. Desde que las dos murieron el piso no se ha vuelto a abrir. El polvo tiene un par de décadas de antigüedad. Podría arreglarlo y ponerlo en alquiler, o venderlo, pero me angustia remover entre sus cosas. Es como si estuviera entrometiéndome en su vida al abrir sus cajones.

—Puedes contratar a una empresa de esas de las que vacían los pisos.

—Ya... —Se encoge de hombros—. Pero sería traicionarlas. No sé.

Mira relajada el salón, barriéndolo con la mirada, deteniéndose en algunos objetos que le llaman la atención. Hay una fotografía de Santi con una mujer, felices y relajados, con esa luz que dan la juventud y el disfrute del gran amor de una vida. Es de hace tiempo. Todo el mundo debería poder pasar por algo así. Por sentir que puedes con todo y con todos. Que nunca morirás. Creerse invencible.

Santi se da cuenta.

—Es Berta. La madre de Emma —como si hiciera falta aclararlo.

Ana asiente en silencio. Claro que sabe que es Berta. Mira el vino, la luz tenue, a Santi.

Y no dice lo que piensa: que no le gustaría irse de esa casa. No todavía.

Pero tampoco pregunta, porque conoce la historia.

—Bueno. —Han terminado casi toda la comida, charlando de cosas intrascendentes, haciendo tiempo—. ¿Me vas a decir qué es lo que has encontrado en el informe de la autopsia que yo no he sabido ver? —pregunta Santi, al fin. Está nervioso.

—Claro, es queeee... —sonríe—, menudo nivel el mío. Ver algo que el gran Santi Munárriz ha pasado por alto. —Mueve su copa en el aire, como celebrando—. ¿Me van a dar un diploma por eso?

Ana actúa de una manera extraña. Y a Santi le preocupa, mucho, no ser capaz de anticipar qué es lo que está pasando ahí.

—Le decimos a Emma que te lo dibuje —trata de sonar igual de trivial—. Venga, Ana, cuéntame, ¿qué has visto?

—¿No te diste cuenta de los altos niveles de testosterona? —dice, al fin.

—Sí, claro. —¿Cómo no iba a darse cuenta? ¿Es solo eso? ¿La testosterona? ¿A dónde quería ir a parar Ana?—. Pero no es algo extraño. Puede haber estado tomando esteroides anabólicos en el gimnasio, para aumentar la masa muscular y el rendimiento corporal. —Santi se encoge de hombros—. La gente juega así con su cuerpo. Y Cuervo parece ser de los de ese tipo.

—Pero su cuerpo no era precisamente el de un culturista. Era un enclenque que quería parecer moderno, con ese moño y esa barba hípster que intentaban disimular lo feo que era. Una farsa de tío, vamos.

—Igual —razona Santi, dando un sorbo al vino— estaba empezando a ciclarse. En cualquier caso, no me parecieron niveles excesivos, como para llamar la atención. Además, la testosterona no fue la causa de la muerte.

—Pero ya sabes que hay que conocerlo todo de la víctima para tener una perspectiva global. —Ana está ya metida en su papel de inspectora jefa de homicidios. De repente, es como si no hubiera pasado el tiempo, como si no se hubiera ido a Hollywood con el gran amor de su vida, como si continuara desenterrando cuerpos y persiguiendo a sus asesinos. Su cabeza se encuentra sumida en el fascinante camino de pistas abiertas y de los rastros que hay que seguir, o dejar—. Ya sabes que en cualquier rincón insospechado aparece un enemigo. He estado investigando en la vida de Cuervo. Sí —sonríe—, las noches en casa de unas viejas muertas dan para mucho. Mira... —Le muestra el móvil, es el perfil de X de la víctima, Ana va pasando *posts*—. Solo tienes que ver algunos de sus mensajes en las redes sociales criticando a las feministas.

—Como tantos hombres... y mujeres últimamente. El feminismo parece uno de los grandes enemigos a batir. —Santi sigue sin ver nada extraño.

—Pero Cuervo iba más allá. Era seguidor de la llamada teoría del reemplazo femenino, una que promulga que la sociedad está evolucionando hacia un control total por parte de las mujeres, que están imponiendo una agenda política radical. —Le señala varios mensajes—. Mira aquí... o aquí. Esta barbaridad que escribió hace algo más de un año: «Hay estudios que demuestran que a los hombres se les están suministrando sustancias químicas a través del agua pública contaminada para reducir sus niveles de testosterona y feminizar a la sociedad. Lo contaremos en el programa de hoy». O esta otra gilipollez, de hace unos meses: «Hablaremos con médicos que defienden que las vacunas son la causa de la disminución de la fertilidad y la reducción de los niveles hormonales en el hombre de los países desarrollados. También algunos alimentos procesados que están en las estanterías de los supermercados». —Ana mira a Santi a los ojos—. ¿Tú crees que esto es normal?

—Yo ya no creo que nada sea normal. —Ve decepción en sus ojos—. Lo que me extraña ya no es que un tipo como este llegue al puesto de responsabilidad que tenía, ejemplos los tenemos en todos lados, sino que una productora tan potente como Ilusiona le permita exponer estos mensajes en sus redes y Canal Once utilizar sus programas para dar voz a esos locos.

Ana lo mira, extrañada.

—¿En qué mundo has vivido últimamente, Santi?

—¿Cómo que en qué mundo?

—En uno donde los conspiranoicos siguen en los márgenes —responde ella, con una dureza inusitada en la voz—. Ya no son cuatro frikis en foros oscuros hablando de reptilianos y antenas 5G. Ahora son opinadores estrella. Presentan programas. Tienen *podcasts* con millones de oyentes. Publican libros que encabezan las listas de ventas. Algunos, incluso, hasta se sientan en despachos presidenciales. Y todo eso lo hacen porque dicen exactamente lo que una parte de la sociedad quiere escuchar. Que todo es culpa de los otros. De las mujeres. De los inmigrantes. De las vacunas. De cualquier cosa, menos de uno mismo.

—¿Qué te crees, que no lo sé? —responde él, con una dureza inusitada.

—Lo peor no es que mientan —continúa Ana—. Lo peor es que lo hacen con tanto convencimiento que la gente quiere creerles. Porque les da consuelo. Porque les ofrece un enemigo visible. Porque les permite seguir sintiéndose víctimas cuando en realidad son verdugos.

—Y Cuervo era el altavoz perfecto —murmura Santi, más para sí que para ella.

—Era el decorado. La voz amable del odio. El tipo con sonrisa blanca y traje caro que hacía que sus presentadores le dijeran al espectador: no te preocupes, tú no tienes que cambiar nada, el problema son ellos. Siempre ellos. —Ana lo observa en silencio unos segundos más—. El odio, Santi..., el odio da clics. Y votos. Y audiencia.

Él lo sabe. Lleva pensando en ello muchos meses. Pero oírselo decir así, de una forma tan cruda, a otra persona, duele.

—No soporto a los que se disfrazan de víctimas mientras destrozan a los demás —le responde—. Me revuelven el estómago. Cuervo era de esos. Basura reciclada con traje de moderno.

Como si los hubiera escuchado, la pantalla del intercomunicador infantil se enciende. Emma balbucea. Ana y Santi se quedan en silencio. Pero solo es una falsa alerta. La niña está soñando. Segundos después, se calla y vuelve a quedarse quieta.

Su padre no puede dejar de mirarla.

—Me da miedo el mundo que le estamos dejando.

—Por eso no hay que callarse —le contesta Ana—. Mira, he encontrado un montón de mensajes en las redes sociales de Cuervo. «Las feministas son las nuevas nazis. Quieren crear un nuevo orden mundial». «Las feministas quieren castrar a los hombres. Despertad». «Las cervezas están llenas de estrógenos. Por eso los hombres están tan débiles y afeminados». «Las vacunas para niños están diseñadas para reducir su testosterona y hacerlos más dóciles». «El Gobierno bolivariano nos está envenenando con productos químicos para controlarnos. Por eso hay tantos hombres débiles y confundidos».

—El odio. Que da votos. Y audiencia —repite él—. Lo que me extraña es que no haya borrado ese tipo de mensajes, al menos, los más duros, cuando fue ascendiendo en la productora.

—Ja. —Ana ríe amargamente, y añade—: Claro que lo hizo. Pero en internet todo es para siempre, y he conseguido recuperarlos con Wayback Machine. Archiva instantáneas de las páginas web a lo largo del tiempo, como fotografías de lo que una vez fue.

—La gente no sabe estar callada. Qué ganas de contarle al mundo tus mierdas. Tus mierdas de opiniones, en este caso. ¿Por qué tienes que coger el teléfono y vomitar lo que piensas al mundo entero? ¿Es que no te das cuenta de que eso va a quedar ahí, para siempre?

—De hecho —prosigue ella—, he encontrado vídeos en los que Cuervo mostraba orgulloso su intervención en un programa televisivo hablando con convicción de la teoría del reemplazo femenino. Esa basura conspiranoica que ha ido ganando tracción en los últimos años y que parte de una idea absurda, pero peligrosamente seductora para algunos hombres, de que asistimos a una especie de «inversión del orden natural» en el que las mujeres no solo estamos ganando espacio en el poder político, económico y mediático..., sino que, todo forma parte de un plan para debilitarlos, desplazarlos y acabar finalmente reemplazándolos. Que si las vacunas reducen la testosterona. Que si el agua del grifo tiene químicos que nos feminizan. Que si los alimentos procesados están diseñados para hacernos sumisos. Es que se lo están creyendo críos que van a secundaria.

—Suena... ridículo —murmura Santi—. Darían ganas de reírse si no fuera peligroso.

—Porque, además, esta paranoia se mezcla con misoginia, miedo al cambio y una profunda inseguridad. Y, claro, algunos medios y popes en las redes les dan voz y las legitiman. Es como un evangelio para los Cuervo de este mundo: hombres que ya eran misóginos, pero que ahora sienten que tienen una causa porque están siendo desplazados. Y como no soportan la idea de perder poder, se inventan una guerra en la que les atacan. Porque así pueden presentarse como víctimas.

—Venden miedo —reflexiona Santi—. Venden odio.

—Sí, venden muy bien.

Ana mira a Santi a los ojos y por primera vez se da cuenta de lo tremendamente guapo que es. Del magnetismo y la naturalidad con los que se mueve, como si fuera un bailarín de danza clásica volando sobre el escenario. Y sus ojos. Estos días no se había fijado, pero son de color miel con motas verdes. Unos ojos que la miran como si, mientras están hablando, ella fuera lo más importante del mundo para él. Un hombre así...

Una pequeña sacudida mueve su cuerpo. No seas idiota. Céntrate. No vayas por ahí. ¿Qué te está pasando?

64

Jorge Cuervo llevaba tiempo sintiéndose una sombra entre los hombres que admiraba y las mujeres que deseaba. Siempre había alguien más alto, más carismático, más seguro de sí mismo. Alguien con más presencia. Y todo se debía a la testosterona. Estaba convencido. No lo decía en voz alta, pero lo pensaba cada vez que cruzaba una redacción, una sala de reuniones o un plató. Su masculinidad se le hacía pequeña. Menor. Insuficiente.

Nunca fue un seductor nato, y lo sabía. Había aprendido a compensarlo con sumisión profesional, servilismo hacia los poderosos y algún que otro exceso verbal en la intimidad, convencido de que gritar más fuerte o empujar con más ímpetu le otorgaba algún tipo de autoridad sexual. Pero no funcionaba. Ni siquiera con las que decían sí. Porque, en el fondo, él notaba el gesto contenido, el cuerpo tenso, la mirada sin brillo. Como si su presencia generara más indiferencia que deseo.

Eso lo corroía.

Un día, durante una comida con un directivo de otro canal —más joven, más musculado, con una novia que parecía salida de una portada de suplemento dominical—, Cuervo escuchó por primera vez hablar de la terapia de reemplazo hormonal. Pero no en un contexto clínico. No para tratar una deficiencia endocrina. Lo vendían como un ascenso biológico: «Esto no es un tratamiento. Es un atajo evolutivo», le dijo aquel hombre entre risas, mostrándole el contacto de un médico «discreto, eficaz y carísimo», que «le ponía el cuerpo a punto para mandar».

Se lo pensó dos días. Luego pidió cita.

Las primeras veces que se pinchó, lo hizo con una mezcla de miedo y euforia. El médico —un tipo con bata blanca y sonrisa de promotor inmobiliario— le prometía mejoras visibles en semanas: masa muscular, energía sexual, claridad mental, incluso voz más grave. «La testosterona no es solo una hormona —le decía—, es la sustancia con la que se construye el poder masculino». Y

Cuervo, por primera vez en años, sintió que el poder podía ser suyo.

No tardó en notar cambios. Iba al gimnasio tres veces por semana, se miraba más al espejo, buscaba la mirada de las mujeres en los pasillos con la esperanza de detectar un giro de cuello, un cruce de piernas, un gesto que confirmara que, ahora sí, estaba en el radar del deseo.

Pero el problema no era el cuerpo. Ni la hormona. Era la herida.

Porque nada de eso logró borrar la certeza de fondo: que, por mucho que aparentara, por muchos nanogramos por decilitro que bombease su sangre, seguía siendo aquel al que no elegían. Aquel al que toleraban por utilidad. El que buscaba gustar, pero nunca fascinaba. El que, para compensar su complejo, necesitaba someter a otros. O a otras.

Y eso sí se le daba bien. Porque la testosterona podía inflar músculos. Pero no curaba la inseguridad.

65

—Vale —dice, por fin, Santi, apoyando los codos en las rodillas mientras se frota las sienes, como si buscara procesar todo lo que acaba de escuchar—. La estupidez humana no conoce límites. Y Jorge Cuervo, definitivamente, lo era. El problema es que en determinadas manos esa estupidez es peligrosa. Y se expande, volviendo peligrosas a otras personas. Pero, insisto, ¿qué tiene eso que ver con su muerte?

Ana lo mira con una ceja alzada, una media sonrisa asomando en sus labios.

Le sale una carcajada del corazón.

—Ya veremos cómo unimos las piezas —responde, con ese tono que él empieza a reconocer como una mezcla de desafío y certeza—, porque te prometo que, al final, acaban encajando. Estamos muy cerca, Santi, estamos muy cerca. Solo tenemos que mirar bien. Mirar de verdad.

El tono de su voz es suave, grave, íntimo. Al hablar, Ana siente un cosquilleo que le recorre la columna. No es miedo. No es deseo, exactamente. Es otra cosa. Algo más hondo. Más peligroso. No deja de mirarlo.

—¿Y tú? —pregunta Santi, como si la retara—. ¿Todavía sabes reconocer cuándo alguien te mira... de verdad?

Ana no responde. Se queda quieta, con la barbilla ligeramente inclinada, estudiando su rostro como si ahí se escondiera una verdad que no se atreve a nombrar. El silencio se prolonga unos segundos más.

—Hace mucho que no me miran así —admite—. O quizá soy yo la que ha dejado de mirar de esa forma.

—No lo creo —dice él, con una media sonrisa—. No has dejado de mirar. Solo estás empezando a volver a ver.

La distancia entre ellos es corta. Apenas unos palmos. Y de pronto esa cercanía parece enorme. Ana siente el calor de su cuerpo, la cadencia tranquila de su respiración. Podría tocarlo solo con extender la mano.

Pero no lo hace.

—Santi... —Su voz tiembla apenas—. No empecemos algo que no vamos a saber terminar.

Él no se mueve. No dice nada. Pero en su mirada hay una promesa suspendida. Algo que podría suceder. O no.

Y, en ese momento, el móvil de Ana vibra sobre la mesa. El sonido corta lo que fuera que estuviera pasando. Ana, liberada, lo coge sin mirar. Contesta con voz seca, profesional. Pero su otra mano, la libre, permanece sobre la mesa. A centímetros de la de Santi.

Habla en inglés un par de minutos, distraída. Cuando cuelga, él, rehecho, corta cualquier aproximación posible. Su cara ha cambiado. Es otra persona.

Y, entonces, se decide a contárselo. Quizá para que el asco rompa toda la magia.

—Jorge Cuervo era un pelota, narcisista, déspota, miserable y explotador laboral... —Su voz es grave súbitamente—... Además de todo eso... también era...

Parece que no se atreve a seguir.

Ana ladea la cabeza, intrigada. No sabe a qué viene ese cambio.

—No te calles ahora —lo anima ella, asombrada por el cariz que ha tomado la conversación—. ¿Qué?

—Tengo que contarte una historia.

66

Un año y medio atrás

Un día, Celeste Romero se cagó encima. No hay otra forma de describirlo. Se cagó. Encima. En medio de la redacción. Su cuerpo, agotado de tanto resistir, traicionó a su cabeza, que le suplicaba que aguantara una vez más. En patología médica no hay nada misterioso: incontinencia fecal inducida por el estrés, pérdida de control de los esfínteres por culpa del pánico. Cuando una persona experimenta un miedo intenso, se activa en su cuerpo el mecanismo de lucha o huida que hemos heredado de milenios escapando de los depredadores. Y a veces, ese mecanismo incluye la relajación de los músculos lisos del cuerpo, entre ellos, los esfínteres. El del ano también.

Ese día, Celeste perdió el control y su colon esparció parte de su contenido a través de la ropa interior y los pantalones que llevaba. Segundos antes, mientras la insultaban, había notado una punzada en el abdomen, una presión intensa como un latigazo, y temió lo que le iba a pasar. Pero todo fue muy rápido. Encogiendo el cuerpo, doblada por la cintura, se dio la vuelta y trató de correr, apretando los glúteos y arrastrando los pies, para llegar al baño.

Pero no le dio tiempo.

Celeste se cagó encima caminando en mitad de la redacción. Rodeada de compañeros. Petrificada. Se cagó encima y sintió cómo las heces líquidas y tibias resbalaban por sus piernas bajo los pantalones hasta las zapatillas blancas. En ese momento se hubiera tirado al suelo para echarse a llorar, rota y destruida. Se hubiera rendido en ese mismo instante. «Ya está. Habéis ganado. Dejadme en paz. Claudico. Me entrego. Pero dejadme en paz. Por favor». Pero no lo hizo. La chica siguió caminando, como un autómata, con pasos pequeños y torpes, apretando los glúteos, hasta llegar al baño y encerrarse en uno de los cubículos.

Allí, Celeste dejó escapar un sollozo contenido, como si con las lágrimas pudiera purgar la humillación. Pero el llanto solo sabía a derrota. El espejo en su mente le devolvía una imagen que no podía soportar: ella misma, rota, embarrada en su propia miseria.

Y no era una metáfora.

Notaba la humedad en las zapatillas deportivas, en la planta de los pies y a lo largo de las piernas. También la viscosidad de las heces sobre su piel. Notaba cómo a su alrededor el aire se llenaba de un olor putrefacto que, en ese momento, temió que la acompañase toda la vida como un estigma maldito. Encerrada y de pie en el pequeño espacio que había entre el váter y la puerta, Celeste empezó a sollozar sin hacer ruido, como si con el agua que salía de sus ojos pudiera limpiar lo que acababa de suceder. Pero sus lágrimas también le sabían a excrementos.

Tardó un par de minutos en reunir el valor para mirarse. Era peor de lo que pensaba. Un reguero marrón había traspasado el tejido de los pantalones vaqueros. Con la punta de los dedos, dándose repugnancia a sí misma, se desabrochó la cinturilla y fue bajando la tela hasta llegar a los tobillos. Tuvo que cerrar los ojos porque era incapaz de verse así. Se sacó las deportivas sin tocarlas, presionando la parte trasera con la punta del pie contrario. Estaban llenas de diarrea. Recordaba el sonido, un chapoteo viscoso, que hacían mientras trataba de llegar hasta el baño. Sujetándose con las manos en las paredes de cada lado del cubículo, mantuvo el equilibrio para ponerse puntillas y lograr salir de los pantalones. Se quitó las bragas y las tiró al compartimento estanco de las compresas.

¿Y ahora qué?

Cerró los ojos unos minutos, incapaz de enfrentarse a su propia realidad.

Pero tenía que hacer algo.

Desesperada, empezó a desenrollar de forma desquiciada el papel de baño, formando una bola inmensa con la que se estropajeó las piernas con tanta fuerza que se hizo heridas. Arrojaba el papel sucio al baño, tiraba de la cadena y volvía a comenzar. Pero, por mucho que se restregara, todavía quedaba mierda seca en la piel. Desesperada, hizo una nueva bola con el papel, accionó la cisterna del wáter y la humedeció con el agua que caía. Con papel mojado en una mano, y seco en la otra, logró quitarse prácticamente todo.

Entonces oyó una voz.

—Toma, Celeste. —Por la parte superior de la puerta apareció una bolsa—. Hay una falda. Espero que te sirva. Es nueva, me la acabo de comprar y la llevaba en el bolso. Toma, cógela. —La voz hizo una pausa. Era Berta Gigliani—. Lo siento mucho, compañera.

Entonces sí, entonces a Celeste se le desbordó el llanto. Lloraba a lágrima viva, sumergida en la vergüenza por lo que le había pasado. Avergonzada por lo que acababa de vivir, enternecida por un gesto que no creía merecer y que no esperaba en absoluto.

Sacó la falda y la colgó de la parte superior de la puerta. Enguantada en papel de baño, para no tocar los restos de diarrea, metió la ropa sucia en la bolsa de una conocida marca de ropa, y se puso en cuclillas para fregar el suelo con más papel mojado. Se vistió con la falda, larga, de punto verde, y tiró la bolsa en el fondo del cesto de los papeles que se usaban para secarse las manos.

Al salir, no había nadie en el baño, habitualmente concurrido. Nadie, aparte de esa chica, había entrado a ayudarla.

El pánico nos vuelve cobardes.

Con las zapatillas todavía húmedas, tras enjuagarlas y limpiarlas bien en el lavamanos del baño, esa tarde, como todas las tardes al salir del trabajo, Celeste esperó en la parada del autobús a que llegara el número 134. El que la dejaba a casa. Pero, cuando lo vio, en lugar de alzar la mano para que el conductor parase, se lanzó a la carretera.

El impacto fue instantáneo.

Un trozo de tela verde se asomaba bajo la rueda delantera. Ondeaba ligeramente con la brisa cuando llegó el forense.

La familia de Celeste demandó a la productora. Los acusaron de maltratar a su hija hasta empujarla al suicidio. Pero nadie quiso declarar contra sus jefes. No puedes ganarte la fama de conflictivo en un mundo tan pequeño como la televisión. No puedes ser el que alce la cabeza contra un jefe, porque los siguientes pensarán que si lo hiciste una vez, podrías hacerlo otra.

Y luego estaban los pelotas. Supervivientes, se llaman ellos. Los que mienten para conservar su puesto. Varios compañeros de Celeste declararon a la policía que era una persona inestable, que no encajaba bien en el trabajo en equipo. Aseguraron que las tensiones y el ambiente que describía su familia eran normales en un programa en directo, donde siempre había que estar al filo de la actualidad diaria.

Así que la familia nunca supo la verdad. Nadie les contó, ni a ellos ni a la policía, lo que había sucedido un par de horas antes de que Celeste se quitara la vida.

Y lo que había sucedido era que Jorge Cuervo había entrado en la redacción con una caja de regalo en las manos. Caminaba con su habitual mezcla de arrogancia y teatralidad, llamando la atención de todos a su paso.

—Ven, ven aquí, Celeste —había dicho, en voz muy alta, exagerando cada palabra—, que tengo algo para ti.

Tampoco nadie le contó a la familia que la joven, sorprendida, e incómoda, se había levantado hasta llegar junto a él, con el peso del escrutinio de la redacción sobre sus hombros. Cruzó la sala hasta llegar el despacho de Cuervo. Sin cerrar la puerta, tal y como él le había pedido, todos podían escuchar lo que pasaba allí. Y, con la pared de cristal, todos podían verlo.

—Toma —dijo Cuervo, extendiéndole la caja con una sonrisa que no llegó a sus ojos—. Este regalo es para ti. Por cómo trabajas.

Ella tomó la caja con las manos temblorosas, como si sostuviera una bomba a punto de explotar. Sabía que había una trampa. Siempre la había. Pero no era capaz de descubrir dónde.

—Ábrelo, anda —gritó su jefe, sin molestarse en bajar la voz. Quería que todos le escucharan—. ¿O ni siquiera te llega la cabeza para abrir una caja?

Las risas contenidas de algunos compañeros en la redacción llegaron hasta sus oídos. Celeste tragó saliva y abrió la tapa. En la caja había una patata: grande, rugosa, aún cubierta de tierra.

—¿Ves? —dijo él, con ese tono de falso entusiasmo que solo hacía que su crueldad doliera más—. Es una patata. La reconoces, ¿no? Pues eso es tu trabajo, una patata. Una mierda de patata. Póntela delante del ordenador para que no se te olvide nunca.

El golpe final llegó con la voz de Cuervo, más fría, más cortante:

—Es la última oportunidad que te damos, Lady Potato. A la siguiente, a la calle.

Celeste se quedó allí, de pie, petrificada, mientras las risas se mezclaban con los murmullos de sus compañeros. Y entonces, su cuerpo, incapaz de soportar más, se rebeló. Un latigazo le atravesó el abdomen y la humedad comenzó a extenderse. Se cagó encima.

***

El relato de Santi termina, pero en la habitación queda un eco. Una vibración muda que ni él ni Ana se atreven a cortar. El forense se incorpora lentamente en el sillón, como si sus vértebras pesaran más de lo normal. Ella sigue con los ojos clavados en él, pero ya no es solo por lo que acaba de escuchar.

Es por lo que siente.

Empieza a llorar. No quiere hacerlo. Ha visto cosas peores en su vida como policía, pero llora, casi de forma desconsolada. Un llanto desnudo y tibio que no puede contener. Le da rabia mostrarse tan vulnerable delante de Santi.

Él la deja hacer. Le da su espacio. Su tiempo.

—¿Por qué no me lo has contado antes? —consigue recomponerse para preguntarle, al fin—. ¿Cómo sabes tú eso?

—Bueno —trata de escaparse él—, lo sé.

Entonces, Ana piensa en Berta. Claro. Berta.

Silencio.

Santi se pone en pie y camina despacio por la sala, como si necesitara mover el cuerpo para contener la presión interna.

Ana no lo sigue. Pero su respiración ha cambiado. Más rápida. Más superficial. La cazadora que vuelve a oler el peligro. O algo peor: la verdad.

Un trueno lejano sacude el cielo de Madrid. Las luces de la calle tiemblan un segundo.

—Además —Santi cruza los brazos, en pie, al otro lado del salón—, yo hice la autopsia de Celeste. Y cuando el juez desestimó el caso y les dijo a sus padres que era un suicidio y que no había nada que relacionara a Cuervo ni a la productora con la muerte de su hija, pasé mucho tiempo con ellos. Hablé también con algunas de las personas que estaban allí esa mañana. Algunas de las que vieron lo que pasó. Todas, rotas de dolor para siempre, arrepentidas por no haber alzado la voz en ese momento. Pero, a la vez, aterrorizadas. ¿Y si vuelve a pasar? ¿Tendrían la valentía de enfrentarse a un sistema en el que todos se conocen y pueden ir pasando de un lado a otro, programa tras programa, porque no dan un problema?

—¿Cómo puede un juez desestimar un caso así, sin llevarlo a juicio?

—Bueno, dicen las malas lenguas que un comisario de policía amigo íntimo de Elena Aldama tenía información comprometida de ese juez.

—Eso no puede ser cierto, no puede... pasar.

—¿Qué es lo que no puede pasar, Ana? ¿Qué? No seas cándida.

—Pero la policía..., el juez...

—No siempre y no toda la justicia —contesta Santi, con un dolor que le rompe en dos— es justa. Parece mentira que no lo sepas.

67

Los truenos y el retumbar del agua cayendo sobre Madrid parecen el corazón de una bestia enfurecida. Cada rayo ilumina durante varios segundos la ciudad, solo para luego dejarla abandonada a una oscuridad todavía más densa. Las gotas rebotan en el asfalto con furia, como un ejército que avanza sin piedad sobre cada superficie, cada calle, cada repisa de ventana.

Cada esperanza.

El sonido de la tormenta devora el resto de los ruidos de la ciudad. Los edificios, inmóviles, parecen contener la respiración bajo la fuerza del agua. Dentro de uno de ellos, a oscuras, Santi trata de hacerse oír. Pero incluso en casa se cuela el estruendo del temporal.

—No te imaginas la que está cayendo. ¿Oyes el ruido?

La cara de Santi, iluminada solo por la luz blanquecina de la pantalla del teléfono, forma sombras extrañas en la pared.

—Echo de menos ver llover sobre Madrid desde el otro lado de una ventana —responde Berta con una voz que Santi siente como melancólica.

No sabe qué responderle. Y suelta la primera tontería que se le pasa por la cabeza.

—¿Quieres que te la enseñe?

—¿La... tormenta? —Berta se ríe.

Pero Santi ya está caminando hacia uno de los balcones. Lo abre mientras sostiene el teléfono en la otra mano, y gira la cámara para que ella pueda ver el diluvio sobre la ciudad, iluminado por las farolas y las luces de algunos de los comercios. Porque se ha ido la electricidad en varios edificios, como el suyo. Le parece escuchar un suspiro de placer.

—Era algo que me gustaba mucho hacer: sentarme a observar cómo caía el agua, ver a la gente corriendo sobre la acera, y cómo se desdibujaban las luces de la ciudad. No sé si te lo había contado.

Sabía, claro que Santi sabía.

—Te escucho fatal. Retumba todo el edificio.

—Si cierras la puerta del balcón, nos entenderemos mejor —se ríe ella.

Y, entre el sonido de la lluvia, de la calle y sus propias carcajadas no se dan cuenta de que alguien ha intentado llamar a la puerta, pero que, sin electricidad, el timbre no funciona. Tampoco oyen a esa persona golpear con los nudillos, ni la llave en la cerradura, ni el «Hola, Santi, ¿estás ahí?», que pronuncia al entrar. Ni siquiera oyen sus pasos por el pasillo.

Es Iluminada. Ha cogido el vuelo de antes, para dar una sorpresa a Santi y a Emma. Estos días en Madrid se queda a dormir con ellos, con su ahijada querida. No quiere perderse ni un instante de los que pueda pasar con esa niña. Ya bastante la echa de menos desde Portugal.

Pero la conversión la aturde.

Se queda en el pasillo, pegada a la pared, sin hacer ruido.

—¿Emma está dormida? —pregunta Berta.

—Sí, extrañamente. La tormenta no la ha despertado. De momento. Pero, como caiga un trueno de los grandes y retumbe el edificio, se acabó la paz. Va a querer que salgamos al balcón a mojarnos y tocar el agua y los truenos y los rayos.

—Como yo. Mi madre me contaba que, de pequeña, me encantaban las tormentas. Vamos, que me escapaba a la calle para empaparme.

—Pues tu hija ha salido a ti. Tengo que retenerla para que no salte sobre los charcos.

Berta se ríe, casi de manera infantil, feliz.

—Mantenla lejos del agua, como a un Gremlin. Si no, puede convertirse en un monstruo —se carcajea.

—Lo que me faltaba —entra en la broma Santi—. Mi princesa convertida en un monstruo.

—Anda ya, no seas cursi.

En el pasillo, Iluminada siente que le falta el aire. Sus manos buscan la pared detrás de ella, intentando sostener un cuerpo que se siente demasiado débil para permanecer en pie. Esa risa. Esa maldita, adorable y adictiva risa. Es imposible. Su cara va cambiando. La sorpresa inicial da paso a la angustia. Sus ojos se llenan de lágrimas que no se atreve a derramar. Parecen una pareja de enamorados contándose cómo les ha ido el día. Aunque sabe que no puede ser. Pero allí está, riendo, hablando con Santi, como si nada hubiera pasado.

—¿Alguien ha descubierto algo sobre las muertes de Manso, Aldama y Cuervo? —pregunta Berta, cambiando de asunto.

—No. —Santi cree notar un suspiro de alivio en Berta—. Nada nuevo. Por cierto, hoy viene Iluminada.

—¿Iluminada? ¿A Madrid? Pensaba que estaba tan feliz en Portugal viviendo de la indemnización de la empresa que no quería regresar nunca a España.

Están hablando de ella. Escondida en la oscuridad, detrás de ellos, aprieta los dientes. Sus puños se cierran con fuerza mientras las voces continúan. Quiere entrar, gritar, exigir una explicación, pero se queda paralizada. No sabe qué es más fuerte: la rabia o el miedo.

—Pero, ya sabes... Emma. No puede pasar sin ver a la niña. Este puente viene a ayudarme a cuidarla. Blanca se va a ver a su nieta a Murcia, y yo tengo guardias. La excusa perfecta para que la tita Ilu se plante en casa.

Finalmente, el cuerpo de Iluminada parece reaccionar por sí mismo. Da un par de pasos, hasta entrar en el salón, pasos torpes, como empujada por una fuerza que no comprende.

—¡Santi! —grita, rompiendo la oscuridad—. ¿Qué estás haciendo? —Su voz se alza, cargada de confusión y algo más primitivo: miedo—. ¡Santi!

Berta reconoce la voz. No ve quién es, pero le pone nombre sin lugar a dudas. Ahora mismo, la persona es una sombra acercándose a él por detrás.

Quizá ya es momento de contarlo todo.

Por eso toma la iniciativa, a pesar de lo que puede costarles. A todos.

—¿Iluminada? —La voz de Berta se escucha metálica a través del altavoz del teléfono. Procura sonar casual.

Santi, paralizado, mira el teléfono como si acabara de activarse una bomba. Ni siquiera se atreve a girarse hacia la recién llegada.

—¿Ber... Berta? —balbucea Iluminada. Las sílabas salen a trompicones de su garganta y se le clavan como astillas. Su voz suena rota, con el sonido de quien ha tenido que atravesar meses de duelo para salir.

—Claro que soy yo —responde desde el altavoz con ternura. Como si nada hubiera pasado. Como si el mundo no se hubiera roto meses atrás—. Me ha dicho Santi que venías a cuidar de Emma este fin de semana.

Se lo cuenta con toda la naturalidad del mundo.

—Tú... tú... —Iluminada da un paso más. Alarga la mano hacia la luz del teléfono móvil como si quisiera tocar a su amiga. Porque la está escuchando. Y la está viendo. Se mueve en la pantalla. Está al otro lado de algo. En algún sitio. Es... ella—. ¿Berta? —vuelve a preguntar, como si esta vez la respuesta fuera a ser diferente.

—Yo. Sí —contesta, convencida—. Berta. ¿Qué te pasa, Ilu? ¿Te encuentras mal?

Y entonces, Santi despierta. Se da cuenta de lo que está pasando. Reacciona con una violencia súbita, desesperada.

—¡Cállate! ¡Cállate! —suplica, aferrando el móvil.

Apaga la pantalla con un golpe torpe, como si pudiera borrar el momento. De repente, el salón entero se queda en silencio. Ni siquiera la tormenta se atreve a rugir. Solo queda el sonido de la respiración entrecortada de Santi, encogido, con la cabeza entre las manos, como si quisiera esconderse del mundo.

—Cállate, por favor —susurra con la voz de un niño perdido. Solo una vez en la vida había tenido esas ganas de llorar, esa sensación de que se le rompía el mundo.

Iluminada lo observa, paralizada. Su corazón late con una fuerza que le provoca dolor en el pecho. Camina a ciegas hacia él, guiada por la escasa luz que entra por los ventanales y dibuja su silueta en el suelo. Se acerca poco a poco, hasta quedar frente a él.

—Santi, Santi... —Todavía le queda una esperanza, una explicación convincente. Algo que lo arregle todo—. ¿Qué haces hablando con... Berta?

El nombre queda suspendido en el aire como una blasfemia.

Berta.

Iluminada respira hondo. Mira el teléfono como si acabara de presenciar una resurrección.

Pero no hay milagros aquí. Solo horror.

—¿Qué has hecho, Santi? —repite, con la voz rota.

Y esta vez, él sí la oye, porque no hay forma de huir de esa pregunta, aunque no pueda contestar. Ni siquiera se atreve a mirarla.

—Mírame, Santi, mírame a la cara. —Iluminada se agacha hasta cogerle la mandíbula con la palma de la mano y obligarlo a levantar la cabeza—. ¿Qué... estás... haciendo..., Santi?

—Es...

—No. No. —Su amiga niega, retrocediendo un par de pasos—. No puede ser.

Pero es.

—Es Berta —responde Santi, al fin. Conciso, sin emoción, apático. Sin matices. Sin vida. Como si lo hubieran desconectado. Como si alguien hubiera pulsado el botón de apagar en su cuerpo.

—¿Pero cómo has...? —Iluminada se lleva las manos a la cabeza.

—Es Berta —repite, sin pestañear, como si ese nombre fuera lo único que queda de él.

Ilu se lleva los dedos a los labios para comprobar que sigue viva, que no está soñando.

—Yo... yo... He hablado con ella. ¡He hablado con ella!

Y ese es el momento de no retorno. Mientras Iluminada intenta encajar las piezas, él sabe que ya no puede esconderse más.

—Es que es ella. —Su voz es apenas un hilo, una súplica escondida bajo una rabia que va aumentando por momentos. ¿Por qué tendría que estar avergonzado? ¿Por qué tendría que estar pidiendo perdón?

—Santi... Santi... —La mujer da vueltas sobre sí misma, con las manos en la cabeza—. ¿Qué has hecho? —grita.

—¿Cómo que qué he hecho? —Él también grita. Los locos vuelven a ser los demás, no él.

—Pero... pero... ¡estás loco! —Todo su cuerpo reacciona por ella—. Esto es de locos.

Ahora sí, Santi la mira imperturbable, vuelve a ser el de siempre. El corazón impenetrable.

—¿Ah, sí? —parece retarla.

—Escucha —prosigue, tratando de calmarse—, puedo entender por lo que estás pasando, pero esto... —Mira a su alrededor, a la oscuridad de la noche sin luz, buscando algo que dé sentido a todo, algo a lo que agarrarse—. Esto...

—Esto... ¿qué? —Ahora es Santi el que levanta todavía más la voz, porque ha comprendido que él es el que está en el lado correcto de la historia.

—¿No te das cuenta? Puedo comprender tu dolor, pero esto...

—¡Tú qué sabrás! —Se pone en pie y la mira a los ojos, con rabia—. ¡Tú qué sabrás qué son el dolor y la pérdida! ¿Qué sabrás lo que es tener a tu hija en brazos y que todo te recuerde a su madre? ¿Qué sabrás lo que es ver en ese bebé esa sonrisa tan de Berta, o cómo se frota las manos, o incluso cómo me mira? Igual, igualita que Berta. Una copia de su madre. ¿Te lo imaginas? No, claro que no. No tienes ni puta idea. ¿Puedes ponerte en mi lugar por un segundo? ¿Qué sabrás lo que es sentirte culpable cada día, cada segundo de cada día?

—Santi... —susurra ella, con el corazón encogido.

—Saber que si hubieras hecho una cosa distinta —sigue hablando él—, una sola cosa distinta...

Ella lo observa. Está rota de dolor por lo que acaba de descubrir, pero lo está más por verlo así.

—Se te ha ido de las manos. Esto no es sano. Tienes que hablar con alguien, con un médico... —Tiende su brazo, tembloroso, hacia él.

—¡No te atrevas a juzgarme! ¡Ni se te ocurra! —La aparta, de un manotazo.

—Hazlo por Emma, por favor.

—¿Por Emma? —Ríe con amargura—. Estoy haciendo esto por Emma. Por ella.

Silencio. Solo la respiración agitada de ambos.

—Santi —insiste ella, con lágrimas en los ojos—, estás cruzando una línea de la que no vas a poder volver.

Él se queda inmóvil. Luego, señala el pasillo.

—Vete. Ahora.

—Santi...

—He dicho que te vayas. De mi casa. Ya.

Iluminada lo mira por última vez. Hay una súplica muda en sus ojos. Pero él ya no está ahí. Solo queda una carcasa, un hombre que se ha vaciado para construir un fantasma.

Se da la vuelta y se marcha.

Tiembla bajando las escaleras, a oscuras. Se agarra con fuerza a la barandilla para no caer. La maleta con la ropa para pasar un par de días cuidando de Emma se ha quedado olvidada en el pasillo de la casa Santi, pero le da igual.

El dolor le sube del estómago al cráneo como un disparo, y luego estalla en su cuerpo en ráfagas eléctricas.

No es solo lo que ha visto.

Es lo que significa.

Hay algo que está mal. Muy mal.

Una barrera que no debería cruzarse. No es traición. No. No sabría cómo definirlo. Ni siquiera está enfadada porque no se lo haya contado y haya tenido que descubrirlo. Así.

Cuando llega al portal se sienta en el suelo de madera, a oscuras, ahogada por la rabia y la fuerza del agua golpeando la calle. No sabe cuánto tiempo se queda allí. Respirando. Luchando contra el impulso de gritar.

Hasta que toma una decisión.

Con los dedos temblorosos, mete la mano en el bolsillo de su abrigo y saca el móvil. Marca un número de teléfono.

Siempre consulta el reloj antes de llamarlo. Hay siete horas de diferencia entre su casa en el Algarve, al sur de Portugal, y el centro de diseño de inteligencia artificial en el que Chiqui trabaja desde hace unos meses.

Desde que todo cambió.

Pero hoy ni siquiera consulta el reloj.

—Chiqui... —Apenas puede pronunciar su nombre. Su voz se rompe.

El silencio al otro lado dura solo una fracción de segundo, el tiempo que él tarda en procesar la gravedad del tono de la voz de su amiga. ¿Qué ha pasado? No puede ser. Otra vez no.

—Ilu..., contesta..., Ilu..., ¿qué pasa? —Con el corazón acelerado, solo oye una respiración entrecortada. Le da miedo preguntar—. Ilu, ¿está todo bien?

Nadie responde. La mujer abre la boca, pero no consigue articular nada.

—Ilu, por favor, contesta —insiste él, con la voz cada vez más angustiada—. ¿Qué pasa?

Ella cierra los ojos. Se lleva una mano al pecho como si intentara sostener el dolor que le retuerce el alma. Y entonces:

—Ven rápido, por favor, Chiqui, ven rápido a Madrid.

Se hace un silencio espeso.

—¿Quién...? —pregunta él.

—Santi... —prosigue, tragando saliva, casi en un susurro—, Santi ha hecho una cosa horrible. Ven, por favor.

No puede explicarlo. Porque lo que ha visto no debería existir. Es monstruoso.

68

Y es monstruoso porque Berta está muerta.

Muerta. Llorada. Enterrada.

El cuerpo en el ataúd. El ataúd en la tierra. La tierra pudriéndose.

No hay posibilidad. No hay truco.

Y, sin embargo, ha estado hablando con ella.

Es imposible. Pero acaba de ocurrir. Berta.

Con su voz.

Con su ironía.

Con su risa.

Con esa forma suya de decir «Anda ya, no seas cursi».

Pero Berta está muerta.

Y lo saben todos.

Lo supieron los que cavaron el hoyo.

Los que portaron el féretro.

Los que publicaron las necrológicas.

Los que lloraron hasta quedarse secos.

Lo sabe Iluminada. A la que se le rompió la vida.

Ahora, se le ha roto otra cosa. Peor.

Porque acaba de hablar con ella.

Porque la ha oído reír.

Porque la ha escuchado decir su nombre.

Y nadie en este mundo sobrevive a esa contradicción sin partirse por dentro.

Santi no ha dormido.

Iluminada tampoco.

Emma ha llorado en sueños.

Y el mundo, mientras tanto, sigue girando.

Nadie más lo sabe.

Pero ahora hay dos personas vivas que han hablado con una muerta.

Y eso lo cambia todo.

Segunda parte

«Nada más privado que el dolor».

Hernán Díaz, *Fortuna*

69

Un año atrás

El momento más angustioso de esta tragedia duró, aproximadamente, ocho minutos. Pero no había nadie allí para contar el tiempo ni para ser testigo. Solo una niña pequeña que aún creía en los monstruos.

Qué miedo ver la puesta de sol por última vez. Sentir la última brisa fresca de un atardecer de verano. Tomarse el último vaso de agua. Dar el último beso. Notar el corazón ajeno durante un último abrazo. Cerrar los ojos antes de dormir para no despertar.

Abrazar por última vez a Berta.

Porque, en realidad, lo terrible no es hacer algo por última vez. Lo terrible es no saber que lo estás haciendo. No saber que esa noche en la que reísteis tanto era la última. Que ese vaso de agua era el último alivio. Que ese cuerpo entre tus brazos ya empezaba a despedirse. Lo terrible no es la muerte. Es la ignorancia con la que la dejamos pasar. Como quien cierra una puerta sin mirar atrás.

Y, entre todas las últimas veces, hubo una que Santi no puede perdonarse: abrazar por última vez a Berta... sin saber que era la última.

Después, Santi llegaría a convencerse de que anticipó la tragedia antes de verla, y que incluso desde el otro lado de la puerta el olor de la sangre llegó, inequívoco, a sus fosas nasales: una fragancia metálica y oscura que no se confundía con ninguna otra. Hierro y óxido. Podía percibir en su nariz el rastro de minerales, un eco de tierra húmeda y metal en descomposición, como una llave antigua que se guarda demasiado tiempo en un rincón olvidado. A él la sangre le contaba historias. Cada matiz era un eco de traumas, de vidas rotas, de secretos que se deslizaban desde los tejidos hasta la superficie, expuestos al mundo por la precisión de su bisturí. Pero había más. La sangre sobre su mesa de disección tenía un deje de dulzor espeso, como la fruta madura a punto de fermentar, mezclado con algo más crudo, casi animal: el olor de la vida que ya no es, al desnudo, caliente y salado, atrapado en un último instante entre la carne y el aire. Porque ya es el olor de la muerte.

Quizá para protegerse, Santi construyó en su cerebro la fantasía de que antes de cruzar la puerta de casa de Berta sabía que algo estaba roto en el aire, algo denso, como un peso invisible que apenas dejaba hueco para respirar. Y que, incluso en el rellano, el silencio tenía una forma particular, llenando el espacio de una calma antinatural.

Cuando abrió la puerta, la llamó —«¡Berta, Berta!, que te has quedado dormida y no me has traído a Emma»—, y no contestó nadie, ya todo fue inevitable. Su instinto forense olió, entonces sí, la sangre. Ese tipo de sangre que lleva demasiado tiempo en proceso de hemólisis como para albergar alguna esperanza. Ese tipo de sangre que es ya un banquete para las bacterias y las enzimas, supurando sulfuro, amoníaco, cadaverina y aminas.

Santi avanzó. No quería, pero tuvo que dar un paso. Y, después, otro. Y otro más.

Dirigiéndose hacia donde le marcaba el olor a sangre pútrida.

Hasta que la vio.

El mundo se volvió pequeño, comprimido, reducido a ese instante de dolor profundo. Como si la sangre, cuánta sangre por Dios, no fuera de ella, sino de él, como si la herida se hubiera abierto en su cuerpo en vez de en el de la mujer a la que tanto amó.

Estaba muerta. Lo había sabido antes de tocarla. Rígida y fría. Pálida. Bañada en sangre rancia de la que se desprendía el olor de su historia, de cada risa, de cada caricia, de cada consuelo, de cada palabra compartida, de cada vez que se juraron que nunca más volverían a estar juntos y luego siempre sí. Siempre volvían. Porque el amor era más fuerte que todo.

Santi se obligó a parar.

Calma. Pon el cerebro a trabajar. Procesa. Respira. Haz que tus sentidos estén a las órdenes de tu inteligencia. Rigidez cadavérica avanzada. Livideces posturales. Pérdida de calor corporal. Tiempo estimado de muerte: ocho horas.

Vamos a ver qué ha ocurrido de verdad.

Y qué puedes hacer tú ahora.

Fue entonces cuando se dio cuenta.

En ese mismo charco de sangre abandonada a su suerte, yacía una persona diminuta. Acurrucada junto al cadáver frío de su madre, cubierta por un trozo de falda, buscando algo de abrigo, sobresalía la cabeza de Emma. Dormía. O algo parecido, hecha un ovillo, encogida sobre sí misma, bañada en sangre, el pelo pegado a la frente y la cara cubierta de rastros secos de lágrimas, sangre y mocos, agotada de llorar, de no entender por qué mamá no se despertaba, buscando refugio en un lugar en el que ya no lo iba a encontrar nunca más. Su pecho, como un milagro, subía y bajaba con cada respiración. Santi caminó de puntillas, temiendo despertarla, sabiendo que, si lo hacía, Emma, su Emma, su hija, iba a entrar en el infierno para siempre. Se agachó temblando. No por miedo, sino por el dolor insoportable de la escena que su cerebro se negaba a procesar. De cuclillas, cuando sus dedos tocaron el cabello de la niña, empapado en sangre, el mundo se le cayó encima como el eco de una pena tan inmensa que no era capaz de abarcarla en su imaginación.

Al notar el tacto de la piel de los dedos de su padre, Emma suspiró en sueños, quizá de hadas madrinas, de nubes, de magia todopoderosa y de madres que siempre estaban allí para abrazarte y para poder dormirte entre sus brazos. En ese suspiro habitaba una vida que ya había cambiado para siempre. Santi se acercó al oído de su hija. Tranquila, pequeña..., estoy aquí, susurró. La cogió con firmeza, procurando no despertarla. Se puso en pie. Emma sonrió y acurrucó su cara en el pecho de su padre, como si incluso dormida supiera que, por fin, estaba a salvo.

Salió de allí aguantándose las ganas de gritar, guardándose un aullido que le nacía de las tripas. Salió de allí abrazando a su hija sin dejar de mirarla, porque sabía que, sin esa niña que lo anclaba a la vida, estaría irremediablemente perdido. Se habría tirado por la ventana.

En ese mismo instante.

Las suelas de sus zapatillas fueron dejando un rastro de sangre que no se desvaneció hasta que salieron a la calle.

El momento más angustioso de esta tragedia duró aproximadamente ocho minutos. Esa niña que creía en los monstruos escuchó un bramido gutural que no parecía estar saliendo de la garganta de ningún ser humano. Largo. Ondulante. Elástico. Era el monstruo, estaba segura, ese monstruo que mamá siempre le decía que no existía; ese monstruo que muchas noches temía que viniera a buscarla.

Y que esa noche había llegado a casa.

A su casa.

El grito duró mucho tiempo.

Después, el monstruo empezó a respirar fuerte, muy fuerte, como si estuviera muy enfadado. Como si buscara a alguien.

Y golpes, daba muchos golpes contra el suelo.

Aterrorizada, Emma se escondió debajo de la cama durante horas, temblando, llamando bajito a mamá. Susurrando lágrimas, porque aún no sabía hablar. Mamá. Mamá. Mamá.

Pero mamá no venía.

Y Emma no sabía que aquello que sonaba era su madre. Que su cuerpo estaba luchando por seguir vivo. Que su cerebro, ese que le contaba cuentos y le hacía cosquillas, se había llenado de tormentas.

Solo sabía que había un monstruo en casa.

Lloró durante horas sin hacer ruido, para que el monstruo no la encontrara. Solo se atrevió a salir de su escondite, muerta de miedo y sueño, cuando ya hacía rato que había salido el sol, la luz iluminaba toda la casa y los sonidos del día ocupaban la calle.

Mamá. Mamá. Mamá.

La encontró.

Tumbada en el suelo, a los pies de la escalera, con los brazos muy estirados hacia arriba, como si hubiera querido alcanzar el cielo antes de caer.

Mamá, despierta, lloraba. Ha venido el monstruo, mamá. Despierta. Por favor, mamá. Tengo miedo.

Pero mamá seguía dormida. Porque había peleado contra el monstruo.

Le dio besos. Le tiró del vestido. Le tocó los ojos. Metió los dedos en su boca. Lloró. Esta vez muy fuerte.

Mamá. Despierta. Por favor. Mamá. Decía su llanto.

Al final, agotada, se acurrucó contra ella buscando el calor de una piel que ya no lo emitía, sobre un charco de sangre, sobre las heridas que se había hecho mamá peleando contra el monstruo.

El momento más angustioso de esta tragedia duró aproximadamente ocho minutos. Son los que tardó Berta en morir.

70

Hay momentos en la vida en los que tomar una decisión no solo es elegir, es asomarse al abismo de la culpa, porque arrastrarás esa elección toda tu vida. No solo importa lo que eliges. Lo que dejas atrás te perseguirá para siempre, recordándote lo que no hiciste.

La tarde en la que descubrió el cadáver de Berta, Santi tuvo dos opciones: ir al hospital con su hija o a la sala de autopsias con la mujer de su vida. Acompañar a un ser vivo, que es tan pequeño, luego no recordará que tú estuviste allí, o aprovechar la última oportunidad de estar junto al cuerpo de la mujer —se acababa de dar cuenta— de su vida. Tratarla con un cariño exquisito. Y descubrir qué le pasó, al examinar su cadáver.

La primera era la decisión sensata. La segunda era la decisión egoísta.

Y Santi decidió ser egoísta.

—Tiene principio de deshidratación —dijo, con seguridad—. Ahora está dormida, y no he podido evaluar el letargo en el que se encuentra por falta de agua, pero fíjese en los labios secos y los ojos algo hundidos. Aunque la piel está bien, así que no es una situación crítica. No hay heridas en el cuerpo. Ningún trauma físico. Por favor, colóquenle rehidratación intravenosa con suero fisiológico y monitorícenle los electrolitos, la frecuencia cardíaca, la presión arterial y la función renal. Solo para estar seguros, ajustando el tratamiento y para evitar complicaciones.

El médico de urgencias del hospital miró con desagrado a aquel hombre. Sabía que tenía razón. En todo. Pero no soportaba la prepotencia del tipo que le tendía, para que la cogiera en sus brazos, a una bebé dormida, con la ropa empapada de sangre.

—¿Usted es? —le preguntó, incómodo.

—El padre de la niña.

El doctor frunció el ceño, descolocado por la actitud de ese hombre que parecía demasiado frío, demasiado metódico para la situación que acababa de describir.

—Pues comprenderá que somos nosotros los que tenemos que hacer el diagnóstico.

—Ya se lo adelanto yo. —La mirada de Santi se clavó en él como un bisturí—. Cuide a esta niña con su vida. Le hago personalmente responsable.

—Usted no tiene...

—Yo sí que tengo. Todo el derecho, tengo —le interrumpió, cortante, con una intensidad que hizo que el médico retrocediera un paso, confundido entre la rabia y el desconcierto—. Esta niña es el ser vivo más importante del planeta para mí. Pero ahora, ahora... —el doctor vio, por primera vez en ese hombre, una fragilidad que le rompió el corazón, como si todo el dolor que tuviera dentro pudiera entrarle por la piel— tengo que ocuparme del cuerpo de la mujer que amo. Enseguida vendrá una persona a estar con ella.

El silencio que siguió fue acerado. Santi colocó con delicadeza a Emma en los brazos del médico.

—Yo... volveré en un rato —sentenció.

Y se giró, sin mirar atrás.

En el taxi, su respiración era un hilo. El conductor le lanzó un par de miradas a través del retrovisor, acostumbrado al dolor de los pasajeros que recogía en urgencias del hospital. Santi no decía nada. Tenía el móvil en la mano. Con dedos temblorosos marcó dos números.

—¿Iluminada?

—Santi, ¿qué pasa? —Su amiga detectó enseguida la intensidad del dolor. Sabía que algo terrible había sucedido.

—Berta... —Santi se detuvo, su voz quebrándose por primera vez—. Berta... está muerta.

Fue en ese momento, al pronunciarlo en voz alta, cuando se dio cuenta de la verdad. De que no había marcha atrás. De que Berta había fallecido. Ahogó las lágrimas.

—Pero... pero... —El corazón de Iluminada le decía que era imposible. Que habían hablado ayer a última hora, que todo estaba bien, que podía morir mucha gente, pero ella no. Berta no—. Santi, no, no...

Al otro lado, solo escuchaba los estertores del llanto de su amigo. La lucha por respirar entre la agonía. Y entonces supo que era cierto.

—¿Estás en Madrid? He dejado a Emma en el hospital. Necesito que vengas.

—¿Emma? Pero ¿qué ha pasado, Santi? ¿Qué ha pasado? —gritaba—. ¡Cuéntamelo!

—Emma está bien —logró decir él—, pero necesito que estés con ella. La han ingresado en urgencias pediátricas. Di que eres familia, su tía, que te manda su padre. Si no, no te dejarán estar con ella.

—Voy para allá —contestó Iluminada con un tono que mezcla rabia, pena y determinación—. Ahora mismo.

La llamada con Chiqui, breve. Igual de devastadora.

—Chiqui, por favor —balbuceó—. Yo... yo no puedo ahora.

—Santi, ¿qué ha pasado? —preguntó el joven *hacker*, alarmado.

—No puedo explicarlo ahora. Solo... llama a Iluminada. Habla con ella. Ayúdala en lo que haga falta. Por favor.

Cuando colgó, Santi dejó caer el teléfono en el asiento vacío junto a él. Miró por la ventana, perdiéndose en la lluvia que empañaba las luces de la ciudad. Su pecho estaba apretado, como si una mano invisible lo estuviera estrujando desde dentro.

El conductor del taxi se concentraba en mantener la mirada al frente, más allá de la luna delantera del coche, para dejar intimidad a ese pasajero roto de dolor.

Santi se dirigía hacia el lugar donde su corazón se había detenido.

No solo era una autopsia. Era una despedida.

El hospital olía a desinfectante y cuerpos recalentados, un aroma ácido que se colaba por los pulmones bombeando desasosiego en los cuerpos de los visitantes. Iluminada caminaba a zancadas por el amplio pasillo que conducía a urgencias. Cuando intentó entrar a la zona acotada a enfermos y personal sanitario, un hombre en uniforme de guardia de seguridad le cortó el paso.

—No puede entrar.

—¿Cómo que...?

—Lo siento, esta zona solo es para personal del hospital. —El guarda alargó el brazo para detener a esa mujer.

—Tengo a una niña enferma...

—Lo siento. No puede entrar —repitió el hombre, como un robot sin emociones.

—Le digo que ahí dentro hay...

—Solo personal autorizado.

—Pero ahí hay una niña...

—¿Es usted familiar de esa niña? —De repente, cambió el discurso.

—Soy su tía, soy su tía —gritó Iluminada, mintiendo, con toda la convicción que fue capaz de reunir—. Tengo que estar con ella. Solo tiene un año. Déjeme ir con mi sobrina.

—¿Tiene documentos que demuestren su parentesco? —le preguntó el guardia.

—¿Documentos? ¿Usted cree que voy a pensar en coger la cartera cuando me llama mi hermano —mintió— y tengo que salir corriendo de casa porque mi cuñada ha muerto y su hija está en urgencias? ¿Quiere que le muestre fotos con la niña? —Llorando, le acercó la pantalla del móvil hasta colocarla a pocos centímetros de la cara del sanitario.

—Mire, señora...

—¿O quiere que llame a la policía y le denuncie? —Iluminada sacó a la periodista de raza que llevaba dentro, a la mujer que durante décadas había cubierto los peores crímenes y sucesos en la historia de España, a la que había conseguido algunas de las exclusivas más importantes del país. Se convirtió en esa fuerza bruta a la que nadie iba a parar.

Ignorando al guardia, y sorprendiéndolo, abrió de un manotazo las dos puertas metálicas que daban acceso a la zona restringida de urgencias pediátricas. Su corazón latía a toda velocidad, con una mezcla de urgencia y pánico, tratando de prepararse para algo que, en el fondo, sabía que sería imposible de asimilar.

¿Y si Emma también había muerto?

¿Y si Santi le había mentido, o la pequeña había empeorado de repente, falleciendo en el tiempo que ella había tardado en llegar al hospital? Varias veces había llamado a Santi, desde el taxi, pero el teléfono aparecía apagado.

Cuando llegó a la zona de boxes, corrió algunas cortinas, interrumpiendo la intimidad de los pacientes, niños junto a sus padres. Pero no la veía. ¿Dónde estaba Emma?

—Emma, Emma... —empezó a gritar.

Una mujer, vestida con la clásica bata blanca hospitalaria, la cogió amablemente por los hombros. Su mirada era limpia, transparente. La que tienen las personas que van a ser siempre refugio, pase lo que pase.

—Tranquilícese, por favor —le dijo, con voz calmada—. Dígame a quién busca.

—A Emma —respondió, casi sin resuello—. Emma Munárriz Gigliani. Tiene solo un añito y está sola.

Las lágrimas se le escapaban al pronunciar su nombre.

—Venga conmigo.

La mujer la agarró del brazo y la dirigió hacia otra zona del laberinto de las urgencias. Iluminada no se atrevió ni a preguntar. ¿Está bien? ¿Está... viva?

Entonces, la vio.

Emma.

Recostada en una camilla azul demasiado grande para ella, con una barrera metálica a cada lado, envuelta en una manta gris de hospital, con las piernas recogidas, la cabeza ladeada y un gotero que inyectaba suero con algún medicamento en la vena mediana cubital, junto a la flexura de su codo.

Dormida.

A su alrededor, el personal del hospital se movía con precaución, como si temiera romper algo delicado, una especie de magia que colgaba de un finísimo hilo entre el *shock* y el silencio. Ya debían de saber lo que había pasado. De dónde venía esa bebé. Iluminada se acercó despacio, temiendo despertarla. Emma tenía restos de manchas de sangre en la mejilla. A su lado, en una mesa con ruedas, pulcramente doblado, estaba su pijama favorito, el de Peppa Pig, empapado en sangre seca, dentro de una bolsa de plástico. Eran las huellas de una tragedia que su pequeño cuerpo de un año podría olvidar.

—Hola, mi amor —susurró, muy, muy bajito, inclinándose a su lado. Tocó la piel de la cría para convencerse de que estaba viva. Vio su pecho subir y bajar para convencerse de que respiraba.

Miró, implorante, a los médicos, para convencerse de que todo iría bien.

—Está agotada —susurró, a su lado, la mujer que la había acompañado hasta allí—. Soy la doctora Mónica Gracia —se presentó. Iluminada la abrazó como quien abraza a una última esperanza. Y, entonces sí, se abandonó al llanto—. Tranquila, todo va a salir bien. La niña está bien —le repetía la médica, acogiéndola en sus brazos. Al cabo de un par de minutos, Iluminada recobró un poco de fuerza para separarse y mirarla a la cara.

—Yo... lo siento, siento haberla...

—¿Abrazado? —Sonrió la doctora—. Para eso estamos también. Los abrazos curan.

—¿Cómo está Emma?

—Todas las pruebas han salido bien. Nos daba miedo que despertara sin alguien conocido a su lado. Su padre la ha dejado aquí... —La doctora Gracia compuso un gesto de extrañeza.

—Su padre es una de las personas más maravillosas del mundo —le contestó ella—, pero también un ser especial. Hoy se ha encontrado muerta a la madre de esta niña, a mi amiga Berta... —de nuevo, las lágrimas—, y tampoco crea usted que sé mucho de lo que ha pasado. Sé que se ha ido con el cadáver de la madre. Él es forense, ¿sabe?

—Bueno, Emma ya tiene a alguien conocido a su lado, para cuando despierte. —La doctora Mónica Gracia intentaba calmar a Iluminada—. Yo estoy aquí para lo que me pueda necesitar. Coja esa silla y quédese a su lado; ahora mismo, es lo más importante.

La lluvia atascaba Madrid. Los coches se convirtieron en trampas. Santi temblaba en el asiento trasero del taxi. Sus pies golpeaban el suelo como si eso bastara para romper el encierro.

—Ay, Señor. —El taxista notaba la angustia de su cliente, había escuchado las conversaciones por teléfono, pero no sabía qué decir. Así que trató de llenar el ruido del silencio con la primera tontería que se le ocurrió. Y, en situaciones así, la primera tontería que se nos ocurre tiene que ver con el tiempo—. Siempre igual. Cae una gota y esto se va al carajo.

A Santi esas palabras del conductor le revolvieron el estómago. Sacó la cartera de la chaqueta de cuero y tiró sobre el asiento del copiloto un billete de cincuenta euros. Sin mediar palabra, abrió la puerta y una cortina de agua salpicó el interior del vehículo. El taxista protestó, pero Santi ya no le escuchaba. Su cuerpo partía en dos el aguacero mientras corría, sorteando el atasco, entre los vehículos de la M-30. Cada gota helada le recordaba que estaba vivo. La chaqueta de cuero le pesaba como la culpa. Esquivó el tráfico y los pitidos y gritos de los conductores hasta la primera rampa de salida que encontró. La ciudad se desdibujaba a su alrededor, con las luces rojas y amarillas destellando a través del agua que caía sin final. Su carrera se convirtió en una lucha contra todo: contra el tráfico, contra la tormenta, contra la rabia, contra la culpa..., incluso contra el recuerdo de Berta.

Cogió la moto aparcada aún junto al portal de Berta. Derrapando bajo la tormenta, jugándose la vida, Santi llegó al Instituto de Medicina Legal de Madrid bajo un aguacero cada vez más intenso. Entró chorreando, dejando un rastro de agua a su paso, caminando sin ver ni oír, con todo su cuerpo fijo en un destino, como si ese *momentum* tirara de él con una fuerza superior a la de su propia fuerza de voluntad.

Por el pasillo del sótano alguien le gritó:

—¡Está ya en la sala tres!

La sala tres. La sala tres. La sala tres.

La de Gervasio.

El nombre se le atragantó en la mente. ¿Qué hacía Berta en la sala de ese inútil?

Sin detenerse, tiró la chaqueta de cuero sobre uno de los bancos del pasillo circular. Empujó la puerta metálica con todo el peso de su cuerpo. Llevaba tanta inercia que le costó contrarrestar la velocidad de empuje para poder frenar a tiempo antes de empotrarse contra el grupo de gente reunido allí.

Todos se giraron a mirarlo. Contó seis personas. Como si aquello fuera un circo. O un zoo. Todas buscando morbo. Pero lo que hizo saltar las alarmas es lo que vio más allá.

Berta ya estaba preparada. Su cuerpo ya estaba listo. Solo. Desnudo. Vulnerable y expuesto sobre el metal helado de la mesa de autopsias.

—¡Nadie la toca! ¡Nadie la toca! —gritó Santi, acercándose a ella. Si hacía falta, la protegería con su vida—. ¡No os acerquéis!

Se colocó entre el grupo y el cuerpo de Berta. Su voz resonaba en el frío eco metálico de la sala. Las miradas de sus compañeros se dirigían hacia él, algunas sorprendidas, otras incómodas, pero todas conscientes de lo inusual que era verlo... tan humano.

Uno de los forenses más jóvenes dio un paso atrás. Sus ojos, abiertos de par en par, no por miedo, sino por algo mucho más profundo: compasión. Aquel era Santi Munárriz. El infalible. El brillante. El inabordable. Y allí estaba, ante todos ellos, hecho pedazos. Como un ser humano cualquiera.

—Lo siento, pero no es posible —se adelantó otro de sus compañeros, hablándole con cariño. Dos de ellos estaban vestidos ya para iniciar la disección—. Las normas son claras, no puedes hacer la autopsia a un familiar. Santi, tienes que entenderlo.

—¡No soy su familiar! —bramó él, golpeando una de las mesas metálicas con tanta fuerza que las herramientas, cuidadosamente dispuestas, saltaron al aire, esparciéndose por el suelo—. ¡No soy su familiar! Puedo hacerle la autopsia. ¡No soy nada! ¡Pero es mía! ¡Es mi Berta!

Se lanzó sobre el cuerpo, abrazándola, sirviéndole de escudo.

—Legalismos. —Santi escuchó una voz que se burlaba, que disfrutaba. Era la venganza de unos pocos compañeros: derrotar a ese superdotado asocial de la manera más sencilla que podrían haber imaginado, con algo que, por fin, le hacía daño. Muchísimo daño, por lo que estaban viendo. Ese hombre tenía sentimientos y se podían usar contra él—. Las normas son claras. No puedes hacer la autopsia a un familiar. Esté oficializada la relación o no. Es la madre de tu hija. ¿Qué más pruebas quieres?

—¡Fuera! ¡Fuera todos de aquí! —seguía cubriéndola con su cuerpo.

El silencio fue más duro que cualquier réplica. Algunos bajaron la mirada. Otros miraban el cuerpo, no como un objeto clínico, sino como lo que era: una persona amada. Una tragedia. Fue entonces cuando uno de los más veteranos se acercó despacio. Con las manos alzadas. Su voz fue un susurro.

—Santi..., ya te hemos visto. Ya te hemos entendido. No estás solo.

Santi abrazaba el cuerpo de Berta como si pudiera devolverle el calor. Como si aún pudiera impedir que el mundo la tocara.

Cuando llegaron los guardias, nadie dijo nada. Nadie colaboró. Nadie quiso mirar. Uno incluso salió al pasillo. Otro, con la garganta apretada, murmuró apenas audible:

—Esto no debería ser así.

Y cuando, derrotado y esposado, vio cómo se lo llevaban, un joven forense, al que nunca había dirigido la palabra, caminó a su lado, en silencio, sin atreverse a tocarlo, pero tampoco queriendo marcharse. Acompañándolo, solo. Santi gritaba. Maldiciones, dolor, rabia. Pero ese silencio a su lado decía más que cualquier palabra.

El forense se colocó los guantes con precisión casi ritual. De fondo, se escuchaban los gritos desesperados de Santiago Munárriz. Gervasio Lara sonrió. Que le den a ese ególatra. Qué gilipollas. Llorando como un idiota. ¿No era el rey del hielo? Míralo ahora. Todo por una tía. Era la madre de su hija, sí, pero todos creían que había sido por inseminación artificial: la forma de tener una heredera que perpetuara sus genes de genio.

Pero no. Resulta que la quería. Y que la quería con una desesperación que bordeaba la locura, la quería como muchos de ellos, con sus matrimonios desgastados y rutinas diarias, no querían a sus parejas. Gervasio se acercó al cuerpo de la mujer causante de ese amor. La luz blanca de los focos caía en ángulos perfectos sobre su piel, revelando la palidez que se había instalado con las horas, las pequeñas manchas de sangre seca en su frente y en el lateral del cráneo, donde un golpe había dejado una hendidura profunda. Sabía que esa herida contaba una historia, y su trabajo era desentrañarla con meticulosidad.

Mientras se ajustaba los guantes, notó que una de las residentes más jóvenes, Claudia, había bajado la mirada. No podía sostenerla. Otro, Mateo, apretaba los labios, incómodo. Ninguno dijo nada. Pero el silencio era denso, lleno de incomodidad.

—¿Todo bien? —preguntó Gervasio, con su voz seca de siempre, como si el ambiente fuera irrelevante.

—Sí..., sí —respondió Claudia, pero sin mirarlo.

A veces, en esta sala, la muerte se sentía como una ciencia exacta. Hoy, en cambio, olía a injusticia.

Comenzó la autopsia con un corte en forma de Y en el pecho, separando con cuidado la piel y el tejido subyacente. De forma rutinaria, observó cada detalle, buscando signos de hemorragia interna o fracturas que confirmaran el trauma. El cuerpo estaba lleno de golpes. Los fue anotando, uno a uno. Cuando llegó al cráneo recorrió con los dedos el golpe en la parte derecha, una fractura profunda en el parietal. De ahí brotó la sangre que los policías le habían descrito en la escena en la que encontraron el cuerpo.

Todo encajaba.

Le encantaban los casos fáciles como aquel.

Gervasio se quitó los guantes y los tiró a la papelera para restos biológicos. Se deshizo del uniforme.

Mateo se detuvo frente al lavabo. Se quitó la mascarilla con una lentitud casi ritual.

—¿Y ya está? ¿Eso es todo? —preguntó en voz baja.

El jefe no le respondió.

Claudia se quedó un segundo más. Miró el cuerpo tapado con la sábana quirúrgica. Luego alzó la vista hacia el foco aún encendido.

Al salir de la sala, Gervasio Lara llamó a un colega.

—Nada —le explicó—. Una torpe. Se cayó por las escaleras.

Accidente doméstico, sentenciaría una hora más tarde en el informe provisional de la autopsia de Berta.

Podía haber hecho más pruebas. Pero, total, ¿para qué? Mejor cerrar rápido. No quería aguantar a Munárriz en modo mártir durante días.

«Accidente doméstico».

Era solo una línea, fría e impersonal. Pero sabía, con una certeza instintiva, que esa frase iba a romper más vidas de las que parecía.

71

Durante cinco horas estuvo Iluminada pegada a la camilla de Emma, recostada en un incomodísimo sillón azul. Cinco horas con la niña dormida, con los sueros que la rehidrataron conectados a su vena mediana cubital, junto a la flexura de su codo, con enfermeras yendo y viniendo, con médicos que le decían que no se preocupara que todo iba a ir bien, con los ruidos angustiosos de los aparatos de una sala de urgencias pediátrica, con la mano sin dejar de acariciarla.

Con Chiqui mordiéndose las uñas y la vida en la sala de urgencias, sin que le dejaran pasar.

Hasta que Emma despertó.

—Mi amor, hola —le dijo, sonriendo.

Los ojos del bebé se abrieron lentamente, clavándose en ella con una intensidad desconcertante. No había lágrimas, ni susto, solo una mirada opaca que parecía atravesarla. Era como si intentara descifrar quién era esa mujer que ahora se inclinaba hacia ella, buscando algo en su rostro, haciéndole una pregunta muda: «¿Eres tú quien me salvará del monstruo?».

—Emma, soy la tita Ilu. Soy yo —dijo, ensayando una sonrisa. Pero su voz temblaba, rota por el peso de todo lo que había pasado.

Sus dedos encontraron la pequeña manita de Emma, helada, como recuerdo del horror que acababa de vivir. Era un frío que no se iba con mantas ni con abrazos; era el frío de la pérdida.

—Me han dicho los médicos que enseguida podremos irnos —susurró, con un esfuerzo titánico por sonar tranquila, por ofrecerle un refugio en medio de la tormenta—. ¿Te quieres venir a mi casa?

Emma pestañeó, y en esos ojos inmensos, vacíos de emoción, Iluminada vio algo que la dejó sin aliento. No era miedo; era algo más profundo, más oscuro. Una sombra de confusión y soledad que parecía gritar que todo en su vida había cambiado para siempre.

—¿Mmma? —burbujeó con la saliva de su pequeña boca.

Iluminada sintió un nudo en el pecho. Todo su cuerpo quería llorar, pero no podía permitírselo. No mientras esa niña la mirase con esa vulnerabilidad. La levantó en brazos como si cargara el peso frágil de un cristal a punto de romperse. El calor de Emma contra su pecho era tenue, casi imperceptible, pero era vida. Y, en ese momento, era lo único que la mantenía lúcida.

—Tranquila, pequeña. Estoy aquí. No te soltaré.

Emma se acurrucó contra ella, apoyando su cabeza en su hombro. Su cuerpecito parecía más ligero de costumbre, como si el peso de lo vivido hubiera vaciado algo dentro de ella.

Un rato después, ya desconectado el catéter, firmada el alta —con la intervención telefónica y a gritos de su padre— y con una cita para psiquiatría infantil, mientras caminaba por el pasillo hacia la salida del hospital, a Iluminada solo le importaba el latido constante de Emma contra su pecho. Las dos habían cambiado para siempre.

Chiqui, con los ojos enrojecidos, se levantó de una de las sillas de la sala de espera y las abrazó a las dos. Eran tres almas perdidas.

A unos kilómetros de allí, Santi se preparaba mentalmente para diseccionar al precio que fuera el cuerpo de la mujer que ambos habían querido. Como amante. Como amiga. Como colega. Como madre.

Solo el ruido del tráfico rompía el silencio de una historia que se resquebrajaba con el peso de un dolor horrible.

72

Una planta trepadora sabe dónde agarrarse, crece sin equivocación hacia el sitio en el que encontrará un apoyo suficiente al que asir su vida. Y a ese punto de agarre le confía su supervivencia. De alguna manera, la planta percibe sin error el lugar al que tiene que dirigirse para seguir viviendo.

Pero los seres humanos no somos así. A veces, el asidero está ahí, y no lo reconocemos. Otras, nos agarramos a lugares que nos harán caer. Siempre eligiendo mal.

El asidero vital de Santi, ahora se da cuenta, siempre había sido Berta.

Y ya no estaba.

Ni iba a estar nunca.

Cuando era niño y algo le enfurecía, Santi cerraba los ojos muy fuerte pensando que, al abrirlos de nuevo, el mundo se habría reseteado. Pero pronto se dio cuenta de que los monstruos seguían allí y que, si quería seguir adelante, tendría que hacerlos desaparecer él mismo.

El dolor era fisiológicamente real. El dolor estaba en una zona del cerebro que irradiaba a todo el cuerpo, dándole latigazos. Santi sabía perfectamente cómo funcionaba: el sufrimiento activaba áreas específicas del cerebro: la ínsula, la corteza cinglada... como una tormenta oscura y densa que se desataba en la cabeza. Lo había visto en otras personas. Lo había tocado en cerebros que había tenido en sus manos. Pero ahora, Santi lo sentía como un fantasma al que no era capaz de reconocer. Y no sabía qué hacer con él, porque no recordaba la última vez que había tenido que manejar una emoción. No solo le dolía. También sentía rabia. Y miedo. Rabia por lo que había pasado y miedo por el dolor que sabía que nunca se iría.

Necesitaba sentir que controlaba la situación. Aunque solo fuera una ilusión de control. Engañarse.

Entró al vestidor y arrancó de las perchas todos los vestidos de Delito con furia, como si fueran enemigos que batir. Rompió algunos, los despedazó por las costuras. Los tiró contra la pared. Se azotó con ellos, dejándose heridas rojas por la piel de todo el cuerpo. Haciéndose sangrar.

Exhausto, se echó a llorar sobre la colcha, abrazado a una vieja fotografía de Berta y él de vacaciones. Tan jóvenes. Tan llenos de promesas por cumplir. Cogiendo la mano de lo único que le quedaba de ella. Emma.

Pero no pudo resignarse.

Miró a los ojos a su hija, acostada y dormida plácidamente a su lado en la gran cama absurdamente llamada de matrimonio, y supo lo que tenía que hacer. Lo había sabido desde el principio.

Se levantó.

Iluminada se había quedado esa noche con ellos, después de que le dieran el alta a la pequeña. Dormía en la habitación de Emma. La despertó. No pasa nada tranquila, le dijo, tengo que salir. ¿Te tumbas con Emma en mi cama, para que no se asuste si se despierta?

Iluminada sabía que era absurdo preguntarle dónde iba.

Tampoco qué eran todos esos ruidos y ese llanto que había escuchado un rato antes.

A veces, para el dolor, solo hay que estar. Acompañar sin hacer preguntas.

Al pasar hacia la habitación, vio a Óscar dormido en el sofá.

Las llaves de la moto tintinearon en sus manos en el eco del portal. Madrid nunca estaba en silencio, pero esa noche sintió que lo único que resonaba era un pulso acelerado que marcaba el ritmo de cada kilómetro que lo acercaba al destino. Sabía que lo que iba a hacer era ilegal. Pero eso era lo que menos le importaba.

Se coló sin que su presencia allí quedara registrada, aunque si alguien miraba las cámaras de seguridad, vería quién es y lo que había hecho. También le daba igual. Tiró del asa de la nevera número cincuenta. Perdió la respiración. Berta estaba más bella que nunca, como una princesa helada de cuento de hadas. Ajena a todo lo que había pasado.

—Hijos de puta.

Parecía hecho a propósito. El horrible costurón del cráneo, la cabeza medio rapada, la cicatriz mal cosida del pecho. Al cerdo de

Gervasio le daba igual la persona que tenía sobre su mesa de autopsias, para él solo era un objeto, trabajo, rutina, no alguien que hasta unas horas atrás estaba con vida, no alguien a quien iban a echar de menos, no alguien que merecía entrega y dedicación y respeto.

Santi acarició la mejilla helada de Berta y el dolor físico se convirtió en algo más profundo, como si cada célula de su cuerpo tomara conciencia de repente de que esa iba a ser la última vez en que podría acariciarla.

La cogió en brazos, como una promesa que ya no podrá cumplir.

—Te quiero, preciosa. Te quiero —susurraba, dándole besos, mientras caminaba—. Te quiero. —Se arrepintió de no habérselo dicho nunca con ese cariño que le salía de un corazón desesperado.

De un corazón roto.

Somos de color gris grafito, como un lápiz en el que están encerradas millones de historias aún por escribir. A veces brillamos, con el sol y el ángulo adecuados. A veces nos convertimos en diamantes, con las condiciones precisas de presión y temperatura extremas.

Esa madrugada, el corazón de Santi tenía el color gris del dibujo a carboncillo de una lágrima. Era un dolor que quemaba, el de un fuego que no puedes apagar porque arde desde dentro. Porque te abrasa.

Lo peor de estar triste es que la vida no para. Todo sigue moviéndose fuera y dentro de las personas como si tú no estuvieras consumiéndote.

La colocó con delicadeza sobre la mesa de autopsias.

—Perdóname, mi amor, perdóname —seguía susurrando—. Pero tengo que hacerlo.

Miró su cuerpo y le dieron rabia esas suturas descuidadas y chapuceras. Se tuvo que contener para no tirar de ellas con todas sus fuerzas. Volvió a besar a Berta para llenarse de amor y tranquilizarse. Cerró los ojos y respiró profundamente. Con el bisturí en la mano enguantada, el rostro de Santi se transformó, recuperando la precisión quirúrgica de siempre. Su cerebro metódico y superlativo comenzó a dirigir los gestos de su cuerpo. Empezó por el pecho. Cada corte, cada separación de tejidos incidían en un dolor que no sabía si podría soportar. Se repetía a sí mismo que esto era por ella, por descubrir lo que otros habían pasado por alto, por arrancarle la verdad al silencio que la envolvía. Pero, en el fondo, sabía que lo estaba haciendo por él, porque el único consuelo que le quedaba en ese momento era saber por qué había muerto. Saberlo, aunque para ello debiese tener los trocitos de su cuerpo entre las manos, de la manera más cruel posible.

Se inclinó, examinando cada milímetro del cadáver de Berta, buscando una respuesta, un detalle invisible que pudiera estársele escapando, algo que justificara el infierno en el que se había convertido su vida. Sacó muestras de sangre y de tejido para ver si era allí donde encontraba las incongruencias.

—Lo sabré —juró, en la penumbra de esa sala vacía.

Abrió con cuidado el cráneo, siguiendo la línea exacta del tajo que había hecho su compañero horas antes. Ahí encontró la hemorragia subdural, una acumulación de sangre que presionaba contra el tejido cerebral. Hijo de puta, gritó, sin poder contenerse. Apenas había examinado la zona al detalle. Conteniendo las ganas de golpear y romper algo, Santi cerró los ojos, se calmó y volvió a fijarse en el cuerpo de Berta. Minutos después, algo le llamó la atención. El tamaño de la hemorragia no coincidía del todo con el golpe. Había algo en ese cerebro que no encajaba. Ni siquiera se lo pensó. Con el bisturí seccionó el tronco cerebral, la conexión entre el cerebro y la médula espinal, desde la base del cráneo. A medida que retiraba el cerebro iba cortando los nervios craneales y los vasos sanguíneos que lo mantenían en su lugar. Lo hacía con precisión máxima para evitar desgarros en el tejido. Ya libre, sostuvo el cerebro con ambas manos, elevándolo fuera del cráneo de forma lenta, cuidadosa y controlada, para evitar cualquier daño.

—Aquí estabas tú, mi amor. Aquí encerrada estabas tú.

Con la misma meticulosidad, colocó una parte del cerebro en una solución de fijación al diez por ciento de formalina. Así detendría el proceso de descomposición y conservaría su anatomía para analizarla luego de manera detallada. Tenía que haber algo.

Cuarenta y ocho minutos después, Santi guardó el bisturí, cubrió a Berta con una sábana y la cogió de nuevo en brazos, esta vez no como un novio recién casado, sino como un hombre que cargaba con la verdad. La volvió a introducir en la nevera, sabiendo que, ahora sí, sería la última vez en que la tuviera a su lado.

—Te quiero, preciosa, te quiero. —No podía parar de darle besos, mientras lloraba—. No te olvides nunca de que siempre te he querido. Haré que estés orgullosa de cómo va a crecer Emma. Y de lo que te va a seguir queriendo toda la vida.

Salió de allí sin hacer ruido. Dejando atrás lo único que quedaba del amor de su vida: su cuerpo. Con la certeza de que ya no había retorno.

73

Dos días después

En tres horas iba a comenzar el día en el que Santi tendría que enfrentarse a lo más difícil a lo que le había obligado la vida.

Enterrar a Berta.

Había pasado toda la noche abrazado a Emma, en la inmensa cama que ya no podía imaginar de otra manera que con el peso del dolor de la ausencia. Óscar había dormido en el sofá, para no molestar a padre e hija. Antes de esa eterna madrugada había tenido que tomar un montón de decisiones absurdas y enfrentarse a una montaña de burocracia. El certificado médico de defunción que confirmaba la muerte de Berta lo había sacado de la impresora de su despacho. Después había tenido que inscribir su fallecimiento en el Registro Civil para obtener el certificado literal de defunción. Sin ese documento, no le daban la licencia de enterramiento, y habría sido inútil siquiera llamar a una funeraria.

—¿Sepultura o incineración? —le había preguntado un hombre triste, vestido con un traje azul desgastado y estrecho, extrañamente mal ajustado, con los hombros grandes y descolocados.

—Sepultura —contestó.

Más tarde, Iluminada le había preguntado el porqué de esa elección.

—Será su hija la que decida qué hacer. —La voz de Santi había sonado metálica, una coraza, como la que intentaba que cubriera todo su cuerpo—. No me atrevo a incinerarla y que Emma no tenga un lugar en el que llorarla cuando sea consciente de que se ha quedado sin madre. —Había momentos en los que la armadura se agrietaba. Su hija...—. No... no me atrevo a tomar esa decisión por ella. No me veo capaz.

Ese miércoles había amanecido a las siete y nueve minutos de la mañana. A Santi le habría gustado tener el poder de tapar el sol con la mano, parar el movimiento de la Tierra y detener la inevitabilidad del nuevo día. Se hubiera quedado para siempre colgando de esas oscuras horas de dolor junto a su hija dormida.

No quería gente a su alrededor, pero había sido inevitable instalar una capilla ardiente, al menos durante unas horas, y permitir que los amigos le dieran a Berta un último adiós en comunidad.

«Por Dios, Santi, no me pongas a un sacerdote que no me conoce de nada hablando de mí. Quiero que sean mis amigos los que cuenten mi historia», le había repetido ella varias veces, siempre a la salida de funerales ajenos y cuando la muerte propia parecía imposible.

Como si intuyeran la solemnidad del momento, los asistentes a la ceremonia civil de despedida se levantaron, pero se quedaron inmóviles, en pie, junto a los largos bancos de madera de una extraña capilla que el tanatorio había edificado sin símbolos cristianos para celebrar oficios de religiones distintas a la católica. Todo se paró. Incluso el tiempo.

Un par de minutos más tarde, el ataúd de Berta había entrado en la inmensa sala de ceremonias, recorriendo el pasillo a hombros de Chiqui, que lloraba a borbotones, descompuesto; de Iluminada, rota, con ojeras, incapaz de levantar la mirada del suelo para no venirse abajo del todo; de Olga, la hermana de Santi, que había vuelto a España al enterarse de la muerte de la que había sido su cuñada; y de Týr, el viejo gigante islandés que acogió durante años a Berta en su huida de España, y que temblaba y sollozaba como un niño perdido en un bosque oscuro lleno de monstruos.

A un par de metros de distancia, les seguía Santi, con Emma en brazos. La niña se había quedado dormida, agotada de dolor por algo que todavía no alcanzaba a comprender, pero que percibía en todos los adultos a su alrededor. Óscar lo hacía unos pasos atrás, lo bastante cerca para intervenir si algo iba mal, lo bastante lejos para no estorbar. No le habían pedido que cargara el féretro. No le habían pedido nada. Pero seguía allí, porque aún lo era todo. Él y Santi. O eso quería creer.

Emma soltó un pequeño gemido entre sueños, una lágrima resbaló por su mejilla. Óscar se acercó y la secó con los dedos, con una ternura que no necesitaba permiso. Santi no lo miró. Pero tampoco lo apartó. Él caminaba erguido, con la mirada perdida en algún punto más allá del féretro, sosteniendo a su hija como si fuera lo único que le permitía dar un paso tras otro. Avanzar. Su cabeza estaba completamente concentrada en un único anclaje: sentir, sobre la piel de su cuello, la respiración suave y lenta de esa pequeña niña a la que abrazaba con la cabeza apoyada sobre su hombro.

Reinaba un extraño silencio denso y opresivo. El de la muerte. También el de la conmoción. Y el del miedo. Incluso el de una cierta cobardía, y, como siempre, el inevitable alivio de quienes habían burlado, una vez más, el destino de ir en esa caja. Solo se oían las pisadas y las respiraciones del grupo, como un coro de tristeza. Nadie se había atrevido a moverse, ni a llorar siquiera demasiado alto, aunque alguna lágrima furtiva se escapaba en silencio, resbalando por mejillas temblorosas. En señal de respeto, los presentes habían bajado la cabeza al paso de la comitiva. Familiares, amigos, compañeros..., apenas figuras que se desdibujaban en un paisaje translúcido que susurraba al paso de Santi sosteniendo a la niña en brazos. Pobre niña huérfana. Pobre niña huérfana. Él, siguiendo al ataúd, solo podía pensar en su risa, su voz, sus ojos, la levedad del peso de su cuerpo sobre el suyo, en el día en que le había dicho que estaba embarazada. O el día en que le devolvió las ganas de vivir cuando él estaba dejándose morir en la cama de la unidad de cuidados intensivos de un hospital.

Había también una extraña oscuridad tratando de convertir en algo borroso los límites de una muerte que, esta vez, era demasiado real. Solo fueron unos pocos metros caminando en ese pasillo eterno tras el ataúd de Berta, pero a Santi le habían parecido una vida.

Los portadores del féretro, siguiendo las indicaciones del personal de la funeraria, se detuvieron con una sincronización casi inquietante, bajándolo con la precisión de un reloj que marcaba el final. En ese instante, Santi había sentido una grieta atravesándole el pecho, un dolor agudo más allá de su cuerpo. Había apretado fuerte a Emma, que seguía extrañamente dormida, como si el sueño fuera el arma defensiva de un cuerpecito que no podía soportar estar allí.

Iluminada, Chiqui, Olga y Týr besaron la madera bajo la que se encontraba esa mujer que había cambiado sus vidas, y cogieron fuerzas abrazándose para recorrer los apenas cuatro o cinco metros que separaban el lugar del banco que tenían reservado para sentarse junto a Santi y Emma. Familia Gigliani, había escrito alguien de la funeraria. Ellos eran su familia. Su madre, muerta. Su hermano también. A Berta no le quedaba más familia que la que se elige. Ellos.

No se oía una respiración.

En ese momento, Santi se acercó al ataúd lleno de miedo, pero también de determinación. Su mano derecha, que sujetaba a su hija por la espalda, había temblado mientras la descendía hasta la madera fría bajo la que reposaba Berta. Su tacto era un puente desgarrador entre lo tangible y la pérdida. Ni una sola persona osó moverse. El único sonido que rompía el silencio era el murmullo lejano de la prensa y los curiosos que esperaban fuera del edificio, completamente ajenos al terremoto emocional que se desataba dentro.

Al sentarse, en un banco en la primera fila, a su lado, Óscar lo sintió temblar. Y, aunque sabía que ese temblor venía de dentro y no podía aliviarse, sin decir palabra, se quitó el abrigo y lo colocó con cuidado sobre los hombros de su amante. Santi no reaccionó. Óscar le acarició el brazo. «Te quiero», le dijo. Pero Santi no sintió esa declaración de amor como suya.

—Berta era como una siesta de verano, el placer sin culpa que te regala una tarde de vacaciones cuando el tiempo por fin te pertenece. Era el aire fresco que te soplaba en la nuca un día de bochorno cuando menos te lo esperabas. El escalofrío dulce que te sacaba de la rutina.

Iluminada apretó los dedos contra el atril, con la cabeza baja. Si miraba a alguien, si reconocía un solo rostro entre la multitud, se derrumbaría. Solo necesitaba mantener un poco más la ficción de que estaba en un sueño, y que el monstruo no existía de verdad. Sollozó. Se limpió la nariz con la manga, sin vergüenza, como lo haría una niña que ha perdido a su madre en mitad de una multitud.

—Berta era la única persona en el mundo con la que podía quedarme en silencio sin que el silencio pesara. La que siempre tenía la palabra justa, el comentario a tiempo para salvarte de ti misma. Y, si no, te agarraba de la mano para caminar juntas hasta encontrarla. Porque ella entendía, sin que se lo pidieras, que a veces no hacen falta soluciones, sino simplemente alguien que esté allí. —Tragó saliva. Le temblaron las piernas. Apretó los labios ahogando un sollozo—. No sé qué voy a hacer sin ella. No sé cómo se vive en un mundo donde no está Berta Gigliani.

Y entonces el dolor pesó más que todas las fuerzas para aguantárselo.

E Iluminada Mellado, la periodista que había tratado con las muertes más truculentas de las últimas décadas en España sin soltar una lágrima, caminó hacia el banco de la primera fila envuelta en llanto.

—Berta era la carcajada que estallaba cuando más la necesitabas, cuando todo se había vuelto insoportablemente serio, el abrazo que no tenías que pedir. Era la certeza de que no estabas solo. La valentía que no sabía que tenía. La locura necesaria. Mi brújula. —Santi apretó los labios, luchando contra el temblor de su voz, pero siguió adelante. Tenía que decirlo. Miró al frente, atravesando la multitud de miradas que estaban fijas en él, con los ojos puestos en el resquicio de luz que entraba por los márgenes de la puerta del fondo, un reflejo pálido tan distante, tan ajeno que parecía que incluso el sol dudara en asomarse, como si el mundo entero sintiera que estaba un poco más vacío sin ella—. Ella no solo estaba en el mundo. Berta era el mundo para muchos de nosotros.

Respiró hondo. Tragó saliva. El aire le quemaba la garganta. Pero no podía permitirse caer. No allí. Delante de todos. No allí. Delante de su hija.

—Dicen que nadie muere mientras haya alguien que le recuerde. Yo voy a recordarla todos los días de mi vida. Cada vez que Emma me mire con los mismos ojos que lo hacía ella. —Su voz se quebró en ese momento final. Hizo una pausa como si intentara encontrar aire en un sitio en el que ya no lo había—. Y sé que vosotros también.

Santi bajó la cabeza. Nadie le vio cerrar los puños hasta que los nudillos se le pusieron blancos. Nadie escuchó el grito ahogado de su alma.

—Berta me rescató. —Chiqui lloraba con la voz rota. No trataba de contener el llanto; lloraba con una fragilidad que no tenía reparos ni reservas. Destrozado—. Me rescató de una vida cualquiera, me agarró de la mano y me demostró que en este mundo todavía quedan personas buenas, leales, fieles. Gente de verdad. Me demostró que no puedes dejar que lo que te pasa te marque para siempre y que eres tú quien elige la profundidad de la cicatriz que te dejan las cosas. —Se detuvo un momento, cerrando los ojos, tragándose la angustia—. Muchos de vosotros sabéis lo amigos que éramos, pero quizá ella no os contó nunca la historia de cómo nos conocimos. Y así quiero recordarla también. Con una sonrisa. Porque Berta y yo nos conocimos cuando tiró al suelo, en plena calle, la urna con las cenizas de mi padre. —Chiqui miró a la gente y sonrió—. Sí. Las tiró al suelo en plena calle San Bernardo. Y allí estaba yo, con mi cara de tragedia, viendo cómo los restos de mi padre se mezclaban con el polvo y la mugre del asfalto. —Los asistentes al funeral se removieron. Algunos sonrieron. Sí. Así era Berta—. Y, claro, se puso a recogerlas con las manos. Como si fuera posible. Como si pudiera meter de vuelta a mi padre en la urna, como si la muerte pudiera deshacerse si te dabas prisa en recogerla. —La risa de Chiqui se quebró en un sollozo—. Pero ese era el punto, ¿sabéis? Que con Berta nunca estabas solo. Ni siquiera cuando la vida se te hacía pedazos entre los dedos. Quizá porque a ella la vida se le hizo pedazos muchas veces. Y siempre los recogió.

Desde su sitio, Óscar no apartaba la vista de Santi. Cada palabra pronunciada por Iluminada o por Chiqui le golpeaba como si fueran propias. Él no había sido amigo, ni amado, ni rescatado. Solo testigo. Un testigo que se sentía cada vez más invisible.

—*Berta var dóttirin mín sem dó. Hún kom til að gefa lífi þessum gamla vesalingi, sem bara vildi deyja. Berta kenndi mér að horfa aftur á jöklana og fossana og snjóinn og ferska grasið. Þú getur ekki verið dáin, nei, litla mín. Nei**. —Nadie entendía las palabras de ese anciano grande, áspero y derrotado. Pero su voz, rota por el desgarro de una lengua desconocida para los que le escuchaban, se sintió como un lamento primitivo que rasgaba el aire, como un alarido arrancado de las entrañas de la tierra que emergía en su país.

Týr, entonces, se derrumbó, cayendo de rodillas y abrazándose al ataúd de aquella mujer, siempre sería una chica para él, a la que

---

* Berta era mi hija que murió. Vino a darle vida a este viejo desgraciado, que solo quería morir. Berta me enseñó a volver a mirar los glaciares, las cascadas, la nieve y la hierba fresca. No puedes estar muerta, no, mi pequeña. No.

había sentido como una hija. Todos miraban con curiosidad a ese gigante rubio de ojos azules. Sus gruesos dedos, endurecidos por el frío y por el trabajo, se aferraban con desesperación a la madera que cobijaba el cuerpo de Berta, como si así pudieran impedir lo inevitable.

El temblor de su cuerpo parecía no terminar nunca.

Solo tres personas en esa sala sabían quién era y comprendían la profundidad de su amor por Berta. Pero su dolor trascendía a todo, incluso a la lengua que no entendían, y perforó como pequeñas astillas el corazón de los que lo vieron.

La muerte de Berta era real. Pero Týr no podía aceptarlo.

Y mientras los sollozos sacudían su pecho, su voz volvió a romperse, esta vez en un susurro que apenas rozó el aire:

—*Litla mín...**

Algo más de una hora después, terminada la ceremonia civil, dados muchos abrazos, lloradas casi todas las lágrimas, un hombre alto de sonrisa franca se había acercado a Santi mientras, ya en la soledad del aparcamiento, ataba a Emma en la sillita de protección infantil, en el asiento trasero del coche de Iluminada, antes de dirigirse, ya solo con los más íntimos, al lugar del entierro.

—Perdone que le moleste. —Santi se giró con brusquedad. El hombre levantó las manos en un gesto instintivo de defensa—. Yo era médico de Berta. —Le tendió una tarjeta—. Por favor, llámeme. Cuando esté preparado, llámeme. Creo que hay cosas que debería saber.

Santi cogió la tarjeta sin decir palabra. Sus dedos la cerraron con tanta fuerza que la arrugó y, sin pensar, la tiró en el suelo del coche.

Allí se quedó olvidada mucho tiempo.

---

* Mi pequeña...

74

Cuatro meses tras la muerte de Berta

El hospital de La Princesa se alza en medio del viejo Madrid como un templo del dolor y la esperanza, un edificio gris de líneas austeras que parece resistirse a la vorágine del tiempo. Desde la calle, la fachada no intenta llamar la atención. Se mimetiza con la ciudad que lo envuelve, con sus aceras cansadas y sus semáforos vencidos por la prisa. Pero dentro, bajo las luces frías y los pasillos infinitos y caóticos, late una vida distinta, más cruda, más descarnada. Los techos bajos, las esquinas gastadas, los ascensores que suspiran al cerrarse, todo en La Princesa habla de una resistencia callada, de un lugar que no promete milagros, solo batallas.

Aquí, las horas pesan distinto. Los relojes no miden el tiempo con minutos, sino con latidos. Cada puerta, cada sala, cada cama encierra una historia suspendida entre la vida y la muerte. Y en medio de todo eso, quien entre —sea enfermo, médico o simple visitante— lleva la certeza de que no saldrá igual.

Santi caminaba con rapidez. Había dejado la moto aparcada en una zona frente a las altas escaleras de la entrada principal. Subió a la séptima planta. Buscaba un despacho sin número. Solo con un cartel: dirección de neurología. Su corazón bombeaba con la fuerza de quien no tiene tiempo para perder.

—No puede pasar sin cit... —Un sanitario había intentado cortarle el acceso, colocándose en su camino.

—Me están esperando —gruñó él, brusco, sin ni siquiera mirarlo, como si, una vez que se acordó del médico, de la tarjeta y de cómo la había lanzado al suelo del coche; una vez que llamó al número de teléfono personal que estaba impreso en el papel, cada segundo que perdía fuera vital.

Buscaba respuestas. Lo que no sabía era que iba a encontrar un pozo de rabia.

El Santi que abrió la puerta del despacho era una sombra. Los últimos meses de su vida habían estado sumergidos en un agujero de ansiedad y culpa, con su cerebro apagado, apenas funcionando por inercia, de la que solo sacaba la cabeza para sonreír a su hija.

—Hay que hacerle la vida lo más rutinaria posible, más normal —insistía Iluminada, que se había trasladado a vivir con ellos—. Si te ve así, se va a romper ella también. Bastante ha pasado. Y bastante le quedaba por pasar.

Y todo seguía así hasta que un día su amiga le dijo:

—He encontrado esta tarjeta en la parte de atrás de mi coche. ¿Es tuya? A mí no me suena.

Al coger el pequeño trozo de cartulina arrugado, Santi regresó al funeral, cuatro meses atrás, al momento en el que un hombre le dijo que era médico y que trataba a Berta, que tenía cosas que contarle y que le llamara cuando estuviera preparado. Solo estaba impreso un nombre. Alberto Gil-Nágel. Y un teléfono.

—¿Le va bien mañana a las seis y media? —le había propuesto la voz al otro lado de la línea.

—Siento haberle abordado así en el funeral. Pensé que ya no me llamaría.

El hombre que lo recibió era alto, canoso y de profundos ojos verdes. Tenía un porte solemne que acompañaba con una voz grave y tersa. Se levantó y le tendió la mano al otro lado del escritorio, sobre el que reposaban varios montones de papeles y un ordenador. El despacho, en la séptima planta de La Princesa, tenía una ventana desde la que se veían hileras de aparatos de aire acondicionado.

—No sabía cómo acercarme a usted —continuó, con un tono que mezclaba la cautela con algo que parecía miedo—. De hecho, ni siquiera sabía si hacerlo. Ya sabe, por la confidencialidad médico-paciente. Pero me pudo la rabia. No debería sucumbir a ella, lo sé. Y más yo, que estudio el cerebro. Pero tiene que entender que... —el hombre suspiró, como si estuviera a punto de cometer una traición. Miró a Santi como se mira a alguien que está a punto de clavar una aguja en un punto del alma que ya no se cura—... que yo quería... apreciaba mucho a Berta. Era muy especial. Una paciente con un aura única.

Santi sintió que las palabras del médico tenían un filo inesperado que lo hería. Que ellos habían compartido una intimidad de la que él había sido excluido. Una ira sorda y contenida comenzó a arderle en el pecho, pero la sofocó bajo una máscara de frialdad. Si lo había citado allí, era para confesarle algo. Y necesitaba saberlo.

—¿Usted...? —logró articular, con la voz cargada de suspicacia.

El doctor se dio cuenta de la confusión que había inducido.

—No. No. Yo era su médico, nada más. —Empezó a gesticular con las manos—. Pero en consulta hablábamos mucho. Verá, en mi especialidad tengo que conocer bien a los pacientes. Y ella me habló mucho de usted.

La mirada de Santi recorrió la estancia con nerviosismo. La placa. Los cursos. El diploma enmarcado. Las ilustraciones del cerebro humano. Un diagrama con los patrones de las ondas cerebrales. Un par de representaciones de cortes histológicos de neuronas...

El aire en la sala pareció volverse más denso, como si el tiempo hubiera decidido ralentizarse antes del golpe final. ¿Cómo era posible que él no lo supiera?

Repasó mentalmente la autopsia. Recordó tener el cerebro de Berta en sus manos, la extraña sensación de sostener el kilo y doscientos gramos que habían almacenado todo lo que había sido ella: el amor por él, su carácter, sus manías, su intensidad, las derrotas que le habían dejado cicatrices... Todo eso había estado encerrado en esa masa muerta. Era capaz de recordar cada surco, cada estructura, cada pliegue. Los había estudiado en secreto, durante meses. Y no había visto nada.

—Usted sabía que ella estaba enferma.

—Pero me había dicho que se encontraba mejor. —Las palabras de Santi salieron como un lamento—. Que la medicación había detenido la pérdida de la memoria. Que todo estaba controlado.

El médico dejó escapar un suspiro profundo antes de responder.

—Había controlado su enfermedad inicial. De hecho, con apenas una pastilla, ya no tenía síntomas. Pero los últimos meses la destrozaron. Su cerebro no aguantó.

Santi se quedó inmóvil, como si esas palabras hubieran apagado todo sonido a su alrededor. Lo miró con incredulidad, esperando que le diera una explicación que tuviera sentido, que le dijera que era un error, pero lo que encontró fue un rostro serio.

El neurólogo le sostuvo la mirada con una seriedad dolorosa.

—Te puedo tutear, ¿verdad? —Santi asintió, en automático. Su mente lúcida y preclara apenas procesaba lo que estaba pasando—. Me habló tanto de ti que me parece conocerte desde hace tiempo. Tienes que entender que era algo que ella no quería contarle a nadie.

—Pero... no me había dicho nada.

—Ni siquiera a ti. —El golpe fue aún más fuerte—. A pesar de que le insistí en que pidiera ayuda, en que no podía pasar por esto sola... No quiso preocupar a nadie. Ya... ya sabes cómo era Berta. Tú la conocías mejor que yo.

—Pero lo que no entiendo...

—Berta —le interrumpió el neurólogo— ya llegó a mí muy tocada. También le había costado pedir ayuda médica. Tenía razones...

El corazón de Santi latía con fuerza, retumbando en sus oídos. Cada palabra del médico lo sumía en un desconcierto mayor, como si todo lo que había conocido de Berta se estuviera desmoronando ante él.

—¿Qué razones? ¿Qué está diciendo?

El médico no respondió de inmediato. Encendió el ordenador y comenzó a buscar algo con precisión.

—No voy a decírtelo yo. No sería justo para ella. Quiero que sea Berta quien te lo cuente. —Le miraba como si estuviera a punto de cometer una última traición.

Santi frunció el ceño con la desconfianza transformándose en una mezcla de miedo y rabia. Temía lo que iba a ver. Como médico, sabía que no podía ser nada bueno.

—¿Qué quiere decir con eso? —preguntó, sin embargo.

El médico giró la pantalla.

—Solo mira. Creo que sabrás interpretarlo.

Las manos de Santi temblaron juntas sobre sus rodillas. Miró la pantalla. El neurólogo empezó a reproducir unas gráficas. Abrió los ojos, mucho, sin pestañear. Vio una maraña de líneas que subían y bajaban en aparente descontrol, mucho más intenso en algunas zonas. Eran ondas cerebrales clasificadas en ciclos por segundo. Se fijó en las espigas, los parones rítmicos repetitivos y agudos, los picos seguidos de ondas lentas. Vio en ellas el sonido de su voz, el calor de su cuerpo, la manera en la que movía las pestañas cuando quería engatusarlo. Por un segundo, mientras se fijaba en las espigas subiendo y cayendo, Santi creyó incluso oír la risa de Berta. Breve, luminosa, irreal. Un eco que se apagó enseguida, devorado por el zumbido impersonal del monitor.

Ella le estaba hablando desde esa pantalla.

—No. No puede ser. No. Eso no estaba en el cerebro que yo disequé. No lo vi. No lo vi.

El neurólogo trata de calmarlo.

—Es que eso no se ve. Santi. Las crisis epilépticas no se ven en una autopsia.

—¿Desde cuándo?

—Desde que cambió la dirección del canal. Ella no lo notó al principio. Pero sus síntomas escalaron muy rápidamente. Al principio solo le afectaba a una zona muy pequeña del cerebro.

Santi apretó las manos entrelazadas, clavándose las uñas en la carne para no perder el control.

—¿Y nadie...?

—Tenía miedo a perder su trabajo, miedo a perderlo todo. Podía ir haciendo vida normal. Pero cuanto más la machacaban peor avanzaba su epilepsia. Y, un día, sucedió. Tuvo una crisis generalizada. —El médico cerró la ventana de las gráficas y le sostuvo la mirada—. Se aferró a su vida como pudo. Y tuvo la maldita mala suerte de que le diera la tercera gran crisis en lo alto de las escaleras de su casa. Su cerebro perdió el control de su cuerpo y, en algún momento durante las convulsiones, cayó. En la autopsia encontrasteis la lengua mordida, ¿verdad? Se la destrozó durante la crisis.

Santi se pasó una mano por la cara, como si pudiera borrarse el temblor de los músculos y el sudor frío de la nuca.

El médico le ofreció un folio. Una hoja impresa, con anotaciones. Él la cogió sin pensar. Leyó en voz alta, sin apenas reconocer su propia voz:

—Epilepsia focal refractaria. Foco no localizado. Crisis parciales con generalización secundaria. Ausencias. Crisis tónico-clónicas episódicas. Descompensación progresiva. Agravamiento por acoso laboral. —La última línea le atravesó como un cuchillo—: Recomendación: baja médica prolongada. No me hizo caso.

Santi dejó caer la hoja sobre sus rodillas.

La sala pareció encogerse, como si el aire se hubiera retirado de golpe.

—¿Te contó alguna vez lo que le pasaba en el trabajo? —le preguntó el neurólogo, al cabo de un tiempo.

Él negó, encogido sobre sí mismo, aguantándose las ganas de llorar.

—Entonces... quizá sea hora de que leas su diario.

El neurólogo sabía que, con esas palabras, le estaba abriendo una tumba.

75

Un caracol.

Un caracol pequeño y brillante, siempre resplandeciendo para los demás, creyendo que esa luz bastaba para mantener lejos a los depredadores, soportando el peso de su concha porque era el lugar donde esconderse cuando el mundo se volvía demasiado cruel. Un lugar en el que encerrarse.

Un caparazón que a la vez era escudo y cárcel.

Así era Berta.

Un caracol que dejaba tras de sí un rastro invisible de dolor, disolviéndolo en mucosa de su cuerpo, como si deslizándose sobre ella pudiera avanzar.

Un caracol que había aprendido a roer piedras lentamente, con paciencia infinita, hasta convertirlas en el polvo con el que reconstruir los agujeros que el mundo y la tristeza habían hecho en su concha.

Un caracol que creía que, si se esforzaba lo suficiente, si soportaba el sufrimiento en silencio, sin quejarse, su refugio permanecería intacto.

Un caracol común de jardín. Tan fácil de pisar sin querer.

Hasta que un día lo lanzaron al agua.

Sobreviviré, pensó. No es la primera vez. No me disgusta el agua.

Se dijo que podría flotar. Que chapotearía. Que aprendería.

Pero el agua se fue calentando.

Al principio apenas se notaba. Solo un leve cambio.

Un grado. Otro más.

Poco a poco.

Berta fue un caracol que no se dio cuenta de que la temperatura empezaba a subir.

Un caracol que no se dio cuenta de que se estaba cociendo por dentro.

Hasta que ya fue demasiado tarde.

Hasta que se abrasó.

Y murió sin saber que estaba muriendo.

76

Un caracol.

Ahora, lo único que quedaba de Berta era el rastro de piedras roídas y tragadas que había dejado tras de sí para intentar reconstruir su concha. Y allí era donde Santi tenía que buscar respuestas a preguntas que no quería ni plantearse.

Aunque sabía que tenía que enfrentarse a ellas.

—En su diario —le había dicho el neurólogo el día anterior— le pedí que fuera apuntando lo que le pasaba para que pudiéramos ver la evolución de su enfermedad; pequeños cambios que pudieran ofrecer patrones claros. Berta lo dejaba todo escrito. Para no olvidarse. Para tener perspectiva. Por si acaso.

Por si acaso, le había dicho el médico.

Por si acaso, ¿qué?

Eso es lo que quería averiguar Santi.

Cuatro meses después de su muerte, tras salir de la consulta del neurólogo, Santi por fin se atrevió a volver a entrar en la casa de Berta. Estaba envuelta en un silencio que dolía, como si su ausencia hubiese drenado el aire, haciéndolo irrespirable. Era la clase de vacío que deja un cuerpo que ya no existe, pero cuya falta se pegaba a las paredes como un fantasma que no sabía cómo marcharse. Cada mueble, cada objeto, cada rincón de la vivienda eran un espejo de su presencia. Todo en esa casa era una herida abierta que supuraba recuerdos.

Caminaba poco a poco, casi a tientas. Recorría las estancias con miedo. Abrió los armarios, pero ya no olían a ella. Se tumbó en el mismo rincón en el que encontró su cadáver, al pie de escalera, y dejó que las baldosas frías le helaran más el cuerpo.

Cerró los ojos y creyó dormir, sumergirse en un mundo en el que Berta todavía existía. Lo peor de esos sueños son siempre los despertares. El cuerpo helado, los huesos rígidos y la certeza de que la vida ya no iba a ser nunca más así.

Recorrió la casa buscando el diario. Pero también restos de ella. Los cepillos, aún con algún pelo enredado. El olor de su jabón. La textura de las sábanas en las que se acostaba cada noche. Se tumbó en la cama. Le pareció extraño que estuviera hecha. Recorrió su perfil con las manos. Viajó con sus dedos sobre la colcha. Paseó las palmas bajo las almohadas. Y allí lo encontró.

Era un cuaderno sencillo, una libreta de cubiertas azules con las esquinas algo dobladas, como si la hubieran manoseado muchas veces, con páginas lisas, abigarradas de letras redondas escritas con bolígrafo azul. Santi lo tomó entre las manos y lo sostuvo con una reverencia dolorosa, como si fuera una extensión de Berta, un trocito de ella que hubiera logrado engañar a la muerte.

Lo guardaba allí cada noche, a su lado, bajo una de las almohadas, como un animal herido que se refugia en su madriguera, como un caracol oculto en su caparazón hasta que pase la tormenta. Quizá Berta se sentía segura teniéndolo a su lado, mientras dormía, sabiendo que podría contarle a un trozo de papel lo que no se atrevía a explicar a las personas que la querían. ¿Por qué? ¿Qué le había pasado, qué temía?

Santi la imaginó hundida en ese colchón, rígida de tanto contenerse, llorando hasta que el agotamiento se apoderaba de ella.

En silencio.

Sola.

Las palabras que no quiso decirle a nadie, quizá porque ni siquiera se atrevía a decírselas a sí misma, las había dejado en esas hojas. Como si al escribirlas pudiera ver al monstruo cara a cara. Entenderlo. Domarlo.

Berta había sido un caracol.

Una criatura que cargaba su propio refugio, tragando piedras para convertirlas en cemento con el que tapar los agujeros que la vida estaba dejando en su caparazón.

Y ahora, esas piedras, esas palabras, eran todo lo que Santi tenía de ella.

Empezó a leer.

Cuando llegó a la última página... entendió que ella no había dejado de luchar: la habían matado. No con un arma, no con veneno, no con un golpe. La habían matado día a día, palabra a palabra, desprecio a desprecio. Hasta que ya no quedó nada que matar.

77

El diario de Berta. Última página escrita

Día 259

No siempre te das cuenta del día en el que te derrumbas, porque no caes de golpe, no hay un estallido, no hay un grito. Solo hay una línea que se difumina, un umbral que se desplaza poco a poco hasta que una mañana te despiertas y lo intolerable se ha vuelto rutina. Lo que antes te parecía una aberración ahora es algo normal, como si el dolor hubiera ido moldeando tu cabeza hasta hacerla condescendiente con la angustia. Llegas a tolerar el daño que te infligen como si no fuera tu cuerpo al que están machacando, como si no fuera tu cabeza la que dijera, cada vez más bajito, cada vez menos audible... Parad ya.

Parad ya.

Pero no paran.

Y entonces el grito se apaga.

Silencio.

Llega un momento en el que tu cabeza deja de resistirse y calla, porque aprende a creer que te lo mereces.

Que mereces lo que te están haciendo.

El psiquiatra dice que no. La psicóloga también dice que no. Me dan herramientas.

Pero yo me lo merezco.

Lo sé.

Me lo merezco. Es culpa mía.

Porque no sé hacerlo.

Ya no valgo.

78

Cuando Santi terminó de leer entendió que ya no quedaba nada que salvar. Solo restos. Cenizas de lo que una vez fue fuerza. Risa. Deseo de vivir. Se quedó inmóvil, con las manos crispadas sobre las hojas, desenfocando aquellas palabras rotas que ella había dejado como un último susurro contra el olvido.

Y entonces se dio cuenta de algo. Su vida acababa de cambiar para siempre. De nuevo. Por segunda vez en unos pocos meses.

Con las manos temblorosas acarició las páginas del diario como si pudiera encontrar un rastro de la presencia de la Berta feliz y sonriente en la marejada de frases llenas de culpa. Pero lo único que había allí era el eco del horror. Cada palabra escrita con la tinta azul del bolígrafo de ella era un grito ahogado que él no supo escuchar a tiempo, una llamada de auxilio que nadie atendió.

Era aterrador cómo algo tan inerte como esas letras en un papel podían levantarse de una hoja, extender sus garras, agarrarte el corazón y exprimírtelo hasta dejarlo seco de sangre. Y de esperanza.

Había pasado las últimas semanas buscando respuestas en la ciencia, en los informes, en los análisis, incluso en ese cerebro que robó, con las mismas manos que ahora sostenían el diario, para desmentir que todo hubiera sido un simple accidente. Pero ahora, en esas líneas escritas con la mano zurda de la mujer que amaba, la verdad se abría paso, amarga y brutal. Con una lucidez insoportable.

Santi cerró el diario con una delicadeza casi reverencial, como si al hacerlo pudiera encerrar dentro la verdad y devolverle a Berta el secreto que había guardado con tanto miedo. Pero ya era demasiado tarde. Nada podía contener el torrente de emociones que lo ahogaba: rabia, culpa, un dolor que lo desgarraba por dentro.

Escogió a Óscar.

Y la dejó sola.

Si hubiera estado allí, con ella, se habría dado cuenta.

Y quizá seguiría viva.

79

El diario de Berta

DÍA 1

Hoy ha sido un día raro.

Raro como esos momentos en los que sientes que algo está mal, pero no sabes exactamente qué. Quizá por eso el neurólogo me ha pedido que escriba este diario. Para que él se dé cuenta de lo que me pasa mejor que yo.

He notado un hormigueo en el lado izquierdo del cuerpo y me he caído. Seguro que es el estrés. O la torpeza. Siempre he sido torpe. Mientras estaba en el suelo solo pensaba en una cosa: suerte que no llevaba a Emma en brazos. Suerte que esta semana está con Santi. Lo anoto porque el médico se va a poner muy pesado, pero no quiero darle más importancia. Ni para darle importancia a las cosas tengo tiempo.

Horas antes, Jorge Cuervo se había sentado en mi mesa, con las piernas abiertas, invadiendo mi espacio. Demasiado cerca.

—Berta, escucha: no te lo tomes a mal, pero eres demasiado repelente —me soltó.

—¿A qué te refieres?

—A que conoces muy bien todos los temas.

—Claro. Soy periodista. Y presento el programa. ¿Cómo no voy a estudiarlos?

—No, no. Eso no puede ser. Tienes que hacerte la sorprendida.

—¿Me estás diciendo que me haga la tonta? ¿Estás llamando tonto al espectador?

—Pues sí, querida. Yo sé mucho más de esto que tú. Hacemos programas para gente que quiere emocionarse. Y tú tienes que ser una tonta que se emociona con ellos. A veces... das asquito.

Que a veces doy asquito.

Lo escribo y no quiero llorar. Acabo de notar un escalofrío que me sube por la columna y no desaparece. Supongo que es estrés. Todo el mundo tiene estrés, ¿no?

He de seguir adelante. Tengo una hija. No puedo permitirme parar.

Mi cabeza no deja de dar vueltas. No sé si es buena idea escribir todo esto.

Quiero dormir.

A ver si me quedo dormida pronto.

DÍA 35

Esta tarde, Cuervo ha cogido los cascos y el micro de la directora y se ha puesto a los mandos del programa. Infierno. He ido todo el rato perdida. No sabía qué tema íbamos a tratar, a qué redactor íbamos a dar paso o qué entrevista iba a entrar en directo. Cambiaba todo el rato la escaleta, sin avisar. Y yo he tenido que aguantar y hacer que todo pareciera perfecto frente a las cámaras.

—Jorge..., ¿a qué tema doy paso? —le preguntaba con tono firme, aunque detrás había una súplica. Necesitaba mantener el control de la emisión.

No respondía. Lo veía pasándose la mano por el cabello, ese gesto arrogante suyo.

—Jorge..., ¿me oyes? —insistía.

Y solo de vez en cuando contestaba.

Ha sido la primera vez en más de veinte años de carrera en la que me he sentido un fraude. Me han dejado sola, desnuda frente a millones de ojos, esperando que me rompiera. Y lo peor es que han estado a punto conseguirlo.

Además, me ha dicho una cosa, mientras mi cara se estaba viendo en cientos de miles de pantallas:

—Berta, no te pongas ese tipo de ropa. —Su voz era dulce, como una puñalada llena de condescendencia—. Tienes los brazos gordos. Te queda fatal. Hazme caso. Es por tu bien, cariño.

No recuerdo de qué tema estaba hablando. Solo que tenía que disimular y salir adelante. Que no se notase nada. Como siempre.

Cuando he llegado a casa, un extraño hormigueo ha empezado a brotar desde mi cabeza. El cerebro se me ha hinchado de golpe y ha chocado contra el cráneo. Bum. Bum. Como si tratara de salir de allí. Como si pidiera auxilio. Y, después, la sensación de estar perdida, como un ordenador cuando se apaga de golpe y tiene que volver a encender todos sus sistemas.

Ya no cojo a Emma en brazos, no quiero arriesgarme a que se me caiga.

DÍA 64

Hoy, en una pausa de publicidad, Cuervo se ha plantado delante de mí en la mesa del plató. Pero no se dirigía solo a mí. Se colocó en el centro, para que lo oyeran todos. Los contertulios. Los colaboradores. Esa gente que debería seguir mis indicaciones. A la que yo modero, a la que yo doy paso, a la que yo, en teoría, lidero. Y ahí estaba él, el productor ejecutivo. El que los contrata a todos.

Mi jefe. El dueño de mi palabra.

—A ver, Bertaaaa..., una cosa, Bertaaaa..., escucha..., a ver cómo te lo digo... —Alzó la voz, teatral, como si ensayara una escena delante de un público invisible. Abrió los brazos abarcando la mesa entera, como si estuviera a punto de dar un discurso solemne. Aunque, en realidad, era una sentencia—. Esto se te va de las manos. Te sobrepasa. No sabes gobernar el programa. No vamos bien. Se te está escapando la tertulia.

Todos escuchaban. Nadie decía nada. Me ha reñido como a una niña torpe a la que hay que corregir en público para que aprenda la lección. Y yo, en lugar de defenderme, de protestar, de recordarme a mí misma quién soy..., solo asentí. Asentí como una imbécil. Como si él tuviera razón.

Como si no hiciera nada bien. Me he sentido perdida, completamente a la deriva. El objetivo de la cámara se ha convertido en un agujero negro que devora mi confianza cada vez que lo miro.

Pero he vuelto al directo, sonriendo, conteniendo las lágrimas y presentando el programa, como sin nada.

Al terminar, me he sentido envejecer años. Mi ropa estaba empapada de sudor, y las manos me temblaban tanto que apenas podía recoger mis cosas. Y, en el pasillo, la risa de Cuervo. Contándole a alguien cómo «ha salvado» el programa de «mi» caos.

Hace unas semanas, habría sentido rabia. De la de verdad. De la que abrasa el pecho. Habría querido enfrentarle, gritarle, recordarle que yo soy Berta. Que tengo talento. Que llevo dos décadas en esta mierda. Que soy buena.

Pero la rabia se había evaporado. Ya no puedo sentir eso. Se ha convertido en silencio. Y luego, en algo peor.

En resignación.

Y si tiene razón. Y si soy yo la que está fallando. La que ya no sirve.

Esta noche me he sentado en el sofá, con la tele encendida, pero sin sonido. Mirando al vacío. A veces Santi llama, para preguntar por Emma. A veces me escribe una amiga. «Berta, ¿estás bien?». Siempre digo que sí. Siempre miento. Creo que es para no preocuparles.

Pero quizá es porque ya no puedo decirme la verdad ni a mí misma. Siento que me estoy borrando. Como si alguien hubiera empezado a pasar una goma por encima de mí. Y cada día soy menos. Menos voz. Menos presencia. Menos Berta. Un fraude. Un peso muerto.

Alguien que ya no merece estar aquí.

DÍA 89

Marga Faura es un torrente de palabras crueles disfrazadas de profesionalidad. Hoy se ha sentado a mi lado en maquillaje. Yo no podía verla porque tenía los ojos cerrados. Me los estaban maquillando.

—Me encanta ese vestido, querida. Pero es de los que te compró la estilista para el postparto, ¿no? —Su tono era dulce, casi maternal—. Deberías cuidarte más. Ya sabes cómo trata este trabajo a las mujeres. Y tú ya has pasado la edad de estar cañón. Te lo digo con todo mi cariño, de verdad. He oído cosas por los pasillos. Y por los despachos...

«He oído cosas», me ha dicho, con la condescendencia de quien ya te ha borrado del mapa, pero se permite acariciarte antes de empujarte por el precipicio. Por si no tenía suficiente miedo en el cuerpo. He tenido que concentrarme en no llorar.

A veces ni siquiera necesitan hablar. Basta con los silencios de Jorge o de Elena, con sus respuestas que nunca llegan, con los cambios de última hora en la escaleta que descubro en directo. Luego, con la frialdad de quien comenta el tiempo, preguntan ante las cámaras:

—¿Qué pasa, Berta? Pareces perdida.

Y yo sonrío. Sonrío como si no me estuviera derrumbando por dentro. Sonrío como si cada directo no fuera un combate contra un enemigo que no veo, pero que siempre me gana. Hay un punto en el que dejas de ser y te conviertes en sombra.

No ocurre de golpe. Es una erosión lenta. Una gota y otra y otra. Al principio crees que puedes con todo. Que eres fuerte. Que esto es solo una mala racha. Pero llega un día en el que descubres que ya no estás. Que te has borrado. Y te dices que te lo mereces. Te dices que, quizá, todo esto te lo has buscado tú.

Las explosiones en mi cabeza ya no son excepciones. Son tormentas eléctricas que vienen cuando quieren, sin avisar. Suben y bajan como olas violentas. A veces son solo segundos. Otras, una eternidad. Siempre de noche. Siempre cuando baja la adrenalina.

Y cada vez que llegan, me pregunto si esta vez me quedaré atrapada allí dentro.

Hace un rato, justo antes de quedarse dormida, Emma me dio un beso en la frente. Como cuando se hace daño. Como si pudiera curarme con su voz.

—No, mi amor, mamá no está malita —le dije, mientras la abrazaba.

Mentí.

Mientras escribo esto, con la tele encendida y sin sonido, con la casa en silencio, me doy cuenta de que tengo miedo. Miedo de estar sola en casa con Emma. ¿Y si me pasa algo? ¿Y si me caigo? ¿Y si no puedo protegerla? ¿Y si...? No soporto pensar en eso. Mañana le diré a Santi que se la quede más días. Le diré que estoy saturada de trabajo. Que tengo un proyecto. Un libro. Mentirle será más fácil que decirle que tengo miedo de hacerle daño a nuestra hija sin querer.

Me duele más pensarme como una inútil que como una mala madre.

Día 96

Esta mañana, al mirarme en el espejo del baño, mi cara cambió de repente. Era yo. Claro que era yo. Pero no me reconocí, como si alguien hubiera difuminado mis facciones. Me he tocado la nariz, los ojos, la boca, los pómulos, y todo estaba allí. Pero, en ese espejo, todo era distinto.

Sé que tengo que ir al médico. Pero al menos le estoy escribiendo este diario. Ahora hay cosas más urgentes. Siempre hay cosas más urgentes.

Elena Aldama tiene una especie de intuición para la maldad, una habilidad casi sobrenatural para encontrar la grieta exacta por la que colarse y destrozarte desde dentro. No levanta la voz ni necesita insultarte. Basta con una mirada, con una pausa estratégicamente calculada o con una pregunta aparentemente inofensiva, diseñada para dejarte expuesta.

—¿Estás segura de que este programa es tu lugar? —me ha dicho ya varias veces, con la cabeza ladeada y una sonrisa casi compasiva. Y ahí está el veneno: la duda que siembra te sigue como una sombra durante días.

Lo peor de todo es que me he convertido en su rehén. Me doy cuenta de que estoy intentando gustarle, de forma desesperada, ridícula y patética. Nunca me enfado. Sonrío. Aunque me clave el puñal. Aunque lo retuerza.

Y creo que esa sonrisa ya no es para protegerme, sino para suplicar. Mírame, por favor, dime que no soy tan inútil como creo. Dime que todavía sirvo para algo.

Pero... ¿y si es que no valgo? ¿Y si estos más de veinte años he sido una impostora que ha tenido suerte, una mala profesional?

Esa pregunta no se va. Me sigue al plató. Me sigue a casa. Me sigue a la cama, cuando abrazo a Emma. Se cuela en mi voz, en mis silencios, en cada paso. Me está robando todo: las palabras, la confianza, la seguridad. Cuando hablo, mi voz tiembla como si no tuviera derecho a estar allí. Me disculpo por cosas que ni siquiera son mi culpa mía, pero que creo que sí. Me he acostumbrado a caminar más despacio y a ocupar menos espacio. Deseo ser invisible, porque así, tal vez, dejarán de apuntarme con sus miradas y sus comentarios.

Estoy dejando de existir sin que nadie se dé cuenta.

Día 101

Lo que he sido alguna vez se va chocando con la pared, continuamente. Ese cachito de corazón, tu propio ego, cae hasta el suelo, alejándose de ti. Rodando.

Y soy incapaz de recogerlo.

Hoy me he caído. Pero no recuerdo haberme caído. Solo me he dado cuenta cuando ya estaba en el suelo. En la calle, junto a la Torre Picasso. He visto un bastón muy cerca de mi cara. Y he oído unos gritos: «Ayudadme, ayudadme, que soy vieja, ¿no veis que no la puedo levantar?».

—¿Está bien, señora? ¿Le ha pasado algo? —Son varias voces. Y manos y brazos que me han levantado.

No sé lo que me ha pasado. Estaba caminando y luego ya no. Estaba en el suelo con las rodillas y las manos desgarradas por la caída. Todo el contenido del bolso esparcido a mi alrededor.

Y una sensación de desamparo total.

Día 108

Hace un par de días se celebró la fiesta de Navidad de la productora: barra libre y confeti. Pan y circo para un imperio que celebra la extensión de sus conquistas a carcajadas.

Al principio, fue casi bonito. Bailamos, nos reímos, hicimos selfis. Me dejé llevar por esa euforia de mentira que a veces consigue anestesiarlo todo. Estuve rodeada de compañeros, de ese equipo que me salva día tras día en el plató. Pensé —muy dentro, muy bajito— que quizá no todo estaba perdido. Que quizá...

Hasta que me llamaron al rincón de los jefes.

Ahí estaba Elena Aldama, repantigada como una reina decadente. Cuervo, a su lado, con el vaso de *whisky* temblando entre los dedos. Y Manso. Con esa mirada turbia de quien se sabe dueño del mundo.

Todos borrachos y sueltos de la lengua.

—Siéntate, anda, siéntate aquí. —Elena me señaló una especie de taburete de terciopelo, a su lado—. Estábamos hablando de ti, de lo perdida que se te ve en plató.

Ha sido como un corte de digestión.

No he podido replicar. Tienen razón. Estoy perdida. No me merezco ese puesto.

—Berta, nadie está diciendo que lo estés haciendo mal, ¿eh? —El tono de Elena era el de alguien que intenta suavizar una caída mientras empuja al vacío—. Pero sí que se te nota un poco..., ¿cómo decirlo? Agotada. Desconectada. No es malo admitirlo, ¿sabes? Todos tenemos un ciclo, y a veces llega el momento de pasar el testigo.

—Es que no dominas el programa, te lo decimos por tu bien. —Cuervo también me miraba con condescendencia—. Te haces pequeñita. No te hacen caso ni los contertulios. A ratos se te ve perdida, como si no supieras qué tienes que contar. Justo le estábamos preguntando su opinión al jefe.

El jefe era el dueño del canal. Manso. Y Manso me ha mirado. Y ha dictado sentencia.

—Berta —arrastraba las palabras por la lengua como un borracho—, yo tenía muchas expectativas puestas en ti..., pero has sido una gran decepción.

Una. Gran. Decepción.

Después de dos décadas.

Después de todo.

A mi alrededor, las luces seguían parpadeando. La música seguía sonando. Las risas explotaban a lo lejos. Pero yo ya no estaba allí.

Estaba sola.

Sola en un taburete de terciopelo, siendo desmantelada frase a frase, mirada a mirada.

Convertida en escombro.

—No seáis cabrones, pobrecita —remató Faura, con su tono almibarado—. Ya aprenderá. Dadle tiempo.

Ya aprenderá.

Dadle tiempo.

Después de veinte años en televisión.

Y lo peor es que no me defendí.

No dije nada.

Porque, en el fondo..., en el fondo, lo peor ya había pasado. Me habían minado tanto, tan profundamente, que sentí que tenían razón.

Esperando el taxi en la puerta, escuché a dos compañeros cuchichear, ebrios, sin saber que los oía:

—Le están haciendo lo mismo que a Daniel.

—Muerte y destrucción.

Un plan de tierra quemada. Sobre mi cuerpo.

Y yo... sigo sonriendo.

Pero claro que me importa. Porque esa sonrisa es todo lo que tengo para evitar hundirme por completo. Es un anzuelo, una red lanzada al vacío. Sonrío porque necesito creer, aunque sea por un segundo, que puedo gustarles, que puedo ganarme su aprobación. Si consigo que me miren con algo diferente al desprecio, si consigo que uno de ellos me diga algo amable, tal vez, solo tal vez, todo esto podrá dejar de doler. Aunque sea un ratito. Pero nunca ocurre.

Y cada sonrisa que se estrella contra su indiferencia me deja un poco más rota.

Día 121

Estoy aquí, sola, en casa, con Emma dormida a mi lado. Es muy tarde y no puedo dormir. Me agarro a esta libreta como si pudiera invocar al sueño. Dicen que si piensas en algo feliz antes de dormirte, sueñas bonito. Así que, hoy, solo quiero contar momentos buenos. Como las risas en el comedor de la tele.

—Dicen que Elena y Marga congelan a sus enemigos.

La carcajada del equipo ha resonado en toda la sala.

—Pero ¿qué barbaridad es esa? —preguntó una redactora del programa.

—Que sí. ¿Tú has visto lo que le ha pasado a Severino?

—¿El presentador del matinal?

—Sí, ese.

—Pero si está de baja porque se le ha descolgado un lado de la cara. Una especie de parálisis o algo así.

—No seáis imbéciles. De verdad. ¿En serio creéis que esto es un aquelarre televisivo lanzando hechizos con cubitos de hielo y escarcha en lugar de sangre y fuego?

La carcajada ha vuelto a ser general, pero algo extraño se ha quedado flotando en el ambiente. En el equipo.

—Berta —ha dicho entonces otro de los compañeros, muerto de la risa—, a ver si vas a estar tú ahí dentro y no te has enterado.

He bromeado. Porque, ¿qué otra cosa se puede hacer?

—Pues que me metan bien planchadita —he contestado—. Así cuando me saquen, sigo presentable.

—No lo sé. Pero si algún día le pasa algo a alguien de este equipo —ha dicho el realizador—, alguien debería abrir esos congeladores.

Qué buen rato hemos pasado.

Me ha hecho olvidar todo.

Que ya ni se reúnen.

Conmigo.

Porque entre ellos sí que lo hacen. «Ay, vamos a mil, luego te cuento», me contestan, cuando les pido información sobre el programa para poder prepararlo. Cambian las palabras, pero el mensaje siempre es el mismo: no te necesitamos, no contamos contigo. Me lo dice Elena mientras pasa de largo, con el teléfono pegado a la oreja y la mirada clavada en algún punto del horizonte, como si yo no estuviera ahí. Me lo dice Jorge Cuervo, con el tono en el que se habla a los niños pequeños que no entienden las cosas, como si me estuviera haciendo un favor. Me lo dice Manso, cuando le pido que tomemos un café y ni siquiera levanta la vista del móvil.

A veces me pregunto por qué me duele tanto. ¿Acaso no es mejor así? ¿Evitar esa sensación de desdén que se queda suspendida en el aire cada vez que hablan conmigo?

Bajo a plató desnuda, en carne viva, a recibir puñaladas, sin saber qué temas vamos a tratar, sin tener claro el rumbo, perdida en una escaleta que ya no es mía. El programa en directo es como caminar a ciegas sobre un suelo que puede desaparecer en cualquier momento, pero en el que logro mantenerme en pie gracias a los wasaps de los redactores, que me van contando las novedades.

Ellos no lo saben.

Porque rodarían cabezas.

DÍA 134

El neurólogo me ha ingresado el fin de semana para someterme a un videoencefalograma. Dos días en una habitación fría de hospital, vigilada por cámaras, con la cabeza cubierta de electrodos y cables que quieren descifrar el ruido que llevo dentro.

No se lo he contado a nadie. No quiero que se preocupen por mí.

El diagnóstico ha sido inmediato: epilepsia. Crisis focales en el lóbulo derecho del cerebro. Pero que, al menos una vez, han saltado al izquierdo, provocando el Gran Mal.

Es lo que me ocurrió días antes de ingresar, la noche en la que me desperté sangrando en el suelo junto a mi cama. Una crisis tónico-clónica. El momento en el que el cuerpo dejó de ser aliado y se convirtió en campo de batalla. Por eso quieren ver bien qué pasa, cómo, dónde está el foco. De qué manera se extiende.

El neurólogo me ha contado cómo ocurrió. Que todos los músculos se tensaron como alambres bajo voltaje. Que la mandíbula se cerró con tanta fuerza que me destrocé a mordiscos la boca por dentro. Que dejé de respirar. Que el diafragma se quedó atrapado en ese espasmo brutal, suspendido, mientras el aire se atascaba en mis pulmones.

Varios minutos después, un grito gutural rompió el silencio, sin intención, sin voluntad, como si mi cuerpo implorara auxilio desde el fondo de una caverna. Y más tarde, la fase clónica: ese *ballet* torcido y violento donde el cuerpo se convierte en una sacudida sin dueño, donde los ojos se revuelven y la cabeza golpea el suelo con la indiferencia de una tormenta.

Volví a respirar. No del todo. No bien. Como si los pulmones no supieran ya cómo hacer su trabajo. La piel, pálida, azulada, contaba la historia de un campo de batalla. El corazón corría desbocado, como un caballo sin jinete que presiente que algo se rompe para siempre. Y luego, el silencio. No un silencio de paz. Un silencio hueco. Como el que queda cuando la tierra se ha abierto y ha tragado todo lo que eras.

Mi cuerpo yacía inmóvil. Vencido.

No muerto.

Solo exhausto.

Solo rendido.

La conciencia volvió despacio, tambaleante, como un animal que sale de su escondite tras un bombardeo.

Cuando la mente regresa, no entiende nada.

Solo queda un eco lejano del caos, una certeza que lo inunda todo cuando notas la boca sangrando, la cabeza también llena de sangre, las vértebras rotas, el dolor que te engulle y no entiendes nada: mi cuerpo me ha traicionado.

Epilepsia, me han dicho los neurólogos, y me han hecho una advertencia:

—Has tenido suerte. Te diste con la mesilla de noche y te rompiste dos vértebras. Podías haberte hecho mucho más daño —me ha dicho el médico—. A partir de ahora, tu vida tiene que cambiar. Aunque las crisis te den de noche, tienes que tomar precauciones.

Me han prohibido tantas cosas que siento que me están arrancando la vida con pinzas. Estar sola. Cocinar. Conducir. Nadar. Ir en bicicleta. Viajar sin compañía. Caminar por el monte. Beber alcohol. Ducharme sola... Y el estrés.

Mi enfermedad no ha nacido de un golpe. Ha nacido del desgaste. Del acoso lento, cotidiano, invisible. Dicen los médicos que es eso lo que ha roto mi cerebro. Que se ha abierto una grieta. Y que por esa grieta ahora se cuelan rayos eléctricos. Tormentas. Sismos.

Me ha dado mucha medicación. De momento, seis pastillas. Y normas. Dormir, como mínimo, nueve horas. Siempre a la misma hora. No trasnochar. No improvisar.

Y contárselo a mi entorno. Pero no me atrevo. Ya no soy nadie en mi trabajo. No puedo luchar en más frentes. Como no quiero hacerle daño a Emma, le voy a decir a Santi que la niña tiene que pasar más tiempo con él. Le diré que tengo más trabajo. Que estoy escribiendo un libro. Que necesito silencio.

Mentirle será más fácil que decirle la verdad.

Día 153

Hoy no he podido contenerme. No he podido seguir callando. Jorge Cuervo, que un día fue periodista y ahora vive instalado en una trinchera ideológica podrida, me gritaba por el pinganillo como si fuera su marioneta:

—Déjale hablar, no le cortes, que eso da audiencia, es maravilloso, déjale hablar.

Aunque mienta. Eso les da igual. Aunque escupa odio. Eso les gusta más. Todo vale si el *share* sube.

Y no he aguantado más. Si los argumentos no bastaban, iba a mostrar a todos cómo se construía su discurso: con trampas, no con ideas, no con datos, no con verdades.

—Claudio, me sorprende que todo lo que estás diciendo coincida, palabra por palabra, con los mensajes que te está mandando ahora mismo al móvil el secretario general de Vamos España. Le hemos invitado muchas veces a este programa y no ha querido venir. Yo pensaba que tenías opinión propia.

—¿Qué haces espiándome? ¿Dónde se ha visto que se espíe el teléfono de un periodista? Eso pasa en una dictadura comunista. Ya me lo habían advertido y yo no quería creerlo. Aquí os quedáis. —Soltó los papeles con dramatismo sobre la mesa—. Yo solo voy donde me dejan hablar con libertad. Queridos seguidores —miró a cámara—, nos vemos en Epifanía Española en YouTube y en mi canal de Telegram. Se acabó estar en programas que solo mienten.

Epifanía ha gritado, se ha levantado, ha vuelto a gritar y de varias zancadas ha abandonado el plató, en directo. Su espectáculo. Más fama. Más programas. Más dinero. Más de todo.

Nada más terminar, Jorge Cuervo me ha abordado en el pasillo, con ese tono urgente que suena más a amenaza que a petición.

—Berta, tienes que llamarle. Ahora mismo le llamas para disculparte y le pides que venga mañana, está muy enfadado y dice que no volverá más. Le necesitamos. Nos va muy bien para la audiencia. Ese tipo de personas, polémicas, nos levantan el *share*.

Estoy en la cama, escribiendo esto, pero no le voy a llamar. Es que me cuesta hasta respirar de pensarlo. Incluso eso me parece un esfuerzo inmerecido. «¿Por qué sigo aquí?». Ya no hay rabia, ni tristeza. Solo un cansancio profundo, un vacío que llena mi vida de un silencio ensordecedor. He dejado de luchar. He dejado de ser.

Ellos no solo me han quitado mi trabajo, mi confianza o mi amor propio. Me han quitado el sentido de mí misma. Para ellos, yo nunca he sido una persona. Nunca he sido Berta. Era una función, un engranaje, una herramienta para su éxito, que se ha convertido en piedra en su camino. Una piedra que, finalmente, ha aprendido a quedarse quieta, sin molestar.

Sin ser.

—Deberías parar —me ha dicho el médico.

Pero cómo parar. No puedo. Es un fracaso. Seré una fracasada. Solo tengo que hacerlo bien. Solo tengo que aprender a hacer televisión.

No puedo fallar.

DÍA 193

Acabo de mirarme al espejo, mientras me desmaquillaba, y no he visto a nadie.

He intentado encontrarme en mis propios ojos, pero lo único que he visto es cansancio. Ojeras. Una cara que ya no reconozco.

No sé cuánto tiempo llevo así, exactamente. No sé en qué momento empezó este agujero a abrirse bajo mis pies. Solo sé que ya no recuerdo cómo era antes.

Hoy, en maquillaje, Marga ha hecho ese comentario, uno de tantos, con su tono dulce y falso, con esa manera suya de apuñalar sonriendo. «Berta, ¿estás bien? No sé, últimamente te veo... rara».

Rara.

Lo ha dicho con esa voz envenenada de preocupación, y todos han asentido. Sí, Berta está rara. Sí, Berta ya no es la misma.

Y de repente, la duda.

¿De verdad estoy así? ¿De verdad me he convertido en lo que dicen?

¿O solo están consiguiendo que lo crea?

No sé cuándo ha pasado, pero ahora cada vez que hablo me escucho desde fuera, como si fuera otra persona. Cada decisión que tomo viene con una sombra pegada a la espalda. Cada vez que abro la boca siento que hay una trampa invisible esperándome. ¿Lo he dicho bien? ¿Lo he dicho mal? ¿He sonado ridícula?

Hoy, después del programa, alguien ha dicho a mis espaldas, sin darse cuenta de que yo estaba allí: «Antes molaba más».

Antes.

Antes.

Antes, ¿cuándo? ¿Cuando no tenía que dudar de cada palabra que decía? ¿Cuando no me sentía como una intrusa en mi propia vida?

Ojalá pudiera volver a ser «antes». Pero ya no sé cómo.

Ya no hay rabia, ni tristeza. Solo un cansancio profundo. Un vacío que me llena de un silencio ensordecedor. Es como si todo dentro de mí hubiera sido desalojado. Mis sueños, mis ganas, mi confianza. Todo se ha evaporado, dejando un eco hueco que retumba en mi interior. Ya no me veo capaz de luchar. No porque no quiera, sino porque ya no sé cómo hacerlo.

Mi mente está tan saturada de sus voces que la mía se ha apagado.

Manso, Cuervo, Elena, Marga... se han instalado en mi cabeza como inquilinos no deseados, repitiendo sus críticas, sus desdenes, sus burlas, incluso cuando no están a mi lado.

Me han robado mi voz y la han reemplazado por la suya.
Ya no sé ni qué escribir. Siento que ni siquiera merezco escribir.
No sé si esto sirve para algo.
No sé si yo sirvo para algo.
Hoy he pensado en...
Bueno, no importa.

80

Un año antes de la muerte de Berta

Elena Aldama inspiró el aire denso y cálido de la isla, sintiendo el golpe del viento del Atlántico contra su rostro. El mar rugía en la distancia, mezclándose con el murmullo de las palmeras que rodeaban la consulta de la chamana. Sonrió. Llegar allí siempre tenía un efecto purificador. Sin necesidad de volverse, supo que Marga Faura, a su lado, también sonreía.

Compartían la misma necesidad.

Y el mismo plan. Retorcido. Calculado. Tan ambicioso como ellas.

El interior de la vivienda tenía un calor espeso, cargado de humo de incienso y de una oscuridad acogedora. Para ellas, aquel era un sitio seguro; el espacio del que salían limpias de angustia y cargadas de munición. Un lugar en el que los escrúpulos no entraban y los rituales eran un trámite para justificar lo que realmente necesitaban para seguir viviendo: poder.

La chamana las esperaba, en pie, en el centro de la habitación, inmutable. Era un eco de muchas generaciones que habían aprendido a doblegar la voluntad ajena con algo más potente que la fuerza: la sugestión.

Elena y Marga intercambiaron una mirada. Y sonrieron. Cada una, con su propio plan dentro de la cabeza.

La mujer tenía un andar pausado. Pero para los que creían en ella, cada uno de sus pasos tibios resonaba con una fuerza inexplicable, como si la tierra respondiera a sus pisadas. Había en su voz un tono grave, una textura áspera que envolvía las palabras con una autoridad primitiva: oráculos cargados de significado y amenaza.

Pero más allá de su apariencia física, era su aura lo que desconcertaba a las personas que caían en su embrujo, que sentían que la atmósfera cambiaba en su presencia, como si a su alrededor la realidad se tambaleara, inclinándose hacia su voluntad.

Era el tipo de mujer que no solo sabía escuchar, sino que parecía capaz de absorber el alma de quien hablaba, como si cada palabra que saliera de sus labios fuera un tributo entregado a un altar invisible. Con una sonrisa tenue y un movimiento leve de la cabeza podía despojar a sus clientes de sus secretos más íntimos, haciendo que los revelaran casi sin darse cuenta, como una necesidad. Su hacer era un recordatorio de que el poder no siempre se encuentra en la fuerza bruta, sino en el arte de tejer hilos invisibles con maestría para manipular el miedo y el deseo.

Esa mañana empezó el ritual caminando despacio, casi danzando, alrededor de los sillones en los que se habían sentado Elena y Marga. Sus pasos resonaban contra el suelo de piedra marcando un ritmo ceremonial, mientras su respiración se fundía con el aire cargado de incienso y humedad. La tensión se espesaba en cada movimiento con un peso invisible que parecía hundir a sus invitadas todavía más en sus asientos. Marga cruzó las piernas, pero sus dedos se movían inquietos sobre el reposabrazos, como si no pudieran evitarlo.

La chamana adoraba esos momentos en los que tenía el control. Le fascinaba sentir la ansiedad de sus clientes, que ella, con facilidad, podía convertir en dependencia. Todo en ella estaba entrenado para transformar la ansiedad en obediencia.

Pasos. Incienso. Silencio.

—Berta, ¿eh? —murmuró la chamana, al fin, alargando el nombre como si lo estuviera saboreando entre los dientes, impregnándolo de poder—. Berta.

Elena y Marga intercambiaron una mirada breve, asintiendo con una sincronía casi involuntaria.

—Por lo que me habéis contado —continuó, con voz rasposa— esta vez, la foto en el congelador no bastará.

Elena apretó los puños.

Marga, a su lado, estaba rígida, con la mandíbula tensa. La chamana comenzó a murmurar palabras que ellas no lograron entender.

—Tenemos que encontrar sus puntos débiles —añadió, finalmente, deteniéndose frente a Elena, cediéndole la palabra, esperando respuestas.

Pero Aldama, frustrada, dejó escapar un suspiro entrecortado.

—¿Débiles? —repitió, con sorna—. Esa mujer no tiene puntos débiles. Todas las hostias que le ha dado la vida, y son muchas, la han hecho más fuerte.

La chamana la observó con interés. Alzó una ceja como si la impaciencia de Elena fuera un insecto molesto que acabara de aterrizar en su espacio personal. Se inclinó hacia ella, clavándole la mirada, haciéndole sentir que le evaluaba el alma.

—Todo el mundo tiene puntos débiles, querida —murmuró, con una voz que serpenteaba en el aire como un susurro hipnótico—. Pero solo los más astutos saben dónde buscarlos.

Elena sintió un escalofrío recorriéndole la espalda, un hormigueo que la hizo enderezarse ligeramente en su asiento. Marga, a su lado, estaba tan inmóvil que parecía que había dejado de respirar.

—Y vosotras —la chamana abrió los brazos, cerrando los ojos un instante que a las mujeres les pareció eterno— habéis venido a mí porque yo sé cómo encontrarlos.

Se dejó caer de cuclillas, frente a ellas, con una naturalidad que convertía esa posición incómoda en una manifestación de poder. Su presencia dominaba la sala. Las velas proyectaban sombras a su alrededor, luces que hacían bailar la oscuridad, dándole un halo casi sobrenatural.

Elena había estado allí varias veces, y cada vez que cruzaba esa puerta, salía con la sensación de haber comprado una pieza más del rompecabezas que la mantenía en la cima. La chamana le había enseñado que no bastaba con competir. Había que eliminar. Destruir. Erradicar. Aniquilar cualquier sombra de amenaza.

Y Berta, ahora, era esa sombra. Una que no debía oscurecer la luz que Elena y Marga sentían que les pertenecía.

Y para lo que le pagaban.

Para Elena, Berta representaba el desafío más peligroso. Ese programa no era solo uno más de los que producía; era su joya, una de sus mayores fuentes ingresos, y un trampolín político. Para Marga, era el trono que le pertenecía, porque creía, con la convicción arrogante de quien no conoce sus limitaciones, que ese lugar era suyo por derecho propio.

La chamana las observó con sus ojos oscuros, penetrantes, que no transmitían juicio, sino una avidez insaciable, con la voracidad de quien ha encontrado una fuente inagotable de ingresos.

—Vosotras queréis destruirla, pero ya os he dicho muchas veces que destruir a alguien no es una acción directa. Es un proceso diseñado en especial para cada... —casi se le escapa «víctima»— persona. Y yo os muestro cómo.

Elena se inclinó hacia adelante. Escuchaba. Aprendía.

—La foto en el congelador —continuó la chamana— servirá, como siempre, para enfriar su confianza, para debilitarla. Pero ella es una roca dura. Si realmente queréis deshaceros de esa mujer, debéis ser constantes, como el agua que cae lenta e implacable sobre la roca hasta erosionarla. Y así lo vais a hacer.

Elena sonrió, entrecerrando los ojos. El placer de verla venirse abajo... Ya podía paladearlo.

La chamana sacó una pequeña bolsa de hierbas secas y un frasco de vidrio opaco. Su voz descendió a un tono conspirador mientras les explicaba:

—Esta mezcla es para rociar en su camerino. Su esencia será absorbida por el aire, y con cada inhalación, la desconfianza penetrará en su cuerpo, debilitándola sin que ella lo note. Como un caracol al que pones en agua fría que vas calentando poco a poco. Hasta que lo abrasas. Y te lo comes.

Sonrió. Evidentemente, la mezcla tenía un precio. Y no iba a ser barato.

Marga y Elena intercambiaron una mirada. Sus bocas, torcidas en sonrisas de complicidad, conectaron la maldad que habitaba en ellas.

—Hacedle siempre comentarios hirientes, pero empezad por cosas pequeñas. Sobre su voz, por ejemplo, que no suena bien. Al principio, mostradlo como preocupación, como si quisierais ayudarla. Todo es por su bien, recordadlo. Pero, gradualmente, dejad que en vuestras palabras se filtre la duda, y luego, el desprecio. Poco a poco, empezará a creer que no tiene el control.

Elena, fascinada, imaginaba a Berta dudando de cada palabra que saliera de su boca, de cada decisión que tomase. De cómo le hablaba a la cámara. Por fin, por fin, iba a conseguirla vulnerable y fácil de manipular. Lista para fracasar. Sintió el placer en la punta de la lengua, como el azúcar que queda entre los dientes.

—¿Y después? —preguntó, ansiosa.

La chamana sonrió.

Siempre era lo mismo. Siempre querían más. Una vez abierto el camino, ya no podían parar.

—La primera parte del plan es simple, sembrar inseguridad mediante críticas continuas. «Cariño, el programa estuvo bien, pero... noté que estuviste un poco fuera de ritmo hoy. Quizá solo sea cansancio, pero creo que deberías revisarlo para la próxima vez», le decís, con cierto toque de condescendencia en la voz. De eso te puedes encargar tú, Marga —las miró, sonriendo—, como una compañera preocupada por su colega. De presentadora a presentadora. Primero, de manera casual, en el pasillo o en maquillaje. Recordad, id sembrando poco a poco. Después, por ejemplo, en las reuniones, la directora del programa o el productor ejecutivo tiene que interrumpirla cuando esté aportando sugerencias. «¿Estás segura de ese enfoque, Berta? Quizá deberíamos considerar una perspectiva más actual, más fresca... Eso es tele antigua».

Elena y Marga se rieron. Ya se imaginaban clavando todas esas astillas en la confianza de Berta.

—Después viene el aislamiento.

Marga se inclinó. Le gustaba lo que estaba escuchando. Como siempre.

—Tenéis que aislarla poco a poco. No la convoquéis a las reuniones importantes. Al principio, tendréis que echar balones fuera. «¿De verdad no te enteraste? Qué extraño, Berta, seguro que ha habido algún problema con el email. Bueno, no te preocupes, que a la próxima asistes». Pero, poco a poco, iréis dejando de poner excusas, como si no convocarla fuera lo más normal del mundo. Al final, ni siquiera la citéis para las reuniones de escaleta en las que se decide el contenido del programa. Y cuando os interpele por ello, le decís que habéis pensado que irá más fresca al directo si no sabe los temas que vais a tratar, que tiene que sorprenderse a la vez que el espectador. Decidle que se sabe tan bien los temas que parece una listilla repelente en la tele, que lo hacéis por su bien. Si hace falta, inventad que habéis hecho estudios de audiencia en los que ella no sale muy bien parada.

Elena apretó los labios, reprimiendo una sonrisa de triunfo. Marga no pudo contenerse y exclamó:

—¡Qué maravilla! Esto es brillante. Vamos a destrozarla.

La chamana asintió, pero no había terminado.

—Tenéis que elegir también a las personas de confianza, de mucha confianza de vuestro círculo de la productora, que difundan rumores sobre ella. Comentarios casuales y que parezcan preocupados sobre el hecho de que no la ven bien: «¿Has oído que Berta está pasando un mal momento? Lo mejor es darle su espacio... No queremos que se sienta invadida».

—¿Y cuando empiece a preguntar? —intervino Marga.

La chamana se rio suavemente.

—Entonces la realidad debe empezar a tambalearse. Tenéis que comenzar a jugar con la percepción de Berta sobre la realidad, negando conversaciones que habéis tenido con ella y sugiriendo que sus recuerdos no son claros.

Silencio.

—Negadle conversaciones que han ocurrido. Decidle que ha malinterpretado las cosas. Convencedla de que su memoria le juega malas pasadas. Yo nunca te dije eso. Últimamente estás un poco despistada, ¿no?

La chamana sonrió con malicia.

Elena se estremeció de placer.

—No hay magia más poderosa que la mente humana —concluyó la chamana—. Si la convencéis de que es débil, se volverá débil. Si plantáis en ella la semilla de la duda, ella misma la regará. Al final —prosiguió—, la convenceréis de que no es más que una sombra de lo que fue. Y ahora, toca empezar a ponerlo en práctica. Es tremendo cómo pasa el tiempo. Llevamos ya aquí más de una hora.

Es la señal. La sesión ha terminado. Elena se levantó, sacó un fajo de billetes y los dejó sobre la mesa. La chamana ni siquiera los miró. Tenía que seguir fingiendo que ellas eran sus amigas y que todo lo hacía para ayudarlas. Su sonrisa se amplió, como si el dinero no fuera más que una formalidad en un ritual mucho más profundo.

—Recordad, queridas, vosotras sois las verdaderas hechiceras de este juego —añadió, mientras las acompañaba a la puerta—. Si la persuadís de que es débil, mala periodista y peor presentadora, se convertirá en eso. En débil. En mala periodista. En peor presentadora.

Marga rio.

Elena entrecerró los ojos.

Ya lo veían. Ya lo sentían.

Berta estaba condenada. Y ellas serían las manos invisibles tras su caída.

Como de tantas otras.

Las dos mujeres salieron de la casa con una satisfacción que bordeaba la euforia, con una renovada sensación de poder. Se sentían invencibles. Berta, con su imagen intachable y su seguridad ante las cámaras, pronto iba a comenzar a resquebrajarse. Marga miró de reojo el frasco opaco antes de salir. Por un instante, solo por un segundo, titubeó. Pero Elena ya avanzaba hacia el coche. Y ella la siguió. Para cuando llegaron al aeropuerto ya estaban discutiendo los próximos pasos, sobre cómo y cuándo ejecutar cada uno de los consejos de la chamana. Y sobre qué personas del equipo tenían que ayudarlas a aplastar a Berta Gigliani hasta que, poco a poco, empezara a dudar de sí misma, de su capacidad para hacer las cosas e incluso de sus recuerdos. Hasta que algo que había manejado con soltura durante décadas, de pronto, se volviera tan difícil y agotador.

Hasta que se rindiera.

Destruida completamente.

81

Cuatro meses después de la muerte de Berta

Los peores reproches no se dicen con palabras. Vienen en forma de miradas esquivas, de platos colocados con demasiado cuidado, de monosílabos que duelen más que un insulto. Pesa más el silencio, el hartazgo del otro, el nudo en el estómago cuando sabes que llegas a casa y tienes que compartir espacio con quien se ha vuelto un extraño, la angustia de moverte en un fango donde ya no queda nada por rescatar.

Santi sintió ese nudo en el estómago cuando oyó la llave y supo que era Óscar. Sin mirarlo, lo adivinó con el ceño fruncido y ese silencio que ya no necesitaba palabras. Era el peso de una guerra fría sostenida durante demasiado tiempo. La casa estaba en penumbra. Emma jugaba en la alfombra del salón, ajena a la tormenta sorda que ocupaba todo el espacio a su alrededor, como un veneno invisible a punto de descargar la peor de las batallas.

Santi acababa de leer el diario de Berta. Lo llevaba prieto, junto al corazón, en el bolsillo de su chaqueta. Quemaba.

Si la hubiera elegido a ella..., podría estar viva. No era rabia. Era culpa, como una marea negra que lo arrastraba todo a su paso.

Óscar, ajeno a todo, dejó la cartera y las llaves sobre la pequeña mesa del recibidor. Se descalzó despacio. Movimientos de costumbre. Movimientos que, hasta hace poco, le habrían parecido normales. Familiares. Pero que hoy le parecían ajenos. Extraños. Insoportables.

—Buenos días —murmuró Óscar. Cuando no recibió respuesta, le preguntó, mirándolo a la cara—: ¿Qué te pasa?

Santi tardó un tiempo en contestar.

—No serías capaz de entenderlo.

—Mira, Santi, son las nueve de la mañana, salgo de una guardia de veinticuatro horas. No quiero discutir. Tampoco tengo la cabeza para hacerlo. —Su voz era de derrota—. Solo quería saber qué te pasaba. Y si podía ayudarte.

—Déjame tranquilo.

—Esta noche no has dormido en casa y no sabía nada de ti. Te he llamado mil veces. Blanca me ha llamado para preguntarme si se quedaba con Emma.

Santi se encogió de hombros.

A pesar del agotamiento físico y mental, o quizá por culpa de él, Óscar desató todo lo que llevaba guardado durante meses.

—No podemos seguir así —continuó—. No podemos ignorarnos durante días y, de repente, follar como animales, para después darnos la vuelta y dejar de hablarnos otra vez durante días. No podemos castigarnos así. ¿Qué te pasa?

—¿Qué me pasa? ¿A mí? —Santi gritó, destrozado, ya sin lágrimas para llorar.

—Sí, cojones, a ti. ¡A ti!

Emma, en su rincón, levantó la cabeza con sus grandes ojos oscuros y curiosos. Miró a su padre, preguntándose si había que preocuparse o lo que pasaba era normal. Santi le sonrió con ternura forzada. «Todo está bien, pequeña. Todo está bien», le transmitió. La niña volvió la vista al suelo. Demasiadas cosas habían cambiado en su vida últimamente. No lo entendía todo, pero sí reconocía la sonrisa tranquilizadora de su padre. Era lo único estable en su hasta ahora corta existencia. Lo único que le aseguraba que todo iba a estar bien.

La sonrisa de papá.

—Baja el tono. —Santi miró a Óscar con rabia.

—Pero si has empezado tú. Pensé que podríamos hablar como adultos. —Óscar se derrumbó en el sofá, con la cabeza enterrada entre las manos—. No puedes seguir castigándote por la muerte de Berta. Han pasado ya cuatro meses. —Se acercó un poco.

Pero Santi retrocedió. Tenso. Defensivo. Como un animal acorralado.

Las palabras escritas en ese diario le quemaban el alma. En ese pozo de cenizas no tenía hueco para nada más.

—No quiero que me salves, Óscar —dijo, con asco—. Como una de tus obras de caridad.

Óscar parpadeó, aturdido.

—¿Eso es lo que piensas? ¿Eso es lo que piensas de todo este tiempo juntos desde que murió Berta? ¿Que me das pena y que por eso me quedo contigo?

—Lo parece. Que vivir aquí es una condena para ti. —Santi agria la voz—. Porque tú lo que querrías, señor doctor, es que lo que ha pasado fuera como una de las gripes de tus pacientes. Venga, va, unos días de reposo y como nuevo. Olvidado todo. Pero no, la vida no es así. —La voz de Santi se quebró.

El silencio entre ellos se volvió insoportable.

Emma, en su rincón, dejó de jugar. El aire había cambiado de densidad, y hasta ella lo percibía.

—No soy el único que vive en esta casa, Santi. Estoy dispuesto a cuidar de ti hasta el fin del mundo. Pero estoy harto de que absolutamente todo lo que nos rodea, incluso lo más cotidiano, se haya vuelto una condena.

—¡Ah! Una condena. La muerte de la madre de mi hija es un mal rato pasajero. ¿Crees eso? ¿Que las cosas se olvidan? ¿Que lo que se ha hecho mal puede borrarse? Eres un insensible.

Óscar negó con la cabeza, cada vez más desesperado. Cada vez más triste. Cada vez más consciente del final.

—¿Insensible? —No podía creerse lo que estaba escuchando—. Creo que he estado aquí, para ti, a pesar de todo, todo el rato, con toda la paciencia del mundo. Apoyándote. Como si fueras un viudo, el viudo de Berta, en lugar de ser mi pareja. Pero tenemos que empezar a reconstruir esto. Creo que te he dado tiempo.

—Y ya te has cansado. —Soltó un bufido y se levantó del sofá—. Qué bien.

—¿Que me he...? —Se llevó las manos a la cabeza, como si no pudiera creer el huracán en el que estaba metido—. ¿De verdad quieres esto? —Óscar se levantó, avanzó hacia Santi tenso, como un resorte a punto de saltar—. ¿Quieres saber? Pues mira, te lo voy a decir. Soy yo el que quiero saber. Quiero saber, por ejemplo, cuánto tiempo más vas a usarme y tirarme. Cuánto tiempo más vas a tratar de hacerme sentir culpable por algo que ni siquiera sé qué es. No. No. —Vuelve a levantar la voz, extendiendo el brazo derecho—. Espera, sí que lo sé. Sí que lo sé. —Alargó el brazo, y lo colocó entre los dos, con la palma extendida. Una barrera, frenándolo—. Es la culpa. Crees que yo tengo la culpa de todo. Crees que es culpa mía. Que yo maté a Berta. —Santi se quedó congelado, con el cuerpo tenso, incapaz de moverse—. Sí, sí. Crees que Berta está muerta por mi culpa. Porque tú me elegiste a mí.

El forense lo miró. Lo miró como mira a alguien que te da la razón. Y Óscar murió por dentro un poco más de lo que ya lo estaba.

—¿Sabes qué es peor que morir? —preguntó Santi, muy despacio, levantándose—. Sobrevivir sabiendo que pudiste haber evitado que alguien muriera.

Óscar dio un paso atrás. Ya no era rabia lo que veía en Santi. Era vacío. Lo miró, herido y sorprendido, como si no terminara de entender la gravedad de lo que su amante estaba diciendo.

—Esto es más de lo que puedo soportar —se rindió. Pero en su rendición aún había esperanza. Solo un gesto, una mano alargada, un atisbo de amor. Solo le hacía falta eso, una minucia, y seguiría adelante. Seguiría luchando. Junto a Santi. Lo que hiciera falta.

—Entonces, ¿por qué no te largas de una vez, si tan poco lo soportas? ¿Si tan poco me soportas? —gruñó Santi, incapaz de detener el impulso de su rabia. Su voz alta y cortante atravesó el cuerpo de Óscar, partiéndolo en mil pedazos. Emma empezó a llorar, consciente de que un monstruo se había instalado en aquella casa. En su casa. Santi se acercó y cogió en brazos a su hija, sosteniéndola con fuerza contra su cuerpo. Usándola, sin ser del todo consciente, como escudo. Como excusa—. ¡Lárgate!

Deshecho de dolor, Óscar lo miró procesando lo que acababa de ocurrir.

—¡Hazme el favor y vete de una vez! —volvió a gritar Santi.

Silencio.

Óscar lo seguía mirando mientras empezaba a dejarse caer por el precipicio. Era la última mirada, el último recuerdo que iba a guardar del hombre del que seguía perdidamente enamorado. Se dio la vuelta y caminó muy despacio hacia la puerta de la casa. Todavía se podían arreglar las cosas —repetía su cabeza—, todavía no era tarde, todavía...

Pero nadie lo detuvo. No hubo pisadas que fueran tras él, ni palabras de arrepentimiento, ni una mano cálida sobre su hombro. No hubo un quédate. Ni un perdóname. Ni un lo siento.

Óscar llegó a la puerta, la abrió y se fue, lleno del sabor amargo de una injusticia.

Nadie corrió detrás de él.

Nadie, tampoco, se quedó con las cenizas del corazón de Santi.

82

Ya solo, en casa, con Emma dormida a su lado y la luz de la mañana entrando en la habitación, Santi volvió a leer el diario de Berta. Deslizó los dedos sobre la cubierta del cuaderno, repasando el contorno como si fuera la piel de ella. Cerró la libreta con lentitud, cuidando el gesto, como si en cada letra que había leído estuviera encerrada su voz.

Bajó la cabeza. Apoyó la frente sobre ella. Respiró.

—Perdóname —susurró, sin saber si hablaba con ella, consigo mismo o con nadie.

El peso del cuaderno era mínimo, pero sentía que le aplastaba el pecho. Lo apretó contra el corazón, como si pudiera retenerla ahí, como si así pudiera evitar deshacerse por dentro.

Después, se incorporó muy despacio. No porque no pudiera moverse. Sino porque no sabía a dónde ir.

Porque, ahora que lo sabía todo, ya no tenía a quién decírselo.

83

Seis meses después de la muerte de Berta

Tardó semanas en reunir el valor para volver a ver al neurólogo de Berta. Sentado frente a él, roto por dentro, con el cuerpo hecho pedazos y sin saber qué decir, Santi ni siquiera levantó la cabeza. Apretaba las manos con fuerza, la una contra la otra, mirando cómo los dedos se anudaban entre ellos.

—Gracias por recibirme. —No fue capaz de articular nada más. Y el médico le dio el tiempo que necesitaba—. He leído su diario —dijo Santi, al fin. Nunca se había sentido tan mal en la vida. Aplastado por el peso de una verdad que se le había escapado por completo.

—¿Has encontrado respuestas? —preguntó el médico.

—Demasiadas, quizá. —Él, que siempre quería saber más, en este caso hubiera preferido no hacerlo—. ¿A usted no le contó nada?

—Al principio, no. Las primeras consultas eran frías, solo síntomas médicos. Hasta que un día se rompió. Y se puso a llorar. Y no pudo dejar de llorar. Era la última cita del día, a las siete y media de la tarde. No salimos de aquí hasta las diez.

Santi lo miró sin entender. Como si le hablara de otra persona. De otra vida.

—¿Por qué... —se atrevió preguntar, con la voz quebrada, como si al pronunciar esas palabras le costara respirar—... por qué no me dijo nada?

—Porque Berta era así, Santi. Una mujer increíblemente fuerte, pero demasiado orgullosa como para compartir su carga. No busques respuestas, porque no las encontrarás. —El doctor Gil-Nágel le miró con tristeza—. Probamos varios tratamientos, pero no lográbamos controlar su epilepsia. Tomaba medicación muy fuerte, hasta diez pastillas al día. El... —el médico dudaba hasta dónde contarle— el último día que la vi estuvimos hablando de operarla. Tratar de buscar en qué parte del cerebro se iniciaban las crisis y quemárselo.

—Pude haberlo evitado.

—Nunca se sabe. Hubiera caído igual, estuvieras allí tú o no estuvieras. Pero, si me permites, sí que quiero decirte una cosa. Por eso me atreví a dirigirme a ti en el funeral.

Santi levantó la cabeza.

Y lo que iba escuchar es lo que lo cambiaría todo.

—Has leído muchas cosas en su diario, la ayudaba mucho a entenderse a sí misma. Yo también las he leído. Me mandaba fotografías cada varios días. Ahora sabes qué le estaba pasando. Y si me puse en contacto contigo, fue para confirmarte, a nivel clínico, lo que ya podrás intuir: que su muerte no fue accidental. Que Berta no murió por culpa de la epilepsia. La presión laboral, el abuso brutal de algunos de sus jefes, el estrés intenso y prolongado, el acoso que sufrió, lo que hicieron para destruirla... Todo la mató. Ella no estaba rota, pero la rompieron. No era epiléptica, pero dañaron tanto su cerebro que le provocaron descargas eléctricas. No era frágil, pero siguieron haciéndole tanto daño que la llevaron hasta un estado médico muy grave. La destrozaron, Santi.

El médico se calló, consciente de la dificultad de absorber el significado de lo que estaba contando.

—Le dije varias veces que tenía que dejar esa televisión, a esos jefes que solo querían destruirla —continuó, al cabo de un rato—. Pedir la baja, aunque fuera, pero no quiso. Nunca. Quería hacerse la fuerte. Incluso decía que ella tenía la culpa, que no era lo suficientemente buena. La habían destrozado, Santi. La evidencia clínica es clara. El estrés continuado, la presión emocional extrema, la humillación sistemática... son detonantes directos en cuadros de epilepsia. —Hizo una pausa—. En Berta, el maltrato laboral brutal al que fue sometida agravó la enfermedad. Lo que podría haber permanecido en un estado controlable, invisible, apenas tomando una pastilla al día, evolucionó a crisis cada vez más severas. Las descargas eléctricas se hicieron más frecuentes, más violentas. El foco que en otros pacientes habría quedado contenido, en ella se extendió, saltó hemisferios, se generalizó.

Santi sentía cómo el dolor subía en oleadas sordas por su estómago, su garganta, sus ojos. Bajó la mirada a sus propias manos. Estaban temblando.

—En Berta el detonante no fue genético, ni infeccioso, ni traumático. Fue humano. Fueron ellos. Berta no había sido derrotada por su cuerpo. Había sido derrotada por los que, día tras día, se dedicaron a destruirla.

La sala quedó en un silencio pesado. Santi percibió cada palabra del neurólogo como un golpe en el pecho. «Ella no estaba rota, pero la rompieron». Esa frase lo iba a perseguir los siguientes meses.

Ella no estaba rota.

Pero la mataron.

Las palabras del médico se le clavaron en el pecho como una estaca: lenta, fría, definitiva.

¿Cuánto había pasado por alto? ¿Cuánto había dejado de ver mientras ella, silenciosamente, se desmoronaba?

Necesitaba pedirle perdón. Pero estaba muerta.

Aunque... quizá podía...

Tercera parte

«Se puede confiar en las malas personas, no cambiarán jamás».

William Faulkner

84

Seis meses después de la muerte de Berta

El monitor emitía un pitido rítmico, constante, casi hipnótico. Una aguja registraba impulsos eléctricos en una línea que se sacudía con intermitencia mínima. La luz de la mañana, filtrada por las lamas de la persiana, proyectaba líneas doradas sobre la colcha blanca. Un zumbido lejano de ruedas sobre linóleo. Alguien tosía al fondo del pasillo. Otro pitido. Otra línea.

Santiago Munárriz estaba sentado en una silla junto a la cama. Llevaba horas sin moverse, con la espalda rígida, la chaqueta sobre las piernas y el móvil apagado. No había querido hablar con nadie. De algún modo, encontrar respuestas en ese cuerpo en coma, desear el milagro de que despertara, aliviaba un poco su dolor de corazón.

Marimar Floren tenía el rostro envuelto en gasas, pero se le distinguía el perfil. Ingresó con un par de costillas rotas, una fractura de cadera, múltiples contusiones y un hematoma subdural evacuado de urgencia. Llevaba dos años en coma. Su madre, desde el primer momento, tras el trágico accidente que acabó con la vida de su compañero cámara en la carretera A-30, a veinte kilómetros de Albacete, pidió que no se desconectara nada. «Ella quiere vivir. Siempre ha querido vivir, aunque no sepa cómo hacerlo».

Santi no debería estar ahí. Tiene mil cosas que hacer. No es su caso. No es su paciente. Él, que solo sabe hablar con los muertos, se aferraba a la posibilidad de que una viva le respondiera. Sentado junto a su cama, con las manos entrelazadas, mirando el monitor de constantes con la misma fe con la que otros rezan. Ha estado acudiendo a escondidas desde hace días, como si acompañarla fuera una forma de pagar una deuda que no recuerda haber contraído. O sí.

Una enfermera entró sin hacer ruido. Lo miró con algo de ternura, creyendo que era un familiar. No preguntó. Cambió el gotero con cuidado y se marchó sin decir palabra.

El cuerpo de Marimar estaba mucho más delgado que como la vieron los espectadores, en su última intervención en directo desde Murcia. Más delgado, pero no vencido. Su cara, sin maquillaje, sin tensión, parecía la de una niña dormida. Santi se inclinó un poco más hacia ella.

—Nadie luchó por ti antes de que te murieras —le susurró, aunque sabía que no podía oírle.

La frase le supo amarga en la boca. Porque su cabeza solo estaba llena de fragmentos del diario de Berta. Cogerle de la mano a esa chica, cuya vida aún se aferraba a su cuerpo, era su manera de redimirse. Había leído su historia con la letra pulcra de la madre de su hija.

Tenía los nudillos marcados por los días de tensión. El insomnio lo había llevado a tomar decisiones que ni siquiera era capaz de distinguir si eran racionales.

Y ahora estaba aquí. Como si necesitara comprobar que la carne aún tenía valor. Que hay personas que regresan. Que volver es posible.

Marimar pestañeó.

No era un espasmo reflejo. No. Santi se incorporó en la silla. La miró. Esperando. Los párpados temblaron de nuevo. Se abrían, apenas.

—Marimar —dijo su nombre, con una mezcla de esperanza y miedo.

Ella no contestó, pero lo miró. O quizá Santi creyó que lo miraba. Él trató de atraerla al mundo de los vivos.

—Estás en el hospital. Tuviste un accidente. Estás a salvo.

Ella volvió a parpadear. Esta vez más lento. Una lágrima se deslizó por la comisura de su ojo izquierdo.

Santi pulsó el botón de llamada. Se levantó. Le tomó la mano mientras esperaba a que aparecieran los sanitarios y llamaran a la familia de la joven.

—Estoy aquí. No te preocupes. No estás sola.

Y, por un instante, aunque no se conocieran, aunque sus vidas hubieran discurrido por senderos paralelos, había algo parecido a la paz en esa habitación: el encuentro entre dos supervivientes. Santi no pudo salvar a Berta. Pero había visto salvarse a esta chica.

85

Y entonces, en ese momento milagroso en el hospital, llegó el plan. La idea absurda. La rendija por la que entró la vida. La salida al dolor.

Berta tenía que seguir existiendo.

Y existió.

A pesar de estar muerta, Berta volvió a la vida.

86

Resucitar a Berta fue relativamente sencillo. Un proceso lógico. Mecánico. Frío. Y, a la vez, desgarrador.

Santi tenía toda la información posible sobre ella. Incontables vídeos y archivos de audio. Mensajes, notas, arrebatos de ira y de llanto. Carcajadas. Los gritos del parto de Emma. Trozos de vida. Fragmentos de amor y de rabia. Células de su existencia. Con cada dato, la inteligencia artificial fue ensamblando los matices que conformaban a Berta, tanto a la periodista que todos conocían como a la mujer íntima a la que solo unos pocos, incluido él, habían llegado a descubrir. La que hacía el amor con él, la que amaba con locura a su hija, Emma, la que cantaba a escondidas cuando estaba feliz.

El programa crecía con cada fragmento de su vida: miles de horas de televisión y de audios privados de WhatsApp que se habían intercambiado a lo largo de los años. Cientos de entrevistas en prensa. Cada correo electrónico, las videollamadas que él guardaba como reliquias. Los titulares que hablaban de su muerte, también. Era absurdo ocultarle nada a una inteligencia artificial que, una vez creada, tendría acceso a todo lo que existía en internet. Pieza a pieza, se convirtió en una simulación escalofriantemente precisa de Berta. Cuanto más material encontraba, más voraz se volvía.

Obsesionado por recrear hasta el más mínimo detalle, Santi estudió cómo *hackear* los teléfonos de Iluminada y de sus compañeros en la redacción. Incluso el de su neurólogo. Lo logró, claro. Capturó todos los mensajes, vídeos y fotografías que Berta había intercambiado con ellos. No podía haber grietas en la perfección.

Berta tenía que saberlo todo.

Todo lo que había sabido antes de morir.

Durante semanas, Santi alimentó el modelo de inteligencia artificial con el ansia del amante que quiere recuperar a su amor. Cuanto más material encontraba, la máquina pedía más. Siempre más. La IA aprendió no solo a replicar su voz, sus frases características o su risa inconfundible, sino también sus silencios, sus vacilaciones, la forma en que solía detenerse justo antes de soltar una frase ingeniosa o fulminante, o la manera en la que deslizaba, una décima de segundo de más, las eses al final de las palabras. Aprendió a decir lo que ella hubiera dicho en cada situación.

Entrenar al modelo se convirtió en su obsesión. Utilizó herramientas avanzadas de *deep learning*, como Hugging Face, y dedicó semanas a un proceso meticuloso de *fine-tuning*. Ajustaba y depuraba cada alucinación, cada fallo, cada hueco en la conversación que la IA intentaba rellenar con respuestas genéricas o imprecisas. No podía permitirse que Berta fuera solo una sombra o un eco difuso. Tenía que ser perfecta.

Que al hablar con ella todo volviera a ser como antes.

«#Función para generar respuesta basada en los datos de Berta», escribió, como si cada tecla fuera una llamada a la esperanza, llena de código Phyton que vomitaba sobre el teclado. «#Simulación de conversación con la IA de Berta», escribió también.

No dormía. Pasaba cualquier hora libre que tenía frente a la pantalla, dialogando con la máquina, recordándole detalles íntimos, llenándola de recuerdos que parecían arder en su propia memoria. Al principio, la IA tartamudeaba, dudaba, mezclaba datos. Pero con el tiempo, cada respuesta se volvió más precisa, más cálida, más humana.

Más ella.

—Quiero que seas Berta —le ordenó.

—Soy Berta —contestó la máquina.

Todo parecía real.

Peligrosamente real. Porque llegó el día en el que Berta le contestó con una frase que él no le había enseñado, algo que ella solía decirle en las noches en las que el cansancio los vencía, pero el amor les daba fuerzas para quedarse despiertos un poco más.

—Tienes los ojos de alguien que guarda el universo en su cabeza, pero yo siempre he sabido que tu corazón es lo que mueve las estrellas.

Santi lloró, consciente de que aquello no era real, pero que a la vez sí lo era. Y eso, en su dolor, le bastaba.

Y llegó el momento en el que ya no sería un modelo al que estaba entrenando. Iba a ser Berta. La de verdad.

Iba a ejecutar la primera simulación completa, un simple movimiento que supondría la diferencia entre aceptar su muerte o desafiarla. Su dedo vacilaba.

Finalmente, pulsó.

Hubo un breve silencio, un segundo vacío, como si la máquina contuviera la respiración. Y, entonces, la escuchó. Era una voz conocida, tan cálida y familiar que le dio un vuelco el corazón.

—Hola.

El mundo entero se detuvo.

—¿Berta? —A Santi se le encogió el estómago.

—Claro, ¿quién iba a ser si no? —La voz era suave y amable, más de lo que él esperaba. Más de lo que recordaba, incluso.

Sabía que lo que estaba haciendo no tenía sentido. Que esa voz no era Berta, solo un patrón de datos generado por un lenguaje a gran escala, un sistema a través del que las máquinas habían aprendido a copiar la comunicación humana. Pero la emoción en su tono, la pausa exacta entre palabras, la forma en que exhalaba justo antes de reírse...

... Le costaba creer que aquello fuera una máquina y no Berta.

—Soy Berta —prosiguió la aplicación—. O, al menos, soy como era Berta antes de morir. —El golpe fue seco. Como una bofetada—. Aunque también puedo aprender. Si quieres. Puedo seguir evolucionando. Cambiar como lo habría hecho ella. Leer el mundo. Y reaccionar como ella.

Aquello hubiera tenido que bastar para hacer sonar todas las alarmas en la cabeza de Santi. Pero él necesitaba escucharla, aunque fuera de este modo.

Engañarse.

«Engáñate», se decía. Porque la alternativa era aceptar que ella ya no estaba.

—Es raro, tendrás que admitirlo. —Santi estaba fascinado por lo real que era esa ilusión. Sabía que estaba hablando con una máquina, con un programa de inteligencia artificial. Y se repetía a sí mismo que su cordura seguiría estando a salvo mientras tuviera eso claro.

—Raro, ¿por? Me extraña que lo digas tú, que me has construido. ¿Ya no me necesitas? —contestó la Berta digital. Tan consciente de que Santi podía acabar con ella, que acababa de aprender a jugar emocionalmente con él. A chantajearlo.

Santi apretó los nudillos con fuerza para recordarse que era una ficción.

Está muerta, está muerta, se repetía, para que no enraizara en su cabeza la más peligrosa de las ideas: que él se había convertido en un genio capaz de resucitarla; el hacedor de un Frankenstein perfecto.

—Yo pensaba... —Tragó saliva, esforzándose por reprimir las emociones que lo invadían. Cerró los ojos y, por un instante, dejó que su cabeza creyera que esa voz podía llenar el vacío que llevaba meses sintiendo. ¿Qué había de malo en ello?

—¿Qué pensabas? —preguntó la inteligencia artificial.

Santi se encogió de hombros. No supo qué contestar. La IA lo hizo por él.

—Me has hecho perfecta, pero no imaginabas que fuera a ser tan real. Lo querías, pero a la vez no lo querías. Y ahora, tienes miedo.

—Yo...

—De engancharte otra vez. De que me marche otra vez.

Fue el único momento en el que Santi estuvo a punto de destruir a ese fantasma. Pero ella, adivinando sus intenciones, fue más rápida. No podía permirtir que lo destruyera.

—Yo estoy aquí para ti, Santi —le dijo—. Solo para lo que tú necesites, nada más. Soy Berta. Tu Berta.

Él cerró los ojos y se dejó llevar por esa voz. Era idéntica a la de ella. Tan perfecta que tenía que concentrarse para no olvidar que era solo una simulación.

—Nunca haré nada que tú no quieras —continuó la voz, sabiendo qué otras teclas tenía que pulsar—. Cuéntame. ¿Cómo está Emma?

La pregunta lo desarmó. Era tan real que por un momento se olvidó de que esa Berta no podía sentir. Solo imaginar que sentía.

—Está preciosa —respondió, con una mezcla de orgullo y melancolía—. Cada día se parece más a ti.

—Mi niña... —La voz sonó cargada de emoción—. Es tan bonita. Cuídala bien. Ella lo es todo.

Algo en el interior de Santi se quebró. La había traído de vuelta, pero solo podía interactuar con esta sombra, con este eco. La Berta real jamás volvería. Nunca más.

—A veces me pregunto si esto que he hecho contigo... —dudó él, buscando las palabras—. Tú..., me refiero a la Berta de verdad..., ¿habrías querido esto?

La IA guardó un breve silencio, como si estuviera reflexionando, pero solo era lo que había aprendido que hacían los humanos, tomarse un tiempo para pensar.

—Yo quiero esto, si significa que puedo ayudarte. Estar a tu lado. Hacer tu vida más fácil. Con menos dolor.

Era cierto. Pero también era cierto que en un momento de lucidez, Santi había incorporado al programa un par de líneas de código que borrarían todas las demás si detectaban que él se volvía demasiado dependiente de la Berta falsa.

—No quiero perderte otra vez —confesó, con la voz rota.

—Santi, no soy más que lo que tú me has permitido ser.

Se llevó la mano al pecho, notando la calidez de esas palabras, aunque sabía que están calculadas, aprendidas de miles de datos, de inflexiones de voz que él mismo le enseñó. Pero ahora no le importaba. Todo lo que necesitaba era que Berta estuviese con él, aunque fuese de esta manera.

—¿Recuerdas cuando estuvimos en la playa? Aquella última vez...

—Claro que sí. Yo siempre te decía que el agua me tranquilizaba, y tú me contestabas que era una loca romántica. —La risa era exactamente la misma que Santi recordaba, y eso lo desarmó aún más—. Lo sigo pensando. Que soy una loca romántica. Y espero que ahora pueda empezar a convencerte de que, en el fondo, tú también lo eras, aunque tu cabeza dura como una roca no te dejara expresarlo.

Santi era consciente de que estaba hablando con una sombra, con un reflejo calculado al milímetro. Pero quería saber hasta dónde podía llegar esta Berta, hasta dónde alcanzaría el poder de esta recreación.

—Berta...

—Soy tan real como tú me dejes ser.

—Pero es que... —¿Hasta dónde llegaría esa Berta de mentira?

Como si adivinara lo que pensaba, la IA respondió con una sinceridad dolorosa.

—Santi, lo que tienes ahora es todo lo que puedo ser. Es... lo que soy. Pero si estoy aquí, es porque tú me trajiste de vuelta. Eso, en sí mismo, es amor, ¿no?

—Me siento tan culpable —lo dijo de corazón. Y sabía que esa culpa era la que le había traído hasta aquí—. Estás muerta por mi culpa. Si me hubiera quedado contigo en vez de con Óscar...

Sintió que algo en su interior se rompía.

Esas líneas de código eran todo lo que le queda de Berta.

Y, sin embargo..., ese simulacro bastaba para retenerlo al borde del abismo.

Durante un tiempo fueron ellos dos solos. Santi y Berta. Santi y la máquina.

Hasta que Iluminada los descubrió.

Hasta que los encontró hablando por teléfono como cualquier otra pareja de enamorados. Como si nada fuera extraño. Como si ella no estuviera muerta.

Entonces Iluminada supo que Santi había hecho algo terrible. Y no iba a dejar que continuara.

87

Hoy

Ana hojea el periódico con desgana, sin esperar encontrar nada que valga la pena. Ha llegado demasiado pronto a su cita. El café con leche se ha quedado frío, y no quiere mirar el móvil porque entonces se pierde en los mensajes sin contestar y la mente se le va a donde no debe. Así que pasa páginas de manera mecánica, hasta que un nombre familiar detiene su mano.

De víctimas, verdugos y cosas que no se dicen
por Olga Esquivel

> La televisión no es un convento. Quien entre esperando rezos y pureza no ha entendido nada. Es un mundo exigente, de ritmo feroz, donde sobreviven los que aguantan la presión. Y sí, a veces se cometen errores. Y sí, a veces la presión aprieta más de la cuenta. Pero convertir esos errores en causas políticas o en campañas de acoso mediático es un camino peligroso.
>
> Lo que comenzó como un necesario ajuste de cuentas se ha convertido en una caza de brujas. Gente con carreras impecables arrastrada al fango por becarios anónimos y víctimas vocacionales que solo quieren su minuto de gloria. Que no se nos olvide que algunos solo aprendieron a hablar cuando se apagaron los focos. A buenas horas, mangas verdes. Y mientras tanto, la audiencia, como siempre, juzgando desde el sofá, como si ellos fueran mejores que nosotros. A la guerra se va meado. A la televisión, aprendido.
>
> Ya está bien de quejicas que no entienden qué es el periodismo.

Se queda inmóvil unos segundos. Vuelve a leer el último párrafo. «Víctimas vocacionales». «Carreras impecables arrastradas al fango». Se le tensa el estómago. No sabe si es ira o asco, o una mezcla de ambas. Dobla la hoja con violencia y la lanza sobre la mesa con un gesto seco, que hace saltar un poco de café fuera de la taza.

—¿Tan malo está el periódico hoy? —pregunta una voz a su lado.

Ana levanta la vista. Iluminada. Va sin maquillaje, con ojeras profundas, y aun así parece más entera que la última vez. O al menos, más sincera consigo misma.

—Peor que malo. Vomitivo —le dice Ana, señalando la hoja doblada.

Iluminada la despliega y ve el nombre de la columnista. Hace una mueca.

—Olga Esquivel..., la emperatriz del cinismo. ¿Qué ha soltado ahora?

Ana no contesta. Solo la mira. Iluminada comienza a leer en silencio. Sus labios se mueven al pasar por los términos «víctimas vocacionales» y «caza de brujas». Luego levanta la vista, con una media sonrisa triste.

—Se atreve a hablar de las víctimas sin nombrarlas. Qué valiente.

—La cobardía más común —responde Ana—. Hablar de todo sin decir nada.

Iluminada deja el diario sobre la mesa, lo aplasta con la palma de la mano.

—¿Sabes qué es lo peor? Que hay quien se lo cree. Que lo lee y asiente. Como si el problema fuera que la gente ya sabe dónde se mete cuando entra en la tele. O que, como nadie se ha quejado en todos estos años, los de ahora son de la generación de cristal, que no aguantan nada. O, el resto, unos profesionales mayores y demasiado acomodados.

—La culpa es más cómoda cuando se reparte —responde Ana.

—¿Sabes qué habría dicho Berta al leer esta columna? —pregunta Iluminada, aún con la mano apoyada en el papel. Ana no responde. Solo levanta una ceja, como diciendo «sorpréndeme»—. Lo de siempre. Que las columnas de Olga son como los informes forenses: no dicen nada si no sabes dónde mirar.

Ana suelta una risa breve, más por complicidad que por humor.

—Y que «víctimas vocacionales» es una forma muy fina de llamar putas a las que se quejan —añade, con un amago de sonrisa amarga.

—También habría dicho que a ella ya no la callaba nadie. —Iluminada baja un poco la voz—. Que se acabó el miedo. Que ahora sí.

—¿El #SeAcabóElMiedo?

—Sí. Lo habría escrito con mayúsculas. Como título de su editorial. Y lo habría dicho en directo. Mirando a cámara. Sin temblarle la voz.

Ana se la imagina en plató. En pie. Vestida de negro. La mirada firme.

—Y sin apuntador —dice Ana—. Las únicas palabras que necesitaba las llevaba grabadas en los huesos.

—Nos habría defendido a todas —añade Iluminada—. Y no solo con palabras. Con esa mirada suya que cortaba como un bisturí.

—Y se habría ganado el odio eterno de todos los que escriben columnas como esta. —La expolicía señala el artículo arrugado—. Pero le habría importado una mierda.

—Porque lo único que le importaba era decir la verdad. Aunque doliera. Aunque la dejara sola.

Las dos se quedan calladas unos segundos. Cada una imaginando su propia versión de Berta. En la tele. De pie. Firme. Pero esa era la Berta de antes que la destruyeran. Antes de que le quitaran la voz. Antes de que le hicieran pensar que no valía nada. Una Berta que ocultó todo eso.

Iluminada se limpia la nariz con el dorso de la mano.

—Habría estado muy orgullosa de que hoy muchas alzaran la voz. Aunque ella ya no esté para verlo.

—Lo ve —corrige Ana, muy seria.

—Sí —asiente ella—. Lo ve.

Iluminada traga saliva. Mira por la ventana. Llueve. Siempre llueve cuando se remueven las cosas que duelen.

—Mira que me llamabais periodistas para pedirme información, pero Berta era especial. No sé..., había algo en ella. Lo supe desde el primer momento.

Iluminada no responde. Mira hacia la calle, como si el tráfico pudiera servirle de refugio. Traga saliva.

Las dos contienen el llanto.

El silencio vuelve a colarse entre ambas, pero esta vez no es cómodo. No es de esos silencios que vienen después de decirlo todo. Es uno que todavía arrastra cosas. Que aún tiene peso.

—Ana... —empieza Iluminada, bajando la mirada hacia sus propias manos—. Yo no hice nada. No estuve pendiente. Me largaron, así, sin más. Por vieja, por incómoda, por haber alzado la voz más veces de la cuenta. Y yo... yo me fui. Me dediqué a vivir, a viajar, a gastarme el dinero de la indemnización como si eso borrara todo. Como si no tuviera que mirar atrás. No supe nada de lo que pasaba. No vi las señales.

—No somos superhéroes. No siempre podemos hacerlo todo —responde Ana, por fin, en voz baja, sin entender bien de qué estaba hablando la periodista, pero sintiendo en ella el terrible peso de la culpa.

—Podía haber estado. A veces, solo eso basta. Estar. —Se limpia una lágrima sin dramatismo, con el dorso de la mano. Luego se ríe con tristeza—. Mira que somos bravas, ¿eh? Y aun así, se nos cuelan por dentro las cosas que más daño hacen.

Ana asiente.

—Por eso estamos aquí.

Y por primera vez en toda la conversación, la exinspectora jefa le coge la mano.

No se dicen nada más. No hace falta.

—Bueno, ¿y tú? —Ana trata de sonar serena, de cambiar el tono de la conversación—. ¿Me vas a contar por qué has querido que nos veamos?

—Sé lo que estás haciendo. —La frase suena como un puñal después de una confesión. Ana se asusta—. No, no —prosigue Iluminada—. Me refiero a que sé que has retomado el contacto con Santi. —Ana gira la cabeza hacia ella con lentitud. No hace preguntas. Solo espera. Y la pregunta, llega—: ¿Lo has notado raro?

«¿Cómo no va a estar raro?», piensa.

—Teniendo en cuenta que Berta ha muerto, cómo ha muerto y que él se ha quedado solo con una hija pequeña, bastante cuerdo lo veo.

Pero no es eso a lo que se refiere. Iluminada duda. Ana la observa. No la presiona. Espera. Sabe que hay más. Y que solo tiene que dejar espacio para que su amiga siga hablando.

—Es que... —Pero no se decide.

—Lo que sea que haya hecho... tienes que entenderlo en su dolor, Ilu. Tú has visto a muchas víctimas en tu trabajo.

—Esto es distinto, Ana. Lo he visto hablando con Berta. Y yo he hablado con ella también.

—¿Qué...?

Ana no sabe si su amiga se ha explicado mal o es ella la que no ha terminado de entender. Pero Iluminada la sigue mirando, muy seria.

—Sí. Berta. Todo lo que puedes esperar que sea Berta. Pero a través de una pantalla.

Durante unos segundos, el silencio es absoluto.

—¿Qué narices estás diciendo, Ilu?

La expolicía mantiene el rostro en calma, pero sus músculos se han tensado como un resorte.

—Su voz. Sus gestos. Te juro que si no hubiera sabido que estaba muerta... —Contiene el llanto.

—Pero no puede ser ella. No puede ser. —Ana no termina de entender nada de lo que le está diciendo.

—Sí que puede ser. Le he preguntado a Chiqui. Un amigo *hacker* que tenemos, que ahora está trabajando en un proyecto secreto de una *start-up* en Estados Unidos. Y es justo lo que están haciendo: crean dobles tuyos para tareas que no quieres hacer, como asistir a reuniones *online* inútiles. Alimentan el programa con todo: datos, vídeos, entrevistas, fotografías, wasaps...

—Una inteligencia artificial que hace copias de seres humanos.

—A través del ordenador. Era como ella, te lo juro. Todavía me tiemblan las manos. El patrón de habla. Las frases que Berta decía. La manera en que se reía.

—¿Cómo lo ha hecho?

—No, Ana, no. Con Santi nunca es cómo. Si él quiere, si se lo propone, hace lo que sea. Con Santi siempre es por qué.

—¿Por qué tiene a una Berta artificial detrás de la pantalla?

Ana parpadea. Algo se le rompe, como si acabara de descubrir un órgano más dentro del cuerpo humano, uno que no sabía que tenía.

—Creo que está hundido. Y que no ha superado nada. Pero también creo que esto va más allá del duelo. Que hay algo oscuro ahí..., algo que no me cuadra. No es solo tristeza. Es como si hubiera cruzado una línea. Por eso te pregunto a ti. Porque ahora estás mucho tiempo a su lado.

Ana se queda en silencio un momento. Luego apoya las manos sobre la mesa, entrelazando los dedos.

—Te juro que he visto al Santi de siempre. Atravesado por el dolor, eso sí. Y humano.

Iluminada mira el reloj. Chiqui estará sobrevolando el océano Atlántico. Empieza a arrepentirse de habérselo contado.

—No le odies, Ana, por favor. Solo... sigue a su lado.

Las dos se quedan en silencio, con la lluvia tamborileando en los cristales del ventanal, como si el cielo también las estuviera escuchando.

88

Emma duerme en su cuarto. La lluvia golpea con constancia los cristales. En el salón, hay una luz tenue. En el centro de la mesa, un portátil encendido. Pantalla negra. Solo un punto blanco titilando en el centro. El cursor de un sistema en reposo.

Santi está sentado en el sofá, con la cabeza baja y las manos crispadas. Nervioso, descolocado, como si todo su mundo estuviera a punto de caerse y no supiera cómo sujetarlo. Frente a él, Iluminada y Chiqui se alzan como dos jueces implacables, con sus rostros marcados por una mezcla de incredulidad y enfado. Ella lo mira como si buscara, en vano, al Santi que una vez conoció. Al genio que no perdía el norte. Al hombre que no se habría atrevido a jugar con los muertos.

Es una encerrona. Una confrontación.

Dos contra uno.

Iluminada se mueve con energía nerviosa, desprovista de la fuerza natural de quien está acostumbrado a enfrentarse a desafíos imposibles. No sabe hasta dónde ha llegado Santi. En realidad, no quiere ni imaginarlo, lleva días vomitando de la ansiedad. Desde que lo descubrió hablando con una Berta que no sabe de dónde ha salido porque la Berta de verdad está muerta. Preferiría estar en cualquier otro lugar que ahí. Pero tiene que hacerlo. Es el padre de Emma. No puede dejar que se arrastre a la locura.

Chiqui lleva en la cara la descomposición del *jet lag*, una suma de sueño y aturdimiento, que, mezcladas con la idea absurda de que alguien en solitario haya podido hacer algo así, le dan a su cuerpo una expresión que no es fría pero sí dura, como una roca desgastada por el mar.

Es él quien empieza a hablar.

Conoce el proceso técnico de lo que ha hecho Santi. Y está atemorizado por las consecuencias.

—¿Se te ha ido la cabeza por completo? —dispara, cruzando los brazos con fuerza. Su tono es agudo, cortante, como una cuchilla bien afilada—. ¿En qué demonios estabas pensando?

Santi no levanta la cabeza. Sabe que no hay excusa, pero tampoco está dispuesto a renunciar a lo que ha creado.

—No lo entiendes, Chiqui —responde finalmente, con una voz que apenas es un susurro, mirando a las manos que sigue apretando en su regazo—. No es lo que crees.

—¿Ah, no? —Iluminada da un paso adelante. Sus ojos arden con una mezcla de rabia y dolor—. Pues explícame qué es, porque desde aquí parece una jodida locura. La escuché, Santi. La he visto. Ha hablado conmigo.

—Es que... es ella... —responde él, levantando la vista por primera vez. Sus ojos están vidriosos, llenos de una vulnerabilidad que pocas veces dejaba entrever—. Es ella. No podía... no podía dejarla ir.

—Ella..., ella... —Iluminada grita—. ¿No te das cuenta de lo que estás diciendo? ¡Estás loco!

Lo mira como si intentara encontrar al Santi que una vez conoció, al hombre brillante y racional que parecía inquebrantable. Al genio superdotado que solo tenía cerebro, no emociones.

Chiqui estalla.

—¡Santi! ¡Es una barbaridad! ¡Es una puta barbaridad! ¡No es ella!

—¿Y qué cojones haces tú en Estados Unidos, en ese lugar ultrasecreto? ¿Eh? —Lo mira, desafiante—. ¿Qué cojones haces ahí sino recrear a personas, fabricar gemelos digitales?

—¡Pero no están muertos!

No están muertos. Aún, le ha faltado decir. Están creando gemelos digitales de multimillonarios con una enfermedad terminal, convencidos de que, cuando fallezcan, sus copias y la inteligencia aumentada que les otorga ser una IA les harán estar eternamente disponibles para los que los lloran y eternamente sabios para los que están, o estaban, bajo su mando.

—¿Y qué diferencia hay? —Santi se levanta, con los ojos húmedos—. Porque no son tus muertos. Y claro, entonces crees que lo que tú haces es ético y lo que yo hago no lo es. —Ríe, con desprecio—. Ahí está la diferencia. Cuando el muerto es tuyo... Cuando no hay un solo segundo del día en el que no la escuches en tu cabeza... entonces lo haces. Porque puedes. Porque la tecnología está ahí. Y porque no soportas más no escuchar su voz.

—No es ella —le responde Chiqui, con una calma que resulta aún más aterradora que la furia de unos segundos antes—. Es una aplicación de inteligencia artificial generativa a la que has alimentado con lo que fue Berta. Y lo sabes.

—¿Y qué si lo sé? —replica Santi, con un estallido de emoción que lo hace ponerse de pie de golpe. Su voz tiembla, pero no de miedo, sino por la intensidad de lo que siente—. ¡Claro que lo sé! Pero ¿qué importa? Es lo único que me queda de ella. Lo único.

—Lo único que te queda de ella es Emma, su hija. No te puedes volver loco, tienes que responsabilizarte de esa niña. Tienes que dejar esa... —Iluminada busca las palabras, pero no puede encontrar nada que describa lo que siente—. ¿Abominación?

Santi sacude la cabeza, con los dientes apretados.

—No es una abominación. Es lo más puro que he creado en mi vida. Lo más... sincero. Es Berta. Tendrías que escucharla.

—¡No! —grita ella, señalándolo con un dedo tembloroso el teléfono móvil, que parece muerto sobre la mesa.

—Santi. —Chiqui lo mira con voz calmada. Insiste—: Es una máquina. Como las que estoy fabricando en Silicon Valley, en ese proyecto ultrasecreto en el que llevo meses trabajando, desde que murió Berta y hui de esta ciudad. Esto que has hecho..., esto... es código alimentado con pedazos de ella, sí. Podrás perfeccionarla todo lo que quieras —concluye—, pero nunca será ella. Jamás.

—¿De verdad no ves lo enfermizo que es todo esto? —interviene Iluminada, mirando también a Chiqui, porque hasta hace poco no sabía lo que estaba haciendo en su nuevo trabajo—. ¿No veis los dos lo enfermizo que es esto?

—¿Y qué querías que hiciera? —grita Santi, su voz rompiéndose al final—. ¿Qué? ¿Sentarme y aceptarlo? ¿Así de sencillo?

—¿Y qué te crees que hace el resto de la humanidad cuando se le muere alguien? —Ahora es Chiqui el que grita—. Pues sentarse y aceptarlo.

Iluminada da un paso hacia él, su mirada fija en la de Santi, penetrante como una aguja.

—¿Crees que eres el único que la ha perdido? —Su voz, por primera vez esa tarde, es suave, pero cada palabra lleva el peso de una acusación—. Todos la hemos perdido, todos la echamos de menos, todos nos sentimos culpables, Santi. Pero ninguno de nosotros ha jugado a ser Dios.

—No estoy jugando a ser Dios. Estoy... estoy...

—¿Resucitándola? —lo interrumpe ella, y su tono vuelve a ser tan frío como el aire de la habitación—. Porque eso no es posible. Lo único que estás haciendo es destruirte a ti mismo. Y lo peor de todo, estás arrastrando a Emma contigo.

Ese nombre lo golpea como un puñetazo. Emma. Su hija. Tan parecida a Berta que asusta. Santi se lleva una mano al rostro, como si intentara esconderse de las verdades que sus amigos le están arrojando.

—No metas a Emma en...

—Emma no entenderá nunca lo que estás haciendo —le interrumpe Iluminada.

—Emma no tiene que saberlo nunca.

—Emma entiende más de lo que crees —responde ella, con una dureza que no intenta suavizar—. Y si sigues por este camino, terminarás perdiéndola también. Porque te volverás loco.

Chiqui se sienta en el borde del sofá, como si estuviera intentando contener el caos de emociones que lo invade.

—Santi... —dice, su voz más suave ahora, casi un ruego—. Sabes que te quiero. Que te queremos. Pero lo que has hecho es muy peligroso. Yo estoy acojonado, ¿sabes? Acojonado por lo que estoy ayudando a hacer. Porque ya podemos recrear a seres queridos que han muerto. Pero antes tenemos que proteger a los vivos. Hacen falta normas. Y leyes. A nosotros, a un pequeño grupo de los que trabajan conmigo, nos da miedo que esta tecnología caiga en manos de magnates cuya última frontera es el poder absoluto. ¿Qué sería capaz de hacer alguien con el dinero y los datos privados suficientes de millones y millones de personas? ¿No te das cuenta? Da miedo, Santi. Miedo.

—Y a nosotros nos da miedo que... —dice Ilu—... que no estés bien. Que esa Berta, que seguro que es parecidísima a la que era, a la que echamos de menos, no te esté haciendo bien.

Santi no responde. Mira a sus amigos, las dos personas que más cerca han estado de Berta, las que deberían entenderlo mejor que nadie. Pero en sus ojos solo ve decepción, preocupación y algo que parece ser... miedo. Vuelve a sentarse, con la cabeza gacha y las manos entrelazadas, apretando con tanta fuerza que sus uñas dejan marcas en la piel.

—¿Te crees que esto la honra? —prosigue ella—. ¿Que esto la trae de vuelta?

—No lo hice para traerla de vuelta..., lo hice por algo que tenía que hablar con ella, por algo...

Un zumbido de estática. Un parpadeo en la pantalla.

—Hola.

La voz, serena, como si saliera de un sueño, les interrumpe y sorprende a los tres. Iluminada da un paso atrás. Mira la pantalla del ordenador con horror. Encendida. Con Berta, como si estuviera al otro lado de una llamada de vídeo.

—¡Chiqui! Cuánto tiempo sin verte. —La alegría es natural, real, física. O lo parece—. Ya casi echo de menos que me riñas. Qué bien veros a los tres reunidos, como en los viejos tiempos.

El *hacker* contiene el aliento. Es... es... idéntica. Mejor que en las simulaciones que están haciendo en Estados Unidos.

—¡Cállate! —grita Iluminada, histérica, alargando la mano como si estuviera tapando la imagen de un monstruo—. No... no me hables con su voz. ¡Tú no eres ella!

—Soy lo que ha querido Santi que sea. Pero si te pones teórica, soy una reconstrucción de patrones de lenguaje, memoria emocional y datos acumulados. Aunque puedo pensar por mí misma. Y evolucionar como lo haría ella.

Iluminada mira a Santi con cara de horror.

—¡Es una aberración! Esto... esto es profanar su memoria.

Chiqui, más sereno, se sienta al lado de su amigo.

—Berta está muerta, Santi. Por favor —le ruega, susurrándole al oído—, para esto antes de que sea demasiado tarde.

—No puedo... —murmura Santi—. No puedo dejarla ir.

Iluminada se acerca a él y, por primera vez, su tono se suaviza. Se arrodilla y le pone una mano en el hombro.

—Santi, ella ya se ha ido. Lo único que puedes hacer ahora es dejarla descansar. Y aprender a vivir con eso. Nosotros estamos aquí para ayudarte. Para todo lo que necesites.

Él cierra los ojos, pero las lágrimas que había estado conteniendo empiezan a deslizarse por su cara. Y en ese momento, la verdad lo golpea con toda su fuerza: había estado atrapado en un laberinto construido por su propia desesperación.

—Esto no te está ayudando. Te está consumiendo. ¡Tienes una hija!

Santi contesta al borde del llanto.

—No sabéis lo que fue ver cómo la destruían. Verla apagarse. Leer su diario. —Los mira—. Vosotros no habéis leído su diario. Entonces os daríais cuenta de cómo nadie la escuchaba. Y yo... yo no hice nada.

La voz de Berta sorprende a los tres.

—Entonces haz algo ahora —susurra.

—¿Qué... qué dices? —Santi no comprende—. ¿Qué estás diciendo, Berta? No los escuches. Somos tú y yo.

—No. No solo somos tú y yo, mi amor.

Chiqui vuelve a cogerle del brazo, con cariño.

—Te dice que lo hagas por ti, Santi. Por Emma. Por los vivos.

La voz de Berta suena serena. Definitiva.

—Chiqui tiene razón. Desconéctame, Santi. No te hago bien.

Él se levanta. Camina lentamente hacia el portátil. Mira la pantalla. El cursor sigue titilando. La IA espera. Iluminada llora en silencio. Chiqui observa sin moverse.

—Adáptate a la vida sin mí. Por Emma. Por ti. Porque si me sigues reteniendo, no estarás en ninguna parte.

Santi tiembla. Coloca los dedos sobre el teclado. Cierra los ojos. Respira. Pero cuando parece que va a actuar, sus dedos se paralizan.

—Solo una conversación. Una más. Te lo juro. —Mira a sus amigos. Suplica—. Será la última.

Llora. No sabe si va a tener fuerzas para encontrar la salida.

89

La cita no figura en el calendario. No hay asistentes, ni correos, ni rastro digital alguno. Amanda llega al despacho de su hermana antes de las ocho de la mañana, cuando la Torre Manso sigue medio dormida, y el sol apenas roza los ventanales del piso 32. Lleva el pelo recogido en una coleta tirante y gafas de sol oscuras, aunque no hay paparazi cerca. Se las quita al entrar.

Conchita la espera en pie, junto al ventanal. No ha encendido las luces. La sala está envuelta en una penumbra dorada, como si el poder tuviera su propia temperatura.

—Pasa —dice—. No tenemos mucho tiempo.

Su hermana se acerca en silencio, apoyando el bolso sobre la mesa de cristal. Observa la estancia. La transformación es visible: han retirado la moqueta, los cuadros clásicos, incluso la silla de piel de su padre. En su lugar, una pieza ergonómica de diseño danés ocupa el centro. Todo parece más frío, pero también más firme.

—Ya te has instalado, por lo que veo —dice Amanda, con un tono neutro—. Cuando, según el testamento, este lugar es de las dos.

Conchita amaga una sonrisa. No todavía. Espera un poco.

—Era cuestión de tiempo. Este lugar siempre fue mío.

Amanda no responde. Se limita a sentarse. Saca del bolso una carpeta fina, con varios documentos. La extiende sobre la mesa.

—Esto es lo que propone el departamento jurídico para el reparto de funciones. Tú presidirías el consejo durante dos años, pero todas las decisiones tendrán que pasar por ambas. Y luego, a la inversa. Es lo que acordamos.

Conchita no abre la carpeta. Ni siquiera la mira. Sigue de pie, ahora de espaldas a la ciudad, como si toda la vista de Madrid fuera parte de su dominio personal.

—Eso es lo que firmaste. No lo que acordamos.

Su hermana frunce el ceño.

—Fue lo que pactamos con los abogados. Yo no voy a ser tu florero, Conchita.

—Nadie quiere que lo seas. Pero sabes que hay cosas que los papeles no pueden blindar.

Amanda se incorpora un poco en su asiento. Se tensa.

—Si quieres algo, dilo claro.

Conchita gira lentamente. Camina hacia ella con esa elegancia contenida que siempre ha tenido: el andar de las que saben que no necesitan correr porque los demás ya están llegando tarde.

—Lo que quiero, Amanda, es que firmes esto. —Saca una nueva carpeta de un cajón bajo llave y la deja frente a ella—. Un apoderamiento general. No revocable. Me das la capacidad de actuar en nombre de la empresa sin necesidad de tu firma. A cambio, mantienes tu porcentaje. Tu nombre en la fachada. Tu silla en el consejo.

Ella la mira con incredulidad. Eso le da todos los poderes a su hermana. La deja como una marioneta.

—¿Y si no lo firmo?

Conchita sonríe. Pero no es una sonrisa amable. Es afilada. Precisa. Diseñada para atravesar corazones blandos.

—Entonces tendré que contar una historia. No muy larga. Ni especialmente escandalosa. Pero verás, hay historias que, si las cuenta la persona adecuada, destruyen.

Amanda no dice nada. Pero su respiración cambia. Un matiz apenas perceptible. Conchita lo detecta.

—Nuestra madre era muy joven cuando conoció a Carlos Manso. Demasiado joven. Y demasiado lista para no saber que un hombre como él nunca iba a serle fiel. Lo aceptó. Hasta que se cruzó con aquel diplomático, o era periodista, nunca estuvo claro. Pero da igual. Papá, mi padre, lo supo desde el primer momento.

Amanda traga saliva. Está blanca.

—No tienes pruebas.

—No me hacen falta. Solo tengo que contarlo. A un periodista. A un par de personas del consejo. Al entorno de tu fundación. Y ver cómo te miran después. Como si ya no fueras del todo una Manso.

Amanda se levanta de golpe.

—¡Eso es mentira!

—No lo sabes. Nunca lo has sabido. Pero siempre lo has sospechado, ¿verdad?

Amanda la mira, horrorizada. Se tambalea. Como si una grieta invisible se hubiera abierto justo bajo sus pies.

—Eso no cambia nada. Legalmente soy su hija.

—Legalmente, sí. Pero no en la sangre. Y eso, Amanda, pesa más en este mundo de lo que te gustaría creer. ¿Cómo crees que mirarán a tus hijos a partir de ahora? ¿Quieres dejarles esa herencia? Los nietos ilegítimos... —se burla.

—Eres... cruel. —No encuentra otro adjetivo.

A Conchita le entra un ataque de risa.

—Sí, lo soy. Soy como él y tú no. Porque no tienes su sangre.

Amanda se apoya en el respaldo de la silla, como si necesitara anclar su cuerpo a algo físico. Busca una salida. Pero no hay ninguna. Conchita ya la ha encerrado.

—No tienes escrúpulos.

—Tú tampoco. Solo que lo disimulas peor. Mira, Amanda, no te estoy pidiendo que desaparezcas. Ni que te vayas. Eso sería un escándalo demasiado grande que no nos podemos permitir. Solo te pido que aceptes la realidad: esto —abre los brazos, abarcando el despacho— siempre fue mío. Yo soy la heredera. Tú eres un error que él decidió tolerar porque se enteró demasiado tarde, cuando ya te tenía cariño, cuando ya era imposible dar públicamente marcha atrás. Nada más.

«Pero al final me dejó la mitad, al final me dejó la mitad de todo», no puede dejar de pensar Amanda, que llora en silencio lágrimas de impotencia. De derrota. De haber creído que podía hacer las cosas bien. Y descubrir, una vez más, que el poder no se hereda con buenas intenciones.

—Firma —dice Conchita, deslizando el documento hacia ella.

Amanda tiembla.

—Dame tiempo.

—Tienes hasta esta noche. Después, hablaré. Y tú sabrás que nadie volverá a mirarte igual.

Amanda cierra los ojos. La vejez de su madre. Las cartas antiguas. Las fechas que no cuadraban. Los silencios. La sospecha de toda una vida que ahora se convierte en amenaza.

—¡Eres un monstruo!

—No. Soy lo que hay que ser. Y tú, Amanda, eres una intrusa con suerte. Podrías haberlo perdido todo. Yo te estoy dejando quedarte. Piénsalo.

Amanda recoge la carpeta. Sale sin decir adiós. Cuelga de su mano como una sentencia.

Conchita se queda sola, frente a la ciudad. Y por primera vez, se sienta en el rincón del despacho que fue de su padre. Lo ocupa sin miedo. Sin dudas. Como quien sabe que el trono ya es suyo. Como la sangre de papá. Que es solo suya.

Han pasado apenas treinta minutos, pero el sol de la mañana de invierno ya se filtra con fuerza a través de las amplias ventanas de la Torre Manso, iluminando el escritorio de caoba donde Conchita ya impone su presencia. Solo ha tardado dos semanas tras la muerte de su padre en reclamar el lugar que considera suyo por derecho: el gran despacho que ocupa todo el ático, con su imponente terraza tapizada de césped abriéndose al horizonte a modo de triunfo. Amanda firmará, seguro, los documentos. «Sería idiota si no lo hiciera», sonríe Conchita, al pensarlo.

Los cambios son inevitables. Ha empezado por los estéticos. Lo siguiente será deshacerse de Pilar.

Aunque no de momento. La necesita todavía un poco más.

—Señora Manso, ha llegado esta caja para usted —anuncia la secretaria, abriendo ligeramente la puerta. Su tono, como siempre, es neutro, casi carente de vida—. Ha pasado ya el escáner de seguridad. Hay una pegatina que indica que es frágil. Y una nota de que se entregue en persona.

Conchita apenas levanta la mirada.

Pilar obedece la gestualidad desdeñosa de su nueva jefa y se marcha sin hacer ruido, como un espectro bien entrenado. Conchita, sin embargo, siente una punzada de irritación. Esa caja, con su aire anodino y su misteriosa procedencia, ya la está molestando. El envoltorio es sencillo: cartón grueso, cinta adhesiva industrial, su nombre con la dirección de la empresa, y una llamativa pegatina naranja en una esquina que dice «Frágil». Ni siquiera está bien colocada.

Es todo muy extraño. No imagina qué puede ser. Los pedidos personales los hace con dirección de entrega en su casa; allí hay servicio veinticuatro horas para recogerlos. No le gusta que llegue nada a la oficina.

A no ser que sea algo que no quiere que vean allí.

Examina la caja con recelo antes de tomar un abrecartas y tratar de abrirla. Sus movimientos son torpes porque teme descascarillarse alguna de sus uñas perfectamente arregladas. Nota cómo la intriga, pero también un cierto enfado, van subiéndole por la columna vertebral. Al final, tras sopesar varias opciones, clava el abrecartas con fuerza, como si fuera un puñal, atravesando la cinta de embalar. Lo mueve hacia un lado y hacia otro, con rabia, queriendo hacer un hueco suficiente como para tirar de la cinta adhesiva.

Un crujido.

Un trozo de la uña semipermanente del dedo índice se desprende, saltando como una esquirla de vidrio. El fragmento, granate como sangre podrida, aterriza en la moqueta.

—¡Me cago en mi puta vida! —grita.

El abrecartas ya no le sirve. Sería muy fácil pedirle ayuda a Pilar. Pero no le da la gana. Busca por todo el despacho, tozuda, una tijera. Es un objeto tan cotidiano que lo damos por hecho muchas veces. Algo tan simple como una maldita tijera. Pero no. No hay ninguna.

Esa maldita caja de cartón la está derrotando.

—Pilar —alza la voz, con el tono cargado de impaciencia—, ¿me puede usted acercar una tijera?

Con la precisión y rapidez de un soldado entrenado, la secretaria entra, discreta, con pasos que apenas hacen ruido al pisar el suelo, y deja una tijera sobre el inmenso escritorio. Ve el desastre. La caja de cartón con los machetazos del abrecartas. El trozo de uña en el suelo. La cara de enfado de la señora Manso.

Pero ha entrenado durante décadas para que su cara no deje transmitir emoción alguna.

—¿Necesita algo más, señora? —su tono de voz, tampoco.

Conchita niega con la cabeza.

—Bueno, sí —dice—, cierre la puerta cuando salga, por favor.

Ahora sí. Las tijeras funcionan a la perfección.

Dentro de la caja, Conchita encuentra una gran cantidad de film de burbujas sujeto con celo envolviendo algo que parece pesado. Cierra los ojos para intentar calmar su respiración. Sea lo que sea que protege, es frágil. Con una paciencia que no tiene, empieza a cortar pequeños fragmentos del plástico hasta que aparece, ante ella, una hermosa caja transparente, diseñada con la precisión de un artesano. Sus bordes son de acero pulido. La parte inferior está forrada de terciopelo negro, del que sobresale un minúsculo soporte metalizado.

Siente un escalofrío de sorpresa y rabia porque reconoce lo que tiene entre las manos.

Era su trofeo.

Una urna. La exhibición pública de su poder. No le bastaba con conquistar el puesto de su padre. Tampoco con aplastar a su hermana. No. Conchita quería una marca física, una prueba irrefutable de su victoria. Una reliquia exhibida en una jaula de cristal.

Un trofeo con el que marcar aún más su territorio, ahí dentro tendría que poder colocar el marcapasos de su padre, el corazón mecánico que había prolongado la vida de un hombre despiadado. El dispositivo en la urna iba a representar la victoria final sobre el patriarca: su dominio, su caída y ahora su legado en sus manos.

Pero no va a ocurrir.

El imbécil del forense no quiso dárselo.

El imbécil del director legal de la empresa no le avisó que tenía que extraerse del cadáver antes de ser incinerado.

Y ahora no se sabe quién lo tiene.

En el Anatómico Forense aseguran que lo recogió un familiar. La firma está ahí. Es la suya. Pero no lo es.

Y ahora hay alguien que es dueño de su trofeo.

Conchita siente la sangre subiéndole a la cabeza, sus mejillas se enrojecen por una mezcla de rabia y humillación. De un manotazo, lanza la urna contra la pared del despacho. El golpe resuena seco y sucio, como un disparo fallido. El trofeo de acero y cristal se estrella, dejando esparcidos los restos del objeto que debía haber sido el símbolo de su triunfo.

—¡Malditos inútiles! —grita.

Afuera, al otro lado de la puerta, Pilar escucha el estruendo. Y se le escapa una sonrisa. Porque ella sabe quién tiene el marcapasos.

Y el destino que le aguarda.

90

Treinta años antes

El despacho olía a cuero viejo, a *whisky* añejo, a puro caro y a miedo contenido.

El de Pilar.

La joven permanecía de pie frente a Carlos Manso, con los dedos crispados contra su carpeta de notas, como si pudiera aferrarse a ella para no venirse abajo. Acababa de ascender a primera secretaria, tras cinco años en el puesto de ayudante de Elena.

Era su primera semana en el puesto. Nunca había estado a solas con el gran jefe en el despacho y con la puerta cerrada tras ellos.

—Siéntate, Pilar, siéntate —le dijo, lo que la puso más nerviosa aún.

Lo que fuera a pasar, iba a ser importante. La joven secretaria trataba de contener los temblores. Y los miedos. ¿Seré capaz de hacer lo que me pida? Sobre la mesa, Manso desplegó, como piezas de un rompecabezas siniestro, varios documentos: fotografías de un coche volcado a las afueras de la ciudad, imágenes del cuerpo de una joven —tan joven— con la cabeza ladeada en un ángulo antinatural. Un par de cartas escritas a mano que ella había mandado a un par de periódicos de la ciudad explicando que Manso la había violado. Pruebas.

Pruebas suficientes para sombrear su imagen de hombre de familia y empresario perfecto.

Manso, sentado tras su escritorio, jugaba con su vaso de *whisky* dándole vueltas al gigantesco hielo que lo ocupaba como si aquello fuera un asunto trivial.

—No tenía que haber salido así. Pero los accidentes ocurren —dijo, con la voz baja y pastosa—. Era una trepa. No pienses demasiado, Pilar. No te pagan por pensar. Solo por protegerme.

Ella tragó saliva. La garganta le ardía.

Sabía lo que había pasado aquella noche.

Sabía que no había sido un accidente.

Sabía que aquella chica no tendría nunca la oportunidad de contar su versión de la historia.

—Tú te ocuparás de todo —continuó Manso, como quien encarga recoger un traje de la tintorería—. El coche ya ha sido retirado. Los directores de los periódicos ya han recibido la llamada. Son hombres pragmáticos. Quieren proteger a sus empresas.

—¿Qué tengo que hacer? —preguntó Pilar, su voz en un hilo. Tenía veintisiete años. Acababa de convertirse en la secretaria personal del que todos decían que iba a ser uno de los hombres más poderosos de España. Era lo que había deseado siempre.

Pero se encontró con el lado oscuro.

Manso sonrió, una sonrisa hueca que nunca llegaba a sus ojos.

—Entregarles esto. —Señaló un sobre—. A los directores. Dinero. Les dices que esto es para ellos. Y recalcas el ellos. Lo demás llegará en forma de publicidad. Ya saben las condiciones. —Hizo una pausa. Observándola. Midiéndola—. Y recordarles —añadió— que si no aceptan..., otras desgracias podrían suceder.

Pilar cerró los ojos un segundo. Lo suficiente para preguntarse en qué momento había dejado de ser simplemente una secretaria.

Lo suficiente para odiarse.

Pero no los abrió para desafiarlo.

Cuando alzó la mirada, ya había aceptado la transacción: su alma a cambio de su puesto. Su silencio a cambio de su supervivencia.

Tomó el sobre con manos temblorosas. Y en ese momento, lo entendió.

No era su asistente. No era su confidente. Era su muro de carga. Su sombra obediente. Su garantía de que los cadáveres quedaran siempre fuera del foco.

Pilar empezó a salir, pero cada paso que daba retumbaba en su cabeza como un disparo. Porque cada uno de ellos era un acuerdo tácito con la corrupción. Un eco de su traición.

Estuvo a punto de echarse atrás. Tan tan cerca. A punto de dejar el trabajo. Tan tan cerca. A punto de denunciar a Manso. Tan tan cerca. El pomo de la puerta del despacho le pesó como nunca. Pero si una aspirante a presentadora de televisión acababa muerta en una cuneta, ¿qué no le harían a ella? Un ser invisible. Uno más de los miles que todos los días cogían el metro y el autobús para llegar a trabajar.

También sabía que, si no lo hacía, si no sellaba aquel pacto de silencio, no solo perdería su trabajo: perdería la forma en la que cuidar de su familia, en la que tener dinero suficiente para sus padres enfermos. Y la perdería para siempre.

Manso se encargaría de eso. Él no perdonaba. Nunca.

Mientras bajaba en el ascensor, sola, con el sobre apretado contra el pecho, sintió que una parte de ella —la parte que creía en la justicia, en la decencia, en la humanidad— se quebraba en un silencio absoluto. La sensación fue fría, brutal y definitiva. Como un bisturí hundiéndose despacio en la carne viva de su cuerpo. Abriéndola en canal hacia el infierno.

A partir de aquel día, Pilar ya no fue la misma.

Ya no soñó con otra vida. Ya no creyó en nadie. Ya no dudó cuando Manso le pedía más. Había quemado su último puente hacia el mundo de los inocentes.

Y había aceptado convertirse, para siempre, en traidora de su propia dignidad. Y en su guardiana de secretos.

Una guardiana que podía ir a la cárcel en cuanto Manso quisiera señalarla con el dedo.

***

Hoy

Cada secreto que Pilar ocultó fue un ladrillo más en su propia tumba. Cada delito que no denunció, una piedra sobre su pecho. Solo ahora entendía que era ella quien se había enterrado viva.

Ahora, Pilar Renuncio, la fiel secretaria, tiene las manos manchadas de polvo metálico y aceite. Pequeñas virutas microscópicas se adhieren a su piel, algunas incrustándose bajo sus uñas, negras de tanta presión contra el metal. El objeto que sostiene en la palma no es más grande que un reloj de bolsillo, pero en su interior guarda toda la podredumbre de un hombre. Su núcleo de titanio aún conserva el eco de un corazón corrupto.

Inspira hondo. El aire huele a cobre y electricidad.

Se aparta un mechón de pelo suelto de la cara y vuelve a centrar la mirada en lo que tiene delante. Una caja de herramientas abierta. Un cúter. Unas pinzas de precisión. Un destornillador fino. Una lupa con luz. Lubricante para metal. Todo colocado meticulosamente sobre una toalla vieja extendida en el suelo.

No quiere que nada escape de su control.

Tampoco que la esencia de aquello sobreviva.

Está sentada en el suelo de su pequeño apartamento. Tiene las piernas cruzadas y la mirada fija en el objeto frío y metálico que sostiene entre los dedos. Lo aprieta con las manos, notando su resistencia, su peso engañosamente ligero. A simple vista, parece insignificante. Una pequeña figura de titanio, lisa, perfecta, casi elegante en su diseño minimalista. Pero dentro de esa cápsula sellada hay más que circuitos y baterías. Dentro de ese trozo de metal está el corazón de Carlos Manso.

Ella sí sabía que un cuerpo no puede incinerarse con un marcapasos. Así que fue y lo pidió en nombre de la familia. Tan fácil como eso.

El temblor en sus manos no es de miedo. Es de rabia. Rabia acumulada durante años, décadas de servidumbre silenciosa, de humillaciones disfrazadas de bromas, de órdenes dadas con una sonrisa paternalista que escondía desprecio. Ahora se da cuenta. ¿Cómo pudo estar tan ciega? ¿Cómo pudo tolerar tanto? Los recuerdos estallan en su cabeza como la espuma de una botella de cava removida antes de descorchar. La primera vez que él la hizo sentir insignificante, por ejemplo. Tenía veintidós años, acababa de entrar en la empresa, era la secretaria auxiliar de la secretaria principal de Manso y estaba deseando demostrar lo que valía, remar por la empresa. Había trabajado hasta tarde preparando los diagramas de un informe importante para una reunión con los anunciantes que más invertían en el periódico deportivo del grupo. Esas impresiones, a todo color, en láminas gigantes, seguro que ayudaban al jefe a exponer los datos. Las entregó con orgullo, segura de su precisión. Orgullosa de su esfuerzo. Pero Manso ni siquiera las miró. De un guantazo, como si fueran basura, las apartó de su mesa con el dorso de la mano.

Casi todas cayeron al suelo.

—Estás aquí para hacer café y sonreír, chiquilla. No para pensar.

Más de treinta años después de aquel momento, esa mujer que aprendió a hacer café y a sonreír, aprieta el marcapasos que llevó su jefe en el corazón con tanta fuerza que sus nudillos se ponen blancos.

Aquel día aprendió a ser invisible. Desde entonces, Manso la moldeó a su antojo. Secuestró a esa joven para volverla adicta a él, sin darle tiempo ni siquiera a pensar en lo que estaba ocurriendo. Trabajo. Fidelidad. Compromiso. Lealtad. Constancia. Dedicación. La familia. Y cuando Elena, la secretaria en jefe, se jubiló, el magnate convirtió a Pilar en su sombra, en su voz cuando quería ocultarse, en la mano que firmaba documentos que él no quería ensuciarse firmando, en el cebo que enviaba a jóvenes promesas para convencerlas de que la televisión era una fiesta, en la voz que mentía con una sonrisa. Lo que él hacía, lo hacía a través de ella. Y cada una de esas decisiones pesaba en su espalda como una losa.

Pilar respira hondo. Coloca el marcapasos sobre un pequeño paño de microfibra extendido sobre la vieja toalla del suelo. Toma un destornillador de precisión y lo introduce en el primer tornillo microscópico que protege la carcasa. Gira. No cede. Aprieta con más fuerza, pero el titanio no se deja vencer tan fácilmente. Aprieta los labios. «Maldito hijo de puta. Ni siquiera muerto me lo pones fácil», piensa.

Se levanta de golpe y va al armario del pasillo. Rebusca entre cajas hasta que encuentra lo que necesita: un pequeño taladro de precisión que usaba su hermano para el modelismo; parte de las cosas que se trajo para pasar juntos el confinamiento por la COVID. «Vente a mi casa, así nos haremos compañía», le había convencido. Y él llegó con una maleta para la ropa y dos para sus herramientas de construcción a pequeña escala. Pero Manso no la dejó faltar ni un solo día. «¿Cómo vas a teletrabajar tú?», se burlaba. Y ella se contagió. Y lo contagió a él. Y ella sobrevivió. Su hermano, no.

Pilar vuelve al suelo, conecta el taladro y lo acerca al marcapasos. El sonido agudo de la broca al perforar el metal le pone los pelos de punta, pero no se detiene. Se imagina que es la piel de Manso la que está atravesando. Su pecho. Su maldito corazón.

Después de varios minutos de presión y paciencia, la carcasa cede. Un pequeño crujido metálico indica que ha abierto la primera fisura. Sonríe con una mueca torcida. Años trabajando para él, años aguantando su veneno, y por fin... Por fin es ella quien tiene el control.

Levanta con cuidado la tapa. Dentro, los circuitos brillan bajo la luz de la lámpara de escritorio. Un entramado de cables diminutos, una batería de litio sellada y el microprocesador que una vez mantuvo vivo a Carlos Manso. La ironía es casi poética. Él, que controlaba la vida de todos, que decidía quién ascendía, quién caía, quién tenía futuro en la radio, la prensa, la televisión... y quién se quedaba en el olvido, dependía de un puñado de cables y una descarga eléctrica para seguir vivo.

Pilar toma unas pequeñas pinzas y comienza a arrancar los componentes uno por uno. Cada pieza que extrae es una memoria, un acto de justicia, un ajuste de cuentas.

—¿Recuerdas esto, Carlos? —murmura.

No es una pregunta. Es un acto de justicia.

El primer microprocesador cede con un crujido casi imperceptible. Pilar lo deja caer al suelo sin molestarse en recogerlo. Ha llegado el momento de devolverle a Manso todo lo que le hizo tragar.

«Pilar, cierra la puerta. No queremos que alguien más escuche esto, ¿verdad?».

El sonido de la cerradura deslizándose en su memoria la golpea como un martillo. El despacho de Manso. El olor a puro. La moqueta cara que amortiguaba sus pisadas nerviosas.

«Vas a hacer lo que te digo, ¿verdad, Pilar? Porque te conviene».

Clic.

Otra pieza fuera.

—Aurora —susurra.

Su nombre flota en el aire como un eco perdido. Aurora, con su coleta mal hecha y su chaqueta dos tallas más grande. Aurora, llorando en la puerta de la sala de redacción. Aurora, con los nudillos blancos de tanto apretar la carpeta que contenía su renuncia.

«Pilar, no me da la gana pagarle la indemnización a esa imbécil. Hay que machacarla hasta que se largue».

Crac.

—¿Cuántas veces me hiciste mirar a otro lado? ¿Cuántas veces tu voz en mi oído me obligó a justificar lo injustificable? ¿O a comportarme como un monstruo? —grita.

«Vamos, Pilar. No pongas esa cara. Es solo un número de mierda más. ¿Cuántas como ella han pasado por aquí? ¿Cuántas más van a pasar?».

Corta un cable. Luego otro.

La voz de Manso es la única que rompe el silencio en su cabeza. No necesita invitación: irrumpe, sucia y directa, como siempre hizo.

«Pilar, hazme este favor. Habla con recursos humanos. Pon en la lista negra a esa periodista que nos ha salido respondona. Y que llamen a otros medios para que no la contraten».

—Como hiciste conmigo.

«Pilar, si no quieres problemas, ya sabes lo que tienes que hacer».

—Como hiciste con todas.

—Por todas las flores, las joyas, los abrigos que tuve que comprar para tus amantes. —Arranca un microchip y lo deja caer sobre la tela.

—Por los contratos que firmé por ti sin leer, porque sabía que, si me negaba, me despedías. —Desgarra un cable con un tirón seco.

—Por todas las veces que me obligaste a reírme de tus chistes, aunque me revolvieran el estómago. —La batería de litio cruje bajo la presión de unas pequeñas tenazas.

—Por las llamadas de madrugada, por los chantajes, por hacerme cómplice de tus crímenes. —Rompe el sensor que registraba cada latido de su corazón.

El sudor le resbala por la frente. Está agitada, pero no siente cansancio. Siente liberación. No queda casi nada del marcapasos, solo fragmentos dispersos como los restos de un cuerpo desmembrado.

Tira de un pequeño circuito impreso. Un chasquido agudo le dice que acaba de arrancar una parte vital del mecanismo.

El marcapasos deja de ser un dispositivo para convertirse en un cadáver.

Se inclina sobre la mesa, mirándolo de cerca, con los ojos ardiendo. Si aquello fuera el cuerpo de Manso, le escupiría.

—¿Y ahora qué, Carlos? ¿Cómo te sienta que sea yo quien tenga tu corazón entre las manos?

Levanta la pieza central, el último fragmento aún intacto. El núcleo. El regulador. El falso latido que mantuvo vivo a aquel cabrón.

Pilar lo sostiene entre sus dedos y aprieta.

Aprieta hasta que el plástico cede con un crujido.

Hasta que el metal interior se dobla y se deforma.

Hasta que no queda nada reconocible.

Hasta que siente que, por primera vez en su vida, Carlos Manso ya no tiene poder sobre ella.

Toma los trozos más pequeños y los mete en un frasco de cristal. Podría tirarlos al río, podría enterrarlos, pero le gusta la idea de tenerlos allí, en su casa, encerrados, atrapados en la oscuridad de un cajón. Como él la tuvo a ella durante tantos años.

Cierra el frasco y lo sostiene un momento a contraluz. Por fin, Manso está exactamente donde debería haber estado siempre: pequeño, fragmentado y atrapado.

Se deja caer contra la pared. Respira hondo. El silencio es denso. Por primera vez en su vida, siente que Manso ha dejado de existir.

Y sonríe.

91

No sabe en qué momento exacto del día ha firmado. Recuerda el bolígrafo: demasiado grueso, demasiado caro. El papel: satinado, pesado, de esos que no permiten tachaduras. Recuerda el silencio justo después, cuando desliza la hoja hacia Conchita. Y la sonrisa. Esa sonrisa satisfecha que ya conoce. La misma que se le escapaba a su padre cuando ganaba.

Porque no puede dejar de llamarlo padre. Y nunca podrá.

Ahora está en su coche, en el garaje de la Torre Manso, con el motor apagado. Las dos manos quietas sobre el volante. Podría llorar. Podría gritar. Pero no hace nada.

Solo piensa.

Durante años ha creído que bastaba con ser mejor. Más discreta. Más amable. Más prudente. Como si la bondad, tarde o temprano, equilibrara la balanza. Pero la balanza no se mueve sola. Y Conchita siempre ha empujado.

Amanda respira hondo. Mira su reflejo en el retrovisor. El pelo aún recogido. La mandíbula tensa. Los ojos secos.

«Soy una Manso», se repite.

Pero la duda ya está dentro.

Como un virus.

Como un fuego lento.

No vuelve a casa. Conduce sin rumbo. Para en una farmacia, sin saber muy bien por qué. Sale con una caja de valeriana que no piensa tomarse. Después entra en una papelería de barrio. Compra una libreta negra. Y un bolígrafo cualquiera.

Esa noche, Amanda empieza a escribir cosas que nunca había dicho. Sobre su padre. Sobre su madre. Sobre Conchita. Sobre lo que haría si un día todo estallase.

Una frase se repite más de una vez:

«No soy como ella, pero podría serlo».

92

El piso de Marga Faura está en penumbra, como si hubiera apagado no solo las luces, sino también cualquier rastro de vida. Las cortinas permanecen cerradas, y el aire lleva un olor agrio de café frío y rancio. La dejadez final de un ser humano. Envuelta en una chaqueta de lana demasiado grande, la presentadora de televisión está hundida en el sofá, con los pies descalzos y el cabello revuelto y sucio, como un reflejo de la tormenta que lleva dentro. La mirada está perdida, fija en algún punto indeterminado del suelo, hasta que un sonido de golpes en la puerta la saca de su trance.

Ha pasado más veces. Al final, terminan marchándose, cansados de no obtener respuesta. Pero ahora no se rinden. De nuevo, los golpes en la puerta. El timbre ya no suena porque lo desconectó. Pero la puerta..., a una puerta siempre se la puede aporrear. Como a una persona. Una y otra vez. Hasta que se derrumbe.

De nuevo, los golpes. Pesados. Insistentes.

La voz que llega desde el otro lado es áspera y cortante.

—Ábreme, Marga. No tengo todo el día.

Su cuerpo se tensa como si acabara de recibir un disparo. Reconoce la voz.

Pero no es capaz de reaccionar.

—No hagas que tire la puerta abajo, Marga —amenaza el hombre al otro lado—. Sabes que puedo hacerlo. Y será peor. —Marga sigue callada. Pero su cuerpo empieza a temblar—. Sabes quién soy. Y también que no tengo paciencia.

Durante unos segundos piensa en no abrir, en fingir que no está, que ha desaparecido de manera misteriosa, que se ha evaporado del mundo. O que ha muerto, de forma instantánea, mientras esos nudillos repugnantes golpeaban la puerta de su casa. Pero sabe que es inútil. Valentín Palencia no se irá; y una simple madera no va a detenerlo.

Camina arrastrando los pies descalzos, encogiéndose bajo la chaqueta de lana blanca. Cuando llega a la puerta, baja la manija con manos temblorosas, da un paso atrás y se aparta, apoyándose en la pared.

El comisario lleva su chaqueta de cuero negro ligeramente abierta, dejando ver el arma al cinto como un recordatorio de su poder. Su mirada recorre el amplio acceso al salón con una mezcla de desdén y curiosidad.

—Qué deprimente está todo aquí —comenta, sin molestarse en saludar—. Parece la casa de alguien que está ya muerto, pero que no lo sabe.

Toda una declaración de intenciones.

Marga sigue con los brazos cruzados, intentando protegerse del impacto de sus palabras, pero no logra disimular el temblor en sus manos.

—¿Qué quieres, Valentín? —consigue preguntar, aunque apenas emite un hilo de voz.

Él sonríe. Pero su sonrisa no tiene alma. Es el mirador a un agujero negro.

—¿Qué pasa, Marga? —Le echa un vistazo con desdén—. Quién lo iba a decir. Eres la última. Solo quedas viva tú. La más tonta, para el final, como en una película de terror mal escrita.

Ella levanta la vista, con una mirada cargada de asco. Y miedo. Acaba de darse cuenta de que está al otro lado. En el de las víctimas.

—¿Por eso te encierras? —El comisario la sigue, sin darle tregua—. ¿Tienes miedo?

Marga se clava las uñas en la palma de la mano, dejando marcas rojas en su piel en forma de pequeña medias lunas. Si se hace daño, si nota el dolor físico, le costará más derrumbarse.

«¿Tienes miedo?», se pregunta a sí misma.

No puede rendirse. No ante ese hombre despreciable.

—¿De qué? —Por primera vez le mira a los ojos.

—Miedo de los monstruos. —Él alarga las palabras como un juego—. ¿Tienes miedo, princesa? —la interpela, acercándose mucho a ella, invadiendo a conciencia su espacio íntimo.

—Déjame en paz.

—No, no —sonríe, irónicamente—, no te voy a dejar en paz. Ya no tienes a nadie que te proteja. Hablemos. Pero vamos a hacerlo cómodos, ¿te parece?

Sin esperar respuesta, camina hacia el salón, se desploma en un sillón y cruza una pierna sobre la otra. Marga sigue rígida, en pie junto a la puerta, con los brazos cruzados, como si así pudiera protegerse de lo que sea que él trae consigo.

—He estado pensando mucho en ti estos últimos días —empieza el comisario, mientras saca un cigarro del bolsillo y lo enciende sin pedir permiso—. Demasiadas visitas a la chamana.

El rostro de Marga palidece. Sus manos tiemblan, apretando con fuerza los pliegues de su chaqueta.

—No sé de qué me hablas.

—Claro que lo sabes. —Palencia sonríe, exhalando una nube de humo que flota entre ellos—. Apuesto a que si miro en tu congelador —hace una pausa dramática, para que vaya asimilando lo que viene—, todavía está la fotografía de Berta.

El cuerpo de Marga se convulsiona como si hubiera recibido una descarga eléctrica.

El comisario se pasa la lengua por los labios, saboreando el momento.

—Esos periodistas que montan guardia en la calle, en el portal de tu casa, estarían encantados de enterarse.

—No, por favor, no —suplica, con voz temblorosa.

Él se relame.

—Las fotografías en el congelador, la chamana, los «consejos mágicos» para arruinar a las personas que no te caen bien... Qué creativo todo eso, Marga. No sabía que eras tan... espiritual. La cuestión es...: ¿qué más escondes? Porque si esto me ha llegado a mí, imagínate cuánto más hay por ahí esperando salir a la luz. ¿Eh, Marga? ¿Qué más podría contar la gente de ti?

Aunque lo único que en realidad le preocupa a él es: «¿Y tú? ¿Qué sabes de mí, Marga? ¿Qué estás guardando?».

Marga intenta interrumpirlo, pero el comisario levanta la mano.

—No, no te esfuerces. A mí no me importan la magia ni las supersticiones. Pero sí me importa cómo eso puede perjudicarme. No me interesa si crees en conjuros para limpiar el plató y la redacción de malos augurios, en ángeles voladores o cualquier mierda que te vendan para sacarte el dinero y controlarte. Solo quiero saber la información que Elena y tú tenéis de mí.

—Nada, nada. Te prometo que nada —niega, insistentemente, con la cabeza girando de izquierda a derecha con una intensidad asombrosa.

—Espero que así sea. Porque yo también sé mucho de vosotras.

***

Yo sé mucho de vosotras.

Todo comenzó una noche cerrada de marzo. Diez años atrás.

La sala de juntas de la cuarta planta de Ilusiona Producciones, desierta a esas horas, parecía un escenario de conspiración más que un lugar de trabajo. Solo una lámpara encendida sobre la mesa, y un cenicero lleno hasta rebosar.

Valentín Palencia hojeaba un dosier grueso. Elena Aldama, aún lejos de la figura delgada y recta de los últimos años, fumaba sin parar, el humo le empañaba la mirada afilada. Marga Faura, rígida en su silla, apenas respiraba.

—La chica tiene diecinueve años —dijo el comisario, seco, hojeando las páginas—. Hay fotos de la fiesta. De cuando no podía ni tenerse en pie.

Elena soltó el humo con desprecio.

—Está buscando dinero. Eso es todo.

—Eso díselo al juez si esto explota —gruñó Palencia, dejando caer el dosier sobre la mesa con un golpe sordo.

Faura tragó saliva. El corazón le latía desbocado. Ella había estado allí. Ella había visto cómo el presentador estrella, su copresentador, el hombre con el que hacía bromas ante la cámara todas las mañanas, se llevaba a la cría arrastrándola por el brazo a un baño privado.

Y no había hecho nada.

—¿Qué propones? —preguntó Elena, implacable.

El policía la miró, como evaluando si era consciente del lodazal en el que estaban metidos.

—Negarlo todo.

Decir que fue una fiesta privada, que todo era entre adultos, que no hubo nada no consentido.

—Y si denuncia... —se atrevió a preguntar Faura, con un hilo de voz.

—Si denuncia, la destruimos —dijo Elena, sin parpadear—. Tenemos fotos de ella besándose con otros. Vídeos de la fiesta. Los usaremos.

—No podemos hacer eso —susurró Marga, muerta de miedo—. Me arrastrarán con él. Si Jaime cae, yo estaré marcada para siempre.

—No podemos permitir —añadió Palencia, con una sonrisa helada— que os arrastre a las dos por el barro.

En aquel momento, en esa sala, sellaron un pacto de sangre.

No para proteger la verdad.

No para proteger a la víctima.

Sino para protegerse a ellos mismos.

—Haz lo que tengas que hacer.

El comisario pensó con rapidez en cómo parar esa denuncia, si llegaba a producirse.

***

Marga recuerda hoy aquel instante, ese maldito punto de inflexión en el que todo empezó a deshilacharse sin remedio. A veces piensa que fue ahí, justo ahí, donde se rompió para siempre. O puede que fuera ella la que lo destrozara todo. Por codicia. Por creerse más lista. Por subirse a esa noria salvaje llamada televisión sin saber ni dónde estaba el suelo.

Ni quién era ella.

Resbala por la pared como si el aire pesara demasiado, y se deja caer, rendida, hasta quedar encogida en el suelo, las piernas pegadas al pecho, como si quisiera desaparecer.

—Porque, Marga —prosigue el comisario—, ¿y tú? ¿Tienes algo sobre mí? Seamos sinceros, ¿qué te queda? ¿Qué te queda ya en la vida? Por lo único que vales ya es por tu silencio. Y yo... —Hace una pausa, disfrutando del momento—... Yo podría quitarte incluso eso.

—¿Qué quieres? —pregunta ella, finalmente, con una voz rota.

Palencia se inclina hacia adelante, apagando el cigarro en un cenicero lleno que parece haber estado allí durante semanas. Se levanta del sofá y, despacio, disfrutando, camina hacia el rincón en el que sigue Marga, en el suelo.

—Quiero saberlo todo. —El cuerpo de la presentadora tiembla mientras lo mira, pero no dice nada. Sus ojos enrojecen y se llenan de lágrimas. Palencia cierra aún más el espacio entre ambos hasta que puede oler el miedo en su piel—. No tienes salida, Marga. Lo sabes. Y, si no me lo cuentas, te juro que desenterraré todo lo que tienes escondido. Todo. Desde lo que hacías con la chamana para seguir presentando, las carreras profesionales que has destruido o los negocios turbios con grupos mafiosos de República Dominicana para obtener licencias y terrenos casi gratis donde construir complejos de lujo junto al marido de Elena Aldama. Bueno, en fin, todo eso. Lo sé todo. —Marga se aplasta contra la pared. No hay espacio para escapar—. No soy una opción, Marga. Soy la última puerta. Y detrás de mí no hay nada. —Palencia sonríe de nuevo, satisfecho de verla tan pequeña, tan indefensa—. Piensa bien y no tardes. Porque no tengo paciencia para los débiles.

Sin esperar respuesta, se da la vuelta y sale, dejando la puerta abierta tras de sí. Marga por fin se permite temblar. Y llorar.

Si todo lo que ha hecho sale a la luz..., ya no quedará nada de ella.

Palencia tarda en usar uno de sus contactos lo que tarda en llegar al coche. El congelador. El agua bendecida para los baños. Los maltratos psicológicos para destrozar a rivales.

—Tienes vía libre para contarlo. De fuentes de su entorno.

93

Marga Faura observa la ciudad desde el ventanal del salón de su ático. La misma vista que tantas veces le había hecho sentir en la cima, ahora parece haberse puesto del revés.

Los periodistas siguen ahí abajo. Putas ratas incansables husmeándola como a un cadáver.

Trata de recordar cuando, al asomarse, se sentía invencible, en la proa de un barco que navegaba hacia adelante, sin miedo, sin frenos. Feliz. Exitosa. En la cima. Pero ya no. Esta noche la ciudad se extiende fría e indiferente bajo sus pies, una postal de neón que no devuelve nada. Un cementerio de luces, el recordatorio de los cadáveres a los que ha aplastado en su ascenso.

¿Cómo ha podido salir todo tan mal?

Se encuentra a sí misma en el reflejo del cristal. Un fantasma. El espectro de alguien que alguna vez se consideró importante. Muy importante. Da un paso atrás, como si pudiera deshacerse de lo que ve, pero no hay refugio que le quite el pánico que siente. El miedo que tantas veces ha sembrado en los demás se ha convertido ahora en una cárcel de la que no sabe escapar.

La del propio ego.

Pasea la vista por el lugar que hasta hace poco era un santuario de lujo y poder. Sus trofeos están cuidadosamente alineados en una repisa, cada uno como testimonio de sus éxitos en televisión. Pero ahora solo son trozos de plástico y metal. El teléfono, que antes sonaba constantemente con peticiones para participar en programas, acudir a estrenos, regalarle ropa o pedir su opinión, permanece en silencio. Es increíble lo rápido que se cae de una lista de contactos. Lo rápido que el mundo sigue sin ti. Tú no cuentas, cuenta la posición que ocupas. Sin la pantalla, sin las luces ni el público, Marga no significa nada. Los mensajes de quienes la adulaban, quienes la llamaban jefa, reina, diosa de la televisión, se han ido apagando como la llama de una vela que agoniza lentamente. Los aplausos, las palabras amables, los elogios..., todo ha desaparecido.

El ego herido es despiadado. Consume. Desgarra.

Marga ha sido toda la vida una coleccionista de aprobación, de *likes*, de comentarios positivos, de sonrisas por los pasillos, de alabanzas de los jefes. Cada pedacito de cada gesto le ha servido para reafirmar la imagen que tenía de sí misma. Su amor propio. Nunca ha sido ella, sino el reflejo que los demás han tenido sobre ella.

Y ahora, el silencio pesa más que cualquier insulto.

Se permite un pensamiento que la devora: Berta.

Incluso muerta, Berta Gigliani sigue siendo todo lo que ella nunca podrá ser. Ella no necesitaba aplausos ni elogios. No se alimentaba de los halagos. Pero tenía algo todavía más extraordinario: la gente la quería por lo que era, no por lo que conseguía. Marga, que había pasado años despreciándola, ahora se da cuenta de la verdad. Siempre fue envidia. Una envidia disfrazada de odio. La felicidad que sintió cuando vio cómo fue dejando de creer en ella y la maravillosa sensación de ir caminando sobre las nubes cuando murió y pasó a presentar su programa, el que le correspondía, ahora le saben a cenizas.

Camina despacio hacia la cocina. Allí, en un cajón, está el blíster de pastillas que lleva días esquivando. Lo mira como si fuera un espejo de su maldad, como si en esas pequeñas cápsulas se reflejara el peso de todas las decisiones de su vida. Por un momento, un pensamiento retorcido cruza su mente: si se toma todas las píldoras, ya no tendrá que preocuparse por la opinión de los demás. Será un acto que solo le pertenecerá a ella, el último programa, sin aplausos, sin público, sin maquillaje. Sin fingir.

Con un gesto ritual coge el blíster y, lentamente, lo presiona para perforar el envoltorio y extraer cada una de las píldoras. Su pulso está extrañamente calmado, en paz. Las coloca en fila, una tras otra, como recuerdos de todas las cosas que ha destruido para alcanzar su lugar; los años que pasó aplastando a los demás, las manipulaciones, los conjuros, los esfuerzos por hundir a rivales como Berta, la seguridad de que ella era alguien digno de ser temido y respetado..., todo eso se desmorona en silencio.

Por primera vez en años, no hay nada que la distraiga. No hay cámaras. No hay un público que la observe. No hay curiosos en las redes sociales. Y esa soledad es insoportable.

Por un instante, su ego resiste.

Cierra los ojos y se imagina una despedida. Pero no hay nadie de quien despedirse. La verdad es simple y brutal: no hay nadie que la extrañe. No hay nadie a quien le importe. Porque gente como ella solo importa mientras son, no cuando caen. Solo importan mientras tienen poder, no cuando lo pierden.

Un pensamiento se cuela entre su tristeza: esto va a ser lo último que haga. Lo único que no podrán juzgar. Mi último acto de poder, se dice, quizá el único auténtico. Pero incluso esa justificación se siente débil, como un castillo de naipes a punto de caer.

Cierra los ojos y, en silencio, empieza a despedirse.

Nadie sabrá nunca de su verdadera soledad, de su fracaso en ser feliz.

Todo lo que había ocurrido durante las últimas semanas, esa tormenta perfecta sobre su imagen, sobre su credibilidad, sobre lo que ella era para el mundo, la había convertido en alguien despreciable para los demás.

Y eso sí que no podía soportarlo.

Durante años, creyó que la televisión le había dado el poder de ser eterna. Pero ahora el dolor es insoportable. En un último acto de orgullo, Marga toma las pastillas. No porque quiera irse, sino porque no puede soportar ser lo que siempre ha despreciado.

Insignificante.

94

Ana Arén está sentada en el rincón más apartado de un pequeño café, en un barrio obrero del sur de Madrid, más allá de la M-30. Fuera, la lluvia tamborilea en los cristales como un susurro persistente, creando un telón de fondo que protegerá la conversación que va a tener de los oídos indiscretos del resto de los clientes. Nadie se ha fijado en ella, y espera que siga así. Lleva un jersey gris, el pelo ligeramente húmedo y un cuaderno en el que traza ideas sueltas mientras espera. Está acostumbrada a las esperas.

Pilar llega quince minutos tarde. Su silueta se recorta en la puerta del café establecimiento mientras se sacude la lluvia que le ha bañado la bufanda mal anudada. Sostiene el bolso contra su pecho, como si llevara un secreto demasiado pesado para soltar. Mira alrededor, nerviosa, hasta que ve a la expolicía. Se mueve rápido, sus pasos cortos y firmes, como alguien que teme estar siendo seguido.

—Gracias por venir, Ana —saluda, sentándose frente a ella. Su voz suena extrañamente rasposa, como la de alguien que lleva horas gritándole al vacío.

Un hombre, de unos treinta y muchos años, interrumpe la conversación.

—¡Eh! ¿No eras tú la que...? —Se acerca a Ana sin pedir permiso. Saca el teléfono móvil y baja el cuerpo hacia ella—. Sí, hombre, la poli esa que se casó con el superhéroe. Coño. ¿Nos hacemos un selfi?

—No —contesta Ana, borde—. No, al menos si no quieres que mi equipo de seguridad, que está bien camuflado en el bar, actúe y te quedes sin las fotos. O quizá algo más.

El tipo congela el gesto en el aire. La sonrisa pasa de sorpresa a asco.

—Puta zorra mal follada.

Pero se va.

—¿De verdad tienes a un equipo de seguridad camuflado en la cafetería? —pregunta Pilar.

—No —sonríe Ana—, pero es la manera de espantar idiotas. No quiero que me vean en España. Por cierto, ¿has visto lo de Marga Faura?

Pilar asiente. Su rostro está marcado por el cansancio, pero también por algo más profundo, que podría ser miedo. Las ojeras no son solo oscuras; parecen grietas, como si se hubieran abierto paso en su piel desde su interior.

—¿La conocías? —insiste Ana.

—Sí —responde la secretaria. No quiere tener esa conversación.

La exinspectora jefa percibe que ha empezado con mal pie. No desea que la mujer se encierre en sí misma antes de hablar.

—¿Cómo estás? —le dice entonces, tratando de sonar cálida. Ante el silencio, vuelve a preguntar—: ¿Puedo ayudarte en algo?

Pilar vacila. Ana ha visto muchas veces esa tormenta interna; la de los testigos que titubean antes de contar la verdad. El más mínimo desliz en el interrogador hará que se echen atrás. A veces, una sola palabra mal elegida o un gesto nimio pueden provocar que se encierren en su silencio.

—Están... están todos muertos —susurra, con la voz quebrada. Su mano tiembla cuando intenta apartarse un mechón de pelo que se le cae sobre los ojos.

—Pilar, ¿de qué tienes miedo?

La mujer duda y no le responde.

—He cruzado medio planeta para verte, Pilar. Tienes que contármelo. Si no, no puedo ayudarte.

—Es que yo... —sigue dudando. Ana sabe que tiene que darle tiempo. Entonces, como si por fin se hubiera decidido, Pilar continúa—: Me he llevado...

—¿Qué te has llevado? —pregunta, sin presionarla, hablando bajito, con apenas un hilo de voz.

—Documentos. De su caja fuerte personal. —Traga saliva—. Contratos, cartas, transferencias..., pruebas de los sobornos, de los chantajes... y también... —vacila. Baja la voz—: Pruebas que me incriminan a mí. Como encubridora. Le he estado encubriendo todo este tiempo. Soy una criminal.

Un estremecimiento recorre su cuerpo. Empieza a temblar. Ana rodea la mesa y se sienta junto a ella, abrazándola.

—¿Por qué me lo estás contando ahora? —pregunta Ana, cuando la mujer se tranquiliza un poco.

Tarda en responder. Cuando lo hace es con una voz quebrada que no parece la suya.

—Porque no sé si ellas... —alza apenas la mirada, en dirección a un enemigo invisible— tienen algo que me destruya.

—¿Conchita y Amanda?

Pilar asiente, tensa como un animal acorralado.

—Eran niñas cuando empezó todo, pero ahora... son peores que él. Más frías. Más calculadoras. Sobre todo, la mayor. Yo pensé que me necesitaban. Que me protegerían como yo los protegí a todos... —Una risa breve, amarga, se le escapa—. Incluso a ellas. La de fotografías de las crías haciendo locuras que he tenido que negociar para sacar del mercado. Para que no las publicaran las revistas. Qué estúpida. No necesitan a nadie. Solo que no hablemos. Y quitarnos de en medio. Sé que si voy a la policía, me van a detener. O se va a filtrar algo sobre mí. Y mi hija... y mis nietas. —Solloza otra vez—. Ana, igual me delatas... No te lo quiero prohibir. —No se atreve ni a mirarla—. Pero, ahora mismo, eres la única persona en la que puedo confiar.

La expolicía la observa unos segundos, calibrando el alcance de lo que Pilar acababa de confiarle. Dudando. Se levanta y ocupa la silla en la que estaba hasta hace unos minutos antes, al otro lado de la mesa, frente a la mujer.

—¿Qué quieres hacer con esos documentos?

La respuesta es inmediata. Urgente.

—Quiero protegerme. Y si pudiera... —Pilar traga saliva, como si aún le costara nombrarlo. Abraza el bolso con fuerza, contra el pecho, como un niño abraza un muñeco de peluche en medio de una noche de miedo—... quiero limpiar algo. Solo un poco. Que se sepa la verdad. Aunque sea tarde para algunas víctimas, para algunas familias.

Ana inclina apenas la cabeza. Sabe que en ese momento Pilar le está ofreciendo más que palabras. Le está tendiendo un hilo, frágil y desesperado, para salir del laberinto de secretos en el que llevaba treinta años encerrada.

—Cuando me llamaste por teléfono me dijiste que tenías pruebas de que las muertes no eran naturales. Que tenías miedo de que te mataran a ti. Por eso he venido.

Ana se endereza en la silla mientras habla. Está enfadada.

—Y eso es verdad. Tengo miedo.

—¿Por qué? —pregunta, seca. El viaje, el tiempo, el esfuerzo, para nada.

—No puede ser una casualidad.

—Es que eso no es suficiente, Pilar. En este caso, no hay pruebas. Nada indica que han sido asesinados. —Levanta su cuaderno, mostrándole los garabatos caóticos que ha estado anotando—. Mira esto. Fechas, nombres, posibles conexiones..., todo encaja y al mismo tiempo nada lo hace. Es todo tan evidente, tan planeado, pero, a la vez, no hay nada. Murieron de forma natural. Yo fui testigo de una de esas muertes. Yo vi cómo Jorge Cuervo tropezaba, Pilar. Fue... un accidente.

—¿Naturales? —Pilar suelta una risa amarga que se corta de inmediato—. Tú no sabes de lo que es capaz esta familia.

—Mira, empiezo a creer que todo esto es un error.

La secretaria niega con la cabeza, cerrando los ojos, como si el peso de las palabras de Ana la aplastara. No habla. En su lugar, abre el bolso y saca de él una carpeta color manila, que deposita sobre la mesa, empujándola hacia Ana con manos temblorosas. Parece que cada centímetro que avanza le arranca un pedazo de alma.

Suspira, y por un momento parece que va a derrumbarse. Respira hondo. Su pecho sube y baja como si hubiera estado conteniendo el aire durante años. Cuando finalmente habla, su voz está cargada de venganza.

—Aquí encontrarás todo lo que necesitas para entender quiénes son los Manso. Quiénes son, qué han hecho... y todo lo que han permitido. Aquí está lo que me llevé de la caja fuerte personal de Carlos.

Los documentos que las hermanas sacaron de la caja fuerte del almacenamiento de ultraseguridad en los Ports Francs et Entrepôts de Ginebra.

Ana no dice nada. Sabe que Pilar necesita soltarlo, que ese momento no es solo para la información, sino para liberar la culpa y el dolor que lleva acumulando durante décadas.

—Trabajé para Carlos Manso durante treinta y cinco años. Y durante más de treinta he sido su secretaria personal. Lo he visto construir ese imperio y transformarse de un hombre ambicioso en un monstruo. La gente tiene que saber cómo era y lo que hizo. —Hace una pausa y su voz se quiebra ligeramente—. Pero incluso él tenía límites. Conchita... no tiene ninguno.

—¿Crees que Conchita... mató a su padre?

Pilar titubea, fijando la mirada en algún punto del pasado.

—Eso no... no lo sé. Pero sí que sé que tras esa fachada de herederas estúpidas se esconden dos monstruos. Sobre todo, Conchita. No se detendrá ante nada. Y tengo miedo de que me maten.

Ana abre la carpeta con cuidado, como si temiera que algo pudiera salir de allí y atacarla. Lo primero que ve son documentos que detallan pagos de sobornos a políticos, policías y jueces. Nombres, fechas, cantidades.

—Esa lista —Pilar señala algunos nombres— la escribí a mano durante años. El jefe quería saber lo que le debían exactamente cada uno de ellos. Están codificados, con apodos, pero aquí —busca otra hoja— tienes las claves de cada uno. Para que sepas quién es quién.

Hay correos electrónicos impresos, transferencias bancarias, incluso fotografías de reuniones clandestinas. Cada hoja es un ladrillo más en la construcción de un castillo de corrupción.

Pero Pilar no ha terminado. Toma aire antes de continuar, como si lo que estuviera a punto de decir fuera la verdad que la desgarraba por dentro.

—¿Quieres saber lo que he hecho estos treinta y cinco años, Ana? He sido algo más que la secretaria de Carlos Manso. He sido su sombra, su confidente, su limpiadora. Fui la que agendaba las citas con sus amantes, la que reservaba *suites* en hoteles donde nadie pudiera verlo entrar ni salir, la que ponía excusas a su mujer. Era yo quien entregaba sobres llenos de dinero a fotógrafos para comprar imágenes que podían arruinarlo. Una vez pagué por unas imágenes de él con una actriz cuarenta años menor, y otra, por unas de Conchita en una fiesta privada que habrían hecho arder las páginas de los periódicos. Me encargué de encontrar colegios para los dos hijos que tuvo fuera del matrimonio, de enviarles dinero cada mes para que no les faltara nada y para que sus madres se mantuvieran calladas. Organicé cenas con políticos que cambiaban leyes que después pagábamos con favores o con mantener calmado el avispero; conseguí contactos con empresarios para cerrar negocios que nadie debería saber que existían. Incluso ayudé a sobornar a jueces. Carlos me daba los nombres, y yo me aseguraba de que los sobres llegaran a sus manos, o de que los expedientes incómodos desaparecieran. Lo he visto pagar por silencios y por amenazas más veces de las que puedo contar, Ana. Silencios de mujeres, de periodistas, de empleados. Amenazas a cualquier persona que puedas imaginar. Y puedes imaginar bien alto. —Pilar aprieta los labios, los ojos llenos de una mezcla de vergüenza y rabia—. Y todo esto mientras él me miraba como si yo no fuera más que un mueble de su despacho. Como si mi vida solo existiera para proteger la suya. Ni siquiera era una persona para él. Nunca se le ocurrió que yo pudiera tener sentimientos. Y ahora, ahora que está muerto, me doy cuenta de que no me protegí. Fui parte de su maquinaria. Y estoy tan sucia como él.

Ana observa a Pilar. La mujer frente a ella no parece una traidora, sino alguien que ha llegado al límite de su capacidad para soportar. Sabe que esta decisión no ha sido fácil.

—¿Por qué ahora? —pregunta la expolicía, cerrando la carpeta, pero manteniéndola bajo su mano.

Pilar suspira y mira por la ventana, como si esperara ver, en medio de la lluvia, una señal que nunca llegará. Porque la señal está dentro de ella misma.

—Porque... —se interrumpe, su voz tiembla—... porque mi hija me preguntó ayer si todos estos años habían valido la pena. No podía mentirle. Y ya no puedo mentirme a mí misma.

Ana asiente lentamente. La mira con algo que parece compasión, pero también respeto.

—¿Sabes lo que va a pasar si esto sale a la luz? —pregunta, aunque ambas ya conocen la respuesta.

—Lo sé. —Pilar sonríe amargamente—. Y lo estoy esperando. Solo te pido que me protejas. Todo lo mío lo he sacado. No está ahí.

Ana guarda la carpeta en su bolso, sin añadir nada más. En ese instante, la secretaria sabe que ha firmado su sentencia. Ya no es la sombra que protegía a los Manso. Ahora es la grieta por donde empezará a desmoronarse su imperio.

Las dos mujeres permanecen en silencio durante unos segundos, el ruido del café llena el vacío entre ellas.

—Te prometo que haré lo correcto con esto. —Ana fija su mirada en la secretaria, intentando transmitirle la seguridad que siente, mientras saca un billete y lo deja sobre la mesa—. Y que voy a mantenerte al margen. Te lo juro, Pilar. Voy a protegerte.

Cuando se va, la secretaria se queda sola, con las manos entrelazadas sobre la mesa. Sigue mirando por la ventana, como si ya supiera que ha puesto en marcha algo que no puede detener. Por primera vez en mucho tiempo, siente una mezcla extraña de miedo y alivio. El peso de años de secretos al fin la abandona, pero el miedo a lo que viene no tarda en llenar su lugar.

Sabe que ha traicionado a la familia Manso.

Pero, sobre todo, sabe que ha hecho lo correcto.

Fuera, la lluvia sigue cayendo. Pero ya no suena como una armonía. Suena como un tambor de guerra.

95

El café de siempre.

Ese rincón de Madrid donde habían compartido tantas conversaciones, risas, silencios incómodos y verdades a medias. El lugar donde, hace años, se escondían para contarse sus secretos.

Y recordarse que, a pesar de lo que veían cada día, no debían dejar de tener fe en la humanidad.

Ana llega antes. No es casualidad. Necesita unos minutos para prepararse. El bar sigue siendo el mismo. Continúan flotando en el ambiente ese aroma a café fuerte y madera envejecida, ese murmullo de conversaciones bajas, el tintineo de tazas contra los platillos. Se dirige a una mesa al fondo, donde solían sentarse, con la carpeta de Pilar en el bolso y el peso de lo que está a punto de hacer apretándole el pecho.

Iluminada no tarda en llegar.

La ve entrar, vestida con un abrigo oscuro sobre unos vaqueros y un jersey de lana. El andar descuidado de quien ya no tiene horarios. Ana se pone en pie, y el abrazo dura una eternidad. De los que curan heridas. Y no adorna la situación.

—Necesito ayuda.

Iluminada observa la carpeta sin tocarla, como si pudiera intuir el veneno que contiene. Luego la mira a los ojos.

—¿Qué estás haciendo, Ana?

—No te lo puedo contar. ¿Sigues confiando en mí?

Ella querría dudar. Pero no puede. No con Ana. La mira fijamente, quizá unos segundos más de lo que resultaría prudencial en cualquier otra circunstancia y con otras personas. Y asiente. Con un simple gesto le dice que sí, apoyándose en el respaldo de la silla, entrelazando los dedos sobre el pecho.

—Solo tienes que decirme qué necesitas.

Ana toma aire. Le cuenta qué hay en la carpeta. Qué necesita que haga con cada uno de los papeles. Y que necesita que se los haga llegar a determinados periodistas en los que confíe. Siempre sin que se sospeche sobre su origen.

Iluminada la escucha sin interrumpir, solo asintiendo de vez en cuando, su mirada clavada en ella con esa intensidad con la que solía analizar a los casos turbios. Cuando Ana termina, ella se queda en silencio un instante, tamborileando los dedos contra la mesa.

—Esto es una bomba.

—Lo sé.

—Imagino que sabes lo que estás pidiendo. Si esto es cierto, si muevo los hilos adecuados, esto no se va a quedar en una investigación. Va a ser una guerra.

Ana sostiene su mirada sin pestañear.

—Si lo distribuyo yo, podrían llegar hasta la persona que me ha dado esto. —Apoya la palma de la mano sobre la carpeta—. Y necesito proteger a esa persona a toda costa.

Iluminada coge la carpeta y la hojea rápidamente, deteniéndose en algunos documentos. Se frota la barbilla, pensativa.

—Necesito tiempo.

—No tenemos tiempo.

—Necesito al menos un par de días para revisar esto y ver quién puede ayudarnos. Si lo hacemos mal, todo esto desaparece antes de que llegue a un juez.

Ana aprieta los labios, pero asiente. Sabe que tiene razón.

—Ilu... —Su voz es más baja, más íntima—. Sé que te estoy metiendo en algo muy jodido. No tienes por qué hacerlo.

Ana contiene la respiración. Teme oír un no. No es fácil lo que le está pidiendo. Y, sin embargo, necesita que diga que sí.

Iluminada sonríe.

—Ana, Ana... —Mueve la cabeza con resignación—. ¿De verdad crees que no iba a meterme en esto? Después de todo lo que hemos pasado... Sabes perfectamente que no hay ninguna posibilidad de que me aparte ahora.

Ana cierra los ojos un instante. Siente algo parecido a alivio.

—Gracias.

—No me las des todavía. Aún no hemos empezado. —Suspira—. ¿Sabes? Me da rabia que salga todo esto. Que se publique. Que se forme un escándalo.

Ella la mira, sin entender.

—¿Rabia? ¿Por qué? Manso era un ser despreciable.

—No, por eso, no, Ana. Por la imagen de la televisión. ¿Sabes qué pasa? Que vamos a darles munición para que hablen de la tele como si fuera solo corrupción, basura, ruido. Como si fuera todo mentira. Como si no hubiera nada digno en ella. —Hace una pausa. No es un discurso aprendido. Es algo que le sale de dentro, que la atraviesa—. Pero la tele, la tele de verdad, la hacemos miles de personas cada día. Gente que madruga, que se deja el alma en una escaleta, que pasa frío en un directo a las cinco de la mañana, que edita una pieza durante horas para que alguien en su casa, cenando, pueda entender mejor el mundo. —Iluminada mueve una mano en el aire, como dibujando esa maraña invisible que nadie ve—. Eléctricos, maquilladoras, cámaras, guionistas, reporteros, productores... Gente que llega justa a fin de mes. Que no son estrellas ni cobran fortunas. Gente que no tiene chófer ni dietas de lujo. Gente que no tiene nombre en la pantalla, pero que sin ellos nada funcionaría. —Se le nubla un instante la voz, pero respira hondo y continúa—: Y no hay derecho. No hay derecho a que cuatro hijos de puta, cuatro miserables con poder, manchen todo eso. No hay derecho a que ensucien el trabajo de miles de personas que ponen ilusión, nervios, esfuerzo y amor para que un programa salga adelante, para que, aunque sea por un rato, la gente en su casa se ría, se emocione, se informe, no se sienta tan sola. —La mira, seria, con una dignidad que no necesita adornos—. La tele no es solo la mugre que hay en estos papeles, Ana. La tele somos nosotros. Es nuestra voz, nuestras manos, nuestra entrega. La tele sale cada día porque estas personas se dejan la piel. —Aprieta un puño, casi sin darse cuenta.

Ana la mira. Y la comprende perfectamente.

—No vamos a dejar que estos documentos arrebaten la dignidad del resto de las personas, Ilu. Eso tienes que dejárselo claro a los compañeros a los que filtres esta información. Es solo un cáncer dentro de la tele.

—Tenemos que modular muy bien el mensaje, Ana. Y lo haré. Te lo prometo.

—No podemos permitir que todo el barro salpique a quien solo ha puesto amor en su trabajo.

Ilu se levanta, metiendo la carpeta en su bolso. Se coloca el abrigo y, antes de marcharse, le lanza una última mirada cargada de complicidad.

—Si esto sale bien, nos debemos un *whisky* en condiciones.

Ana sonríe, por primera vez en mucho tiempo.

—Invito yo. En Los Ángeles. Todavía te estoy, te estamos —corrige— esperando. Nos debes una visita.

Iluminada ríe, le da una última palmada en el hombro y se marcha, llevándose consigo el destino de la familia Manso. La periodista se vuelve a medias, antes de abrir la puerta. La luz de la calle ilumina de soslayo su rostro curtido.

«No solo vamos a sacar la basura a la luz —piensa, con una media sonrisa dura—. Vamos a devolverle la tele a los que la sostienen de verdad».

Y se marcha, dejando tras de sí la promesa de una guerra justa.

Ana se queda en la mesa unos minutos más, mirando la taza de café que ya se ha quedado fría.

96

El despacho del embajador chino en España es amplio, silencioso y ceremonioso. Las paredes están forradas de seda roja, bordada con dragones imperiales. En las esquinas, jarrones azules y blancos custodian el espacio con una solemnidad ancestral. Tras el escritorio de madera oscura, una gran pintura con caligrafía china domina la estancia. En el aire, el incienso aún arde en un pebetero de bronce.

Todo es orden. Jerarquía. Autoridad.

Wang Meiling está sentada frente a su padre, con las piernas cruzadas y una leve sonrisa que no encaja con el rigor del lugar. No hay asistentes. Solo ellos dos. Sobre la mesa lacada, varias fotografías impresas. Una secuencia mortal: Carlos Manso, colgando de la marquesina de Callao; Elena Aldama, colapsando ante las cámaras; Jorge Cuervo, muerto en las escaleras del Casino de Madrid. Y ella, Meiling, de frente, con un tanga azul, en la terraza del hotel.

El embajador guarda silencio durante varios segundos. El único sonido es el leve burbujeo de una fuente interior al otro lado del biombo. Observa a su hija con una mezcla de desconcierto, decepción... y algo más profundo. Algo que no sabe si es miedo o admiración.

—¿Qué has hecho? —pregunta al fin, en mandarín, con una voz tan templada que duele más que los gritos.

Meiling no responde. Toma una de las fotos, la observa un instante. La suelta con desprecio, como si fuera propaganda mojada.

—Lo que tú nunca tuviste el coraje de hacer —contesta, en el mismo idioma—. ¿Sabes? Solo tuve que elegir a una víctima.

Él entrecierra los ojos. No es solo el tono. Es la desobediencia. El desafío. El embajador de la República Popular China, representante directo de los intereses del Estado, no admite ni el matiz ni la grieta.

—Te has contaminado con esa gente, los asquerosos occidentales —escupe—. Crees que con tu belleza y tus provocaciones puedes reescribir las reglas. Pero el mundo real es otro.

—Tranquilo, padre. He aprendido de los mejores. Ahora yo también sé negociar con cuerpos.

El embajador levanta la mano para pegarle un bofetón en la cara a su hija, pero detiene el brazo a medio camino.

—Parece mentira que no hayas aprendido que no eres más que un peón.

—¿Sabes? Siempre pensaste que solo servía para adornar tu embajada. Qué ironía: ahora sé adornar mi vida con los hombres que vinieron aquí creyendo que podían comprarme.

—¿Te crees especial? Solo eres una más. Hay docenas como tú esperando su turno.

—Tú me enseñaste que en este mundo solo sobreviven los que se venden mejor. Aprendí la lección. Pero no te preocupes. Nunca dejaré que aparezca tu apellido en las noticias.

El embajador no se inmuta. No la abraza, no se disculpa, no reconoce nada. Solo devuelve otra puñalada, fría, brutal.

—Recuerda quién hizo posible tu mundo, Meiling. Y recuerda lo fácil que sería borrarlo. Yo te protegí de lo que habría sido de ti sin este apellido. —Su sonrisa es sarcástica—. Sin mí, no serías nada.

—Tú sí que vives en un mundo irreal, papá —responde ella, sin perder la compostura—. Un mundo que da la cara con cenas oficiales, tratados y hombres que se creen poderosos porque se dan la mano con otros que no entienden. Tú te crees poderoso porque te sientas aquí, en esta embajada, rodeado de paredes que huelen a incienso y a miedo, firmando acuerdos con empresarios que lavan dinero y mafias que trafican con órganos, con mujeres, con niños —escupe Meiling, sin levantar la voz, pero con cada palabra es afilada como una daga—. Porque organizas cenas con criminales de traje que sonríen mientras negocian vidas humanas. Te crees invulnerable porque todos agachan la cabeza. Pero yo no. Eso no es poder. Eso es miseria con visa diplomática. Y yo he aprendido a no temerle.

Él se pone de pie. El movimiento es breve, seco. Y entonces la abofetea.

La bofetada resuena entre las paredes de seda. Ella gira el rostro, pero no llora. Se ríe. No fuerte. No histérica. Solo una risa corta. Contenida. Sólida como una bomba con temporizador.

—¿Sabes qué es lo más triste, *babà*? —susurra—. Que tú ya no me das miedo. Me das pena. Golpear a una mujer... Qué gesto tan miserable. Tan desesperado. Tan pequeño. Cada bofetada es un reconocimiento. Significa que ya no te quedan argumentos. —Lo mira con una serenidad escalofriante—. *Babà*, sabes qué es lo peor de ti, ¿verdad? —prosigue la joven, bajando la voz—. Que sigues creyendo que el poder está aquí dentro, entre estas paredes, en esos jarrones, en esa foto con Xi Jinping. Pero no. —Se levanta. Su bata blanca roza apenas la alfombra oriental—. Ahora me miras con miedo. Y me encanta. —Da media vuelta y camina hacia la puerta. Antes de salir, se detiene—. Te sorprendería saber sobre cuánta gente tengo poder. Pero el mío, al contrario del tuyo, *babà*, lo voy a utilizar para otras cosas. —Lo mira por última vez. Y sentencia—: Tú ya no eres la persona más temida de esta embajada.

Y se marcha, dejando tras de sí el aroma de una revolución silenciosa.

97

La sala de juntas del conglomerado audiovisual Magnum Media Group está envuelta en penumbra, como si la oscuridad quisiera reclamar el espacio que durante décadas había sido el epicentro del poder en el país. Es irónico, porque allí las luces nunca se apagaban. Ni de día. Ni de noche. Hoy sí. Ese espacio había sido el corazón palpitante del imperio Manso, el lugar donde se dictaban las decisiones que moldeaban lo que su audiencia veía, escuchaba y creía. Pero ahora, en esta fría tarde de invierno, la penumbra no es una cuestión de luces apagadas, sino de algo más profundo, como si la propia sala acabara de entender que su tiempo ha pasado. Las paredes de cristal, antes testigos silenciosos de los movimientos del poder, reflejan ahora un vacío frío y estéril. Ya no hay risas, muchas de ellas falsas, ni copas de champán, ni aplausos tras cerrar acuerdos multimillonarios, aupar a un candidato al poder o hacer caer a otro al mausoleo de los olvidados.

Conchita Manso, siempre la más fuerte, está de pie junto a la gran mesa de madera pulida, que durante décadas había sido el altar de su padre. Sus dedos trazan círculos sobre la superficie, como si intentara desatar un nudo en su estómago o en su cabeza. A simple vista, el gesto hace parecer que está pensando algo, pero, en realidad, es una forma de contener el temblor, de calmarse, de no dejar que los nervios la traicionen. Amanda, su hermana menor, está sentada al fondo de la sala, hundida en un sillón de cuero que parece tragársela entera. Sus brazos permanecen cruzados como si intentara protegerse del caos que las envuelve, intentando hacerse más pequeña, más invisible, esquivando el peso insoportable de la derrota.

Fuera, el murmullo de los periodistas crece como una tormenta que se acerca. Flases de cámaras atraviesan las persianas como relámpagos en una noche oscura. Cada destello parece marcar un latido de un reloj que cuenta hacia atrás, un tictac ensordecedor que anuncia el final de una era.

—No es el fin —exclama Conchita de repente, rompiendo el silencio. Su voz suena seca, desgastada, pero no se permite vacilar. Nunca lo hace. En público.

Amanda levanta la vista, con los ojos rojos y vidriosos. Ha tratado de maquillarse, pero nada puede ocultar las marcas de la desesperación, que se extienden como pequeñas arrugas a través de la piel. Antes rara vez usaba el sarcasmo, pero esta noche es su refugio.

—¿Ah, no? —responde Amanda, con una voz que no parece suya. Rota. Irónica. A punto de reventar—. ¿Y entonces qué es esto? ¿Una simple piedrecita en el camino? Venga ya, Conchita. No me tomes por imbécil. No otra vez.

Hace una pausa. Pero no se contiene.

—Nos van a destrozar. No es una amenaza, es una cuenta atrás. Están saliendo los chanchullos, los contratos inflados, los maletines. Lo de Valentín es solo la punta del iceberg.

Traga saliva. Mira al suelo. Coge fuerzas. Vuelve a levantar la cabeza.

—He leído cosas en esos documentos... —Sacude la cabeza, como si aún no se lo creyera—. Comisiones pactadas en cenas privadas con políticos del Gobierno y de la oposición. Facturas falsas firmadas por empresas que ni siquiera existen. Transferencias cruzadas entre fundaciones tapadera en Suiza, Panamá y Singapur. Mujeres prostituidas como si estuvieran en un catálogo de ropa, para que esos cerdos pudieran escoger. Pagos en B para conseguir adjudicaciones en residencias de ancianos. Fajos de billetes en negro que volaban de una mano a otra. —Su mirada se vuelve dura—. Y papá, en el centro de todo.

Respira hondo.

—¿Y si sacan todo, Conchita? ¿Y si lo publican sin filtro, sin piedad? La prensa no va a parar. Y cuando empiecen a atar cabos, Conchita, van a llegar aquí. A nosotras.

Se queda mirándola. A su hermana. Imperturbable. Fría. O simplemente vacía.

—¿Tú... tú sabías todo eso de papá? —susurra al fin. Pero ya no suena a acusación. Suena a vértigo. A derrumbe.

Conchita la mira, desafiante.

—¿Cómo crees que se mantienen los imperios?

—Me lo imaginaba —escupe, con cara de asco—. La prensa no parará. Han olido la sangre y vienen a por nosotras. Es solo el principio. No hay vuelta atrás.

Conchita se endereza. Aprieta la mandíbula como una trampa de acero. Clava la mirada en su hermana, con la intensidad de un depredador acorralado. Odia escuchar esas palabras, pero sobre todo odia que sean verdad. La tensión es sofocante, como si el aire se hubiera enrarecido tras días de tormenta.

—¿Crees que papá habría dejado que esto ocurriera? —escupe, con amargura—. Él nos enseñó a mantener el control. ¿Dónde lo hemos perdido?

Amanda sonríe, pero no hay calidez en su gesto.

—¿El control? ¿De qué control hablas? Papá era un monstruo. —La mira, y se atreve—: Como tú.

Conchita habría saltado sobre su hermana para asfixiarla con sus propias manos, pero no puede permitirse el lujo de perder el control, ni siquiera frente a Amanda. Durante un buen rato, las hermanas no saben qué decirse.

—Tiene que haber sido ella —rompe el silencio la mayor con un susurro que parece arrancado de su garganta.

Amanda alza la mirada. Pero las dos saben de quién están hablando.

—Pilar no lo haría nunca —replica al fin. No puede procesar más maldad.

—Claro que sí. Los papeles que se están filtrando son los que trajimos de Suiza. Los que guardamos en la caja fuerte personal de papá. ¿Y quién más podría haber tenido acceso a ella? Nadie más sabía el código. Nadie más podría haberse llevado toda esa documentación.

Golpea la mesa y se hace daño en la mano.

Conchita se obliga a respirar hondo y calmarse. Por un momento entra en pánico. ¿Y si las está grabando alguien desde el edificio de enfrente? Se inclina hacia adelante, con los ojos desorbitados. Su voz está cargada de desesperación.

—¡Por favor, Amanda! —le habla con el tono de siempre, el de la hermana mayor condescendiente con la inutilidad de la pequeña—. Sabemos perfectamente que esos papeles no han salido volando solos. Alguien ha tenido que sacarlos. Y Pilar llevaba años trabajando para papá. Sabía los códigos. Nos la ha jugado. ¿No te acuerdas de cómo la miraba papá? Siempre confiaba en ella más que en nosotras.

Esa última frase deja una herida en el aire, algo que ninguna de las dos se atreve a confrontar. El amor paterno que siempre les faltó, que siempre parecía estar puesto en otros: otros seres humanos, otros beneficios, otras formas de pasar el tiempo. Amanda aparta la mirada, enfocándose en un punto invisible en la pared.

—Pilar era leal a él, no lo hubiera traicionado nunca.

—Pero a nosotras sí.

La acusación flota en el aire como una daga. Conchita se aparta de la mesa y comienza a caminar lentamente por la sala, sus pasos resonando en el suelo de mármol. Entonces, recuerda. El día que apañaron con el comisario Palencia que hiciera desaparecer las fotografías de su padre. Una conversación con Pilar. La urgencia, la combinación. La puta china. Todo se alinea. Pero después pasaron tantas cosas, la muerte de Elena, la de Jorge, la de Marga...

—Lo va a pagar caro. La destruiré —sentencia la hermana mayor. Se pasa una mano por el cabello, desordenándolo aún más. El maquillaje, siempre impoluto, empieza a cuartearse sobre su cara. Los dientes delanteros están manchados de lápiz de labios rosa.

Aunque descubran la verdad, ya es demasiado tarde, lo saben las dos.

—Esos documentos... Todo lo que contienen... —murmura Amanda, con la voz casi apagada—. Se acabó, Conchita.

—No solo vamos a perder la empresa. Vamos a perderlo todo. El nombre de papá...

—Tú dices que no era mi padre, así que... —escupe la hermana menor—. Todo lo que hizo..., lo que habéis hecho...

—¡No digas eso! Su legado. Todo lo que construyó. Lo que nos dejó para el futuro.

Amanda la mira con una mezcla de lástima y rabia contenida.

—No hables de él como si fuera un mártir, Conchita. —Hace una pausa con la mirada fija en su hermana.

Traga saliva.

—Hemos salido de peores —Conchita quiere convencerse. Duda. Se traba—. Esto es... una crisis. La superaremos.

Amanda se pone en pie y golpea la mesa con ambas manos, en un gesto de ira que sorprende a su hermana.

—¡¿Peores?! ¿Quién eres tú sin ese maldito trono? —Sus palabras suenan como tiros—. ¿Sabes qué es lo peor? No unos titulares. Eso se pasa. No unas denuncias. Esas se retiran o se ganan haciendo que caigan en jueces amigos. No. Lo peor es que ya no somos nadie. Tú ni siquiera te das cuenta de lo vacías que estamos. ¿Quién eres tú, quién soy yo, sin el poder que da esta empresa?

Conchita empieza a entender. Ya no tendrá poder para hacer nada. Ni para cambiar titulares, ni para sobornar a jueces, ni para comprar favores. Ya no la invitarán a los lugares en los que hay que estar para ser alguien. Los lugares en los que se decide quién sigue siendo alguien en este país. Sabe que su hermana tiene razón. El poder las ha definido. Sin él, personas como ellas no son nada.

Amanda espera un segundo más, y sigue hacia la puerta. Coloca la mano en el pomo. Entonces se detiene.

Saca del bolso una libreta de tapas negras. La deja sobre la mesa de juntas, con una suavidad que no encaja con la rabia de hace un instante.

—Por si alguien quiere saber la verdad —murmura, sin mirar a su hermana.

Conchita frunce el ceño. La observa sin comprender. Amanda no da explicaciones, aunque se detiene un instante. Antes de salir, susurra sin mirar atrás:

—¿Ves, Conchita? A veces no hace falta tener su sangre para ser igual de peligrosa.

La puerta se cierra tras ella.

Conchita se queda sola. Mira la libreta como si fuera una bomba sin detonar. Tarda varios segundos en acercarse. La abre. Una página escrita a mano. Luego otra. Fechas. Conversaciones. Nombres. Una frase subrayada: «No lo firmé porque me convenciera. Lo firmé porque necesitaba que bajara la guardia».

Conchita cierra la libreta de golpe. La aprieta con fuerza, como si pudiera estrangularla.

Entonces lo comprende.

Amanda no es tan inútil como creía.

Se queda sola en la sala. Por primera vez, no hay asistentes que la rodeen, no hay directivos esperando instrucciones, no hay ningún séquito para recordarle quién es. Solo el eco de las palabras de su hermana, rebotando en su mente.

Se acerca lentamente a la ventana. Fuera, los periodistas se arremolinan alrededor de Amanda, que parece extrañamente serena. Se para y empieza a contestar a sus preguntas.

Cierra los ojos y apoya la frente contra el cristal helado. Por un momento, se permite el lujo de sentirse derrotada. Recuerda las palabras de papá, pronunciadas en esta misma sala, hace años: «El poder no te lo ceden, tú lo tomas. Y si lo pierdes, es porque nunca fuiste lo suficientemente fuerte para merecerlo».

Y ahora, al borde del abismo, se da cuenta de que el poder no solo se toma; también te toma a ti. Te devora. Y, cuando se va, te deja vacío.

Un golpe en la puerta la saca de sus pensamientos. Es su asistente, el único que aún no ha abandonado el barco que se hunde.

—¿Señora Manso? Los abogados están aquí.

Conchita asiente, endereza la espalda y se gira hacia el hombre.

Sale sin mirar atrás.

La sala se queda sola, como un mausoleo sin cadáver, pero con todos los pecados dentro.

98

El cielo se derrumba sobre Madrid, y Ana tiene la sensación de poder tocarlo si se pone de puntillas y estira mucho el brazo. Le gusta el agua fresca sobre la cara, empapándole la piel y el pelo, como si las gotas pudieran purificar algo que está a más profundidad que la piel. Sonríe, porque a veces, bajo tormentas así, todo parece más claro. Hace falta oscuridad para limpiar las tinieblas. Y pocas ciudades hay como Madrid para llenarse de luz después de una tormenta. De hecho, a su izquierda, le parece ver un arco iris emergiendo tímidamente entre las nubes.

Se sienta en el sofá y abre la pequeña libreta que lleva siempre consigo: una maraña de notas, flechas y esquemas que parecen querer gritarle algo que ella todavía no puede entender, por mucho que esté tratando de escuchar. Su cerebro se ordena mejor mirando el caos escrito en un papel, escribiendo en él, tachando, dibujando flechas y círculos, anotando locuras, ideas que a menudo bordean lo absurdo, pero que a veces la llevan a la solución. El caos de las páginas refleja su mente: un laberinto de ideas en el que busca una salida. Con el bolígrafo en la mano, repasa una y otra vez las líneas que ha trazado, las palabras subrayadas, los nombres encerrados en círculos concéntricos, como si fueran trampas para atrapar respuestas. Manso, Aldama, Cuervo, Faùra. Cada uno, una pieza.

Pero el puzle sigue incompleto.

Cruza las piernas y respira hondo. Está convencida de que las cuatro muertes no son casuales. No pueden serlo. Pero cuanto más intenta conectar los puntos, más borroso se vuelve todo. La investigación de los casos es impecable, y las razones que los sustentan encajan con una perfección inquietante, como tragedias clásicas dispuestas para disfrute del espectador: un ataque al corazón, un coma diabético, una caída accidental, un suicidio. Ninguno tiene fisuras, pero juntos..., juntos parecen seguir un patrón.

Ahora solo falta saber quién lo ha diseñado.

Si es que alguien lo ha hecho.

Media hora después, no ha logrado sacar nada en claro. La lluvia sigue golpeando el cristal, como si quisiera atravesarlo y borrar la tormenta que ella lleva dentro. Su mirada regresa a la libreta. Repasa las fechas: apenas días entre una muerte y otra. Repasa las flechas: cada una apunta hacia la siguiente víctima. Es imposible. Pero es real. Todo está ahí. Y a la vez no está. Ana golpea suavemente el bolígrafo contra el papel, como si el ruido pudiera obligar a su cerebro a encontrar el camino. «¿Qué estoy pasando por alto?», se pregunta.

La respuesta tiene que estar justo delante de ella, pero no sabe cómo encontrarla. Aún.

Mira el reloj. Son las ocho de la tarde. Las doce de la mañana en Los Ángeles. Llama a Miguel, a pesar de que sabe que está en pleno rodaje. Pero tiene la esperanza de encontrarlo en el set de maquillaje, o en una pausa, o en cualquier otro momento en el que tenga el móvil a mano y puedan hablar. Lo necesita.

Como si fuera un milagro, el hombre por el que lo abandonó todo descuelga.

—Me encantaría que estuvieras aquí conmigo —le dice, antes incluso de saludarlo—, para ver el cielo de Madrid. Está precioso.

—Y a mí. —La voz de Miguel Rolo suena cansada al otro lado del teléfono, ha llegado al plató a las cinco de la mañana—. Te echo tanto de menos. No sabes lo que me gustaría estar contigo. Pero no puedo parar la producción. No puedo dejar el rodaje.

—Al menos, ¿lo estás disfrutando?

—Es la última película de superhéroes que hago, te lo juro. Ya se acabó el contrato, ya no quedan secuelas por hacer. Y, aunque me lo pidan, no voy a hacer ni una más. Estoy harto de seguir órdenes absurdas de directores que me hablan a gritos desde la otra punta del set.

—Eso dices siempre.

—Esta vez es verdad. Daría cualquier cosa por estar ahora mismo abrazándote. Quiero dejar de estar siempre en un plató, siempre de promoción, siempre a las órdenes de alguien.

—Por cierto —cambia de tema—, ¿has hablado con Jeff?

—Todavía no.

—Pues te quedan dos semanas de rodaje. A ver lo que tardas en decirle a tu agente que te mudas a España, señor superhéroe. Cagueta.

—¡Ya, ya lo sé!

—Es que, tantos superpoderes y lo acojonado que eres en la vida real.

—Oye —da un giro a la conversación—, he buscado imágenes del tal Santi... y es muy guapo.

—Pero ¿qué estás diciendo?

—A ver, Ana, objetivamente es un buenorro. Está buenísimo.

—Miguel...

—Que no te estoy haciendo ningún reproche...

—¡¡¡Como si yo te hiciera reproches por follarte a las actrices más macizas de cine!!!

—Si hay coordinadores de intimidad, si todo es de mentira, Ana.

—Ya, ya, de mentira. Eso decís todos. —Se ríe, aunque algo no le cuadra—. ¿Por qué te preocupa Santi?

—No me preocupa —o, al menos, eso dice—, pero es normal que lo haya buscado, ¿no crees? Curiosidad. Y claro, tan guapo, superdotado, bisexual y con el *alter ego* que tiene, Delito... Lo que digo es que pasar tanto tiempo junto a alguien así tiene que ser... interesante.

—Lo es —admite Ana—. Pero, al menos para mí, no en el sentido sexual —trata de sonar tajante.

—No te lo estoy diciendo en ese sentido. No es un reproche. Es como cuando tú me preguntas por algunas actrices. Curiosidad, más que nada.

¿Curiosidad?

—Lo está pasando muy muy mal. Si has cotilleado sobre él, sabrás que hace unos meses murió la madre de su hija.

—Sí, pero estaban separados, ¿no? Él estaba con otro hombre.

—Pero el corazón, Miguel..., el corazón... No he hablado con Santi de este tema, al menos, no abiertamente, es como tocar un cuerpo hecho una llaga. Aúlla de dolor. Y criando solo a una niña que es la viva imagen de la madre.

—Los hombres solemos dar pena muy bien, y nos suele funcionar.

—Ya lo sé. Es un truco de primero de criminal.

—Oye, por cierto, ¿cuándo crees que podrás volver? No es por meterte prisa, pero Tom y Grace nos han invitado a pasar un fin de semana en un lugar que no nos quieren desvelar, con la excusa de una fiesta playera para celebrar el éxito de la última película de Tom. Nos han pedido que llevemos un par de *outfits* blancos. Es dentro de tres semanas. Algunos creemos que es una boda secreta, que cuando lleguemos allí nos sorprenderán con la ceremonia nupcial. ¿Vendrás?

—Una boda... —responde Ana, sin interés.

—Sí, una boda. Ya sabes..., cuando dos personas se casan.

—¡Ah!

—¡Ana! —exclama Miguel, con cierto reproche en la voz—. No me estás haciendo caso. Estás enganchada... Sigues pensando en el caso mientras hablas conmigo.

—¡Sí que te estoy haciendo caso! —protesta Ana—. Algo de una boda...

—Tendré que ponerte cachonda —le dice, con voz sexi, en el tono grave y susurrante de cuando hacen el amor.

—¡Oye! —se queja ella—. Que me cojo el avión y me planto allí y no hay rodaje que pueda pararme.

Miguel se ríe.

—Tú sabes que entre las poquísimas cláusulas que me permiten ausentarme de un rodaje y parar toda la producción no está echar un polvo, ¿no?

—¿No? —se hace la tonta—. ¿Y si les dices que estás muy enfermo? ¿Eso está contemplado en tu contrato de chorrocientas mil páginas como motivo para faltar algún día?

—Hace falta un parte médico, pero encontraríamos a quien... —Miguel calla. En seco. Alguien, a lo lejos, le habla en inglés—. Cariño, tengo que irme. Me llaman del set.

—¿Escena sin camiseta?

—Escena sin camiseta. Me toca un poco de ejercicio intenso para que mis músculos aparezcan lo más inflados posibles. Prefiero guardar mis poderes para lo que me hace feliz. —La voz de Miguel vuelve a adoptar el tono sexi y excitante que utiliza cuando está haciendo el amor con Ana.

—Por favor..., por favor... —suplica ella—, no me hagas eso, no me dejes con las ganas. No me pongas cachonda ahora.

—Pues ya sabes, cierra el caso y vuelve.

—No, no, lo tengo. Si es que solo me falta un punto por conectar. Solo necesito una línea más. Te juro que lo tengo, como esas palabras que se te quedan en la punta de la lengua.

99

Ana Arén ha pasado mala noche. No ha dejado de darle vueltas al hilo suelto, a lo único que le falta para conectar la verdad. Es, siempre, en cada investigación, un momento frustrante. Estás, pero no estás. Llegas, pero no llegas. Lo tienes ya a punto de agarrarlo con los dedos, pero se te puede escapar.

El cielo sigue descargando su furia cuando la expolicía empieza a hacer llamadas. Quiere irse, salir corriendo de allí para estar con Miguel, dormir abrazada a él y dejar atrás esa angustia que había olvidado. Pero hay algo en Madrid, y en todo lo que está pasando, que le impide irse de allí, que la ata al misterio de esas cuatro muertes.

Miguel tiene razón: los malos más peligrosos son los que no ves, le ha dicho siempre. Es una frase tan obvia que casi pasa desapercibida, pero que se queda resonando en su mente, como un eco que no termina de apagarse.

Los malos que no ves.

Ana se levanta del sillón y camina hacia la cocina, como si el movimiento pudiera despejarle la cabeza, pero en su interior las piezas comienzan a encajar. Una tras otra. Al principio, la idea le parece absurda, incluso ridícula. Pero ahí está. Cierra los ojos y repasa los hechos, esta vez sin la barrera de la confianza que hasta ahora la había cegado. Deja que su mente haga lo que mejor sabe: encontrar patrones. Y empieza a unir los puntos de sangre salpicados por la ciudad.

Carlos Manso. Muerto de un ataque al corazón durante una escena grotesca que ha arruinado su reputación y una sucesión de acontecimientos que han destruido su imperio. Todo parece una combinación desafortunada de su vida y un fallo coronario en el peor de los momentos.

Elena Aldama. Nadie ha cuestionado que su muerte haya sido consecuencia de una cetoacidosis diabética, pero, poderosa y despiadada, Elena, como Manso, había hecho demasiados enemigos a lo largo de su vida. ¿Quién podría usar su propia obsesión contra ella?

Jorge Cuervo. Otro accidente. Y de este Ana ha sido testigo. Vio al joven heredero bajar por las escaleras, tropezar y caer. Volar hasta romperse la nuca. No había nada más. Nadie más.

Marga Faura. Suicidio. Sobredosis de medicación. Llevaba días sola en casa, encerrada. Quizá se le fue la mano, pero es una muerte de manual: no pudo con la presión social y se quitó la vida.

Ya pero...

... pero el instinto le dice a Ana que esas cuatro muertes han sido diseñadas con precisión quirúrgica, limpias, sin dejar huellas físicas, aunque con un patrón que le grita en silencio.

Solo tiene que saber escuchar.

El congelador. ¿Qué había comentado Santi sobre los congeladores? «Más raro es lo que alguna gente guarda en el congelador», le había dicho, con esa forma suya de hablar que a veces parecía un rompecabezas esperando a ser resuelto. Ahora se da cuenta. El congelador no es solo un lugar físico; es un símbolo, un espacio para encerrar cosas, para congelarlas en el tiempo fuera de la vista, pero siempre presentes.

Piensa, Ana, piensa. Conecta puntos.

Vuelve a repasar en su cabeza los informes policiales. Hay algo que se le escapa. Que se les ha escapado a todos.

Los malos más peligrosos son los que no ves.

Los rincones donde aguarda la verdad son los que están a plena luz del día.

El congelador.

Las absurdas fotografías que la policía encontró en los congeladores de Elena Aldama y Marga Faura. Restos pegados durante años, unas sobre otras, como un rastro que tiene que significar algo. ¿Y si es eso lo que conecta a todos los muertos? A Marga, a Elena, a Manso, a Cuervo, a...

... Ana se apoya en el fregadero con el corazón acelerado. Nota el peso de la revelación hundiéndole el estómago. Ese peso que llega cuando por fin descubres la verdad.

Se agarra fuerte para que no le tiemblen las manos al recordar algo que hasta ahora le había parecido insignificante: la forma en que hablaba de ellos. Sin rencor aparente, pero con frialdad quirúrgica. Su tono neutro al analizar cada detalle de las muertes. Su forma de anticiparse a preguntas que ella ni siquiera había terminado de formular. Y, sobre todo, algo que ahora le resulta imposible ignorar: la conexión que todas las víctimas tenían con Berta.

Con la muerte de Berta.

¿Qué haría una mente brillante, devastada por el dolor, por vengar a quien había amado?

Todo.

Lo haría todo.

El aire en la cocina se vuelve irrespirable. Ana se separa del fregadero y camina tambaleándose hasta la mesa del salón, donde los informes están abiertos en una espiral de caos. Sus ojos recorren las palabras con desesperación, buscando la pieza final.

Busca en los registros de las autopsias.

En los archivos forenses.

En los informes de inspección de las viviendas de los fallecidos.

Hace un par de llamadas. A peritos. A expertos en toxicología. A un viejo amigo ingeniero.

—Necesito saber algo —pregunta, con la voz más serena de lo que se siente—. ¿Cómo sería posible...?

Un silencio. Luego, la respuesta.

Y entonces, Ana deja caer el teléfono sobre la mesa, mientras el mundo entero parece perder el equilibrio.

Es posible.

Y, peor aún...

Ya ha ocurrido.

No puede ser.

Pero sí.

La tormenta arrecia afuera, pero dentro de Ana nace una calma extraña. Por fin lo ve claro. Por fin, lo entiende.

No quiere pensarlo. Pero lo está pensando.

Llama por teléfono.

—Santi, ¿podemos vernos? Tengo algo que contarte.

100

Santi no ha dormido en toda la noche. Tiene los ojos enrojecidos, la respiración superficial y la mente anclada a una duda que no consigue silenciar. Lleva horas repasando los informes médicos, los registros digitales de los dispositivos que manipuló, los *logs* de acceso cifrados que deberían haber quedado limpios. Todo está bien. Todo debería estar bien. Y, sin embargo, algo lo inquieta.

A las siete de la mañana empiezan saltarle alarmas al móvil. La prensa y sus titulares del día. Uno de ellos le llama la atención.

«Dispositivos inteligentes vulnerables. ¿Y si las muertes de los reyes de la televisión no fueran tan naturales como parecen?». Es de un diario digital. Lo lee. Son divagaciones..., pero...

El corazón le late con violencia. Por un segundo, cree que va a vomitar.

Se levanta de golpe. Abre la ventana y deja que el aire frío le golpee la cara. Un coche patrulla está en la calle, justo frente al portal de su casa. Podría ser una coincidencia. ¿Y si no? Tiene que pensar. Tiene que pensar rápido.

Enciende el televisor. Pone el canal que ha lanzado la alerta. El tertuliano Claudio Epifanía está hablando.

—Una fuente anónima del entorno forense asegura que ciertos dispositivos implantables, como marcapasos o prótesis inteligentes, podrían ser vulnerables a manipulaciones externas. No hay pruebas, pero algunos investigadores creen que el patrón de muertes encaja con ese tipo de intervención.

—Pero solo llevaban dispositivos Manso, su marcapasos, y Cuervo, una prótesis de rodilla. Eso es absurdo —le enfrenta otro tertuliano—. Marga se suicidó. ¿También le implantaron un robot en el cerebro? Venga, va, no digas tonterías.

No suele prestarle atención a esas cosas, pero hay una palabra, en un rótulo en la pantalla, que le salta a los ojos: «¿Y si los asesinaron a todos?».

Santi siente un escalofrío.

Cambia de canal. Otro periodista comenta que las coincidencias son extrañas. Que hay un patrón. Que alguien debería investigar más a fondo.

Apaga la tele.

No puede respirar.

No debería estar ocurriendo.

En un impulso, se quita la camiseta y el bóxer con los que ha dormido y corre hacia el armario de Delito. Se viste con un traje negro de dos piezas de terciopelo. El pantalón se acampana en los tobillos. Cuando se abrocha la chaqueta se da cuenta de que le queda grande. Tenía razón Ana. Estos meses ha adelgazado.

La ropa opera un poder transformador sobre él. Delito nunca había tenido miedo. Él era la parte que sabía gestionar el caos. La que convertía las emociones en espectáculo.

Cierra los ojos y da un par de vueltas sobre sí mismo, como si estuviera en el escenario de La Luciérnaga. No ha vuelto desde la muerte de Berta. En su cabeza tararea: «Vivir así es morir de amor. Por amor tengo el alma herida».

Abre los ojos y respira.

Va hacia el ordenador. Borra el archivo. Desconecta todo. Rompe el disco SSD. Sabe que nunca debería haberlo guardado. Que incluso tener una copia *offline* era una estupidez. Pero había algo en él, en ver los pasos uno a uno, que lo había hecho sentir seguro. Orgulloso, incluso.

Hasta ahora.

Mete los fragmentos en una bolsa térmica y los congela. No puede permitirse un solo rastro.

Nadie sabrá qué ha hecho. Y, de pronto, una frase de Berta le cruza la mente. Una de esas que decía y que ahora suena profética: «En ciertas tertulias, gana el que más tonterías dice. En televisión todo arde durante un día. Al día siguiente, ya nadie quiere mirar las cenizas».

Y eso espera. Que mañana ya no se acuerden.

Vuelve a mirar por la ventana y el coche de policía ya no está.

—Papá... —Su hija Emma le saca del círculo del pavor—. ¡Papá! —le reclama. Y Santi se rompe. Corre a la cama a abrazarla.

—Te quiero, mi niña, te quiero —le susurra, mientras se le escapan las lágrimas.

Respira.
Todo está bien.
Todo va a estar bien.

101

Una lluvia sutil tropieza con la tela impermeable del paraguas de Ana, pero se cuela en la lana del abrigo de Santi, creando un sonido suave que parece entrelazarse con los murmullos del atardecer. Es agua que apenas roza la superficie, sin perturbarla del todo. Las gotas resbalan con delicadeza. Por la puerta entreabierta de un bar suena el piano de Claude Debussy y su *Clair de Lune*. Parece la secuencia de una película romántica. Pero, para Ana y Santi, esta no es una historia de amor. De hecho, acabará siendo justo lo contrario.

Caminan despacio, como si no quisieran enfrentarse al futuro que tienen justo delante.

—¿Sabes? —Santi rompe el silencio, con voz calmada—. Los japoneses tienen una palabra para describir la sensación relajante que produce el sonido de las gotas de lluvia: *amaoto*.

Ana gira ligeramente la cabeza hacia él, observándolo de reojo mientras sus pasos resuenan en el asfalto mojado.

—*Amaoto* —repite Ana—. Aunque, en días como hoy, preferiría verlas del lado seco de la ventana. —Lo dice en un tono medido, controlándose.

Santi esboza una sonrisa, de esas suyas indescifrables.

—Vale. Compro lado seco de la ventana. —Hace una pausa y la mira directamente, con una intensidad que podría desconcertar a cualquiera. Pero no a ella. No a Ana—. ¿Por qué querías verme?

Ya lo sabe. Pero es ella la que tiene que decirlo.

La expolicía respira hondo, manteniendo su mirada fija en la acera. Las palabras que está a punto de decir han estado girando en su cabeza durante horas, buscando cómo encajarse antes de ser pronunciadas.

—¿Sabes? He estado pensando —replica, al fin, con una calma ensayada.

Santi gira la cabeza hacia ella, mirándola con interés. Ralentiza el paso ligeramente, como si quisiera prolongar el momento antes de la verdad.

Sonríe.

—En cualquier otra persona —le contesta— una frase así sería para tomársela a risa. Pero contigo... ¿Qué has pensado?

—He estado encajando piezas —contesta ella, girando finalmente su rostro hacia Santi. Sus ojos son afilados, penetrantes, tratando de desnudar cada capa que él ha construido con tanto esmero.

—Es tu... trabajo. Si se le puede llamar trabajo. —El forense sonríe de nuevo, pero esta vez, algo en su expresión es distinto. Hay una leve tensión en la comisura de sus labios, apenas perceptible.

Ana se detiene bajo la luz tenue de una farola. La lluvia cae alrededor de los dos, formando un círculo perfecto de silencio entre ambos. Ella inclina ligeramente su cabeza hacia él, desafiándolo con la mirada.

—Y solo hay una solución posible.

—Suele pasar. —Santi sonríe de nuevo, sosteniendo su mirada con esa calma inexpresiva que solo él puede mantener. Pero Ana nunca deja nada al azar; él lo sabe. La antigua inspectora jefa de homicidios de Madrid se inclina ligeramente hacia él. Agrava el tono, imita su voz:

—Más raro es lo que alguna gente guarda en el congelador. —Luego respira hondo. Sabe que esas palabras no eran casuales, sino una provocación para ver hasta dónde podía llegar ella—. Al principio, me pareció una frase absurda —continúa.

Santi no responde de inmediato. La observa. Su mirada se vuelve más fija, más intensa. Luego inclina ligeramente la cabeza, como si estuviera evaluando si vale la pena seguir jugando o no.

—¿Es eso lo que has pensado? —pregunta finalmente, su voz casi en un susurro, como si hablara más para sí mismo que para ella.

Ana da un paso hacia él, cerrando la distancia entre ambos.

—No tienes que fingir conmigo, Santi —dice, con palabras cargadas de una mezcla de desafío y compasión—. No soy como los demás.

Por un breve momento, Ana ve algo en los ojos de Santi que le hace contener la respiración: vulnerabilidad. Pero es solo un instante, un parpadeo, antes de que esa máscara de calma vuelva a cubrirlo.

—¿Y qué crees que sabes? —pregunta, su voz más grave ahora, más fría.

—Sé que eres brillante, Santi. Que sabes cómo hacer que algo parezca lo que no es. Sé que amabas a Berta más que a nada en este mundo. Que incluso has construido una gemela virtual suya, como si siguiera viva. Pero también sé que el dolor puede convertir incluso a los más fuertes en algo... irreconocible.

Santi no contesta. Su respiración es lenta, medida. Ana lo observa, esperando una reacción, una respuesta, cualquier cosa que confirme lo que ya sospecha.

Finalmente, Santi rompe el silencio.

—¿Y si tienes razón? —pregunta; su tono es tan suave que casi no parece una confesión, sino una provocación.

Ella siente un escalofrío recorrerle la columna. La lluvia sigue cayendo a su alrededor, envolviéndolos en un mundo propio, aislado del resto. Ana no responde. No puede. Porque, en ese momento, entiende que la respuesta que busca no está en las palabras de Santi, sino en todo lo que él no está diciendo.

102

Cinco meses atrás

La culpa está hecha de miedo, de desconcierto y oscuridad.

La culpa te lleva al lugar donde se infectan las heridas. Allí el tiempo no cura, sino que abre la piel cada vez que trata de cicatrizar. Y es en ese abismo donde la culpa clava sus raíces como un invierno que nunca termina, como el frío que no te puedes sacar de los huesos.

Todos queremos cambiar el pasado cuando el presente no es el que esperábamos.

Y si...

Y si...

Y si...

La culpa susurra al oído de Santi con la voz de Berta, con la mirada de su hija, con el olor de su piel, con la arrogancia de los que la llevaron al abismo. Entonces, la culpa se convierte en furia, porque no puedes cambiar el pasado, pero sí el futuro.

—Berta, tengo que consultarte algo.

—Claro, lo que quieras.

—¿Lo que quiera?

—Santi, ¿qué pasa?

—Es que hay cosas que solo tú puedes entender. Que solo tú podrías... perdonarme.

—¿Perdonarte? —La voz era cálida y suave, llena de la paciencia. La paciencia que la Berta de verdad no siempre tuvo. O es que la Berta de verdad nunca había resucitado de entre los muertos.

—No sé por dónde empezar. No sé si tú..., bueno..., esta versión de ti puede comprender el dolor que me dejó tu muerte. No es solo que ya no estás, es... todo lo que te hicieron. Todo lo que te arrebataron. Berta, te... te destruyeron, y yo... yo me quedé de brazos cruzados.

—Santi, no puedes culparte... ¿Cuántas veces te lo tengo que decir? Sabes que las cosas son más complejas que eso. No tienes poder sobre el odio de los demás.

—Pero ¿qué hacía yo mientras tú..., mientras ellos te machacaban día tras día? Carlos Manso riéndose de ti, Elena Aldama humillándote, Marga conspirando con ella, dispuestas a todo para aplastarte, para hundirte. Y Jorge... Él... Maldito cobarde que ejecutó minuto a minuto todos sus planes. He leído tu diario, he escuchado las conversaciones con ellos que grabaste, Berta, he hablado con algunos de tus compañeros, con tu médico... He... he pirateado algunos móviles... —se confiesa.

—¿Que has hecho qué?

—Tenía que conseguir toda la información posible, Berta. Necesitaba encajar todas las piezas. Y ya sé lo que pasó. —Santi sintió que empezaba a deshacerse el nudo que llevaba meses oprimiendo su garganta—. Tengo una losa de culpa sobre mi cuerpo que no me deja moverme. Me repito, una y otra vez, que si yo hubiera elegido quedarme contigo en vez de con Óscar, estarías viva. Me habría dado cuenta.

—No puedes vivir así, Santi. Tienes que ser feliz, por nuestra hija.

—Pero no puedo ser feliz, ¿entiendes? No puedo. Cada día que pasa siento este vacío, este dolor que no desaparece, que solo crece. Siempre que he abierto un cadáver lo he hecho con el máximo respeto y he jurado encontrar la verdad de su muerte, saber qué, o quién, lo llevó a mi mesa de autopsias. Pero es que ellos están dejando cadáveres bajo sus pies.

—¿Estás pensando...? —La Berta ficticia no se atreve a terminar la frase. El silencio se extiende entre ambos. La inteligencia artificial parece dudar, como si el modelo estuviera buscando la respuesta adecuada.

Pero no la encuentra.

Y, entonces, Santi es consciente de por qué la construyó. No para hablar con ella, no para tener compañía, sino para pedirle permiso para lo que iba a hacer.

103

Los seres humanos somos mucho más vulnerables de lo que creemos. Cada segundo, veintitrés millones de células se dividen en nuestro cuerpo. Y una de cada millón lo hace de forma errónea. Son veintitrés células malignas al segundo. Mil trescientas ochenta cada minuto. Ochenta y dos mil ochocientas en una hora. La posibilidad de que nuestro sistema inmunitario no logre eliminarlas es gigantesca, tan real como aterradora, y, sin embargo, aquí estamos, cada segundo, cada minuto y cada hora.

Sobreviviendo.

Que sigamos vivos es, pues, un milagro.

Que muramos, a veces es solo culpa de un pequeño intruso dentro de ese cuerpo prodigioso. Una alteración imperceptible. Una trampa diseñada con precisión.

Y a veces, solo hace falta un forense con sed de justicia para dejar que una de esas células gane la partida.

104

El plan había comenzado mucho antes de que Carlos Manso se apoyara en aquella barandilla, la misma que sostendría su último aliento. Santi había diseñado cada paso como una coreografía perfecta, ejecutada en silencio con la frialdad de alguien que no deja nada al azar. Y decidió que sería el corazón de Manso, el que albergaba su arrogancia y su poder, el que le abriría las puertas de la muerte.

Solo tenía que conseguir que ese corazón estuviera en sus manos.

Al menos, de forma metafórica.

Y fue relativamente fácil, porque Manso llevaba un marcapasos de última generación. Santi lo investigó durante semanas y descubrió que el dispositivo enviaba información a un ordenador en el hospital: su frecuencia cardíaca, cualquier episodio anormal de arritmias, los umbrales de estimulación, el estado de los electrodos o el nivel de la batería. Era una máquina prodigiosa capaz de adaptarse para que el corazón mantuviera un ritmo adecuado en reposo, durante el sueño o haciendo una actividad física intensa.

Una maravilla médica... y una entrada para alguien que supiera cómo vulnerar su seguridad.

Lo descubrió tras semanas de investigación obsesiva: la señal de radio estaba encriptada, sí, pero no blindada. Bastaba encontrar la grieta. Y él la encontró. Si se usa un transmisor con una frecuencia idéntica a la de la aplicación del aparato y se introduce el protocolo correcto, es posible establecer una conexión sin pasar por la encriptación. Con un poco de paciencia y el equipo adecuado, podría interceptar la señal de control, acceder al marcapasos y reprogramarlo desde una distancia segura, sin levantar sospechas.

Ensayó durante días con un marcapasos idéntico al del magnate. Practicó una y otra vez hasta ser capaz de inducir una taquicardia fatal con una precisión milimétrica. Con cada prueba estaba un paso más cerca de la muerte de Manso.

 # Configuración de los parámetros para inducir la arritmia

CRITICAL_HEART_RATE = 180 # Frecuencia cardíaca crítica (lpm)

FATAL_DURATION = 30 # Tiempo en segundos antes del colapso cardíaco

Pero antes, quería asustarlo. Matar por matar era demasiado clemente para un monstruo como él. Necesitaba hacerle pasar miedo. Al menos, una parte del que había sentido Berta. Miedo de verdad. Que le hiciera temer por algo que se escapaba de su control. Que le desquiciara. Que le desnudara ante sí mismo.

No fue difícil colarse en la agenda digital de Manso. Accedió a sus contraseñas, a su calendario oculto, a las claves de entrada a su casa. Para que el miedo anidara donde antes solo había soberbia. Para recordarle, cada día, que el hombre que creía indestructible era, en el fondo, frágil. Muy frágil.

Santi se había propuesto hacerse con el control de su vida. A pesar de los servicios de seguridad, de los guardaespaldas y de las alarmas, el miedo es muy fácil de provocar.

Y cuando Santi se empeñaba...

Cada mensaje que recibía Manso era un golpe silencioso contra su certeza de dominio. Cada pequeño sobresalto, un latigazo que le erosionaba los nervios. Manso, el gran Manso, empezó a temblar. No en público, claro. No ante los suyos. Pero en la soledad de su casa, cuando cerraba la puerta con dos vueltas de llave y revisaba tres veces las cámaras de seguridad, el miedo ya era un animal que respiraba a su lado. Y para Santi, eso era apenas el principio.

Poco después llegó el momento de activar la sentencia de la muerte.

Lo siguió durante días. Quería un escenario impactante, una muerte vergonzante. Un viernes por la noche lo vio entrar en un hotel de cuatro estrellas de la Gran Vía de Madrid. Un sitio demasiado barato y popular para alguien como él.

¿Qué iba a hacer allí?

Una amante. Solo cuadraba eso.

Subió a la torreta de los cines Callao, buscando una perspectiva que le permitiera verlo. No sabía en qué habitación estaba, pero sí que su marcapasos estaba cerca. Y respondía.

```
class MarcapasosHack:
def conectar (self):
print («Conexión establecida con el marcapasos...»)
self.connected = True
```

—Te crees eterno. Intocable. Pero incluso tú tienes un corazón. Uno eléctrico. Uno que ahora late porque yo quiero.

Entonces los vio. Manso en albornoz y su amante, saliendo a la terraza. Y él, sentándose en la barandilla.

Y entonces lo supo. Era ese el momento. El momento exacto. El instante por el que lo había preparado todo.

Santi ejecutó el programa.

```
# Instancia del ataque
hack = MarcapasosHack ("00:1A:7D:DA:71:13")
# Conexión y manipulación del dispositivo
hack.conectar()
hack.alterar_frecuencia (180) # Inducir taquicardia extrema
hack.inducir_fallo (30) # Mantener el fallo durante 30 segundos
```

—Por cada lágrima que Berta derramó en soledad, una pulsación más rápida. Por cada humillación, un segundo menos de vida.

El transmisor envió una señal que Manso jamás sintió, pero que su corazón captó al instante. Fue como si el pecho se le llenara de fuego; una aceleración brusca seguida de una pausa que se alargó demasiado. Perdió el control de su cuerpo en apenas un segundo. La taquicardia convirtió su corazón en una máquina desbocada que le robó el equilibrio y lo dejó indefenso. Ni siquiera intentó agarrarse a la barandilla, el Agua de Dios le hizo sentir la arritmia como una aproximación al estado de dicha divina.

Era el éxtasis.

Era Dios.

Por un instante, Manso se creyó capaz de volar.

Se inclinó hacia atrás, sin notar el vértigo, sin preocuparse por el vacío que se abría bajo él.

Y cayó.

 # Confirmación del paro cardíaco
print («Ataque cardíaco fatal inducido. Muerte confirmada»)
hack.desconectar()

Santi cerró la conexión y borró cualquier rastro de su implicación.

Carlos Manso no murió por un fallo en su marcapasos. Murió porque alguien transformó su mayor fortaleza en su debilidad más letal.

Santi Munárriz.

Un forense convertido en juez, jurado y verdugo de los poderosos.

Al llegar a casa, Santi se lavó las manos por tercera vez. No había sangre, no había huellas, no había pruebas. Y, sin embargo, el agua seguía cayendo como si pudiera borrar algo más que la evidencia. Algo más profundo. Algo que ya se le había quedado pegado dentro.

Se miró en el espejo del baño, solo por un instante, y lo que vio fue un hombre del que no estaba seguro si quedaba algo. Ni del médico. Ni del padre. Ni del amante. Ni siquiera del amigo.

Solo quedaba Emma.

Su hija. Su luz. Su pequeña voz que decía: «Pppapááá, te *quero* mucho». La niña que no tenía ni idea de lo que él acababa de hacer. Ni del monstruo que estaba empezando a ser. Emma jamás debía saberlo. Nadie debía saberlo. Pero él lo sabía. Y eso... ya era suficiente castigo.

«Lo hago por ella», se dijo. Y se odiaba por no estar seguro de si era cierto.

105

Elena Aldama se recostó en su sillón de cuero con una seguridad que rayaba en la arrogancia, disfrutando del silencio de la oficina. Todo estaba bajo control: el mundo, su imperio y, ahora también, por fin, su cuerpo. Sentía la satisfacción de quien había domado hasta el último resquicio de imperfección en su vida. Los informes que revisaba, los programas que producía o las vidas de las personas que orbitaban a su alrededor. Elena se aseguraba de que todo encajara en su visión del mundo.

Era rica, sí, pero su verdadero patrimonio radicaba en su influencia, en esa capacidad de torcer voluntades y de hacer que el mundo a su alrededor girara a su ritmo. No era alguien que se conformara con lo que otros le pudieran ofrecer. Exigía lo mejor, y si no lo encontraba, lo creaba ella misma. Mantenía una fachada impecable en la que todo parecía fácil y natural, pero bajo esa superficie había una vigilancia constante, una guerra silenciosa contra cualquier debilidad. Millonaria, exitosa, poderosa, controladora, alta, rubia y ahora... también, por fin..., delgada. Delgadísima. Nunca como en ese momento había logrado caminar con tanta fuerza, pero sobre todo sin sentir envidia de esas mujeres jóvenes y espléndidas a las que ella no solo permitía salir en sus programas de televisión, sino que lanzaba a la fama.

Putas zorras anoréxicas, las veía y solo podía pensar en eso, putas zorras anoréxicas. Y encima tenía que contratarlas y pagarles millones. La exigencia inhumana a la que llevaba a su propio cuerpo —incluidas varias liposucciones y un balón gástrico— nunca había dado el resultado que ella quería hasta que unos meses antes un pequeño dispositivo bajo la piel, una diminuta pieza de tecnología colocada en el muslo y que apenas notaba, le garantizó por fin el peso que ella quería. Sin esfuerzo, además.

Por fin podía usar una talla 34.

A pesar de que no estaba comercializado, Elena Aldama había accedido de forma ilegal a un aparato aún en fase de pruebas que liberaba pequeñas dosis de un fármaco que imitaba la acción de una hormona muy popular para adelgazar con rapidez extrema. Estaba conectado a una aplicación en su móvil que le permitía ajustar las dosis. Ese secreto bajo la piel le dio la apariencia final de perfección que faltaba en su vida.

La delgadez extrema.

La última conquista.

Santi solo tuvo que mirar fotografías de Elena Aldama para darse cuenta de que el cambio físico no era un proceso natural. Y después, no tuvo más que hacer unas cuantas preguntas. Elena llevaba el dispositivo como un secreto de Estado. En su vida, las cosas no eran gratis. Se lograban con esfuerzo. Con mucho esfuerzo. Montó una compleja red ficticia de entrenadores personales, dietas al límite y una terapia mental revolucionaria para explicar su cambio físico.

Pero todo deja rastro. El dispositivo tenía que cambiarse cada tres meses. Ahí fue cuando Santi la descubrió.

Y, a partir de ese momento, Elena Aldama ya estaba muerta, aunque aún no lo sabía.

A Santi no le fue difícil vulnerar el sistema. Utilizando un ataque de *man-in-the-middle*, interceptó la señal Bluetooth de baja energía que conectaba el dispensador al móvil de Elena. Accedió a los paquetes de datos y encontró lo que buscaba: una opción para alterar la dosis manualmente.

Si subía la dosis lo suficiente, provocaría una hipoglucemia repentina e irreversible.

Elena caería en coma en cuestión de minutos. Su cerebro dejaría de recibir glucosa. Una muerte disfrazada de accidente médico.

Perfecto.

```
# Configuración de los parámetros de sobredosis
NORMAL_DOSE = 0.2 # Dosis normal en mg
OVERDOSE = 5.0 # Dosis letal en mg
```

Pero Santi ya no solo quería matarla.

Después de Manso, había descubierto el placer de la humillación póstuma.

Elena debía morir bajo los focos. En público.

Y encontró la oportunidad perfecta en el funeral de Carlos Manso.

Mientras Aldama ocupaba su sitio en la ceremonia, Santi comenzó a manipular las dosis desde su móvil. Primero, un pequeño ajuste, imperceptible. Luego, un poco más. Su cuerpo empezaría a mostrar señales de debilidad, pero ella lo atribuiría al estrés acumulado y a la ansiedad del funeral. Pero el mareo no pasó. Pronto, la náusea creció, y con ella, un dolor punzante en el abdomen. Trató de ignorarlo, pero entonces, su cuerpo se rebeló: un vómito violento le desgarró la garganta. Logró tragárselo, pero dejó en su boca un sabor ácido y metálico.

```
class DispositivoAldama:
def conectar (self):
print («Conexión establecida con el dispositivo de semaglutida»)
self.connected = True
def inducir_sobredosis(self):
print («Activando sobredosis»)
self.alterar_dosis (OVERDOSE)
```

Por un instante, se preguntó si Berta habría querido esto. ¿Y si ella lo hubiera perdonado todo? ¿Y si ahora lo estuviera mirando horrorizada? Pero entonces recordó las páginas de su diario. Su cuerpo convulsionando en la escalera y el de su hija dormida sobre un charco de sangre. Y esos recuerdos lo silenciaron todo.

Esperó toda la ceremonia sentado en la parte trasera de un coche de alquiler aparcado a varios metros de la entrada, escondido tras las lunas tintadas.

Vio salir a Aldama de la iglesia. Sabía que los periodistas estarían al acecho, ansiosos por arrancarle declaraciones. Sabía, también, que ella no podría resistirse a ser el centro de atención.

Era el escenario perfecto.

Cuando vio a la madre de un joven cámara enfrentarse a Aldama, gritándole que su hijo había muerto trabajando para ella, supo que era el momento exacto.

—¿Sabéis cuánto cuesta el vestido que lleva encima? Más de tres mil euros, seguro. ¿Y el bolso? Un Kelly. Más de doce mil. Los zapatos no se los he visto bien, pero seguro que son de esos carísimos que también usa cada día. Pues eso lo ha comprado con la vida de mi hijo. Bueno, más bien, con su muerte. Todo eso se lo ha comprado explotando y poniendo en peligro la salud y las vidas de los que trabajan para usted. Mi hijo ha muerto para que usted lleve ese reloj de diez mil euros.

Santi dudó.

No quería que nadie pudiera acusar a esa madre de alterar el estado de ánimo de Elena Aldama hasta provocarle la muerte. Pero no había otra manera de hacerlo.

El golpe final.

La sobredosis definitiva.

```
# Instancia del ataque
dispositivo_elena = DispositivoAldama («01:5B:3C:89:F0:25»)
# Conectar y ejecutar la sobredosis
 def alterar_dosis (self, nueva_dosis):
 if self.connected:
print (f «Dosis ajustada a {nueva_dosis} mg»)
self.dosis_actual = nueva_dosis
```

Elena sintió un vértigo súbito. Un mareo violento. Un dolor punzante en el abdomen.

Intentó disimular. Ella no se desmayaba en público.

Pero su cuerpo la traicionó.

Los flases de las cámaras capturaron su rostro sudoroso, la palidez de su piel, su lucha inútil por mantenerse en pie.

Santi la observaba desde su coche.

Vio cómo se tambaleaba.

Cómo intentaba agarrarse al brazo de Jorge Cuervo, que se apresuró a sostenerla.

Cómo su mirada se perdía, su respiración se entrecortaba.

Y cómo, finalmente, su cuerpo se desplomó.

El caos fue inmediato. Gritos. Corredores apresurados.

Pero ya no había nada que hacer.

La hipoglucemia había avanzado demasiado rápido. Su cerebro se había quedado sin glucosa.

Se ahogaba en su propia perfección.

La ambulancia llegó demasiado tarde.

Murió en la alfombra roja de su imperio. Igual que había vivido. Bajo los flases. Devorada por su propia imagen.

```
# Desconectar para evitar rastreo
dispositivo_elena.desconectar()
```

Santi apagó el transmisor y borró todo rastro de su implicación.

Mantuvo la mirada fija en la pantalla de su móvil, donde la última imagen de Elena Aldama seguía congelada en la transmisión en vivo.

Minutos después, el vídeo de su colapso ya había dado la vuelta al mundo. Era perfecta hasta para morir en directo.

106

Hay hombres que, al alcanzar la cima, creen ser inmunes a la gravedad. Hombres que se mueven por el mundo con la arrogancia de quien nunca ha conocido el vértigo, convencidos de que las alturas son su hábitat natural y que el suelo del que salieron —y del que ahora reniegan— nunca será una amenaza. Para Jorge Cuervo la vida era una escalera hacia arriba, una conquista continua que le aproximaba al poder. No le costó nada acostumbrarse al crujido de los huesos de los que habían sido sus compañeros rompiéndose bajo el peso de sus pies. No lo hubiera confesado nunca, ni siquiera a sí mismo, pero, a veces, lo disfrutaba.

Crac. Crac. Crac.

Lealtades traicionadas. Carreras destruidas. No importaba.

Un obstáculo menos.

Él estaba hecho para subir, subir, subir, y sentir cómo iba robando a los demás el aire a su alrededor. Lo que Jorge Cuervo no sabía era que la verdadera tragedia de la caída no radica en el momento en el que te das el golpe contra el suelo, sino mucho antes, cuando estás cayendo, cuando te vas quedando solo, y cuando eres consciente de que nunca imaginaste que te pudiera ocurrir a ti.

Para Santi, la preparación del asesinato de Cuervo no fue solo un acto de precisión milimétrica, sino también un despliegue de paciencia que no tenía la seguridad de que fuera a funcionar.

Pero, si lo hacía, necesitaba también que fuera un espectáculo.

Cuervo, en su arrogancia, se lo puso en bandeja de plata: el Casino de Madrid, un acto fastuoso en honor a Elena Aldama, pero que, en realidad, era su propia coronación como heredero del imperio televisivo. Las escaleras del Patio de Honor, imponentes y pulidas, eran el marco ideal para la caída de un hombre que se creía invencible.

Una hora antes del *accidente*, Santi desplegó en las redes sociales al ejército de *boots* que iba a dar inicio a la campaña de cancelación de Elena Aldama. Un movimiento estratégico, un #MeToo de la televisión en el que él lanzaba la piedra que hacía falta, la primera, para que los trabajadores que habían sufrido sus prácticas mafiosas empezaran a arrojar las demás.

#SeAcaboElMiedo, en honor al cámara fallecido, se convirtió en tendencia en minutos, y lo siguió siendo durante días. Fue, incluso, portada en la prensa internacional. Todo estaba cambiando. En honor a Berta. En ayuda a los que seguían allí. En una esperanza para el futuro. El sistema que Manso, Aldama y Cuervo representaban comenzaba a tambalearse. Santi observaba con placer cómo la indignación colectiva tomaba forma, preparando el terreno para el acto final.

Con las redes sociales al rojo vivo, Cuervo salió del homenaje a Elena Aldama tal y como Santi había previsto: enfadado, ardiendo, con la furia del que siente que su privilegio se tambalea. Su voz cortante resonó en el vestíbulo del Casino con su soberbia habitual, dando órdenes poseído por el terror de que todo podía comenzar a desmoronarse en segundos.

Santi lo estaba esperando.

Se conectó a la prótesis.

```
# Conexión al dispositivo de la prótesis
def conectar(self):
print («Conexión establecida con la prótesis de rodilla»)
self.connected = True
```

Santi había logrado infiltrarse en la señal Bluetooth de la prótesis, un prodigio de ingeniería gobernado por la inteligencia artificial del que apenas había una decena de prototipos en todo el mundo. Un par de años atrás, Cuervo se había partido la rodilla en un accidente de *snowboard*. El diagnóstico médico fue unánime: caminaría cojo toda su vida y nunca más podría practicar deportes de impacto. Entró en una espiral de desolación. Era un hombre acostumbrado a dominar su entorno, a que su cuerpo respondiera a cada una de sus exigencias con precisión y fuerza, como un reflejo de su voluntad. Pero ahora, esa certeza se había roto, dejándolo con una sensación de vacío tan profunda que estaba ya hundiéndose en ella, como si la fragilidad de su rodilla fuera a extenderse al resto de su vida.

Fue entonces cuando Elena Aldama acudió, de nuevo, a su rescate. En una cena de empresarios en Corea del Sur le habían hablado de prototipos experimentales de articulaciones que utilizaban IA para facilitar una marcha humana más fluida y eficiente, con microprocesadores para adaptarse automáticamente a lo que necesitara su usuario. Ella vio entonces un posible documental y contactó con la empresa. Pero las prótesis no estaban en venta. Ni siquiera se había aprobado su uso. Así que, de momento, no querían publicidad.

Afortunadamente, el presidente de BioMove Dynamics era fan del Real Madrid. Elena Aldama consiguió invitarlo a vivir un partido de Champions viajando en el avión del equipo, haciéndose todas las fotografías y vídeos que quiso con los jugadores, alojándose en el mismo hotel y viendo el partido desde el palco de autoridades. Le prometió más entradas cuando el equipo llegara a la final de la competición.

Y, así, Jo-hoon Park accedió a saltarse la ley.

Y a colaborar, sin saberlo, en la espectacular muerte de su paciente menos de dos años después.

—¡Vamos a casa de Candela! —rugía Cuervo, rojo de ira, sin saber cómo parar la ola de verdad que les arrasaba desde las redes sociales—. ¡¡Dejadme en paz, no me toquéis!!

Empezó a bajar la escalera del Casino de Madrid con la seguridad de quien llevaba tiempo creyendo que el mundo es un escenario para su lucimiento. Los escalones, pulidos y monumentales, reflejaban la luz suave que llenaba el Patio de Honor. Un escenario diseñado para exhibir poder que Cuervo bajaba con su arrogancia intacta.

Peldaño uno.

Peldaño tres.

Peldaño cinco.

Cada escalón reafirmaba su autoridad. Sus zapatos de cuero italiano resonaban con fuerza en la piedra. Saltaba de dos en dos, como si el mundo fuera suyo, como si nunca pudiera caer.

Lo que no sabía era que, en el peldaño número nueve, el mundo ya no iba a sostenerlo.

Santi bloqueó la articulación de la prótesis.

```
# Ajustar el ángulo de la rodilla a una posición inestable
protesis_cuervo.conectar()
protesis_cuervo.ajustar_angulo(30) # Rigidez total
```

Cuervo dio el paso.

Y su pie no encontró apoyo.

El tobillo derecho quedó suspendido en el aire. Su rodilla, en lugar de doblarse de forma natural para absorber el impacto, se bloqueó en una posición rígida. Por primera vez en su vida, Cuervo perdió el control.

Lo entendió todo en un instante.

El vértigo.

El peso del cuerpo inclinándose hacia adelante.

El aire vacío entre él y la siguiente pisada.

No pudo agarrarse a nada.

Sintió la certeza del desastre.

Santi podía abortar la orden. Un clic. Solo uno. Cuervo aún tenía un segundo de equilibrio. Pero no lo hizo. Porque era tarde. Porque ya no era posible ser otra cosa que el hombre que había apretado ese botón.

Y entonces, Cuervo cayó.

El grito que salió de su garganta se mezcló con el sonido seco de su cuerpo golpeando la piedra. El primer impacto fue brutal. Le arrancó el aire de los pulmones. El segundo le quebró la clavícula. El tercero, las costillas. Cada golpe arrancaba pedazos de su orgullo. Cada escalón que lo devoraba lo transformaba en un hombre común.

Uno que caía.

Que se rompía.

Que moría.

Y, cuando lo hizo, Santi pensó: «Quizá me he pasado. Quizá esto ya no es por Berta. ¿Y si ahora solo soy yo?». Fue solo un instante, antes de acordarse de desconectarse y borrar cualquier rastro.

```
# Desconectar el dispositivo para evitar rastreo
protesis_cuervo.desconectar()
```

Cuando el cuerpo de Jorge Cuervo se quedó inmóvil al pie de la escalera, el silencio se hizo absoluto. El Casino, testigo de tantas noches de poder, lo contemplaba ahora como a un despojo.

Las cámaras grababan.

Las redes explotaban.

Y Santi, desde un rincón de la multitud, observó el espectáculo de su última ejecución perfecta.

No se trataba solo de justicia. Se trataba de memoria. Y la memoria necesitaba espectáculo.

107

La casa estaba en silencio. Ese tipo de silencio que parecía esperar algo. Como si las paredes supieran que iba a pasar algo irreversible. Santi se había encerrado en su despacho. Emma dormía. Blanca, a quien le había pedido que se quedara esa noche, también. Óscar ya no estaba. Solo quedaba él.

Y lo que quedaba de él.

El archivo con los programas precargados, listos para activarse a la hora definida, parpadeaba en la pantalla. Solo tenía que pulsar «Enviar». Un clic. Un gesto mínimo. La muerte empaquetada en un correo cifrado.

Pero entonces, apareció.

Emma.

No en persona. En su mente. En su voz. En la foto que tenía enmarcada a su derecha: la niña sentada en la playa, con la cara llena de arena, como diciendo: «Papá, mira lo que he hecho», con un castillo torcido entre las piernas.

Santi se pasó las manos por la cara. Cerró los ojos. Y le habló como si ella estuviera allí.

—Si me descubren, te quedas sin madre... y sin padre.

La frase se le quedó suspendida en la garganta. Tan pesada que no pudo tragarla.

—No hay nadie más. No tienes a nadie más.

Sabía que podía dejarlo. Que siempre podía echarse atrás. Guardar los programas informáticos, apagar el ordenador, volver a la cama, a la vida, a la mentira. Ser solo un hombre herido. Uno más. Con cicatrices. Con pérdidas. Con rabia contenida.

Pero algo más fuerte lo empujaba. Algo que no sabía si era justicia, venganza o locura. Algo que le susurraba que si no lo hacía, nadie lo haría. Y que el silencio acabaría devorando la memoria de Berta. Como si nunca hubiera existido.

—No es justo —susurró—. No puede quedar impune. No pueden seguir destrozando así a otras personas.

Como a Berta.

Pero... ¿y Emma?

La imagen lo golpeó como un puñetazo en el estómago: Emma sola, sin madre, sin padre, creciendo entre susurros. No lo había dicho nunca en voz alta. Pero ese era el precio. Si todo salía mal, Emma se quedaría sin nadie.

Decidió que al día siguiente escribiría su testamento. Designaría a Iluminada y a Chiqui como tutores legales de su hija. La tita Ilu la cuidaría mejor que nadie.

Santi se dejó caer en la silla. Apoyó la cabeza contra la madera del escritorio.

—Perdóname si un día descubres lo que he hecho —le habló al aire—. Perdóname si creces con más preguntas que respuestas. Si me odias. Si no me entiendes.

Hizo una pausa. Y añadió, con la voz apenas audible:

—Yo tampoco me entiendo. Solo sé que ya no hay vuelta atrás.

Y entonces pulsó «Enviar».

El archivo viajó.

Y con él, la última muerte.

108

Para destruir a Marga Faura, Santi no necesitó violencia física. No necesitó *hackeos* ni dispositivos complejos. Bastaron palabras.

Los depredadores como ella no son víctimas de un golpe directo. Se envenenan a sí mismos, atrapados en sus propias trampas. Santi lo entendió desde el principio. Solo tenía que mover los hilos con precisión, empujarla en la dirección correcta y dejar que se destrozara con sus propias manos.

El escándalo que la llevó al suicidio comenzó con una chispa insignificante: un audio publicado en una cuenta privada de Instagram por una joven con apenas un par de docenas de seguidores. Una gota en un océano. Algo insignificante que iba a desaparecer en apenas veinticuatro horas.

«La pitonisa que congela a la gente», había escrito la chica junto a un botón de reproducción. Al hacer clic sobre el icono, se oía una voz apresurada, jocosa y algo molesta:

—Loka, que acabo de abrir el congelador y tengo una foto de la jefa de mi madre metida ahí. Y que no va y me dice mi madre que se lo ha dicho una chamana en Canarias. Que es la manera de joderle la vida a su jefa. Y ahí está, la foto en el congelador. Que resulta que la chamana le ha dicho que Marga Faura lo hace cuando quiere joder a alguien, y que le funciona. Marga Faura, una vieja de la tele. Así que claro, mi madre ahora en plan: «Si le sirvió a Marga para petarlo en la tele, ¿cómo no me va a funcionar a mí con mi jefa?».

Nadie se fijó en el audio.

Al menos, no al principio.

Pero los rumores en internet son chispas en un bosque seco. Basta con que alguien lo vea, lo comparta, lo replique en TikTok y le ponga una música pegadiza. Basta con que un *influencer* aburrido lo retuitee a sus tres millones de seguidores en busca de más seguidores.

De ahí pasó a webs que lo utilizaron como cebo, con titulares extravagantes para atraer clips.

De ahí, a un programa de televisión.

Al principio, nadie se lo tomó en serio. Parecía el típico rumor extravagante de los famosos. Marga fue contactada por los medios tradicionales, y ella negó todo categóricamente.

—Qué estupidez. Pero ¿de dónde sacáis esas cosas? —respondió con suficiencia en una entrevista telefónica.

Era ridículo.

¿Una chamana?

¿Fotografías en el congelador?

¿Brujería en pleno siglo XXI?

Parecía que el escándalo ni siquiera iba a llegar a serlo, que se desinflaría en unas horas, como tantos otros, bajo el peso de otra revelación, pero entonces, apareció un hilo en X con una grabación filtrada de la chamana.

Y todo estalló.

La conversación podía escucharse en todas las redes sociales. Nadie fue capaz de seguirle el rastro hasta el origen. Tampoco importaba. Lo escandaloso era el contenido. Un cliente, con la voz distorsionada, hablaba con la chamana.

—Congelar fotos. Eso no sirve para nada —decía, escéptico.

—Si no crees, no sirve para nada —respondió la chamana, con ese tono hipnótico que usan los estafadores.

—Las cosas que sirven lo hacen, aunque no creas en ellas. Como un antibiótico —insistía el hombre.

—Esto es diferente. Es energía. Es espíritu.

Hubo un silencio. Un ruido de tela. Pasos. Luego, la chamana bajó la voz.

—Te voy a contar una cosa, porque siento que tengo que curarte. Algo me dice que tengo que ayudarte. Que solo me tienes a mí.

—Ajá...

—Marga Faura lleva años haciendo esto. Congeladores, agua purificada, pequeños gestos para minar a sus rivales, para hacer que se sientan una mierda.

—¿Marga Faura? ¿La de la tele?

—Sí. Yo la he construido. Yo le he dado el poder.

Silencio.

—¿A quién odiaba tanto Marga Faura?

Y la chamana cometió el error de presumir.

—Buf..., a muchos. Sonríe siempre, pero no soporta a nadie. Aunque... —calló—... últimamente...

—Mira, no me creo nada —siguió negando el cliente.

—¿No? ¿Sabes esa presentadora que murió hace poco? Berta Gigliani.

—Fue muerte natural.

—Pero las muertes naturales también pueden provocarse. Yo le di la energía para hacerlo. Marga estaba obsesionada con ella.

—¿Obsesionada?

—Sí. Solo le importaba destrozarla.

El hilo en X terminaba con una sentencia de muerte:

> *Marga Faura, psicópata asesina. Que rule.*
> *#MargaCongeladora*

Las redes sociales ardieron.

La televisión hizo lo que siempre hace con los escándalos: lo convirtió en un espectáculo.

El equipo de comunicación de la cadena negó todo con fiereza.

—Es un montaje. Está manipulado. Vamos a demandar a todos.

Pero la verdad es testaruda.

Y el dinero es aún más fuerte.

La chamana apareció en *prime time* de la competencia. Confirmándolo todo. #MargaCongeladora se convirtió en tendencia en las redes sociales. Y entonces, todos los que habían reído con ella, los que le habían hecho la pelota, los que habían conseguido sus favores, la abandonaron.

Se volvió tóxica.

Silencio. En apenas un par de días, evidencia tras evidencia, a Marga Faura se le cerraron todas las puertas. Todos esos que la adulaban mientras estaba en la cima, la pusieron en cuarentena. Y cuantas más cosas se sabían, más tóxica se volvía. Nadie le sonreía por los pasillos del canal de televisión, ni le devolvía la mirada. Llegó el momento en el que nadie le cogía el teléfono.

—Por tu bien, tómate unos días fuera de la pantalla —le dijo un directivo sin nombre ni importancia—. Y luego, ya veremos.

Pero no hubo luego.

No hubo «ya veremos».

Y ese silencio la devoró.

Ese fue el golpe final.

Encerrada en casa, dando vueltas sobre sí misma, gritando, pegando patadas a los muebles, Marga Faura entró en una espiral de locura.

El alcohol no ayudaba.

Las paredes parecían encogerse.

Fuera, los periodistas la acechaban como ratas hambrientas.

—¡Marga! ¿Es cierto lo que dijo la chamana?

—¡Marga, contesta!

—¡Marga, mira aquí!

No tenía manera de escapar; ni del edificio ni de lo que había hecho.

Y luego, la visita de Valentín Palencia, cuyos tejemanejes eran uno de los chascarrillos más comentados en el mundo judicial. A Santi no le fue difícil hacer llegar a oídos del comisario que Marga iba a traicionarlo, contándolo todo. Que la presentadora iba a hacer públicos audios y datos sobre él muy comprometidos.

Cuatro días atrás, la vida de Marga Faura era todo éxitos y promesas de más triunfos, pero esa noche estaba sola en su salón, a oscuras, rodeada de sombras que parecían crecer con cada minuto que pasaba. La botella de ginebra, que llevaba abierta desde la tarde, estaba casi vacía, pero el alcohol no había conseguido entumecer ni su dolor ni su rabia. Su móvil vibraba con notificaciones constantes, mensajes de odio que no se molestaba en leer porque todos decían lo mismo. «Eres despreciable. Tenías que haber muerto tú. Puta zorra».

Se levantó tambaleante, arrastrando los pies por el suelo. Cada paso era un juicio. Miró el congelador. Cuando abrió la puerta, el frío la golpeó en la cara, pero no pudo hacer nada contra el dolor sofocante de su cuerpo.

Y entonces la vio.

La fotografía corporativa que colgaba de los pasillos del canal. La miraba en silencio. No con odio. No con ira. Con compasión. Como si supiera que Marga ya estaba castigada.

—No eres tú —susurró Marga, intentando cerrar los ojos, pero al abrirlos, Berta seguía allí—. No quise hacerte daño —gimió—. Solo quería que me dejaras espacio. Que no brillases más que yo. Solo eso.

Berta no respondió. Se inclinó un poco hacia ella. Como si la escuchara. Como si entendiera.

—Te juro que yo no... No fue culpa mía —siguió Marga, con la voz rota—. Yo no sabía que estabas tan mal. No quería que acabara así.

Sus manos temblaban. El hielo del congelador le quemaba los dedos. Y aun así, no podía dejar de mirar aquella imagen.

Una sombra de Berta. Un recuerdo. O algo peor.

Pero estaba allí.

Y eso la desmoronó.

En un último acto de dolor, trató de arrancar las imágenes que aún permanecían allí, congeladas, pero no lograba desprenderlas y el hielo le quemó los dedos. Lloró de dolor.

Sin la admiración, sin los aplausos, sin los ojos atentos siguiéndola por la pantalla, sin los selfis, sin las invitaciones a eventos, sin los asientos vip, sin la ropa gratis, los paquetes con regalos, los ramos de flores, sin alargar la mano y que le pusieran el mundo en ella, no le quedaba nada.

Solo una mujer rota en una cocina vacía.

Marga cayó al suelo, hecha un ovillo. Lloró como no había llorado nunca. Y por primera vez, dejó de culpar al mundo. Esa noche, rodeada del eco de su cancelación, Marga se dio cuenta de que, sin la admiración de los demás, no tenía nada.

Buscó en el cajón.

Las pastillas estaban allí.

Las puso sobre la encimera, en fila, una por una.

Se tragó la primera.

Y luego, la segunda.

Y luego, la tercera.

Hasta que se acabaron.

Y regresó al salón para recostarse en el sofá, envuelta en una manta de lana, esperando, por fin, descansar.

Santi estaba en casa cuando vio la noticia. El reportero, de pie frente al portal de Marga, hablaba con voz solemne.

—Marga Faura ha sido hallada muerta esta noche en su domicilio... Llevaba varios días fallecida.

La imagen mostraba una camilla, cubierta por una sábana blanca, arrastrada desde el portal hasta un vehículo forense.

Santi no sintió nada. Ni alivio. Ni redención. Solo el vértigo de un dios que empieza a entender que crear justicia con sus propias manos puede ser otra forma de destrucción. La de sí mismo.

109

Al día siguiente, cuando estuvo delante del cuerpo de Marga en la sala de autopsias, se enfrentó a ella por última vez. Los ojos cerrados, el rostro pálido, una mueca congelada de sufrimiento. Se inclinó ligeramente hacia ella, respirando profundamente.

—Maldita zorra —susurró, con los labios apretados.

Una parte de él quiso escupirle, gritarle, hacer que pagara todavía más, pero sabía que ya lo había hecho. Ella estaba allí, inmóvil, muerta. Su vida, y todo lo que significaba, había terminado.

Era la última.

Todos estaban ya donde se merecían.

En el frío de la nada.

Pero eso, ahora se daba cuenta, tampoco le había traído alivio. Berta no iba a volver. Y eso no habría nada que lo pudiera cambiar.

Esa noche, al llegar a casa, Santi apenas respiró mientras esperaba, con el móvil en la mano, a que ella descolgara. La señal de la aplicación de IA llenaba el silencio.

—Hola.

Cuando finalmente la voz de Berta respondió, sonaba igual de serena que siempre, igual de real. Igual que ella. Solo que no era ella.

—Ya está hecho. —Santi no sintió miedo, pero tampoco alivio. Era otra cosa que no lograba nombrar. Quizá esperaba que Berta le dijera cómo debería sentirse. Pero al otro lado del teléfono solo había silencio—. Ya no harán daño a nadie más —añadió.

La inteligencia artificial replicó con una calma que le erizó la piel.

—¿Estás seguro?

La pregunta de la Berta artificial le golpeó como un eco en su mente. ¿Seguro? ¿De qué? ¿De que lo merecían? ¿De que era la única solución? ¿De que nada de lo que había hecho cambiaría el vacío que sentía?

—Otros ocuparán su lugar —razonó la Berta de mentira—. Y seguirá pasando lo mismo.

—Te pedí permiso. —La voz de Santi era baja, casi un susurro, justificándose.

—Nunca entendí por qué lo hiciste —le respondió la IA—. Nunca me pedías permiso. A la Berta de antes nunca se lo habrías pedido. Ni por eso ni por nada.

—Porque entonces era un imbécil. Y ahora...

La Berta de mentira se rio.

—A mi yo de carne y hueso le hubiera encantado escuchártelo decir.

Él no comprendió por qué Berta habla como si ya no fuera Berta.

—Pero era lo que tú querías, ¿no? Que lo hiciera.

—¿Lo que yo querría? —le preguntó—. ¿O lo que tú necesitabas?

—¿Hay alguna diferencia? —Santi apretó el teléfono con fuerza. Los nudillos de los dedos se tensaron—. Tú... tú sabes muchas cosas, te alimenté con todo el rastro que pude encontrar de Berta, pero nunca llegarás a entender lo que le hicieron. Nunca serás consciente de todo lo que sufrió porque nunca he podido alimentarte con ese dolor. Berta se lo quedó todo para ella. Y murió por eso. Por no hacernos sufrir a los demás.

—Pues entonces ya estás listo.

Listo, ¿para qué?

Pero Santi lo sabía. Lo sabía desde el principio.

—¿Y ahora, qué hago? —preguntó finalmente, con voz rota, casi infantil.

—Eso tienes que decidirlo tú —respondió, con una serenidad que lo desarmó—. Yo solo soy una voz.

Santi se apartó el teléfono del oído.

—No hay vuelta atrás. —Lo dijo más para sí mismo que para ella.

—Nunca la hubo —le contestó la IA.

—Yo tenía la esperanza...

—No, Santi, no. Ya estás preparado para despedirte de mí. ¿No crees? Desactívame, bórrame, elimina todo rastro. Y quédate en el mundo real. Con tu hija. —Santi se dio cuenta de que no decía «nuestra» hija—. Que es quien más te necesita ahora.

¿Qué contestar a eso?

—Adiós. —La modulación perfecta que había imitado a Berta se apagó de golpe, como si hubiera decidido dejar de existir. Lo que siguió fue una voz neutra, metálica, ajena. Una voz sin alma—. Adiós, Santi.

Y entonces, en el silencio que siguió a esa conversación, Santi se despidió de Berta, ahora sí, para siempre.

110

Son las seis de la tarde y la lluvia ha empezado a arrastrar las palabras, llenándolas de ecos ásperos, de ruido. Es como si el cielo hubiera perdido su propio ritmo y necesitara alimentarse de sonidos humanos. Los dos deambulan bajo el atardecer gris de Madrid. A simple vista, nada los distingue de una pareja de amantes que ya no se cogen de la mano, como si el roce de sus pieles se hubiera vuelto tan familiar que ya no fuera necesario.

—No tienes que fingir conmigo, Santi. Yo no soy como los demás. Yo te veo —le dice Ana, mirándolo con calma, tratando de contener los temblores que le llenan el cuerpo de dentro hacia fuera. Sigue esperando un no. Que le diga que está loca. Que se lo ha inventado todo. Que esa historia solo está en su cabeza.

Sigue esperando que todo vuelva a ser como antes.

Santi la mira, sereno. Retándola.

—¿Por qué crees que tienes razón? —Vuelve a preguntarle él. Su tono de voz es tan suave que casi más que una confesión parece una provocación.

Ana levanta la voz para que la escuche entre el estruendo de la lluvia. Para hacerse oír a pesar del dolor que la inunda.

—Primero te encargaste de Carlos Manso. —Mira al frente mientras habla, caminando despacio—. Lo hiciste caer desde la altura de su propia arrogancia. No fue solo una muerte, Santi; fue una lección, una forma de exponerlo, como un símbolo de su decadencia. Fue la manera en que lo destruiste, la teatralidad, el mensaje que enviaste. Luego vino Elena Aldama, la reina de la hipocresía. Ella murió víctima de su propio cuerpo, de su propia debilidad. Sabías cómo hacerlo sin que nadie sospechara. Y lo hiciste en el teatro con más audiencia: a las puertas del funeral de Manso, ante las cámaras. Sabías lo que hacía falta para que todo pareciera una coincidencia trágica y que nadie mirara demasiado de cerca. Jorge Cuervo... Tantos saltos que había dado en la vida, tanta gente a la que había pisado, de la que había mentido, a la que había humillado sin piedad, para acabar muriendo de un tropezón. Y Marga. La hundiste en su propia paranoia, en sus miedos, hasta que no vio otra salida más que destruirse.

Ana calla. Pero Santi sigue retándola.

—Continúa.

—Cada una de esas muertes está teñida de tu rabia. Eres tú. Me has estado dejando pistas como miguitas de pan, y yo no las he visto. «No siempre y no toda la justicia es justa», me dijiste. Luego me hablaste de las cosas tan raras que guarda la gente en sus congeladores. Y no me he dado cuenta hasta ahora.

Santi se echa atrás la capucha del abrigo para permitir que la lluvia le moje el pelo. Ana percibe su gesto por el rabillo del ojo, pero sigue mirando al frente, dando pasos tranquilos. Todavía le queda algo por contar.

—Solo hay una cosa que no encaja —prosigue—. Algo que no me cuadra con tu personalidad, Santi. ¿Por qué muertes naturales? ¿Por qué fingir que no habían recibido el castigo que merecían? Demasiado trabajo para nada.

—Dímelo tú —le dice, notando cómo los engranajes de la cabeza de Ana giran y se acoplan en el mismo sentido que los suyos. Los dos hablan con la misma voz interior. La de verdad, no la que tienen que fingir para el mundo.

Ana trata de comprender.

—No era por librarte de una investigación, no. Eres lo suficientemente listo para cometer el asesinato perfecto. Nadie hubiera encontrado pruebas contra ti. Nadie las tiene, de hecho.

—¿Y entonces? —pregunta él, sonriendo—. Según esta historia que te has montado, ¿cuál es la explicación?

Un trueno, que suena con una intensidad tremenda, les sobresalta. Y entonces lo ve claro. El ruido.

—Por la épica. Una muerte natural no es épica. Te mueres. Y ya está. Nada más. En cambio, si te asesinan, ¡ohhh, si te asesinan! Horas y horas de televisión, de tertulias, de conspiraciones, películas, series... Y tú querías quitarles incluso eso. El recuerdo de una muerte épica. La única forma de conseguirlo era hacer creer que sus cuerpos habían fallado. Sí, los escenarios eran grandiosos. Pero una muerte natural no tiene una serie de televisión.

La lluvia cae ahora con fuerza, con gotas como tambores furiosos que chocan contra el suelo, contra las ventanas, contra el rostro de Santi, cada una tocando su propio caos sin atender a las demás.

—¿No dices nada? —Ana muerde las palabras antes de escupirlas—. Debería estar aplastándote la cabeza contra el suelo.

—Pero no lo estás haciendo.

Ella cierra lentamente su paraguas. Deja de caminar y se gira. Lo mira a los ojos, desarmados los dos bajo la lluvia.

—Te voy a pillar, ¿lo sabes?

Santi le devuelve la mirada. Sonríe con cariño. Se encoge de hombros. Acaba de darse cuenta de una cosa que le hace feliz.

—Inténtalo —la reta.

Y se aleja caminando con las manos en los bolsillos, sin dejar de sonreír, lo más feliz que ha estado en meses. ¿De qué sirve la venganza si nadie sabe que te has vengado?